KB083377

동맹의 그늘

누가 전쟁을 기획하는가?

동맹의 그늘

오동선 지음

모아북스
MOABOOKS

서문

책 탈고를 눈앞에 둔 시점에 미국과 중국이 협상해 4차 핵실험과 세 번째 대륙간 탄도 미사일 실험을 한 북한에 대해 사상 최강의 제재안에 합의했다는 소식이 들려왔다. 그러자 국내 대부분의 언론에선 언제 그랬었느냐는 듯이 머리 위의 북핵 위협론은 쏙 사라지고 이제 핵을 포기하지 않으면 북한 정권이 내일이라도 몰락할 수밖에 없을 것처럼 희망적 보도를 쏟아내기 시작한다.

그러나 전문가들은 안다. 중국의 대북 제재가 그리 오래가지 않으리라는 것을. 중국은 북한의 핵 도발에 대한 미국 등의 제재 열기와 관심이 수그러들 때쯤이면 북·중 교역에 대한 국제사회 감시의 한계를 이용해 북한에 대한 제재 수위를 슬그머니 완화하기 시작할 것이다. 더 근본적이고도 비관적인 전망은 북한은 절대 핵무기를 포기하지 않을 것이란 점이다. 지구상에서 핵무기를 만들어 놓고 포기한 나라는 없었다.

그렇게 중국의 대북 제재가 슬그머니 완화되면 한국은 그때 가서 또 다시 북한의 대남 핵위협으로 우리가 얼마나 심각한 위기에 노출되어 있는가에 새삼 놀라면서 독자적 핵무장론 찬반 공방으로 다시 들끓게 될 것이다. 그러나 한국이 독자적으로 할 수 있는 것은 아무것도 없고 한국의 국익에도 마이너스라는 여론의 거센 반격을 받으면서 다시 미국의 동맹국 방위 약속을 믿고 안보를 맡기는 지금까지의 패턴을 반복하게 될 가능성이 높다.

그리고 서글픈 현실이지만, 핵 위협시대를 당해 한국의 향후 대외무기 구매

액도 더욱 크게 늘어날 전망이다. 북핵 위협 시대를 맞아 한국의 안보 환경은, 기존의 남-북 대결 구도에서 사드 배치가 공론화된 지금 남-북 · 중 다자대결 구도로 악화되면서 한반도의 안보 위기지수는 기하급수적으로 커지고 있기 때문이다.

인간의 망각과 각국의 국내 사정으로 북핵 위협에 대한 관심이 잊힐 만한 상황이 됐을 때 미국을 위협할 정도의 핵무장을 한 북한의 불장난은 그 위험성이 과거보다 더욱 가중된 형태로 나타날 가능성이 크다. 그것은 잠수함 발사 미사일로 한국 함정을 겨냥한 흔적을 남기지 않는 공격으로 나타날 수도 있고 자신들 소행임을 감춘 가공할 만한 공격형 드론으로 서해 5도의 한 섬이나 한국의 한 지역에 대한 기습공격으로 나타날 수도 있다.

그때 미군은 다시 일본이나 괌에 있던 핵 항공모함과 B-51, B-2 폭격기, F-22 랩터 편대를 한반도에 출동시켜 북한에 대한 위협 시위를 통해 최고의 한미 동맹을 과시하고 한국국민들을 안심시키려 할 것이다. '한국국민들이여, 섣부른 보복 공격을 하지 마라. 한국안보는 우리가 지켜준다' 며.

미군의 한국 참여에 맞춰 국내 일부 언론들은 미국의 스텔스 폭격기와 전투기가 소리 소문 없이 휴전선을 넘고 평양의 밤하늘을 날아가 김정은이 은신해 있는 동굴에 벙커버스터를 투하함으로써 언제라도 참수가 가능하다는 시사를 내보냄으로써 북의 도발에 대한 한국국민들의 불안감을 씻어주고 위축되어 있는 한국국민들에게 대리만족을 심어주는 잠깐 동안의 환각제 역할을 할 것이다. 김정은 정권이 붕괴되었을 때 또 하나의 친중 정권이 들어설 확률이 매우 높으며 그 새로운 친중 정권이 한국의 안보에 이전 정권보다 덜 위협적일 것이란 가능성은 별로 없음에도 말이다.

지금까지의 한미 동맹은 한반도의 공산화를 막아주고 북한의 도발로부터 우리 생명과 재산을 지켜준 고마운 체제임에 틀림없다. 든든한 한미 동맹은 한국이 오늘의 경제발전을 이루는데 중요한 토대가 됐음은 부인할 수 없고 남북 간 재래식 무기 대결 시대에 있어서 한미 동맹은 한국 안보에 알파요 오메가였다.

한국국민들은 현실화된 북한의 핵 위협 시대에도 한미 동맹이 계속해서 든든한 방패막이 역할을 해주길 기대하고 있지만 현실은 미국의 북핵 대비책이 재래식 대결 시대의 안보 제공 방식에서 크게 벗어나지 못하는 양상을 보임으로써 새로운 안보 불안감이 한국국민들 사이에서 커져가고 있다.

이러한 불안감은 절체절명의 극단적 위기상황 도래에 대한 불안감으로 비화될 조짐을 보이고 있고, 북한이 주한 미군 기지를 교묘히 피해서 한국의 군사기지나 민간시설을 핵으로 공격했을 때 과연 미국이 주한 미군이나 미 본토의 핵공격 위험을 무릅쓰고 똑같은 방법으로 북한에 보복 공격을 가할 수 있겠는가 하는 의구심과 불안감을 낳고 있다.

결론적으로 북핵 시대의 한미 동맹은 시간이 갈수록, 내포된 이중성 간에 상호 충돌을 빚게 될 전망이다. 북핵에도 불구하고 한국이 비교적 평화롭게 지낼 수 있는 것은 한미 동맹 덕이지만 북핵에 대해 독자적 공포의 균형을 갖지 못하는 데서 오는 불안감 역시 한미 동맹의 제약 때문이다.

한국은 한미 동맹을 통해 안보력을 강화해 왔지만 독자적 무기 개발에 제한이 가해짐으로써 미국산 무기에 대한 의존도가 강화되고 시간이 갈수록 미국의 군산복합체의 먹이사슬로 전락하고 있다는 부정적인 인식이 커질 것이다.

미국으로부터 핵무기 10여 기만 들어온다면 북한 핵 위협으로부터의 공포감에서 한국은 물론 주한미군도 벗어날 수 있게 됨에도 불구하고 미국은 결정적인 공포의 균형 대책을 외면한 채 방어력 강화에 관심을 기울이고 있다. 미국의 동북아에서의 평화와 안정은 진정한 의도인가 아니면 차가운 평화(cold peace)를 의미하는 것인가?

적지 않은 군사전문가들이 말하는 것처럼 한미 동맹은 미국의 군산복합체들의 이익에 기여하고 있는가? 군사전문가들은, 미국의 힘은 초군사대국에서 나오고 이는 군산복합체가 기술적으로 뒷받침한다고 얘기한다. 국가 예산이 부족한 미국은 동맹국과 약소국에 무기판매를 보장함으로써 군산복합체의 마진을 보전해주고 있다는 것이다. 결국 미국은 초강력 군사대국을 유지하기 위해 군산복합체의 마진을 보충할 수 있는 한반도와 동북아의 안보위기 상황이 필요한 상황이라는 것이다.

실제로 세계 최대 군산복합체인 록히드마틴 사의 경우, 북한의 군사도발 등으로 한반도의 긴장이 높아질 때 마다 주가가 치솟는 경향을 보이고 있다. 세계적으로 전쟁이 줄어든 지금 미국의 군산복합체들은 한반도의 안보 위기에 생명줄을 꽂고 있다는 얘기가 나올 법하다.

스톡홀름 국제평화연구소(SIPRI)가 2015년에 발표한 국제무기거래 연례보고서도 이를 뒷받침한다. 이 보고서에 따르면 한국은 지난 몇 년간 미국 전체 무기 수출의 최대 고객국가로 나타났는데 지난 몇 년간 미국 무기 수출의 주요 고객국가는 한국이 1위이고 다음이 아랍에미리트(UAE)였다.

미국이 한반도에 확실한 핵우산을 보장하지 않고 지금처럼 미국만 믿으라는 태도를 고수한다면 한미 동맹이 군산복합체들의 이익에 종속됐다는 의구심이 커지면서 한국의 독자적 핵무장이 필수불가결한 상황이란 주장은 좀처럼 가시지 않을 것이며 이를 억누르려는 한미 동맹론자들과 마찰이 날로 거세질 수 있다.

나는 우리 안보의 금과옥조처럼 떠받들어져 있는 한미 동맹에도 그늘이 드리워져 있다는 점을 독자들에게 알려 긍정적인 면은 더욱 넓히고 부정적인 면은 양지로 끌어내 한국 국민들의 자의식으로 소독할 때가 됐다는 취지에서 이 책을 썼다.

오 동 선

차례

배신자

가을비가 시멘트 도로 위에 어지럽게 흩뿌려지고 있었다. 비에 섞인 흙먼지가 베이징 서북방의 대규모 토목공사 현장에서 날아온 것인지, 수개월째 계속되는 내몽골 지역 가을 황사 때문인지 분명치 않았다. 외국인들은 물론 베이징 주민들까지도 황사보다도 더 누런 가을비를 의식해 나들이를 자제하는 바람에 거리는 황량했다.

베이징 주재 북한 대사관에서 차량으로 1시간가량 떨어진 5층짜리 태화무역 건물. 우중충하고 흐린 날씨에 태양마저 기운을 잃어가던 저녁 무렵, 검정색 산타나 세단 두 대가 어디선가 갑자기 나타나 도로 바닥에 고인 빗물을 튕기며 건물 정문 앞 계단에 멈춰섰다. 건장한 사내들이 쏟아져 나와 건물 안으로 뛰어들었다. 그들은 사전에 약속한 듯 두 개 조로 나뉘어 한 팀은 엘리베이터를 장악하고 또 한 팀은 비상계단으로 뛰어 올랐다. 그들을 본 1층 경비요원이 신경질적인 표정으로 다가가 소리쳤다.

"당신들 누구요!"

경비요원의 흥분한 목소리가 건물 1층 천정에서 반사돼 로비 내부에 울려 퍼졌다. 방금 뛰어 들어온 무리의 지휘자로 보이는 자가 경비요원을 향해 손짓을 하며 자신에게 오라고 신호를 보냈다. 그 모습에 더욱 화가 난 경비요원이 그에게 다가가자,

"을밀대 교선국에서 나왔소."

그 말에 경비요원의 표정이 순식간에 굳었다. 을밀대 교선국은 중국에 파견 나와 있는 북한 보위 사령부를 지칭하는 은어다.

"간첩혐의자가 이 건물에 있다는 첩보가 들어왔소. 지금부터 별도의 지시가 있을 때까지 이 건물의 출입을 통제하겠소."

"출입 통제요?"

무리의 리더가 날카로운 눈빛으로 그를 노려보았다. 더 이상의 질문을 허용하지 않겠다는 의미다. 심상치 않은 상황임을 눈치 챈 경비요원이 잔뜩 얼어붙은 표정으로 어색하고도 다급한 걸음으로 제자리로 돌아갔고 건물 내의 나머지 요원들은 주눅 든 표정으로 이 상황을 지켜봤다.

태화무역 건물의 두 개 층은 북한 내각에서 관리하는 외화벌이 중국 본점. 그러나 공화국의 간첩을 색출하는 데 조사에 예외가 될 수 없다. 최근 하루가 멀다고 벌어지는 당과 군 해외 일꾼들의 잇단 망명으로 공화국 중심부에 비상이 걸려 있는 상황. 조사에 비협조는 간첩 동조 사례에 해당돼 처벌되기 십상이다.

"반항하면 사살해도 좋다. 시신이라도 반드시 확보해!"

무리의 리더는 무전기를 꺼내들어 방금 올라간 체포조들을 향해 낮게 깔린 목소리로 지시했다. 스콜을 닮은 베이징의 비는 거의 그쳤지만 구름 때문에 건물 밖은 어두웠다. 건물 5층에 도착한 자들은 5003호실로 양쪽에서 접근해 갔다. 그들 중 한 명이 문 손잡이를 가볍게 돌렸지만 잠겨 있었다. 서로 눈짓을 교환한 그들은 잠시의 망설임도 없이 손잡이를 향해 난사했다. 총소리에도 문 안에선 아무런 반응이 없다. 그들은 곧바로 발로 문을 부수고 사격 자세를 취하며 안으로 밀고 들어갔다. 사무실 안은 불이 켜져 있지 않아 어두침침했고 담배 냄새가 느껴졌다. 창가 쪽 원형 테이블 위에는 신문과 잡지가 어지러이 놓여 있었고 급히 떠나느라 챙기지 못한 서류들이 흩어져 있었다. 테이블 옆에는 의자가 급하게 뒤로 밀려난 흔적이 있었고 베이지색 커튼은 반쯤 젖혀져 있었다. 사무실은 텅 비어 있었다.

"이쪽에 비상계단이 있습니다!"

체포조 중 한 명이 소리쳤다. 사무실 문에서 왼쪽으로 나 있는 벽감 옆 회색 비상구의 열린 틈 사이로 가느다란 빛이 새어 들어오고 있었다.

문을 완전히 열자 턱에 달려 있는 녹색 철제 비상계단이 나타났다. 5층에서 아래를 내려다보던 체포조 눈에 방금 빠져나간 듯 감색 코트를 입은 한 사내의 뒷모습이 들어왔다. 그는 뒤도 돌아보지 않고 급히 뛰어가고 있었다.

"놈이 달아나고 있습니다!"

무선 교신을 마치자 무리 중 한 명의 저격용 소총이 달아나는 사내를 겨눴다. 그러나 방아쇠를 당기기 직전 트럭 한 대가 지나가 시야를 가렸다.

"빌어먹을!"

다시 조준경에 들어온 사내는 건물 뒤편으로 막 사라졌다. 독이 오른 눈빛으로 무리 중 한 명이 무전기에 대고 지휘자에게 보고했다.

"놈이 건물 건너편 상가 건물 쪽으로 달아나고 있습니다!"

"빨리 따라와!"

무리의 지휘자는 건물 밖에서 기다리던 또 다른 차량 한 대를 집어타고 사내가 급히 달아난 건물 뒤편으로 향했다. 기울어가는 석양이 비안개와 흙먼지에 가려져 우주의 낯선 행성처럼 떠 있었다. 베이징의 변두리 풍경은 대형 목재 공장과 최근에 들어선 듯한 단조로운 형태의 7~8층 건물들, 그 건물들 뒤편에 이따금씩 보이는 붉은색 기와지붕을 얹은 전통 가옥들, 군데군데 눈에 띄는 낮은 구릉들로 더욱 음산했다.

체포조 차량 3대가 도망자를 쫓기 위해 베이징 변두리를 훑기 시작했다. 도망자는 붉은색 벽돌건물들이 즐비하고 늘어서 있는 목재 공장단지 담벼락에 붙어 가쁜 숨을 몰아쉬며 달리고 있었다. 긴 코트를 입고 비에 젖은 도로 위를 다급하게 달리는 그의 얼굴은 먼지와 땀으로 뒤범벅되어 있었다. 도망자가 길게 늘어선 목재 단지의 한 블록을 지나 오른쪽으로 꺾어지려는 순간 앞에서 훑으며 오던 추적조 차량에 포착됐다.

"앗! 저 앞에 놈이 있습니다."

추적조 차량이 속도를 내 그를 잡으려는 순간 사거리 오른편에서 달려온 대형 목재 트럭이 그들의 앞을 무섭게 가로질러 지나갔다.

"아니 저 새끼가 차를 어떻게 모는 거야! 어, 놈이 어디로 갔지?"

"앗, 저쪽에 달아나고 있습니다."

화물차가 지나가고 얼마 지나지 않아 그들 왼편에 도망자의 뒷모습이 다시 잡혔다.

"놈을 쫓아!"

"2번 차량, 그쪽으로 놈이 도망가고 있다. 앞을 막아!"

도망자는 얼마 달아나지 못하고 약 10여 분간의 숨바꼭질 끝에 추적차량들에 의해 포위됐다.

"놈을 잡아!"

차에서 쏟아져 나온 체포조가 앞뒤로 그를 포위해 들어갔고 당황한 표정으로 주위를 살펴보던 사내가 퇴로가 막힌 것을 알고 도망가길 포기한 채 그 자리에 멈춰 서자 체포조 둘이 다가와 도망자의 팔을 뒤로 꺾어 자신들의 차량 쪽으로 끌고 갔다.

"고위직까지 오른 자가 당과 인민을 배신해? 너 같은 놈은 고사총형에 처해져야 해."

팔을 뒤로 꺾인 채 검은 뿔테 안경 속의 눈을 지그시 감은 사내가 모든 것을 포기한 표정으로 체포조가 타고 온 차량으로 힘없이 끌려가고 있을 때였다. 어디선가 차량이 급정거하는 소음이 베이징 외곽을 흔들었다. 검정색 아우디 승용차 한 대가 나타나 도로 바닥을 긁는 소음을 내며 그들이 세워놓은 차량 건너편에 멈춰섰다. 차량 소음에 놀란 체포조들이 갑자기 나타난 의문의 차량에 시선을 빼앗긴 순간, 열린 창문 사이로 드러난 권총에서 불이 뿜어져 나왔다.

"아니, 저 새끼들은 뭐야? 반격해!"

갑자기 나타난 차량에서의 급습에 체포조 중 둘이 총을 맞고 쓰러졌고 부상자도 나왔다. 한적했던 베이징 변두리가 총격전으로 인해 아비규환의 현장으로 변했다. 기습을 당한 체포조들이 우왕좌왕하는 동안 끌려가던 사내가 체포조로부터 도망쳐 붉은색 벽돌담 왼쪽으로 이어진 골목으로 뛰었다.

"놈이 도망친다, 잡아!"

그러나 몸을 숨긴 채 반격하고 있던 체포조들은 소리만 지를 뿐 몸이 묶여 꼼짝달싹할 수 없었다. 사내가 사라진 지 얼마 되지 않아 아우디 승용차도 현장을 빠져 나가기 시작했다.

"저 놈 잡아!"

체포조들은 달아나는 아우디 차량을 향해 총을 발사했지만 차량은 현장을 빠른 속도로 빠져 나갔다.

"저놈들 정체가 뭐야?"

대답하는 자가 아무도 없다. 체포조를 지휘하는 자의 얼굴이 심하게 일그러졌다.

"도망간 놈은 어떻게 됐어?"

"뒤를 쫓고 있습니다만 우리 측에도 사상자가 발생해서……."

"안 돼, 흩어져서 놈을 빨리 찾아! 반드시 찾아야 돼!"

그러자 지휘자 옆에 있던 체포요원이 머뭇거리는 표정으로 말했다.

"놈이 시민 아파트 단지 쪽으로 사라진 것 같습니다. 아파트와 상가가 밀집해 있는 곳이라 추적에 어려움이 있습니다. 추적하다 자칫 시민들과 마찰이라도 빚게 되면 SNS에 올라갈 수도 있습니다. 방금 전 총격전 때문에 중국 공안이 곧 들이닥칠 수도 있고. 빨리 이곳을 뜨는 게 좋을 것 같습니다."

체포조 리더의 얼굴이 일그러졌다.

"다 잡은 놈을 놓쳤군."

사내가 사라진 곳은 목재단지에서 직선으로 3킬로미터가량 떨어진 곳으로 베이징의 변두리에 속하지만 서민용 주택과 최근 새로 들어선 고층 아파트 그리고 중국의 가전제품들을 많이 다루는 상가가 한데 밀집해 있는 신흥 주거단지였다. 유동인구가 많은 곳이어서 북한 보위 사령부의 체포활동이 알려지면 외교적 문제가 발생할 수 있다.

"억세게 운이 좋은 놈이군. 베이징에 있는 한국 대사관을 포함해 놈이 망명을 시도할 만한 곳 주변을 철저히 감시하도록 해."

청와대 안보 회의실

청와대 지하 회의실에 국정원 1차장, 국방차관, 통일부차관 등이 긴장한 표정으로 테이블 주위에 둘러앉았다. 잠시 후 국가안전보장회의 사무처 직원이 문을 열고 들어섰다.

"사무처장께서 들어오십니다."

안보 참모들이 기립한 가운데 통일부장관이 상석에 앉았다. 오늘 회의는 통일부장관이 주재하고 정부 안보부처 차관들이 참석하는 국가안전보장회의 실무책임자급 회의자리다.

"모두 자리에 앉으세요."

국가안전보장회의 사무처장인 통일부장관의 표정은 무거워보였다.

"북한을 탈출한 고위인사에 대한 위치 파악은 어떻게 되고 있습니까?"

사무처장의 물음에 질타가 배어 있다는 것을 참석자들은 느꼈다.

"류조국 소장이 접촉 예정 장소 부근에서 북한 보위사령부에 의해 연행되기 직전에 우리 요원들이 극적으로 개입해 체포되는 것은 간신히 막았습니다. 하지만 총격전 와중에 류 소장 혼자서 도피하는 바람에 그 후 저희와 연락이 끊겼습니다. 현재 다시 연락이 오기를 기다리고 있습니다."

국정원 1차장의 보고에 사무처장의 표정이 순간 일그러졌다.

"그의 위치가 어떻게 드러난 겁니까?"

국정원 1차장으로부터 아무런 대답이 없다.

"그가 비상 탈출하기 전 우리 측에 마지막으로 걸어온 통화 내용이 뭐였습니까?"

통일부장관이 다시 물었다.

"자신이 북 보위사령부에 쫓기고 있다는 것이었습니다."

"그 얘기는 그의 망명 시도가 북한 보위 사령부 감시망에 걸려들었을 수도 있음을 뜻하는 것 아닙니까?"

회의실 분위기가 더욱 싸늘해졌다. 사무처장이 입을 열었다.

"우리 쪽 원인입니까? 북한 내부의 원인입니까?"

사무처장의 발언은 적과 내통하는 내부의 오열 때문에 류조국 소장의 위치가 노출됐을 수 있다는 의미였다.

"아직 우리 측 원인으로 단정하기는 이르다고 생각됩니다. 내부 감찰을 실시하겠습니다."

국정원 1차장이 잔뜩 움츠린 표정으로 대답했다.

"여러분도 잘 아시다시피 북한의 정정 불안이 매우 심각해서 자칫 한반도 전체 위기로 확산되지 않을까 우려되는 상황입니다. 이러한 최악의 상황을 막기 위해 무엇보다 북한 내부 상황에 대한 정확한 정보가 요구되고 있습니다. 이 점을 각별히 신경써주기 바랍니다."

사건에 휘말려들다

민우가 노트북이 든 백팩을 등에 맨 채 최근 조성된 한강대교 자전거길을 천천히 페달을 밟으며 앞으로 나아갔다. 자전거 출퇴근은 운동 부족을 해소하기 위해 그가 택한 고육지책이었다. 증권회사 다니면서 낮에는 업무로 눈코 뜰 새 없이 바빴고 저녁에는 술자리가 늘면서 몸무게가 입사 초기보다 10킬로그램이나 늘었다.

자전거길이라고 하지만 한강대교 인도 위에 선으로 경계를 그어 만든 작은 도로에 불과했다. 떨어지는 저녁노을이 강물을 붉게 물들이는 모습을 보고 있노라니 자전거 출퇴근을 택하길 잘했다는 생각이 저절로 들었다. 다리 위를 달리는 차량들이 굉음을 내며 자전거 위의 민우를 이따금씩 흔들어 댈 때는 스릴감이 그의 온몸을 감쌌다.

한강대교에서 바라보는 강물의 풍경은 석양빛을 받아 찬란했고 갈치 비늘빛 같은 반짝거림이 기울어가는 태양의 붉은 빛과 황금의 조화를 이루었다.

페달을 밟던 민우의 눈에 한 사내의 모습이 멀리 잡혔다. 그 사내는 민우 쪽을 향해 뛰어 오고 있었다.

'조깅하는 사람인가?'

그러나 좀더 가까운 거리서 본 그의 모습은 조깅족과는 전혀 다른 모습이었다. 그는 한쪽 다리를 약간 절며 고통스런 표정으로 뛰어오고 있었다. 민우의 시선이 붉게 물든 그의 왼 옆구리로 향했다.

'저게 뭐지?'

그것은 옆구리에 피가 밴 듯한 모습이다. 그것을 본 순간 당혹감이 민우의 온

몸을 휘감았다. 자전거 속도를 줄인 민우가 고통스런 표정으로 자신에게 다가오는 한 사내에 대해 어떻게 대처해야 할지 결정을 못 하고 있는 순간 사내가 방향을 바꿔 갑자기 난간 위로 발을 걸쳤다. 그것은 분명 강 위로 뛰어들려는 모습이었다.

"앗, 위험해요!"

민우가 자기도 모르게 소리쳤다. 인도 위에 자전거를 내팽개치고 사내에게 달려갔다. 머릿속엔 난간을 오르는 사내를 어떻게 해서든지 붙잡겠다는 일념뿐이었다.

"안돼요, 멈춰요!"

민우가 사내로부터 3~4미터가량 가까이 접근했을 무렵 사내가 다른 한쪽 발도 들어올려 난간 밖으로 뺐다. 두 다리를 모두 난간 밖으로 뺀 순간 사내는 강물로 몸을 던졌다. 민우의 두 손은 그가 뛰어 내린 허공을 휘저을 뿐이었다.

"아! 안 돼!"

자신의 비명소리에 놀라 민우가 잠에서 깼다. 머리맡에서 자명종 소리가 요란하게 울려댔다. 또 그 악몽이었다. 악몽이 자명종 소리 같았고 자명종 소리가 악몽 같았다. 소리버튼을 죽이기 위해 손을 뻗던 민우는 갑자기 닥쳐온 머리의 두통을 느끼고는 자신이 전날 늦게까지 술을 마신 기억을 해냈다. 다니던 증권회사에 사직서를 던지고 나온 지 두 달 째. 시간이 하루 이틀 지나면서 초조감도 쌓여가고 숙소에 늦게 들어오는 날도 잦아졌다.

민우가 침대 옆 박스 위에 놓인 플라스틱 물통에서 전날 만들어 놓은 보리차를 컵에 따라 단숨에 들이켰다. 물을 두 컵쯤 마시자 정신이 반쯤 돌아오는 느낌이 들었지만 속은 불편하고 쓰렸다. 더 괴로운 것은 마음의 갈피를 잡지 못할 때면 오늘처럼 그날의 기억에 몸서리쳐야 하는 것이었다. 한강 투신자에 대한 악몽이 이번이 벌써 세 번째다.

그의 죽음이 좀처럼 민우의 머릿속을 떠나지 않는 것은 너무나도 분명한 그의 마지막 투신 모습과 납득하기 어려운 그에 관한 당시 언론 보도 내용 때문이었다. 민우는 벗어나려 할수록 벗어나기 힘든 그날의 사건 속으로 자기도 모르게 다시 빨려 들어갔다.

구조요원들이 잠수복 차림으로 강물에 뛰어 들어 수색을 시작한 지 수분이 채 지나지 않았을 때, "투신자를 찾았다!"며 사고 현장에 몰려든 사람들 중 누군가 외쳤다. 그리고 잠시 후 그의 휴대폰이 울렸다.

"조금 전에 투신자 신고한 분이시죠?"

"네, 그렇습니다."

"강물에 투신한 사람을 방금 구해냈습니다."

"구했다고요?"

"네, 다행히 아직 숨이 붙어 있습니다."

순간 민우는 머리카락이 팽팽히 뻗치는 듯한 강한 전율을 느꼈다.

"지금 환자를 인근에 금성대학병원으로 옮길 예정이니까 그리로 오세요. 금성대학병원이 어딘지 아시지요?"

"네? 제가요?"

민우는 약간 당황했다.

"투신 당시 상황에 대해 약간 조사할 것이 있습니다. 그리 오래 걸리지 않을 겁니다."

금성대학병원은 민우도 몇 번 가본 적이 있는 곳이었다.

"네, 그러죠."

조사를 받아야 한다니 약간 귀찮았지만 투신자가 아직 숨이 붙어있다는 얘기에 조사에 협조해야겠다는 막연한 의무감을 느꼈다. 자신의 신고로 한 사람의 목숨이 아직 붙어 있다는 사실에 묘한 흥분마저 느껴졌다. 병원 응급실 한쪽 구석에서 투신자에 대한 응급조치가 취해지고 있는 것을 보니 그의 숨이 아직 붙어 있다는 것을 알 수 있었다.

민우가 응급실에 도착하고 얼마 지나지 않아 투신자의 여동생이라는 사람이 도착했다. 투신자의 품에서 나온 신분증을 보고 경찰이 연락을 한 모양이었다. 병원 응급실에 도착한 여동생은 초죽음이 다 된 모습이었다.

"오빠는 어떤가요?"

여동생이 떨리는 음성으로 응급조치를 하던 의료진에게 간절한 표정으로 물었다.

"아직 뭐라고 단정을 지어서 말씀드릴 수 없습니다. 폐에 손상이 심하고 산소 공급이 제대로 안 돼서 뇌에도 일정 부문 마비가 온 상태입니다. 심장 상태도 좋지 않고요. 하지만 완전히 포기할 상황은 아닙니다. 지금 우리 응급의료팀이 최선의 조치를 하고 있으니 조금 더 기다려보시지요."

의사의 설명에 투신자의 여동생은 고개를 떨군 채 소리죽여 울음을 터뜨렸다. 응급실 침대 위에 무방비 상태로 놓여 응급조치를 받고 있는 사내의 모습은 참담했다. 민우는 안타까운 상황을 더 이상 지켜볼 수가 없어 응급실을 빠져 나와 병실 복도 의자에 걸터앉았다. 여동생의 모습이 투신한 오빠와 많이 닮아 있다는 느낌이 들었다.

병원 복도에 앉아 잠시 숨을 고르던 민우는 투신 직전 사내의 붉게 물든 왼쪽 옆구리 모습이 떠올랐다.

'그것은 분명 피였어! 무슨 일이 있었던 것일까?'

무섭고 불길한 생각이 민우 마음속에서 점점 커져갔다. 바로 그때 여인의 비명소리가 들렸다.

"오빠! 안 돼요! 오빠!"

여동생의 울음 섞인 비명소리였다. 민우는 머리카락이 곤두서는 것을 느끼며 병원응급실로 뛰어들었다. 여동생이 움직임이 없는 오빠를 붙잡고 울부짖고 있었다. 간호사 한 명이 흐느껴 우는 여동생의 어깨에 손을 올리고 잠시 위로하더니 자리를 떴다. 여동생만이 죽은 오빠 곁에서 흐느끼고 있었다. 짧은 순간에 목격한 한 사람의 삶과 죽음의 모습이 민우의 머릿속에서 교차했다. 강물로 뛰어든 사내는 남겨진 여동생이 저렇게 슬퍼할 줄을 예상했을까? 그가 갑자기 강물로 뛰어든 이유가 뭘까? 민우는 알 길이 없었다. 아니 이해할 수가 없었다. 그가 위험에 처해 있다는 그 어떤 정황도 발견하지 못했다.

'하필이면 내가 그 현장에 있었다니…….'

민우가 그의 마지막 순간에 대해 생각에 잠겨 있을 때 민우의 이름을 부르는 음성이 뒤에서 들렸다. 고개를 돌려보니 한 사내가 서 있었는데 눈매가 날카로운 자였다.

"한민우 씨 되십니까?"

"그렇습니다. 무슨 일인가요?"

"경찰서에 나왔습니다. 장진동 씨 투신 당시 상황을 좀 설명해주십시오."

"자전거로 퇴근길에 우연히 그가 뛰어내리는 현장을 목격했습니다."

"그 길을 자주 이용합니까?"

"네? 뭐, 그 길을 이용한 지는 며칠 되지 않았습니다만."

"투신하는 장진동 씨 주변에 특이한 점은 없었습니까?"

"특이한 점이요?"

"예를 들면 주변에 그를 위협하는 사람들이 있었다든지……."

"그런 것은 못 봤고요, 다만 투신한 분 왼쪽 옆구리가 붉게 물들어 있었어요."

"붉게 물들어요? 그게 확실합니까?"

경찰관의 눈매가 더욱 날카로워졌다.

"분명히 그렇게 봤어요."

"혹시 흉기에 찔린 상처로 보였습니까?"

"그것까지는 알 수가 없었어요."

"목격한 것만 정확하게 진술해야 합니다. 그렇지 않으면 수사에 혼선을 준다는 오해를 살 수 있습니다."

"……."

"장진동 씨를 개인적으로 아십니까?"

민우는 경찰관의 질문이 다소 불쾌했지만 필요하니까 묻겠지 하고 생각했다.

"그럴 리가요. 전혀 모르는 사람입니다."

그때 경찰관의 눈이 실눈으로 변했다.

"신고자께서는 증권회사 재직 경험이 있더군요."

"아니, 그것을 어떻게?"

민우는 경찰관의 말에 당황스러웠다.

"신고자 분에 대해 저희가 사전에 조금 알아 봤습니다. 그런데 공교롭게도 투신자가 최근 주식투자로 크게 실패를 봤더군요."

"네? 지금 나를 의심하는 겁니까?"

"꼭 그렇다는 게 아니라 주변에 달리 목격자도 없었고……."

"저는 증권회사를 그만둔 지 좀 됐고 또 투신한 분은 제 고객이 아닙니다."

"필요한 것이 있으면 또 연락드리겠습니다. 조사에 응해주셔서 감사합니다."

조사를 마친 민우는 경찰관 질문이 어딘가 이상하고 불쾌하다는 느낌이 들었다. 그러나 더 이상한 것은 다음날 투신자에 대한 주요 언론의 보도 내용이었다.

「어제 오후 6시 경, 35세의 장 모 씨가 한강에서 투신자살하는 사건이 발생했습니다. 장 씨는 최근 연이은 주식투자 실패로 크게 비관해온 것으로 알려졌습니다.」

이것이 투신사고 다음 날 아침 대부분의 신문이 보도한 내용이었다. 그런데 보도에는 투신자의 옆구리가 피에 젖었다는 사실과 그가 투신 전 누군가에게 쫓기듯이 달려오고 있었다는 민우의 증언 내용은 완전히 빠져 있었다.

정신이 돌아온 민우가 습관적으로 베개 아랫부분을 더듬어 휴대폰을 찾아 전원을 켰다. 전날 오랜 만에 만난 지인들과 술자리를 시작할 때부터 꺼놓은 것을 지금에서야 켠 것이다. 모두 두 통의 부재중 전화와 두 통의 문자 메시지가 들어와 있었다. 한 통의 부재중 전화는 얼마 전 그만 둔 증권회사의 상사로부터 온 것이다.

"한 차장, 잘 지내고 있지? 나 공 부장이야. 뉴스 봐서 알겠지만 요즘 증시가 다시 호황 조짐이야. 한 차장의 능력이 절실히 필요한 시점이라고. 너무 오래 쉬는 것은 안 좋아. 안 좋은 일들은 다 잊고 다시 돌아와서 같이 일했으면 해."

"쳇, 나를 희생양 삼을 땐 언제고 이제 와서 같이 일하자고?"

민우가 들고 있던 휴대폰을 이불 위로 휙 집어던졌다.

예기치 못한 아시아 증시 폭락으로 국내 주식 시장이 패닉 상태에 빠져 들자 깡통계좌가 속출했고 무리한 투자를 했던 일부 고객들 가운데서 비관 자살하는 사례가 나타나 사회문제가 되고 있었다. 어느 날 회사에 출근했을 때 민우의 책상 위에 출석 통지서가 놓여 있었다. 상품 가격이 폭락하자 그의 고객 중 한 명이 그를 사기죄로 고소한 것이다. 민우가 판매한 상품은 지점에서 전략적으로 권유한 판매 1순위 상품이었다. 민우는 상사에게 이런 사실을 거론하며 억울함을 호소했다.

"한 차장 사정은 딱하지만 직원이 고객과 일대 일로 상담해서 판매한 상품에 대해 회사가 책임질 수 없다는 방침이야. 회사에서 상품 설명회 때 그런 내용도 교육했잖아. 못 들었어?"

개인 차원에서 문제를 해결하라는 답변만 돌아왔다. 회사는 상품 안내서에 이미 깨알 같은 글씨로 상품 설명을 했다는 것이다. 그리고 그것을 고객에게 자세히 설명 안 한 책임은 영업맨의 책임으로 돌렸다.

"상품 설명을 제대로 하지 않은 데서 생긴 문제는, 영업직원과 고객이 반씩 책임질 수밖에 없다는 것이 회사 법률 전문가의 견해야. 한 차장 사정은 딱하지만 이번 일은 회사 입장을 이해해줘야겠어."

그날 민우는 배신감과 분노감이 목까지 치밀어 오르는 것을 간신히 참고 지점장실을 나왔다.

미국에서 시작된 금융위기는 유럽을 거쳐 남미를 강타하더니 아시아 경제를 흔들고 한국에 들어와 있던 외국 자본의 탈출 러시로 이어졌다. 3차 금융위기가 터지기 전만해도 그는 전 지점에서 고객수익율이 전체 5위 안에 드는 A급 직원이었다.

그러나 아시아 증시 대폭락으로 민우가 추천한 금융상품들의 수익률이 마이너스로 곤두박질쳤고 그 결과 그는 사기혐의로 기소돼 검찰의 불려다니는 신세가 됐다. 민우는 그때부터 증권 일에 회의를 느꼈다. 민우는 일주일을 더 고민하다가 회사를 그만두었다.

또 한 통의 문자 메시지는 효진에게 온 전화였다.

"한 선배, 전화 좀 받아. 잘 지내고 있지? 요즘 증권가는 다시 활황이던데."

효진의 문자를 보자 방금 전 전 직장 상사에게 문자를 받고 느꼈던 불쾌감이 싹 사라지는 듯 했다.

"선배, 언제 얼굴이나 한 번 봐. 문자 줘."

김효진. 대학 후배이기도 하고 또 금융정보분석원에 근무하고 있어서 고객과 분쟁이 있을 때 업무상 종종 연락을 주고받고 도움을 받기도 하는 사이였다. 작고 귀여운 얼굴에 쾌활한 성격이었고 민우를 선배로 잘 따랐다. 민우는 효진을 후배 이상도 이하도 아닌 관계로 편하게 대해왔지만 후배인 효진이 자신을 어떻게 생각하고 있는지에 대해선 특별히 생각해 보지 않았다. 민우는 갑자기 후배에게 미안한 마음이 들었다. 회사를 그만두고 나온 이후로는 효진과 연락을 취하지 않고 있었다.

"잊지 않고 문자 줘서 고맙다. 언제 만나서 생맥주나 한 잔 하자."

문자를 보낸 지 얼마 지나지 않아 답신이 왔다.

"선배 답장 너무 반가워. 이번 주 수요일 저녁 7시 예전에 갔던 여의도 은하빌딩 지하 생맥주집 어때?"

"좋지. 거기서 보자"

효진과 문자 답신을 주고받은 민우는 침대 옆 작은 서랍 위에 놓여 있던 리모컨을 집어 TV를 켜자 TV에서 아침 7시 뉴스가 흘러나오고 있었다.

「1년여에 걸친 침체기가 끝나자 국내 증시가 다시 활황기를 맞고 있습니다. 그러나 학계 등 장외의 증시 전문가들은, 국내 증시에 유입되는 외국 자금들 가운데 핫머니로 의심되는 돈이 많을 것으로 의심된다며 투자자들의 각별한 주의를 당부했습니다.」

'외국계 핫머니의 대거 유입? 외국계 핫머니가 지금 시점에 한국 시장에 왜 들어오는 거지?'

민우는 냄비처럼 다시 뜨겁게 달아오르는 최근의 한국 증시 상황을 이해할 수 없었다.

민우는 증시 호황 운운하는 뉴스에 원인도 모르게 갑자기 추락하던 과거의 증시 악몽을 떠올렸다. 당시 호황도 뚜렷한 이유가 없었다. 때문에 급락도 어찌 보면 자연스러운 것이고 막을 수 없었다. 회사를 그만 두고 나올 때의 혼란스러운 상황이 민우의 머릿속에 떠올랐다. 객장에 와서 항의하던 고객들 모습, 그들에게 일일이 사과하고 설득하고 고개 숙이던 자신의 모습이 떠올랐다. 그리고 그들 모습에 뒤 이어 한강 투신자의 마지막 모습이 오버랩됐다. 공연히 죄책감이 느껴지고 두렵고 또 불쾌했다.

「주가지수 3,000도 결코 불가능한 것이 아니라고 생각됩니다. 현재 국내에 유입되는 해외 자금들의 규모나 유입 속도가 빠르게 증가하고 있어서 당분간 큰 굴곡 없이 증시 호황이 지속되리라 예상됩니다.」

TV에선 한 증시 전문가의 장밋빛 인터뷰가 방송되고 있었다.

'아니 3차 금융위기가 이제 막 진정이 됐는데 증시 호황이라니, 국제 작전세력들이 또 개입하고 있는 건가.'

민우는 증시 뉴스를 들으며 과거 자신이 허망하게 당하던 모습이 떠올라 씁쓸한 미소를 지었다.

청와대 지하 회의실

"국가 안보와 관련된 중대한 움직임이 발생했기 때문에 장관들을 급히 모이시게 했습니다. 국정원장께서 입수한 내용들을 자세히 설명해주시죠."

박인식 대통령이 이도상 국정원장을 쳐다보며 말했다. 오늘은 대통령이 직접 국가안전보장회의를 주재했는데 그만큼 상황이 급박하다는 의미였다.

"최근 북한 주민들의 해상 난민 발생 건수가 심상치 않습니다. 지난 해 총 16

건이었던 서해와 동해상 해상 난민 발생건수가 올해 들어 확인된 것만 벌써 24건으로 증가한 상황입니다. 더 큰 문제는 이들에 대해 북한군 당국이 무자비한 대처를 하는 과정에서 중국뿐만 아니라 여타 다른 나라 해상 선박들에까지 위협이 가해짐으로써 국제사회 분쟁 위험으로까지 이어지고 있다는 점입니다."

국정원장은 해상 난민에 대한 북한군 당국의 무자비한 대처가 인도적 관심뿐만 아니라 한반도의 군사적 긴장까지 높이고 있다는 설명을 덧붙였다.

"공개할 첩보 사항이 한 가지 더 있습니다. 저희 기관이 최근 입수한 첩보에 의하면 지난 7월 북중 접경지역에서 평양의 직접 지휘를 받는 군대와 접경지역 지방군대 간 충돌 사건이 발생했던 것으로 보입니다. 이것은 지난 1월 함경북도 회령 지역에서의 군대 간 충돌 사건에 이어 올 들어서만 두 번째입니다."

전에 없던 북한군 부대 간 충돌 사건이 연이어 터지자 정부는 긴장하고 있었다.

"충돌 당시 상황이 구체적으로 알려진 것이 있습니까?"

참석한 각료 중 한 명이 물었다.

"북한의 변방부대에 파견돼 온 김정은 직계 지휘부대를 지방의 군 병력들이 제압한 사건입니다. 이 과정에서 적지 않은 사상자가 양측에서 발생한 것으로 전해졌습니다. 전에 볼 수 없었던 사건들이 지금 북한 군부 내에서 벌어지고 있는 것 같습니다. 이로 인해 해상 난민들까지 발생하고 있는 상황입니다."

국정원장의 보고에 회의실 내부가 잠시 술렁였다.

"북한에서 실제로 군사 반란이 일어나고 있다는 얘깁니까?"

이번엔 외교부장관이 물었다.

"첩보를 종합하면 중앙의 명령이 지방까지 잘 안 먹히고 있는 것으로 보이지만 이것을 반란으로 볼 것인지 판단하기 위해서는 좀더 지켜봐야 할 것 같습니다."

"반란 책임자들에 대한 처벌이 진행됐습니까?"

"그게 이상합니다. 사건 발생 5개월이 지나도록 하극상을 일으킨 군부 누구도 처벌 받은 자가 없는 것으로 보입니다. 사건 후속처리가 매우 이례적입니다. 변방에 대한 중앙의 통제가 예전 같지 않은 것이 틀림없습니다."

국정원장의 보고에 긴급회의 참석자들 모두 의아하다는 표정을 지었다.

"이번 반란 사건도 지역경제 수익을 둘러싼 충돌입니까?"

통일부장관이 올해 초 발생한 북한 변방 군 충돌사건을 상기하며 추측성 질문을 던졌다.

"첩보에 의하면 신의주 경제특구에서 나오는 수익 배분을 둘러싸고 그간 중앙과 지방 간에 갈등이 컸던 것 같습니다. 그 지역 군부가 신의주 특구와 관련된 물품의 경호와 유통을 책임지고 있는데 거기서 얻는 수익이 상당한 것으로 알려져 있습니다. 그런데 중앙의 군부에서 그 수익을 자기 쪽으로 돌리려고 하는 과정에서 양측 간 누적된 불만이 군사 충돌로 이어진 것 같습니다."

"이번 첩보의 소스는 어딥니까?"

통일부장관이 다시 물었다.

"당시 상황을 목격한 중국 조선족 상인이 선양을 방문한 한국측 교역 파트너에게 익명을 전제로 전한 겁니다. 그 조선족 상인은 북한 변방의 군부와 상업적 커넥션을 갖고 있는 자입니다."

그렇다면 거의 정보에 가까운 첩보였다. 국정원장의 보고가 끝나자 회의 참석자들 시선이 모두 대통령을 향했다. 대통령이 천천히 입을 열었다.

"북한의 내부 동향이 불안할수록 정부의 국정운영에 한 점의 누수도 없어야겠습니다."

대통령이 잠시 숨을 고른 후 말을 이었다.

"그런데 최근 북한 국방위 소속 고위 간부 한 명이 한국행을 시도하다 우리 내부의 오열 때문에 좌절된 사건이 있었습니다. 오열의 정체는 아직까지 밝혀내지 못했고 그 북한 고위 간부의 생사는 현재 불투명한 상황입니다. 그 사람은 최근 북한 내부의 상황을 파악하는 데 큰 도움을 줄 중요한 인물이었습니다. 이번에 오열의 개입으로 인한 계획의 차질은 북한 내부에서 벌어지고 있는 상황에 외부 세력이 개입되어 있음을 시사하고 있습니다. 물론 그 외부 세력엔 한국이 포함되어 있는 것으로 추측됩니다."

대통령의 질책성 발언에 회의실에 찬바람이 감돌았다.

"그리고……."

대통령이 잠시 쉰 후 다시 말을 이었다.

"최근 우리 사회 안에서 북한 내부의 심상치 않은 혼란을 틈타 국민을 혼란에 빠뜨리는 일들이 벌어질 조짐이 보입니다. 증시에 각종 유언비어도 난무하고 있습니다. 우리 남측이 북의 각종 도발에 지금까지 절제된 대응을 해온 것은 오늘과 같은 상황을 내다보고 통일의 연착륙을 유도하기 위함이었습니다. 절대로 경거망동하는 일 없이 어떠한 경우에도 불필요한 혼란을 막아야 합니다."

국민을 혼란에 빠뜨리는 일이 무엇을 의미하는지 대통령의 직접 언급은 없었지만 참석한 각료들은 나름 짐작하고 있었다.

투신자가 남긴 것

민우는 몸이 날아갈 듯이 가벼워진 것을 느꼈다. 검찰청을 나서는 순간 그동안 가슴 한가운데를 꽉 누르고 있던 큰 바위덩어리 같은 것이 속 시원하게 치워진 느낌을 받았다. 경찰청과 검찰청을 오가며 2개월여를 끌던 소송전이 끝이 난 것이다. 자신의 진심을 알게 된 고객이 약간의 합의금을 받고 막판에 소를 취하해줘 사건이 마무리됐다.

민우가 오후 햇살이 비치는 법조타운 거리를 걸으면서 생각지도 못했던 소송전에 시달렸던 지난 두 달을 뒤돌아봤다. '무죄 결론은 어려울 것이다', '독한 고객을 만났다' 는 주변의 전망에도 민우는 틈만 나면 한때 자신의 고객이었던 고소인에게 미안한 마음을 전했다. 물론 회사가 아닌 자신을 상대로 소를 제기한 고소인이 원망스럽기도 했지만 절대 그런 내색은 하지 않았다. 그런 노력 끝에 처음에 걱정했던 것보다는 훨씬 덜 부담스러운 결과가 나왔다. 그러나 막상 고객과의 소송전이 끝나고 나니 마음 한편에 생각지도 못한 우울함이 밀려왔다. 천직이라 생각하며 10년 가까이 다녔던 직장을 잃은 것이다.

'잃었다는 표현보다는 쫓겨났다는 표현이 더 정확하겠지!'

소송은 끝이 났지만 민우는 실업자 신세였다. 재입사하면 받아주겠다는 며칠 전에 받아 본 증권회사 부장의 문자메시지가 떠올랐다. 민우는 그러나 증권회사로 다시 돌아가고 싶은 마음은 없었다. 직장을 잃은 데서 찾아 온 우울함보다는 증권사에 대한 회의감이 더 컸다. 증권업종에 몸을 담을수록 늘어가는 회의감이 여전히 그를 짓누르고 있었다.

정체를 알 수 없는 세력에 번번이 당하는 것이 싫었고 더욱이 그런 결과를 예상하면서 고객에게 매수 매도 권유를 하는 것이 싫었다. 민우의 그런 회의감은 그날 주식 투자자의 투신 장면을 목격한 후 더욱 굳어졌다. 그날의 상황이 머릿속에서 쉽사리 사라지지 않았다.

'왜 주식투자자가 내 앞에서 투신을 해 경찰까지 나를 의심하게 만들지?'

불쾌감과 불안감이 민우의 마음을 덮쳤다. 민우가 품에서 메모지 한 장을 꺼냈다. 거기에는 투신자가 죽기 한 달 전쯤 여동생에게 했다는 말을 받아 적어 놓은 것이 있었다. 그 메모는 증권 일에 오래 근무했던 민우의 본능적인 관심에서 비롯된 것이기도 했다. 민우는 그를 죽음으로 내몬 증권투자 내역이 궁금했다. 그런데 그가 거래했던 증권사를 통해 알아보니 놀라운 사실이 드러났다. 장진동은 증권사 계좌를 개설한 지 불과 보름 만에 투신 사망에 이른 것으로 나타났다.

'이것은 흔한 경우는 아니야!'

투신 전 장진동의 옆구리를 적신 붉은 핏자국이 떠올랐다. 어느 언론도 그 사실을 보도하지 않았다. 이상한 점이 한두 가지가 아니었다. 사실과 현실 사이에서 정신 분열을 느낄 지경이었다.

'내가 잘못 봤단 말인가?'

민우는 머리가 다시 무거워지는 것을 느꼈다. 눈을 들어 하늘을 보니 구름 몇 점 떠 갈뿐 맑게 개어 있었다.

'내가 관여할 일은 아니야. 난 좀 쉬어야 해.'

민우는 마음을 다잡았다. 그때 왼쪽 허벅지 쪽이 부르르 떨렸다. 휴대폰을 확인해보니 효진이었다.

"한 선배, 오늘 저녁 약속 잊지 않았지?"

"물론이지."

그날 저녁 민우와 효진은 여의도 증권가 골목에 있는 생맥주집에서 만났다. 증권사와 자산운용사, 금융사 직원 등 여의도 인근의 직장인들로 가게 안은 바글바글했다.

"한 선배, 소송 건 잘 마무리돼서 진심으로 축하해. 오늘은 내가 축하주 살게."

민우는 오랜만에 반가운 후배와 자리를 함께 하자 마음속을 짓누르던 고민거리들이 다 날아가는 듯한 기분이었다.

"오늘은 내가 한 턱 쏴야 되는 날인데."

"무슨 소리야, 오늘은 내가 살게. 그간 마음고생 많이 했을 텐데 얼굴색은 변화가 없네. 살은 좀 빠진 것 같지만."

효진이 민우의 얼굴을 쳐다보며 기분 좋은 말을 연신 쏟아냈다. 듣기 좋으라고 하는 말인 줄 알지만 결코 싫지 않았다. 민우로선 그간 회사를 나온 이후 좋은 일이 별로 없던 터였다.

"요즘 증시와 금융권 돌아가는 상황은 어때?"

생맥주 한 모금을 시원하게 들이킨 민우가 화제를 돌려 물었다.

"국내 증시가 조금씩 살아나고 있어. 국내자금 유동성도 좋아지고 있고. 우리로서는 가뭄 끝에 단비지. 해외자금 유입 소식을 듣고 투자자들의 발길도 늘었고. 그 바람에 증권가 정보지들에도 희망 섞인 내용들이 다시 등장하고 있어. 증권가 사조직들도 다시 활발히 움직인다는 소문이야."

처음에 증권회사에 근무했던 효진은 금융정보분석원으로 자리를 옮겨서인지 증권계 동향도 꿰뚫고 있었다.

"그래? 구조조정 칼바람은 조금 주춤한 모양이지?"

"원래 이 바닥이 변덕이 심하잖아. 주가지수 떨어지고 매출 줄면 제일 먼저 인력부터 줄이고, 주가 좀 오르고 수익 좀 좋아지면 하던 구조조정도 멈추는 동네잖아. 이번에 불어온 바람이 오래가야 할 텐데. 그래야 선배도 이번 기회에 재입사를 할 수 있잖아."

"나를 위해 애써주는 마음이 고맙지만 너무 큰 기대하지 마. 자칫 대형 사고로 이어질 수 있으니까."

"그게 무슨 소리야? 대형 사고라니?"

효진이 되물었다.

"난 요즘 증시가 다시 살아나는 것이 잘 이해가 가지 않아. 어딘가 좀 이상하다는 생각이 들어."

효진이 입을 다문 채 눈만 말똥말똥 뜨고 민우의 말을 듣고 있었다.

"최근 세계경제 전망 보고서를 인터넷에서 봤는데 미국이나 중국이 언제 경기가 다시 침체할지 모른다고 비관적인 전망을 했더군. 한반도 안보 상황도 별로인 것 같고. 그렇다면 국내에 들어와 있는 해외 투자자들이 언제 돈을 빼서 나갈지 모르는 상황이야. 그런데 어떻게 해외 핫머니까지 한국 증시에 들어오는지, 난 그것이 잘 이해가 가지 않아. 수수료 이익 때문에 장밋빛 주가 전망을 남발하는 증권회사들의 고질병도 다시 도진 것 같기도 하고."

"들어보니 선배 얘기도 일리가 있어. 하지만 너무 비관적으로 국내시장을 보는 거 아냐? 이제 우리나라가 과거 IMF 같은 금융 위기를 맞을 가능성은 적잖아. 외환보유고가 무려 3천억 달러가 넘는데."

"과연 그럴까? 외환보유고가 과거보다 늘어났지만 우리 금융시장, 자본시장 대외 개방도는 과거와 비할 수 없을 만큼 높아졌어. 외국 핫머니에 그만큼 취약한 상황이 되어 버렸단 말이야. 경제 상황이 근본적으로 나아진 것이 없는데도 환율은 계속 하락하고 있어. 이게 다 국내 금융시장이 외국자본 움직임에 매우 취약해졌다는 방증이야."

"한 선배 얘기를 듣다보니 최근 증시 급등이 좀 수상하다는 생각이 드네."

"자, 자, 오늘은 골치 아픈 얘기는 그만하자."

민우가 얼른 말머리를 돌렸다.

"그나저나 한 선배, 다시 직장 잡아야지. 언제까지 그렇게 세월 보낼 거야? 결혼도 해야지?"

효진이 묘한 웃음을 띠며 물었다.

"그러지 않아도 고민중이야. 하지만 전에 다니던 회사는 안 들어갈 생각이야."

"오호, 어디서 콜 하는 데가 있는 모양이네. 어디 증권이야? S증권? H증권? 자산 운용사? 한 선배 실력이면 요즘 같은 시기엔 어디든지 들어갈 수 있을 것 같은데?"

"결정되면 제일 먼저 너한테 알려줄게."

"선배, 그것 기억나? 한 달 전쯤에 대학로 점집 카페 들렀던 거. 그때 점집 주인이 이런 말 했잖아. 악재를 만나 잘 대처하면 화가 큰 복이 될 거라고. 지금의 시련이 선배 앞날에 큰 도움이 되려고 이러는 건지 몰라. 용기를 내."

"음, 고맙다. 그리고 한 가지 부탁이 있어. 이것 좀 알아봐 줘."

민우가 품에서 메모지를 꺼내 효진 앞으로 내밀었다.

"이게 뭔데?"

"투신한 장진동 씨가 여동생에게 했던 말을 정리한 건데."

"장진동 씨? 선배가 왜 이 일에 아직도 매달려 있어? 이젠 잊을 때도 되지 않았어?"

효진이 못마땅한 표정으로 민우의 얼굴을 쳐다보며 말했다.

"여동생이 오빠 죽음에 의혹을 제기하고 있어. 나도 좀 그렇고."

효진이 의아한 표정으로 민우를 쳐다보았다.

"사실은 내가 요즘 사망한 장진동 씨 꿈을 종종 꿔. 처음엔 싫었는데 여러 번 꾸다 보니까 그가 나에게 무슨 말을 하려고 하는 것이 아닌가 하는 생각이 들어."

효진이 민우의 얼굴을 물끄러미 쳐다보더니 시선을 메모지로 돌려 한참을 살폈다.

"그러니까 이 '유로퍼시픽아이즈' 라는 투자사가 아무래도 수상하다, 이 말이지?"

"그래, 이 투자사의 실체에 관한 것이면 무엇이든지 다 알아봐줘. 죽은 장진동 씨가 왜 이 회사를 대리해서 투자를 했는지 그것이 궁금해."

"어디까지 알아봐야 돼? 이들의 배후도 궁금한 거야?"

"그게 가능하면 그것도 포함해서."

"이들이 지금도 국내에서 활동하는지부터 알아봐야겠네. 생소한 이름인데."

"한 사람의 억울한 죽음의 원인을 캔다는 사명감을 갖고 알아봐 줘."

"흠, 선배 말을 들어보니 나도 호기심이 당기는데."

중국 베이징 차오양구 산리툰 제3대사관 구역

밤안개가 가로등 불빛에 산란되고 있었다. 베이징의 날씨는 한낮과 한밤의 온도차가 무려 20도나 났고, 이상저온으로 생긴 밤안개가 불과 수 미터 전방까지 시야를 가리며 대사관 거리 일대를 안개 속에 가둬버렸다.

새벽 1시.

"으윽~"

한 사내의 신음소리가 대사관 거리의 적막감을 파고들었다. 그는 일주일 전 체포조의 급습을 피해 간신히 달아났던 북한 국방위 정보국 소속 류조국 소장. 그는 곧 쓰러질 것 같은 불안한 걸음걸이로 멀리 눈에 들어오기 시작한 희미한 불빛을 향해 천천히 걸어갔다. 스웨덴 대사관이라고 쓰인 글자가 그리 멀지 않은 곳에서 희미하게 빛났지만 류 소장에겐 수 킬로미터의 먼 거리감으로 느껴졌다. 사내는 불안한 눈빛으로 이따금씩 뒤를 돌아보았다. 고통으로 일그러진 그의 얼굴에서는 식은땀이 흘렀고 총알이 관통한 왼 옆구리의 고통이 그의 정신을 조금씩 앗아가고 있었다. 발걸음을 옮길 때마다 그가 움켜진 오른쪽 복부에서 선지 같은 핏방울이 뚝뚝 떨어졌다.

"으으윽~"

내뱉는 신음소리가 새벽 찬 공기에 얼어붙었다. 스웨덴 대사관 앞 도로를 마주보며 걸음을 멈춘 그가 품속에서 휴대폰을 꺼내 피 묻은 손가락으로 발신버튼을 눌렀다. 신호음이 얼마 가지 않아 수화기에서 다급한 음성이 들렸다.

"지금 어디 계십니까? 찾고 있었습니다."

사내의 귀에 수화기 너머 한 남자의 음성이 웅웅거림 속에서 들려왔다.

"쫓기고 있었소."

"쫓겨요? 지금 어디 계십니까?"

수화기 너머에서 다급한 음성이 다시 들렸다.

“목적지에 거의 다 도착했소.”

“류 소장, 조금만 버텨주세요. 우리 팀이 곧 도착할 겁니다.”

“총상을 입었소. 오래 버티기 힘들 것 같아요.”

“총상이요?”

그러나 사내는 더 이상의 통화를 중단하고 도로 옆 건물 뒤편 골목에 몸을 숨긴 채 복부에 흐르는 피를 자신의 겉옷을 벗어 임시 지혈하며 구조의 손길을 기다렸다. 대사관의 높은 담벼락과 철대문 앞에 놓인 철망 바리케이드가 가로등 불빛에 어렴풋이 들어왔다. 1년 전 북한 해외간부들의 집단 망명 사건 이후 대사관을 보호한다는 미명하에 중국 정부가 쳐놓은 바리케이드였지만 사실은 망명 시도자 출입을 통제하기 위해 설치한 장애물이다.

‘우리 팀이 곧 도착할 겁니다.’

대사관 요원의 마지막 말이 머릿속에서 윙윙거렸다. 그는 어디서부터 일이 잘 못 된 것인지 지나온 시간을 되짚어 봤다. 일주일 전 한국 대사관 직원과의 통화가 떠올랐다.

“대사관입니다. 무엇을 도와드릴까요?”

“블랙국입니다. 도움을 요청합니다.”

블랙국이란 중국에 나와 있는 북한 총정치국 산하 정찰총국을 의미하는 은어였다. 수화기에서 잠시 침묵이 흘렀다.

“잠시만 기다리십시오.”

묵음 상태가 잠시 이어지더니 조금 전과 다른 목소리가 수화기에서 흘러나왔다.

“도움을 요청하신다고요?”

“그렇습니다.”

“소속을 증명할 증거를 갖고 있습니까?”

“영변 약산연구소에서 근무하던 류조국이란 사람입니다. 실험실 주변에 만개한 꽃들 중 한 송이를 꺾어 왔습니다.”

“지금 약산연구소라고 했습니까?”

“그렇소.”

약산연구소는 북한 정찰총국 산하 정보국의 위장 명칭이었다.

“곧 모시러 가겠습니다.”

그러나 한국의 대사관 요원들은 오지 않았고 체포조가 급습했다. 체포조를 피해 은신해 있던 안가가 또 습격당하면서 박사는 두 번째 생사의 위기에 처했다. 류 소장은 남한을 끝까지 믿어야 할지 확신하지 못했지만 그렇다고 이제 다시 북으로 돌아갈 수도 없는 상황이다. 그는 복부를 움켜쥔 채 터져 나오려는 신음소리를 간신히 억누르며 안개와 어둠 속에 몸을 숨긴 채 한국 대사관 요원을 기다렸다. 한국 대사관 요원은 승용차를 이용해 스웨덴 대사관 정문을 함께 통과하겠노라고 약속했다. 출혈은 멈췄지만 정신은 점점 아득해졌다. 그를 데리러 오기로 한 사람도 승용차도 나타나지 않았다. 새벽이 되자 영하의 냉기가 몰아쳤다. 시간이 흐르면서 체온이 떨어지고 비상시에 대비해 양쪽 안주머니 속에 넣어둔 휴대용 보온팩들도 서서히 식어갔다.

박사는 더 이상 버티지 못하고 대사관과의 거리를 불과 200미터쯤 남겨놓은 골목길에서 쓰러졌다. 도로 바닥 위에 쓰러진 그의 입에서 신음소리가 작게 흘러나왔다. 새벽의 찬바람이 대사관 인근 길가의 앙상한 가로수들을 매섭게 흔들어댔다. 마치 시간이 정지된 것 같은 느낌 속에 추위와 총상의 고통이 그를 사지로 몰아넣었다.

얼마나 시간이 흘렀을까? 바닥에 쓰러져 있던 박사의 귀에 시멘트 도로 위를 불규칙하게 울리는 소음이 들려왔다. 박사는 마지막 희망을 부추기며 몸을 일으켜 세우다가 도로 주저앉았다. 출혈은 멈추었지만 몸이 얼어 굳어버렸다. 그는 다가오는 희망의 소리에 귀를 기울였다. 잠시 후 그 소리가 오토바이라는 것을 알 수 있었다.

'오토바이? 승용차가 아니라 오토바이인가? 지금 중요한 것은 스웨덴 대사관 안으로 들어가는 거지.'

소장은 자신에게 다가오는 오토바이 소리를 들으며 한국 망명에 대한 실낱 같은 희망의 끈을 놓지 않았다. 잠시 후 오토바이가 멈추더니 누군가 그에게 급하게 다가오는 소리가 들렸다.

"여보세요! 정신 차리세요!"

오토바이에서 내린 사내가 바닥에 쓰러져 있는 그를 흔들었다. 류 소장이 오토바이에서 내린 사내의 손을 힘없이 붙잡고 작은 목소리로 입을 열었다.

"저기…… 스웨덴… 대사관으로……."

류 소장은 그 말을 끝으로 오토바이 운전자의 팔에 머리를 묻었다.

그러나 오토바이 운전자는 제대로 알아듣지 못했는지 자신의 팔에 쓰러진 류 소장을 다시 흔들며 소리쳤다.

"이보세요! 정신 차리세요!"

소장을 흔들던 오토바이 운전자 눈에 그의 옆구리에 피가 굳은 흔적이 들어왔다. 피를 보자 오토바이 사내의 얼굴에 긴장감이 서렸다.

'이것은 피? 무슨 일이 있었던 거지?'

쓰러진 류 소장의 옷차림을 유심히 살피던 사내가 겉옷 상단에 달린 김일성 배지를 발견했다.

'탈북자?'

사내가 쓰러진 자의 품속을 뒤져 신분증 하나를 발견했다.

'평양 시민 류조국.'

지방 주민들의 공민증과 달리 평양 시민증은 그 자체만으로도 북한 사회에선 상위계층에 속해 있음을 상징한다. 사내는 다시 그의 품속을 뒤졌지만 그의 신원을 좀더 확인할 수 있는 더 이상의 신분증은 나오지 않았다. 그때 쓰러진 소장이 다시 손가락으로 대사관 쪽을 힘겹게 다시 가리키며 작은 소리로 '엠버시'를 외쳤다. 그제야 오토바이 사내는 쓰러진 자가 대사관으로 망명하려 한다는 것을 알아차렸다.

'망명을 시도하는 것인가? 빨리 대사관에 알려야 해.'

사내가 쓰러진 류조국 소장의 한쪽 팔을 자신의 한쪽 어깨 위에 걸쳐 놓은 다음 대사관 정문을 향해 조심스럽게 접근해 나갔다.

"거의 다 왔습니다. 스웨덴 대사관이 눈앞에 있습니다."

류 소장은 몸에 남은 마지막 한 방울의 힘까지 짜내면서 오토바이 사내에 의지한 채 대사관 정문을 향해 필사적으로 몸을 움직여 나아갔다. 그러나 바로 그때였다. 갑자기 나타난 자동차 헤드라이트 불빛들이 소장과 오토바이 사내가 있던 대사관 정문 앞 도로에 들이닥쳤다. 그리 넓지 않은 골목은 헤드라이트에서 내뿜는 불빛과 정적을 깨는 차량 엔진 소음들로 인해 순식간에 불안한 분위기 속에 휩싸였다. 곧 이어 차량에서 튀어 나온 한 사내의 거칠고 공격적인 중국 억양이 새벽 공기를 깼다.

"1조는 전방! 2조는 후방을 맡아!"

2대의 검정색 9인승 밴에 나눠 타고 온 무리가 차에서 뛰어내려 골목의 앞뒤로 흩어졌고 그들 손에는 권총과 기관총이 들려 있었다. 오토바이 사내는 불안한 눈빛으로 갑자기 나타난 자들의 일사불란한 행동을 지켜보고 있었고 정신을 거의 잃은 류 소장은 눈을 감은 채 그의 어깨 위에 쓰러져 있었다. 오토바이 사내는 그들의 움직임을 보면서 뭔가 안 좋은 일이 곧 생길 것 같다는 불안감이 들었다.

"놈이 여기 있습니다!"

“이 사람을 빨리 응급조치해야 합니다!”

오토바이 사내가 자신에게 몰려드는 무리를 향해 소리쳤다. 그 소리에 승용차에서 내린 자가 빠른 걸음으로 그에게 다가왔다.

“이 자를 바닥에 눕혀!”

그러자 그들이 오토바이 사내를 옆으로 밀치더니 류 소장을 바닥에 눕혀 놓고 그의 눈꺼풀을 열어 젖혀 보며 상태를 유심히 살폈다.

“아직 죽진 않았어.”

“오래살긴 어렵겠습니다. 피를 많이 흘린 것 같습니다.”

“놈의 몸을 샅샅이 수색해봐!”

두 사내가 달려들어 소장의 몸을 샅샅이 뒤졌지만 아무것도 나오는 것이 없었다.

“아무것도 나오지 않습니다.”

“그럴 리가? 저리 비켜!”

이번엔 무리의 지휘관이 직접 나서서 류 소장의 몸을 샅샅이 뒤졌지만 역시 아무것도 나오지 않았다. 오토바이 사내는 그들의 행동을 불안한 눈빛으로 지켜보고 있었다. 잠시 후 그들 가운데 한 명이 물었다.

“당신 누구야?”

그들의 말투가 위협적으로 다가왔지만 오토바이 사내는 비교적 침착하게 대답했다.

“난 평양 주재 스웨덴 특파원이오. 이곳을 지나가다가 우연히 이 사람이 쓰러져 있는 것을 발견했어요.”

“평양 주재 스웨덴 특파원?”

“베이징과 평양을 오가고 있어요.”

그가 자신의 신분증을 보였다.

"흠, 스웨덴 기자양반이시군."

그들 중 한 명이 어디론가 전화를 걸어 그가 내민 신분증을 확인하는 듯 했다. 신분증이 맞는 것을 확인했는지 그가 옆에 있던 지휘관을 쳐다보며 고개를 끄덕였다.

"밤늦은 시각에 여긴 웬일이오?"

"이 근처에 숙소가 있어서 지나가는 길이었소. 그러다가 이 사람이 쓰러져 있는 것을 발견했어요. 그런데 당신들 누굽니까?"

그가 신분증을 돌려주면서 한 마디 차갑게 내뱉었다.

"쓸데없는 일에 참견하지 마시오. 이것은 우리 내부의 일이니까. 놈을 태우고 출발해."

그러자 무리 중 두 명이 달려들어 쓰러진 소장을 헌 짐짝처럼 자신들이 타고 온 밴에 옮겨 실었다.

"그 사람 어디로 데려가는 겁니까? 그는 지금 위독한 상태예요."

"당신이 신경 쓸 것 없어! 이 자는 간첩 혐의를 받고 있는 자야. 외부인이 나설 문제가 아니란 말이야!"

순간 쓰러진 자가 스웨덴 대사관으로 망명을 시도했던 사실이 떠올랐다.

"이 사람은 지금 피를 많이 흘렸어요. 우선 병원으로 데려가 응급처치를 해야 해요."

그러나 그들은 그의 말에 콧방귀를 끼었다. 오토바이 사내는 당황하고 불안한 눈빛으로 류 소장을 태운 차량이 완전히 사라질 때까지 안개가 걷히지 않은 자욱한 골목을 한참동안 쳐다보았다. 그를 실은 차가 대사관 거리를 지날 무렵 반대편에서 오던 승용차 한 대가 그들 곁을 천천히 스쳐 지나갔다. 승용차에 타고 있던 자들 중 한 명이 류 소장이 실린 밴이 스쳐 지나가는 것을 유심히 쳐다보았다. 그러나 그 뿐, 그 외에 다른 행동은 없었다.

페이퍼 컴퍼니

"선배 예상대로 유로퍼시픽아이즈라는 투자그룹은 아무래도 의심스러운 데가 있어."

며칠 뒤 효진이 민우가 조사를 요청한 유로퍼시픽아이즈에 대해 전화로 설명했다.

"알아보니까 유로퍼시픽아이즈는 페이퍼컴퍼니였어."

"페이퍼컴퍼니? 유령회사?"

"응, 그래서 실제 소유관계가 공개된 것은 없고 투자사 등록 때 밝힌 경영진 명부가 있는데 전부 외국인들이고 왠지 바지 임원들 같다는 느낌이 들어."

"바지 임원들?"

"더군다나 페이퍼컴퍼니 주소지가 조세 회피 지역인 버진아일랜드야. 그래서 정확한 실소유 관계를 밝히기가 어려워. 그들은 세금 걷는 게 우선적인 목적이니까."

"그들의 실체를 밝혀낼 방법이 없을까?"

"그렇지 않아도 특별한 방법을 동원해 봤지. 다 비공식적 방법이야. 기억나? 몇 년 전에 국제탐사보도언론인협회가 버진아일랜드에 페이퍼컴퍼니의 실체와 그 실제 주인들을 폭로해서 전 세계적으로 파장이 일어났잖아."

민우도 당시 언론 보도 내용이 어렴풋이 기억이 났다.

"전 세계 유명 정치인들과 독재자들, 재계 인사들이 버진아일랜드에 숨겨놓은 회사들이 줄줄이 탐사전문 언론인들에 의해 보도됐었지. 우리 기관에서도 자료를 따로 구하지 못해 당시 언론 보도 내용을 입수해서 분석을 한 적이 있어. 그래서 내가 당시 DB(데이터베이스)를 조사해봤는데 이 회사는 거기에 없었어. 설립된 지가 1년 조금 넘다 보니까 기록에 없어."

"그들을 추적하는 다른 방법이 없을까?"

"무엇인가 문제가 있어야 그것을 핑계로 좀더 자세히 조사를 해볼 텐데 국내에선 문제 삼기 어려워. 일단 한국을 벗어난 돈은 추적이 어려워. 해외에서 이 그룹을 통해 외국인 명의로 국내로 들어오는 돈도 최근 규제가 대폭 완화되고 사실상 증권시장이 자율화됐기 때문에 우리도 어쩔 수 없어."

"그래도 의심을 살 만한 단서 같은 것은 없어?"

"눈에 띄는 한 가지 특징이 있었어."

그 말에 실망감에 빠져들던 민우의 신경이 되살아났다.

"무엇보다 눈에 띄는 것은 이 그룹의 독특한 투자 행태였어."

"독특한 투자 행태?"

"이 유로퍼시픽아이즈의 최근 투자 종목이 군수업종에 많이 집중돼 있다는 거야."

"군수업종이라고?"

"한국 정부가 최첨단 전투기, 공중급유기, 전천후 적외선 레이더 구입하는 데 있어서 미국과 이스라엘, 유럽산 등 생산 대륙은 물론 제조회사까지 맞아떨어지는 정밀한 투자를 해왔어."

민우는 효진의 설명에 큰 충격을 받았다. 효진의 분석이 사실이라면 유로퍼시픽아이즈는 정보 원천 접근 능력에다 생산자와도 가까운 위치라는 느낌이 들었다.

"선배, 경찰관이 장진동 씨가 주식 실패 때문에 투신했다고 그랬나? 내가 볼 땐 그건 맞지 않아. 다른 숨겨진 이유가 있는 것 같아."

민우는 효진과 헤어져 집으로 돌아오면서 장진동이 연계된 유로퍼시픽아이즈의 실체가 무엇인지 더욱 궁금해졌다. 사망한 장진동은 어떻게 유로퍼시픽아이즈와 연계가 된 것인지, 그가 비극적인 최후를 맞게 된 이유가 무엇인지 여러 궁금증이 민우의 머릿속을 파고들었다.

효진이 남긴 마지막 말이 생각났다.

"선배, 이 일은 선배가 관여할 일이 아닌 것 같아. 이쯤에서 손을 떼는 게 좋을 것 같아!"

효진의 충고에 민우도 잠시 흔들렸다. 그러나 그보다 더한 호기심과 오기가 민우를 놓지 않았다. 증권회사 재직시 경험한 알 수 없는 투자세력들에 대한 불쾌감, 좌절감, 분노감이 장진동 죽음의 진실을 밝혀내야 한다는 의무감으로 바뀌고 있었다.

그때 민우의 휴대폰이 울렸다. 휴대폰 화면에 '발신자 제한' 표시가 떠 있었다. 잠시 망설이던 민우가 통화로 전환했다.

"한민우 씨 맞습니까?"

"네, 제가 한민우입니다만."

처음 들어보는 굵은 저음의 목소리였다.

"자금 투자 의뢰를 하고 싶소."

"투자요? 전화를 잘못 거신 것 같은데요 저는 증권회사를 그만둔 지 오래되었습니다."

"알고 있습니다. 나는 당신의 유능함과 성실함을 믿고 투자를 맡기고 싶습니다."

민우는 갑자기 전화를 걸어 온 사람이 하는 얘기가 당황스러웠다.

"당신이 현재 증권회사를 다니든 다니지 않든 관계없소. 내 돈과 자산을 당신에게 맡길 테니 당신이 알아서 좋은 펀드에 투자해주시오. 당신에겐 판매수익의 10퍼센트를 주겠소."

판매수익의 10퍼센트는 엄청난 리베이트를 보장해주는 수치였다.

"그런데 저를 어떻게 아시지요?"

민우가 궁금했던 점을 물었다.

"나는 얼마 전 사망한 장진동 씨와 더불어 과거 펀드 투자를 했고 그와 절친했던 사람이오. 그런데 그가 얼마 전 투신한 안타까운 소식에 대해 들었어요. 그런데 당신이 그의 투신을 신속하게 신고했고 또 사망 후에도 뒤처리를 잘해준 것에 대해 들었어요. 그리고 무엇보다 당신이 과거 증권회사를 재직할 때 고객들에게 최대한 성실하게 투자서비스를 했다고 들었소. 난 당신의 그런 점에 큰 신뢰를 갖고 있어요."

민우는 증권회사를 나온 처지임에도 자신을 알아주는 상대방으로 인해 실직 상태에서 받았던 마음의 상처가 치유되는 듯한 느낌을 느꼈다. 민우는 그의 계속되는 설득에 자산운용에 대한 조언을 해보고 싶다는 충동을 강하게 느꼈다.

"일단 만나 뵙고 말씀을 나눴으면 합니다."

"혹시 한민우 씨가 태국 방콕으로 올 수 있겠습니까?"

"네? 방콕이오?"

"내가 얼마 전부터 태국 방콕에 머물고 있어요. 당분간은 한국에 나갈 일이 없을 것 같은데 괜찮다면 한 선생이 이곳에 와서 나의 자금 관리인을 만나서 논의를 해주었으면 좋겠소. 왕복 비행기표와 묵을 호텔은 이쪽에서 준비하겠소."

너무나 갑작스런 제안에 민우는 수용을 해야 할지 말아야 할지 망설였다.

"며칠 머리도 식힐 겸 이곳으로 오세요."

"좋습니다. 제가 방콕으로 가겠습니다."

다음 날 민우에게 방콕-서울 왕복 비행기 티켓과 호텔숙박권이 도착했다.

청와대 본관 대통령 집무실

"류조국 소장을 왜 못 태운 겁니까?"

북한 류조국 소장의 망명 실패 이후 열린 대통령 주재 긴급회의에서 대통령이 계획 실패의 원인에 대해 물었다.

"우리 승용차가 나섰을 때 대사관은 이미 중국 공안에 포위된 상태였고 안개가 짙게 깔려 있어서 박사를 찾는 데 애를 먹었다고 합니다."

국정원장이 류조국 소장 망명 작전 실패의 원인에 대해 궁색하게 둘러댔다.

"류 소장이 은신해 있던 안가가 피습당한 것으로 봐서 이번에 또 그의 망명 정보가 우리 내부에서 새 나간 것 같습니다."

청와대 대통령 외교안보실장이 정보 유출 가능성을 제기했다. 대통령이 심각한 표정을 지으며 참모들의 발언을 듣고 있었다.

"이번 류 소장의 한국 입국을 책임진 부서의 총 책임자로서 면목이 없습니다. 우리 쪽에 혹시 '간첩' 이 있었나 자체 조사중입니다."

국정원장이 고개를 숙였다.

"제 얘긴 모든 가능성을 다 열어놓고 조사해봐야 한다는 의미입니다."

외교안보실장이 자신의 말이 지나쳤다고 생각했는지 앞서 한 발언을 일부 주워 담는 모습을 보였다.

"혹시 우리 대사관에 대한 중국 정부의 도청 가능성은 없는지 국정원과 협조해 살펴보고 있습니다."

이번엔 외교안보실장 곁에 앉아 있던 외교부장관이 입을 열었다. 외교장관이 입을 열었고 대통령이 고개를 끄덕였다.

"류 소장을 데려간 자들의 정체는 아직도 안 밝혀졌습니까?"

대통령이 국정원장을 향해 고개를 돌려 물었다.

"안개가 짙게 낀 날씨에다 자정이 넘은 시각이어서 그들의 정체를 파악하는 데 어려움을 겪고 있습니다."

대통령의 얼굴에 거듭 답답해하는 표정이 나타났다.

"이 사건 관련해 중국 정부 당국의 반응이 나온 것이 있습니까?"

"공식이든 비공식이적이든 아직 없습니다. 아무래도 사안의 성격상 반응을 내놓긴 쉽지 않을 것 같습니다."

대통령이 외교장관의 답변을 심각한 표정으로 듣더니 다시 입을 열었다.

"희생자가 더 나오지 않도록 만전을 기해주세요. 그리고 반드시 우리 내부에 스파이가 있는지 확인하세요."

"알겠습니다. 대통령 각하."

집무실에 홀로 남은 대통령은 주황색 가죽의자 등받이에 몸을 기댄 채 류조국 소장이 남긴 발언에 대해 생각에 잠겼다. 류조국 소장은 중국에 나가 있는 한국 정보 파트에 전화를 걸어 영변 약산연구소 주변에 꽃들이 만개했다고 했다. 그는 또 그 꽃을 꺾어 왔다고도 했다. 그의 발언 속에 숨겨진 암호를 분석한 결과 북한 내에 군사 반란의 움직임이 있다는 놀라운 해석이 나왔다. 류조국 소장은 그에 대한 구체적인 정보를 갖고 한국에 망명하고 싶다는 신호를 보낸 것이다.

류조국 소장이 국내에 입국하면 그를 통해 북한 군부 내의 심상치 않은 기류는 물론 최근 잇따라 발생하고 있는 해상 난민사태에 대해 좀더 자세한 얘기를 들을 수 있으리라는 기대가 그의 은신처가 원인 모르게 발각됨으로써 수포로 돌아가게 됐다.

"북한 내 특정 세력과 연계된, 나도 모르는 한국 정부 내 세력이 있단 말인가?"

대통령은 류소장의 움직임이 두 차례나 사전에 노출된 것에 대해 큰 충격을 받았다.

'어떻게 이런 기밀 누설이 연이어 일어날 수 있나.'

대통령은 자신의 핵심 참모들을 한 명씩 머릿속에 떠올려보았다. 이번 일은 극비리에 진행된 것이었기에 자신의 가까운 데에서 공작이 노출됐을 수 있다는 생각이 들었다. 그러나 참모들을 의심하는 것은 괴로운 일이었다. 그들은 대통령과 오랜 동안 정치적으로 한 배를 탄 이들이었다.

'류 소장의 은신처가 발각된 데에는 다른 이유가 있을 거야. 참모들을 의심해선 안 돼!'

대통령은 참모들에 대한 의심을 떨쳐내려고 할수록 누군가가 베일 속에서 자신을 비웃는 듯한 불쾌한 느낌 속으로 빠져드는 것을 어쩔 수 없었다.

밤으로의 위험한 여행

방콕으로 직항하는 여객기 안. 창가 쪽에 자리를 잡은 민우는 비행기 밖을 내다보면서 자신에게 전화 걸어온 사람의 정체에 대해 생각하고 있었다. 장진동에 대한 자신의 행동을 좋게 보고 펀드 투자를 맡기겠다고 하니 얼른 이해가 가지 않는 측면도 있었다. 그러나 펀드업계에서 기존 투자자들을 통해 다른 투자자를 소개받은 경우는 종종 있는 일이다. 더욱이 투자 규모가 큰 경우 대개의 투자자들은 능력을 인정받은 증권사 직원이나 자산운용사 직원을 찾게 된다.

'방콕의 투자자와 사망한 장진동은 어떤 관계일까?'

장진동을 믿고 민우에게 투자를 의뢰한 것을 보니 두 사람은 매우 친밀한 사이였음이 틀림없었다.

'방콕의 투자자를 통해서 장진동 사망과 관련한 궁금증을 일부라도 해소할 수 있을지 몰라.'

민우는 방콕의 투자자에 대해 이런저런 생각에 잠겼다.

'혹시 방콕의 투자자는 유로퍼시픽아이즈에 대해 뭔가를 알고 있을까? 장진동을 통해 그에 관해 뭔가를 들었을까?'

투자자에 대한 생각이 꼬리를 무니 그를 더욱 빨리 만나고 싶은 생각이 들었다. 민우는 다시 장진동이 관여된 유로퍼시픽아이즈에 대한 생각으로 빨려 들어갔다.

"조세 회피 지역에 주소지를 두고 있다면 회사의 실제 주인이 누구고 돈이 어디에서 나와서 어디로 흘러 들어가는지 알기 어려워. 더군다나 군수와 석유 분야에서 족집게 같은 투자 성공을 거두었다면 이것은 고급 정보에 접근이 가능한 자의 전형적인 투자 행태야. 그런 자들은 하나같이 자신의 신분을 감추려 들지."

민우도 그러한 효진의 분석에 마음속으로 동의했다. 민우가 그렇게 판단하는 데에는 그의 경험에서 비롯됐다. 1년 전, 민우는 이라크 원유 공급사 종목을 줄이고 중남미 곡물 수입사 종목을 늘리는 단기 펀드상품을 판매하고 있었다. 그러나 2012년 말 미국의 재정절벽이 발생해 미국의 중남미 곡물 수입이 줄면서 가격이 하락하는 상황이 발생했다. 민우가 판매하던 단기 펀드의 핵심 구성 종목들이 현실과 정반대 상황에 직면하는 사태가 벌어진 것이다.

"당신 믿고 투자했으니 당신이 책임져!"

"손해 보상을 해주지 않을 경우 법적 조치를 하겠소."

민우는 연일 빗발치는 고객들의 항의 전화에 시달려야 했다. 민우는 2차 금융위기에 이어 또 한 차례 불어닥친 외부 요인에 망연자실했다. 예상보다 미국의 재정절벽 위기는 상당 기간 지속됐다. 또한 이라크의 갑작스러운 전쟁도 사전에 아무런 정보가 없던 터였다. 미국이 8년간 14조 원이나 쏟아 부은 이라크에서 다시 내전이 일어나리라고 예상한 전문가들은 거의 없었다. 그런데 나중에 안 일이지만, 그의 경쟁 펀드상품인 미국 글로벌펀드 사인 A사 펀드의 경우 이미 6개월 전에 곡물 종목을 처분하고 이라크 회사와 직접 장기 원유 공급을 맺은 업체를 포함시켜 엄청난 펀드 판매고를 올릴 수 있었다.

'도대체 놈들은 어디서 그와 같은 정보를 입수했을까?'

그런 경험은 민우에게 좌절감을 안겼다. 민우는 한국 증권시장이 외국 투기 자본에 의해 흔들리던 시대는 지났다고 믿고 있었다. 그러나 그런 믿음은 몇 차례 직접적인 경험에 의해 허물어져갔다. 그때 민우는 세계 증권시장 전체를 위에서 한눈에 내려다보는, 마치 신과 같은 조종자가 있어 작전을 펴는 듯한 느낌을 받았다.

'그들은 누구일까?'

효진의 말대로 베일 속의 그들을 견제할 수 있는 수단은 아무것도 없었다. 그들은 국내법을 충실히 지켜가며 세금 납부에 관한 국내 법규를 위반하지 않고 있었다. 한마디로 그들은 뛰어난 정보력과 거대한 자본력을 갖고 전 세계 시장을 주무르고 있었다.

'장진동이 속해 있던 유로퍼시픽아이즈도 그런 부류의 투자사일까?'

기내는 빈 좌석이 안 보일 정도로 사람들로 꽉 찼다. 민우는 3년 전에도 방콕으로 회사 출장을 다녀온 적이 있었지만 그때는 개인적 시간을 갖기 어려울 정도로 빽빽한 출장 일정이었다. 그래서 민우는 오랜 만에 맛보는 이번 3박 4일의 방콕 일정을 최대한 알차게 쓰고 싶었다. 투자자를 만나 투자 위임 계약서를 작성하는 것은 물론이고 시간이 남으면 방콕 시내 관광도 하고 싶었다. 아주 바쁜 일정이 될 것이라고 생각하며 스르르 잠에 빠져 들었다. 비행기가 곧 공항에 도착한다는 기장의 안내방송에 민우는 잠에서 깼다.

방콕 국제공항에 도착했을 때 회색 하늘에서 비가 내리고 있었고 공항의 불빛들이 주위를 환히 밝히고 있었다. 공항에서 직행버스를 타고 방콕시내에 도착한 민우는 다시 택시를 타고 방콕의 번화가 시암으로 향했다. 시암은 민우가 3년 전에 출장 일로 와 본 적이 있는 도시이기도 했다. 택시가 방콕시내에 들어섰을 때 즐비하게 늘어 선 마천루와 대형 백화점, 외식체인점과 유명 체인 커피숍들이 익숙하게 눈에 들어왔다.

'도시의 야경은 어딜 가나 약속이나 한 듯 비슷하군.'

시계를 보니 약속 시간보다 30분 정도 이른 시각이다. 투자자를 만날 시간이 다가오니 마음이 설레기 시작했다. 전담 투자자를 직접 만나 독립적으로 자문하는 일은 증권회사 재직시에 민우가 늘 꿈꿔온 것이기도 했다. 대형 네온사인들이 어두워진 방콕 시내를 휘황찬란하게 수놓고 있었고 번화가 사거리에 위치한 백화점 대형 광고간판에선 태국의 연예인들로 보이는 남녀 모델들이 색상과 모습을 시시각각 변화시키며 다양한 제품을 선전하고 있었다. 영어와 태국어로 쓰인 광고자막이 전광판에서 화려하게 번쩍였다.

시암에 새로 생긴 식당가 거리는 걱정했던 것 보다는 찾기가 쉬웠다. 식당가에 늘어 선 네온간판을 바라보며 길을 건던 민우의 눈에 '샹그릴라' 라고 쓰인 대형 네온사인이 들어왔다. 고풍스러운 고동색 목재 한가운데에 세로로 반투명 유리 장식이 두 개 달린 고급스러워 보이는 식당 정문을 열고 안으로 들어갔다.

투자자와 만나기로 한 시각까지는 15분가량 남아 있었다. 민우가 레스토랑에 들어섰을 때 먼저 들어와 레스토랑 한가운데 테이블에 앉아 있던 한 사내가 있었다. 파란색 셔츠에 검정색 점퍼를 착용한 그는 이따금씩 입구 쪽으로 눈빛을 돌렸다가 다시 손에 쥔 방콕판 영자신문으로 눈을 돌리곤 했다. 민우가 도착하고 약 5분가량 지났을 무렵 출입구 쪽에 또 다른 사내가 나타나 식당 안쪽을 두리번거렸다. 키가 크고 피부가 하얀 그는 신문을 펼쳐든 채 식당 한가운데 테이블에 앉아 있던 남자에게 조심스럽게 다가가 몇 마디 말을 건네더니 합석했다. 민우는 방금 들어 온 사내가 먼저 식당에 와 앉아 있던 다른 손님에게로 향하자 자신이 기다리는 손님이 아니라는 것을 알고 다시 창밖으로 시선을 돌렸다. 민우는 투자자와 약속한 대로 곤색 줄무늬 양복을 착용하고 있었고 곤색 줄무늬 양복은 그가 증권사에서 한창 잘 나갈 때 즐겨 입었던 양복이었다.

식당 한가운데 테이블에 마주 앉은 두 사내의 얼굴에 긴장감이 서려 있었다.

"제 이름은 요나손이라고 합니다. 평양과 중국을 오가는 스웨덴 특파원입니다."

"연락 받고 나온 박문식 요원입니다. 귀한 정보를 저희에게 전해주시는데 대해 감사드립니다. 평양 특파원 생활은 오래 하셨습니까?"

"평양과 베이징을 오가는 생활을 5년째 하고 있습니다."

"그렇시군요. 어쩐지 전화상으로 들리는 음성에 북한 액센트가 좀 섞여 있다고 생각했습니다."

"특파원 생활을 할 때는 가급적 현지인의 말씨에 가깝게 쓰고자 노력하고 있습니다. 그것이 취재 활동에도 도움이 되니까요."

"그간 저희 대한민국에서는 행방불명된 북한의 류 소장 행방을 쫓고 있었습니다. 그와의 연락이 갑자기 끊겨 정부에서도 걱정을 많이 하고 있었습니다. 그런데 요나손 씨로부터 류 소장의 행방을 알려주겠다는 연락을 받고 무척 반가웠습니다."

"당연히 할 일을 할 뿐입니다. 저는 평양에서 나와 중국에 머물 때 한국을 종종 들렀습니다. 한국에 대해서도 친근한 느낌을 갖고 있습니다."

"행방불명된 북한의 류 소장 행적을 안다고 하셨는데, 그는 지금 어디에 있습니까?"

국정원 요원이 곧바로 본론으로 들어가 질문을 던졌다.

"그제 밤, 베이징 주재 스웨덴 대사관 인근에서 한 사람이 옆구리에 피를 흘리며 쓰러져 있는 것을 목격했습니다. 그런데 갑자기 나타난 무장한 사람들에 의해 그가 어디론가 강제로 끌려가는 장면을 목격했습니다."

"그 사람의 이름이 류조국이라는 것은 어떻게 아셨습니까?"

"그의 수첩에서 북조선 평양 시민증을 확인했습니다. 저는 평양 생활도 하고 있기 때문에 평양 시민증에 대해서 잘 알고 있습니다."

박문식 요원이 그의 말에 고개를 끄덕였다.

"그는 저희 스웨덴 대사관 쪽을 손으로 가리키고 있었습니다. 제 생각에 그 사람은 한국으로 망명을 시도했던 것으로 보입니다."

마주 앉은 요원은 눈빛을 반짝이며 그의 설명을 듣고만 있었다.

"발견 당시 그는 이미 피를 많이 흘린 상태여서 신속한 조치가 없다면 생명이 위험해 보였습니다. 그런데도 갑자기 나타난 이들이 마치 짐짝 다루듯이 그를 차에 태워 어디론가 사라졌습니다."

요나손 특파원의 얼굴에 비인도적 처사를 목격한 그날의 충격과 분노가 묻어 나왔다.

"박사를 싣고 간 무리들은 군복을 입고 있었습니까?"

"그들은 중국말을 사용하고 있었고요 사복을 입고 있었지만 군대 같이 아주 잘 조직화된 무리였습니다."

"중국말을 사용했다고 하셨습니까?"

"그렇습니다. 그들은 한 사람의 지휘에 의해 일사불란하게 움직이는 모습이 일반 공안요원들 같지는 않았고 특수한 목적을 띤 조직 같았습니다."

"특수한 목적이요? 그렇게 판단하는 근거를 물어봐도 되겠습니까?"

"그들은 감히 대사관 거리에서 외국인을 함부로 붙잡아 갔습니다. 일반 공안요원들이나 조폭들이라면 감히 상상할 수 없는 행동입니다."

특파원이 다소 흥분된 목소리로 설명을 이어갔다.

"혹시 중국 국가안전부 소속 병력이 아닐까요?"

"그것에 대해선 저도 확실히 말하기 어렵습니다. 다만 국가안전부 소속이라도 대사관 거리에서의 행동은 외교 갈등을 의식해서 신중하게 하지 않을까요?"

요원이 고개를 가볍게 끄덕인 후 다시 질문을 던졌다.

"그런데 그날 밤 그곳은 왜 가셨습니까?"

마치 취조하는 듯이 이어지는 질문에도 그는 조금의 불쾌한 기색없이 설명을 이어 나갔다.

"그날 저녁 스웨덴 대사관 인근에서 베이징 주재 외국 특파원들 모임이 있었습니다. 그날 모임을 마치고 숙소로 돌아가는 중이었습니다. 제 숙소가 대사관에서 가깝습니다."

"아, 그렇군요."

요원이 다시 고개를 끄덕였다. 그때 특파원이 갑자기 안주머니에 손을 넣더니 무엇인가를 꺼내 보였다.

"저는 숙소로 돌아와서 옷을 갈아입다가 주머니에서 이것을 발견했습니다."

"그것은 USB 아닙니까?"

"언제 넣었는지는 모르겠지만 그 사람이 내 주머니에 이것을 넣은 것 같습니다."

요나손이 손에 든 것은 하얀색 USB였다.

"내 생각엔 류조국 씨를 강제로 태워간 그들은 아마도 이것을 찾으려 했던 것 같아요. 그들이 쓰러진 사람의 몸을 뒤져 무엇을 찾는 것을 봤습니다."

그가 USB를 잠시 만지작거리더니 한국에서 온 요원에게 건넸다.

"한국 정부에서 이것을 가져가 해독했으면 좋겠습니다."

"굉장한 특종이 될 물건인데 이걸 왜 우리에게 넘기는 겁니까?"

"사실은 이 안의 내용을 보려고 시도했지만 암호로 단단히 묶여 있어 볼 수가 없었습니다. 본국으로 보낼까도 생각했지만 간절하게 망명을 원하던 그 사람의 눈망울이 떠올라서 차마 그럴 수 없었습니다. 그 사람은 아마도 이것을 가지고 한국 정부와 망명 협상을 시도하려 했었던 것 같습니다."

요원은 USB를 건네는 특파원의 얼굴을 감동받은 표정으로 쳐다보았다.

"나는 이 USB는 한국으로 건네지기로 되어 있는 것이기 때문에 내가 볼 수 없는 것이라는 결론을 내렸습니다. 아시겠지만 스웨덴은 한국과 북한에 대해 중립적인 자세를 취하는 나라입니다. 하지만 저는 북한에서 3년 체류하면서 북한 정권이 얼마나 반민주적이고 문제가 많은 정권인지 분명히 알게 됐습니다. 그래서 이 내용을 한국 정부가 풀어서 한반도 평화를 위해 사용했으면 하는 바램입니다."

"정부를 대신해서 정말 감사하다는 말씀을 드립니다. 이 안의 내용이 밝혀지면 요나손 기자에게 가능한 범위 내에서 우선적으로 알려드리지요."

"아니 굳이 그럴 필요 없습니다. 우리 스웨덴은 중립국가입니다. 기자들도 마찬가지입니다. 다만 인도적 관점에서 그냥 넘어갈 수 없어서 관심을 기울이는 것입니다. 자세한 내용은 나중에 한국 정부 발표를 보면 알 수 있지 않을까요?"

요원은 다시 한 번 감사의 눈빛으로 특파원을 쳐다봤다.

"그런데 저는 이번 사건에서 한 가지 궁금한 것이 있어요."

"네에? 무엇이 궁금하십니까?"

"중국 국가안전부에서 류조국 씨를 어떻게 찾아낼 수 있었을까요?"

요원은 특파원의 의문에 대해 아무 대답도 못했다. 특파원은 정곡을 찌르고 있었다.

그가 특파원의 날카로운 질문에 조금 당황해 하며 대답했다.

"역시 기자라 질문이 날카롭군요. 하지만 제가 답변해드릴 수 있는 성질의 질문이 아닌 것 같군요."

"혹시 한국 정부 내에 오열이 있는 것 아닐까요?"

"그 질문 역시 제가 대답할 성질이 아닙니다."

"제가 스웨덴 대사관 지인을 통해 나름대로 취재한 결과 북한의 류조국 소장은 한국 대사관 진입이 어려워 스웨덴 대사관을 택한 것으로 알고 있습니다. 그렇다면 류 소장의 스웨덴 대사관 진입 정보는 스웨덴 정부에서 샜거나 한국 정부에 의해 샜을 수 있다고 생각합니다. 제 취재에 의하면 스웨덴 대사관에서 중국 정부에 북한 고위층의 망명 사실을 흘렸을 가능성은 거의 없습니다."

특파원은 거기까지 말하곤 요원의 반응을 살폈다.

"역시 기자 분이라 아주 꼼꼼하고 치밀하시군요."

"제가 너무 주제넘은 추측을 한 것은 아닌지 모르겠습니다."

"아닙니다. 기자분의 날카로운 추리력과 빈틈없는 일 처리에 거듭 놀라고 있을 뿐입니다."

"그 말은 저의 추측이 어느 정도 일리가 있다는 말처럼 들리는군요."

"그것은 기자 분의 판단에 맡기겠습니다."

요원이 특파원이 건넨 USB를 한참동안 꼼꼼히 살펴보더니 입을 열었다.

"북한 국방위 정보국에서 사용하는 USB가 맞군요."

"한국 정부는 거기까지 파악하고 있습니까?"

스웨덴 특파원이 놀란 눈으로 물었다.

"김정은 정권의 균열음이 점점 커지면서 한국으로 들어오는 북한 고위층이 늘고 있고 또 한국 정보기관과 선을 대고 있는 북한 정보요원들까지 생겨나고 있습니다. 하지만 류조국 소장은 아주 특별한 경우입니다. 그는 북한 최고 권력기관인 국방위 소속 고위간부입니다."

그때 요원의 눈이 식탁 테이블 한쪽 끝에서 멈췄다. 거기에는 누가 언제 갖다 놓았는지 알 수 없는, 화려한 태국 전통 문양으로 수놓은 오뚜기 형태의 시계가 놓여 있었다. 스웨덴 특파원도 자연히 그의 시선을 따라 테이블 끝의 시계를 주시했다.

"이 시계는 누가 갖다 놓은 거지?"

"종업원들이 갖다 놓은 것 아닐까요?"

특파원이 말했다. 그도 종업원들이 갖다 놓은 식탁 테이블 위 장식품쯤으로 대수롭지 않게 생각했다. 오뚜기 형태의 빨간 케이스 안에 담긴 시계는 상하단으로 나뉘어 있었는데 하단에선 인형이 좌우로 그네를 타고 있었다. 가만히 보니 그네는 추시계의 추 역할을 하는 것 같았다. 그네가 규칙적으로 움직일 때마다 상단의 동그란 원 안 시계의 초침도 따라 움직이고 있었다. 태국 전통복장에 살구색 얼굴을 한 인형의 옆모습을 두 사람은 잠시 멍하니 쳐다보았다. 그런데 옆으로 돌려져 있던 인형의 얼굴이 어느 순간 왼쪽으로 90도를 꺾어 그들을 쳐다보더니 웃음을 지어보였다.

"인형의 웃는 모습이 어쩐지 섬뜩하군요."

특파원이 시계 속 인형을 보고 한 마디 했다. 상단의 시계 초침은 쉼 없이 움직였고 초침이 12를 향해 다가갔다. 그 순간 요원은 자신의 손목시계를 쳐다보았다. 테이블 한쪽 끝에 놓였던 시계의 시간은 실제 시간과 전혀 달랐다.

국정원 요원이 급하게 소리쳤다.

"엎드려요!"

특파원이 요원의 갑작스런 말이 무슨 뜻인지 몰라 어리둥절해 하고 있던 바로 그때 시계 상단에서 붉은색 불빛이 몇 차례 빠르게 깜빡인 후 '콰과광!' 하는 소음과 함께 거센 바람이 일었다. 시계에서 튀어 나온 수많은 알갱이 파편이 두 사람을 덮쳤다. 튀어나간 파편은 두 사람의 목과 등 얼굴에 흉측한 파편처럼 박혔다.

"으으~."

두 사람이 신음했다. 민우가 주변에서 들린 폭발음에 깜짝 놀라 주위를 살폈다. 식당 안에서 식사를 하고 있던 일부 손님들이 폭발음에 놀라 비명을 지르며 황급히 식당을 빠져나가고 있었다. 민우의 눈에 아수라장으로 변한 식당 한가운데 테이블이 눈에 들어왔다.

폭발사고 현장에서 피를 흘리며 쓰러져있는 두 사람이 민우의 눈에 들어왔다. 민우는 자신이 식당에 들어올 때 먼저 와 있던 한국인인 것처럼 느껴졌던 손님에게서 무슨 일이 일어났다는 것을 직감했다. 비명을 지르며 식당을 빠져나가는 손님들, 우왕좌왕하는 종업원들, 겁을 먹고 사건현장 근처로 가지 않은 채 멀찌감치 떨어져서 떨고 있는 여종업원들 모습이 눈에 들어왔다. 방금 전까지 활기차 있던 식당 내부 분위기는 순식간에 공포의 아수라장으로 변했다.

두 사람에게 좀더 가까이 다가가기 위해 민우가 테이블에 접근하려고 할 때 한 번 더 폭발이 일어났다. 남아 있던 또 다른 폭약이 터진 것이다. 2차 폭발 소음에 놀라 잠시 바닥에 엎드려 있던 민우가 천천히 고개를 들어 사건 현장을 바라봤다. 한 사람은 식탁 아래로 쓰러져 있었고 또 한 사람은 테이블위에 얼굴을 옆으로 눕힌 채 신음소리를 내고 있었다. 폭발 현장에서 발생한 화약 냄새가 식당 내부에 진동했다. 민우는 조심스럽게 자리에서 일어나 폭발이 난 테이블로 천천히 발걸음을 옮겼다. 민우는 쓰러진 자에게 다가가 한국말과 영어를 섞어가며 그들을 흔들었다.

“정신 차리십시오!”

그러나 쓰러진 자는 대답이 없었다. 민우가 종업원을 부르기 위해 일어서려는 순간

“한국인입니까?”

요원이 민우의 팔을 덥석 잡으며 한국말로 물었다. 민우는 자신의 예상대로 쓰러진 자로부터 한국말로 된 신음소리를 듣자 등에 소름이 돋는 것을 느꼈다.

"네, 저도 한국인입니다. 구급차를 부르겠습니다. 조금만 참으세요."

"잠깐만요!"

그가 일어서려는 민우를 제지했다.

"영무역자문사 류 조 국……."

"네? 뭐라고요?"

그는 힘없이 고개를 떨군 채 알아들을 수 없는 신음소리만 냈다. 아래에 쓰러져있는 외국인은 미동도 하지 않고 있었다.

"이봐요, 누가 어서 응급차를 불러줘요!"

민우가 소리를 질렀다. 그러자 그때까지 멀리서 어쩔 줄 몰라 하며 겁먹은 표정만 하고 있던 남녀 종업원들이 하나 둘씩 나서서 움직이기 시작했다.

"응급차 불렀어요. 곧 올 거예요."

여 종업원 한 명이 다가와서 공포에 질린 표정으로 얘기했다. 식당을 가득 메웠던 손님들은 어느새 거의 대부분 썰물처럼 빠져 나가고 식당엔 종업원을 포함해 소수만 남아 있었다. 그때 모기만 한 소리가 다시 들렸다.

"USB…… 영무역자문사…… 류조국……."

그가 손가락으로 어딘가를 가리키며 말했지만 민우는 그것을 눈치 채지 못했다. 그는 그 말을 끝으로 더 이상 말을 잇지 못하고 민우의 어깨에 머리를 기댄 채로 움직이지 않았다.

"이보세요. 정신 차리세요."

아무리 흔들어도 그의 입에선 이젠 신음소리조차 들리지 않았다. 그는 얼굴이 피투성이인 채로 의식을 잃어가고 있었다. 잠시 후 응급진이 식당 안으로 들어오더니 민우를 옆으로 밀쳐내고 쓰러진 두 사람을 싣고 나갔다. 구급팀이 떠나는 것을 보고 자신도 현장을 떠나려던 민우의 눈에 바닥에 떨어져 있는 붉은색 작은 물체가 들어왔다. 자세히 보니 그것은 붉은색이 아니라 피가 묻은 하얀색 USB였다. 의식을 잃기 전 그가 마지막으로 했던 말이 생각났다. 민우는 순간적으로 USB를 자신이 손에 넣어야 한다는 생각에 USB를 집어 품에 넣고는 식당을 빠져나왔다. 참혹한 레스토랑 안의 상황과는 달리 방콕 시내는 대형 상점마다 불을 밝히고 휘황찬란한 조명이 거리를 환히 밝히고 있었다.

그때 멀리서 앞 유리 왼쪽 상단에 빨간 불을 깜빡거리며 다가오는 빈 택시가 보였다. 민우는 빨리 현장을 벗어나고 싶다는 생각에 빈 택시를 보고 손을 흔들었다.

"택시!"

택시가 서자 민우가 택시 뒷좌석 문을 열고 안으로 들어갔다. 민우는 택시 안에서 고개를 돌려 자신이 방금 빠져나온 레스토랑 쪽을 쳐다보았다. 사람들이 모여 웅성거리고 도로에 세워둔 경찰 차량 응급차량의 경광등 불빛도 눈에 띄었다.

'방콕 온 첫 날부터 이게 무슨 일이람.'

어디선가 굉음이 들려 민우가 소리 나는 쪽으로 고개를 돌렸다. 수십 대의 오토바이들이 헤드라이트 불빛을 번쩍거리면서 굉음을 내며 시내 한가운데를 질주하고 있었다. 오토바이에 탄 젊은 폭주족들은 헬멧도 착용하지 않은 채 경적을 요란하게 울리면서, 붉은색 경광봉을 흔들며 달려오고 있었다. 거리의 교통경찰관은 그들을 바라만 볼 뿐 별 다른 제지를 하지 못하고 어디론가 급히 무전연락을 취하는 모습만이 눈에 들어왔다.

'말로만 듣던 방콕 시내의 폭주족이군.'

택시가 서서히 속도를 내려는 순간, 민우는 자신의 왼편이 갑자기 어두워지는 것을 느꼈다. 고개를 돌려보니 오토바이 한 대가 그가 탄 택시 곁으로 바짝 다가와 서 있었다. 택시기사가 그를 향해 뭐라고 하는데 알아들을 수는 없었다. 폭주족 중 한 명이 택시에 시비를 걸기 위해 자신이 탄 택시로 다가온 것이라고 민우는 생각했다. 민우가 오토바이를 탄 운전자를 올려다보았다. 민우와 헬멧을 쓴 오토바이 운전자의 눈이 마주쳤다. 그리고 뒤이어 오토바이 운전자가 입고 있던 청바지와 하얀 장갑이 눈에 들어 왔다. 오토바이 운전자는 고개를 숙여 민우를 노려보고 있었다.

'앗! 저 자는.'

그를 곧 기억해 내고는 민우가 소스라치듯이 놀랐다. 오토바이 운전자는 폭발사건이 있은 후 식당 밖에서 유리창을 통해 안을 들여다보고 있던 바로 그 자였다. 자신을 노려보는 자가 단순한 폭주족이 아니라는 직감에 등골이 오싹해졌다.

'택시에서 빨리 벗어나야해!'

민우가 기본요금을 택시 운전자에게 건네주며 차를 세워달라고 하자 택시 운전자는 처음엔 당황한 표정을 짓더니 이내 손해볼 것 없다는 표정으로 조금 더 가다가 민우를 내려주었다. 택시에서 내린 민우는 인근의 지하도 계단을 향해 뛰듯이 달려 내려갔다. 민우가 택시에서 내린지 얼마 지나지 않았을 때 큰 폭발음이 등 뒤에서 들렸다.

"콰광!"

자신의 뒤쪽 가까이에서 들리는 큰 폭발음에 민우는 한동안 청각이 마비상태에 빠지는 걸 느꼈다. 민우가 걸음을 멈추고 뒤를 돌아다보았을 때 자신이 방금 내린 택시가 화염에 휩싸인 것을 보고는 잠깐 동안 자신의 눈을 의심했다.

'아니 저럴 수가!'

택시 파편이 여기저기에 튀어 있었다. 잠시 후 택시기사가 화염에 휩싸인 택시에서 비틀거리며 빠져나오는 모습이 목격됐다. 불행 중 다행히 폭발이 택시 뒤쪽에 집중돼 운전기사도 목숨을 잃는 불행까지는 면했다. 사건 현장 옆을 지나가던 차량들이 폭발음에 멈춰서 있고 도심의 거리가 순식간에 아수라장으로 변해버렸다. 민우는 자신이 앉았던 택시 뒤편이 흉물스럽게 파괴된 모습을 두려움에 젖은 눈으로 바라봤다. 갑자기 헬멧 속에서 자신을 노려보던 놈의 눈빛이 떠올랐다. 민우가 주위를 두리번거리며 오토바이 운전자를 찾았다. 화염에 휩싸인 택시에서 그리 멀지 않은 곳에서 자신을 쳐다보고 있는 오토바이 운전자를 발견했다, 그를 보자 또 다시 등골이 오싹해졌다.

'이거 무언가가 잘못됐어. 일단 여기를 피해야 해!'

민우가 차량들이 달려오는 도로 위를 달려 건너편으로 향했다. 차량들이 도로 위를 달리는 민우를 발견하고는 경적을 누르고 방향을 갑자기 바꿨다. 맞은편 도로로 건너간 민우는 너무 당황한 나머지 급하게 뒷걸음질치다가 인도턱에 걸려 넘어지면서 보도블록에 머리를 심하게 부닥쳤다. 의식이 가물해지는 와중에 갑자기 눈앞에 시커먼 물체가 나타났다.

"악!"

깜짝 놀라 누운 채로 자세히 보니 경찰관이었다.

"어디 다친 데는 없으십니까?"

서툰 영어솜씨였다. 그가 걱정스런 눈빛으로 민우를 위에서 내려다보고 있었다. 민우는 손을 내저으며 괜찮다고 말했다. 그런데 교통경찰관의 예상치 못한 다음 질문이 민우를 당황하게 만들었다.

"방금 폭발한 택시에서 내렸다는 사람들의 증언이 있는데 맞습니까?"

"네? 아~ 제가 방금 폭발한 저 택시에서 내렸습니다. 내가 내리고 나니까 곧바로 차가 폭발했습니다."

"그러니까 폭발한 저 택시에 탔다가 폭발 전에 내린 게 맞다 이 말씀이시지요?"

민우는 순간 경찰관이 자신을 의심하고 있다는 생각이 들었다.

"내가 저 택시에서 내린 것은 맞지만 저는 승객이었습니다. 차가 폭발한 것은 나하고 상관없습니다. 차 폭파범을 내가 봤습니다."

"범인을 봤다고요?"

경찰관이 눈을 동그랗게 뜨고 마치 수상한 사람을 쳐다보듯이 그를 노려보았다.

"저기 저 폭발한 택시 옆에 서 있는 오토바이 운전자가? 어?"

민우가 택시 옆에 있던 놈을 가리키기 위해 방금 전에 보았던 오토바이 운전자를 찾았으나 찾을 수가 없었다.

'방금 전까지 있었는데 어디로 갔지?'

민우는 난감했다. 경찰관이 더욱 더 민우를 의심하는 눈치였다.

"여기서 기다리십시오. 폭발 때문에 놀라신 것 같은데 구급차를 불러 드리겠습니다. 응급조치를 받은 후 제가 조사할 것이 있습니다."

경찰관이 허리춤에서 무전기를 꺼내 어디론가 무전을 날렸다. 그러나 통화가 안 되자 폭발현장 주위에 있는 경찰 차량 쪽으로 이동하기 시작했다.

'여길 피해야 해!'

민우는 그 순간을 이용해 젖 먹던 힘을 다해 인근의 지하도로 뛰어들었다. 지하차도를 완전히 빠져나와 조금 전과 반대편 방향을 살펴보니 그리 멀지 않은 곳에 지하철 표지판이 들어왔다.

'저리로 가야 돼!'

민우는 다시 지하철 쪽으로 뛰었다. 바로 그때 그의 뒤로 오토바이 굉음이 다시 들렸다. 오토바이 굉음이 등 뒤를 스쳐 지나갈 때마다 민우는 죽음의 그림자가 다가오는 공포에 떨었다. 지하철 입구에 도착하자마자 계단을 뛰어 내려갔다. 곧 이어 검표기가 눈에 들어왔고 정복을 입은 여자 보안요원이 사람들과 얘기하는 것이 보였다.

'멈춰선 안 돼! 뛰어넘을 수밖에 없어.'

민우가 검표기를 그냥 뛰어 넘어 통과해 버리자 여 보안요원이 그를 향해 무엇이라고 소리를 질렀다. 민우는 그것이 멈추라는 소리일 것이라 추측했다. 계단을 내려가니 대기중인 지하철이 눈에 들어왔다. 지하철을 타고 창밖을 보니 건장한 젊은 남성 둘이 계단을 급히 내려오는 것이 보였다. 민우는 그들이 지하철 내에서 근무하는 보안요원들일 것이라고 생각했다. 문이 막 닫히려는 지하철을 향해 그들이 뭐라고 손짓을 하며 소리를 질렀지만 지하철은 문이 닫히자마자 미끄러지듯이 앞으로 달려 나갔다. 지하철 창밖으로 허탈해하는 두 사내의 모습이 보였다. 그들의 모습이 멀어져갔다. 오토바이 운전자가 이젠 더 이상 보이지 않자 민우는 그제야 가슴을 쓸어내릴 수 있었다.

'호랑이에 물려가도 정신만 차리면 살 수 있어!'

민우는 침착해지려고 애썼다. 지하철이 다음 정거장에 도착하기 위해 속도를 줄이고 있을 때 정류장으로 들어오는 지하철을 날카로운 눈으로 노려보고 있는 자들이 눈에 띄었다. 민우는 지하철 내에서 몇 칸 앞으로 이동해 그들과 떨어진 칸에서 지하철을 내렸다. 민우가 몸을 앞으로 돌려 빠른 걸음으로, 계단을 오르는 사람들 틈 속으로 몸을 숨겼다.

'지독한 자들이군. 표를 끊지 않았다고 이렇게까지 쫓아오다니.'

다행히 지하철 승강장과 개찰구를 빠져나올때 까지 어떤 일도 벌어지지 않았다.

'이제 쫓기는 상황은 면했나보군.'

그러나 민우가 안심하고 있을 바로 그때였다. 갑자기 사람들의 외치는 소리가 들렸다. 소리 나는 쪽을 향해 고개를 돌려보니 좀 전에 보았던 자들이 민우를 향해 달려오고 있었다. 민우는 멈춰 설 것인지 다시 달아날 것인지 망설이다가 멈춰 섰다. 사실 표를 끊지 않고 지하철을 탔다는 것 외에 잘못한 것이 없었다. 그것도 정체불명의 자로부터 생명의 위협을 느꼈기 때문에 벌어진 일이었다. 그러나 민우의 그러한 생각은 곧 판단착오였음이 드러났다. 지하철 역사 에스컬레이터에서 막 내린 듯한 승객 둘이 승강장을 가기 위해 그들의 앞을 가로 질러 뛰어가다가 민우를 쫓던 자들과 충돌하는 일이 일어났다. 그때 민우를 뒤쫓던 자들의 주머니에서 튕겨져 나온 검은 물체 하나가 바닥에 떨어져 미끄러져 갔다. 민우의 시선이 바닥에 떨어진 시커먼 물체에 집중됐다. 그것은 권총이었다.

'지하철 요원이 권총을?'

순간 민우는 그들이 지하철 요원이 아닐 수 있다는 생각이 들었다. 총을 떨어뜨리고 당황해 하는 상대의 눈빛을 쳐다봤다.

'달아나야 해!'

민우는 사람들을 헤집고 에스컬레이터로 뛰어 올라 지하철 역사를 빠져 나왔다. 의문의 사내들도 잠시 멈칫하더니 곧 민우의 뒤를 쫓았다. 역사 입구는 사람들로 붐볐고 멀지 않은 곳에 횡단보도가 눈에 들어 왔다. 보행자 신호등이 깜빡거리는 것을 보고 민우는 횡단보도로 뛰어들었다. 몇몇 사람들도 민우를 뒤따라 횡단보도로 뛰어들었고 성질 급한 운전자들은 보행자를 피해 자동차를 조금씩 움직이고 있었다.

'한국과 크게 다르지 않군.'

전방에 화려하게 빛나는 불빛이 보였다. 그 불빛의 상단엔 전통시장이라는 영어글자가 박힌 대형 네온사인이 현란하게 돌아가고 있었다. 민우가 그곳을 향해 달리다가 뒤를 힐끗 쳐다보니 추적자들이 보이지 않았다. 민우는 앞으로 계속 달렸다.

추적자들을 따돌린 민우는 숙소로 가기 위해 인근의 택시정류장을 찾았다. 사람들 틈에서 택시를 기다리던 민우의 눈에 맞은편 빌딩 옥상에 설치된 뉴스 전광판이 들어왔다. 전광판에선 태국 의회 모습이 비쳐지고 있었다. 그런데 그 다음 뉴스가 시작되는 순간 민우는 너무 놀라 몸이 그 자리에서 굳어버리는 느낌을 받았다. 대형 화면 중앙에 그의 얼굴이 붉은색 원안에 떠 있었고 그 뒤로 식당 폭발 현장이 비쳐 지고 있었다. 뉴스화면 하단엔 '방콕 폭발사건 유력 용의자' 란 영어 자막이 달려 있었다.

'내가 유력용의자라고?'

민우는 뉴스 자막을 보는 순간 당황스러웠고 불안감에 휩싸여 급히 주위를 살폈다. 다행히도 정류장에 있던 사람들 중 아무도 민우의 얼굴을 알아보지 못하는 것 같았다. 택시 몇 대가 동시에 도착해 민우는 곧바로 빈 택시를 잡아타고 정류장을 떠났다.

"샹그릴라 방콕 비즈니스호텔로 갑시다."

창밖의 방콕의 밤 풍경으로 시선을 돌렸다. 무슨 일이 있었냐는 듯 거리는 여전히 화려하고 들뜬 모습이었다. 그러나 민우의 머릿속은 불과 30분전 겪은 일로 뒤덮였다. 자신의 눈앞에서 들것에 실려간 두 사람의 처참했던 상황이 떠올랐다.

'그들은 누구이고 누가 그들을 노린 것일까?'

'내가 폭탄테러사건의 용의자라니.'

'내가 왜 암살자의 표적이 된 거지?'

식당 내 테러사건과 뒤이어 벌어졌던 자신을 노린 사건들이 연관되어 있을지도 모른다는 생각이 불현듯 들었다. 식당 창밖에서 폭발로 아수라장이 된 내부를 들여다보던 오토바이족, 그리고 폭발 테러당한 택시 곁에서 자신을 노려보던 오토바이족은 분명 동일 인물이었다.

'하필이면 투자자를 만나 상담을 하고 투자 위임 계약서를 쓰기 위해 온 방콕 여행길에 이런 일이.'

그때 민우의 머릿속에 투자 상담 약속이 떠올랐다.

'그렇지, 내가 잊고 있었어!'

민우는 그제야 투자자와의 만남 약속을 떠올렸다. 계속된 사건들로 인해 투자자와의 약속을 잠시 잊고 있었던 것이다. 즉시 휴대폰을 꺼내 투자자의 번호를 찾으며 생각했다.

'그래, 모든 것이 치안이 불안해진 방콕에 여행 왔다가 뭔가 오해에서 비롯된 거야. 시간이 지나면 모든 것이 다시 제자리로 돌아올 거야. 투자자를 만나 투자 위임 계약서를 쓰면 모든 것이 정상으로 돌아갈 거야. 여기 있군. 이 번호야.'

민우가 불안했던 기억을 떨쳐내고 통화버튼을 누르려다 잠시 멈췄다. 오늘 만남이 이뤄지지 못한 데 대한 이유를 상대에게 잘 설명하려면 할 얘기를 먼저 머릿속에서 정리할 필요가 있다고 생각했다. 그러나 이내 민우의 생각이 바뀌었다.

'아니야, 투자자도 뉴스를 봤을 거야. 내가 겪은 대로 설명하면 오해가 풀릴 거야.'

민우가 투자자의 통화버튼을 눌렀다. 수화기에서 '없는 전화번호' 라는 안내음이 떴다.

'없는 전화번호? 인천공항 출발 전에도 통화했었는데.'

휴대폰을 쥐고 있던 민우의 손이 가볍게 떨렸다. 불길한 생각이 민우의 머리를 스치고 지나갔다.

'모든 것이 계획된 것이었단 말인가? 내가 누군가의 표적이 된 건가?'

그때 테러현장에서 민우가 집어 들고 나온 USB가 떠올랐다.

'그렇군. USB 때문이었어. 그들은 그것을 찾고 있었던 거야.'

민우의 손이 황급히 자신의 주머니 안쪽을 더듬었다. 다행히 USB가 손에 잡혔다. 운전자의 눈치를 살피며 꺼내서 보니 테러당한 이들이 흘린 피가 USB 겉에 딱지처럼 붙어 있었다. 그때 백미러에 비친 운전기사의 눈과 민우의 눈이 마주쳤다. 민우는 USB를 얼른 도로 집어넣었다.

'운전기사가 나를 알아 봤을까?'

다행히 운전기사에게서 이상한 점은 나타나지 않았다.

'도대체 이 USB 안에 어떤 내용이 담겨 있기에 끔찍한 테러를 저지른 것인가? 그것도 방콕 도심 한복판에서.'

민우는 자신이 깊은 수렁 속에 빠져있다는 느낌이 들었다. 피를 흘리며 쓰러져 있던 자가 민우에게 했던 말이 기억났다.

'그가 뭐라고 했었지? 영무역자문사, 류조국. 맞다! 영무역자문사, 류조국이라고 했지. 그런데 그를 어떻게 찾지?'

그가 탄 택시가 방콕 시내의 남동쪽에 위치한 룸피니 공원 쪽으로 방향을 틀었을 때 도로 옆 고층 건물 꼭대기에 설치된 대형 전광판이 다시 눈에 들어왔다. 휴대폰, 코카콜라, 화장품등 눈에 익숙한 각종 CF 동영상들이 차례로 지나가더니 뉴스가 시작되고 있었다. 조금 전에 택시 정류장에서 본 앵커와는 다른 앵커가 뉴스를 진행하고 있었다. 민우가 불안한 눈길로 전광판을 주시했다. 이번에도 민우의 얼굴이 또 다시 뉴스 화면에 떠올랐다. 택시 폭발 사건 후에 자신을 이상한 눈으로 쳐다보던 경찰관이 인터뷰를 하고 있었고 하단엔 택시폭발사건 용의자로 민우를 소개하고 있었다.

'정말 미치겠군.'

민우는 얼른 고개를 운전자와 반대편 창밖으로 돌렸다. 잠시 후 백미러를 통해 슬쩍 쳐다 본 택시기사는 다행히도 정면을 보며 운전에 열중하고 있었다. 그는 뒤에 앉는 자신이 뉴스에 거론된 인물이라는 사실을 전혀 눈치 채지 못하는 것 같았다. 택시는 약 5분을 더 달려 민우를 호텔 앞에 내려놓았다.

억울한 테러 용의자

자정이 다 된 비즈니스호텔 로비는 사람의 이동이 별로 없어 적막감마저 감돌았다. 회전문을 밀고 안으로 들어가자 늦은 밤 시간임에도 여종업원이 밝은 미소로 민우를 향해 상냥하게 인사했다. 호텔은 비즈니스맨들을 위한 실용적인 시설임을 보여주듯 로비도 좁고 동선도 매우 짧았다. 민우도 여종업원 쪽을 향해 가볍게 목 인사를 한 후 프런트데스크에서 방 키를 받아 호텔 로비 왼편 홀에 멈춰 서 있는 엘리베이터를 타고 7층에서 내렸다. 복도는 조용했고 서양 관광객으로 보이는 중년의 두 남녀만이 7층에서 엘리베이터를 타기 위해 기다리고 있었다.

'호텔이 조용해서 좋군.'

아늑하고 조용한 호텔을 보자 마음이 다소 진정되는 듯 했다. 705호실은 길이가 대략 30미터쯤 되어 보이는 7층 복도 중간쯤에 위치해 있었다. 민우는 암적색 방문 열쇠 구멍에 프론트데스크에서 받은 키를 꽂았다. 2평 남짓한 방은 세로로 길게 뻗어있는 형태로 침대가 한쪽 벽에 붙어 있었고 침대 맞은편 탁자 위에는 텔레비전이, 탁자 옆 책상위에는 유럽풍의 스탠드가 놓여 있었다. 비즈니스급에 어울리는 단출하고 잘 정리된 느낌을 주는 방이다. 태국 여성이 호텔의 각종 편의시설을 배경으로 찍은 사진이 실린 캘린더가 책상 한쪽에 놓여 있었는데 하단엔 단축 안내번호들이 적혀 있었다. 미닫이식으로 되어 있는 창문을 여니 시원한 바람이 들어왔다. 밤의 찬 공기를 들어 마시니 그때까지의 불안하고 불쾌했던 마음속 감정들이 한 순간에 청소되는 느낌이 들었다.

'너무 걱정 말자. 모든 게 오해에서 비롯된 거야.'

방콕 시내 스카이라인을 뽐내는 고층건물들이 눈앞에 화려하게 펼쳐져 있다. 방콕의 밤거리는 오늘 밤 민우가 겪은 모든 사건들을 대수롭지 않게 생각한다는 듯이 매혹적인 야경을 마음껏 펼쳐내고 있었다. 빌딩의 현란한 불빛과 수많은 차량들이 내뿜는 붉은색, 노란색 불빛들이 방콕 야경의 눈부심을 더해 주고 있었다.

그러나 민우는 차츰 그 야경 속에 숨어 있는 야수를 느꼈다. 그리고 그 야수는 아직도 자신을 노리고 있을지 모른다는 불안감이 마음속에서 스멀스멀 다시 피어오르자 민우가 얼른 여행용 가방 안에서 노트북을 꺼내 전원을 연결했다. 그리고 오늘 밤 의문의 사내로부터 건네받은 USB를 삽입시켰다. USB의 삽입 상태를 알리는 아이콘이 화면에 뜨자 그는 화살표를 끌어다가 아이콘 위에 대고 두 번 클릭했다. 그러나 파일이 열리지 않는다. 비밀번호를 입력하라는 문구가 떴다.

'이런 비밀번호를 입력하라고?'

민우는 당혹스러웠다. 몇 차례 시도했지만 똑같은 문구가 떴다. USB는 민간인인 민우가 열어볼 수 있는 정도로 보안이 취약한 것이 아니었다.

자정이 조금 넘은 시각.

한 명의 사내가 차에서 내려 호텔 정문으로 들어섰다. 어두운 밤색 점퍼에 모자를 눌러쓰고 차가운 표정을 한 사내는 로비로 들어선 후 프런트 데스크로 향했다. 그가 프런트데스크 앞에 섰을 때 안내원의 전화기 벨이 울렸다.

"잠깐 기다리세요. 연결해드리겠습니다."

방금 들어온 사내는 안내원이 누르는 단축키를 예의 주시했다. 상대가 전화를 안 받는지 안내원이 수화기를 계속 들고 있는 동안 방금 들어온 사내가 프런트데스크를 벗어나 엘리베이터 쪽으로 향하더니 막 내려온 엘리베이터를 집어탔다. 프런트데스크 안내원은 연결을 부탁해 놓고 상대가 전화를 끊어버리자 '이상한 사람이군' 이라며 속으로 불만을 나타내는 표정으로 수화기를 내려놓았다. 여종업원은 자신이 통화 중에 엘리베이터로 들어간 손님의 뒤를 힐끗 쳐다본 후 다시 자기 앞에 놓인 모니터로 시선을 돌렸다.

'우리 호텔 손님인가?'

사내는 민우가 묵고 있는 7층을 지나 10층에서 내렸고 잠시 후 7층 복도에 하얀색 모자를 쓰고 마스크를 쓴 청소부가 쓰레기 카트를 끌고 나타났다. 그는 민우가 묵는 호텔 방 앞에 서서 주위를 잠시 둘러보더니 방에 키를 꽂고 키와 연결된 얇은 호스의 잠금장치를 풀었다. 그러자 질식 성분이 강한 클로로피크린 최루가스가 열쇠구멍을 통해 방안으로 밀려들어갔다.

잠시 후 방문을 연 청소부가 특수 마스크를 착용한 채 방안에 들어섰다. 커튼이 창문을 가려 방안은 더욱 어두웠다. 청소부는 실 같은 불빛이 나오는 손전등을 켜고 방안을 살피는 그의 또 다른 손엔 웰로드 소음권총이 들려 있었다. 방안엔 좀 전에 그가 살포한 최루가스로 매캐한 연기가 가득한 가운데 손전등에서 나오는 실같은 불빛이 화장실과 책상 위를 확인하고 이어 침대를 확인했을 때 그의 눈동자에 당황한 빛이 나타나기 시작했다. 룸 안에는 아무도 없었다.

"놈이 안 보입니다."

그가 어디론가 보고했다.

"놈이 그 호실에 묵은 것이 확실해?"

"네, 확인했습니다."

"빨리 철수 해!"

보고를 마친 그가 황급히 방을 빠져나왔다.

그 시각 민우는 10층 비즈니스 센터실에서 USB 암호풀기에 다시 한 번 도전하고 있었다. 자정이 넘은 시각임에도 10층 비즈니스 센터실에는 컴퓨터 작업을 하는 호텔 이용객들이 군데군데 자리하고 있었다. 센터 한쪽 상단에는 세계 주요 국가의 현지 시각을 알리는 벽걸이 시계들이 걸려 있었고 밤늦은 시각임에도 컴퓨터 앞에서 무역 서류작업을 하는 이들도 군데군데 눈에 띄었다. 호텔은 3년 전 체류 당시 이용했던 시설과 크게 달라진 것이 없었다. 민우가 자신이 아는 상식을 이용해 여러 가지 시도를 해 보았지만 암호는 시간이 가도 요지부동이었다.

'마치 벽을 마주 대하고 있는 느낌이군.'

그것은 민우의 아마추어 실력으로는 처음부터 해독에 한계가 있을 수밖에 없는 USB였다. 난해한 암호와의 1시간여의 씨름 끝에 민우가 해독작업을 포기하고 다시 방으로 돌아가기 위해 자리에서 일어섰다. 7층 엘리베이터에서 내려 복도로 들어섰을 때 그의 방 근처에서 청소부 한 명이 빠져나오는 것이 보였는데 비교적 큰 키의 청소부는 여성답지 않은 빠른 걸음으로 비상구 쪽으로 사라졌다. 민우는 그 청소부가 다른 방에서 나오는 것이려니 생각했다. 그러나 자신의 방문을 열고 들어간 순간 방안 가득히 들어찬 목이 타는 듯한 매운 가스에 숨을 제대로 쉬기 어려웠다. 민우가 방문을 열어젖혔다. 민우를 더 놀라게 한 것은 가방이 열린 채 바닥에 뒹굴고 있었고 옷장과 침대 위 등이 온통 헤집혀진 채로 어지럽게 널브러져 있는 상황이었다. 조금 전에 본 청소부가 떠올랐다.

'그 청소부가 수상해!'

민우는 자신이 간발의 차이로 위기에서 벗어났다는 것을 알았다. 민우를 더 공포스럽게 만든 것은 그들이 어떻게 자신의 숙소를 알아냈는가 하는 점이었다. 비행기표는 받았지만 숙소 제공까지는 사양하고 민우가 정했었다. 민우는 그 즉시 짐을 챙겨 호텔을 빠져 나왔다. 다음 날 아침, 교대하기 위해 다른 청소부가 왔을 때 방안에 겉옷이 벗겨진 채 쓰러져 있는 청소부가 발견됐다

호텔을 빠져 나와 뒷길을 이용해 발길 닿는 대로 걷고 있던 민우는 도로 건너 고층건물 꼭대기에 걸려있는 뉴스 전광판과 세 번째 맞닥뜨렸다. 뉴스화면은 그의 얼굴에 붉은색 동그라미를 쳐 자신이 마치 주요 혐의자인 듯 강조하고 있었다. 그리고 이어서 자신을 도로에서 심문했던 교통경찰관의 모습이 또 나타났

다. 그는 TV 카메라 앞에서 민우에 대해 무엇인가를 열심히 설명하고 있었다.

'내가 졸지에 폭탄 테러리스트가 됐군.'

그의 배경 화면에선 아수라장이 된 레스토랑 내부 모습, 쓰러진 두 사람을 그가 흔드는 모습, 응급의료진이 들어와 두 사람을 들것에 싣고 급히 현장을 떠나는 모습 그리고 잠시 후 그가 식탁 바닥에서 무엇인가를 주워들고 급히 현장을 떠나는 모습이 반복해서 생생하게 방송되고 있었다. 행운을 기대했던 방콕 여행은 악몽 같은 밤이 되고 말았다. 민우는 귀국행 비행기가 마음에 걸렸다.

'귀국행 비행기를 바꿔 타야 해! 귀국만 하면 모든 것이 해결된다!'

민우는 아무데라도 우선 눈에 띄는 모텔에서 잠을 청하기로 했다.

밤늦은 시각 평양의 신 번화가 창전거리

관용번호를 단 검정색 벤츠 승용차 한 대가 차량통행이 줄어든 도로 위를 빠른 속도로 달려가고 있었다. 김달해의 머릿속은 최근 공화국에서 나타나고 있는 불길한 기류들로 인해 혼란스러웠다. 공화국 내 수시로 변하는 권력 양상은 어느 쪽에 줄을 서야 할지 판단을 어렵게 했다. 크고 작은 반란은 계속됐고 숙청도 이어졌다.

'공화국이 어디로 가는 건지.'

도로 위에는 야간 근로자들을 실어 나르기 위한 트럭과 군용차량이 마식령 속도전의 깃발을 펄럭이며 이따금씩 지나가고 있었다. 이들은 창광거리 동흥동 고려호텔 인근에 지어지는 호텔공사장 근로자들을 실어 나르는 차량들이다.

'중국 자본이 평양 곳곳을 잡아먹고 있군.'

중화자본이 투자해 평양에서 두 번째로 높은 50층짜리 호텔이 지어지고 있는 중이다. 건설자재들을 실어 나르는 차량 몇 대도 그 뒤를 따라 지나갔다. 전기 사정으로 야근 작업을 하지 않던 관례를 깨고 호텔 골조공사를 마무리하기 위해 밤에도 작업을 진행하고 있었다. 조만간 평양 방어 훈련이 예정되어 있음에도 예전에는 볼 수 없었던 모습으로 온 나라가 외자 유치에 총력을 기울이면서 나타난 현상이다. 문제는 그 외자의 대부분이 어느새 공화국 경제를 좌지우지하기 시작한, 중국 동북 3성의 군벌들과 결탁한 것으로 보이는 목적이 의심스러운 자본이란 것이고 일부는 러시아 자본 그리고 일본 자본까지도 일부 들어오고 있었다. 그리고 그러한 외자 유치 허용은 공화국내 권력부패와 빈부 격차를 심화시키고 있었다.

"주사위는 던져졌어!"

귀가하던 김달해는 빠르게 발전하고 있는 평양의 중심가 중구역의 모습을 복잡한 표정으로 바라보며 중얼거렸다. 그러나 애써 떨쳐내려 했지만 그러면 그럴수록 불안하고 복잡한 생각들이 그의 머릿속을 더욱 파고들었다.

"김달해 동무, 공화국을 다시 세울 때가 되었소. 공화국의 혼란이 극에 달했단 말이오. 무능한 지도부를 더 이상 두고 볼 수 없게 되었어요."

보름 전 그가 김달해를 은밀히 불러 던진 말이다. 그는 김정은 정권 들어 터진 3차 군 반란 사건에 연루된 자신을 숙청의 회오리에서 구해준 생명의 은인이었다.

'무능한 지도부? 누굴 말하는 거지?'

그는 그가 말한 무능한 지도부가 누굴 의미하는지 묻지 않았다. 다만 속으로 추측만 했다. 그러나 그 추측한 내용을 입 밖으로 꺼낼 수는 없었다.

"동무도 당연히 우리와 함께 하리라 믿소. 우린 죽음의 위기에서 한데 뭉친 동지관계요."

그가 그의 눈을 뚫어져라 쳐다보며 물었다.

"물론입니다. 제가 할 일이 무엇입니까?"

숙청에서 구해준 생명의 은인인 그에게 김달해가 던진, 유일하게 허락된 질문이었다.

“동무의 지칠 줄 모르는 혁명적인 자세가 마음에 듭니다. 공화국의 혁명은 지속되어야 하오. 곧 연락이 갈 거요.”

공화국은 혼란스러웠다. 김정은의 경륜과 경험의 부족이 본격적으로 드러나면서 공화국 내부에 각종 문제가 터지고 있었다. 그러나 김정은은 어느 것 하나도 제대로 해결하지 못하고 있었다.

‘공화국의 위기가 점점 깊어지고 있어!’

군에선 하극상 사건들이 자주 일어나고 지방에선 집단 반란 사건들도 종종 발생하기 시작했다. 당에선 김정은 비자금을 만지는 관리인들의 서방으로 도주하는 사건들이 이어지기 시작했다. 이런 일들은 김정은 권위를 약화시켜갔고 나라 상황을 더욱 어렵게 만들고 있었다. 무자비한 숙청과 빈번한 인사 조치의 효과도 점차 한계에 달하고 있었다. 김정은이 더욱 포악해질 것이란 불안한 전망과 결국은 권력을 군벌들과 공유할 것이란 전망이 교차하는 등 상황이 어수선했다.

그날 그와의 은밀한 만남이 끝나갈 무렵, 처음 보는 얼굴이 합석했다.

“인사하시오. 앞으로 이 나라 경제 개발에 큰 역할을 할 분이오.”

“안녕하십니까? 제가 존경하는 장군을 도와서 북조선 발전에 기여코자 합니다.”

군 장성들이 화교자본가들과 손잡는 일은 이제 공화국에서 흔한 일이 되었다. 국내 자본 축적이 안 되는 상황에서 해외 자본을 끌어들여 국가 경제를 운영하는 것은 공화국의 어쩔 수 없는 현실이 되어 버렸고 이를 장성들에게 허용했다. 해외 자본 중에선 당연히 중국 자본 화교 자본의 손을 빌리기가 가장 수월했다. 그러나 그날 김달해가 만난 회교자본가는 여느 화교 자본가와는 달랐다. 그는 허국도 장군이 꿈꾸고 있는 공화국 개조의 자금원이란 느낌이 강하게 다가왔다.

김달해가 그와 헤어지면서 느꼈던 막연한 불안감은 불과 일주일 뒤에 곧바로 현실화됐다. 보위부에서 그를 불시에 찾아왔다.

"부국장 동무, 공화국은 동무의 능력을 높이 사고 있소. 딴 마음 먹지 말고 공화국의 안정과 발전을 위해 계속 힘써주시오."

김달해는 그 말에 가슴이 철렁 내려앉았다. 보위부 감시망에 자신이 걸렸다는 것을 직감했다. 김달해는 시치미를 뗐다.

"동무, 새삼스레 그게 무슨 말이오? 우리 온 인민이 위대한 김정은 동지를 절대옹위하며 조국 발전에 일로매진하는 것은 너무나 크나큰 영광이고 또 당연한 과제 아니겠소?"

김달해는 최대한 태연한 척하며 평소 습관처럼 김정은 찬양 발언을 늘어놓았다. 정치위원의 날카로운 시선으로부터 오는 압박감에서 벗어나려는 시도이기도 했다.

"내가 왜 그런 말을 하는지는 동무가 더 잘 알 것이오."

보위부 요원은 집요했다. 김달해는 그 말에 또 다시 가슴이 뜨끔했다.

"부국장 동무는 이미 지난 번 반당 반혁명 종파분자들이 처벌받을 때 당의 은혜를 한 번 입지 않았소? 그걸 잊어선 안 될 것이오."

그는 아무런 저항을 할 수 없었다. 시미치 뗀다고 되는 일이 아니었다. 그들은 이미 모든 걸 파악하고 있었다.

"동무도, 공화국이 베푼 은혜를 배신하고 서방으로 탈출하려다 우리 요원들에 의해 체포돼 국내로 끌려온 배신자들의 소식에 대해 들었을 것이오."

김달해는 그들의 말 속에서 살기 위한 조건을 읽었다.

"김 동무, 살고 싶으면 보위부에 협조하시오. 반란세력은 조기에 진압됐지만 아직 당과 군의 곳곳에 잔당이 남아 있소. 그들은 태풍이 지나가길 기다리며 납작 엎드려 기회를 노리고 있을 뿐이오. 수령 옹위부서에선 이미 오래전부터 반란 잔당들의 일거수일투족을 예의 주시하고 있소. 동무는 공화국을 위해 꼭 필요한 존재요. 목숨을 소중히 여기시오."

'보위부는 나와 허국도 장군의 만남을 다 알고 있어.'

김달해는 보위부의 치밀한 감시망이 새삼 두려웠다. 그들은 그의 배신과 비참한 말로에 대해 강조하면서 위협과 공포를 가했다. 한 치 앞을 내다볼 수 없는 혼란스런 상황, 선택을 해야만 하는 상황이다.

"나 역시도 류조국 소장과 똑같은 상황에 직면해 있어!"

결국 김달해는 오늘 밤 그를 배신했다. 그는 보위부가 제시한 조건을 수용했다.

'공화국이 아무리 혼란스럽긴 해도 보위부의 감시망을 피하긴 어려워! 공화국에 거대한 숙청의 회오리가 다가오고 있다. 그것이 나에게 다가오고 있어! 내가 오늘 밤 선택한 길이 현명한 길이야.'

김달해는 자신이 오늘 밤 현명한 길을 선택했음을 스스로에게 강조했다.

'이쪽도 저쪽도 아닌, 조국을 배신해 망명이라는 제 3의 길을 택했던 류조국 소장을 기다린 것은 비참한 죽음이었어! 이번에도 반드시 살아남아야 해.'

운전자도 없이 혼자 평양중심거리를 통과하는 그의 눈에 최근 몇 년 사이에 평양의 심장부에 부쩍 늘어난 고층 건물들과 외국 시설들이 다시 들어왔다.

'지금 누리는 고급 아파트와 권력을 놓칠 수 없어!'

고층아파트들, 6성급 호텔, 고급 백화점, 고급 수입 옷가게, 이탈리아와 프랑스 등 각종 외식체인점이 밀집해 있는 평양의 최상류층 아파트 단지가 눈에 들어왔다. 김달해의 아파트도 그들 가운데 끼어 있었다. 그는 자신이 북한 최상류층에 속해 있다는 사실이 자랑스러웠다. 야산과 밭 그리고 허물어져가는 낡은 건물들을 밀어낸 자리에 어두웠던 밤거리를 대신해 화려한 불빛이 새 도시를 수놓고 있었다. 이들 건축에는 외국자본도 꽤 투자됐고 그들 대부분은 화교자본이고 일부는 러시아 자본이었지만 중요한 것은 평양이 눈부시게 달라지고 있고 자신이 그 한 복판에서 살고 있다는 것이었다.

"동무, 한 줌도 안 되는 썩고 무능한 지도부 때문에 공화국이 혼란스럽고 인민이 고통 받고 있소. 세상은 변하고 있는데 공화국만 변화를 거부하고 있소. 이제 결단할 때가 됐소."

그날 만난 허국도 장군의 은밀한 발언이 떠올랐다.

"동무, 반당 반혁명 세력들이 당 중심을 흔들려는 음모를 꾸미고 있소. 그들의 남은 뿌리들 때문에 중국 자본이 우리 공화국을 좀 먹고 있소."

이번엔 보위부 요원의 말이 오버랩되어 떠올랐다. 김달해 머릿속이 혼란스러워졌다.

"동무도 알다시피 평양 곳곳의 돈벌이 될 만한 시설들엔 중국과 결탁한 당과 군의 고급 간부들이 많이 개입되어 있소. 동무도 잘 알다시피 중국은 믿을 수 없는 자들이오. 그들은 우리 북조선의 소중한 자원을 거저먹으려고 호시탐탐 노리고 있는 자들이오."

"그래 맞아, 평양은 몇 년 사이 군과 당의 고급간부들에 의해 썩어 들어가고 있어! 혁명을 부르짖는 장성들은 중국에 너무 의존하고 있어!"

김달해는 자신의 오늘 밤 선택을 합리화했다. 길가 가로등에는 '위대한 김정일, 김정은 동지 만세' 라고 쓰인 대형 깃발들이 일정한 간격으로 힘차게 펄럭이고 있고 간간이 '자주 자립' 을 강조하는 역설적인 플래카드도 나부꼈다. 평양 밤거리를 관광 온 일군의 외국인들의 모습이 네온간판 불빛 아래서 이따금씩 스쳐지나갔다. 그가 급하게 브레이크를 밟자 바퀴가 도로 위를 미끄러지는 소리가 요란하게 울렸다. 정면의 교통신호등이 정지신호등으로 갑자기 바뀌었기 때문이다. 얼마 가지 않아 또 다른 사거리 교통신호등이 적색신호로 바뀔 무렵, 고급 아파트들이 밀집되어 있는 '은혜촌' 을 향해 차를 우회전했다.

'북한 상류층의 삶을 포기할 수 없어. 오늘 밤 선택을 잘 한 거야!'

그는 자신의 아파트 단지가 가까워오자 억누르던 불안감에서 좀 해방되는 것을 느꼈다. 김달해는 자신의 아파트 단지로 들어설 때마다 자신이 평양에서 제일 화려한 중심가에 살고 있고 공화국의 자랑스러운 충성시민이라는 자부심을 느꼈다. 아파트 단지로 향하는 도로 양 옆에는 최근 들어선 대형 사우나, 노래방, 서양식 술집, 이발소 등 위락 시설들이 문을 닫은 상태였지만 밤에도 네온사인이 아름답게 수를 놓고 있었다. 그가 손목시계를 쳐다보았다.

'밤 12시 30분! 많이 늦었군.'

김달해는 갑작스럽게 마련된 고급 간부들 저녁 약속으로 인해 아내와의 생일 축하 약속시간을 못 지켜 미안한 마음이 들었다. 멀리 오른쪽 위로 그가 살고 있는 '은혜촌' 아파트 단지가 눈에 들어왔다. 그가 탄 차가 아파트 단지 정문으로 가기 위해 왼쪽으로 방향을 틀어 속도를 줄이며 앞으로 나가기 시작했다. 도로 양옆 상가들은 이미 철시했고 인적도 뜸했다. 언덕을 향해 천천히 오를 무렵 차의 오른쪽 앞쪽이 갑자기 푹 꺼지는 느낌이 들었다.

이어서 차 앞부분에서 무엇인가가 빠르게 풀리는 듯한 느낌이 왔다. 당황한 그가 급하게 브레이크를 밟자 차가 오른쪽으로 갑자기 회전하더니 그가 미처 손을 써볼 수도 없이 차의 뒷부분이 한 바퀴 원을 그리며 돌더니 길가 가로등을 심하게 들이받고 멈춰섰다. 다행히 안전벨트를 맨 덕분에 크게 다치진 않았지만 목뼈가 큰 충격을 받은 것 같았다.

그는 앞 타이어에 뭔가 문제가 생겼다는 것을 느꼈다. 간신히 정신을 차리고 몸을 추스르려고 할 때 상점과 상점 사이로 난 왼편 골목 어둠 속에서 희미한 그림자 두 개가 갑자기 나타나 다가오는 것이 보였다. 김달해는 순찰하는 공안요원일 것이라 생각하고 외쳤다.

"어이, 좀 도와주시오!"

그들이 들었는지는 확실하지 않았다. 그들은 가까이 다가오더니 창문을 두

드렸다. 정신이 반쯤 나간 김달해가 몸을 제대로 가누지 못한 상태에서 안전벨트에 몸을 의지한 채 간신히 고개를 돌려 그들을 쳐다보았다. 어둠 속에 서 있는 두 명이 시선에 들어왔다. 그때 김달해가 타고 있던 차량에 다가온 그들이 운전석 문을 따는 소리가 들렸다. 김달해는 그들이 사고가 발생한 차에서 자신을 구하기 위해 차량 문을 여는 것으로 생각하고 별다른 의심도 하지 않고 그들이 하는 것을 지켜보았다. 그러나 운전석 문이 열렸을 때 그들의 탁하고 무거운 음성이 김달해를 긴장시켰다.

"김달해 동무요?"

김달해는 처음 보는 자들이 자신의 이름을 함부로 부르는 것에 긴장감과 불쾌감을 동시에 느꼈다.

"앞 타이어에 문제가 생긴 것 같소."

김달해가 대답했다.

"동무, 아직 멀쩡하구먼."

그 말이 그의 뇌수를 위축시켰다.

"뭐야? 내 말 못 들었어! 내 차에 문제가 생겨서 사고를 당했단 말이야!"

"죽을 정도의 사고도 아닌데 너무 호들갑 떠는군."

"당신들 누구야!"

그제야 김달해는 평범한 사회안전부 요원들이 아니라는 것을 알아차렸다.

"경상동 저녁식사는 즐거웠소?"

순간 김달해의 낯빛이 충격으로 하얗게 변했다.

"당신들 누구요?"

김달해는 자신이 고위직 신분임을 드러내기 위해 최대한 위엄을 보이려 노력했지만 목소리는 이미 기가 많이 꺾여 있었다.

"김달해 동무, 은혜를 배반하다니. 당신은 인간쓰레기야!"

"뭐야? 너희들, 내가 누군지 알고 이러는 거야!"

김달해는 화가 치솟았지만 몸을 마음대로 움직일 수가 없었다. 자신에게 거리낌 없이 말을 함부로 하는 그들의 위세에 김달해의 목소리는 기세가 많이 꺾여 있었다.

"도대체 당신들은 누군데? 혹시 보위부에서 나온 사람들 아니오?"

김달해는 속으로 그들이 보위부에서 나온 자들 일지 모른다는 희망을 걸었다. 보위부라면 그의 실수를 묻지 않기로 약속한 기관이다.

"보위부하곤 이미 얘기가 다 끝났소. 군내 반란 세력들에 대한 내가 아는 정보 일체를 다 넘겼단 말이오."

그러나 그 발언이 그를 꼼짝달싹할 수 없게 옭아매고 말았다. 뒤이어 나온 그들의 발언은 그를 심한 충격 속에 빠트렸다.

"보위부 유혹에 넘어가 목숨을 구해 준 동지들을 배신하다니!"

'보위부', '배신자' 라는 단어가 그의 머릿속에 비수처럼 꽂혔다. 그들은 그가 보위부에 협조한 사실을 비난하고 있었다.

'이들은 보위부 세력이 아니란 말인가?'

그는 당황했다. 자신이 큰 실수했다는 것을 짐작할 무렵 그들이 서류 한 장을 불쑥 내밀었다. 그리고는 그 위에 그들이 갖고 온 조명을 하얗게 비추었다.

"이것은 당신의 사무실 캐비닛에서 나온 서류야. 두 눈으로 똑똑히 보라고!"

김달해는 그들이 내민 서류가 처음엔 눈에 잘 들어오지 않았다. 그러나 점차 서류가 눈에 익는 순간 깊은 충격에 빠졌다. 극비리에 처리한 서류를 그들이 갖고 있었다.

"아니, 어떻게 당신들이?"

김달해가 기어들어가는 목소리로 말했다. 그것은 자신이 보위부에 제출한 일부 군 장성들의 수상한 동향에 관한 기밀보고 서류였다. 하단에는 자신의 서

명까지 선명하게 적혀 있었다.

김달해는 그제야 옴짝달싹할 수 없는 위기에 처했음을 알았다. 그들이 어떻게 자신만이 아는 비밀번호를 알아 철제 캐비닛 깊숙이 보관되어 있던 서류를 갖고 있는지 도무지 이해할 수가 없었다.

"허국도 장군을 만나게 해 주시오. 진심어린 용서를 청하고 싶소."

"베이징에서 체포된 류조국 소장도 당신과 비슷한 말을 하더군."

'류조국 소장?'

그들이 중국에서 체포과정 중 총상을 입고 사망한 류조국 소장에 대해 거론했다.

"류 소장이 보위부가 아닌 당신들 손에 의해서?"

김달해의 낯빛이 백지장처럼 변했다.

"배신자들의 공통점은 언제나 뒤늦게 후회한다는 것이지."

"내가 어리석었소. 한 번 더 기회를 주시오. 제발."

그의 하소연이 채 끝나기도 전에 독침 한 방이 그의 경동맥에 찔러 넣어졌다. 이어 그들의 검은 장갑 낀 손이 그의 뒷목을 잡더니 그의 머리를 핸들에 몇 차례 강하게 들이박았다. 머리에서 터져 나온 피가 이마로 흘러 내렸다.

"간에 붙었다 쓸개에 붙었다 하는 인간쓰레기!"

그 시각, 비슷한 일이 다른 두 곳에서도 더 벌어졌다. 그들은 모두 오늘 밤 그와 경상동에서 비밀리에 만난 보위부 요원들이었다. 김달해의 죽음은 음주운전에다 사고사로 위장됐고 차량은 현장에 방치됐다.

망명 시도

"무엇을 도와드릴까요?"

"거기가 베이징 주재 대한민국 영사관이지요?"

"네, 그렇습니다. 무엇을 도와드릴까요?"

민우는 모텔에서 일어나자마자 아침 일찍 베이징 주재 한국 영사관으로 전화를 걸었다. 신변 보호 요청을 하기 위해서였다. 전날 세 번씩이나 방콕 TV 뉴스에서 자신의 얼굴이 식당 폭탄 테러사건의 유력한 용의자로 보도되는 것을 보고 혹시라도 한국행 비행기를 타는 데 문제가 있을지 모른다는 불안감을 느꼈기 때문이다.

"무엇을 도와드릴까요?"

영사관 직원이 다시 물어왔다.

"네, 방콕에 업무차 왔다가 엉뚱하게 식당 폭탄 테러사건의 용의자로 몰리고 있는 한민우라는 사람입니다."

수화기 너머에서 짧은 정적이 흘렀다.

"여보세요?"

민우가 상대를 다시 불렀다.

"방금, 식당 테러 용의자라고 하셨나요?"

"제가 범인이 아니고요. 우연하게 현장에 접근했다가 화면에 찍힌 사람입니다. 나는 지금 살해 위협을 받고 있습니다. 어젯밤에도 정체불명의 사람들로부터 여러 차례 살해 위협을 당했습니다."

"저희가 무엇을 어떻게 도와드리면 될까요?"

"오늘 오후 3시 비행기로 서울로 돌아갈 예정입니다. 그런데 방콕 경찰이 저를 용의자로 의심하고 있기 때문에 공항에서 문제가 생길 수 있을 것 같아서 도움을 요청합니다."

수화기에서 다시 잠시 침묵이 흘렀다.

"한민우 씨라고 하셨던가요?"

"네, 제가 한민우입니다."

"태국 경찰에선 한민우 씨를 아직까지도 용의자 중 한 명으로 보는 것 같습니다. 이곳은 태국의 사법권과 수사권이 미치는 곳이기 때문에 아무래도 태국 경찰과 먼저 의논을 해야 합니다. 괜찮으시다면 한민우 씨 주민번호를 남겨 주십시오. 신변 보호를 위해서도 필요한 절차니까요."

민우는 주민번호를 불러주고는 출국장에서 기다리겠노라고 말하고 전화를 끊었다.

모텔을 나온 민우는 직행버스를 타고 30분 정도 걸려 방콕에서 동쪽으로 30킬로미터 가량 떨어져 있는 수완나폼 국제공항 4층 출국장 입구에서 내렸다. 스완나폼 공항은 광활하게 펼쳐진 들판 한가운데서 태국 상징물로서의 위용을 뽐내고 있었다. 버스를 타고 오는 동안 몇 차례 비가 오고 잔뜩 찌푸린 날씨였지만 공항에 도착했을 때는 날씨가 맑게 개어 있었다. 민우는 맑은 날씨를 접하자 모든 불안감이 다 끝났다는 느낌이 들어 마음이 한결 가벼워졌다.

'이제 한국행 비행기만 타면 방콕에서의 모든 악몽은 끝난다. 6시간 비행기 여행을 하면 인천공항 주변의 정겨운 풍경이 눈에 들어올 거야.'

민우는 이제 몇 시간 후 면 다시 한국으로 돌아간다고 생각하니 그간 자신을 억눌렀던 마음속 불안감이 많이 해소되는 것을 느꼈다. 출국장에 도착해 주위를 둘러보았지만 영사관에서 나온 듯한 사람들은 보이지 않았다.

시계를 보니 탑승까지는 아직 2시간이나 남았다.

'내가 너무 일찍 왔군. 좀 기다리면 오겠지.'

최근에 새로 지어진 스완나폼 국제공항은 인천공항 못지않은 규모와 화려함을 뽐냈다. 넓은 운동장 수십 개를 붙여 놓은 듯한 탁 트인 공항 내부에서 시원스러움이 느껴졌다. 하늘 높은 줄 모르는 듯이 높은 천정, 형형색색의 화려한 쇼윈도들이 세계 어느 공항매장에도 뒤지지 않겠다는 듯이 화려하게 수를 놓고 있었다.

전통적인 의상을 입은 여성 모델들의 합장 포스터가 곳곳에 걸려 있었고 파타야와 푸켓의 매혹적인 풍경 사진들이 여기저기서 승객들을 유혹하고 있었다. 매장을 구경하며 걷던 민우의 눈에 멀지 않은 곳의 시커먼 물체가 들어왔다. 어깨에 총을 메고 밤색 제복에 금빛 띠를 두른 공항 보안요원들이 민우 쪽으로 걸어오는 모습이 들어왔다. 그들을 보자 불안한 마음이 되어 다급하게 주위를 둘러보던 민우의 눈에 짙은 선글라스에 무장복을 갖춰 입은 요원들이 다가오는 반대편으로 작은 음료매장이 민우의 눈에 들어왔다. 그것은 기둥 뒤 구석 쪽으로 작게 자리 잡고 있어 사람들 눈을 피하기 좋은 위치였다. 일종의 자투리 공간을 이용한 간이 형태의 매장으로 민우는 재빠르게 몸을 숨겼다. 기둥에는 대한민국 수도서울의 포스터가 붙어 있었고 그것을 보자 한국으로 빨리 돌아가고 싶은 마음이 더 간절해졌다. 민우는 보안요원들이 자신을 찾고 있을지 모른다는 불안감에 그들의 눈을 피하기 위해 기둥 뒤 음료매장의 빈자리로 들어갔다. 매장엔 몇몇 서양에서 온 듯한 중년의 살찐 남녀가 선글라스를 목에 걸고 구릿빛 어깨를 드러낸 채 음료수를 마시고 있었다. 구석 빈자리에 앉은 민우는 테이블 옆에 꽂혀 있던 잡지에 얼굴을 묻은 채 공항 요원들이 지나가기만을 기다렸다. 다행히 공항 요원들은 민우를 그냥 스쳐지나갔고 그들이 스쳐지나가자 며칠 전 공항이 반정부 시위대에 의해 한때 기능이 마비됐었다는 보도가 떠올랐다.

'그래, 시위대 때문에 경비가 삼엄한 거야. 저들은 나하곤 아무 상관없는 자들이었어.'

민우는 신경이 과민했다고 판단했다. 민우는 곧바로 4층에서 3층 식당가로 이동했는데 탑승 시각까진 아직 많은 시간이 남아 있었다. 아침부터 지금까지 아무것도 먹지 않아 배가 고픈 상태인 민우가 4층 끝자락에 거의 당도 했을 무렵이었다.

"한민우 씨 되시지요?"

그 소리는 바로 그의 오른편에서 나는 소리였다. 민우가 고개를 옆으로 돌려 소리 나는 쪽을 쳐다보았다.

"대한민국 정부에서 나왔습니다. 정면을 보면서 계속 걸으세요."

"혹시 영사관에서 나왔습니까?"

"그렇습니다. 이제 안심하셔도 됩니다. 저와 함께 한국으로 돌아가실 수 있습니다."

민우는 그가 영사관에서 연락을 받고 나온 국정원 요원일 가능성이 있다고 생각하니 마음이 놓였다.

"한민우 씨 자리는 제 옆자리로 따로 마련했습니다. 당초 예약한 자리는 다른 사람이 앉을 겁니다."

그런데 그들이 함께 로비를 걷고 있을 때 또 다른 두 사람이 그들의 뒤를 향해 다가오고 있었지만 그들은 눈치 채지 못했다. 민우와 요원 뒤에서 2~3미터가량 떨어져서 따라가던 그들이 요원에게 순식간에 접근했다. 그 순간 요원이 갑자기 휘청거렸고 그러자 그들이 요원을 로비 기둥 옆에 놓인 나무 의자에 앉혔다. 요원은 고개를 뒤로 젖힌 채 의자에 걸터앉았다. 너무 순식간에 벌어진 일이라, 민우는 자신의 옆에서 무슨 일이 벌어졌는지조차 눈치 채지 못했다.

3층으로 내려가는 계단이 가까이 보일 무렵 두 사람이 민우에게 다가와 그의 양팔을 껴안았다. 놀란 민우가 고개를 좌우로 돌려보니 조금 전과는 다른 사람들이다.

"당신들 누굽니까?"

민우가 고개를 좌우로 돌리며 항의하려는 순간 무엇인가 바늘과 같이 날카로운 것이 민우의 옆구리 아래 부분 급소를 가격했다. 민우는 갑자기 온몸에 기운이 일순간에 빠져나가고 다리 힘이 완전히 풀려 그들이 가는대로 끌려갔다. 그들은 민우를 양쪽에서 붙잡고 통로 끝 화장실 쪽으로 끌고 들어갔다. 몇몇 승객들이 그들을 봤지만 너무도 자연스런 그들의 행동에 별 의심 없이 스쳐지나갔다. 그들이 민우를 끌고 화장실 안으로 막 들어가려할 때 화장실 내에서 나오는 또 한 사람과 부딪혔지만 그 역시도 그들을 무심코 지나쳤다.

민우는 반항하고 싶었지만 입에서 말이 제대로 나오지 않았다. 민우의 모습은 마치 술에 취한 모습 그 이상도 이하도 아니었다. 그들이 화장실로 끌고 들어간 민우 입에 하얀 천 같은 것을 씌워 마취시켰다. 마취를 당한 민우는 의식이 흐려지고 눈앞에 사물의 초점도 흐려지기 시작했다. 놈이 민우를 변기통 위에 앉힌 후 민우의 옷과 가방을 뒤지기 시작했다. 민우는 그가 USB를 찾고 있다는 걸 정신이 혼미해지는 가운데서도 느꼈다.

놈이 민우의 옷 속과 가방을 뒤지고 있을 때, 군청색 점퍼에 청바지 차림의 한 사내가 화장실 안으로 들어서는 순간 그의 공격 자세를 눈치 챈 밖에서 대기하던 또 다른 놈이 소음 권총을 빼내려 시도했다. 그러나 화장실로 막 들어온 사내는 상대의 권총이 채 방향을 잡기 전에 놈의 손목을 비틀어 잡고 비명을 지르는 놈의 사타구니를 발로 걷어찼다. 그가 반항 한 번 못해보고 바닥에 나뒹구는 놈 근처에 떨어진 권총을 재빨리 주워들었다. 밖에서 나는 비명을 듣고 안에 있던 놈이 권총을 빼들고 밖으로 뛰쳐나왔다. 문이 반쯤 열린 순간 문 뒤에 있던 사내가 총을 쥔 놈의 손을 권총으로 내리치자 윽 하는 소리와 함께 놈이 쥐고 있던 총을 바닥에 떨어뜨렸다. 놈이 바닥에 떨어진 총을 집으려 허리를 숙이는 순간 그의 턱에 강한 발길질이 들어왔다.

놈이 비틀거리면서 다시 일어서려고 할 때 권총의 차가운 금속성이 놈의 관자놀이 부근에서 맴돌았다. 놈이 저항을 포기한 듯 천천히 두 손을 뒷머리 위로 올렸다. 그러나 사내가 잠시 긴장을 푸는 순간 놈의 목에 매고 있는 은빛 목

줄이 풀려 튕겨 나오면서 뒤에 있던 사내의 얼굴을 세차게 후려갈겼다.

그가 비명과 함께 얼굴을 감싸고 비틀거리며 뒷걸음질쳤다. 그 틈을 놓치지 않고 놈의 주먹과 발 공격 등 반격이 이어졌다. 정신이 조금씩 돌아오기 시작한 민우의 귀에 밖에서 들리는 난투극 소음이 들렸다.

'지금 탈출해야 해!'

'쿵퍽쿵퍽' 하는 소음이 화장실 내부를 진동시키고 있었다. 화장실 밖 격투음이 그가 있는 곳으로부터 조금 떨어진 곳에서 한동안 계속되고 있었다.

'이때다!'

민우가 노트북이 든 가방을 한쪽 어깨에 메고 화장실 문을 여는 동시에 입구 쪽으로 내달렸다. 바닥에 쓰러져있던 또 다른 놈에 다리가 걸렸지만 간신히 손바닥을 짚어 넘어지지 않고 화장실을 빠져나와 눈에 보이는 정면을 향해 내달렸다. 민우가 비틀거리는 몸으로 화장실을 빠져 나간 지 얼마 되지 않아 민우를 납치했던 자들을 제압한 사내가 민우의 행방을 찾아 두리번거렸다. 그가 에스컬레이터 쪽으로 내달리는 모습이 민우가 탄 엘리베이터 유리창 너머로 보였다. 민우가 탄 엘리베이터가 2층에 도착했을 때 입국장에서는 3군데 출구를 통해 승객들이 막 쏟아져 나왔다. 민우는 그 틈에 섞여 들어갔다. 계단을 통해 내려온 사내가 인파 속에서 두리번거리며 눈빛을 번득이는 것이 민우의 눈에 보였다. 1층 택시 승강장 안내 문구를 본 민우가 다시 1층으로 내달려 입구에 줄지어 대기중이던 택시를 부리나케 잡아타고 공항을 떠났다.

'놈들이 공항에 다시 나타났어.'

민우는 악몽이 아직 끝나지 않았다는 것을 알고는 다시 공포감에 휩싸였다.

'영사관에서 나온 직원을 노린 자들은 누구일까? 국정원 직원은 영사관 연락을 받고 나왔을텐데……. 그렇다면 요원을 노린 자들은 영사관 내부 직원이란 말인가?'

의문이 꼬리를 물고 일어났다. 그때 민우의 기억의 밑바닥에서 한 사람이 떠올랐다. 민우와 엘리베이터 유리창을 통해 시선이 마주쳤던 의문의 인물, 그는 민우가 방콕 차오프라야 전통시장에서 쫓길 때 엘리베이터를 타기 직전에 잠깐 눈이 마주쳤던 인물과 동일 인물이란 생각이 머리를 스쳤다.

'그는 누구지? 젠장, 그를 만났어야 했나?'

그러나 이제 민우는 아무도 믿을 수 없게 됐다. 누가 적인지 아군인지 도무지 알 수가 없었다. 민우는 대사관의 도움을 받으면 자신에 대한 오해와 그로 인한 억울함이 쉽게 풀릴 수 있을 것으로 생각했다. 그러나 대사관에 도움을 요청한 후 오히려 이중의 위기를 겪었다. 민우는 자신을 노리는 자들이 정부 내에도 있다는 생각에 점차 고립감과 불안감에 빠져들기 시작했다.

'그들이 노리는 한 가지 공통점은 USB였어! 나를 화장실로 끌고들어간 놈들은 분명 USB를 찾았어. 도대체 USB엔 무슨 내용이 담겨 있는 거지?'

그때 공항에서 만난 자가 자신이 국정원 소속이라고 한 말이 떠올랐다.

'왜 국정원 직원이 나온 거지? 이 USB가 국정원과 연관되어 있나? 그래 맞아. 이 USB안에는 국정원이 필요로 하는 정보가 담겨 있는 것이 틀림없어.'

민우는 그제야 자신이 휘말려 있는 사건의 베일이 한 꺼풀 벗겨지는 느낌이 들었다.

'혹시 식당에서 본 그 한국인도 국정원 직원?'

식당에서 만났던 한국인의 마지막 음성이 민우의 기억 속에 떠올랐다.

"영무역자문사 류조국."

'영무역자문사가 혹시 국정원 위장명칭? 그가 회사원으로 위장한 국정원 요원이었나?'

거리의 공중전화박스를 발견한 민우가 택시에서 내렸다.

'그렇군. 그가 남긴 마지막 말을 잊고 있었어. 영무역자문사 류조국을 찾아

야 돼.'

한국 번호를 누른 후 114번을 누르자 짧은 신호음이 간 후 여성 안내원의 목소리가 들렸다.

"무엇을 도와드릴까요?"

"영무역자문사 전화번호를 찾습니다."

"어디에 있는 회사인가요?"

"어디요? 그건 모르겠습니다."

"그러시면 찾는 데 시간이 오래 걸립니다. 잠깐 기다려보세요."

잠시 후 안내원의 목소리가 다시 들렸다.

"고객님, 영무역자문라는 상호로 등록되어 있는 게 전국적으로 20곳이나 됩니다. 지역을 알아야 빨리 찾을 수 있습니다."

"서울지역은 몇 곳입니까?"

"서울지역이요?"

안내원의 한숨 소리가 들렸다.

"잠깐 기다려 보세요. 서울도 13곳이네요."

"혹시 그 13곳 전화번호를 불러줄 수 있습니까?"

"고객님, 죄송하지만 저희는 그렇게까지 알려드릴 수 없고요, 인터넷 전화번호를 확인하세요. 인터넷에서 전화번호부를 쳐보시면 전국의 번호가 다 나올 겁니다."

'인터넷 전화번호부?'

민우는 할 수 없이 상담원이 불러준 인터넷 전화번호 주소를 받아 적고는 전화를 끊었다. 민우는 인근 카페에 들어가 노트북을 펼쳤다. 인터넷에서 전국의 20곳의 영무역자문사 전화번호를 확인했다. 그리고 확인한 전화번호를 한 군데씩 돌리기 시작했다. 20곳 중 10곳은 USB와는 전혀 상관없는 동네 가게들이었고 나머지 10곳은 규모가 있는 기업이란 느낌이 들었지만 류조국이라는 사람은 없다는 대답이 돌아왔다.

민우는 결국 고심 끝에 국정원으로 직접 전화를 걸었다.

"영무역자문사 류조국이란 사람은 저희와 관계가 없습니다."

두 번을 물어봤지만 똑같은 대답만 들려올 뿐이었다. 국정원에서도 원하는 대답을 들을 수 없었다.

'국정원에서도 모른다?'

민우는 뭔가 이상하다는 느낌이 들었다.

'폭탄 테러 현장에서 사망한 자가 남긴 마지막 말이 국정원을 의미하는 것이 아니라면 도대체 무슨 의미일까? 도대체 어디서부터 이 수수께끼를 풀어야 하지?'

그때 기억의 심연에서 떠오르는 이름이 있었다. 주식투자 실패로 한강에 투신 자살한 것으로 알려진 장진동. 민우는 자신이 태국 방콕에서 겪은 전혀 예상치 못했던 사건들은 어쩌면 그의 죽음과 연관성이 있을지 모른다는 생각이 갑자기 들었다. 물론 뚜렷한 증거가 있는 것은 아니지만 그의 의문의 죽음에 대한 신고 이후 그를 안다는 낯선 투자자로부터 전화를 받았고 방콕에 온 이후부터는 여러 차례 죽음의 위기를 겪고 있었기 때문이다.

'장진동이 혹시 국정원과 관련된 일을 했던 것은 아닐까?'

민우는 여러 가지 가능성을 떠올리며 장진동의 죽음과 관련해 여러 가지 추측을 했다. 그러나 추측만 할 뿐 결론을 내릴 만한 그 어떤 단서도 없는 상황이다. 여러 가지가 답답했다. 그때 효진의 얼굴이 떠올랐다. 효진과 통화한 지 며칠 지났다. 민우가 공중전화를 이용해 효진에게 전화를 걸었다. 신호음이 한참 진행된 후에 효진의 반가운 음성이 들렸다.

"한 선배, 어떻게 된 거야. 여러 번 전화했는데 전화기가 꺼져 있었어."

"일부러 꺼놨어."

민우는 의문의 사내들로부터 계속해 쫓기면서 혹시 하는 불안감에 휴대폰을 껐다.

"난 또 배터리 충전을 못 하고 있나 그랬지. 방콕 간 일은 잘 됐어?"

"잘 안 됐어."

"잘 안 됐다고? 조건이 안 맞았어?"

민우는 효진의 반응 속에서 태국에서 연일 자신을 테러사건 용의자로 의심하는 보도 내용이 아직 한국에는 들어가지 않았다는 것을 알았다.

"투자자를 만나지 못했어."

"투자자를 만나지 못 했다고? 그게 무슨 소리야?"

"만나기로 한 장소에 나오지도 않았고 통화도 되지 않아. 그런 번호가 없다고 나와."

"아니 뭐 그런 사람이 다 있지? 참 이상한 사람이네."

"방콕 여행 잘 했다고 생각해야지 뭐."

"방콕 여행?"

민우는 후배에게 방콕에서 일어난 일들에 대해 얘기를 할까 말까 잠시 망설였다.

"왜 그래? 무슨 일이 있었어?"

민우는 자신이 방콕에서 겪은 일을 가슴속에 품고만 있기엔 너무 답답해서 결국 효진에게 자세히 털어놨다.

"세상에, 어떻게 그런 일이 선배에게 일어날 수가 있지?"

효진도 너무 충격을 받은 듯 말을 제대로 잇지 못했다.

"내가 방콕에서 겪은 사건에 한강에 투신한 장진동 씨가 관련이 되어 있는 것 같아."

"그래? 무슨 근거가 있어?"

"아직은 추측수준이긴 하지만 그 일로 인해서 방콕의 가짜 투자자로부터 전화도 걸려왔잖아. 그리고 내가 장진동 시신이 안치된 응급실에서 경찰관을 만났던 얘길 했었지?"

"응, 기억 나. 그런데 왜?"

"내가 장진동 씨 투신을 신고한 것과 관련해 조사할 것이 있다고 하면서 이것저것 묻는데 그때 기분이 묘했어. 뭐라고 할까, 나를 통해 무엇인가를 알아내려고 하는 것 같았어. 물론 그것이 무엇인지는 나도 모르지만."

"그런 일이 있었어? 결국 선배 얘기는 국내 수사 기관에도 의심스러운 세력들이 있는 것 같다 이 말이지?"

"그런 셈이지."

효진이 마른 침을 삼키며 말을 이었다.

"어쩐지 으스스하네. 그러고 보니까 선배에게 한 가지 알려줄 것이 생각났어. 유로퍼시픽아이이즈의 특징적인 투자 패턴이 새로 발견된 게 있어."

효진의 말에 민우의 귀가 번쩍 뜨였다.

"최근 정보지에서 실렸던 내용인데. 이들이 '악마의 투자'를 하고 있다는 평가가 실렸어."

"뭐, 악마의 투자?"

"여의도 증권가에서 정보력 최고로 소문이 나 있는 A 정보지에 실린 건데, 한국에 들어온 지 3년 안팎 된 외국인 큰손들을 대상으로 조사를 벌였는데 유로퍼시픽아이이즈의 투자 패턴에서 그 같은 수상한 투자 패턴을 발견했다는 거야."

"좀더 구체적으로 얘기해봐."

"이들이 과거 한국에 집중적으로 투자했던 시기가 한반도에 군사 위기가 최고조에 달했던 시기와 대부분 겹친다는 거야."

효진이 얼마 전 유로퍼시픽아이이즈가 군수산업 업종에 주로 투자를 많이 했다고 한 말이 떠올랐다. 민우가 마른 침을 삼키며 효진의 이어지는 설명에 귀를 기울였다.

"예를 들면 한국 정부가 처음에 차세대 전투기종으로 F-15를 선정하는 바람에 F-35를 생산하는 록히드마틴 사의 주식이 하루가 다르게 뚝뚝 떨어지고 있을 때 유로퍼시픽아이즈는 록히드마틴 사의 주식을 거꾸로 싼 값에 마구 사들이기 시작했다는 거야."

"유로퍼시픽아이즈가 록히드마틴 사의 주식을 사들여? 그것도 가격이 떨어지고 있을 때?"

"그런데 얼마 지나지 않아서 중국과 일본은 물론 북한의 스텔스 전투기 보유 위험성이 국내 언론에 보도로 흘러나오기 시작하면서 불과 한 달 만에 스텔스 기능을 갖춘 F-35가 한국의 차세대 전투기로 선정되는 일이 벌어졌잖아. 그 덕에 유로퍼시픽아이즈가 엄청난 수익을 챙길 수 있었다는 거야."

민우는 효진의 설명을 들으며 다시 한 번 온몸이 초긴장 상태로 빠져드는 기분이 들었다.

"그런데 정보지 분석에 의하면 북한 미그기의 스텔스 기능 보도가 나오기 시작한 과정이나 배경이 좀 의심스럽다는 거지. A 정보지에 실린 내용이 음모론 냄새가 좀 나긴 나지?"

민우가 아는 한 A 정보지는 지금까지 증권가에선 그 정보의 신뢰성을 비교적 높게 인정받아 온 정보지였다.

"내가 아는 한 A 정보지는 찌라시 하고는 수준이 달라."

"나도 비슷한 생각이긴 한데, 우연의 일치치고는 너무 수상한 일들이 종종 벌어지니까 그렇지. A 정보지의 분석 내용을 좀 자세히 설명하자면 2014년 한미 합동 훈련이 한창이던 때로 거슬러 올라가는데 당시 북한의 미그기가 NLL 인근까지 접근한 적이 있는데 우리 공군이 이를 사전에 알아차리지 못했다는 내용이 한 인터넷 매체에 폭로된 적이 있어. 공군 사정을 잘 아는 한 전직 군 정보기관 종사자가 제보를 한 건데, 이 제보자의 폭로에 의하면 우리 공군이 북한의 미그기의 NLL 영공 침범을 전혀 눈치 채지 못한 이유가 북한 전투기가 스텔스 기능을 갖추고 있었기 때문이라는 거야. 이 같은 보도가 엄청난 파장을 몰고 오니까 당시 우리 공군 관계자는 '언론보도는 오보다, 우리 공군 전투기가 당시 즉각 출동해서 남북이 NLL 상공에서 공중전 일보 직전까지 갔었다' 고 해명을 했어. 그러자 처음에 폭로했던 그 제보자가 언론과 2차 인터뷰를 통해서 반박을 했는데 '공군의 해명은 국민 비난을 면키 위한 과장된 것이고 사실은 우리 레이더가 북 전투기 출격을 즉각 잡아내는 데 실패했다. 북한 미그기는 스텔스 기능을 갖추고 있다' 고 거듭 주장했어. 그런데 A 정보지 분석은 여기서 한 걸음 더 들어가고 있어."

민우는 효진의 설명을 들으며 자신이 증권사에 재직하면서 알 수 없는 조종자로부터 무기력하게 당했을 때 느꼈던 것과 비슷한 느낌을 받고 있었다.

"우리 공군의 해명이 나온 지 불과 수 시간 만에 북한 전략 공군 사령부 명의의 성명이 나왔는데 이것이 국내 언론에서 제대로 다뤄지지 않았다는 거야. 북한의 성명 내용은 이래. 자기들이 몇 차례 경고했음에도 불구하고 미국이 스텔스기를 북한 영공에 띄워 거기에 대한 대응 차원으로 미그기를 띄웠다는 거야. 그러면서 한국 공군은 자신들이 NLL 영공에 근접할 때까지도 전혀 그 사실을 눈치 채지 못했다고 반박하는 성명을 냈어."

"그거, 남남 갈등을 불러일으키려고 하는 북한의 고전적인 수법 아닐까?"

"얼마 전 국내 한 TV프로그램에 북한 전투기 부대에 근무했던 한 탈북자가 나와서 '북한은 이미 10년 전부터 전투기 스텔스 도료 개발을 해왔다, 내 눈으로 직접 확인을 했다' 고 증언한 적도 있어. 물론 지금까지 북한은 자기들 입으로 스텔스 전투기를 보유하고 있다는 말은 하지 않고 있어. 그러나 여기서 중요한 것은 그게 아니야."

"중요한 것은 그게 아니다? 또 뭐지?"

"북한이 실제 스텔스 전투기를 보유했는가 아닌가가 중요한 것이 아니라 이 같은 보도로 인해 스텔스 기능을 갖추지 못한 F-15는 선정됐다가 취소되고 스텔스 기능을 갖춘 F-35로 최종 기종이 뒤바뀌게 됐다는 사실이야."

민우는 효진의 설명을 들으며 무엇인가에 뒤통수를 세게 가격당한 기분이 들었다.

"이로 인해서 유로퍼시픽아이즈가 엄청난 주가 이익을 챙길 수 있었다는 거야. 유로퍼시픽아이즈의 주식 투자 행태는 한반도 안보 위기 상황에 잘 부합한 한 편의 잘 짜여진 시나리오 같은 투자 냄새가 난다는 거지."

민우는 효진의 말을 들으며 유로퍼시픽아이즈에 관여했던 장진동의 역할이 무엇이었는지 더욱 궁금해졌다. 민우는 유로퍼시픽아이즈의 배후에 막강한 정보력을 보유한 세력이 틀림없이 존재한다는 느낌이 들었다.

"유로퍼시픽아이즈의 투자 행태에 관해 선배한테 들려줄 것이 한 가지 더 있어."

"뭐지?"

"최근 북한 권력 내에서 벌어지고 있는 권력 이상 징후에 대해 시장이 과도하게 반응하고 있어. 찌라시도 나돌고 있고. 북한 내 혼란 상황이 점점 더 악화되고 있기 때문에 조만간 미국과 중국 등 주변국이 개입할 움직임이 있다는 찌라시가 나돌고 있고 일각에선 현재의 북한 변동 사태에 이미 주변국이 개입했다는 설까지 나돌고 있어."

"……."

"그런데 놀랍게도 이번에도 유로퍼시픽아이즈가 최근 오르고 있는 상승 종목을 이미 오래 전에 상당량 매집해 놓은 상태였어."

민우는 효진의 말을 듣고 자기도 모르게 비명을 지를 뻔했다.

"그런데 내가 더 걱정하는 건 이 투자그룹이 한동안 한국 투자를 하지 않다가 최근 들어 다시 한국투자를 늘리고 있는 이유가 뭔지 감이 안 잡힌다는 거지. 이 어수선한 시기에 말이야."

민우는 효진의 설명을 듣자 어쩐지 으스스한 느낌이 들었다.

"유로퍼시픽아이즈의 막강한 정보력 배후에 보이지 않는 국제그룹의 지원이 있을 수 있다는 의미인가?"

쫓기는 자와 쫓는 자

"모니터 화면을 주시해주시기 바랍니다."

국정원의 해외 파트를 책임지고 있는 서문도 국정원 2차장의 설명이 시작되자 대통령을 비롯해 타원형 테이블에 앉는 참석자들이 모두 전방에 설치된 스크린 화면을 주시했다. 화면에는 샹그릴라 호텔 1층 레스토랑 내부의 어지러운 모습이 나타났고 잠시 후 구급대에 누워 급히 실려나가는 남자의 얼굴이 클로즈업됐다.

"동일인인지 비교해봤습니까?"

박인식 대통령이 물었다. 대통령의 질문이 떨어지기가 무섭게 베이징 스웨덴 대사관에서 찍힌 사진과 구급대에 실린 특파원의 얼굴 사진이 비교됐다. 모니터 화면 상단 인물 비교율이 99퍼센트에서 멈췄다.

"인물검색기에 동일인물 확률 99퍼센트로 나타났습니다. 두 인물은 동일인이 틀림없습니다."

"병원으로 실려 간 특파원의 상태를 확인해봤습니까?"

"병원에 도착한 후 30분쯤 지나 과다 출혈로 숨진 것으로 확인됐습니다."

잠시 침묵이 흘렀다. 요원은 현장에서 이미 사망했고 특파원은 병원 이송 후 얼마 지나지 않아 사망한 것이다. 모니터 화면에 죽은 스웨덴 기자가 요원에게 무엇인가를 건네는 장면이 클로즈업됐다. 이어 화면이 클로즈업되자 길고 네모난 직사각형 모양의 작은 물체가 나타났다. USB 형태가 나타났다.

"USB입니다. 스웨덴 특파원은 저것을 건네려고 우리에게 접촉했던 것으로 판단됩니다."

"지금 USB는 누가 갖고 있습니까?"

"USB는 엉뚱한 사람이 갖고 있습니다."

잠시 후 쓰러진 두 사람 가까이 다가가는 민우의 모습이 화면에 잡혔다. 그리고 USB를 집어 품에 넣는 모습도 잡혔다.

"저 사람은 누굽니까?"

대통령의 질문이 끝나기 무섭게 민우의 신상이 화면에 떠올랐다. 민우의 얼굴과 신장, 나이, 이전 직장 정보까지 기본적인 신상이 나타났다.

"지금까지 조사한 바에 의하면 화면에 나타난 저 사람은 한국인이고 성명은 한민우, 평범한 직장인입니다. USB는 한민우 씨가 갖고 있는 것으로 보입니다."

"저 사람이 왜 저 테러 현장에 있던 겁니까?"

그러자 이번엔 민우가 영사관 직원과의 통화 내용이 흘러나왔다.

"방금 들으신 것처럼 한민우 씨는 우연히 현장에 있다가 CCTV에 찍힌 것으로 보입니다. 그러나 방콕 현지에선 한민우 씨를 테러 사건 용의자로 현재 보도하고 있습니다."

서문도 국정원 2차장의 보도를 들은 대통령이 우려스럽다는 표정을 지었다.

"한민우 씨가 이번 테러 사건과 관련이 있습니까?"

"지금까지 조사한 바에 의하면 그는 이번 테러 사건과 아무 연관이 없습니다. 오히려 테러 용의자로 몰려 쫓기고 있는 상황입니다."

"한민우 씨가 안전하게 고국에 돌아올 수 있도록 관련부처에선 최선을 다해

주기 바랍니다."

"우리 특수 요원들을 현지에 급파시켰습니다."

"이번 폭탄 테러 사건의 배후에 대해서는 현재까지 얼마나 밝혀졌습니까?"

대통령이 물었다.

"전문 테러범들의 소행인데다가 방콕 경찰의 미온적인 협조로 배후와 관련된 물증을 찾는 데 어려움을 겪고 있습니다. 하지만 몇 가지 중요한 단서를 확보했습니다. 다시 화면을 주목해주십시오."

화면에 세 명의 얼굴이 떠올랐다. 거무튀튀한 얼굴에 날카로운 눈빛을 하고 있는 자들인데 모두 방콕 현지인들로 보였다.

"이들은 이번 테러 사건 현장 주변에서 목격된 자들인데 홍월해라는 방콕의 마피아 그룹에 속해 있는 자들입니다. 홍월해는 방콕을 거점으로 전문 테러용역을 수행하고 있는 집단으로 알려져 있습니다. 이들은 주로 태국의 화교로 구성됐고 중국의 삼합회와도 연계가 있는 것으로 의심을 사고 있습니다. 그런데 이들이 실제로 거래하는 나라는 중국 뿐만 아니라 북한은 물론 때로는 미 CIA와 러시아 정보기관과도 과거에 거래를 한 사례가 있습니다. 따라서 이번 일의 배후가 어느 특정국가가 아니라 국제그룹이 작용했을 수 있다는 분석도 나오고 있습니다."

대통령은 사태가 점점 복잡하게 꼬여가고 있다고 생각했다. 참모들의 분석이 맞다면 북한 내부에서 최근 일어나고 있는 불안한 움직임들은 국제적인 배후가 개입되어 있는 것을 의미하는 것이었다.

'드디어 올 것이 온 것인가?'

위험한 전쟁 상인들

누런 강물이 건물 불빛에 반짝이며 도심 한가운데를 흐르고 있다. 강 양 옆으로 길게 드리운 고층 건물들이 태국 수도 방콕의 복잡한 경제상황을 보여주는 듯 제멋대로 그림자를 드리우고 있다.

민우는 태국 남부 도시 사툰으로 향하는 버스를 타고 버스터미널로 향하고 있었다. 버스터미널에 도착한 후에는 공중전화를 이용해 사툰에 머물고 있는 친구에게 전화를 걸었다. 비행기로 귀국이 어렵다고 판단한 민우는 원양어선 회사에 근무중인 친구의 도움을 얻어 배를 이용해 귀국하기로 결심했다.

바람 한 점 없는 가운데 추적추적 내리는 비로 남부 도시 사툰은 한밤에도 후덥지근한 날씨를 나타내고 있었다. 기차와 버스를 이용해 태국 남부도시까지 온 민우는 다시 화물차를 얻어 타고 화물선과 여객선이 드나드는 사툰 남쪽 항구도시 인근까지 가고 있었다. 도중에 사툰 인근에서 발생한 반정부 시위대의 폭동으로 남부 항구도시까지 오는 데 시간이 지체됐다.

"태국에 시위와 폭동이 자주 일어나는 것은 경제가 외국 투기 세력에 너무 영향을 받고 있기 때문입니다. 이제 10분 정도만 더 가면 됩니다."

화물 운전자가 민우의 지루함을 달래주려는 듯 말했다. 항구도시 사툰으로 오는 길에 전통가옥과 야자수들 그리고 군데군데 항구표식이 되어 있는 대형 창고들이 길가에 늘어서 있는 것이 눈에 띄었다. 항구가 가까워지고 있다는 것을 알 수 있었다.

"우리 배를 타고 빠져 나가는 것이 더 안전하고 빠를 것 같은데."

"국제상선에도 경찰의 단속의 손길이 미치지 않나?"

"물론이지, 내 얘기는 이름을 올리지 말고 타자는 거야."

"나더러 지금 밀항을 하라는 거야?"

비행기를 이용한 귀국을 포기한 민우는 항구에서 밀항선을 타고 태국을 빠져나가는 방법이 있다는 친구의 말을 듣고 처음엔 망설였으나 친구를 믿고 이리로 온 것이다. 그가 지금 만나러 가는 친구는 항구도시에서 태어나 결국 원양어업 쪽 일을 택했다. 국내 굴지의 원양회사에 적을 두고 전 세계를 누비던 친구는 지금은 태국지사에서 근무중이었기 때문에 다행히 연락이 닿을 수 있었다.

'마침 친구가 태국에 있었다니. 운이 좋았어.'

민우는 최종적으로는 자신이 내린 결정을 합리화했다. 운전기사가 내려준 항구 주변은 한밤이었지만 곳곳에 누런 불들이 밝혀져 있어 멀리 정박해 있는 거대한 화물선들이 선명하게 눈에 들어왔다. 큰 배들은 부두에서 조금 떨어진 곳에서, 작은 배들은 부두 가까운 곳에서 각자의 바다에 몸을 맡기고 있었다. 친구의 설명에 의하면 인도양, 대서양을 지나 아프리카와 유럽, 미국으로 가는 상선들, 인도양, 태평양을 지나 아시아와 남미, 미국으로 향하는 대형 화물선들이 정박해 있다고 했다. 그리고 한국으로 떠나는 대형 화물선이 하루 뒤 출발한다고 했다. 좀더 가까이 다가가자 선상에 환하게 불을 밝힌 배들, 누렇게 불을 밝힌 항구 주변에서 짐을 실어 나르는 지게차와 대형 화물을 옮겨 싣는 크레인들의 움직임이 눈에 들어 왔다.

'이제부터 발품을 팔아 친구를 찾아야겠군.'

민우는 친구와 만나기로 한 씨프린스 호를 찾아 항구의 잘 닦여진 도로 위를 이리저리 움직였다. 워낙 많은 배들이 정박해 있어서인지 쉽게 눈에 들어오지 않았다. 그가 씨프린스호를 찾는 동안에도 배들은 바다로 나가고 또 바다에서 들어오고 있었다. 항구는 밤에도 잠들지 않았다. 부둣가를 한참을 뒤진 끝에 씨프린스라고 배 상단에 검은 글씨로 선명하게 쓰여 있는 대형 화물선을 찾았다. 배 위에는 태극기가 바람에 펄럭이고 있었다. 태극기를 단 배를 보자 반가움이 솟구쳤다. 민우가 화물선을 향해 발걸음을 옮긴지 얼마 지나지 않아 자신을 향해 손짓하고 있는 모자 쓴 사내를 발견했다. 민우는 친구가 자신을 향해 손을 흔들고 있다는 것을 금방 알아 차렸다. 가까이서 본 친구의 모습은 그가 상상했던 것과는 적지 않은 차이가 있었다.

"수염을 기르고 얼굴이 새카맣게 타서 얼른 못 알아보겠다."

"뱃사람들과 어울리려면 이미지 변신이 좀 필요해."

친구가 반가운 낯으로 맞아 주었다.

"이곳을 찾는 데 어려움 없었어?"

"오는 도중에 만난 화물차 기사가 친절하게도 이 근처에서 내려주었어."

"이 지역 사람들이 되게 친절해. 그런데 이곳 TV 화면에 온통 네 얼굴이 나오던데. 괜찮은 거냐?"

민우는 항구에까지 와서도 자신의 얼굴이 TV방송에 나오고 있다는 얘기를 들으니 잠시 이완됐던 긴장이 다시 조여지는 것을 느꼈다.

"영문도 모르는 사건에 휘말려서 지금 정신이 하나도 없다."

"방송을 보니까 스웨덴 기자와 한국에서 온 남자 한 명이 사망했다고 나오던데, 아는 사람들이야?

"전혀 모르는 사람들이야. 사실 나도 어젯밤 살해 위협을 받았어."

"그게 무슨 소리야?"

그 말에 친구가 깜짝 놀라 되물었다.

"내 생애 처음으로 정체불명의 사람들로 부터 생명의 위협을 당했어. 내 생각엔 전문 테러범 같아."

"전문 테러범?"

"내 느낌이 그렇다는 거지."

"이곳 일부 언론 보도를 보니까 원한 관계에 의한 테러사건은 아닌 것 같다고 하던데. 테러 현장에 평양과 중국을 드나드는 스웨덴 기자도 있었다며?"

민우가 자신이 오토바이 폭주족으로 위장한 자로부터 살해위협 당한 사실,

정체불명의 자들로 부터 쫓긴 사실, 호텔에서 겪은 살해위협 등에 대해 친구에게 털어 놓았다. 민우의 설명을 들은 친구가 심각한 표정으로 말했다.

"여기는 이념으로부터 비교적 자유로운 나라야. 그러다보니까 세계 각국 정보기관들의 은밀한 활동이 이뤄지는 나라지. 특히 미국, 중국, 한국, 북한, 러시아, 일본 등의 첩보전이 치열하게 전개되고 있어. 그러다보니 범인을 찾지 못하는 암살사건도 종종 일어나."

민우는 친구의 말을 들으며 등골이 오싹해지는 걸 느꼈다.

"여기 주민들은 대부분 친절하지만 폭력조직들은 상황이 달라. 돈이면 어느 나라하고도 손을 잡아. 북한과 손잡고 한국인을 납치하기도 살해하기도 하지, 중국과 손잡고 태국에 들어와 있는 미국 요원이나 그 협조자를 암살하기도 해. 최근 수년간 태국 내에서 암살당하거나 부상당한 사람 수만 약 400명 정도 되는 것으로 추정되고 있어. 그래서 태국 정정을 불안하게 하는 이런 암살 배후에 외국 정보기관들도 일부 개입돼 있다는 소문이 있어."

민우는 갑자기 친구가 걱정됐다.

"나 때문에 네가 곤란해지는 거 아냐?"

"야, 쓸데없는 소리 하지 마라. 친구 부탁인데 이 정도도 못 들어주겠니? 내가 다 얘기해두었으니 걱정하지 마."

친구가 어디론가 전화를 하자 잠시 후 태국인으로 보이는 한 사람이 그들에게 다가왔다. 그러자 친구가 먼저 입을 열었다.

"여기 이 친구가 너를 한국까지 안전하게 데려다줄 사람이야. 네가 타고 갈 화물선의 기관실에서 근무하는 사람인데 나하고는 아주 각별한 사람이야."

그 기관실 근무자가 친구의 귀에 대고 무슨 말을 건넸다.

"기관실 옆 특수기자재 창고가 있는데 거기에 자네를 넣기로 했다는군."

'특수 기자재 창고?'

“좀 불편하겠지만 사람들 눈에 잘 안 띄고 괜찮은 장소라고 하네. 그리고 화물선 출항 시각이 좀 늦춰졌어. 내일 11시 경 출발이니까 오늘은 이 근처에서 하룻밤 묵어야겠어.”

친구가 기관실 근무자와 다시 대화를 잠시 주고받더니 고개를 돌려 민우에게 말했다.

“이 근처에 방이 깨끗한 모텔이 하나 있다니까 이 친구를 따라가. 그리고 내일 아침 9시까지 이리로 오면 돼.”

민우는 그렇게 친구와 헤어졌고 기관실 근무자를 따라 항구 근처의 한 모텔에서 그날 밤 잠을 청했다.

다음 날 새벽

꿈에서 깬 이후 잠을 이루지 못하던 민우가 새벽녘에 해안가로 나왔다. 항구도시 사툰은 새벽시간에도 바쁘게 움직이는 많은 사람들로 일치감치 깨어 있었다.

제법 차가운 새벽 공기에 남은 잠이 확 달아났다. 민우가 묵고 있는 모텔은 배들이 정박한 선착장에서 3킬로미터 정도 떨어진 곳에 자리 잡고 있었고 바다와 부두의 모습을 좀더 가까이 보려면 해안가로 나와야 했다. 민우가 묵고 있는 모텔 뒤쪽 언덕배기에는 빨간색, 파란색 지붕을 한 키가 작은 건물들이 아름다운 군락을 이루고 있었다. 바다 쪽으로 좀더 가까이 다가가자 발밑에 고운 모래가 밟혔다. 어디선가 귀에 익은 소리가 바람을 타고 민우의 귀에 들리는 것 같았다.

‘누가 내 이름을 부르나?’

사람이라곤 방금 전 그를 스쳐 지나간 한 사내뿐이다. 그는 모자를 눌러 쓴 채 모텔 반대쪽에서 걸어와 민우 곁을 방금 스쳐 지나갔다. 민우가 몸을 돌려 그의 뒷모습을 힐끗 쳐다보았다. 키가 대략 175센티미터가 되어 보이는 자가 모자가 달린 검정색 점퍼를 입고 아주 느린 걸음으로 앞을 향해 걷고 있었다.

'내가 잘못 들은 모양이군.'

민우가 돌아서서 막 한 걸음을 내딛는 순간 소름이 등줄기를 훑고 내려가는 것을 느꼈다. 누군가 민우의 이름을 좀 전보다 더 분명하게 불렀다. 낯선 곳에서 누군가 자신의 이름을 부르는 것에 반응을 보이지 말았어야 했지만 민우는 궁금증에 고개를 돌리는 실수를 범했다. 방금 전 자신을 스쳐 지나갔던 자의 눈빛이 눌러 쓴 모자 아래서 민우를 노려보고 있었다.

'저 눈빛과 얼굴 윤곽은?'

방콕 시내 한 복판에서 오토바이에 올라탄 채 자신을 노려보던 바로 그 자였다. 민우는 그 자리에서 온몸이 굳는 것 같은 느낌이 들었다.

그가 양손을 주머니에 질러 넣은 채 민우를 향해 천천히 다가오기 시작했다. 놈과 민우와의 거리는 불과 20여 미터. 사방이 탁 트인 백사장에 도망갈 곳도 피할 곳도 보이지 않았다. 그때 어디선가 사람들의 두런거리는 소리가 들렸다. 몇 사람이 어두컴컴한 전방에서 민우 쪽을 향해 걸어오고 있었다. 거리가 가까워지자 조금씩 그들의 윤곽이 드러났다. 부두에서 일하는 인부들의 모습이었다. 민우가 뒤를 돌아보니 느린 속도로 다가 오던 놈이 걸음을 멈춘 채 시선을 다른 곳을 향하고 있었다. 놈도 갑자기 나타난 부두의 인부들을 의식하는 듯 멈칫거렸다.

'이때다!'

민우가 산등성이 마을을 향해 뛰기 시작했다. 새벽잠에 빠진 산마을의 입구엔 희미한 불빛을 내뿜는 가로등 몇 개가 군데군데 서 있었다. 산마을 쪽으로 달리다 뒤를 힐끗 돌아보니 잠시 주춤거렸던 놈이 쫓아오고 있었다. 곧 쫓는 자와 쫓기는 자의 숨소리가 한데 뒤엉켜 산등성이 마을의 잠든 새벽 공기를 흔들었다.

산마을 골목 중간쯤 올랐을 때 민우의 숨이 턱까지 차올랐지만 놈과의 거리는 변화가 없었고 앞에는 완만하지만 정상까지 이어졌을법한 경사진 돌계단이 끝없이 펼쳐져 있었다. 민우가 산마을 중턱에서 다시 뒤를 돌아보았을 때 약간 엉거주춤한 상태에서 손이 서서히 위로 향하는 놈의 모습이 어렴풋이 눈에 들어왔다.

그 순간 돌계단 한쪽에 놓여 있던 화분이 '퍽' 소리와 함께 신산조각이 났다. 뒤이어 또 다른 총알이 그의 왼쪽 발목 부근에서 굉음을 내며 튕겨 나갔다. 여기서 이대로 죽을 수도 있겠다는 생각이 들었다. 민우가 후들거리는 다리를 끌고 오른쪽으로 휘어져 난 골목 계단으로 몸을 틀며 있는 힘을 다해 뛰어올랐다. 잠시 후 민우가 오른쪽으로 난 갈래길로 접어들었을 때 그의 눈앞에 4층 건물이 보였고 4층으로 오르는 철제 사다리가 담 옆에 설치되어 있는 것이 보였다. 철제 사다리에 오르기 전 뒤를 돌아보니 놈이 보이지 않았다.

민우가 철제 사다리 중간 쯤 오를 무렵 첫 번째로 날아온 총알이 그의 발아래쪽 철제 사다리를 맞고 요란한 굉음을 내며 튕겨 나갔다. 이어 두 번째 날아온 총알이 사다리 뒤 쪽 벽에 박히며 둔탁한 소리를 냈다. 그리고 철제 사다리를 거의 다 올랐을 무렵 세 번째로 날아온 총알이 민우의 오른쪽 허벅지를 스치고 지나갔다.

민우가 균형을 잃고 잠시 휘청거렸다. 민우가 사다리를 기다시피해서 4층에 도달할 무렵 놈도 계단을 오르기 시작하는 것이 보였다. 계단이 끝난 지점에 철문이 벽에 붙어 있었다. 당황한 마음으로 철문 손잡이를 잡아당기자 다행히 쇳소리를 내며 밖으로 열렸다. 철문을 열고 안으로 들어가 문을 안에서 잠그려 시도했지만 철문의 잠금 고리가 고장 나 있었다. 민우가 철문 옆으로 난 돌 계단을 오르자 옥상이 나타났고 사방을 둘러보니 주변의 집들과는 지붕이 단절되어 있었다. 절뚝거리며 다시 아래로 내려가는 다른 비상구를 찾던 민우의 눈에 멀리 파란색 불빛이 희미하게 보였다.

민우가 다리를 절뚝거리며 앞으로 나아가고 있을 때 시멘트 바닥을 밟는 소리와 거친 영어발음이 뒤쪽에서 귀에 거슬리게 들렸다.

"거기 서!"

민우는 야수에게 꼼짝없이 무방비로 노출된 먹이 신세가 된 느낌이 들었다. 놈이 천천히 민우의 정면으로 다가왔다. 눌러 쓴 모자 아래 눈동자는 짐승의 눈처럼 새카맣게 박혀 있었고 운동복 차림의 몸매가 날렵했다.

"USB 어디에 있나?"

놈의 총구가 민우의 관자놀이에서 부근에서 놀았다. 차가운 금속성이 얼굴에 까지 느껴졌다.

"USB 어디 있어?"

놈이 다시 물었다. 놈의 목소리는 크지도 작지도 않은 채 자신이 원하는 것만 간결하게 묻고 있었다.

"USB는 내 안 주머니에 들어 있소."

"꺼내!"

민우는 USB를 건네면 놈이 더 이상 쓸모없어진 자신을 죽이려할지 모른다는 불안감에 시간을 끌며 안주머니를 천천히 뒤졌다. 안주머니 깊숙한 곳에서 USB가 잡혔다. 바로 그때였다. 어디선가 바람의 흐름을 거스르는 듯한 둔탁한 소리가 들렸다. 앞에 선 놈의 몸이 어둠 속에서 서서히 가라앉았다.

민우가 총알이 날아온 방향을 찾아 주위를 두리번거렸다. 민우가 올라온 계단 방향으로 이제 막 옥상에 올라 선 또 다른 사내가 쓰러진 놈에게 총구를 겨냥한 채 접근해오고 있었다. 눈앞에서 벌어지고 있는 돌발적인 상황을 민우는 공포에 젖은 눈으로 쳐다보고만 있었다. 바닥에 쓰러진 자의 몸이 미동하는 것이 민우의 눈에 들어왔다. 놈의 손가락이 바닥에 놓인 권총을 향해 꿈틀거렸다. 불길한 생각이 들었다. 뒤에 나타난 사내가 가까이 접근해 왔을 때 놈이 몸을 옆으로 굴리며 뒤를 향해 권총 한 발을 발사했다. 사내가 몸을 급격히 움츠리는 것이 보였고 총상을 입은 놈의 권총은 크게 흔들렸다. 추가적인 발사는 없었고 놈은 얼굴을 바닥에 묻고 신음 소리를 내고 있었다. 사내가 달려 와 쓰러진 놈을 들어올린 채 물었다.

"너에게 이 일을 지시한 자가 누구야?"

쓰러진 놈이 뭐라고 입을 놀렸지만 그 소리는 밖으로 새어 나오지 않았다. 사내가 쓰러진 놈의 멱살을 잡고 더 위로 끌어올리며 소리쳤지만 잠시 후 놈의 두 팔이 아래로 축 저지는 것이 보였다. 사내가 놈을 내려놓고 얼굴을 민우를 향해 돌렸다. 어둠이 걷히고 드러난 사내의 얼굴을 본 순간 민우가 깜짝 놀랐다. 그는 민우가 전통시장에서 쫓길 때 또 공항에서 쫓길 때 결정적인 순간에 나타났던 바로 그 사내였다. 그가 민우에게 가까이 다가왔다. 민우는 정신이 반쯤 나간 상태로 그가 다가오는 것을 바라봤다.

"USB를 내게 주시오!"

"당신 정체가 뭡니까?"

민우가 잔뜩 놀란 목소리로 뒷걸음질 치다가 무엇인가를 밟았다.

"때가 되면 알게 될 겁니다. USB만 건네면 당신은 안전할 거요!"

그때 민우가 자신의 왼쪽 발아래 가까이 떨어져 있는 킬러의 총을 잽싸게 집어 들어 사내를 향해 겨눴다.

"더 이상 가까이 오지 마시오!"

그러자 민우에게 다가오던 사내가 흠칫 놀라며 걸음을 멈췄다.

"당신 주머니 속에 든 권총을 바닥에 천천히 내려놓으시오. 빨리!"

당황한 사내가 자신의 권총을 주머니에서 꺼내 천천히 내려놓았다.

"손을 올리고 뒤로 물러서시오!"

그가 뒤로 물러서자 민우는 그가 내려놓은 권총을 재빨리 집어 자신의 주머니에 넣었다.

"움직이지 말고 지금부터 내가 묻는 말에 대답하시오!"

사내가 고개를 끄덕여 동의를 표시했다.

"내가 어디를 갈 때마다 나를 쫓는 세력이 있고 또 당신이 나타나는데 도대체 어떻게 해서 이런 일이 벌어질 수 있는 겁니까?"

민우는 그간, 혹시 위치추적을 당할 지도 모른다는 우려에 휴대폰도 꺼놓고 있었지만 장소를 옮길 때 마다 번번이 쫓기는 신세가 됐다. 민우의 질문에 사내가 미소인지 비웃음인지 알 수 없는 표정으로 대답했다.

"잘 생각해보면 답이 나올 겁니다."

사내는 그렇게만 얘기할 뿐 더 이상의 구체적인 이유에 대해선 설명하지 않았다.

민우는 그에게 겨눈 권총의 방향을 조금도 흐트러뜨리지 않은 채 올라왔던 계단 쪽으로 뒷걸음질 쳐 그에게서 서서히 멀어지기 시작했다. 총알이 허벅지를 스치고 지나간 상처의 출혈은 다행히 더 이상 진행되지 않아 견딜 만했다. 의문의 사내는 4층 옥상에서 민우가 숙소 방향으로 사라지는 것을 내려다보고 있었다.

평양시 중구역, 새벽 4시 반

사회안전부 창광지부 팀장 이인광의 머리맡에 놓인 비상 전화벨이 요란하게 울렸다.

"김달해 조직부국장이 우리 관할 내에서 숨진 채 발견됐습니다."

"뭐야? 누구?"

“국방위 총정치국의 김달해 조직부국장입니다.”

“김달해 부국장 동지가?”

인광이 수화기를 쥔 채 용수철처럼 잠자리에서 튀어 일어났다.

“어젯밤 집으로 돌아가던 중에 차량 사고를 당한 것 같습니다.”

불길한 느낌이 들었다. 최근 들어 고위 권력층 내부가 연이어 요동치고 있었다. 고위층의 잇단 망명사태에서 의문의 차량사고 그리고 잇단 군내 반란사건까지.

“본인이 직접 운전중이었습니다.”

김달해 정도의 당의 고위급 인사가 자가운전하는 경우는 흔치않은 일이다.

‘김정은 동지가 주최하는 1호 만찬이 있었나?’

“1호 만찬이 있었어?”

“제가 알아본 바에 의하면 어젯밤에 1호 만찬이 없었습니다.”

인광은 미간을 찌푸렸다. 평양의 관심이 집중될 수 있는 사안이란 것이 부담스러웠다. 김달해 부국장이라면 국방위 총 정치국 내에서 군을 감시하는 실세였다.

“사고가 정확히 어디서 발생했지?”

“창광 4거리 간부 아파트단지 입구 인근도로에서 났습니다. 현장 조사반의 1차 조사 결과 차량 타이어 사고로 급정지하면서 머리를 크게 다쳐 사망한 것으로 나왔습니다.”

“타이어 사고?”

도로도 아니고 아파트 단지 내에서 타이어 사고로 인한 사망이라니. 더욱이 그곳은 사망사고가 날만한 곳도 아니었다. 인광은 그간의 조사 경험상 어딘가 이상한 사건이라는 생각이 직감적으로 들었다.

“보고서에 의하면 차 오른쪽 앞바퀴가 터져 있었고 그로 인해 자동차가 급정거 하면서 김달해 부국장이 차 앞 유리창에 머리를 심하게 부딪쳐 뇌충격으로 사망한 것으로 나와 있습니다. 안전벨트는 하지 않았습니다. 의료팀의 1차 보고서 내용도 이와 비슷합니다."

'내가 현장을 가봐야겠군.'

어둠이 가시지 않은 사고현장은 김달해 부국장의 시신만 옮겨진 채 사고 차량은 그대로 놓여 있었다.

"현재 차의 위치는 사고 당시 위치 그대로인가?"

"그렇습니다."

사고 차량 주변의 가로등은 모두 불이 나가 있었다. 중앙당에서 내려온 전기 절약 방침 때문에 대로변 가로등만 놔두고 이면도로 가로등은 대부분 켜진 것인지 꺼진 건지 알 수 없을 정도로 희미했다.

"그런데 김달해 부국장은 왜 단지 입구 대로를 놔두고 이면도로를 택했지?"

"그러고 보니 그 점이 좀 이상하긴 합니다."

사고차량 주변을 조사하던 인광의 코끝에 기름 냄새가 느껴졌다. 기름과 연관된 장비 계통에 문제가 생긴 것 같았다. 인광은 차량 내부에 이어 사고지점 주변을 꼼꼼히 살폈다. 앞바퀴 뒤쪽 바닥으로 흘러 내린 엔진 오일 냄새가 느껴졌다.

손전등을 비추며 주위를 살피던 인광의 눈에 바닥에 떨어진 작고 거뭇한 물체가 들어왔다. 그것은 사고차량 앞부분에서 3미터쯤 떨어진 바닥에 놓여 있었다. 인광이 허리를 숙여 손전등을 물체 가까이 가져갔다.

"타이어 파편 같은데요."

시커멓고 실밥이 풀어진 것 같은 모양새가 영락없는 타이어 파편이었다.

"이것하고 터져버린 오른쪽 타이어사진 몇 장 찍어서 범죄수사연구소로 갈이 보내."

인광의 부하가 준비해 온 카메라를 꺼내 후레쉬를 연신 터뜨리며 오른쪽 앞 타이어를 찍었다. 그리고 도로 바닥에 떨어진 타이어 파편을 집게로 집어 증거물을 담는 겉표면에 '만수대 범죄수사연구소' 라고 쓰인 파랗고 두꺼운 비닐봉지에 넣었다.

"어제 자정부터 오늘 새벽 4시까지 단지를 드나든 모든 차량과 사람이 찍힌 CCTV 입수해!"

"저, 그게, 아시겠지만 중구역 CCTV 관할하는 안전보위부에서 협조할 수 없다고 조금 전 답변이 왔습니다."

"뭐야! 보위부에서 협조할 수 없다니? 이유가 뭐야?"

"자기들도 이번 사건을 별도로 조사할 예정이니 우리는 우리대로 조사하라는 답변을 보내왔습니다."

"이게 무슨 황당한 얘기야."

인광의 얼굴에 불쾌한 표정이 묻어났다. 그러나 인광으로서도 어찌해 볼 다른 도리가 없었다. 인광은 속으로 보위부의 태도 또한 매우 이례적인 일이라고 생각했다.

다음 날 오전

인광은 자신의 집무실에 앉아 김달해와 관련한 기록을 살펴보고 있었다. 김달해의 기록을 살펴보던 중 그의 눈에 띄는 것이 한 가지 있었다.

「김달해: 양강도 혜산의 중국군 난입 관련 책임으로 노동 교화형 3개월에 처해져.」

인광이 좀더 구체적인 내용을 알아보기 위해 당시 관련 자료를 찾아보니 다음과 같았다. 양강도 혜산 지역에 중국 인민군 한 개 중대가 침입해 혜산의 희귀 지하자원을 탈취해 가는 사건이 있었는데 당시 김달해가 군의 기강해이를 사전에 철저히 감시하지 못해 자원 탈취가 벌어진 책임이 있다는 것이었다.

'이 정도 사건이라면 공화국 형법상 총살형이나 적어도 정치범 수용소로 갈 중죄군. 그런데 어떻게 교화형 3개월형의 가벼운 형을 받을 수 있었지?'

"만수대 범죄수사연구소에서 조사 결과가 나왔습니다."

부하가 서류봉투에서 사진을 석 장 꺼내 인광에게 보였다.

"이것이 죽은 김달해 부국장의 차량 앞바퀴 사진입니다. 타이어 전문가에게 보여주었더니 타이어가 이렇게 밖으로 불규칙하게 터진 것은 외부 충격 때문이라고 자신 있게 증언을 했습니다."

"그렇다면 사고로 위장한 타살사건이다, 이런 의미가 되나?"

그가 또 다른 사진을 두 장 꺼냈다. 특정 부위를 확대한 사진들이다.

"왼쪽 것은 일반적인 타이어 펑크 때 사진이고 오른쪽은 총기류 등에 의해 찢어진 타이어 사진입니다. 보시다시피 이번 사고는 일반적 타이어 펑크보다는 인위적인 펑크의 경우를 닮았다는 것이 수사연구소의 결론입니다."

인광이 갑자기 무엇이 생각났는지 다급한 목소리로 말했다.

"사고 차량을 다시 한 번 봐야겠는데, 지금 어디에 있지?"

"조금 전 폐차 보관소로 넘어갔습니다. 곧 폐차 처리될 겁니다. 왜 그러십니까?"

"안 돼! 당장 전화해서 내가 갈 테니 폐차하지 말라고 해!"

인광이 급하게 차를 몰아 부랴부랴 폐차 보관소로 향했다.

"조금만 전화 늦게 주셨으면 폐차 들어갈 뻔 했소. 막 압축기 위에 올려 놓은 것을 다시 끌어냈소."

폐차관리소 소장이 투덜거렸다.

“사건이 잘 해결되면 동무에게도 훈장이 내려갈 것이오.”

인광은 처음 사고 차량을 봤을 때 어두워서 차량 내부를 꼼꼼히 보지 못한 것이 마음에 걸렸다. 사고 차량 내부를 조사하던 인광의 눈에 운전석 의자 밑 카페트 밖으로 하얀 색 물체가 어렴풋이 보였다. 카페트를 들쳐보니 그 밑에 있던 또 다른 작은 카페트들 사이에 끼어 모서리만 조금 하얗게 드러내고 있는 것이 있었다. 조심스럽게 꺼내보니 그것은 명함이었다.

‘적용루?’

명함에는 얼마 전 평양 문수거리에 새로이 들어선 초대형 복합 관광 식당의 이름이 적혀 있었다. 그곳은 김정은 정권이 들어선 이후 군이 유치한 최대의 중국 자본 투자 기업이기도 했다. 당에선 가장 성공적인 외자 유치 사업으로 대대적으로 홍보한 곳이기도 하다. 인광이 명함을 앞뒤로 돌려보았다. 뒷면엔 아마도 적용루의 지배인인 듯한 자의 이름도 적혀 있었다.

“식당 명함이라기보다는 무슨 큰 기업 명함 같습니다.”

부하의 말처럼 명함에는 적용루 주식회사로 적혀 있었다. 최근 들어 평양엔 외국의 자본들이 중국식이나 서양식 유흥업소들을 경쟁적으로 짓고 있었다. 영화관에서 사우나시설, 쇼핑매점 그리고 고급 술집에 이르기까지 평양의 상류층과 평양을 찾는 외국인 관광객들을 겨냥한 시설들이 들어서고 있었다.

“이곳은 해외 관광객과 당과 군의 고위급 간부들이 출입하는 곳입니다.”

수사가 쉽지 않을 것이란 뉘앙스가 담겨 있는 부하의 말이었다.

“의심이 가는 것은 하나도 빼놓지 않고 다 조사해봐야지.”

멀리 적용루 정문이 눈앞에 나타났다. 그곳은 관광식당이 아니라 마치 궁궐 같은 느낌을 줄 정도로 규모가 크고 외관도 화려했다. 사고 차량에서 발견된 명함은 김 부국장이 이곳을 이용했을 가능성을 시사하고 있다. 적용루에서의 김

부국장 행적을 조사한다고 해서 그것이 사건을 푸는 데 얼마나 도움이 될지 확신할 수는 없었지만 일단 지푸라기라도 잡는 심정으로 차를 몰고 왔다. 안에 들어서자 주차장에 늘어선 고급 승용차들이 눈에 들어왔다. BMW와 벤츠, 고급 SUV 차량 등 모두 외제 승용차들이다. 평양에도 최근 들어 외제승용차들이 크게 늘었다. 그것들은 과거 주석궁 인근에서나 볼 수 있던 것들인데 이젠 고급 요정이나 시내 곳곳에서 신홍 부유층들이 모는 고급 승용차들이 종종 발견되고 있다.

김정은 하사품 외에도 개인적으로 차량 소유가 허가된 다음부터 군과 당의 고급 간부들에서부터 해외 무역상들의 국내 가족들 사이에서 고급 외제승용차 이용이 빠르게 늘고 있었다.

인광의 눈에 평양 시내에 굴러다니는 고급 외제 승용차들은 사회주의가 가장 혐오하는 빈부의 격차가 사회주의 공화국내에서 역으로 벌어지고 있음을 보여주는 것처럼 거북하게 느껴졌다.

대부분의 인민들은 언제부터인가, 도입된 교통요금제가 부담돼 걸어서 출퇴근 하거나 만원버스에 시달리며 생활하고 있다. 인광이 모는 휘파람 승용차가 정문을 통과해 주차장 빈 곳을 찾아 서자 멀리서 종업원이 이를 보고 다가오기 시작했다.

인광의 눈에 적용루 곳곳에 배치돼 날카로운 눈빛으로 주변을 경계하고 있는 정복 차림의 건장한 사내들이 거슬리게 들어왔다.

'새끼들, 여기가 무슨 자기들 대사관인줄 아나, 왜 공화국 땅에서 위세를 부리는 거야!'

인광에겐, 무엇보다도 외국인인 그들이 공화국의 요지에 다소 이상한 점이 느껴지는 요식업소를 하는 주제에 넓은 부지를 사용하고 있다는 사실이 불쾌하게 여겨졌다.

"사회 안전부에서 나왔소. 이곳 책임자를 만나고 싶소."

종업원은 잠시 인광의 위아래를 훑어보더니 갖고 있던 통신기기로 어디론가 연락을 취했다. 잠시 후 고동색 유니폼을 착용한 말끔한 인상의 사내가 나와 묻는다.

"제가 여기 지배인입니다. 무슨 일로 오셨습니까?"

"얼마 전에 총 정치국 고위 간부가 차 사고로 사망했는데 그가 생전에 이곳을 종종 들렸던 것 같아서 몇 가지 조사차 나왔습니다."

그의 얼굴이 약간 일그러졌다.

"교통사고 조사라면 현장에서 하셔야지. 여긴 외국인들과 공화국 고위층들이 주로 이용하는 곳입니다."

"알고 있소. 몇 가지 의심스러운 점이 발견돼서 조사해볼 필요가 생겼소. 그가 들렀던 룸과 또 동석했던 여성 등 무엇이든 다 살펴봐야겠소."

"사회안전부 동무의 말을 잘 이해를 못 하겠는데요."

그가 난처한 표정을 지었다.

"교통사고 조사가 아니라 살인사건 수사를 하는 것 같군요. 일꾼 살인사건 수사라면 당 보위부 소관 아닙니까?"

"필요하면 보위부 협조도 구할 것이지만 차량과 관련한 사건은 사회안전부가 우선적 조사 권한을 갖고 있소."

"할 수 없군요. 잠시 기다리십시오."

그가 못 마땅한 표정으로 안에 들어갔다가 나오더니 앞장서 인광을 안내했다.

"따라오시지요."

인광이 지배인의 안내를 따라 로비로 들어섰다. 내부는 밖에서 예상했던 대로 웅장하고 화려한 궁궐의 모습이었다.

"알고 오셨겠지만 이곳은 주로 공화국을 방문하는 외국인 관광객들이 많이 찾고 있습니다. 물론 공화국의 책임 일꾼들께서도 종종 찾고 계십니다. 개관식 때 김정은 동지께서도 이곳을 방문해 외자유치 사업의 중요성과 일자리 효과에 대해 각별한 관심을 표시하셨지요."

지배인은 적용루의 정치적 영향력을 과시하려는 듯이 김정은과 고위층들이 방문한 사실을 힘주어 강조했다.

8층 건물의 적용루는 1층 로비는 수입 대리석으로 깔려 있었고 높은 천정엔 화려한 샹들리에가 여기 저기 치렁치렁 걸려 있었다. 웅장하고 꽃무늬 조각이 새겨진 둥근 기둥들이 건물 내부의 고급스러운 분위기를 자아내고 있었고 벽감마다 다양한 조각상들이 은은한 조명 빛을 받으며 놓여 있었다. 기둥 위와, 인광이 건물 내부를 둘러보니 천정과 벽이 만나는 지점 곳곳에 대형 CCTV 카메라가 돌아가고 있었다. 로비 정면에서 바라다 보이는 벽에는 김정일과 후진타오가 반갑게 악수하는 대형 그림이 걸려 있었고 이어진 벽에는 대형 백두산 천지 그림 배경으로 김정은의 전신 모습이 걸려 있었다.

"이쪽으로 오시지요."

지배인이 안내하는 대로 따라가자 폭이 넓고 긴 붉은 카펫이 깔린 복도가 나타났다. 복도 천정에선 은은한 분홍 불빛이 LED 불빛과 한데 어울려 은은하면서도 화려한 느낌을 자아내고 있었다. 복도좌우로 대동강홀, 백합홀, 모란봉홀이라고 이름붙인 대형 룸이 눈에 들어왔다. 보는 사람을 압도하게 하는, 한마디로 음식점이라기보다는 초호화 호텔을 연상케 하는 거대한 규모였다.

"각 층마다 대형 홀이 2개 소형 홀이 5개씩 있습니다. 단일 식당 규모로는 공화국에서 가장 큽니다. 이곳은 식당뿐 아니라 대규모 회의실도 여러 개가 있고 5성 호텔급 고객 룸도 30실을 확보하고 있습니다. 주차장 규모도 평양에서 가장 넓을 겁니다. 지하 3층까지가 다 주차장입니다."

그들은 엘리베이터를 이용해 5층에서 내렸다. 5층 복도 좌우에는 북조선을 방문한 적이 있는 외국의 스포츠 스타들, 영화배우 등 저명인사들의 대형 사진이 걸려 있었다. 그들 중에는 김정은이 좋아하는 미 농구스타 데니스 로드맨과 낯익은 몇몇 해외 스포츠 스타들의 사진도 걸려 있었다.

"해외의 저명한 인물들이 이곳을 이용하고 있습니다. 그들은 모두 경애하는 김정은 지도자 동지의 국정 철학에 깊은 감명을 받고, 다들 다시 오겠다고 하고 돌아갔습니다. 물론 여기서 융숭한 대접을 받고 돌아가서는 다른 소리하는 자들도 간혹 있지요."

그는 아무 대꾸도 하지 않고 듣고만 있었다.

"하지만 그래봐야 소용없습니다. 우리에게 다 증거물이 있습니다. 필요하면 공개할 수도 있지만 우리가 공개를 하지 않을 뿐입니다."

"CCTV가 홀마다 다 설치되어 있나요?"

그는 희미한 미소만 지을 뿐 질문에 대답하지 않았다. 복도의 절반쯤을 지나자 색깔을 달리한 바닥 타일이 나타났고 이어 지금까지 보았던 홀 이름 대신에 번호가 붙은 사무실들이 이어져 나타났다. 복도 끝부분에 총관리인의 사무실이 있었다. 사무실 내부는 넓고 잘 정리가 되어 있었다. 그가 들어서자 총관리인이 자리에서 일어나 반갑게 맞았다.

"어서 오십시오. 사회안전부 동무!"

적용루의 총관리인은 날카로운 눈매를 가진 자였다. 둥근 암적색 마호가니 테이블을 가운데 두고 두 사람이 마주 앉았다. 그의 뒤로 '조중우호' 라고 쓰인 큼지막한 액자가 걸려 있었다. 비서가 가져온 차를 한 모금 한 뒤 그가 먼저 물었다.

"제가 무슨 도움을 드릴 수 있을까요?"

인광은 그의 말투에서 서툰 조선족 말투를 느꼈다.

"연변 말투군요."

그가 놀라는 표정을 지었다.

"단번에 말투를 알아맞히는군요. 연변지역에 오래 거주하면서 그곳 조선족들에게 조선어를 배웠습니다."

인광이 고개를 잠시 끄덕이더니 사진을 한 장 꺼내 총관리인에게 보여주며 물었다.

"이 사람 본 적이 있습니까?"

인광이 품에서 사진을 꺼내 그 앞으로 밀어 넣었다. 총관리인이 사진을 받아 들고 잠시 들여다보더니

"네, 기억납니다. 우리 적용루에 몇 번 오셨던 분입니다."

"혹시 어제 이곳에 오지 않았습니까?"

"사회안전부 동무, 이곳은 연회 룸만 45개입니다. 어느 분이 언제 오셨는지 일일이 내가 다 알 수는 없습니다."

그러자 인광이 그를 노려보며 말했다.

"나를 속이려 하지 마시오. 내로라하는 당과 군의 고급 간부들이 어제 이곳에서 모임을 가졌소. 그도 그 모임에 참석을 했었고. 다른 모임도 아니고 당과 군의 고위급 모임인데 총관리인이 어찌 그 사실을 모른다 할 수 있습니까?"

인광이 부하로부터 받은 확인이 안 된 첩보 사항을 사실인 양 밀어 붙였다. 그러자 그가 정색을 하며 말했다.

"오해를 하고 계신데, 홀 손님을 관리하는 일은 총지배인이 합니다. 나는 적용루의 경영을 하고 있는 사람입니다. 때문에 고급 간부들의 모임에 어떤 분들

이 참석했는지까지 내가 일일이 알지 못합니다."

그러더니 그가 인터폰을 눌러 즉석에서 지시했다.

"김달해 부국장이 어떤 분들하고 함께 오셨는지 알아보고 전화 줘!"

잠시 후 좀 전의 지배인이 들어와 메모지를 갖다 놓고 나갔다.

"아, 여기 있네요. 어제 저녁 김달해 부국장께선 다른 세 분과 함께 오셨다 가셨군요."

"세 사람이요? 같이 온 사람들에 대한 좀더 구체적인 내용을 알 수 없습니까?

"확실한 정보를 알고 온 게 아니군요."

그가 날카로운 눈매로 인광을 노려보며 말했다.

"더 이상은 말씀드릴 수가 없습니다. 손님들에 대한 신상은 비밀입니다."

그러나 인광으로선 김달해가 어제 이곳에 온 것은 확인한 셈이다.

"그가 어제 이곳에서 나와 집으로 돌아가다가 의문의 차 사고를 당했소."

그가 잠깐 놀라는 표정을 짓더니 이내 냉정한 표정으로 바뀌어 말했다.

"사회안전부 동무도 알겠지만, 우린 많은 손님을 받아 최대한 좋은 서비스를 해 드리고 수익을 많이 올리는 것이 목적이지 여기 손님들의 안전까지 책임질 순 없습니다."

그가 얼마나 빨리 정색을 하고 얘기하는지 찬바람이 다 느껴질 정도였다. 인광이 화제를 돌렸다.

"여기 홀마다 CCTV가 설치되어 있다고 알고 있는데 통제실을 좀 볼 수 있겠습니까?"

"으허허헛!"

그가 소리를 크게 내고 웃었다. 인광은 그의 웃음이 자신의 요청이 가소롭다는 의미인지 어의가 없다는 의미인지 짐작할 수가 없었다.

"사회안전부 동무, 더 이상 물을 게 없으면 이만 나가주기 바랍니다. CCTV는 보위부가 와서 요구해도 안 됩니다. 왜냐하면 중국 정부 쪽에 속한 물건이기 때문이요."

"너무 부풀려 얘기하지 마시오. 그런다고 내가 움츠려들 것 같소? 여긴 북조선 공화국이요. 총관리인 동무, 이번 사건은 보통 사건이 아니오. 피살당한 사람이 누군지 아시오? 죽은 사람은 당 정보계통 요직에 있던 인물이오. 수사 결과에 따라 이곳 사업도 영향을 받을 수 있단 말이오."

인광이 눈을 부릅뜬 채 반 협박조로 나왔다. 그러나 총관리인은 눈 하나 깜빡이지 않고 차갑게 내뱉었다.

"지금 사회안전부 동무가 우리 적용루를 협박하는 겁니까?"

'이 자가 보통 내기가 아니군.'

인광은 그의 완강한 태도에서 적용류 뒤의 숨은 거대한 세력의 존재를 느끼며 물러날 수밖에 없었다.

민우, 누명을 쓰다

"쿵쿵쿵!"

누군가 민우가 묵고 있는 방문을 두드렸다.

"누구십니까?"

놀란 민우가 침착함을 잃지 않으려 애쓰면서 문 밖을 향해 되물었다.

"한민우 씨 되십니까?"

"그렇습니다만 누구십니까?"

"사툰 경찰서에서 나왔습니다. 잠시 조사할 것이 있으니 협조해 주시지요."

'사툰 경찰서?'

갑작스런 태국 경찰의 방문에 민우는 가슴이 철렁 내려앉는 느낌이 들었다.

"무슨 일 때문에 그러시지요?"

"손님께서 마을 인근에서 일어난 살인 사건 용의자와 닮았다는 신고가 들어왔습니다.

조사를 해서 혐의가 없으면 곧 풀려날 것입니다."

킬러의 죽음을 말하는 것 같았다. 방문을 여니 밖에는 두 명의 경찰관이 서 있었다. 그들이 날카로운 눈매로 민우를 노려보고 있었다. 여차하면 민우의 두 손에 수갑이라도 채울 기세였다.

"뭔가 오해가 있는 것 같습니다. 난 태국에 업무 차 온 단기 관광객입니다."

"자세한 말씀은 서에 가서 하시지요. 의문점이 풀리면 곧바로 풀어드릴 것입니다."

민우는 그들이 몰고 온 차량에 끌려가듯이 탑승해 경찰서로 갔다.

민우는 경찰서에 도착하자마자 자신이 순진했음을 깨달았다. 그들은 민우를 특별 취조실로 데려가더니 USB 행방에 대해 캐묻기 시작했다.

"USB를 어디에 숨겨놓았소. 순순히 내놓지 않으면 방콕 폭탄테러 사건의 용의자로 기소될 것이오."

"뭔가 오해가 있소. 난 다른 사람과 약속이 있어서 그 식당에 들렀다가 우연히 테러 현장을 목격하게 된 것이오. 그 이후 정체불명의 사람들로부터 쫓기고 있었어요. USB는 아마도 도피과정에서 잃어버린 것 같아요."

"거짓말을 잘도 둘러대는군. 우린 당신이 한국 정보기관에 속한 블랙요원이란 증거를 입수했어요."

"뭐요? 내가 한국 정보기관의 블랙요원?"

민우는 그들의 말에 어이가 없었다.

"피살당한 사람 몸에서 바로 이 비닐봉지 안에 들어 있는 것이 발견됐소."

그들이 비닐봉지 안에서 무엇인가를 집게로 집어 민우에게 보였다. 그것은 길이 1센티미터 가량으로 날카롭게 보였고 마치 은색 바늘같이 생긴 모양이다.

"이것은 사망한 사람의 몸에서 나온 독침이오. 브롬화네오스티그민이란 독성분이 침 끝에 묻어 있어요. 맞으면 10분 내로 호흡정지를 일으키고 이어 심장마비로 사망케 되는 무서운 독침이요. 이것은 사망한지 1시간이 지나면 물증마저 사라지는데 다행히 30분이 지나기 전에 이 물증을 죽은 자의 몸에서 찾아냈소. 완전범죄를 노렸겠지만 이젠 소용없게 됐소."

"도대체 무슨 소리를 하는 것이오. 나는 그런 암살, 테러와는 무관한 평범한 사람이오. 오히려 죽은 그 사람이 나를 암살하려고 했던 사람이오."

"그래서 이렇게 암살 요원들이 사용하는 독침 권총을 사용해 킬러를 죽인 것이오?"

민우는 도대체 그들이 무슨 말을 하는 것인지 알 수가 없었다. 음모에 휘말린 것 같아서 무섭고 떨렸다.

"이것은 나하고 아무 상관없어요."

민우가 소리쳤다.

"거짓말하지 마시오! 이 가방을 우리 요원이 조금 전 당신의 방 안에서 찾았소."

그들은 민우가 처음 보는 가방을 앞으로 밀어 넣었다.

"그것은 내 가방이 아니오. 나로선 처음 보는 가방이오."

"그리고 이 가방 안에서 바로 이 독침 권총을 발견했소. 당신의 지문도 묻어 있고. 이래도 시치미를 뗄 것이오?"

"나는 억울합니다. 뭔가 잘못됐어요. 한국 영사관을 연결시켜주시오!"

민우는 외쳤다.

"당신은 한국 정부에 도움을 호소하고 싶겠지만 일단 태국 땅에서 일어난 살인 사건이기 때문에 일차적인 취조 권한은 우리 태국 경찰에 있어요. 1차 조사가 끝나기 전까진 일체 외부와 연락할 수 없어요."

민우는 자신이 사면초가 상태라는 것을 느꼈다. 민우가 묵비권을 행사하기 시작했다.

"어이, 이 친구 아무래도 말로 해선 안 듣겠군. 정신이 좀 들게 해줘야겠어."

그러자 건장한 사내 두 명이 들어오더니 민우의 양팔을 잡고 욕조 있는 데로 끌고 갔다. 그러더니 뒤에 있던 또 다른 자가 민우의 얼굴을 물속에 강제로 집어넣었다. 민우가 욕조에서 벗어나기 위해 몸부림쳤지만 소용없었다. 민우의 머리가 물속에 처박히길 세 번째. 허파가 산산조각 나는 듯한 통증이 느껴졌다. 머릿속이 하얘지고 온몸의 힘이 다 빠져나가는 것 같았다. 그 순간 어디선가 자신을 부르는 듯한 소리가 들렸다. 그 소리는 시간이 흐르면서 점점 크게 들렸다. 그 소리에 힘을 얻은 민우가 필사의 힘으로 자신을 강제하고 있던 자들의 손을 뿌리쳤다.

"안 돼!"

민우가 그들을 뿌리치고 자리에 앉아 숨을 헐떡이기 시작했다. 심연의 끝까지 빠져 나갔던 숨이 서서히 돌아오기 시작했다. 주위를 돌아보니 방금 전까지 환했던 실내가 컴컴했다. 그제야 민우는 자신이 악몽을 꾼 것을 알았다.

"쾅 쾅 쾅!"

"한민우 씨, 부산항에 도착했습니다. 밖으로 나와 주세요."

민우가 자신의 이름을 부르는 서툰 한국어 발음을 들었다. 손으로 품속을 더듬으니 USB가 잡혔다.

국제 무기 그룹의 음모

지하도를 빠져 나온 민우는 세운상가 방향으로 걸음을 옮겼다. 모처럼 만나는 맑게 갠 화창한 날씨였지만 천신만고 끝에 한국에 들어온 민우의 마음은 불안과 호기심으로 뒤덮여 있었다.

민우는 방콕에서의 경험을 자신이 당면한 피할 수 없는 문제로 받아들이기로 마음먹었다. 그러나 자신이 당면한 문제가 즐기면서 풀 수 있는 문제가 아니라는 것도 잘 알고 있었다. 민우는 지금 자신이 첩보 소설 속이 아니라 실제로 벌어지고 있는 사건의 한복판에 들어와 있다는 것을 알고 있었다.

'아무 일도 없었다는 듯이 USB를 넘길 순 없어!'

민우는 고민 끝에 USB를 정부에 넘기지 않고 지인의 도움을 받아 해독해보기로 결심했다. 그러한 결심에는 방콕에서 경험한 정부에 대한 불신도 한몫했고 또 민우가 방콕에서 겪은 위험한 경험들, 그로 인해 받은 자존심의 상처들이 복합적으로 작용했다.

민우가 USB의 비밀을 풀기 위해 떠올린 인물은 그가 한때 잘 알고 지냈던 컴퓨터 전문가다. 지금 만나러 가는 사람은 민우가 증권회사에 재직 전인 은행에서 근무할 때 알게 된 컴퓨터 전문가다. 엄밀히 말하면 그는 프로 해커였다. 그는 '구글' 에서 나와 컴퓨터 소프트웨어 보안분야 사업을 펼치다가 믿었던 동업자의 배신으로 미국에서의 사업을 접고 한국에서 관련 사업을 이어가고 있었다. 당시 대출 업무를 담당하고 있던 민우는 독립화에 대한 의지가 분명하고 뛰어난 재능을 가진 그가 자금 부족에 시달리는 것이 안타까워 지점장을 설득해 그가 하는 사업의 장래성을 담보로 대출을 알선해 주었다. 민우는 그 이후에도 몇 번 더 그 청년 벤처사업가가 좌절하지 않도록 대출에 나름 편의를 봐주었고 그 일로 두 사람은 한동안 돈독한 관계를 유지했다.

'요원과 특파원을 누가 죽였을까? 장진동은 왜 투신했을까?'

죽은 요원과 특파원을 떠올리자 방콕에서 겪은, 남은 생에서 또 있을 것 같지 않은 끔찍했던 순간들이 뒤를 이어 떠올랐다.

'이 USB에 무슨 내용이 담겼기에 이토록 집요하게 찾는 것이지?'

방콕에서의 일들을 다시 떠올리자 자신도 모르게 발걸음이 빨라지고 호흡이 가팔라졌다.

한국에 들어와 뉴스를 보니 사망한 한국인은 그의 예상대로 국정원 요원으로 보도되고 있었다. 민우는 자신이 국가기관 간의 정보전에 휘말렸을 수 있다는 사실에 두려웠지만 한국에 무사히 다시 들어왔다는 것에서 새로운 호기심을 느꼈다.

멀리 세운상가가 눈에 들어왔다. 몇 년 만에 찾아온 세운상가는 '쇠락'의 모습을 벗고 깔끔하게 새단장되어 있었다. 여기저기 페인트가 벗겨지고 외벽은 금이 가고 군데군데 패인 계단의 모습 등 흉물스러운 느낌은 찾아볼 수 없었다.

엘리베이터를 타고 3층으로 올라갔다. 토요일 오후여서 그런지 일부 점포에 셔터가 내려져 있었지만 바둑판 무늬로 조성된 통로 양 옆으로 늘어선 조명·전자부품 가게와 시계·금은방들이 불을 훤히 밝히고 있었다. 민우는 상가 상단에 붙어 있는 표시판을 주시하며 2-35호를 찾았다.

민우가 지인의 연락처를 확보하는 일은 쉽지 않았다.

'그 사람, 용산전자상가에서 하던 사업이 망해서 지금은 세운상가에 있어요.'

그는 민우와의 연이 끊긴 뒤에도 한국에 들어와 사업을 계속하다 몇 년 전에 대기업 S전자와 특허권분쟁이 붙었는데 3년에 걸친 지루한 법정싸움에서 그가 얻은 것은 빚이고 가계파탄 일보직전이라는 소문이 들렸다. 그는 아직도 대법원 소송중이었고 자신과 비슷한 피해를 당한 피해자들 모임을 이끌고 있다는 얘기도 들렸다.

"찾아가봐야 못 만날 수도 있습니다"라는 회원의 말이 마음에 약간 걸리긴 했지만 만날 수 있을 것이라는 막연한 기대감으로 민우는 이곳까지 찾아왔다.

인터넷에서 간신히 전화번호를 찾아낸 전임 회장은 신임 회장에 대해 더 이상 설명하려 하지 않았다.

전방 멀지 않은 곳에 정일용 사장의 가게가 눈에 들어왔다

"정일용 사장님을 만나러 왔는데 가게에 안 계시는군요."

민우가 옆 가게로 들어가 물었다. 사장인 듯한 인상 좋은 사람이 수리를 하다가 민우를 잠시 쳐다보더니 되물었다.

"정 사장은 지금 잠깐 외출 중인데, 무슨 일 때문에 그러십니까?"

"정일용 사장을 잘 아는 사람입니다. D증권에 근무하던 민우라고 하면 기억할 겁니다."

민우는 은행 업무로 알게 된 관계라는 말을 하고 싶지 않아 증권회사 경력을 꺼냈다. 그가 고맙게도 선뜻 자리를 털고 일어나 정일용을 찾으러 나섰다.

"이 안에서 잠시 기다리고 계세요. 내가 한 번 찾아보겠습니다."

그는 정일용 씨가 어디에 있는지 알고 있는 듯 했다. 스탠드를 환하게 켜놓고 컴퓨터를 수리 중이던 사장이 스탠드를 끄고 장비를 책상 위에 올려놓고는 어디론가 갔다. 가게에서 기다리길 10분쯤 지났을 때 조금 전에 나갔던 가게 사장 뒤로 회색 점퍼차림에 손에는 실장갑을 낀 한 남자가 따라 들어오고 있었다. 한 눈에도 그가 과거 그가 알던 정일용 사장이라는 것을 알아봤다. 가게 문을 열고 들어온 그가 민우를 보더니 놀라는 표정을 지었다.

"어? 이게 누굽니까? 한민우 씨 아닙니까? 여기까지 웬일입니까?"

"오랜만입니다. 도움을 좀 청하려고 왔습니다."

민우는 다소 그을린 지인의 얼굴이 안타까웠지만 그의 표정에선 변함없이 자신감이 묻어나고 있었다.

"제가 한 선생을 도울 일이 뭐가 있겠습니까? 가게세 내려고 부업도 하고 있습니다. 컴퓨터 관련 일감이 요즘 잘 안 들어와서 세운상가 내에서 다른 부업

일을 좀 하고 있지요."

그렇게 말하면서 지인의 표정은 아주 밝았다.

"내 가게로 가시지요."

민우가 지인의 가게로 들어갔다.

"증권회사로 직장을 옮겼다는 얘기를 들었는데."

"거기 때려치운 지 좀 됐습니다."

지인의 얼굴에서 의아스러워하는 표정이 묻어난다.

"그 좋은 직장을 왜 그만둡니까? 남들이 다 가고 싶어 하는 직장인데. 나야 조직생활이 체질에 안 맞아 나왔지만……. 그런데 무슨 일로 오셨습니까?"

민우는 품안에서 USB를 꺼내 그에게 건넸다.

"이 USB 암호를 풀어주십시오. 저는 아무리 노력해도 못 풀겠습니다."

"민우 씨가 웬일로 이런 부탁을? 이리 줘 보세요!"

그가 민우의 손에 든 USB를 건네받고 이리저리 유심히 살펴보더니 한 마디 했다.

"음, 독일제 신형 USB이군요. 그러니까 이 안에 든 내용을 볼 수 있게 암호를 풀어달라 이 말입니까?"

민우가 그렇다는 표시로 고개를 끄덕이며 마른 침을 삼켰다.

"한번 해봅시다."

정일용이 얼른 자신의 컴퓨터에 앞에 앉더니 USB를 컴퓨터 본체에 삽입했다. 민우가 긴장된 표정으로 모니터 화면에 시선을 집중했다. 잠시 후 모니터 화면에선 파일이 압축되어 있음을 알리는 표시가 떴다.

"파일이 두 개 들어 있군요."

"네, 하나는 문서 파일이고 또 하나는 압축된 동영상 파일입니다."

민우가 대답했다. 민우는 거기에서 더 이상 들어가지 못하고 있었다.

“문서 파일을 먼저 열어볼까요.”

정일용이 낮은 목소리로 중얼거리며 작업을 계속했다.

“비밀번호를 걸어놨군요.”

정일용이 서랍에서 CD를 꺼내더니 컴퓨터 본체에 삽입한 후 무엇인가를 내려 받기 시작했다.

“이것은 요즘 해커들 사이에서 종종 이용되는 암호 해독 프로그램인데 우선 이걸 여기에 적용을 해보지요.”

민우는 정일용이 하는 행동을 말없이 지켜봤다. 30분쯤 시간이 흘렀다. 암호가 좀처럼 풀리지 않자 그의 표정이 점차 굳어졌다.

“어? 이것 봐라. 이것은 그냥 일반적인 암호체계가 아닌데.”

그가 밖으로 들릴 듯 말 듯한 목소리로 중얼거렸다.

“일반적인 암호체계가 아니라는 게 무슨 뜻입니까?”

“예를 들면 군이나 정보기관 같은 데서 사용하는 방식이라고 보면 됩니다. 내가 예전에 군과 정보기관이 의뢰한 일을 해봐서 이런 것에 대해 좀 알거든요.”

모니터 화면에는 다양한 숫자와 기호들이 쉴 새 없이 움직였다.

“이런 프로그램들은 해독하려고 하면 곧바로 악성코드에 감염돼 내용이 파괴되게 설계돼 있어요.”

“그렇다면 방법이 없는 겁니까?”

곁에서 지켜보던 민우가 다소 낙담한 표정으로 물었다.

“이런 것을 푸는 게 제 전문분야 아닙니까? 제가 일할 동안 민우 씨는 차 한 잔 하면서 TV를 보고 계세요. 옆에서 계속 지켜보는 것은 지루할 수도 있으니까요. TV 옆에 보면 커피도 있고 녹차도 있습니다.”

민우가 리모컨을 든 채 TV 위에 놓인 전자시계를 보니 오후 4시였다. 리모컨으로 뉴스전문 채널을 틀자 마침 정시뉴스가 시작되고 있었다.

「첫 소식입니다. 북한 내 권력 다툼이 점점 그 수위가 높아진다는 주장이 제기됐습니다. 북한 내부 소식에 밝은 연변 거주 한 소식통은 최근 연합신문과 전화 통화에서 북한의 총정치국과 보위부의 고위간부들이 최근 차례로 피살되는 사건이 발생했다고 북한 내부 지인을 인용해 주장했습니다. 소식통은 북한 내에서 이 같은 상황은 지방군벌의 이탈 조짐에 이어 중앙권력층에서까지 균열이 일어나고 있음을 보여주는 것으로 김정은 권력의 심각한 이상 징후라고 주장했습니다. 이와 유사한 주장이, 러시아로 최근 망명한 전 평양 당 부서기장이 러시아 언론과 인터뷰에서 밝힌 내용에도 포함되어 있어서 그 신빙성을 더해 주고 있습니다. 한편 우리 정부 관계자는 이와 관련해 정부도 북한 권력의 이상 동향을 예의주시하고 있으며 현재로선 공식적인 입장을 밝힐 단계가 아니라고 말했습니다.

한편 독일의 한 방위산업 관련 주간지가, 최근 국제 위기 그룹 군관계자들과 중국 동북3성 군벌들이 싱가포르에서 비밀회동한 것을 목격했다는 증언이 잇따라 제기됐다고 보도해 비상한 관심을 모으고 있습니다. 국제 위기 그룹에는 글로벌 무기 생산업체들과 국제 금융투자 그룹이 포함된 것으로 알려졌습니다. 이 주간지는 다만 이 같은 비밀회동이 양국 정부와 직접 연관이 있는지는 확인되지 않았다고 덧붙였습니다. 이 같은 움직임이 최근 북한 내 권력다툼 정보와 연관이 있을 수 있다는 일각의 관측이 나오는 가운데 정부는 이에 대해 보도의 진위 여부를 파악 중에 있다고만 밝혔습니다.」

민우는 뉴스를 들으면서 자신이 방콕에서 겪은 일들과 어딘가 연계된 뉴스 같다는 막연한 생각이 들었다. 사망한 스웨덴 특파원이 만난 사람이 류조국이고 류조국은 북한 내부의 권력 다툼 과정에서 북한을 탈출한 것이라면 방콕에서의 사건과 뉴스에서 보도되고 있는 북한 내부 동향이 상호 연계됐을 가능성도 있다는 생각이 들었다.

그때 지인이 민우를 향해 말하는 소리에 민우의 정신이 돌아왔다.

"어? 이것은 우리 쪽 프로그램 같지가 않은데요?"

지인이 압축에서 해제된 파일을 보더니 의아하다는 표정을 지어보였다.

"우리쪽 프로그램 같지 않다니 그게 무슨 말입니까?"

지인의 말에 민우의 눈동자가 커졌다.

"여기 화면을 보면 러시아어와 북한식으로 표기된 글자 그리고 MS도스 용어들이 복잡하게 얽혀 있습니다. 설마하니 민우 씨가 이것을 사용할 리가 없고 그렇다면 이것의 주인이 북한 사람이란 얘기인데."

그가 하던 작업을 잠시 멈추고 고개를 돌려 민우의 얼굴을 쳐다보며 말했다. 민우는 어디까지 얘기해야 할지 몰라 망설였다.

"내가 과거에 정보부 일을 아르바이트 삼아 조금 해준 적이 있어요. 그때 이런 파일을 몇 차례 해독해 준 적이 있습니다. 이런 암호 걸기는 서방 국가들은 잘 안 쓰는 방식입니다. 이것은 북한이나 중국 쪽에서 종종 사용하는 방식인데요."

정일용이 민우를 쳐다보는 표정이 도대체 어찌된 영문이냐고 묻는 듯 했다. 그가 다시 물었다.

"민우 씨 무슨 일이 있었습니까?"

"그게 무슨 의미인지."

"주식만 아는 민우 씨 같은 분이 이런 위험한 USB를 갖고 있어서 걱정이 돼서 하는 말입니다."

그의 질문에 민우가 잠시 고민하다가 입을 열었다. 민우는 지인을 이번 일에 깊숙이 끌어들이고 싶지 않았지만 모든 것을 다 감출 수도 없는 노릇이었다.

"얘기하자면 긴데... 간단히 말하면, 사적인 일로 방콕의 한 식당에 들렀다가 폭탄 테러를 당한 한국의 국정원 요원에게 우연히 이 USB를 건네받았습니다. 나는 그 사람을 그날 처음 봤고 그가 무슨 임무를 수행하고 있었는지 전혀 모릅니다. 그 국정원 요원은 함께 있었던 스웨덴 특파원으로부터 이 USB를 받았다는 겁니다."

"국정원과 연관 있는 물건이군요. 그러면 국정원에 갖다 주지 그러셨어요?"

"국정원도 정부도 믿을 수 없다고 생각했어요."

그때 정일용의 표정이 약간 일그러지는 것이 보였다.

"민우 씨, 혹시 이 USB 때문에 태국에서 쫓기지 않았습니까?"

"아니, 그걸 어떻게 알았습니까?"

민우가 깜짝 놀라 되물었다.

"여기 USB 손잡이 부분을 보세요."

손잡이 부분을 둘러싼 플라스틱 재질로 보이는 검정색 띠가 민우의 눈에 들어왔다. 그동안 별 관심 없이 보아 넘겼던 부분이다.

"이건 위치추적기입니다."

"네?"

"정보기관에서 흔히 이용하는 방식입니다. 이 USB에 담긴 내용은 이 USB에만 저장이 가능하게 설정이 되어 있습니다. 필요에 의해서 핵심기밀을 USB에 담아 이동해야 하는 경우도 생기거든요. 그럴 때 이 위치추적기가 필요한 겁니다. 기밀이 의도하지 않은 곳으로 새나갈 경우에 대비해야 하니까요."

민우는 그제야 태국에서 끝없이 쫓긴 이유를 알 듯했다. 동시에, 위기의 순간마다 나타나 USB를 찾았던 또 다른 인물이 떠올랐다.

"혹시 한국의 정보기관에서도 이 USB의 위치를 알았을 수 있나요?"

"위치추적기 주파수를 안다면 가능하겠지요. 그러나 북한이나 한국이 아닌 제3국이 주파수를 알아낼 수도 있습니다. 정보기관끼리는 그런 것이 가능할 수 있으니까요. 자 이제 USB 주인의 성향을 알았으니까 암호 해제 작업의 절반은 끝난 겁니다. 북한 사람들 특성은 내가 좀 압니다."

그가 놀란 표정을 하고 쳐다보는 민우를 향해 다시 말을 이었다

"뭐, 너무 놀랄 필요는 없습니다. 우리 같은 프로 해커에겐 정보기관의 협조 요청이 종종 들어오니까요. 나도 국익 차원에서 몇 번 도움을 준 적이 있어요. 그것도 이젠 오래된 얘깁니다."

지인은 USB의 위치추적기를 떼 민우에게 보이며 말했다.

"이것은 파기하는 것이 좋겠지요."

정일용은 민우가 동의를 채 보이기도 전에 USB 위치 추적기를 떼 파기한 후 암호 해독 작업을 계속했다.

다시 1시간이 흘렀다.

"자, 이제 정말 다 된 것 같은데요."

모니터 화면에 직사각형 모양의 하얀색 바탕 바에 노란색이 확대되어가는 암호해독 상황이 나타났다. 노란색 바탕 위로 '폴더 락 해제', '파일 암호 바이러스 퇴치', '파일 암호해제', '파일내용 풀기' 등의 문구가 차례로 이어졌다.

"암호해독 상황을 알려주는 '바' 프로그램이라……. 참 신기하군요."

잠시 후 모니터 화면이 정지하고 두 개의 파일 중 암호가 해독된 한 개의 내용이 떴다.

"어? 이거 무슨 명단 같은데요."

암호가 풀린 첫 번째 파일에서 나온 것은 명단이었다. 두 사람은 모니터 상에 나타난 명단을 뚫어져라 쳐다보았다. 거기에 몇몇 사람들의 이름이 등장했다.

'이동명, 이태광호, 류조국, 량현수, 류.'

"류조국은 최근 뉴스에 보도된, 중국에서 피살됐다는 북한인과 이름이 같습니다. 나머지 명단은 처음 보는 이름들입니다."

"이 USB 때문에 민우 씨가 그렇게 고생을 한 것으로 봐서 여기에 나오는 이 사람들의 정체도 간단치 않을 것 같습니다."

민우는 가볍게 고개를 끄덕여 지인의 말에 동의를 표했다.

"먼저 안행부 중앙전산망 산책을 해볼까요?"

정일용이 민우를 힐끗 쳐다보더니 말했다.

"이름을 확인하는 그 자체가 큰 죄가 되겠습니까?"

그가 민우의 마음을 읽은 듯 먼저 말을 꺼냈다.

"우리가 사적인 목적으로 접근하는 것은 아니니까요."

30분쯤 지났을 무렵 정일용의 입에서 긍정적인 반응이 나왔다.

"자, 여기 검색 결과가 나왔네요. USB 명단에 올라 있던 사람들 중 검색이 가능한 사람은 이태광호와 이동명 두 사람뿐입니다. 그런데 이태광호로 검색되는 이가 모두 셋인데 둘은 이미 사망했고 한 명은 이제 돌 지난 갓난아기입니다. 쓸 만한 검색결과는 이동명 한 사람에게서 나타납니다."

"이동명 이름으로 모두 몇 명이나 검색됩니까?"

"중앙정부 전산망 검색결과 모두 22명의 사람이 나타나는데 이들 중에서 나이가 지나치게 어리거나 많은 사람은 빼고 또 이미 사망한 사람을 빼니 8명 남습니다."

민우는 그의 검색. 분류가 설득력이 있다고 생각했다.

"이들을 대상으로 다시 2차 검색을 해보니까 소규모 자영업을 하는 사람이 4명, 지방의 공무원이 1명, 건설일용직이 2명 그리고 대학교수가 1명으로 나왔습니다. 우선적으로 한강대학 교수로 올라온 여기 이 인물에 눈길이 가는데요."

민우가 검색 화면에 뜬 이동명 교수의 직업난에 눈길을 주었다.

"지금부터 이동명 교수에 대해 포털사이트에서 검색을 해볼까요. 한강대학 국제정치학과 교수라……. 동정에 관한 기사 몇 개 있고 특별히 눈에 띄는 내용은 없는데요."

"이동명 교수에 대해선 제가 국회 도서관 같은 데서 다시 찾아보겠습니다."

"그렇다면 이번엔 동영상 파일에 뭐가 담겼는지 알아볼까요?"

정일용이 동영상 압축 파일을 풀려고 하자 또 다시 비밀번호를 입력하라는 시그널 창이 떴다.

"비밀번호 장치를 이중으로 해놨군요."

두 번째 비밀번호 풀기는 첫 번째보다는 빨리 풀렸다. 컴퓨터가 자동으로 영상을 재생하기 시작했다. 처음엔 영상이 너무 흐려 알아보기 힘들었다. 그러나 화면에 나타났던 가로 주름들이 점차 사라지면서 알아볼 수 있을 정도로 화면이 개선되었다. 사람들의 느린 움직임과 배경의 모습이 조금씩 흐릿하게 들어왔다. 좁은 공간을 가득 채운 장비들과, 위에서 아래로 내려온 기둥 같은 것이 보였다.

"저것은 어디서 많이 본 모습인데…."

사내 한 명이 허리를 숙인 채 위에서 내려온 기둥 가까이 얼굴을 대고 무엇인가를 들여다보고 있었다.

"저건 잠망경 같은데요."

민우가 말했다.

"맞아요. 저건 잠수함 잠망경입니다."

"잠수함 내부 같은데요."

두 사람 모두 영상에 더욱 집중했다. 잠수함 내부의 모습이 조금 전보다 선명하게 화면에 잡혔다. 각종 기기들 모습과 긴장된 표정의 승조원들 얼굴이 작고 어두침침한 공간 속에서 잡혔다.

"잠수함보다는 규모가 작은 것 같은데요?"

"잠수정이란 것이 있다고 하는데 그것 같습니다."

"나도 들은 기억이 납니다."

민우는 류조국 소장이 목숨을 걸고 한국에 넘긴 USB 파일에 담긴 이 영상이 무슨 의미인지 얼른 이해가 되지 않았다.

"우리 해군 잠수정인가?"

'챠르르 콰르르'

정체를 알 수 없는 잠수정 내부의 소음이 컴퓨터 모니터 스피커를 통해 흘러 나왔다. 잠시 후 사람 말소리가 들려 왔는데 그 말소리를 듣는 순간 두 사람은 깜짝 놀랐다. 그것은 북한 말씨였다.

"저것은 북한 말씨 아닙니까?"

두 사람은 화면에 나타난 잠수정이 북한 잠수정이란 것을 알았다.

"3해리 전방의 소음 청취!"

헤드셋을 착용하고 있던 승조원 중 한명의 이북 사투리가 스피커를 통해 흘러 나왔다.

"소음의 정체를 파악하라!"

"CPU(음향저장장치) 백상어, CPU 백상어."

"괴물체는 PCC-770이 맞다."

승조원들의 보고가 연이어졌다.

"목표물의 현재 위치를 좀더 자세히 보고하라!"

북한 잠수정 함장의 거칠고 탁한 사투리가 두 사람의 신경을 사로잡았다. 잠수정 내부에 있던 승조원들이 갑자기 부산하게 움직이기 시작했다.

"목표물의 위치, 북위 37도 55분 42초, 동경 124도 36분 07초"

"북위 37도 55분 42초, 동경 124도 36분 07초, 목표물과 이격 거리는?"

"북동쪽 전방에서 남서쪽으로 이동 중."

"목표물의 4킬로미터 근방까지 접근하라."

잠수정 승조원들 간에 대화 내용에 두 사람은 아무 말도 않고 숨을 죽인 채 빨려 들어가고 있었다.

"조류의 속력과 방향은?"

"3노트까지 낮아졌습니다. 여전히 북에서 남동 방향입니다."

"정조 시각이 다가옵니다. 자칫 잠수정이 갇힐 수 있습니다."

그러나 북한 잠수정 함장은 명령을 계속 내렸다.

"PCC-770의 속력과 방향은?

"10노트 속력, 남서쪽 방향으로 이동 중!"

"목표물 하단에 중어뢰 조준 대기!"

"목표물 하단에 중어뢰 조준 대기!"

그 순간 민우의 머릿속 시계바늘이 급속도로 과거 어느 시점으로 돌아갔다.

"중어뢰 발사 준비!"

"중어뢰 발사 준비!"

잠수정 내부로부터 잠시 아무 소리도 들리지 않았다. 화면에는 북한 잠수정이 노리는 대상이 나타나지 않았지만 민우와 지인은 그들의 대상이 무엇을 의미하는지 짐작하며 막연한 불안감을 갖고 지켜봤다.

"발사!"

"발사!"

북한 잠수정에서 발사된 근접식 중어뢰 두 발이 초계함 PCC-770 스크류에서 나는 소리를 따라 나아갔다. 어뢰가 물살을 가르며 내는 음은 서해 바닷속 거친 물살이 내는 소음으로 위장됐다.

"어뢰의 진행 방향은?"

"북동 방향으로 예정된 속도로 움직이고 있습니다."

"목표물 도달까지 남은 시간은?

“목표물 도달까지 남은 시간은 약 30초입니다.”

“놈들의 반응은?”

“아무런 움직임 없습니다. 기만어뢰 발사조차도 없는 것 보니까 전혀 눈치채지 못한 것 같습니다.”

그때 소나병이 긴급히 보고했다.

“어뢰 신호음이 약해지고 있습니다.”

“목표물 도달까지 남은 시간은?”

잠망경을 들여다보고 있던 함장의 질문에 소나병이 목표물 도달까지의 남은 시간을 카운트하기 시작했다.

12초, 11초, 10, 9, 8, 7, 6, 5, 4, 3, 2, 1…….

잠시 뒤, 소나병 귀에도 잠망경을 들여다보고 있던 지휘관의 눈에도 아무런 변화가 잡히지 않은 듯,

“목표물 타격에 실패했습니다.”

“어떻게 된 거야!”

“감응센서가 작동하지 않은 것 같습니다. 어뢰가 초계함 바닥을 멀리 지나쳐 간 것 같습니다.”

“잠수정을 1.5미터 위로 끌어 올려!”

“잠수정 1.5미터 상승!”

“목표물의 위치 다시 확인해!”

“목표물, 남동 방향으로 전과 동일한 속력으로 이동 중.”

“중어뢰 재장전!”

“중어뢰 재장전. 목표물 다시 확보.”

북한 잠수정 내에 다시 짧은 침묵이 흘렀다.

“발사!”

"발사!"

음파 추적 스크린을 보고 있던 어뢰병이 빨간색 발사 버튼을 눌렀다. 함장은 여전히 고개를 숙인 채 잠망경을 뚫어져라 노려보고 있었다.

"목표물 타격에 성공한 것 같습니다. 버블제트음이 잡혔습니다."

소나병이 보고하면서 함장을 쳐다봤다. 잠망경을 뚫어져라 쳐다보고 있던 북한 잠수정 함장의 입에서 썩은 미소가 번지는 것이 보였다.

"성공이야, 과학정보국장 설명 그대로야. 제대로 과학적으로 보복을 했군."

순간 비좁은 잠수정 안에서 북 잠수병들이 펄쩍 펄쩍 뛰는 모습이 화면에 나타났다.

그 모습을 끝으로 화면은 끝이 났다. 화면이 끝나자 상기된 표정의 정일용이 먼저 말을 꺼냈다.

"이것은 북한 잠수정 내부의 블랙박스 영상이 틀림없습니다. 류조국 소장이 이것을 입수해 USB에 담아 건넨 것입니다."

역시 잔뜩 충격 받은 표정의 민우가 정일용에게 물었다.

"그런데 화면에 나오는 CPU 백상어, PCC-770 이게 무슨 의미일까요?"

정일용이 인터넷을 뒤져 영상 속의 용어들에 대해 찾기 시작했다. 잠시 후 그가 크게 소리쳤다.

"이것은 CPU 백상어는 북한 해군이 한국 해군을 부를 때 쓰는 용어고요, PCC-770은 우리의 초계함인 한백함입니다!"

"한백함이라고요?"

머릿속으로 막연히 짐작했던 것이 사실로 드러나자 민우는 머리끝이 다시 쭈뼛거리는 것을 느꼈다.

"이 영상은 서해에서 한백함이 침몰한 것이 북한의 소행 때문이란 것을 보여주는 물증입니다. 북위 37도 55분 42초, 동경 124도 36분 07초는 침몰을 앞둔 한백함이 급하게 이동하기 전의 위치입니다. 한국 사회와 정치권과 언론을 두 쪽으로 갈라지게 만들었던 한백함 침몰 원인이 명백하게 베일을 벗는 순간입니다. 이것은 한백함을 침몰시킨 북한 잠수정 내부 녹화영상이 분명합니다! 너무나 분명한 증거물이라고요!"

정일용이 흥분한 음성으로 말했다.

"그런데 이것은 합동진상조사단이 이미 밝혀낸 사실 아닙니까? 류조국 소장이 굳이 목숨을 걸고 이 영상을 담아 건넨 이유가 무엇일까요?"

"꼭 그렇게 볼 순 없지요. 지금도 한백함 조사결과를 믿지 않는 사람들이 여론조사를 해보면 40퍼센트 가까이 나온다지 않습니까?"

정일용의 설명도 일리가 있지만 민우의 마음 한편에선 류조국 소장이 영상을 담아 건넨 또 다른 이유가 있을 수 있다는 생각이 여전히 강하게 들었다.

"오늘 정말 고맙습니다."

민우가 준비해 온 사례비 봉투를 꺼내 지인에게 건네려 하자 지인이 손사래 쳤다.

"다른 사람도 아니고 민우 씨 돈은 받을 수 없지요. 그나저나 민우 씨가 원하니까 암호는 풀었는데 USB에 담긴 내용을 보니까 솔직히 민우 씨가 좀 걱정이 됩니다. 이런 위험한 물건은 너무 오래 갖고 있는 것은 안 좋습니다. 되도록 빨리 정부기관에 넘기는 것이 좋을 것 같습니다."

"저에게도 생각이 있습니다."

민우는 USB에 담긴 내용들을 보자 좀더 파헤쳐보고 싶은 욕구가 생겼다.

한백함의 수상한 기동

민우는 저녁이 다 되어서야 자신의 숙소가 있는 골목 입구에 도착했다. 골목

어귀 편의점에 들러 금요일 밤의 습관처럼 맥주와 안주 거리를 사들고 숙소로 향했다. 새 직장을 얻기 전까지 잠시 몸과 마음을 쉬려고 했던 민우의 계획은 방콕 여행 후 다 헝클어졌다.

TV를 켜서 이리저리 채널을 돌리던 중 민우의 시선을 사로잡는 것이 있었다.

"시청자 안녕하십니까? 이슈진단 라이브60의 이승관 아나운서입니다. 오늘 이슈진단라이브60은 한백함 폭침의 미스터리를 파헤쳐 보겠습니다."

화면 왼쪽 상단에는 '한백함 폭침과 남은 의혹' 이란 제목이 걸려 있었다. 정일용이 풀어낸 USB에 담겼던 한백함과 관련한 영상이 머릿속에 떠올랐다.

"채성식 PD 함께 자리했습니다. 채 PD, 6년 전에 발생한 한백함 폭침 당시 우리 군이 북의 도발 징후를 사전에 포착했었다는 설이 한때 제기됐다가 흐지부지됐었는데 이번에 취재 과정에서 그것이 사실로 밝혀졌지요?"

"그렇습니다. 한백함이 폭침되기 전 북한잠수정의 수상한 움직임이 있었다는 것이 국내 일부 언론에 보도됐었지만 군 당국이 부인하는 바람에 미확인된 보도로 지금까지 남아 있었습니다. 하지만 이번에 취재로 그것이 사실로 밝혀졌습니다."

"참으로 충격적인 내용이 아닐 수 없는데요?"

"잘 아시다시피 서해 NLL 해상은 남과 북이 언제 충돌할지 모르는 일촉즉발의 긴장감이 감도는 곳입니다. 때문에 남과 북은 적함의 동태를 매순간 감시하고 적함 동태에 대한 사전 정보나 첩보를 입수하기 위해 다양한 루트를 활용하고 있습니다. 그런데 이번에 저희 취재진은, 한백함 폭침 나흘 전 우리 해군이 북한 잠수정의 수상한 움직임을 암시하는 북한군 교신 내용을 감청하는 데 성공했다는 사실을 확인했습니다. 그리고 관련 자료를 제보자에 의해 어렵게 입수할 수 있었습니다."

"한백함 폭침 나흘 전에 관련 첩보를 우리 군이 입수했었다? 제보자가 밝힌 우리 군의 감청 내용은 구체적으로 어떤 내용입니까?"

"저희 취재팀은 이번에 제보를 받고 과연 이것을 방송에 공개해야 하는가에 대해 내부적으로 많은 검토를 했고 법률 전문가와 군사 전문가들의 자문을 거쳐 방송 공개 범위를 확정했습니다. 저희가 내부적으로 고민했던 이유는 이 내용 중에는 아직도 일부 군사 기밀 사항에 해당하는 내용이 포함되어 있기 때문이고 또 하나는 공개됐을 경우 우리 군 사기에 악영향을 주고 결과적으로 북을 이롭게 하지 않을까 우려했기 때문입니다. 그러나 사전에 움직임을 알고도 대처하지 못했다는 비판은 언젠가 불거질 수밖에 없는 중대한 내용이고, 전투에서 지는 것은 용서받을 수 있어도 경계근무 실패는 용서받을 수 없다는 전장에서의 교훈이 시사하듯이 하루라도 빨리 군의 심각한 환부를 도려내는 것이 국가안보에 도움이 된다는 판단 하에 오늘 공개하게 됐습니다."

"당시 어떤 식으로 우리 해군이 북한 잠수정 동향을 감청을 한 것이지요? 그것부터 구체적으로 말씀해주시지요."

"아시다시피 초계함급인 PCC-770 한백함은 적함 음파탐지기능이 매우 열악한 수준입니다. 우리 군이 사전 감청을 성공할 수 있었던 데에는 이 사건 있기 1개월 전에 있었던 사건이 도움이 됐습니다. 사건 1개월 전 서해를 통해 탈북해서 한국으로 넘어온 북한 서해사령부 특수부대 소속 고위급 장교 출신 탈북자가 있었습니다. 이 내용은 지금까지도 국내 언론에 전혀 보도되지 않았던 내용입니다. 서해 상에선 남과 북의 해군이 첨예하게 대치하고 있기 때문에 북의 서해 사령부 소속 특수부대 고위급 장교의 대북 정보는 우리 군에 큰 도움이 됩니다. 때문에 우리 군은 그 북한 장교를 특별히 보호할 필요가 있었기 때문에 그동안 그의 귀순 사실을 외부에 공개하지 않았던 것입니다."

민우의 눈과 귀가 화면에 집중됐다.

"저희 제작진은 그가 탈북하면서 북한 해군의 암호 교신집을 몰래 복사해 갖고 나온 것을 알게 됐습니다."

방송을 보던 민우가 마른 침을 삼켰다.

"그 탈북자가 한국으로 넘어올 때 복사해갖고 넘어온 암호해독집 사본을 이번에 제작팀이 입수했지요?"

"그렇습니다."

그 순간 취재팀이 입수한 북한군 암호 해독집이 화면에 모습을 드러냈다. 표지에 굵은 검정색 글씨로 '비문 4-3' 이라고 씌어 있었다.

"이것은 저희가 입수한 북한군 암호 해독지침 사본인데요, 여기서 비문 4-3은 4는 북한 서해 해전 사령부를 의미하는 숫자이고 3은 한백함 폭침 사건이 일어나는 해에 3번째로 나온 비문해독 지침서라는 의미입니다."

방송을 보는 민우는 자신의 모든 신경이 화면에 등장하는 내용으로 집중되는 것을 느꼈다.

"북한 암호해독지침서 안에 들어 있는 내용에 대해 간단히 사례를 들어 설명하겠습니다. 북한군은 무전교신을 할 때 숫자로 된 암호를 사용합니다. 예를 들어 '공격' 을 35로 한다면 '한백함' 은 2008로 표현하는 식입니다. 교신자들은 각각의 암호집을 갖고 있습니다. 자기를 호출한 곳에서 불러준 번호와 자기 암호집의 숫자를 결합해 암호를 푸는 방식이지요. 예를 들면 나를 호출한 곳에서 3을 불렀는데 그에 대응하는 내 암호의 숫자의 숫자는 5이고, 상대가 20을 불렀는데 내 암호집의 숫자는 08로 대응하면 2008, 즉 '한백함을 공격하라' 는 뜻이 되는 것이지요. 여기서 2008은 한국의 함정이 되겠지요."

민우는 점점 더 깊이 빨려 들어갔다.

"그런데 우리 군은 한백함 폭침 사흘 전에 이와 관련한 북한군의 은밀한 교신 내용을 감청했던 것으로 드러났습니다."

"그러니까 한백함 폭침 한 달 전에 북한군 비밀교신수칙 자료를 입수했고 그리고 폭침사건 발생 사흘 전에 그 교신수칙에 나오는 북한군 간에 무선 교신을 우리 군이 감청했는데 양측 자료를 비교해보니까 서로 맞아 떨어진다, 즉 북한군의 도발 징후가 드러났다 이 말이군요."

"바로 그렇습니다. 그런데 취재 결과 웬일인지 이 정보가 상부에 의해서 무시되고 말았습니다. 익명을 요구한 당시 군 수사 관계자들은 제작팀의 취재 요청에 대해 탈북자의 말을 100퍼센트 확신할 수 없는 상황이었다고 해명하고 있습니다. 또한 대규모 서해 훈련을 앞두고 역정보전일 가능성도 당시로선 배제할 수 없었다고 했습니다."

"목숨을 걸고 북한 비문해독집을 갖고 귀순한 북한 서해 사령부 출신 탈북자가 우리 군의 이런 반응을 어떻게 생각했을지 궁금하군요. 아마도 그 탈북자는 자신이 목숨을 걸고 복사해 갖고 온 북한 해군 비문해독집을 한국군이 그렇게 소홀히 다뤄 한백함 폭침이 발생한 것에 대해 통탄해 마지않을 것 같군요. 결국의 그의 자료집이 사실이란 것이 드러난 것 아닙니까?"

"그러한 의문점에 대해 저희 취재진이 국내 여러 명의 해군 전문가들을 만나 의견을 들었는데요. 그 중 한 분에게 의미심장한 내용을 들었습니다."

"어떤 내용이었습니까?"

"익명을 요구한 한 전직 해군사령관 A씨의 말에 의하면 한백함 사건이 일어난 서해바닷속은 추적도 공격도 어려운 조건이란 것입니다. 그런 최악의 수중조건에서 북한이 기동 중인 우리 초계함을 정확히 폭침시켰다면 이는 북한 해군의 실력이 뛰어나서라기보다는 우리 내부에 스파이가 있을 가능성이 크다는 얘기를 했습니다."

'우리 군 내부에 스파이?'

제작진의 말이 민우의 귀에 날카롭게 꽂혔다.

"우리 군내에 스파이가 있을 수 있다? 참으로 놀라운 내용이군요."

“그 전직 해군사령관 A씨는 우리 군 내부에서 사전에 입수한 대북 정보를 흐지부지 다룬 정도가 아니라 아예 우리 해군의 훈련 정보를, 또 함정 정보를 적극적으로 북에 넘긴 자가 없는지 확인할 필요가 있다고 강조했습니다. 그 전직 사령관 A씨는 우리 군에서 뇌물을 받거나 사상이 북에 경도돼 군사기밀을 북으로 넘긴 사례는 전에도 적지 않았다고 덧붙였습니다. 그는 이 문제는 쉬쉬하고 덮고 넘어갈 문제가 아니라 반드시 진실을 규명해야 한다고 목소리를 높이기도 했습니다.”

화면에는 한백함의 기동 상황과 바닷속 적 잠수정이 발사한 어뢰가 물살을 가르며 접근해 오는 모습. 그리고 그 어뢰 폭발로 한백함이 서서히 두 동강 나는 모습이 컴퓨터 그래픽으로 나타났다.

“그런데 또 다른 전문가 B씨도 A씨의 주장에 대체로 공감하면서 이렇게 얘기했습니다. ‘서해 바다 수중에서 정확한 정보 없이 한백함을 버블제트로 폭침시킨다는 것은 그 확률이 극히 낮다. 마치 장님이 포를 쏴서 맞출 확률과 비슷할 것이다’ 라는 얘기를 했습니다.”

“그러니까 우리 군 내부에 적이 존재할 수 있다는 의미입니까?”

“그렇습니다. 그는 특히 당시 훈련 과정에서 한백함이 10노트라고 하는 저속력으로 해당 해역을 항해했던 이유에 대해 밝혀낼 필요가 있다고 주장했습니다. 적이 수시로 출몰하는 NLL 인접 해역에서 10노트 항해한다는 것은 사실상 생사여탈권을 적에게 넘긴 것이나 다름없다는 것이 그의 주장이었습니다.”

“지금까지 채 PD의 말을 정리해보면 한백함 폭침 전에 북한군 교신 내용을 감청했고 그 감청 내용을 탈북자가 갖고 온 암호 해독집으로 풀어보면 우리 초계함 공격 징후로 나타나는데 군 당국에선 신뢰성 부족을 이유로 탈북자가 가져온 정보를 소홀히 취급했다, 또 여기서 더 나아가 우리 해군의 훈련 내용이 적에게 넘어간 의혹이 있다 이런 말 아닙니까?”

"우리 함정의 운항 속도와 초계함의 고유 음파에 관한 함정 정보까지 함께 북으로 넘어간 것 의혹이 있다는 것입니다."

순간 민우는 USB 영상에 담겨 있던 내용을 떠올렸다. "CPU 백상어! 목표물 770" 이라고 외치던 북한 잠수정 승조원들의 영상 속 외침이 떠올랐다. 민우는 방송 내용과 USB 저장 내용이 상호 연결됐다는 사실에 머리끝이 쭈뼛거렸다.

"시청자 여러분들도 느끼셨겠지만 왜 우리 군이 사전에 정보를 입수했음에도 미리 대비를 하지 않은 것인지, 강한 의혹이 남습니다. 거기에 비해 지금까지 나온 우리 군 당국의 해명은 너무나 부족해 보입니다. 그런데 제작진이 한백함 폭침의 미스터리를 취재하면서 2002년 제2 연평해전 당시의 뒷얘기를 전해 들었다고요?"

"네, 제2연평해전이 있고 며칠이 지나 관련 평가회의가 청와대에서 열렸는데 그 평가회의에 참석했던 한 전직 군 고위장성을 저희 제작진이 어렵게 만날 수 있었는데요, 그 전직 장성에 의하면 당시 평가 회의에 참석했던 한 청와대 고위관계자로부터 믿기 어려운 '이적성' 발언을 들었다고 흥분했습니다. 당시 청와대 고위 관계자는 '북한의 도발 의도가 있었다고 보기 어렵다. 북한 함정은 꽃게잡이에 나온 자국 어선을 보호하기 위해 나선 것인데 우리 해군의 지나친 대응으로 사건을 크게 키운 점이 있다' 라고 당시 청와대 고위관계자가 우리 해군에 대해 이러한 질책을 쏟아냈다는 겁니다."

"당시 그 전직 장성의 해명은 무엇이었습니까?"

"이에 대해 그 전직 군 고위장성은 '제2연평해전 직전에 북한의 미그-23 2대가 NLL인근까지 내려와 초계비행을 했던 적이 있다', '미그-23은 평양 인근 북창 비행장에 배치된 북한군 최신예 전투기이고 김정일을 지키는 전투기다'. '따라서 그런 전투기가 평양에서 멀리 떨어진 NLL 인근까지 접근한 것은 당연히 북 상층부의 의도된 도발 징후로 판단해야한다' 며 청와대 고위 관계자의 비판을 반박했었다고 밝혔습니다."

"우리 군인이 공격을 받고 국지전으로 이어질 뻔한 사건에 대해 군 당국이 불투명한 해명을 내놓는 것은 참으로 유감입니다. 그런데 채 PD, 저희 제작진이 한백함 미스터리 추적 취재를 마무리하는 시점에 국방부 기무사로부터 한 통의 전화를 받았지요?"

"그렇습니다. 기무사에선 자신들도 한백함 미스터리 사건에 관심을 갖고 있다면서 취재에 최대한의 협조를 약속했습니다. 그리고 바로 어제, 저희 제작진은 기무사로부터 반가운 전화를 한 통 받았습니다. 한백함 기동 정보를 외부에 팔아넘긴 군 내부 간첩을 그간 비밀 수사 끝에 적발해 체포하는 데 성공했다는 소식이었습니다. 체포된 자는 중국에 무관으로 재직시에 북한에서 중국에 파견된 비밀요원에 포섭된 것으로 알려졌습니다."

"중국에 파견됐던 무관이라구요? 그 자의 단독 범행입니까?"

"체포된 이 대위는 자신의 단독 범행은 시인하면서도 한백함 폭침과 자신은 전혀 무관하다고 주장하고 있는데 군 수사기관도 조사 끝에 이 대위의 단독범행으로 결론지었다고 합니다."

"단독범행이요? 잘 이해가 되지 않는 군요.."

"군 수사기관의 설명은 설득력이 많이 떨어집니다. 철저한 보안 속에 진행된 대규모 한미 합동 훈련이었고 또한 구체적인 훈련 일정은 보안유지를 위해 매일 변경되었기 때문에 대위급 장교 혼자서 한미 합동 훈련의 일급 군사 기밀을 훔쳐 적에게 팔아넘길 수 있는지에 대해선 의문이 많이 남습니다. 범인의 범행 동기나 공범 여부도 아직 뚜렷하게 밝혀진 게 없습니다."

"그 얘기는 협조자가 있을 수 있다는 얘깁니까?"

"군 수사기관에서도 국내외 협조자가 있는지 앞으로도 수사를 이어갈 계획이라고 말은 하고 있지만 사실상 공식적인 수사를 종료한 상태여서 의미있는 추가 조사 결과가 나올 수 있을지는 의문입니다."

"제작진이 군 수사 발표에 큰 신뢰를 갖지 못하는 또 다른 이유가 있습니까?"

"이번 수사는 반쪽짜리 수사일 수밖에 없습니다. 왜냐하면 체포된 이 대위의 상대측인 북측 조사에 한계가 있었기 때문입니다. 군 수사당국 발표자료에도 북한에서 중국에 파견된 비밀요원에 포섭됐다고만 되어 있지 그에 대한 더 이상의 정보가 없습니다."

"그 얘기는 그 자의 신분이 의심스럽다는 얘깁니까?"

"그 자의 정체를 확인할 수 있는 아무런 정보도 없는 상태입니다. 그 자가 북한인인지 중국인인지 조차도 불확실한 상태입니다."

"채 PD, 프로그램을 마무리하기 전에 시청자들을 대신해서 한 가지 궁금한 것을 묻겠습니다. 채 PD는 국방과 관련해 오랫동안 취재 경험이 있으니 아주 원초적인 질문 하나 묻겠습니다. 북한 잠수정의 비밀스런 기지 이탈에 대해 감청 같은 전통적 방식 말고 사전에 군 위성 장비로 우리가 대처할 순 없었을까요? 많은 국민들이 그것을 궁금해 할 것 같은데요?"

"그것을 당장 실천에 옮기기엔 현실적으로 불가능한 상황입니다."

"왜 그렇지요?"

"북한의 9개 잠수함 기지를 24시간 정찰을 해야 하는데 그러기 위해선 정찰위성이 40개 정도는 필요하다는 게 전문가들 말입니다."

"그렇게 많이 필요합니까?"

"정찰 각도 때문에 그렇습니다. 그러나 미군 군사위성의 도움을 받는 것도 쉽지 않은 일입니다. 몇 년 전 북한의 지뢰 도발과 포격 도발 사건이 있었을 때에 한미가 군 비상 경계태세를 워치콘 2로 격상한 후에야 한국군이 북한 잠수함 관련한 정보를 미군으로부터 일부 얻을 수 있었던 경우가 보여주듯이 평시에는 미군이 한국군에 그러한 최첨단 군사 정보를 주지 않고 있습니다."

"완벽한 한미동맹이 되려면 아직 멀었다는 느낌이 드는군요. 여기서 시청자 여러분께 한 가지 시사 퀴즈를 던지겠습니다. 시청자 여러분, 우리는 자체적인 군사위성이 하나도 없지만 하루에 한반도 상공을 지나가는 정체불명의 위성이 모두 몇 개인지 아십니까? 아시는 분은 저희 프로그램 홈페이지에 지금부터 방송이 끝나기 전까지 답을 올려 주시면 선착순으로 10분을 선정해선 선물을 보내드리겠습니다. 광고가 나가기 직전 화면 하단에 정답을 올려놓을 텐데요. 우린, 한반도 상공을 돌고 있는 수많은 위성들에 대해 어느 나라에서 띄웠고 무슨 목적으로 한반도 상공을 돌고 있는지 우린 전혀 모르고 있는 실정입니다. 속수무책인 셈이지요. 오늘 방송 여기서 마치고 저희는 다음 시간에 다시 찾아뵙겠습니다. 대단히 감사합니다."

화면에는 다음과 같은 글귀가 떴다.

'하루에 한반도 상공을 지나는 총 위성 수는 702개.'

민우는 프로그램이 끝난 후에도 한동안 충격에서 벗어나지 못했다. 민우가 보유한 USB 영상에는 북한의 명백한 도발 장면이 들어 있었다. 그리고 USB 영상과 한국군 기무사가 밝힌 수사 내용이 정확히 일치하고 있었다. 영상에 의하면 북한 해군은 한국 해군 한백함의 이동 경로와 특징을 이미 꿰뚫고 있었다.

'어떻게 이런 일이….'

심장이 떨리고 USB를 쥔 두 손에 경련이 왔다. 수많은 한백함 승조원들의 안타까운 희생의 배경에 우리 정부 내의 이해할 수 없는 그 무엇인가가 또 하나의 원인으로 자리 잡고 있었다고 생각하니 민우의 마음속에서 의혹과 분노가 치솟아올랐다.

그때 민우의 휴대폰이 울렸다. 효진이었다.

"선배가 부탁한 것을 알아봤어. 우리 정부가 금감원에 신고한 외화 유출 신고 내역을 살펴보니까 한백함 폭침사건이 발생한 해에 해외로부터 무기구매액이 평년에 비해 2배가량 뛰었어."

'이것 때문이었나?'

"특히 미국으로부터 구매액은 평소에 비해 거의 세 배 가까웠어. 그리고 묘하게 유로퍼시픽아이즈의 주가 수익도 이 시기 두 배 가까이 폭증한 것을 볼 수 있었어."

"유로퍼시픽아이즈도?"

민우는 효진의 설명을 듣는 순간 서늘한 기운이 등골을 따라 흐르는 것을 느꼈다. 효진과 만날 약속을 잡고 통화를 끝낸 민우가 USB에 들어 있던 이동명 교수에 대해 검색하기 시작했다.

'이동명 교수가 의문의 명단을 풀 키맨이야.'

그러나 인터넷에 나타난 그의 경력은 의문투성이였다.

이동명 교수는 국가정보원 산하의 국가안보전략연구소에서 수석 연구위원으로 4년간 몸담았던 기간 외에는 한강 대학에서 교수로 재직하고 있다는 정보만 나타나 있었다.

'국가안보전략연구소라……. 이 교수의 논문을 좀더 살펴봐야겠군.'

학자에 대해 제대로 알고 싶으면 그의 박사 논문과 연구 논문을 봐야 한다는 생각이 들었다. 인터넷 국회도서관에서 그의 연구논문 리스트를 찾았다. 떠오른 몇 편의 논문 제목 중 한 연구 논문 제목에 민우의 시선이 꽂혔다.

'한반도 급변 플랜 B-비공개 논문.'

'도대체 무슨 내용이 들어 있기에 연구논문을 일반에 비공개하는 거지?'

민우는 안에 담긴 내용도 궁금했지만 그 의도에 더욱 관심이 갔다. 민우가 인터넷과 씨름을 하다가 '주목할 논문' 이란 사이트를 발견했다. 사이트에 들어가 보니 정치, 경제, 문화, 과학, 해외 등의 5개 카테고리로 나뉘어 있었고 회원제 형태로 운영되고 있었는데 화면 하단에는 '꼭 필요한 논문을 찾지 못해 애태우셨습니까? 세상의 모든 주목할 논문의 발췌본과 관련 정보가 여기 다 있습니다' 라는 안내 글귀가 차례로 떴다.

'음, 궁하면 길이 열린다더니.'

민우는 인터넷이 마법의 창 같다는 느낌이 들었다. 검색창에 교수의 이름과 논문 제목을 치니 '한 편의 논문이 검색되었습니다. 로그인을 하시겠습니까? 당신이 원하는 정보서비스를 누리실 수 있습니다' 라는 안내창이 이어서 떴다.

'회원가입을 해야겠군.'

평소 같았으면 귀찮아서 하지 않았을 일이지만 의문을 풀어야겠다는 강한 욕망에 회원등록을 하자 검색창이 곧바로 그가 찾던 화면으로 연결됐는데 거기엔 논문 발췌본이 떠 있었다.

「한반도의 급변 플랜은 정세 변화에 맞춰 달라져야 한다. 지금까지의 한반도 급변 플랜은 전쟁 예방에 초점을 맞춘 수동적-방어적 개념이었다. 이러는 동안에 삼대 세습에 성공한 북한 정권은 4차 핵실험과 소형 핵무기 개발 그리고 수중 발사 유도탄체계까지 완성함으로써 한국과 일본 등 동북아뿐만 아니라 태평양 건너 미국까지 위협하고 있다. 이제 동북아는 물론 전 세계는 예측 불가능한 젊은 김정은의 언제 있을지 모르는 도발에 떠는 상황에 처했다.」

'몇 년 전에 언론에 보도됐던 '작계 5015-참수작전' 에 관한 논문인가?'

그러나 논문 해설을 좀더 읽어보니 그와는 성격이 전혀 다른 내용이란 것을 알 수 있었다.

「이제는 김정은 정권의 조속한 붕괴를 다른 그 어느 목표보다 최우선으로 삼아야 한다. 이를 위해 능동적인 북한 급변 플랜을 만들어야 할 때다.」

'능동적인 급변 플랜?'

「그러기 위해선 군사와 경제 그리고 심리 면에서 북한을 동시에 압박해 들어가는 다면적 방법이 유효하다. 첫째, 군사적으로는 지속적인 대규모 대북 압박 군사훈련을 더욱 강화함으로써 북한의 군사적 대응 비용을 증가시켜 경제력이 취약한 북한으로 하여금 좀더 빠른 시일 내에 한계상황에 도달토록 해야 한다.

둘째, 북한의 대외 무역 등 가급적 모든 해외통로를 국제적 협력 하에 차단시킴으로써 북한의 외화벌이 규모를 더욱 더 축소시켜 나가야 하며 이를 위해선 북한에 대한 중국 정부의 영향력 확대를 용인하는 조건으로 북한 경제압박을 가속화시켜 나가야 한다. 셋째, 북-중 접경지역을 통해 북한의 체제를 교란시킬 수 있는 다양한 자유민주국가의 문화·예술 프로그램을 지속적으로 유입시켜 김씨 독재 왕조의 문제점을 폭로해 나가야 한다. 이 세 가지 방법을 통해 북한 체제 위기를 높여나감으로써 김정은 정권에 대한 권력층 내부와 인민들 사이의 이탈자를 증가시켜 나가야 한다.」

논문 내용은 북한 체제 붕괴에 관심 있는 사람이라면 들어서 어느 정도 알고 있을 법한 것들이었다. 이 교수 논문에 담긴 놀라운 내용은 그 다음에 이어지고 있었다.

「이로써 북한의 예상되는 행동은 크게 두 가지다. 하나는 내부 불만이 폭발하는 것을 막기 위해 전면적 또는 국지적 대남도발이라는 극단적 선택을 자행하는 경우이고 또 하나는 북한의 파멸을 막기 위해 북 정권 내부에서 엘리트 계층에 의한 쿠데타가 발생하는 경우다. 첫 번째 전면전의 경우 그것이 결과적으로 북한 정권의 붕괴로 이어질 수 있다는 것을 그들도 잘 알고 있기 때문에 도발한다면 국지전을 택할 것이다. 그러나 지금까지의 경험에서 보듯이 국지전을 통해서 북한이 얻을 것이 점점 줄어들고 있는 상황이다. 그렇기 때문에 북한이 국지전을 일으킬 가능성도 점차 줄어들고 있다. 두 번째는 북한 내부 쿠데타 발생 가능성의 경우다. 그러나 그 시기가 언제일지 예측이 용이하지 않다는 데 문제가 있다. 쿠데타가 발생하기만을 기다린다면 외부의 압력을 자신들 정권

유지에 이용해 또 다시 김정은 정권의 독재를 연장해주는 잘못된 결과로 이어질 가능성이 크다. 북한 정권의 잘못에 대한 초기의 미온적인 대응이 결국 북한 핵 위협으로 이어지고 김씨 왕조 3대 세습으로 이어졌다. 그렇다면 이제 남은 방법은 북한 정권 교체를 위한 북 내부의 여건 조성에 보다 적극적으로 나설 필요가 있다.」

'북한 내부의 여건 조성?'

「이를 위해 체제와 배고픔에 불만을 가진 북한 주민들의 대량 탈출 사태를 유도하고 이를 계기로 북한 주민과 김정은 지도부, 북한군과 김정은 지도부 간 갈등을 높이고 또한 김정은 통치자금을 동결시켜 북한 군부의 김정은에 대한 충성심을 약화시키며 마지막으로 이러한 모든 과정은 실패한 과거의 쿠데타를 반면교사로 삼아 비밀과 속도전이 중요하며 관련 당사자들은 긴밀히 협조해야 한다.」

민우는 교수의 논문 요지를 읽고 난 후 그의 견해가 미국의 네오콘보다 한 발 더 나아갔다는 인상을 받았다. 그의 논문은 북한 정권 붕괴를 위한 쿠데타 계획과 실행에 초점이 맞춰져 있었다. 그래도 남는 의문점이 있었다. 논문의 목적이 의심스러웠다.

'한반도 통일 논문인가?'

논문 어디에도 그와 관련된 내용은 없었다.

'이런 성격의 연구논문을 도대체 어떤 기관에서 지원하는 거지?'

민우가 논문의 배후를 찾아봤다. 다행히도 '주목할 논문' 사이트에는 논문과 관련된 다양한 부대 정보들이 함께 실려 있었는데 논문 발췌본 마지막 장에는 다음과 같은 부대 설명이 실려 있었다.

'이 논문은 2014년 2월, 한강대학의 '전쟁연구소' 와 미국의 민간 싱크탱크인 국제전략문제연구소(CSIS), 중국 대표적 씽크탱크인 사회과학연구소에서

공동으로 개최한 비공개 세미나에서 발표된 논문임.'

이 세미나의 후원 단체는 유로퍼시픽아이즈.

"아니 이게 뭐야, 유로퍼시픽아이즈가 여기에도 등장하는군. 아무래도 이동명 교수를 빨리 만나봐야겠군."

한강대학교 연구동

"이동명 교수님은 이곳에 안 계시고 연구동에 계십니다."

"연구동이요?"

"최근에 새로 지은 건물인데요. 의대 건물 뒤편에 있는 파란색 건물입니다."

민우가 사회과학대학 건물을 나와 인도에 세워둔 의대 방향 표지판을 따라 걷다보니 의대 뒤편의 파란색 건물이 눈에 들어왔다. 연구동은 의대 뒤편 산 아래에 자리 잡고 있었는데 안내 여직원의 말처럼 보기에도 말쑥한 느낌이 비교적 최근에 지어진 건물처럼 보였다. 연구동에 도착한 민우는 천천히 움직이는 엘리베이터를 타고 교수의 연구실이 위치한 6층에서 내렸다. 노크를 하자 안에서 "네"라는 대답이 들려왔다. 민우가 연구실 문을 열고 안으로 들어가자 창문을 등지고 책상 앞에 앉아 무엇인가 작업을 하고 있는 이가 보였다. 50대 후반쯤 되어 보이는 교수는 검은색 뿔테 안경에 학자풍의 외모였고 논문을 읽고 상상했던 것과는 달리 평범한 인상이었다. 와이셔츠 차림에 서류작업을 하고 있는 이 교수에게 민우가 인사를 했다.

"오전에 전화드린 한민우라고 합니다."

"어서 들어오세요. 학생들의 면담 요청은 가능하면 응한다는 것이 나의 원칙이자 철학입니다."

교수는 민우에게 연구실 한가운데 테이블 의자에 앉을 것을 손짓했다.

"교수님께서 일전에 발표하신 연구 논문에 대해 궁금한 것이 있어서 찾아왔습니다."

"내 논문에 대한 궁금증이요? 내 논문 내용이 궁금해 면담 신청한 학생은 처음인데요. 어떤 논문이지요?"

"사실 저는 한강대학생이 아닙니다."

그 말에 이 교수가 놀란 눈으로 민우를 쳐다보며 되물었다.

"우리 대학 학생이 아닙니까? 난 우리 학교 학생이 물어볼 것이 있다는 줄 알았는데."

교수가 하던 작업을 멈추고 연구실 가운데 테이블 의자로 걸어와 앉았다.

"혹시 그 논문을 갖고 왔습니까?"

"네."

민우가 가방에서 논문을 꺼내 교수에게 건넸다.

"어디 봅시다."

논문을 유심히 살펴보던 이 교수의 눈동자가 점점 커졌다.

"아니, 이 논문을 어떻게 입수했지요? 외부에 공개되지 않았을 텐데."

교수의 눈빛에서 당황함과 민우에 대한 의심이 동시에 느껴졌다.

"인터넷을 서핑하다 발췌논문 하나를 우연히 발견해 볼 수가 있었습니다."

민우가 준비해 온 대답을 했다. 그러나 교수의 얼굴에선 여전히 민우에 대한 의심의 그림자가 사라지지 않고 있었다.

"거듭 말하지만 이 논문은 외부공개 목적의 논문이 아니었어요. 나의 연구 내용을 원하는 사람들만을 위한 논문이었다는 얘기입니다. 누구신지 모르겠지만 당신이 알아야 할 필요가 없는 논문이오."

"교수님 말씀이 이해가 가지 않는군요. 본인이 쓴 논문을 좀더 많은 사람에게 보이고 싶은 것이 학자들의 일반적인 생각 아닙니까?"

"그 이유에 대한 대답은 방금 전에 했습니다. 모든 논문이 반드시 그런 것은 아니오."

"여기 오기 전에 학생들을 만나 물어볼 기회가 있었습니다. 학생들은 한결같이 교수님께선 국가 간의 분쟁은 어떤 일이 있더라도 무력에 의존해선 안 되고 대화와 교류를 통해 해결해야 국민들이 피해를 적게 입는다고 강조하는 분이라 들었습니다. 그러나 논문 내용은 그 정반대였습니다. 그 이유가 뭡니까?"

이 교수의 얼굴에서 잠시 당황한 표정이 나타났다 사라지는 것을 민우는 놓치지 않았다. 평범한 가운데서도 학자의 전문성과 고집스러움이 느껴지는 이 교수의 인상에서 특별히 음모를 감추고 있는 듯한 느낌을 받을 수는 없었다. 이 교수가 다시 입을 열었다.

"학문의 세계와 현실 세계는 차이가 날 수 있는 것이오. 또 그것은 자연스러운 겁니다. 더구나 국제사회는 끊임없이 변화하고 있어요. 따라서 연구의 내용과 방향도 변할 수밖에 없는 것입니다. 변하지 않고 한 곳에 머물러 있다면 그것이 더 이상한 것이오. 내 말이 무슨 뜻인지 이해하겠습니까? 이제 더 이상 물어볼 것이 없으면 이 방을 나가주었으면 합니다."

이 교수의 태도가 갑자기 차갑게 돌변했다.

"이 교수님처럼 해외에서 공부를 많이 하신 분이 짧은 시간에 자신의 견해가 180도 달라진다는 것은 상식적으로 납득하기 어렵습니다."

이번엔 교수의 얼굴에서 어떤 당황함이나 흔들림도 나타나지 않았다. 교수는 상대의 방문 목적을 확인하자 정색을 하고 정면 대응 태세로 나왔다.

"방금 전에도 말했지만 국제관계는 빠른 속도로 변화하고 있어요. 학자의 주장도 시대에 따라 조금씩 변하는 것은 자연스러운 것이오. 그것을 이상하게 볼 하등의 이유가 없어요. 학생들은 과거에서 벗어나지 못하는 고리타분한 교수를 원하지 않아요."

"하지만 제가 교수님의 논문을 처음 대하고 받은 느낌은 '위험한 논문' 이라는 것이었습니다."

민우의 말에 교수가 민우를 쏘아보듯이 쳐다보았다.

"교수님께서 논문에서 주장한 내용이 공론화된다면 한반도에 전쟁이 일어나는 것도 시간문제일 수 있겠다는 불안감 같은 것이 느껴졌습니다."

"당신이 너무 민감한 것 같소. 북한 정권 전복을 주장하는 목소리는 전에도 있었소. 나는 내 논문이 특이하다거나 특별히 문제된다고 생각하진 않아요."

"물론 이전에도 그런 주장이 있었지요. 그러나 교수님의 논문은 미국의 네오콘의 주장보다 한 발 더 나아간 내용입니다. 한국에서 김정은 정권 전복 필요성을 논문에서 공공연히 주장하고, 나아가 북한 내부의 군사적 쿠데타 지원이라고 하는 구체적 실행방법까지 제시한 것은 매우 이례적이었습니다."

"거듭 말하지만 학자의 연구논문일 뿐이오. 우리 학계는 기존의 학술 흐름에서 조금만 벗어나면 괴물처럼 보는 잘못된 관행이 있소. 이것부터 고쳐야 해요. 자, 이제 나는 내 일을 해야 하니까 그만 나가주시오."

민우는 교수가 자신의 질문을 피한다는 생각이 들었다.

"혹시 이 교수님께선 이 명단에 적힌 사람들을 아십니까?"

민우가 USB에서 찾은 명단을 꺼내 들었다.

"명단이요?"

민우가 USB에서 뽑은 명단을 교수에게 보이면서 교수의 표정을 예리하게 살폈다. 마지못해 명단을 받아들고 내용을 확인하던 교수의 왼쪽 눈 아래가 미세하게 떨리는 것이 보였다.

"나는 처음 보는 명단이오. 아마 나와 동명이인인 것 같소."

교수는 명단을 도로 건네며 명단 속의 이름은 자신이 아니라고 부인했다. 그러나 민우는 그의 목소리에 묻어나는 미세한 떨림을 느꼈다.

"교수님, 이 명단으로 인해 벌써 여러 사람이 목숨을 잃었고 저 역시도 생명의 위협을 느꼈습니다. 이 명단으로 인한 저주를 끊어내야 합니다."

"그걸 왜 나한테 주장하는 겁니까?"

"이 명단에 나온 사람들의 한 가지 공통점은 모두 북한과 연계가 있었습니다. 한 사람은 중국과 평양 주재 특파원이고 또 한 사람은 북한 정보를 담당하는 국정원 요원이었습니다. 그리고 이 명단을 최초로 전달한 이는 북한 정보기관의 고위직에 있던 사람으로 알고 있습니다."

"거듭 말하지만 나와는 상관없는 일이오."

"교수님 논문도 북한과 연계가 되어 있습니다. 특히 북한의 붕괴 시나리오를 담고 있습니다. 공교롭게도 교수님의 이름이 명단에 나와 있습니다. 어찌 무관하다고만 주장하십니까?"

"당신은 누군데 이 일에 이토록 관심을 갖는 겁니까?"

"이 명단을 방콕의 한 식당에 들렀다가 폭발 현장에서 우연히 입수했습니다."

교수는 그제야 민우가 태국 방콕 폭발사건과 관련된 사람이란 것을 알아차렸다.

"그렇다고 해도 나는 이 명단에 대해 아는 바가 없소."

교수는 끝까지 자신은 모르는 일임을 강조했다.

"저는 최근, 한국의 증시업계에 출몰하는 의문스러운 존재 하나를 발견하고 그 실체를 쫓고 있습니다. 그 미스터리한 세력은 명동의 오 부자 같은 한국의 지하자금도, 업계에 널리 알려진 빅 칼러링 펀드 같은 국제 투기 그룹도, 세계 각지의 경제 위기 때 출몰하는 론스타 같은 세계적인 투기그룹도 아닙니다. 현재까지 파악된 바로는 그들은 조세 회피 지역에 본거지를 두고 한국과 태국 등 아시아 지역과 리비아, 사우디, 이라크 등 중동 지역에 출몰하고 있습니다. 그들은 상식과 예측을 뛰어 넘는 투자로 특히 군수업종과 석유, 곡물 업종, 생필품 등 핵심산업 업종에서 수익을 올리고 있습니다."

"그런데 그 투자 그룹 얘기를 왜 내게 하는 것이지요?"

교수가 민우에게 물었다. 그의 음성에서 긴장감이 묻어 나왔다.

"제가 쫓고 있는 그 미스터리한 투자세력의 알려진 이름은 '유로퍼시픽아이즈' 입니다. 그런데 그 투자세력이 학술연구 지원단체를 운영하고 있는 것을 최근 알아냈는데 그 지원행사 중에 교수님의 연구논문도 포함되어 있다는 것을 발견했습니다."

민우는 말을 하면서 교수의 반응을 살폈다. 교수의 눈 밑이 살짝 떨리는 것이 느껴졌다.

"유로퍼시픽아이즈가 교수님 논문을 후원했다면 교수님 논문에 나오는 주장들을 결코 가벼이 볼 수 없다고 생각합니다. 유로퍼시픽아이즈는 군산(軍産) 분야에서 놀라운 실적을 내고 있는 유령 투자회사입니다. 그들은 한반도 안보위기가 심화될수록 수익이 늘어나고 있습니다. 그런데 교수께선 한반도 위기를 극도로 부추기는 논문을 발표했습니다. 이래도 명단에 대해 아무것도 모른다고 하실 겁니까?"

교수가 갑자기 자리에서 일어나 자신의 책상 쪽으로 가더니 책상 서랍에서 무엇인가를 꺼냈다. 민우가 교수의 손에 들린 것을 자세히 보니 그것은 작은 약병이었다.

"내가 심장이 좋지 않아서 약을 먹고 있어요."

알약을 물과 함께 삼킨 교수가 다시 테이블 의자로 돌아와 앉았다. 자리로 돌아온 교수는 가쁜 숨을 몰아쉬며 잠시 시선을 허공으로 향했다. 민우는 교수의 그러한 행동이 심장의 건강 문제 때문인지 아니면 무엇인가를 생각하고 있기 때문인지 얼른 판단이 안 섰다. 그러나 그의 동공에선 이제까지의 차가움 대신 짙은 회한 같은 것이 어느새 대신 자리하고 있었다. 민우는 교수가 다시 입을 열 때까지 인내심을 갖고 기다렸다.

“‘청진회’라는 것이 있소.”

교수가 천천히 입을 열었다.

“고향이 이북인 사람들이 함경북도 청진에서 과거 발생했던 6군단 쿠데타 모의 사건을 기억하고자 조직한 단체요. 이 청진회에는 고위급 탈북자들과 북 특수부대 출신 탈북자들, 그리고 나처럼 고향이 이북 출신인 학자들로 구성됐소.”

약을 먹은 지 얼마 지나지 않아 교수의 표정은 다시 비교적 밝은 빛으로 돌아와 있었다.

“북한 인민군 작전부에서 고급 간부로 복무했던 내 아버님은 군단장의 부정비리를 폭로하려다가 사전에 발각돼 억울한 누명을 뒤집어쓰고 처형당하셨소. 어머니는 아버님이 돌아가신 후 앓으시다가 3년 후 돌아가셨고 나는 10년 전에 북한을 탈출해 한국에 들어왔어요. 한국에 들어와서는 김일성 대학에서 교편을 잡았던 경력을 인정받아 대학에서 학생들을 가르칠 기회를 얻었어요.”

이 교수는 차분하게 가라앉은 목소리로 말을 이어갔다.

“우리 청진회는, 두고 온 북쪽 고향에서 인민들이 착취당하고 자유를 억압당하는 데 대해 크게 분개하고 있소. 또한 남쪽 사람들에 의해서 북쪽 사회가 희화화되고 무시당하고 있는 현실에 가슴 찢어지는 아픔을 느끼고 있어요. 그래서 우리는 우리의 반쪽 조국이 겪는 수모를 해소하기 위한 구체적 방안들을 모색하기 시작했소.”

“그것이 북 쿠데타 지원이었습니까?”

교수가 끝을 알 수 없는 눈빛으로 민우를 잠시 쳐다보더니 말을 이었다.

“우린 한국에 새로운 정권이 들어설 때마다 통일에 대한 기대를 걸어봤지만 결과는 언제나 실망이었소. 보수 정권, 진보 정권 차이가 없었어요. 우린 역대 정권에 많은 대북 정보를 제공했지만 그들은 그것을 적극 활용하려는 의지가 없었어요. 진보 정권, 보수 정권 모두 말로는 평화를 얘기하지만 그들은 모두 현상 유지에 급급했어요. 그래서 우린 한국 정부에 대한 기대를 버리기로 했소."

"그래서 유로퍼시픽아이즈와 손을 잡은 겁니까?

"우린 그들의 자세한 정체는 모릅니다. 우린 다만 그들의 자금이 필요했고 그들은 우리의 정보와 공작력을 필요로 했소. 거악을 척결하기 위해 합법적인 펀드자금을 활용하는 것이 크게 문제된다고 생각하진 않소. 물론 전쟁 상인들의 돈을 끌어다 썼다는 도덕적인 비난까지 피하긴 어렵다는 것은 잘 알고 있어요."

그때 오른쪽 창문을 통해 들어온 한낮의 햇살이 교수의 볼에 붉은 반점을 만들었다. 그 반점이 민우의 동공에 맺히는 순간, 태국 남부 도시 사툰에서의 위기 상황이 떠올랐다. 짧은 정적이 채 흐르기 전에 민우가 소리쳤다

"위험합니다!"

민우가 교수를 향해 몸을 날렸고 그와 동시에 어디선가 날아온 총알이 테이블 위에 놓여 있던 조롱박 모양의 노란색 꽃병을 날려버렸다.

'슉! 슉!'

이어 두 번째, 세 번째 날아온 총알은 민우가 조금 전까지 앉았던 의자 등받이에 작은 원형 파열 흔적을 낸 채 뚫고 지나갔다. 정신을 수습하고 창문 쪽으로 시선을 돌린 민우의 눈에 건물 뒤쪽 산등성이에서 막 사라지는 한 사내가 들어왔다.

"괜찮으십니까?"

저격범이 사라지는 것을 보고 민우가 물었다. 예상치 못한 저격에 민우의 음성에도 충격이 묻어 나왔다.

"난 괜찮소. 당신 덕분에 목숨을 건졌소."

그러나 교수의 오른쪽 옆구리가 벌겋게 피로 물들어 있었다.

"교수님 옆구리에 피가 납니다."

"내 책상 뒤편 서재 두 번째 칸 오른편에 놓인 에피네프린이라고 쓰인 약병

이 있는데 그것을 갖다 주시겠소?"

민우가 서재에서 약병을 찾아 왔다.

"그것을 잘게 부숴서 내 상처 부위에 뿌려주시오."

민우가 책상 위에 놓여 있던 두꺼운 책을 하나 들어 알약들을 부셔 교수의 상처 부위에 뿌렸다.

"내가 잇몸 지열제로 쓰는 약인데 임시변통 효과가 있을 것 같소."

민우가 교수 말대로 약을 으깨서 교수의 상처 난 옆구리에 뿌렸다. 약을 뿌리는 동안 고통을 참는 교수의 신음소리가 오후 햇살이 허망하게 감도는 집무실 내부를 맴돌았다. 잠시 후 놀랍게도 교수의 옆구리에서 흐르는 피가 멈췄다.

"한 시간 정도는 약효가 지속되길 기대해봅시다."

교수는 큰 일 아니라는 듯이 말을 내뱉었다. 민우는 태국에서 한국으로 들어온 이후 처음으로 다시 위협을 느꼈다. 베일 뒤에 숨은 세력의 위협이 방콕에 이어 한국에서도 계속되고 있는 사실에 공포감을 느꼈다.

"그들이 학교 대표전화를 도청하고 있었던 것 같아요. 이곳에 오래있으면 위험합니다. 나를 따라오시오. 윽!"

교수가 일어서려다가 신음 소리를 내며 도로 주저앉았다.

"나를 부축해 주시오."

민우가 교수를 부축해 엘리베이터를 타고 지하 주차장으로 내려갔다.

"어디로 가시는 겁니까?"

"옆 건물로 이동하는 중이오. 옆 건물과는 지하 주차장을 통해 서로 연결되어 있어요. 외부인들은 이 사실을 잘 모릅니다."

지하 주차장 통로를 따라 얼마쯤 가다보니 주차 구간 표시가 A, B, C 영문에서 가, 나, 다 등 한글 표기로 바뀌어 있었다.

"119에 먼저 연락을 취해야 하지 않겠습니까?"

"큰 상처는 아니니 너무 걱정하지 마시오. 인문과학동에는 내가 이전에 사용하던 작은 연구실이 아직 그대로 남아 있어요. 그곳에서 당신에게 들려줄 얘기가 있어요."

이 교수의 이전 연구실은 5층에 자리하고 있었다. 교수가 이따금씩 들러 사용을 했었는지 비교적 잘 정리되어 있는 상태였고 뒤쪽 산 방향으로는 창문이나 있지 않았다. 서쪽 방향으로 난 유리창은 커튼이 반쯤 열려 있었고 그 열린 틈 사이로 오후 햇살이 쏟아져 들어왔다.

"나 대신 커피를 두 잔만 내려주겠소? 서재 옆 작은 탁자 위에 커피와 잔이 있어요."

민우가 일어나 서재 옆 작은 탁자로 향했다. 그곳에는 소형 커피 포트와 원두커피를 뽑는 소형 기계, 커피 잔들이 놓여 있었다.

"내가 커피 중독자라서. 아까는 경황이 없어서 차 한 잔 대접하지 못했소."

잠시 후 민우가 커피 두 잔을 테이블 위에 내려놓았다. 교수의 표정에서 많이 힘든 것을 참고 있음이 느껴졌다. 교수가 커피를 한 모금 하더니 탁자 위에 내려놓았다. 민우도 커피잔을 탁자 위에 내려놓는 것을 본 교수가 의자에 등을 기댄 채 입을 열었다.

"당신이 갖고 온 논문에 대해 '일반에 공개할 논문이 아니었다' 고 했던 말 기억합니까?"

자신에게 시선을 집중한 표정의 민우가 고개를 끄덕이는 것을 본 교수는 잠시 무엇인가를 곰곰이 생각하는 듯하더니 말을 이었다.

"그 논문은 청부 논문이었소. 학자로서 내 양심과 맞지 않은 논문이었어요."

"청부 논문이오?"

"의뢰받은 논문이었단 뜻이오. 논문의 내용과 방향이 미리 정해져 있었소."

민우는 처음 듣는 표현에 머릿속이 혼란스러웠다.

"그 논문은 국내 정계와 재계의 일부 우익인사들을 대상으로 한 강의 목적의 논문이었어요. 논문을 의뢰한 측은 당신이 말한 대로 '유로퍼시픽아이즈'라는 단체였고."

"그 단체의 실체에 대해선 사전에 알아보셨습니까?"

"난 그들이 학자들의 연구활동이나 선교사들의 대북 선교활동, 또 보수 우익단체들의 대북 인권운동 등을 지원하는 단체로 들었어요. 하지만 그들과의 연락은 철저하게 이메일 등 통신으로 이뤄져 난 아무도 직접 만나보지는 못 했어요."

"제 얘기는 유로퍼시픽아이즈가 전쟁 위기 정보를 이용해 무기 관련 종목에 투자해 돈을 벌었다는 것은 알고 계셨냐는 의미입니다."

그가 힘겹게 고개를 끄덕이며 시인했다.

"전쟁을 이용해 돈을 버는 전쟁 상인들을 움직이는 동인은 한 가지, 돈이 되는 곳이면 어디든지 달려가 무슨 일이든지 한다는 것이요. 목적을 위해선 적과 동지가 구분이 안 되는 전방위 로비를 해서 자신들 이익을 창출하고 있지요."

교수가 커피를 다시 한 모금 한 후 말을 이었다. 커피잔을 든 그의 손이 가늘게 떨렸다.

"그것은 부도덕한 것이긴 하지만 새삼스러운 것은 아니요. 그러나 최근 들어 그들의 움직임에 한 가지 변화가 덧붙여졌어요."

교수는 차분하게 자신의 얘기를 이어갔지만 그의 얘기는 시간이 갈수록 상대방을 점점 더 흡인하고 있었다.

"돈을 벌기 위해서 전쟁이나 분쟁을 인위적으로 일으킨다는 것입니다. 즉 전쟁이 없으면 전쟁이 일어나게끔 환경을 조성한다는 것이지요. 이제 분쟁이 있는 곳에 그들이 있는 것이 아니라 그들이 있는 곳에 분쟁이 발생한다는 것이오. 내 논문은 바로 그러한 목적 하에서 나온 것입니다."

"그 말씀은?"

민우가 당황한 목소리로 물었다.

"그들이 나에게 요구했던 것은 일종의 시나리오였어요."

"시나리오요?"

"말하자면 전쟁 시나리오요. 당신이 본 발췌본에는 그 내용이 포함되어 있지 않았소. 엄밀히 말하면 '제한전쟁' 시나리오요."

"제한전쟁이요?"

"전면전보다는 규모가 작고 국지전보다는 규모가 큰 그런 전쟁 개념이요."

교수의 설명은 논문 발췌본을 읽은 민우도 전혀 생각하지 못했던 내용이었다.

"김정은 정권 붕괴니 하는 것은 부차적인 명분이고 속내는 준전시 상태 수준까지 긴장을 끌어올려 무기 판매 수익을 최대로 늘리겠다는 의미지요. 한반도의 통일은 위장된 명분일 뿐이요."

민우는 교수의 말을 듣는 순간 언젠가 컴퓨터 게임에서 접한 '100년 전쟁' 이란 용어가 떠올랐다. 무기 생산과 판매를 독점한 일계의 지배자가 자신의 기득권 유지를 위해 끊임없이 부족 사이를 이간질시켜 전쟁을 부추긴다는 내용이었다.

"전쟁이 없으면 전쟁이 일어나게끔 환경을 조성한다는 것과 제한전쟁은?"

"동전의 앞뒷면과 같은 것이요."

그가 다시 커피를 한 모금 한 후 말을 이었다.

"혹시 군사용어인 작전계획 OPLAN에 대해 들어본 적 있습니까?"

"관련 기사를 읽은 적이 있습니다만 평소에 크게 관심이 있는 분야가 아니라서……."

"한반도 유사시 미군의 작전계획이오. 흔히 줄여서 작계라고 하지요. 이 개념을 이해하면 제한전쟁의 숨은 의도를 보다 잘 이해할 수 있어요."

"한미연합사의 공동 작전계획이라고 알고 있습니다만."

"그렇게 알고 있는 사람들이 많아요. 하지만 그것은 본질을 보지 못한 것이지요. 한반도에 전시상황이 벌어지면 미군에 의존할 수밖에 없는 것이 우리의 안보 현실이에요. 대한민국 역대 대통령치고 자주국방을 부르짖지 않은 이가 없지만 한반도에 비상사태가 일어나면 미군이 동의하고 협조하지 않는 한 제대로 전쟁을 치르기 어렵지요. 안타깝지만 이런 현실은 과거나 지금이나 별로 달라진 것이 없어요."

그는 마치 한국이 처한 군사적 한계 상황에 강조하려는 사람처럼 말을 이어갔다.

"작계 5026, 5027, 5015, 5029 등에 대해 들어봤을 것입니다."

어렴풋이 뉴스에서 접한 기억이 나 민우가 동의하는 표시로 고개를 끄덕였다.

"먼저 작계 5026은 핵무기 등 북한의 대량살상무기 시설과 북한 지도부를 겨냥해 소위 족집게 타격을 가한다는 내용을 담고 있어요. 전 세계에 자국 병사를 파병하고 있는 미국으로선 많은 미군 파병 없이 또 많은 미군 희생 없이 단기간에 북한의 주요 군사시설을 정밀 타격해 문제의 근원을 없애는 이 방식에 오랫동안 큰 관심을 보여 왔어요.

내가 얘기하고자 하는 것은 미국이 최첨단 정찰위성 확보를 자랑하면서도 정작 북한의 핵무기나 생화학무기 등이 어디에 보관되어 있는지, 김정은의 실시간 움직임이 어떤지 그 정확한 정보를 확보하지 못하고 있다는 정황 증거가 여러 군데서 발견되고 있다는 겁니다. 그런 상황에서 미군이 북한 군사시설에 대한 대량 폭격은 자칫 오폭으로 이어져 엉뚱한 피해가 발생할 위험성이 있어요. 북한은 후세인이나 카다피가 독재를 하던 이라크나 시리아와는 전혀 다른 국가예요."

교수의 비워진 커피 잔에 민우가 데워진 커피를 채웠다.

"고맙소."

교수가 민우가 채워준 커피를 한 모금 한 후 다시 말을 이었다.

"다음으로 북한이 전면 남침해 올 경우에 대비해 만든 작계 5027이란 것이 있어요. 한반도에 제2의 6·25 전쟁을 가상하고 만든 군사작전이에요. 하지만 북한도 미국도 전면전을 원할지는 의문이에요."

'미국도 북한도 전면전을 원하지 않는다?'

"북한은 전쟁을 오래 수행할 능력이 없고 미국은 관련 국가들이 반대하면 북한이 먼저 전쟁을 일으키지 않는 한 북한과 전면전을 벌이긴 쉽지 않아요. 여기서 관련국이란 중국과 한국을 의미합니다. 또 한 가지 이유는 미국도 최근 들어 북한이 보유하고 있는 핵무기를 두려워하기 시작했어요."

민우는 교수가 무슨 말을 하려는 건지 점점 더 궁금해졌다. 민우가 자신과 교수의 빈 커피 잔에 다시 커피를 채우자 식어가던 커피 잔에서 다시 김이 올라오기 시작했다.

"한미 작계 중에 주목할 것으로 작계 5029라는 것이 있어요. 북한 정권 붕괴 같은 북한 내부 급변 사태에 대비한다는 계획이오. 과거 노무현 정권 때 이 같은 군사작전 계획 수립을 놓고 미국과 갈등을 빚은 적이 있어요. 북한이 쿠데타 발생 등으로 내분에 처했을 때 한미 연합군이 북으로 진군해 사태를 수습한다는 계획인데 노무현 대통령이 이 작계에 대해 동의를 거부해서 한미 간에 마찰이 있었어요."

"당시 이 작전계획이 왜 배척이 된 겁니까?"

"이 작계는 대량살상무기를 이유로 이라크와 전쟁을 벌여 후세인 정권을 무너뜨린 부시 정부의 럼스펠드 국방장관이 낸 아이디어였어요. 노무현 정권 내 자주파들 사이에선 반 럼스펠드 기류가 강했었지요. 럼스펠드와 딕 체니 부통령 뒤에는 군산 복합체의 로비가 도사리고 있다는 것이 그들의 의심이었어요. 기억하겠지만 이 개념계획 '5029'는 몇 년 전에 노무현·김정일 두 정상 대화록에도 등장해 또 한 번 세간에 논란이 됐어요. 노 대통령이 북한 김정일을 만나 자신이 이 작계를 막았다며 자랑스러워했는데 국가 지도자로서는 언행이 가벼웠다는 비판을 면키 어려운 발언이었지요. 그런데 이 개념계획 5029는 그 다음 정권 때인 이명박 정부 때 한미 양국 정부 간에 사실상 비밀리에 작계로 승격됐어요. 다만 언론에 발표는 되지 않았지만. 그러나 세상에 영원한 비밀은 없는 법이오. 한-미간 비밀 체결 다음 해에 청와대 내부 제보자들에 의해 인터넷에 관련 사실이 조금씩 노출되기 시작했소."

"노무현 대통령의 생각은 북한에 쿠데타가 발생하고 내분이 일어나도 외국 군대가 개입하는 것은 안 된다는 것 아니었을까요?"

민우가 자신의 생각을 앞세워 교수에게 물었다.

"허허, 글쎄요. 흡수 통일을 반대하는 자들의 낭만적인 논리 아니겠소? 내가 하려는 얘기는 지금부터요. 오늘날 한미 연합군의 작계에 붙어 있는 전제조건들은 점점 그 의미가 약해지고 있어요."

"전제조건이 약해진다? 그것이 무슨 의미입니까?"

민우는 교수의 말이 무슨 의미인지 얼른 이해가 가지 않았다.

"상황이 맞으면 실행하고 맞지 않으면 하지 않는 그런 작계 성격이 아니라 상황이 안 되면 인위적으로라도 상황을 만들어서라도 실행에 옮기는 군산정(軍産政) 복합의 작전 개념으로 옮겨가고 있단 말입니다."

'군산정 복합의 작전계획?'

"다시 말해서 공세적으로 방어 성격이 변해가고 있다는 뜻이오. 그래서 글로벌 군산정 복합체들의 작계는 과거처럼 숫자도 이름도 따로 없어요."

교수가 잠시 숨을 고르더니 말을 이었다.

"이제부터 내 얘기의 결론을 내려야 할 때가 됐소. 유로퍼시픽아이즈도 그런 세력의 영향을 받는 하부조직 중 하나라고 나는 보고 있어요. 전쟁은 미군이 독자적으로 하는 것이 아니라 이들이 설계해놓은 계획대로 한다고 봐도 과언이 아니오."

'군산정 복합체가 설계해놓은 대로 전쟁을?'

"이해하기 어렵겠지만 쉽게 한 가지 실질적인 사례를 설명해보겠소. 혹시 미국의 군산 복합체가 월가 금융자본을 중심으로 한 군수물자 조달 그물망이었다는 얘길 들어봤나요?"

"미 군산 복합체가 미 월가 금융망이었다고요?"

증권가에 나름 긴 시간 몸담았던 민우로서도 처음 듣는 내용이었다.

"미국의 민간 투자은행들과 자본가들인 그들은 강력한 자금 조달망을 갖추고 있었기 때문에 동맹국들의 전쟁무기 주문을 받아 록히드마틴과 보잉등 무기 제조 능력을 갖춘 국내 주요 업체들에게 무기 생산을 할당할 수 있었어요."

"어떻게 민간 자본가들이 정부의 영역인 무기 조달에 그렇게까지 영향력을 미칠 수 있었는지 잘 이해가 되지 않는군요?"

"이것은 미국의 독특한 금융시스템과 연결되어 있어요. 미국의 연방 금융제도는 투자은행과 자본가들이 중심이 돼서 시작이 됐고 연방정부와 상호 협력관계에서 발전해 왔어요. 이러한 현실때문에 미 연방정부도 필요한 무기 조달을 위해선 막대한 자본 조달 능력을 갖고 있는 이들 금융자본가 그룹 및 투자은행들과 손을 잡을 수밖에 없었고 그것이 오늘 날 글로벌 무기 생산 분야에 자본가 그룹이 영향력을 행사하게 된 배경이요."

'가장 비인간적인 전쟁터가 어떤 사람들에겐 돈벌이 무대가 될 수도 있다?'

"1, 2차 세계 대전은 군산복합체들이 국가의 공식기구로까지 올라서는 중대한 계기를 만들어 줬어요. 연합국들은 계속되는 전쟁으로 엄청난 무기를 필요로 했고 미 정부에선 바로 그 무기들을 조달할 기구로 전시생산위원회라는 기구를 만들었는데 그 위원회의 역할을 다름아닌 월가의 금융망이 중심이 된 군산복합체가 담당한 것이었어요. 그리고 그것이 전통이 돼 지금까지 무기 생산과 판매에 있어서 군산복합체와 정부와의 상호 관계가 이어지고 있는 것이요."

"그들이 지금도 전 세계 무기 생산과 판매에 영향을 미치고 있다는 의미입니까?"

교수의 말을 듣고 충격을 받은 민우가 되물었다.

"군산복합체의 분쟁 배후론에 대해 '과거 미.소 냉전시대의 얘기다', '지금 시대에 맞지 않는 철지난 음모론이다' 라고 가볍게 취급하는 사람들이 있어요. 이런 사람들은 그들에 활동에 대해 자세히 모르거나 맹목적인 강대국 추종자, 둘 중의 한 부류요. 사실은 냉전 대결 구도의 붕괴 이후에 크고 작은 분쟁은 전 세계에서 더 늘어났어요. 뿐만 아니라 군산복합체들의 분쟁 개입도 시간이 흐르면서 단순 무기 판매 방식에서 전쟁의 계획을 짜고 병사들을 훈련시키고 심지어는 용병을 투입해 전쟁을 대행해 주는 데까지로 진화되어 왔어요. 반면에 군산복합체를 향한 '악마의 전쟁 상인' 과 같은 비난 여론은 과거에 비해 줄어들었는데 그것은 무기 판매 행위가 줄었기 때문이 아니라 그동안 자신들에게 부정적인 이미지를 주던 방식에서 탈피해 정부와 의회를 앞세운 방식으로 무기영업을 바꿨기 때문이요."

민우는 이동명 교수의 얘기에 깊이 빠져들었다.

"이들이 이렇게 영향력을 유지하는 비법은 1차적인 방법은 로비력이요. 그들은 전 세계 각국의 고위 공직자 출신들을 적극적으로 채용해 각종 외교 · 국방정책 콘퍼런스를 후원하고 있어요. 한 마디로 정치적 · 경제적 · 사상적 여론을 조정할 수 있는 힘을 갖추고 있는 것이오. 그 결과는 한국 등 전 세계 대부분의 나라가 보유하고 있는 해외로부터 구입한 첨단무기들에는 모두 록히드마틴사나 보잉 사 등 미 군산 복합체의 제품 생산 시리얼 넘버가 찍혀 있어요. 전 세계는 그들이 생산한 무기를 사서 방어를 하고 그들이 생산한 무기를 사서 전쟁을 하고 있는 겁니다."

"무기 판매 수익 증대가 그들의 목적이라고 해도 한반도 안정에는 도움이 되는 것 아닙니까?"

그가 민우의 질문에 무엇인가를 잠시 생각하더니 말을 이었다.

"한백함 폭침 사태 이후 한반도 상공에 미국의 스텔스 정찰기가 출동해 북한 영공을 들락거린 일이 있어요. 북한 영공 근처까지 B-52전폭기가 출격하고 조지 워싱턴 항모와 오하마나 호 핵잠수함이 북한 영해 근방까지 출동한 적이 있지요. 북한의 4차 핵실험 이후에도 그 같은 상황은 다시 반복됐어요. 국내 언론에선 이로 인해 한국의 안보가 더욱 튼튼해졌다는 보도를 쏟아냈어요. 과연 그렇게만 볼 수 있습니까? 한반도 긴장이 그 후로 완화됐나요? 그 이후 한국의 해외로부터 무기 구매액이 대폭 늘은 것이 변화라면 변화일 것이오."

교수가 시니컬한 표정으로 말을 이어갔다.

"막다른 골목에 몰린 쥐가 고양이에게 덤벼들 듯 제한전쟁이 실제 전면전으로 비화될 위험성이 있지 않습니까?"

"아주 중요한 포인트를 짚어 주었소. 혹시 '명왕성 사건'이라고 들어봤습니까?"

"명왕성 사건? 어렴풋이 기억이 납니다. 한동안 언론에 크게 보도됐던 이중간첩 사건으로 기억합니다."

"명왕성은 한국과 중국 그리고 북한을 오가는 삼중무역을 하다가 삼중간첩이란 혐의를 쓰고 체포된 인물의 암호명이오. 한때 명왕성이 가짜 간첩이고 실제 정체는 3국을 오가면서 돈을 노린 브로커에 불과하다는 소문이 나돈 적이 있소. 국내 언론도 그렇게 보도를 했고. 그러나 진실은 정반대요."

교수가 커피 잔을 완전히 비웠다. 교수의 그런 행동은 마치 커피로 고통을 잊으려는 것처럼 보였다. 하지만 민우는 전면전의 위험성을 묻는 질문에 명왕성 사건 얘기를 왜 하는 것인지 얼른 이해가 되지 않았다.

"명왕성은 한국 정보부의 A급 특수 공작원이었소. 그 말은 뒤집어서 얘기하면 그가 그만큼 북한 당국의 신뢰도가 높았던 공작원이란 의미도 되는 것이오. 그는 북한 당국의 거물급들과 접촉하고 때로는 북한 보위부의 지시를 받아 대남 공작업무도 수행했던 매우 뛰었던 공작원이오. 그런 그가 우리 정보 당국에 체포돼 수감 생활을 하게 된 데에는 감춰진 두 가지 이유가 있다고 나는 보고 있어요. 첫째는 명왕성을 북한 보위 당국의 암살로부터 보호하려는 목적이고 또 하나는 북에 있는, 그가 심어놓은 우리 접선책들을 보호하려는 목적일 수 있어요. 그런데 내가 명왕성 얘기를 꺼낸 것은 다른 이유 때문이오. 이 명왕성이 재판정에서 공개한 중국판 북한급변사태 대비계획인 '특급 기밀' 때문이오. 그는 이것을 중국 국가안전부의 국장급 관리로부터 입수해 한국 정보기관에 제공했고 이것이 재판 과정에 드러나 큰 파문이 인 적이 있었어요. 물론 이것은 명왕성의 명성에 오점을 남긴 것이기도 했소. 남북 양측으로부터 버림받았다고 오판한 명왕성이 공개해선 안 될 문서를 공개했기 때문이요."

민우는 문서에 담긴 내용이 궁금해졌다.

"이 기밀문서에 의하면 북한 급변사태시 중국 인민해방군이 북한의 남포~원산을 잇는 대동강 이북 지역을 점령해서 북한 전역의 치안을 유지하고 주민들이 대량으로 한만 국경을 넘는 것을 차단한다는 북한 안정화 계획이 담겨져 있었어요. 그런데 이것은 공교롭게도 한미 간 〈작계 5029 비밀 부속서〉에 나타난 대동강-원산선을 제2의 휴전선으로 하는 것과 똑같은 것이오. 북한 급변사태에 대비한 미국과 중국의 군사작전 계획이 이렇게 똑같은 것이 우연의 일치라고 생각하시오?"

미국과 중국의 보이지 않는 담합이 있다는 교수의 설명에 민우는 불안감과 불쾌감을 동시에 느꼈다.

"미 국무장관을 지낸 헨리 키신저가 얼마 전에 펴낸 자신의 저서《세계질서》에서 다음과 같은 폭로를 한 바 있어요. '미군이 6.25 전쟁 때 평양과 원산 부근에서 북진을 멈췄다면 중국의 군사 개입을 막고 남북통일을 이뤘을 것이다.' 우리로선 참으로 황당한 내용이지만 미국 2인자였던 키신저의 이 폭로는 중국 마오쩌둥의 발언에 근거를 둔 주장이란 점에서 매우 충격적인 것이오. 키신저는 자신의 저서에서 '당시 중국의 마오쩌둥이 저우언라이에게 '미군이 평양-원산에서 공격을 멈추면 중국은 당장 공격할 필요가 없다' 고 말했다는 저우언라이 평전을 인용하고 있어요."

민우는 교수의 설명을 들으면서 강한 거부감 같은 것이 느껴졌다. 그 거부감은 주변 강국이 한반도 분단 상황을 좌지우지하는 듯한 현실에 대한 민우의 마음속 깊은 곳에 자리하고 있던 민족주의적인 반발과 비슷한 것이었다.

"그러니까 미국도 중국도 한반도에서 남북 어느 한쪽의 영향력이 커지는 것을 바라지 않는다는 것이오. 그들은 한반도 분단 상태를 더 선호하고 있어요. 이것이 군산 복합체들의 제한전쟁 전략이 전면전으로 비화되지 않는 근본 이유이고 그래서 그들이 그것을 추진하는 배경이요."

"그런데 왜 이런 사실을 저에게 털어놓는 겁니까?"

민우가 교수의 설명을 듣는 내내 궁금했던 것을 물었다.

"시간이 많이 남아 있지 않아요."

"그게 무슨 말씀입니까?"

"그들이 나에 대한 제거 작업에 들어갔소. 아까 저격수의 첫 발은 나를 겨냥한 것이었어요. 그들은 앞으로도 기회만 되면 나를 제거하려 할 것이오."

"혹시 그것이 저 때문입니까?"

민우가 불안하고 미안한 마음이 들었다.

"꼭 그렇진 않을 것이오. 그들은 이미 나를 의심하고 기회만 보고 있었던 것 같소. 마침 당신이 찾아오자 제거를 앞당기는 명분으로 삼은 것으로 보는 것이 타당할 것입니다. 어쩌면 이미 오래 전에 자기들 계획의 비밀 유지를 위해 나에 대한 제거 계획을 세웠을 수도 있고."

"교수님은 교수님을 노리는 그들이 누구라고 생각하십니까?"

"평화를 명분으로 돈을 버는 전쟁 상인들이거나 혹은 그 전쟁 상인들 배후에서 거간꾼 노릇하는 권력층일 수도 있어요. 문제는 그들이 한반도에서 위험천만한 움직임을 보이기 시작했다는 것이오."

'한반도에서 위험천만한 움직임?'

"'평화를 명분으로 한 전쟁' 이란 것은 관용구처럼 쓰이는 전쟁 장식품에 불과한 것이오. 더욱 무서운 것은 전쟁 상인들에겐 적과 동지가 고정되어 있지 않아요. 군산 복합체인 그들은 미 정치권의 보수와 진보 양쪽에 다 선을 대고 있어요. 심지어 그들은 중국 군벌과도 손을 잡고 있다는 첩보가 있어요."

"미국과 중국이 왜 한반도에서의 제한전쟁 게임에 상호 공조하고 있는 겁니까?"

"미-중이라기보다는 실제로는 그들 나라의 군벌들이라고 보는 것이 보다 정확한 표현이요."

그가 말을 멈추고 잠시 호흡을 가다듬더니 다시 말을 이었다.

"북한은 바로 그들의 이해 충돌이 첨예하게 맞닥뜨리기도 하고 절충점으로 합의를 찾아가는 지점이기도 해요."

"북한이 절충점이라니, 무슨 말인지 얼른 이해가 가지 않는군요."

민우는 교수의 말이 다소 황당하다는 느낌마저 들었다.

"미국의 채무가 늘면 수익이 느는 세력들이 있어요. 그들이 미국의 전쟁을 부추기고 있어요. 그들에게 북한 정권은 동북아시아 나아가 아시아권 무기 수출 시장을 지탱해주는 핵심변수요. 따라서 그들은 북한 핵문제 해결을 놓고 주변국과 밀약을 하면서 북한 독재 정권의 존속이라는 절충점을 찾으려 할 가능성이 높아요. 중국도 러시아도 미국도 일본도 북한 정권의 존속에 대해 공통의 이해를 갖고 있어요. 러시아에게 북한은 남방 진출의 교두보 역할이 될 수 있고 중국에게 북한은 미군과의 완충지대 역할이 되고 있소. 일본에게 북한은 자위력 강화의 빌미가 되고 있고 미국에게 북한은 아시아권 무기 수출의 핵심 고리 역할을 하고 있소. 바로 이런 이유로 한반도에 분단이 이어지고 기형적인 미-중간의 비밀 협정이 설정될 위험성마저 있다는 것이……."

그때 갑자기 교수가 '욱' 하는 비명소리를 내며 테이블 위로 쓰러졌다. 그 모습을 본 민우가 놀라 교수에게 다가가 그를 가볍게 부축했다.

"교수님, 괜찮으십니까?"

교수가 손을 내저었다.

"잠깐 통증이 다시 온 것뿐이오."

그러나 교수의 얼굴은 하얗게 변해 있었다. 민우는 교수가 당장이라도 어떻게 될 것 같은 걱정이 앞섰다.

"이제 남은 것은 한백함 실패 이후 북한 개입의 새로운 명분을 찾는 것일 것이오. 바로 그것이 내 논문의 중심 주제이고 명단에 들어 있는 자들이 지금까지 해온 공작 내용이요."

교수의 목소리는 조금 전보다 작아졌지만 점점 더 핵심적인 내용에 접근해 가고 있었다.

"북한 개입 명분을 어떻게 찾는 다는 겁니까?"

민우가 물었다.

"핵을 가진 북한 내부의 군사적 혼란은 주변국의 안보에 큰 영향을 미칠 수밖에 없어요. 특히 주한 미군과 주일 미군을 두고 있는 미국으로선 직접적인 이해가 걸린 문제요. 군산 복합체들은 바로 이 점을 노리고 계획을 짜고 있는 것이오. 당신이 이미 짐작했겠지만 나를 포함해서 이 명단에 등장한 사람들은 바로 이와 관련된 일을 하고 있는 것이요."

민우가 펼친 명단 속 이름들이 창문을 넘어 들어온 햇살에 반짝이고 있었다. 그가 약간 떨리는 손가락으로 명단의 이름을 하나씩 짚어가며 설명을 하기 시작했다.

"당신이 가져온 명단 중에서 내가 아는 이는 한 사람 뿐이오. 이태광 호! 그가 명단에서 내가 아는 유일한 사람이요. 하지만 늦었소. 그는 얼마 전 한강에 투신해 숨을 거두었어요."

"한강에 투신했다고요?"

"그의 원래 이름은 이태광이었는데 후에 이태광호로 바뀌었고, 한국에 들어와서 장진동으로 개명했다고 들었어요."

"방금 장진동이라고 하셨습니까?"

"그렇소. 한국에서 불린 그의 이름은 장진동이었어요. 그는 탈북자입니다."

장진동과 유로퍼시픽아이즈 그리고 이동명 교수, 세 사람 사이의 관계가 민우의 머릿속에 그려졌다.

"장진동의 투신은 타살 가능성이 있어요. 내 생각엔 이태광이 뭔가 그들 눈에 불안하게 비친 점이 있을 것이오. 비밀을 누설한 의심을 샀다든지……."

민우는 교수의 설명에 온몸에 소름이 끼치는 것을 느꼈다.

'한강에서 투신한 장진동이 USB 명단에 나온 이태광과 동일인물이라니.'

"장진동 씨를 압니까?"

교수가 물었다.

"그가 투신하는 장면을 목격하고 제가 신고를 했었습니다."

"이제야 당신이 이 일에 휘말려든 이유를 알겠소. 그것은 장진동, 아니 이태광이 연루된 이유 때문일 것이오."

"유로퍼시픽아이즈에 대해 좀더 들은 내용이 없으십니까?"

"그들은 베일에 가려져 있어요. 그들은 이메일을 통해 나와 연락을 취했는데 그때마다 IP 주소가 다 달랐어요. 세계 여러 나라에 흩어져 있었어요. 그들은 또한 이메일 교신은 언제나 일방적이었어요. 내가 그에게 이메일을 보낼 수가 없었어요. 철저하게 자기 자신을 감추고 있는 것이지요. 다만 IP주소가 바뀌어도 아이디는 항상 '칼과 긴 창' 이었소. 재미있지 않소?"

'칼과 긴 창?'

"칼과 긴 창은 성화(聖畵)에 자주 등장하는, 악마를 물리친 천사의 상징이기도 해요. 구 소련이나 구 동유럽 공산주의 국가들에 성경보내기 운동을 펼쳤던 국제 기독교 선교 단체들의 로고로도 사용되기도 했지요. 그들 중 일부는 공산권이 무너진 지금, 중국과 북한에 성경책 보내기 운동을 음성적으로 하고 있어요. 전쟁터에서 돈을 버는 자들이 성화에서 상징을 찾다니. 재미있지 않소?"

"그러니까 유로퍼시픽아이즈가 미국의 기독교 단체와 연계됐을 수 있다 이 말씀인가요?"

"설령 그들이 기독교 단체와 연계됐다고 해도 하나도 이상할 것이 없어요. 전쟁 상인들은 종종 전쟁의 정당성을 제공하는 우파 기독교계와도 기꺼이 손을 잡았으니까요."

민우의 어안이 벙벙한 표정을 보고 교수가 말을 이었다.

"너무 놀랄 필요 없어요. 전쟁과 평화의 구분이 미국 중심으로 되어 있는 미 극우 기독교계의 눈에는 이란 문제가 해결된 지금 북한과 중국이 마지막 남은 악의 축으로 보일 테니까. 미국은 기독교의 국가라 해도 과언이 아니고 미 기독교계는 대외 전쟁의 성서적 명분을 제공해 왔어요. 미국의 역대 대통령 치고 성서에 손을 얹고 악에 대한 응징을 외치지 않은 자가 없어요."

그때 민우의 눈에 교수의 얼굴빛이 노랗게 변해가는 것이 보였다.

"안색이 좋아 보이지 않는데 제가 병원으로 모셔다 드리겠습니다."

"그럴 필요 없어요. 내 병은 내가 잘 아니까."

"네? 그게 무슨 말씀입니까?"

"나는 더 이상 병원에 갈 필요가 없어요. 진통제가 내 삶을 연장시켜주고 있을 뿐이오."

교수가 탁자 한편에 있던 잡지의 뒷면에 '천산일' 이라고 힘겹게 써내려갔다.

"이 사람을 찾으시오. 그러면 도움을 줄 것이오. 그는 한때 우리 회원이었어요."

"교수님, 119를 부르겠습니다."

"병원엔 내가 알아서 갈 것이니 어서 여기서 나가시오."

교수와 헤어진 다음 날 민우는 한 석간신문에서 이동명 교수의 사망 소식을 접했다.

「한강대학교 이동명 교수가 어젯밤 자택에서 숨진 채 발견됐다. 평소 심장질환을 앓고 있던 이 교수는 급성 심장 발작으로 일으켜 사망한 것으로 추정되고 있다. 경찰은 고 이동명 교수의 가족이 부검은 원치 않는 관계로 이 교수의 사인을 심장마비로 결론지었다.」

경기도 구리시 변두리 지역 주택단지

최근에 새로 들어선 듯한 아파트 몇 동과 단독 주택들, 그리고 4~5층짜리 빌라들이 옹기종기 들어 선 모습이 개발과 전통이 공존하는 영락없는 도심 변두리 농촌 모습이다. 시멘트 도로 옆에 논밭이 펼쳐져 있고 비닐하우스와 조립식 창고들이 듬성듬성 눈에 띄었다. 그 뒤로는 낮은 산들이 올망졸망 자리하고 있었다.

민우는 시외버스터미널에서 버스를 두 번 갈아타고 도착해서도 논밭 옆으로 난 2차선 포장도로를 5분여를 더 걸었다. 전화 통화에서 그가 불러준 대로 동네 모습은 슈퍼와 약국이 나란히 서 있고 약국 옆으로 골목을 끼고 높지 않은 단독주택들의 담이 늘어서 있었다. 민우가 약 50여 미터를 골목 안으로 걸어 들어갔을 때 감나무 가지가 밖으로 뻗쳐 있는 파란색 철 대문 집이 나타났다. 대문 오른쪽 위에 '천산일' 이라고 검고 굵은 글씨로 쓰인 나무 명패가 붙어 있었다. 민우가 명패 아래쪽에 붙은 벨을 누르자 잠시 후 점잖은 중년 남자의 목소리가 들렸다.

"누구십니까?"

"네, 오전에 전화 드린 한민우라는 사람입니다."

잠시 후 '띵' 하는 경쾌한 소음과 함께 대문이 열리자 민우가 조심스럽게 대문 안으로 발을 들여놓았다. 마당엔 현관으로 이어지는 다이아몬드형 흰색 블럭들이 가지런히 놓여 있었고 그 옆 작은 공간에는 잔디가 깔리고 담쪽 감나무 옆에는 꽃이 다 떨어진 장미나무가 앙상하게 가지만 드러내고 있었다.

"이 교수가 나를 소개했다고 했소?"

"그렇습니다."

그가 잠시 생각하는 표정을 짓더니 천천히 입을 열었다.

"이 교수와 나는 같은 청진회 회원이었지만 북한 민주화 방식과 관련해 견해 차이가 심했어요. 교수는 나의 주장이 청진회 회원들에게 부정적인 영향을 줄 수 있다고 보고 내가 청진회에서 발언하는 것을 사실상 막아왔어요."

그가 낮지만 또렷한 목소리로 말을 이어갔다. 그는 보기 좋게 센 머리를 정갈하게 뒤로 빗어 넘겼고 약간 마른 듯이 보였지만 목소리에선 기품이 느껴졌다.

"이 교수는 1차적으로 친중 정부를 세운 후 그 후 완전한 민주정부로 나아가는 2단계 북한 민주화를 수용해야 한다는 입장이었소. 적어도 표면적으로는 그러한 주장을 하고 있었어요. 하지만 나는 중국의 숨은 의도를 들어 그 같은 방식에 반대해왔어요. 그러다보니 회장인 그와 내가 자주 맞서게 되는 일이 잦아져 언제부터인가 모임에 나가지 않게 됐소."

"구체적으로 두 분이 서로 어떤 견해 차이가 있었던 겁니까?"

그때 그의 부인이 커피를 들고 들어왔다. 커피가 한 모금 들어간 후 그가 되물었다.

"혹시 서한만 유전에 대해 들어본 적이 있습니까?"

"생소한 이름인데요."

"남포 앞바다에 매장되어 있는 유전지대를 말하는 것이오."

"유전이요?"

민우가 깜짝 놀라 되물었다.

"1997년 6월, 북한이 영국의 도움을 받아 남포 앞바다 서한만 인근에서 450배럴에 해당하는 원유를 뽑아 올린 사실이 있어요. 물론 이것은 시험 시추였지만 서한만 인근의 유징(유전이 있는 징후)이 있다는 사실은 확인된 셈이에요. 또 같은 대륙붕에 있는 중국의 발해만에서도 유징이 확인돼 현재 시추가 진행중이예요. 이런 점 등을 놓고 볼 때, 남포 앞바다 유전 존재는 북한과 중국 모두에서 증거가 나온 셈이지요."

민우가 그의 말을 그대로 믿어야 할지 머릿속에서 망설이고 있을 때 그의 말이 뒤 이어졌다.

"나는 북한 김정은 정권 붕괴가 중국의 도움을 받아 이뤄질 경우 이 서한만 유전 소유권이 중국에 넘어갈 것을 우려해 중국의 개입을 통한 김정은 정권 붕괴 계획에 반대해 왔어요."

"왜 북한 유전의 소유권이 중국으로 넘어갈 위험성이 있다고 생각하시는 겁니까?"

"중국 측에선 서한만 유전 채굴권이 자기네한테도 있다고 주장할 가능성이 있어요. 북한과 중국이 같은 대륙붕을 끼고 있기 때문이오. 중국은 서한만 유전이 북-중 중간선에 걸쳐 있다고 주장할 가능성이 있어요."

민우의 머릿속이 복잡해졌다.

"그러니까 북한의 유전이 중국으로 넘어가는 것을 막기 위해서 중국군의 북한 개입에 반대하신다, 이런 말씀이군요?"

"물론 이 교수의 말에도 일리가 있었어요. 이 교수는 유전을 갖고 있는 독재자는 쉽게 망하지 않는다는 생각이 강했어요. 중동의 왕조 독재체제가 오래 유지되는 것이 유전의 힘 때문이라고 믿고 있었어요. 때문에 김정은의 정권을 지속시켜주느니 잠시 친중 정부가 들어서는 것이 낫다는 생각까지 했어요."

두 사람이 커피를 마시느라 잠시 대화가 끊겼다.

"북한의 서한만 유전이 경제성이 있는지 확신할 수는 없는 상황 아닙니까?"

"서한만 유전 매장량이 400~600억 배럴가량 되는 것으로 추정치가 나와 있어요. 이 추정치는 유엔의 대북한 금수 조치가 강화되기 이전 영국의 유전탐사 전문가 그룹이 북한 서한만 일대에서 1년간 작업을 통해 도출한 결론이오."

그가 헛기침을 한번 하더니 말을 이었다.

"한국의 연간 원유수입량이 9억 배럴, 북한의 연간 원유수입량이 연간 100만 톤가량 됩니다. 그러니까 서한만 유전 매장량을 400억 배럴로만 잡아도 남과 북이 40년 이상을 쓰고도 남는 어마어마한 양이요."

"그렇다면 미국이 중국의 서한만 유전 영향력 행사를 용인할 수 있다고 보십니까?"

그가 조금의 망설임도 없이 민우의 질문에 대답했다.

"북한 서한만의 유전 징후를 최초로 발견한 영국의 아미넥스가 철수한 후 2013년부터는 몽골의 HB오일이 탐사 작업을 계속하고 있어요. 그런데 이 업체의 지분 절반 가까이를 미국 헤지펀드인 파이어버드 매니지먼트사가 보유하고 있어요. 결국 북한 서한만 유전은 중국은 물론 미국의 이익과도 연계되어 있어요."

민우는 그의 설명에 깜짝 놀랐다. 그의 설명은 결국 북한 서한만 유전의 지분을 중국과 미국이 공동으로 주장할 수 있다는 의미였다.

"때문에 어떤 형태로든 미국과 중국이 북한 김정은 정권 붕괴와 핵 문제 해결을 명분으로 상호 손잡고 북한에 개입하는 사태를 막아야 합니다. 그러지 못하면 북한 김정은 정권이 몰락했을 때 서한만 유전 사용권이 외국으로 넘어갈 수 있습니다."

군산정 복합체와 중국의 안보경제적 이해가 북한에서 절충점을 찾았다는 이동명 교수와 천산일 씨 주장이 집으로 향하는 광역버스에 몸을 실은 민우의 머릿속에 강하게 각인됐다.

'글로벌 무기생산업체가 한반도에서 노리는 이익과 중국이 북한에서 노리는 군사경제적 이해가 상호 충돌하지 않는 점이 한반도를 끝없는 안보 불안 상황으로 밀어넣고 있다? 그리고 지금 그러한 구체적인 조짐이 다시 일고 있다?'

이것이 민우가 지금까지 도출한 반신반의의 결론이었다. 민우는 태어나서 처음으로 한반도를 한반도 밖에서 제대로 본 느낌이 들었다.

죽은 자로부터 온 소포

"이것이 오빠가 소포 안에 넣어서 보낸 편지입니다."

민우는 그날 저녁, 장진동의 여동생을 시내의 한 대형 커피숍에서 만났다.

"그러니까 이 편지가 바로 어제 집에 도착한 소포 속에 들어 있었다 이 말이지요."

"그래요. 오빠가 도착 날짜를 어제로 지정해서 보낸 소포에 이 편지가 들어 있었습니다."

민우는 이미 사망한 사람으로부터 발송된 편지를 받아드는 순간 기분이 묘했다. 소포 겉 포장지에는 보내는 이는 누군지 알 수 없는 가명으로, 받는 이는 장진동의 여동생 이름으로, 그리고 소포 안의 편지에는 장진동의 이름이 기재되어 있어 외부의 시선을 차단하려 애쓴 흔적이 역력했다.

여동생은 민우가 오빠로부터 온 편지를 펼치는 동안 말을 잇지 못하고 흐느꼈다. 그녀의 얼굴은 지난번보다 초췌했고 눈두덩이 부어올라 있었다. 전혀 생각지도 못했던, 하늘나라로 간 오빠에게 온 편지를 받아들고는 많이 울었음을 보여주고 있었다. 민우는 이동명 교수로부터 USB 명단 속 이태광호가 장진동이라는 얘기를 듣고 놀라고 있던 차에 사망한 오빠의 편지가 도착했다는 여동생의 연락을 받고 그녀를 급히 만난 것이다.

"이 편지지의 글씨체는 오빠의 글씨체가 틀림없습니까?"

그녀가 대답 대신 고개를 끄덕였다.

'장진동은 무엇 때문에 이런 방식을 택한 것일까? 장진동은 자신이 처한 위험한 상황을 미리 예견했던 걸까?'

「연화야, 너에게 이런 편지를 쓰려니 마음이 무겁구나. 너와 한국에 들어와 지금까지 함께 한 삶은, 몸은 고단했지만 북에선 느낄 수 없었던, 정신적으로 풍요로운 천국의 삶이었다. 네가 나를 만나기 위해 사선을 넘는 어려움 끝에 무사히 한국에 도착했을 때 나는 너무 위로를 받았고 고맙고 사랑스런 너를 한국에서 행복하게 살 수 있도록 뒷받침하고 싶었는데 이런 편지를 쓰게 돼서 정말 미안하고 마음이 무겁다. 나는 지금 이 순간에도 너와 이별하는 상황이 오지 않길 빌면서 이 편지를 쓴다.

연화야, 이런 방식으로 편지를 쓰는 것이 어쩌면 너를 두 번이나 상심시킬 수 있다는 걱정이 앞서지만 이 방식이 혹시라도 있을지 모를 너에게 생길 수 있는 위험을 최소화하기 위한 어쩔 수 없는 길임을 이해주길 바란다.

연화야, 나는 내가 하는 일이 두 조국을 위하는 일과는 거리가 먼, 사악한 집단의 이익을 위한 것이란 것을 깨닫기 전까지는 최선을 다해 현실에서 주어진 임무를 위해 뛰어왔다.

결국 내가 속았다고 생각했을 땐 나는 너무 멀리 와 있었고 뒤늦게 그것을 깨닫고 그들로부터 벗어나려고 했지만, 그럴수록 더욱 감시와 옥죄임을 당했다. 이러한 결과는 나의 어리석음 때문이고 저들의 교활함 때문이었어. 나는 전쟁으로 전쟁을 막고 평화를 이룬다는 그들의 그럴 듯한 말에 속아 누가 진정으로 동지인지 누가 적인지 구분을 못한 어리석음을 저질렀어. 나는 더 이상 그들의 '더러운' 음모를 수행하는 자가 되지 않기로 결심했다.

연화야, 혹시 나에게 무슨 일이 생기더라도 결코 좌절하지 말고 한국 땅에서 내 몫까지 행복하게 잘 살아주길 바란다. 늘 너의 젊은 시절 아름다운 모습을 잊지 않는 오빠가. 북쪽에 남겨둔 사회일꾼의 안위가 걱정되는구나.」

민우가 편지를 다 읽고 내려놓자 동생이 다시 흐느꼈다. 잠시 후 동생이 다시 입을 열었다.

"저는 이 편지를 읽고 뭔가 오빠를 죽음으로 내몬 숨겨진 원인이 있다는 생각이 들었어요."

그러한 생각이 든 것은 민우도 마찬가지였다. 그러나 어려운 방식을 통해 보내온 편지치고는 특별한 내용이 눈에 띄지 않았다. 단지 속마음을 털어놓기 위해 이런 복잡한 편지 방식을 택했을까 하는 의문이 들었다.

"오빠의 죽음에 대해 왜 그런 생각을 하시는 거지요?"

민우가 뭔가 의문점을 풀려는 듯 그녀에게 물었다.

"오빠는 군 정보계통에서 오래 근무를 해서 그쪽에 아는 사람들이 많아요. 그런데 오빠가 죽고 나서 이틀 후인가, 처음 보는 사람들이 집으로 찾아왔는데 그들은 오빠와 생전에 알고 지내던 사이라며 굳이 집 안으로 들어오길 원했어요."

"뒤늦게 소식을 듣고 찾아 왔었던 모양이군요."

"오빠와 친했던 분들은 대개 장례식장으로 다 찾아오셨는데 그들은 집으로 찾아 오셨더라고요. 그런데 그들이 정보기관에서 오빠와 같이 근무했었다며 오빠 책상과 소지품을 훑어보고 가더라고요."

"책상과 소지품을 살펴봤습니까?"

"불쾌했지만 오빠가 군에서 정보업무를 담당했기 때문에 그런가보다 하고 참고 지켜봤어요. 별다른 걸 발견하지 못했는지 1시간 정도 지나 돌아가더라고요."

"혹시 오빠의 군에서의 임무에 대해 좀더 구체적으로 알고 있는 것이 있나요? 탈북하신 분으로 들었습니다만."

민우가 장진동에 대해 이 교수에게서 들은 내용을 물었다. 그녀는 잠시 무엇인가를 생각하는 듯하더니 입을 열었다.

"설명을 드리자면 좀 복잡해요."

"……."

"오빠는 국적이 세 개였어요."

"세 개요?"

"물론 최종적인 국적은 한국 국적이었고요."

민우는 장진동의 국적이 세 개였다는 말에 충격과 묘한 호기심을 동시에 느꼈다.

"한국과 중국, 그리고 한때 북한 국적도 갖고 있었어요. 그것이 결과적으로 오빠를 죽음으로 내몬 하나의 원인이 아닌가 하는 생각도 들어요."

민우는 여동생의 말처럼, 장진동이 중국과 북한 그리고 한국 등 세 나라 국적을 보유했었다면 많은 우여곡절이 있었으리라 생각했다. 미스터리한 장진동의 국적 변동에 대해 여동생의 설명이 이어졌다.

"저희 조부모는 경상도 출신으로 일제 때 젊어서 중국으로 건너가셨어요. 그리고 부모님이 저희를 중국 국적으로 입적시켰어요. 그런데 오빠는 어렸을 때 아버지를 따라 한국에 들어와 인천에서 한동안 살았어요. 그 후에 중국으로 다시 돌아온 오빠는, 자세한 사정은 저도 모르지만 북한군에 입대했고 북에선 특수부대에 근무했다고 들었어요."

"북한군 특수부대요?"

"오빠는 군에서의 일에 대해 자세한 이야기는 하지 않았어요. 그래서 저도 자세한 내용을 몰라요. 다만 어느 날부터 북한 체제와 썩을 대로 썩은 북한군에 환멸을 느꼈다고 종종 얘기하기 시작했어요."

민우는 여동생의 설명을 들으면서 장진동이 어떻게 북한에 들어가 북한 국적을 취득했고 다시 한국으로 들어오게 된 것인지에 대한 궁금증이 더욱 커지기 시작했다. 죽은 장진동이 파란만장한 경험을 하며 살아 왔다는 것은 분명해 보였다.

그때 민우의 머릿속에 장진동이 보낸 편지 내용과 관련해 갑자기 의문이 들었다. 장진동이 보낸 편지에 적힌 내용이라면 굳이 이렇게 복잡한 방식을 택할 필요가 없었다. 그러나 죽은 장진동은 굳이 남의 눈에 안 띄는 복잡한 방식으로 동생에게 편지를 보냈다. 그 이유는 무엇일까? 자신이 놓친, 편지에 숨겨진 무엇인가가 있다는 생각이 민우의 뇌수를 자극했다. 민우의 눈에 장진동이 보낸 분홍색 바탕의 편지지가 들어왔다. 편지 내용을 다시 훑어 내려가던 민우의 시선이 한 대목에 꽂혔다.

편지내용 맨 하단에 적혀 있던 날짜였다. 민우가 그 날짜를 한동안 쳐다보며 생각하다가 그녀에게 물었다.

"혹시 소포상자를 갖고 오셨나요?"

"소포상자요? 네, 갖고 왔습니다."

편지지가 들었던 소포 봉투는 A4용지 반 길이에 10센티미터 정도 두께의 직사각형 모양의 상자형태였다. 여동생이 상자를 가방에서 꺼내 민우에게 건넸다. 민우가 소포상자의 겉면을 확인하니 직인에 찍힌 발송 날짜가 12월 7일로 되어 있었다. 민우는 편지지 하단에 찍힌 날짜로 눈을 돌렸다. 12월 23일. 발송 날짜와 달랐다.

"무슨 일이 있습니까? 선생님."

궁금한 듯 그녀가 물었다.

"발송 날짜와 편지지에 적힌 날짜가 다릅니다."

"날짜가 다르다고요? 다를 수도 있지 않습니까? 미리 써놓고 나중에 보냈을 수도 있지 않겠습니까?"

"문제는 소포상자에 찍힌 발송 날짜보다 편지지에 적힌 날짜가 더 늦다는 것입니다. 오빠가 동생에게 도착 날짜를 지정해 미리 보낸 것이라면 편지지에 적힌 날짜가 직인 날짜보다 빨라야 하는 게 자연스럽습니다. 그런데 직인 날짜보다 일주일이나 늦다는 것은 다른 의미가 있을 수 있다고 생각됩니다."

"일주일이나 늦다고요?"

여동생도 그 사실을 그제야 알아차린 것 같았다.

"혹시 짐작이가는 것이 있습니까?"

민우가 그녀에게 물었다.

"글쎄요."

"혹시 12월 23일에 무슨 특별한 의미가 있습니까?"

"12월 23일이요? 12월 23일 관련해선 특별히 떠오르는 것이 없는데요."

그러나 여동생에게서 12월 23일 의미와 관련해 특별한 답변을 듣지 못한 민우의 얼굴에 묘한 기대감이 떠올랐다. 기이한 방식으로 편지를 보낸 장진동의 숨은 의도 찾기의 하나의 단서를 찾은 느낌이었다.

"혹시 여기 편지 내용 하단에 적혀 있는 이 주소의 의미에 대해서 아십니까?"

"처음 보는 주소예요. 오빠가 혹시 이 주소에서 편지를 썼나 생각돼서 찾아봤지만 그것도 아니더라구요. 그런 주소가 없었어요."

민우는 다음 날 오전 한 백화점을 찾았다. 장진동이 보낸 편지가 백화점 내부의 우체국을 이용했기 때문이다. 백화점 내에 우체국이 있는 것도 신기했지만 하필이면 그곳을 이용했을까도 궁금했다.

'장진동은 아마도 누군가의 미행을 피해서 사람들로 많이 붐비는 백화점 내 우체국을 이용했을 거야.'

백화점은 지하철과도 연계가 되어 있어 접근하기가 쉬웠다. 민우는 그가 소포를 발송한 백화점 내 우체국에서 해답을 찾기로 했다.

최근에 지어진 동대문 쇼핑몰에서 그리 멀리 떨어지지 않은 곳에 위치한 초대형 백화점은 내부에 우체국은 물론 초대형 서점까지 들어와 있었다. 민우가 찾아갔을 때 백화점은 고객들로 북적이고 있었고 클래식 선율이 내부를 감싸고 있었다.

지하 1층에 도착한 민우는 우체국이 있는 지상 2층으로 올라갔다. 에스컬레이터에서 내려 천정에 붙어 있는 매장 안내 팻말을 보니 왼편으로 주방용품점, TV가전제품, 침구용품점 그리고 우체국이 차례로 기재되어 있었다. 민우의 시선이 침구용품점과 어린이들을 위한 휴게시설 사이에 놓여 있는 우체국 물품보관함으로 쏠렸다. 붉은색 바탕에 노란색 전자키가 붙은 물품보관함은 우체국에서 운영하는 것인지 백화점에서 운영하는 것인지 분명치 않았지만 예상과는 달리 비교적 큰 규모였다. 물품보관함마다 붙어있는 번호판을 훑어보던 민우의 눈에 1223이라는 번호판이 눈에 들어왔다.

지금까지는 민우의 예상대로였다. 보관함 앞에 선 민우가 편지지에 적혀 있던 주소에 드러난 숫자를 기억해냈다. 민우가 조심스럽게 암호 입력 패드에서 6, 9, 1, 7 네 숫자를 찾아 눌렀다.

마지막 비밀번호를 누르기가 무섭게 잠김이 풀리는 경쾌한 음이 들리더니 보관함 문이 열렸다. 보관함을 열어보니 그 안에 검정색 작은 가방이 하나 놓여 있었고 민우가 그 가방을 꺼내 조심스럽게 지퍼를 열었다. 그 안에는 가방 안에는 불투명한 비닐에 싸인 것이 하나 들어 있었다.

민우가 몇 번 접혀 있던 비닐봉지를 조심스럽게 펼치니 사진이 두 장 나왔다. 민우가 봉지 안에서 사진 두 장을 꺼내 살펴보려는 순간 무엇인가가 바닥에 툭 떨어지는 것이 있었다. 비닐봉지에 같이 담겨 있던 메모지가 바닥에 떨어진 것이다. 바닥에 떨어진 것을 주워 살펴보던 민우의 눈이 휘둥그레졌다. 메모지에는 '류' 라는 글자와 함께 의문부호가 달려 있었다.

'사진 속의 이 자가 류?'

그러나 안타깝게도 사진 두 장 속의 인물은 동일 인물이었는데 모두 옆모습을 하고 있었다. 누군가가 사진 속의 인물을 숨어서 몰래 촬영한 사진이었다. 아마도 장진동이 숨어서 찍은 사진이리라 민우는 생각했다. 베일 속에 가려진 류는 장진동의 사진 속에서도 여전히 절반의 미스터리로 남아 있었다.

사진 속에는 두 명의 남자가 찍혀 있었는데 어느 실내의 외진 공간에서 만나 악수를 하는 장면이었다. 선글라스를 착용한 사진 속 왼편 남자는 입가에 옅은 미소를 흘리며 상대편과 악수를 하고 있었고 그와 악수를 하고 있는 사진 속 오른쪽 사내는 나이가 조금 더 들어보였다.

또 한 명의 인물에 대한 설명은 따로 없었다. 숙소로 돌아온 민우는 사진 확대를 통해 장소를 가늠해볼 만한 단서를 찾는 시도를 했다. 그들이 앉은 테이블 옆 벽면 상단에 '콕도' 라고 씌여진 것이 눈에 들어왔다. 어딘가 낯이 익은 글자라는 생각이 들었지만 구체적으로 기억해낼 수 없었다. 민우가 인터넷에서 '콕도' 에 대한 자료 검색을 하기 시작했다. 검색에서 다음과 같은 글이 떴다.

「콕도를 찾는 것은 그리 어렵지 않다. 총리 관저에서 청와대 춘추관을 지나 총리 별관 쪽으로 한참을 내려오다가 오른편으로 난 2차선 도로의 인도를 따라 조금 걷다보면 칼과 긴 창이 건물 외벽에 그려져 있는 5~6층짜리 '현대 평화와 성서연구소' 건물이 나타나는데 그 건물을 지나면 대로가 나타나고 그 대로를 지하도로 건너 오른편으로 50미터쯤 오르면 도로 옆에 3층짜리 건물 정면 앞마당 잔디와 자갈길 위에 콕도라고 쓰인 간판이 서 있는 것이 보인다.」

'됐어! 바로 이거야!'

민우는 '칼과 긴 창' 이란 문구를 보자 온몸에 전율을 느꼈다.

'이동명 교수가 언급한 칼과 긴 창이 여기서도 등장하다니…….'

누군가가 콕도를 찾는 방법을 인터넷에 올려놓은 글에서 이동명 교수가 언급한 칼과 긴 창이 언급되자 민우가 두 주목을 불끈 쥐었다. 그날 저녁 경복궁역에서 내린 민우는 효자동 방향으로 10분쯤 걸었을 때 오른편으로 굽어진 도로를 만났다. 도로 입구에 인근의 건물과 가게 등을 안내한 표지판이 서 있었는데 거기에 '현대 평화와 성서연구소' 라는 것도 끼어 있었다. 인터넷에서 읽은 블로그 글이 떠올라 자기도 모르게 걸음을 옮겼다.

'도로를 따라 걸어 들어가니 5~6층짜리 건물들이 늘어선 도로 중간에 벽면에 흰 고딕체로 '현대 평화와 성서연구소' 라고 쓰인 건물이 눈에 들어왔다. 그곳에는 교회의 십자가 첨탑은 없었고 붉은색 담벽에 영어와 한글로 쓰인 고딕체 글씨가 있었고 그 아래 칼과 긴 창의 그림이 선명하게 붙어 있었다.

'십자가 첨탑이 없는 것으로 봐서는 교회가 아닌 듯 싶은데.'

민우는 좀 이상하다는 생각이 들었다. 도로는 넉넉한 2차선 도로였고 양측으로 인도가 널찍하게 형성되어 있었는데 사람이나 차량들의 왕래가 많은 장소는 아니었다. 민우는 조심스럽게 건물 대각선 방향 건물 담에 몸을 숨기고 건물을 주시했다. 건물 안으로 들어가 볼 것인지 말 것인지 고민하는 도중에 민우의 눈을 번쩍 뜨이게 하는 상황이 잡혔다. 건물 앞에 검정색 승용차 두 대가 멈춰서고 건장한 사내들이 쏟아져 나온 후 그 뒤를 이어 한 남자가 나오는데 그는 나이가 들어 보이는 서양인이었다.

'제대로 찾아왔군.'

그는 주변엔 건장한 체격의 사내 둘의 호위를 받으며 건물 안으로 들어갔다. 그런데 그들 중 한 명이 갑자기 몸을 돌려 민우가 있는 쪽을 노려보았다. 민우는 선글라스를 착용한 그와 눈이 마주치자 얼른 몸을 담 안으로 숨겼다. 그 순간 민우는 심장이 멎는 듯 했다. 호위하던 사내 둘이 2차선 도로를 성큼성큼 건너 민우가 있는 곳으로 다가오기 시작했다.

'저들이 나를 봤나?'

그들이 민우가 있던 곳에 도달했을 때 민우는 이미 골목 반대편을 향해 빠져나가고 있었다. 사람 두 명 정도가 간신이 나닐 수 있는, 건물들 담과 담 사이로 난 좁은 길로 민우가 사라지고 있었다. 민우가 뒤를 돌아보니 그들은 골목 입구에서 민우를 쳐다보고 있었다.

'여전히 나를 노려보고 있어!'

좁은 골목을 빠져 나와 인도에 들어선 민우가 다시 지하철 3호선과 연결되는 왼편으로 뛰었다. 지하도를 통해 사직동 방향으로 다시 빠져 나온 민우는 지하철 입구를 빠져 나오는 순간 무엇인가 눈에 익은 것이 스쳐 지나간 것을 느꼈다. 달리면서 뒤를 돌아보니 '콕도' 라고 쓰인 2층 카페가 눈에 들어왔다. 사진 속의 류와 또 다른 사내가 만난 장소가 틀림없었다.

북한 평양특별시 외곽지역

가랑비가 흩날리는 가운데 인광과 사회안전부 요원 한 명이 적용루 맞은편 인민병원 건물 2층으로 스며들었다. 인광은 이번 사건을 풀 열쇠가 적용루 내에 있다고 판단했다. 김달해가 의문의 차 사고로 숨진 그날 저녁 적용루에 들렀던 것이 확인됐을 뿐만 아니라 당과 군의 고급 간부들도 그와 함께 있었던 것이 확인됐다. 따라서 그날 저녁 김달해가 구체적으로 누구와 함께 있었는지 또 그들 사이에 무슨 일이 있었는지 파악하는 것이 중요했다.

"그날 저녁 김달해와 함께 있었던 자들이 찍힌 CCTV 확보가 중요해."

적용루 측이 수사협조를 거부하는 이유가 석연치 않았지만 중국 자본이 거액을 들여 투자한 장소를 무턱대고 수사할 수도 없었다. 인광은 적용루의 협조가 어려운 상황에서 방법은 직접 단서를 찾아 나서는 길 밖에 없다고 생각하고 오늘 밤 결행을 결심했다. 인민병원 2층에 들어선 인광이 부하가 입수한 식당 내부 설계도를 손전등으로 비춰 보고 있었다.

"정문 쪽은 경비가 너무 심해 침투가 어렵고, 뒤편 담 세 곳 중 한 곳을 통해 들어가 배기관을 타고 오르면 되겠는데."

지도를 손가락으로 짚어가며 지시하던 인광이 미리 상황을 둘러보고 온 요원에게 물었다.

"건물 뒤편 상황이 어떤가?"

"담 뒤편 동, 서, 북 세 방향으로 원거리 CCTV가 각각 1대씩 설치되어 있고 서쪽은 경비대와 경비견 숙소가 담 뒤편에 설치되어 있습니다. 북쪽은 후문 주차장과 연결되어 있는데 화물차 출입이 빈번한 편입니다. 다만 이쪽 동쪽 담은 3.6밀리미터 렌즈 카메라가 한 곳에 설치되어 있는데 촬영 범위를 최대 70도로 봤을 때 북쪽 카메라와 겹치지 않는 사각지대가 한 곳 발견됐습니다."

"좋아, 그리로 가지."

그들은 적용루에서 멀리 떨어진 곳의 밤 도로를 건너 적용루 뒤편 담에서 조금 떨어진 곳에 도착했다. 잠시 후 두 사람은 눈에 안 띄게 담에 바짝 붙어 부하 요원이 파악한 CCTV 사각지대를 통해 접이식 소형 사다리를 펼쳐 차례로 담을 넘었다. 그들이 5층 촬영실로 오르기 위해 동쪽 벽의 배기관을 타고 막 오르려고 할 때 경비견들의 낮고 굵은 울음소리가 접근해왔다. 두 사람은 행동을 멈추고 건물 벽감 어둠에 몸을 숨겼다. 그들이 숨어 있는 곳 가까이 다가온 경비견들이 바닥에 떨어뜨려 놓은 음식에 잠시 코를 박는가 싶더니 숨어 있는 그들 쪽을 향해 좀더 가까이 다가오기 시작했다. 훈련받은 경비견은 인광팀이 던져놓은 미끼에 속지 않았다. 인광이 신호를 보내자 부하 요원은 경비견에게 인광은 경비요원에게 마취총을 발사하자 특수견이 잠시 발버둥치더니 곧 행동을 멈추었고 경비요원 역시 목을 감싸고 곧 쓰러졌다.

"안 보이게 처리해!"

마취총을 맞은 경비요원은 의식을 잃은 채 손, 발, 입이 묶여 동쪽 담장 인근 나무 곁에 내던져졌다. 인광의 부하가 다시 배기관을 타고 올라 5층 각진 창문턱을 잡고 몸을 끌어올려 건물 안쪽을 살폈다. 5층 대형 객실 복도와 연결된 중앙 로비가 멀리 눈에 들어 왔다. 예상대로 5층 객실 복도 천정에 돔카메라가 설치되어 있었다. 요원이 돔카메라를 향해 촬영 방해물질을 발사했다. 방해물질은 돔카메라가 발산하는 전파를 향해 날아가 카메라 근처에서 방해 물질을 자동 분사했다. 카메라 화상도를 급격히 떨어뜨려 마치 카메라 자체에 이상이 발생한 것처럼 착각효과를 주는 물질이다. 촬영 방해물질의 수명은 3분 남짓. 3분 내에 타깃 장소를 찾아 들어가야 한다.

"아무도 안 보입니다!"

아무도 없는 것을 확인한 요원이 창문을 열고 안으로 뛰어들었다. 그리고 바로 옆 비상구로 향하는 철문 뒤로 몸을 숨겼다. 5층 복도로 막 뛰어 들었을 때 적용루 직원이 그들 쪽으로 다가오는 소리가 들렸다. 창문이 열린 것을 본 직원이 다가와 문을 닫기 위해 밖을 내다보았다. 비상구 뒤편에서 발자국 소리에 신경을 곤두세우고 있던 요원이 그를 제압하기 위해 나가려다 멈췄다.

창밖을 내려다보던 직원은 아무 이상도 발견하지 못한 듯 창문을 닫고 이내 왔던 곳으로 다시 돌아갔다. 그가 사라지자 6층 배기관까지 올라갔던 인광이 5층으로 내려와 요원이 열어준 창문 안으로 들어왔다.

두 사람은 설계도 상에 촬영실로 의심되는 507호실을 향해 빠른 걸음으로 다가가 능숙한 솜씨로 원통형 손잡이 문을 따고 안으로 들어갔다. 밖으로부터 의심을 사지 않기 위해 실내등도 켜지 않은 채 손전등만으로 507호 실내를 살피기 시작했다. 그러나 사무실 내부 어디에도 촬영실 흔적은 발견되지 않는다. 손전등 불빛이 왼쪽을 비추었을 때 그들이 흠칫 놀랐다. 누군가 그들을 쳐다보고 있다고 생각했다. 그러나 그것은 착시현상이었고 그들이 있는 곳에서 조금 떨어진 곳 벽에 옷과 모자가 걸려 있었다.

"아무래도 설계도가 정확하지 않은 것 같은데요."

"잠깐."

내부를 살피던 인광의 눈에 왼쪽으로 또 하나 작은 사무실이 들어 왔다.

"저쪽에 또 다른 문이 있군."

다가가 보니 관계자 외 출입금지라는 팻말이 문에 붙어 있었고 문은 열쇠로 여는 출입문과 달리 비밀번호 네 자리 입력용 잠금 장치가 달려 있었다. 요원이 갖고 온 가방 안에서 지문채취기를 꺼내 번호패드 위 각 숫자에 묻어 있는 지문량 체크를 통해 숫자 네 가지를 찾아냈다. 그 네 자리 숫자는 중복됨이 없이 4.7.1.9로 나타났다. 요원은 24가지 경우의 수를 입력하던 중 열다섯 번째 시도에서 문을 따는 데 성공했다. 기존 전자 암호장치를 초기화한 후 특수 전자 장비로 신규 비밀번호를 입력해 문을 따는 방법을 쓸 필요도 없었다. 손잡이를 아래로 내리자 열린 문 틈 사이로 빛이 새 나왔다. 인광이 뒤에 있던 부하요원을 향해 손을 아래로 까딱이며 정지 신호를 보냈다. 안으로부터 아무런 인기척도 느낄 수 없자 문을 열고 안으로 들어갔다. 내부엔 사람은 없고 미등만 켜져 있었다.

"여기 있군!"

인광의 손전등이 멈춰선 곳에 그들이 찾는 테이프가 차곡차곡 쌓여 있었다.

"당시 비밀모임의 규모와 비중을 볼 때 연회가 열렸을 법한 곳은 설계도상에 네 곳이야."

인광이 315호실, 322호실, 412호실, 624호실을 가리키며 말했다.

"이곳을 찍은 테이프를 집중적으로 찾아야 돼!"

10분쯤 지난 후에 그들이 찾는 테이프가 모두 수거됐다. 그들은 그 테이프를 하나씩 걸고 화면을 확인했다. 그리고 그들이 조금씩 지쳐갈 무렵 세 번째 테이프에서 찾고 있던 것을 발견했다. 그것은 412호실 녹화 테이프였다. 테이프에는 죽은 자와 함께 있었던 자들의 모습이 고스란히 담겨 있었다.

"이 테이프를 복사해!"

그들은 미리 갖고 온 테이프 복사기에 전원을 연결한 후 412호실 테이프를 복사했다. 사무실로 돌아온 인광은 복사해 온 테이프를 벌써 세 번째 들여다보고 있었다. 테이프에는 피살된 국방위 산하 총정치국 김달해 조직부국장, 평양방어사령부 5사단 정백기 소장, 그리고 의문의 세 사람이 찍혀 있었다. 간혹 웃는 모습, 술잔을 높이 치켜들고 건배하는 모습도 종종 눈에 뜨였고 여종업원이 부지런히 들고 나가는 모습도 찍혔다. 그때 인광의 눈에 이상한 점이 발견됐다. 테이프를 녹화가 시작된 맨 앞부분으로 돌리자 녹화시작 시간이 나타났다.

'이상한데…….'

녹화 분량으로 볼 때 모임이 끝난 시각은 오후 8시 반이어야 하지만 김달해 부국장이 사망한 시각은 밤 11시 30분이다. 무려 3시간이 차이가 났다.

'그동안 김달해 부국장은 어디에 있었던 것인가?'

그때 부하 요원이 뛰어 들어오며 말했다.

"죽은 간부가 적용루에서 사망하기 전까지 다른 사람을 만난 것이 확인됐습니다."

"뭐야!"

인광이 부하 요원을 향해 의자를 획 돌리면서 소리쳤다.

"그의 동선이 주요 포스트에 배치되어 있던 우리 요원에 의해 포착됐습니다. 국가 안전보위부 과장, 인민군 보위사령부 장교 그리고 노동당 조직지도부 검열동지 등입니다."

인광의 얼굴이 묘하게 일그러졌다. 죽은 김달해가 처음에 만난 자들과 이후에 만난 자들은 성향이 180도 달랐다.

'죽은 간부는 이중행보를 취하고 있었단 말인가?'

그는 원래 당 행정부와 선이 닿았던 인물이었다. 그러나 김정은 체제가 들어서자 보위부와 조직지도부 쪽으로 선을 댄 것이란 의심이 들었다.

"화면 속 의문의 민간인 세 사람의 신상도 일부 드러났습니다. 서양인은 남아프리카 공화국 출신 백인으로 아프리카 지역을 주 사업거점으로 하는 무기거래상으로 드러났습니다. 공화국 무기 수출에도 적지 않은 도움을 주고 있는 자로 알려져 있습니다. 그리고 사망한 간부 옆에 앉았던 자는 중국 사업가로 밝혀졌습니다. 적용루 자본의 공화국 유치에도 기여하고 또 환전에도 도움을 주고 있다는 정보입니다."

"환전?"

"공화국의 자금을 세탁해주고 수수료를 받는 자입니다. 그러니까 공화국의 무기를 무기거래상이 아프리카 조직망을 통해 판매 대행해주고 그 대금을 중국 환전상에게 송금하면 그가 대금을 세탁해 우리에게 건네고 있었습니다. 그리고 나머지 한 명은 북한과 중국을 오가는 조선족 사업가라고 합니다."

모임 참석자들 면면으로 볼 때는 하나 같이 공화국 무기 수출과 외자 유치와 연관이 있는 자들이었다. 김달해 부국장이 피살당하기 전 보위부 요원들을 만난 사실이 드러나지 않았다면 적용루 모임은 영락없는 공화국 수익사업을 위한, 공화국에 도움을 주는, 당에서 권장하고 있는 모임으로 결론을 내렸을 것이다.

"민간인들은 지금 어디에 있지?"

"확인해보니 모두 어제 아침 일찍 출국한 상태입니다."

"벌써 출국?"

"팀장님, 외부 세력이 개입된 냄새가 나지 않습니까?"

"공화국에 외부 세력이 개입됐다……? 테이프에 나왔던 그 남아프리카 백인과 중국인, 그리고 조선족 사업가 말이야. 그들에 대해서도 다시 조사해봐야겠어. 아무래도 미심쩍은 데가 있어."

다음날 새벽

이인광의 전화벨이 울렸다. 부하 요원이었다.

"김달해 부국장이 피살당한 그날 밤, 김달해와 직전에 함께 있었던 국가 안전보위부의 한상이 정치1부장, 인민군 보위 사령부의 현승해 상좌, 노동당 조직지도부 마태복 검열과장 등도 모두 피살된 것 같습니다."

"뭐야!"

부하 요원의 보고는 인광을 엄청난 충격으로 몰아넣었다. 사건이 점점 커지고 있었다.

"보위부 쪽에 아는 친구가 있어 돌려서 물어봤더니 확인해주었습니다. 당일 CCTV 협조를 하지 않는 것도 보위부 요원이 피살된 것과도 연관이 있는 것 같습니다. 아마 자체적으로 조사를 하고 있는 것 같습니다."
'나는 새도 떨어뜨린다는 당 보위부와 조직지도부 간부들을 암살할 수 있는 자가 누구란 말인가.'
인광은 자신이 감당할 수 없는 사건에 개입하고 있는 것이 아닌가 하는 짧은 후회가 솟아올랐다.
'이것은 단순 암살 사건이 아니야. 권력 간 집단 투쟁이야!'

청와대 집무실

"미 하원 인권위원회 위원인 샤일런 의원과 군사위원회 위원인 글렌 윌슨 의원 등이 오늘 오전에 오산 미 공군기지에 내렸습니다."
그들은 모두 다 미 의회에서 보수색채가 짙은 인물들이었다. 비서실장의 보고에 대통령의 눈살이 찌푸려졌다. 대통령도 그들의 정치 성향에 대해 어느 정도 알고 있었다.
"그들의 방한 일정이나 목적에 대해서 알려진 것이 있습니까?"
"현재까지 파악된 내용은 하야트 호텔에서 기도회를 갖고 이어서 '한반도 위기와 한-미 개신교의 역할' 이란 주제로 강연을 할 예정으로 있습니다."
"기도회와 강연이요?"
대통령은 미국의 보수 정치인들이 한국에서 기도회 행사를 갖는다는 것이 좀 어색하다는 느낌이 들었다. 대통령의 그런 표정을 읽고 비서실장이 윌슨 의원에 대해 설명했다.
"윌슨 의원은 아시아 지역 복음화에 관심이 많은 근본주의 복음 신봉론자입니다."
평소 근본하면 강경의 이미지를 연상하던 대통령은 근본주의 신앙론자라는 얘기에 다소 못마땅한 표정을 지어보였다.

"각하, 그런데 방한 일정 중에 특이한 점이 눈에 띕니다. 총리와의 면담 일정이 잡혀 있습니다."

"총리와 면담이요?"

대통령의 음성이 갈라져 나왔다. 최근 들어 북한 사태 해법을 놓고 대통령과 총리 사이에 긴장이 흐르고 있었다.

"총리실 관계자 말에 의하면 최근 북한에서 벌어지고 있는 해상 난민 사태와 관련해 논의할 예정이라고 하는데 그것을 곧이곧대로 받아들이긴 어려울 것 같습니다. 아시다시피 총리도 방한하는 윌슨 의원 일행처럼 대북 강경 조치를 주장하고 있습니다. 한반도 정세가 불안한 때에 만남이라 좀 신경 쓰이는 점이 있습니다."

평소 대북정책을 놓고 대통령과 마찰을 빚고 있던 총리가 미국의 대북 강경론자들과 단독으로 만난다는 사실에 대통령의 표정에서 불편함이 나타났다.

"이들의 한국에서의 움직임에 대해 면밀히 살펴보겠습니다."

몇 시간 뒤

비서실장이 올린 보고서를 다 읽은 대통령이 면담용 테이블 상석에 앉았다.

"윌슨 의원에 대한 상세한 보고서 잘 읽었습니다."

"각하, 윌슨 의원이 총리와 새한국당 일부 의원들까지 면담했습니다."

"그거야, 한미 동맹 강화 차원에서 있을 수 있는 일 아니겠습니까?"

"윌슨 의원이 총리와 만나 한미 동맹의 위기 상황을 강조하면서 한국이 자체 차세대 방어 시스템을 구축하려는 것에 대한 미국의 불만도 전달했다는 소문이 돌고 있습니다. 또한 한국 내 사드(THAAD) 배치 문제를 다시 거론했다는 얘기도 들립니다."

한국형 차세대 방어시스템은 현 대통령의 국방계획 KD(Korea Defence)-

2020의 핵심 내용이다. 대통령은 우려했던 일이 터졌다는 생각이 들었다.

한국형 차세대 방어시스템이란 한국형 차세대 무인공격기 개발과 한국형 사드 개발을 의미하는 것으로 여기엔 공격형 무인 정찰기, 무인 잠수정, 무인 수상정 등이 포함되고 국방 현대화를 통해 산업경쟁력에도 활기를 불어 넣으려는 대통령의 야심찬 포부가 담겨 있었다.

"미 의원의 선교 활동이 매우 정치적이라 느껴지는군요. 구한 말 제국주의 선교도 아니고."

대통령은 속으로 매우 불쾌했다. 한국형 차세대 무인 방어시스템은 해외에서 구입시 60조 원에 달할 수 있는 국방예산을 10분의 1로 줄이는 획기적인 목표 하에 추진되는 프로젝트였다. 한국형 무인무기시스템 K 드론a는 미국의 드론을 대체하고, 천궁II는 록히드마틴 사의 고고도 요격용 사드 미사일 대체를 목표로 추진되고 있었다. 대통령은 조만간 관련 법안을 국회에 제출할 예정이었는데 해외로부터 무기 도입과 자체 개발에 대한 국민 여론은 40대 60 정도. 국회 내 여론도 국민 여론처럼 한국형 무인 방어시스템에 대해 다소 높은 지지로 나타났다. 그러나 그것이 문제였다. 안정적인 법안 통과를 기대하기엔 불안한 지지다. 최근 북한 내부 심상치 않은 움직임마저 겹쳐 대통령은 법안 통과가 더 어려워질 수도 있다는 불안감을 느끼고 있었다. 한 마디로 살얼음판을 걷는 심정이었다.

"그런데 윌슨 의원이 총리를 단독으로 만났던 그날 밤 행적이 일부 드러났는데 거기에도 의문이 남습니다."

한국에 온 윌슨 의원은 공식 일정을 마친 이후 한국을 떠나기까지 20여 시간의 행적이 정보 당국에도 파악되지 않고 있었다.

"어떤 내용입니까?"

대통령이 예리한 눈빛으로 비서실장을 쳐다보며 물었다.

“그날 밤 윌슨 의원이 나온 호텔에서 10킬로미터 이내 구간의 CCTV를 전부 조사한 결과 호텔에서 약 5킬로미터 정도 떨어진 시민공원 인근에서 그가 신원미상의 한 남자를 만나는 것이 희미하게 잡혔습니다. 이것이 바로 그 영상 사진입니다.”

비서실장이 내미는 사진 속에는 윌슨 의원으로 추정되는 인물이 의문의 한 사내를 만나는 장면이 들어 있었다.

“오른쪽 남자는 호텔을 나설 당시 옷차림과 비교 했을 때 틀림없는 윌슨 의원이고 왼쪽 남자는 옆모습이 드러난 상태인데 CCTV를 의도적으로 피한 느낌을 줍니다. 윌슨 의원과 15분 대화 중 한 번도 고개를 돌린 적이 없습니다. 아무래도 인물 파악에 시간이 좀 걸릴 것 같습니다.”

비서실장의 설명은 한미 간에 비공식적인 커넥션이 작동하고 있다는 의미처럼 들렸다. 그때 비서실장의 휴대폰이 진동했다.

“받아보시지요.”

통화를 끝낸 비서실장 표정이 어둡게 변해 있었다.

“무슨 일입니까?”

“총리가 조금 전에 기자회견을 통해서 북한의 4차 핵실험과 소형 핵미사일 실험 발사 그리고 잠수함 발사 미사일 실험 등에 총체적으로 대처하기 위해 미국의 사드 도입 반대 재검토와 한국형 무인 방어시스템 법안 처리 연기를 강력하게 주장했습니다.”

비서실장이 대통령의 표정을 살폈다. 대통령의 얼굴엔 예상보다 큰 변화가 나타나지 않았다. 비서실장은 대통령이 속마음을 감추고 있다고 생각했다.

“기자회견은 예정돼 있던 건가요?”

대통령이 물었다.

“예정에 없던 기자회견입니다. 총리가 국방 계획과 관련해 대통령님과 견해 차이를 점점 더 드러내고 있어서 언론들이 주목하고 있습니다. 혹시라도 불필요한 오해가 생기지 않을까 걱정입니다."

비서실장이 우려스러운 표정으로 대통령을 바라보며 자신의 생각을 밝혔다. 대통령이 자리에서 일어나 창가 쪽으로 이동해 시선을 창밖으로 던졌다. 4성 장군 출신인 총리는 대통령과 연립정권의 한 축을 이루고 있었고 강한 보수 성향을 나타내고 있었다. 그와 결별하는 순간 연립정권은 무너지고 국정은 마비 상태에 빠질 수밖에 없게 된다. 대통령이 다시 돌아와 자리에 앉았을 때 비서실장이 서류 하나를 대통령 앞으로 내밀었다.

"어떻게 하시겠습니까?"

박인식 대통령 앞에는 비서실장이 올려놓은 A4 용지 석 장 분량의 문건이 놓여 있었다. 첫 페이지는 파란색으로 아무것도 쓰여 있지 않았고 겉표지 구실만 하고 있었다. 문건에는 검정색 글씨로 총리의 뇌물 수수 정황을 담은 내용이 포함되어 있었다. 총리가 록히드마틴 사로부터 사드 구성 체계에 있어서 국내 업체 참여로부터 금품을 받은 내용과 뇌물을 받을 때 이용된 것으로 보이는 차명계좌 번호도 적혀 있었다. 단순 첩보로 치부하기엔 내용이 너무 구체적이었다. 문건에 적혀 있는 검정색 활자가 대통령 눈에 박힐 듯이 들어왔다. 첩보내용이 공개된다면 대통령이 추진하는 한국형 무인무기 개발과 천궁II 프로젝트는 힘을 받을 것이다.

"이 건은 나에게 맡겨주세요. 내가 좀더 고민해 보겠습니다."

총리와는 비록 청와대에 들어온 이후 정적관계가 되고 말았지만 그와는 20년 지기 사이이기도 했다.

"각하, 상황이 심상치 않습니다."

"이 문제는 정치적으로 고려해야 할 사안이 너무 많아요."

"이쪽에서 지체되는 사이에 노련한 총리가 낌새를 눈치 채고 역공을 취할지 걱정이 됩니다. 아시다시피 총리는…….”

“나와 총리 사이는 음모와 배신이 오가는 그런 사이가 아니오.”

대통령이 비서실장의 말을 끊었다.

“총리 수뢰 의혹 건은 일단 나에게 맡겨주시오. 그리고 당분간 이 건에 대해 주위에 비밀이 새나가지 않게 신경써주시오.”

비서실장이 나가자 대통령이 집무실 책상 위에 리모컨을 들어 창가 옆 탁자 위에 놓여 있는 TV를 켰다. TV에선 속보가 방송되고 있었다. 사드 예정 부지로 일부 언론에 보도된 평택, 기장, 원주, 대구 등 지역 주민들의 격렬한 반대시위에 관한 보도였다. 결국 해당 지역 주민들이 다른 곳으로 이주를 해야 한다는 사실이 알려지자 예정부지로 거론된 지역에서 격렬한 반대시위가 연일 벌어지고 있었다. 미국은 북한의 4차 핵실험을 빌미로 사드 부대를 한 곳이 아니라 한국 내 3~4군데 배치를 희망한다는 속내를 은연중 국내에 흘리고 있었다. 미국은 그간 비용부담에 대해 아무런 언급도 하지 않다가 최근 비공식 라인을 통해서 한국이 사드 배치 비용을 부담해주길 바라는 뜻을 은연중 전달해 오고 있었다. 정부는 이 같은 사실을 외부에 알릴 수가 없었다.

대통령이 둥그런 유리 테이블 위에 놓여있던 봉황 무늬가 새겨져 있는 머그잔에 손을 뻗어 입에 갖다 대려는 순간 일반에 꽤 알려진 경제 전문가 한 명이 TV 토크쇼에 출연해 금융시장을 진단하고 있었다.

“세계 자본시장이 다시 출렁이고 있습니다. 특히 세계 금융의 중심지인 미국의 월가가 다시 흔들리고 있습니다. 이번이 세 번째 금융위기입니다. 과연 미국발 위기가 한국 경제에 어느 정도까지 영향을 미칠지 국제금융 분야 전문가이신 한맥대 국제정치경제학과 이영수 교수 모시고 들어보겠습니다. 교수님, 이번 미국의 경제위기, 그 원인이 무엇이라고 생각하십니까?”

"우선 이번에 미국 경제위기 성격이 고약하고 불안해요."

"고약하고 불안하다, 그것이 무슨 의미입니까?"

"해답이 잘 안 보인다 이 말입니다. 이번 위기가 1차 금융위기 때나 2차 재정위기 때와는 성격이 다르다는 겁니다. 이번 위기는 군산 복합체 나라인 미국의 구조적 위기와 직접적으로 연결되어 있어요."

"군산 복합체인 미국의 구조적 위기요?"

대통령의 시선이 TV 속 출연자를 향했다.

"공화당 정부 시절 미국이 세계 곳곳의 분쟁 지역에 개입하면서 국방비 증가가 역대 최고치를 기록했고 많은 미 병사가 희생됐습니다. 그러자 미국 내에선 전쟁 반대 목소리가 커졌고 결국 전쟁 개입을 줄일 수밖에 없었습니다. 그러나 그것은 이미 증대될 대로 증대되었던 국방사업 분야의 후유증을 노출시키기 시작했고 미국 경제의 근본적 체질 개선에 별 효과를 내지 못했습니다. 이것이 미국 경제를 이중으로 압박하기 시작한 것이지요. 즉 국방비 축소가 미국 군수산업의 침체와 실업율 증가라는 이중의 악순환으로 나타난 것입니다."

"미국 경제 위기가 고약하다는 표현을 특별히 쓰신 이유가 무엇인가요?"

"미국 국가 지도자들이 위험한 탈출 시도의 유혹에 빠질 수 있고 그것이 한국 경제를 더 어렵게 만들 수 있다는 겁니다."

"미국 지도자들이 위험한 탈출 시도요?"

"군과 군수산업은 여전히 슈퍼파워 미국을 뒷받침하는 핵심 축 중에 하나에요. 그간 미국 정부가 몇 차례 군수산업 분야 개혁 실험을 시도했지만 모두 한계가 있다는 것이 드러났어요. 그래서 미국 행정부가 과거에 시행해 왔던 위험한 탈출시도 결론에 도달할 우려가 매우 크다는 것이지요."

"과거에 행했던 위험한 탈출 시도라고 하면?"

"해외 전쟁 수요가 줄자 미 군수산업계가 자신들이 로비해 온 미 의회에 압력을 넣고 있습니다."

"미국이 전쟁 유혹을 느낄 수 있다는 말씀 같이 들리는데요?"

"아시다시피 미국은 전쟁으로 큰 나라입니다. 전쟁은 한 국가 내부의 경제적 모순이 외부 전쟁으로 이어지는 겁니다. 로마의 해외 식민지 정복 전쟁, 유럽 국가들의 해외 팽창 전쟁도 그 바탕에는 경제적 고려가 깔려 있습니다. 1,2차 세계 대전도 마찬가지입니다."

"미국이 지금 그러한 유혹에 직면해 있다는 말씀이군요."

"미국은 세계 최고의 군사력으로 슈퍼파워를 유지해온 국가입니다. 따라서 전쟁이 줄면서 군사력이 녹이 슬고 군사력이 녹이 스는 것을 장기간 방치한다면 미국 경제의 근본이 흔들리게 되는 겁니다. 저는 이런 점에서 최근 미국의 우익 개신교 정치지도자들이 앞장서서 제2의 성전 운운하는 데 대해서 무척 염려스럽게 바라보고 있습니다. 미국의 일부 우익 개신교단은 군산 복합체와 일부 극우 보수 정치인들과 밀접한 관계에 있기 때문입니다."

며칠 전 근본적 복음주의를 신봉하는 미 정치인들에 대한 비서실장의 보고 내용이 떠올랐다. 김이 아지랑이처럼 피어 올라오는 커피잔을 입술 댄 대통령의 시선은 TV를 주시하고 있었다.

"이라크에서 철수했던 미군이 3년 만에 다시 이라크에 개입하는 사태가 벌어진 것을 예의 주시해야 합니다. 이라크 등 중동지역은 미 군수산업의 메카라고 해도 과언이 아닙니다."

"미군이 이라크에 다시 개입한 것은 다시 내전에 휩싸인 이라크의 질서 유지 차원 아닙니까?"

"꼭 그렇게만 볼 수 없습니다. 미군은 이미 오래전부터 이라크와 시리아가 다시 내전에 휩싸일 가능성이 있다는 것을 충분히 예상하고 있었습니다."

"내전을 예상하고 있었다고요?"

출연자의 발언에 깜짝 놀란 진행자가 상기된 표정으로 되물었다.

"2014년 봄에 나왔던 미국의 민간 전쟁연구소인 '글로벌 디스퓨트 워치'의 보고서에 의하면 향후 수개월 내에 이라크와 시리아에서 내전이 발발할 가능성이 높다는 전망이 나온 바 있습니다. 이 보고서는 미국과 독일, 프랑스 등의 몇몇 유력지에 인용 보도됐고 미 의회에서 거론되기도 했습니다. 그러면 그들은 어떻게 내전 재발 가능성을 예측했는가에 여기에 주목할 필요가 있습니다."

대통령은 미국 경제와 전쟁 개입 사이의 연관성에 대해 독특한 시각을 제시하고 있는 교수의 말에 깊이 빨려들어가고 있었다.

"이라크와 시리아 내전을 주도하고 있는 이슬람국가(ISIS) 후원세력들 중에는 몰락한 후세인 정권시절의 관련자들이 적잖이 포함돼 있습니다. 그런데 이들 중에는 아이러니컬하게도 부시 정권 시절 미국과 관련을 맺고 있던 자들이 포함돼 있습니다. 중동 분쟁 지역에서 활동해 온 미국의 민간 조직들은 이미 오래전부터 그들로부터 IS 움직임에 관한 정보를 입수해 오고 있었다고 봐야 합니다. 그 두 세력은 정치적으로는 이질적이지만 경제적인 면에서는 공통의 이해관계를 갖고 있었던 것입니다."

"경제적 이익 추구에는 적과 동지가 없다는 말처럼 들리는 군요."

교수가 고개를 가볍게 한번 끄덕이더니 다시 입을 열었다.

"그러면 이라크 내전은 재발할 수밖에 없었던 상황인가, 이 점에 다시 주목할 필요가 있습니다. 미국이 IS의 수상한 움직임을 사전에 알 수 있었다면 왜 그들이 가까스로 정립된 중동의 평화 질서를 뒤흔들 정도로 커질 때까지 방치했는가 하는 의문이 생깁니다. 전 세계는 지금, 어느 날 갑자기 공룡과도 같은 IS가 중동지역에 등장해 이라크와 시리아를 위협하고 있는 상황에 충격을 받았습니다. 그렇기 때문에 그것은 결코 돌발적인 것이 아니라 글로벌 군수산업 마피아들의 시나리오에 따른 것이라는 음모론이 지금 힘을 얻고 있다고 봐야 할 것입니다."

'군수산업 마피아에 의한 시나리오?'

대통령은 점점 더 출연자의 발언에 깊숙이 빠져들었다.

"제가 조금 전에 2014년에 '글로벌 디스퓨트 워치'가 향후 수개월 내에 이라크와 시리아에서 내전이 격화될 것이란 보고서를 냈다고 했던 것을 기억하실 것입니다. '수년 내'가 아니라 '수개월 내'라고 한 표현에 주목해야 합니다. 실제로 '글로벌 디스퓨트 워치' 보고서 발간 이후 5개월 뒤 IS가 짧은 기간에 이라크와 시리아 영토의 상당 부분을 먹어 들어가는 상황이 벌어졌습니다. 그렇다면 이러한 상황 전개를 어떻게 바라보고 이해해야 하는 것인가 하는 점입니다."

"글로벌 디스퓨트 워치는 어떤 기관입니까?"

"글로벌 디스퓨트 워치에는 정치, 경제, 사회, 문화 등 각 분야 우수한 전문 인력들이 소속돼 활동하고 있습니다. 그러나 그 배후그룹에 대해선 알려진 것이 아무것도 없습니다. 그들이 자문그룹이나 후원그룹 형태일 것이란 추측도 돌지만 그에 관한 구체적인 정보들은 외부에 공개돼 있지 않습니다. 간간히 미 백악관이나 국방부 혹은 국무성의 고위 전직들과 무기 제작사들이 관련되어 일 것이란 소문이 제기되기도 하지만 역시 확인된 것은 아무것도 없습니다."

"그러니까 교수님께서 하시고자 하는 말씀은 이라크, 시리아 내전과 미국 당국의 군사 개입과 어떤 연관성이 있다는 말처럼 들리는군요."

교수가 잠시 머뭇거리다가 입을 열었다.

"미국 당국과 글로벌 군수업체를 동일시할 것이냐 여부는 국제 분쟁을 연구하는 학계의 오랜 숙제입니다. 오늘 제가 강조해 말씀드리고자 하는 내용은 중동에서의 전쟁 재발에도 불구하고 미국의 군수산업의 침체가 좀처럼 회복될 기미를 보이지 않고 제자리를 거듭하고 있다는 겁니다. 다시 말해서 미국 군수산업의 위축의 위기가 이라크 내전 개입으로 해결될 수 있는 상황이 아니라는 겁니다. 그래서 미국은 좀더 직접적이고 효과가 큰 군사 개입지를 찾을 가능성이 크다는 겁니다."

"좀더 직접적이고 효과가 큰 군사 개입지?"

"그곳이 아시아일 수 있다는 것이 제 추측입니다."

"교수님 말씀을 들어보니까 왠지 섬뜩하고 불길한 생각이 드는데요. 우리 경제의 해답은 무엇입니까?"

"미국이 현재 안고 있는 문제가 슈퍼파워 군사대국의 지위를 스스로 포기하기 전까지는 해결이 불가능하다는 것입니다. 그래서 이 점을 놓치면 해답이 안 나옵니다. 그런데 저는 이미 미국의 구조적 위기를 탈출하려는 위험한 음모가 시작되고 있다는 느낌을 받고 있습니다."

"교수님 오늘 말씀, 느슨하고 이완된 우리의 안보의식, 무엇보다도 자주국방의 중요성을 깨다는데 더없이 귀중한 말씀이었습니다."

"미국 정부 배후에 있는 국제 무기생산업체들이 언제 어떻게 공작을 펼칠지 긴장을 늦추어선 안 됩니다."

"오늘 교수님 말씀이 국방정책 분야 종사하시는 분들에게 많은 참고가 되었으리라 생각합니다. 오늘 말씀 대단히 감사합니다."

사라진 김정은 통치자금

장진동 사망 사건의 실체가 한 꺼풀씩 벗겨지면서 사건의 종국적인 실체에 대한 강한 호기심이 민우를 점점 더 자극하고 있다. 책상 위에 놓여 있던 휴대폰이 진동음을 내며 떨었다.

"선배, 좀 만날 수 있을까, 전해줄 말이 있는데……."

"효진이구나. 뭔데 그래?"

"전화로 말하긴 좀 그래."

"알았어. 이따 퇴근 후에 지난번에 만났던 커피숍에서 봐."

그날 저녁 늦게 두 사람은 약속 장소에서 만났다.

"내가 신용평가기관 사이트에 종종 들어가는데 최근에 신용평가기관에서 발표하는 주간 금융 동향을 살펴보던 중 한 가지 이상한 점을 발견했어."

민우가 긴장된 눈빛으로 효진의 말에 귀를 기울였다.

"이례적으로 북한의 최근 금융 흐름을 분석한 자료가 올라와 있었는데 북한의 해외 금융거래량이 최근 눈에 띄게 줄었어."

"그래? 얼마나?"

"20퍼센트 가까이 줄은 것으로 나타났어."

"뭐? 그렇게 갑자기 줄 수가 있나? 자료의 출처를 확인해봤어?"

"응, 미국 재무부 산하의 정부 용역기관에서 제공한 것이었어."

"미 재무부 산하?"

"AROA라는 기관이었는데 미 재무부 용역을 꽤 오랫동안 맡아온 곳이었어."

"그렇다면 어느 정도 자료의 신뢰성이 있다고 봐야겠는데. 그래도 그렇지, 어떻게 짧은 기간에 20퍼센트씩이나 줄지?"

"그래서 자료를 꼼꼼히 살펴보니까 중국은 물론이고 방글라데시, 미얀마, 베트남, 사우디, 카타르 등 북한이 그동안 거래해 온 아시아권 나라들과의 금융거래가 약 보름 사이에 급격히 줄어든 결과를 보이고 있었어."

"불과 보름 사이에 급격히 줄었다? 혹시 그 이유에 대해서 설명이 나와 있었어?"

"분석자료에 마침 원인분석도 나와 있었는데 북한의 대외 수출입과 현지 매출의 급격한 축소에 따른 것으로 분석되어 있었어."

"대외 수출입과 현지 매출의 급격한 축소?"

"난 자료 내용이 좀 이상하다는 생각이 들었어. 왜냐하면 북한이 불량국가로

악명이 높지만 이들 나라들에서의 수입품목들은 유엔 대북 제제 결의와는 무관한 것들이었어."

"유엔 제재 품목과 무관한 품목이 들어있었다고? 그렇다면."

"생필품목들도 관련이 있었어. 이들 국가들에서 나오는 자금이 줄어들면서 생필품 수입까지 타격을 받고 있었어. 쌀과 옥수수 보리, 콩 등 북한 주민들 생필품과 식용육류 그리고 북한 산업에 꼭 필요한 원유가 대부분이었다고."

민우는 효진의 이어지는 설명에 귀를 기울였다.

"북한의 대 아시아권 금융거래가 위축된다는 것은 사실상 아프리카와 남미 일부 국가를 제외한 전 세계에서 북한의 금융거래가 위축되고 있다는 의미야. 이러한 흐름은 북한이 과거 추가 핵실험을 감행한 직후에도 없었던 흐름이야."

"그러니까 효진의 얘기는 결국 금융 흐름이 인위적이란 의미가……."

효진이 고개를 가볍게 끄덕였다.

"나도 한동안 의심했어. S&P 금융 보고서가 잘못된 것이 아닌가하고 말이야."

효진의 말대로라면 북한에 대한 새로운 금융 봉쇄가 진행되고 있음을 시사하는 것이나 다름없었다.

"그런데 한 가지 더 이상한 것은 세계은행 보고서, IMF 보고서, 아시아 개발은행 ADB 주간 보고서 등도 살펴보았지만 이들은 북한 보고서를 올려놓지 않고 있었어."

"세계 3대 신용평가기관인 S&P에 독점적으로 올라온 자료였다? 이것은 그 자료가 기획성이 있다는 의미인데."

"궁금해서 S&P 아시아 파트 지인에게 전화를 걸었어. 다행히 나를 기억하고 있더라고."

"역시 효진인 발이 넓군. 자랑스러운 후배야."

"내가 S&P에서 연수할 때 많이 도와준 사람이야. 그 사람의 설명은 자료에 등장한 나라들의 자금은 한 가지 일관된 패턴을 보이고 있다는 거야. 그곳의 자금들은 프랑스나 벨기에 스위스 등으로 흘러 들어갔다가 다시 룩셈부르크와 버진아일랜드 등 은행의 계좌로 흘러 들어갈 가능성이 높다는 거야."

"그게 무슨 의미지?"

민우가 이해가 안 된다는 표정을 하고 효진에게 물었다.

"아무래도 자금의 성격상 김정은 통치자금일 가능성이 높아 보인다는 거지."

'김정은 통치자금?'

민우는 그제야 효진이 자신을 불러낸 근본적인 이유를 눈치 챘다.

"이들 사업장의 경영진을 보니까 그 책임자들이 미 재무부에 의해 규제 리스트에 올라 있는 자들이라는 거야. 그러니까 북한 통치자금의 관리자들이란 의미지."

민우는 북한의 통치자금이 갑자기 크게 줄었다면 김정은에 어떤 일이 벌어질지 궁금해졌다.

"몇 해 전까지만 해도 김정은 통치자금은 조선대성은행으로 흘러들어갔는데 이곳이 집중 감시를 받게 되니까 최근엔 룩셈부르크와 버진아일랜드 은행에 넣었다가 달러를 현금으로 인출해서 정부 배낭을 이용해 직접 북으로 싣고 들어간다는 거야."

"그런데 북으로 들어가는 그 김정은 통치자금이 크게 줄어들고 있다는 얘기군"

"일반적으로 북한의 해외영업소의 특성은 정상적인 영업이익보다는 비정상적인 수익이 더 많이 발생하니까."

"미 재무부 산하 용역기관에서 그런 민감한 자료를 공개한 어떤 의도가 있을 것 같은데."

"그 사람 얘기는, 미 정부와 산하 기관은 하루에도 수십 종류의 자료를 서로 주고받는 상호 협조적 관계이기 때문에 왜 그런 자료를 넘겼는지 따로 물어보지 않는다는 거야. 다만 금융거래가 위축돼 통치자금이 줄어들게 되면 김정은 국정 운영에도 타격이 불가피할 거라고 하면 재무부도 그런 현상에 관심을 갖고 자료를 낼 수 있을 것이란 추측을 하더라고."

"국정 운영에 타격이라."

민우의 머릿속에 김정은 통치자금의 급작스런 위축과 최근 이동명 교수로부터 접한 제한전쟁, 의문의 명단 등이 한데 뒤섞여 혼란스럽게 떠올랐다. 사망한 이 교수 말에 의하면 베일 뒤의 그들은 북한을 정치경제적으로 동시에 옥죄는 플랜을 짰다고 했다.

"그 지인이 아주 중요한 얘기를 덧붙여줬어. 북한과 거래 국가들에서의 금융거래가 줄어든 배경은 여러 가지 이유를 생각해 볼 수 있는데 매출 자체가 줄었을 수도 있고 또는 수익의 일부가 누군가에 의해 중간에서 빼돌려졌을 수도 있고 아니면 제3의 이유일 수도 있다는 거야."

"제3의 이유라면?"

"외부에서 보이지 않게 제재가 들어가 매출이 줄었을 수도 있다는 거지. 정상적이지 못한 영업을 하다 보니까 외부의 규제가 들어가면 취약점을 드러내기 쉬운 곳이 이런 영업소잖아."

"매출이 갑자기 줄어들 이유가 없다면 김정은 통치자금이 인위적 요인에 의해 축소되고 있을 가능성이 커 보이는데."

"통치자금이 급격히 축소된다는 것은 김정은의 절대 권력의 입지가 흔들리고 있다는 의미가 아닐까? 통치자금이 줄어들면 그만큼 주변 충성도의 약화 현상이 발생할 가능성이 있고 누군가가 비밀 자금을 확보하고 있다면 자기 세력을 넓힐 계기를 만들 수도 있고, 독재국가에서 돈과 권력은 당근과 채찍 관계니까."

효진의 분석은 여느 전문가 못지않게 날카로움을 담고 있었다.

"김정은이 아직 독재권력을 구축하지 못했다면 그의 통치비자금이 흔들리게 되면 권력이 흔들릴 수 있잖아. 과거에 있었던 대북 금융제재와는 다른 새로운 무엇인가가 진행되고 있는 것 같은데."

"혹시 북한의 해외 현지 경제 상황이 갑자기 안 좋아져서 그런 것은 아닌가?"

"현지 경제 상황은 별로 달라진 게 없어. 현지의 최근 경제 지표를 보니까 크게 달라졌거나 나빠진 흔적을 발견할 수 없었어."

"특별한 이유가 있을 수 없다는 얘기를 들으니 통치자금이 인위적으로 축소되고 있을 가능성이 더 커 보이는군. 이제 남은 관심은 김정은의 통치자금이 축소되는 데 개입한 자들이 누군가 하는 것만 남았군."

민우가 갑자기 무엇이 생각났는지 효진에게 물었다.

"아까 북한 사업장의 경영진 이름이 뭐라고 했지?"

효진이 미국 S&P 아시아 담당자에게 들은 북한 사업장의 경영진에 대해 얘기해줬다.

"량현수라고 했지 아마?"

"어디서 들어본 이름인데."

효진이 말한 북한 책임자들 이름이 민우의 머릿속에서 맴돌았다.

"어디서 봤지?"

그러나 잠시 후 되살아난 기억이 민우의 머릿속에 스파크를 일으켰다.

"맞아! 량현수라는 이름은 사망한 류조국 소장의 명단 속에 들어 있었어."

"뭐야? 그렇다면 이번 사건도 유로퍼시픽아이즈와 연관성, 아니 그 배후 세력과 연관성이 있다는 얘기가 되는데."

"혹시 북한의 해외 사업 책임자들에 대해 더 알려진 게 있어?"

"북한 해외사업장 책임자들은 행방불명 상태라고 들었어."

"행방불명이라……."

"그들이 현재 어디에 은신해 있는지는 자신도 모른다고 하더라고."

"음, 이번 일도 누군가의 각본에 따라 진행되고 있다는 생각이 드는데."

"각본?"

"혹시 말이야, S&P가 자료를 게재한 또 다른 이유가 있지 않을까?"

"그게 무슨 말이야?"

"S&P는 세계적인 신용평가회사야. 그런 회사에서 공개한 이 자료는 결과적으로 남한을 겨냥한 것일 수도 있어. 다시 말해서 북한만 겨냥한 게 아니라 어쩌면 남북 모두를 겨냥한 것일 수 있단 얘기야. 세계적인 신용평가기관에서 이런 자료가 공개되면 한국의 신용등급에도 부정적일 수밖에 없다는 것을 그들이 모를 리 없다고."

민우의 지적에 효진은 자세를 흐트러뜨리지 않고 귀를 기울였다. 그녀의 침묵은 동의를 의미하는 것이었다. 뿐만 아니라 민우의 설명에 효진은 사실 등에 소름이 돋고 있는 중이었다. 바로 그때 효진의 휴대폰이 심하게 떨었다.

"어? 이 번호는 S&P사야."

두 사람이 서로의 얼굴을 쳐다보았다. 효진이 걸려온 전화를 받았다.

"브라운 씨, 웬일이세요?"

"통화 가능하십니까? 한국은 지금 퇴근시간이 지났을 텐데 실례가 아닌지 모르겠습니다."

"퇴근시간이 지난 것은 맞지만 통화엔 아무 문제없어요."

"그렇군요. 효진 씨가 지난번에 우리 회사에 올려진 북한 관련 자료에 대해 문의한 것 기억하지요?"

"물론이지요."

"효진 씨 전화를 받고 나도 그 자료에 대해 궁금증이 생겨서 자료 발표 기관에 전화를 했었어요. 그런데 통화중 전혀 예상치 못한 계좌번호를 하나 받았어요."

"계좌번호요?"

"북한의 해외 사업장 책임자의 것으로 추정되는 계좌라면서 알려주더군요. 어떻게 입수했는지는 밝힐 수 없다고 하면서요. 지금 제가 전화로 불러줄 테니 받아 적을 수 있어요?"

"물론이지요. 잠깐만 기다리세요."

"이것은 어디까지나 추정계좌라는 걸 염두에 두세요. 그리고 내가 알려줬다는 얘긴 절대 해선 안 됩니다."

"한 가지 물어도 돼요?"

"뭐든지 물어보세요. 내가 아는 한 대답할 테니."

"저에게 왜 이런 것을 알려주시는 거죠?"

"음, 나는 인위적인 냄새가 나는 것을 못 참는 성격입니다. 이것이 효진 씨 질문에 대한 내 대답입니다."

"인위적인 냄새가 난다는 것이 어떤 의미일까?"

통화를 끝낸 효진이 민우에게 물었다.

"브라운은 효진이 금융정보분석원에 근무한다는 걸 알고 있지?"

"물론이지."

"그렇다면 이 계좌에 대해서 한국에서 한번 조사해보라는 의미 아닐까?"

"선배, 왜 그런 생각을 하지?"

"일단 먼저 조사를 할 수 있으면 해봐. 그 다음에 내 의견을 말할게."

카피공작 시나리오의 서막

"현지 협조자들의 정보를 종합해 보면 이번에 미 재무부가 내놓은 자료가 사실인 것으로 보입니다."

긴급 소집된 회의에서 대통령이 국정원장에게 물었다.

"북한의 갑작스런 해외 금융 거래 축소가 사실이었다고요?"

국정원장의 보고에 박인식 대통령이 놀란 표정으로 되물었다. 대통령은 미 재무부가 내놓은 북한 금융 동향 자료에 대해 국정원장의 보고를 받고 있었다.

"그렇습니다. 미국은 그간 북한의 해외 각종 판매시설들의 금융 흐름을 오랫동안 추적해왔습니다. 그 결과 북한 김정은 정권은 특산품점에서의 마약 판매 행위, 카지노와 대형 관광식당 등에서의 위조지폐 유통 등을 통해 통치자금을 조성해 왔던 것으로 알려졌습니다. 그리고 이번 자료에 따르면 판매시설들에서의 불법수익이 최근 크게 줄어들고 있는 것으로 추정됩니다."

"불법 수익이 크게 준 이유가 무엇으로 추정되고 있습니까?"

"얼마 전부터 북한의 해외 사업장들에 대한 해당 국가의 음성적인 세무 조사가 강화된 것으로 표면적으로 알려지고 있습니다.

"음성적인 세무 조사요?"

"외형적으로는 북한의 사업장에 대한 은밀한 조사와 세무 조사 압박이 진행된 냄새가 납니다만."

"숨겨진 이유가 따로 있다? 근거가 뭡니까?"

"세무 조사는 해당 정보원 보호 이유에 불과하다고 생각합니다. 북한의 해외 직원이 사라진 상태입니다. 첩보에 의하면 북으로 돌아간 것이 아닙니다. 김정은 영향이 미치지 않는 제3국으로 도피한 것으로 보입니다. 그래서 북한의 해외사업 책임자와 외부 세력의 합작품이란 냄새가 납니다."

"제3국 도피라……."

"일설에 의하면 중국의 동북 3성 군벌들이 보호하고 있다는 얘기도 들립니다. 그들에 대해선 중국 중앙당국도 영향이 미치지 못하고 있습니다."

대통령은 북한 금융에 대한 경제부총리와 외교부장관의 동향 보고에 무엇인가를 골똘히 생각했다.

"통치자금 흔들기라는 이 위험한 일을 여러 나라에서 동시 다발적으로 벌어졌다는 점에 단순 개인 차원의 행위라기보다는 조직적 세력의 개입이 있었을 가능성이 있습니다."

"조직 세력의 배후에 대해 짐작 가는 데가 있습니까?"

"현재로선 알 수가 없습니다. 다만 이번 경우는 지금까지의 그 어떤 비자금 위축보다도 훨씬 지역이 넓고 액수도 큽니다. 아무래도 북한 최고 지도부에까지 영향이 미칠 가능성이 크다고 판단됩니다."

"혹시 미 재무부 자료가 틀렸을 가능성은 없겠습니까?"

"현재로선 그 가능성은 적어 보입니다. 월드뱅크와 ADB, IMF도 미 재무부 자료를 올려놨습니다."

대통령이 눈을 지그시 감았다. 그렇다면 결코 가벼이 볼 수 없는 상황이었다. 무엇보다 요즘 자고나면 북한에 대한 불안한 소식들이 연이어 들려오고 있었다.

"국방계획 KD-2020은 어떻게 진행되고 있습니까?"

대통령은 갑자기 KD-2020 플랜이 걱정됐다.

"현재까지는 순조롭게 잘 진행되고 있습니다. 법안에 동조하는 의원 수가 늘고 있습니다. 현재로선 크게 걱정하지 않으셔도 됩니다."

"법안이 통과되기 전까지는 모든 사안에 대해 돌다리도 두드리는 심정으로 대해야 합니다. 북한 관련 변수는 특히 그렇습니다."

"돌발변수만 없다면 법안 처리는 무난합니다, 각하."

비서실장이 대통령을 안심시켰다.

"미국의 국방위원들과 윌슨 의원이 방한했지만 큰 문제없이 지나갔습니다. 그들이 만난 국내 의원들은 동요하는 기색을 보이지 않고 있습니다."

'내가 과민반응했어.'

윌슨과 함께 찍힌 사내의 정체는 아직 밝혀내지 못했지만 큰 문제가 될 것 같지는 않았다. 대통령은 자신이 지나치게 과민했다는 결론을 스스로 내렸다.

'한국은 다종교 국가야. 미국처럼 사실상 기독교의 나라가 아니야.'

그러나 대통령은 한 가지가 신경 쓰였다. 그것은 일주일 전에 일어난 사건 때문이었다. 국방계획 KD-2020 사업 관련 정부부처 관계자들이 국내 무기 제조업체로부터 뇌물을 받아먹었다는 기사가 떴다. 몇몇 국내 무기업체와 정부 공무원들 소환 얘기가 돌고 있었다. 그러나 정부가 은밀히 자체 조사를 해보니 대부분 사실무근이었다. 그러나 대통령은 신경이 쓰였다. 총리와 가까운 일부 신문에서 사건을 의도적으로 키우려는 조짐이 보였다.

"각하, 대규모 국책사업을 앞두고는 늘 그런 음모론이 떠돕니다. 진실은 곧 가려지니 걱정 마십시오."

그러나 시간이 많이 남아 있지 않다는 것이 문제였다. 열흘 내에 해명이 되지 않으면 법안 처리가 기한을 넘겨 한참 동안 미뤄질 수 있었다. 진실이 조속히 가려지지 않으면 의원들이 동요하고 법안 처리가 무산될 수 있었다.

효진은 그날 밤 자신의 사무실을 찾았다. 얼굴을 알아 본 경비요원이 1층 문을 열고 들어오는 효진을 보며 인사했다.

"네, 급한 업무가 조금 남아 있어요."

효진이 경비요원의 인사에 간단히 응대를 하고 엘리베이터 쪽으로 발걸음을 옮겼다. 늦은 시각이라 엘리베이터를 이용하는 이는 효진 혼자뿐이었다. 잠시 후 문이 열린 엘리베이터를 타려는 순간 1층 홀을 순회 경비하던 또 다른 요원과 눈이 마주쳤다. 효진은 그와도 가벼운 눈인사를 하고 엘리베이터 안으로 들어갔다. 민우가 요청한 내용을 알아보기 위해선 7층의 중앙컴퓨터 통제센터를 이용해야 했다.

"30분 내로 끝내야 해! 이 시각 개방은 사전 승인이 난 경우가 아니면 원칙적으로 안 돼. 다만 급한 업무라고 하니까 특별히 봐주는 거야!"

"고마워요. 나중에 감사 턱을 쏠게요."

효진은 통제센터팀장이 열어준 통제실 안으로 들어갔다. 미등만이 켜져 있는 통제실 내부엔 국내외 금융권과 연결된 단말기들이 놓여 있었고 컴퓨터의 각종 제어기기들이 돌아가는 소리가 마치 기계의 숨소리처럼 내부를 채우고 있었다.

'마스터 컴퓨터가 어디에 있더라. 음 저기에 있군.'

중앙은행과 각 시중은행들은 물론 협정을 맺은 해외 국가들의 은행들과도 연결된 중앙통제실 마스터 컴퓨터는 긴급히 조사할 현안이 있을 때 사전 승인하에 이용이 가능했다. 효진은 팀장이 알려준 대로 마스터 컴퓨터 비밀번호를 입력했다. 잠시 후 네트워크 화면이 열리자 계좌번호를 입력했다. 예상했던 대로 북한의 해외사업 책임자의 계좌는 벨기에 계좌였다. 이제부터 추가 추적 조사는 해당 국가의 협조가 있어야 했다. 다행스러운 것은 벨기에와는 양국 금융조사기관 간 조사협정을 맺은 상태였다. 문제는 효진에게 주어진 시간이 30분뿐이라는 것이었다.

'벌써 3분이 지났군.'

남은 시간 내에 자금 추적을 완벽하게 끝낼 수 있을지는 불투명했다. 효진이 모니터 하단에 협조의뢰를 작성해 넣었다. 벨기에 현지시각은 오후 3시. 그러나 그런 것은 상관이 없었다. 국제통합시스템에 의해 전산장치가 자동으로 처리하게 되어 있었다.

3초, 4초, 5초, 6초……. 협조 요청 입력 후 시간이 흐르고 있었지만 화면엔 아무 변화도 나타나지 않았다.

'어? 이거 왜 이러지.'

효진의 마음이 갑자기 초조해지기 시작했다. 그때 화면 하단의 깜짝거림이 눈에 들어왔는데 그것은 글자가 간헐적인 음영을 띠우며 나타나는 현상이었다.

'이런, 조사 목적을 기재하지 않았군.'

종종 사용하는 장비였지만 긴장하자 조사 목적 입력을 빼먹었던 것이다. 효진이 조사 목적을 입력하자 검색 중 신호가 떴고 곧 이어 벨기에 계좌 자금의 흐름이 화면에 위에서 아래로 시간대 별로 떠올랐는데 그의 벨기에 계좌 자금 흐름은 룩셈부르크로 향해 있었다.

'룩셈부르크?'

자금 추적은 거기서 끝이었다. 북한 해외사업 책임자의 자금은 더 이상의 추적이 불가능한 국가에서 정체를 숨기고 있었다.

'답답하군. 소득이 없어!'

효진이 시계를 보니 팀장과 약속한 시간은 5분가량 남아 있었다. 더 이상의 추적을 포기하고 작업을 끝내려던 효진의 머릿속을 갑자기 스치는 것이 하나 있었다. 효진이 이번엔 벨기에 계좌로 유입된 자금의 경로를 검색했다. 잠시 후 화면에 계좌 하나가 떴다. 그것은 스위스 계좌였다. 효진은 그 스위스 계좌를 뚫어져라 쳐다보았다. 낯이 익은 계좌였다. 효진이 민우에게 문자를 날렸다.

'한 선배, 지난번에 나한테 보여 준 유로퍼시픽아이즈 계좌를 문자로 찍어보내줘.'

잠시 후 민우가 보낸 계좌 하나가 효진의 휴대폰으로 전송되어 왔다. 효진은 모니터 상의 계좌와 민우가 보낸 계좌를 비교해보니 두 계좌는 정확히 일치했다. 효진은 그제야 브라운이 계좌를 알려준 이유를 알 것 같았다. 효진이 6층 사무실로 내려왔을 때 몇몇 금융정보분석팀 직원들이 잔무 처리를 하고 있었다. 효진은 사무실에 남아 있는 동료들의 시선을 애써 외면하며 자신의 자리로 돌아와 민우에게 휴대폰으로 전화를 걸었다.

"선배, 아주 재미있는 걸을 발견했어. 북한의 해외사업 책임자 계좌의 유입금 출처와 유로퍼시픽아이즈와 연관된 계좌 하나가 겹쳐."

"그게 무슨 소리야?"

민우가 효진의 말에 깜짝 놀라 되물었다.

"유로퍼시픽아이즈가 거래했던 계좌들 중 하나가 이번에 조사한 북한 계좌에 유입된 자금 저수지와 같은 계좌였어."

"북한인 계좌로 누군가 자금을 넣었다는 건?"

"그가 누군가에 의해 매수됐다는 의미겠지. 그는 대가로 김정은 통치자금 루트를 알렸고 이후 그 루트에 대한 대대적인 조사가 실시돼 통치자금의 대폭 줄어들게 된 거지."

"유로퍼시픽아이즈가 연루된 이유는 무얼까?"

"북한 통치자금 축소 사건과 유로퍼시픽아이즈 배후에 제3자가 있다는 느낌이 들어."

민우는 장진동 죽음을 둘러싼 의문의 실마리에 한 걸음 더 다가선 느낌이 들었다. 남도 북도 아닌 제3국의 그림자가 배후로 어른거렸다.

'음모! 이건 국제적인 음모다.'

이동명 교수가 죽기 전 남겼던 말들이 민우의 뇌리 속에 떠올랐다.

"그리고 내가 지금 무엇을 보고 있는지 알아?"

"……."

"유로퍼시픽아이즈의 최근 투자 동향을 보고 있어. 최근 유로퍼시픽아이즈가 시장에서 활발하게 움직이기 시작했는데 투자 종목이 눈에 띄어."

민우가 마른 침을 삼키며 효진의 설명에 귀를 기울였다.

"이들이 최근 소리 소문 없이 매집해온 종목이 한국형 차세대 방어시스템 반대편에 있는 종목들이었어."

"차세대 무인 무기 시스템 사업 말이야?"

"그렇지. 그런데 이상하지 않아? 현 정부가 한국형 차세대 방어시스템 사업을 강력히 추진하고 있고 국민 여론도 그 쪽 찬성이 다수인 것으로 알고 있는데 그들이 왜 그 반대편 종목들을 매집하는 것인지 그것이 궁금해."

민우는 효진의 날카로운 지적에 등에 소름이 돋는 것을 느꼈다.

수상한 무기거래업자

의문의 차량 사고에 대한 이인광 팀의 수사는 계속되고 있었다. 보위사령부와 국가안전보위부 사이의 묘한 경쟁관계 때문에 인광이 속한 사회안전부가 김달해 부국장 피살이라는 정치적 사건 수사를 계속 이어갈 수 있었다. 물론 보위사령부나 국가안전보위부가 사건에서 완전히 손을 뗀 것은 아니었다.

"보위부와 군 보위사령부 요원들이 저희 수사를 감시하고 있습니다."

"새끼들, 그럴 거면 지들이 나서서 할 것이지 왜 뒷구멍으로 감시하는 거야!"

부하요원과 나눈 대화가 떠오르자 인광은 자신이 감시받는 느낌이 들어 불쾌했다. 마치 어항 속의 물고기 신세가 돼서 먹이를 찾는 자신의 모습을 외부로부터 관찰당하는 느낌마저 들었다.

"세 놈의 실체가 드러났습니다."

김달해 사건을 처음부터 함께 맡아 온 수사팀의 부하가 급하게 뛰어 들어와 인광에게 보고했다.

"그게 사실이야?"

의자에서 벌떡 일어난 인광이 눈을 동그랗게 뜨고 되물었다.

"이것이 지금까지 놈들에 대해 조사한 내용을 정리한 서류입니다. 우선 영상에 나오는 남아프리카 공화국 출신 무기거래업자는 북한 2군단과 3군단에 특수무기를 납품해온 것으로 확인됐습니다."

"특수무기?"

"공화국 중심 보위를 목적으로 2군단과 3군단에 최신 자동연발소총을 납품해 왔습니다. 그런데 그는 무기거래업을 하기 전에 남아프리카의 한 군수업체에 재직했었던 것이 밝혀졌습니다."

"남아프리카 군수업체? 그게 무슨 의미지?"

부하의 보고를 듣는 인광의 눈빛이 날카로워졌다. 그가 인광에게 사진 한 장을 내밀었다.

"이 사진은 5년 전 시리아 반군과 정부군 양쪽에 미 정부가 민간업자를 내세워 무기 판매하다 적발된 사건을 다룬 기사입니다. 당시 미국 정부는 관련 보도 내용을 부인했지만 시리아 정부군이 소유한 무기가 과거 미국이 리비아 반군에 지원했던 무기들인데, 카다피 정권이 붕괴되면서 이것이 다시 시리아로 흘러들어간 것이 드러나면서 미국 정부의 해명이 거짓임이 드러났습니다. 그런데 당시 리비아 군벌들과 시리아 정부군 사이에 비밀협상을 했던 자가 바로 이 놈이었습니다."

부하의 보고에 인광의 눈이 반짝였다.

"구체적 증거가 있어?"

부하가 또 한 장의 자료 사진을 책상 위에 올려놓았다.

"이것은 미 의회청문회에 보고된 증거자료인데 여기 당시 놈이 리비아 군벌들과 무기 거래하면서 사인한 것이 드러나 있습니다. 그것과 놈이 공화국 출입국 기록서에 남긴 사인이 일치합니다."

상사의 눈에도 두 사인은 매우 흡사해 보였다.

"당시 사건으로 놈은 한동안 잠적했다가 다시 무기 거래업에 뛰어든 것으로 보입니다. 놈은 미 군수업계의 로비스트이거나 미 정보당국의 블랙요원일 가능성이 있습니다."

"미국 정부가 민간업자와 왜 그런 비밀거래를 한 거지?"

"미국 정부는 무기거래 이익금으로 아프리카 반군을 돕는 자금으로 사용하고 있었습니다. 아프간 전쟁에서 적대관계에 있던 탈레반에게도 그들이 시리아 정부군과 싸우는 데 필요한 무기를 공급한 것으로 의회 조사에서 드러났습니다."

"놈의 신분을 단정할 만한 좀더 분명한 증거가 필요해."

"정황 증거가 있습니다. 당시 미국 안팎에서 파장이 엄청났던 사건임에도 관련됐던 미 군수분야 고위 공무원 중 아무도 사법적으로 처벌받지 않았습니다."

"이유가 뭐지?"

"놈의 의회 증언록을 살펴보면 미 정부를 상당히 변론하려고 노력한 것을 알 수 있습니다. 반면에 자신이 모든 죄를 다 뒤집어쓴 흔적이 있습니다. 그런데 놈도 수감 6개월 만에 구체적 증거가 부족하다며 풀려났습니다. 놈의 배후가 의심스럽습니다."

김달해 피살 사건의 배후로, 생각지도 못했던 해외 세력이 새롭게 드러나자 인광은 당혹스럽기까지 했다.

"김달해와 함께 있었던 또 다른 자는?"

"알아보니까 그가 하는 일이 다양했습니다. 그는 동북 3성에서 부동산과 해외무역업을 하고 있는 자였습니다."

"부동산과 해외무역사업?"

"그런데 중국 동북 3성 인민해방군 보위사령부에서 그를 보증하고 있었습니다."

"중국 동북 3성 인민해방군 보위사령부가 장사꾼을 보증한단 말이야?"

"단순한 장사꾼이 아닙니다. 평양 외곽 일대의 주요 대형 건축물 수주를 하는데 대부분 관여한 것으로 드러났습니다. 1급 보안지역에 이처럼 대규모 외국자본 건축물들이 들어선다는 것이 이례적입니다."

부하가 내민 인적 정보보고서에 의하면 보고서 하단에 중국 동북 3성 인민 해방군 보위사령부 해외정보국장의 보증 사실이 명기되어 있었다. 그것은 그들이 중국을 거쳐 북한에 들어올 때 중국공항 당국으로부터 넘겨받은 기록을 옮겨 적어놓은 것이었다.

"군과 관련된 사업을 하는 것도 아닌데 왜 군에서 신원보증을 하고 있단 말인가?"

"그게 좀 애매합니다. 군과 전혀 관련되지 않았다고 할 수도 없을 것 같습니다. 그가 공화국에서 벌이고 있는 부동산 사업에 공화국군과 중국군이 모두 관여하고 있는 흔적이 있습니다."

그래도 인광은 민간사업자를 중국 군벌이 보증하고 있다는 사실을 이해하기 어려웠다.

"한 가지 특징은 그들이 벌이고 있는 사업이 평양과 남포에 집중되어 있습니다."

"평양과 남포?"

"이것을 보십시오."

그가 인광 앞으로 팸플릿 하나를 내밀었다. 공화국에서 있을 기공식 행사 관련한 것이었다.

"이 팸플릿 내용에 보면 참석자들 명단에 공화국 장성들과 당 고위 간부들 중국 장성들 그리고 바로 이 자도 포함되어 있습니다. 이것이 내일 평양 문수거리에서 열리는 북-중 합작 호텔개업식 행사 안내장인데 여기에 중국인 사업가 이름도 올라 있습니다."

"흠, 여러 가지로 공화국 내에서 활동이 많은 자군."

중국인 사업가는 단순한 사업자로 보기엔 너무 많이 수상쩍은 자였다.

"조선족 이 자에 대해서도 조사된 것이 있나?"

인광이 영상 속 3명 중 나머지 한 명을 가리키며 물었다.

"그는 한국과 중국 그리고 북한을 오가면서 삼중 무역업을 하는 조선족인데 많은 것이 베일에 가려져 있습니다."

"삼중 무역업자라……."

"한국과 중국에서 사업활동 내역이 2012년부터 나타납니다. 그 이전 사항은 기록에 나와 있지 않습니다. 그것이 좀 걸립니다."

"2012년 이전의 행적이 수상하다 이 말인가?"

"그렇습니다."

"이 자는 지금 어디에 있나?"

"얼마 전 공화국을 나간 것으로 되어 있습니다."

"그렇다면 아무래도 여기 중국인 사업가를 직접 체포해서 물어봐야겠어. 이 중국인 사업가 이름이 왜 여기에도 올라 있는지 그것이 의문점이야."

인광이 부하 요원의 얼굴을 무엇인가 생각에 잠긴 눈으로 잠시 쳐다보더니 다시 말을 이었다.

"현장을 직접 가봐야겠어. 행사 참석자들 명단에 뭔가 냄새가 나."

다음 날

평양 창전거리 홍성보 호텔 개업식 날. 이인광은 행사장 입구에 줄지어 늘어선 공화국과 중국 기업들이 보내온 화환들에 잠시 눈길을 주었다.

"북조선 공화국 땅에서 중국 자본가 놈들이 활개를 치는군."

인광의 얼굴에 불만과 의심의 표정이 섞여 떠올랐다. 흑룡강 그룹이 건설한 홍성보 호텔은 지금까지 평양에 지어진 호텔 중에 가장 크고 화려한 호텔이다. 운동장처럼 넓은 1층 대형 로비에 공화국에 우호적인 국가들의 형형색색 국기들이 여기 저기 길게 뻗은 여러 줄에 매달려 연회장 내부를 화려하게 수놓고 있었다.

연단 오른쪽에 평양시 당 소속 관현악단 밴드가 실내 흥을 돋우고 있었다. 연단 위에는 흑룡강 그룹의 홍려운 회장과 북한 내각의 육해운상, 노동상, 무역상 등 정부 고위급들이 자리했다.

'공화국 고위층이 대거 참석했군.'

인광은 홀 내부의 참석자들을 예리한 눈으로 살폈다. 평양시 중구역에 대형 영화관을 2개나 소유하고 있는 리성보 상장, 보통강 구역에 대형백화점을 소유하고 있는 이강하 대장 등 군벌들도 참석하고 있었다. 연단 아래쪽에는 당과 군부의 중간 간부들과 흑룡강 그룹의 임직원들로 보이는 자들이 자리했다. 홀 내부를 살피던 인광의 눈이 연회장 벽 곳곳에 설치된 CCTV들과 특수훈련 받은 자의 느낌을 주는 경호원들에 멈췄다. 그들은 곳곳에 배치돼 매서운 눈빛으로 참석자들의 일거수일투족을 살피고 있었다.

'저 놈들은 단순한 경비요원 같지 않은데.'

실내 음악이 멈추고 내각 박수길 노동상의 축하연설이 시작됐다.

"우리는 오늘 위대한 지도자 김정은 제1비서의 영도 아래 이곳 평양에 세계적인 수준의 또 하나의 호텔을 개업하게 되었습니다. 홍성보 호텔은 세계 어디에 내놔도 손색이 없을 정도로 규모가 크고 최첨단 내부 시설을 갖추고 있습니다. 앞으로 전 세계에서 북조선을 찾는 외국인 관광객들에게 큰 기쁨을 줄 것으로 믿어 의심치 않으며 세계적인 도시 평양의 이름을 더욱 드높여 줄 걸로 확신합니다. 오늘 이 자리를 빛내기 위해 바쁘신 가운데도 직접 참석해주신 홍려운 회장께 깊이 감사드리며 앞으로 북조선과 중국 양국 사이 협조가 더욱 깊어지고 양국이 더욱 번영하길 바라마지 않습니다."

이어 홍려운 회장의 답사가 시작됐다.

"오늘 호텔 개업식이 있기까지 물심양면으로 관심과 지원을 아끼지 않아주신 김정은 제1비서 동지께 깊이 감사드립니다. 또한 어려운 문제가 생길 때마다 직접 발로 뛰어 문제를 해결해주신 내각의 여러 장관님들과 군 장성들께도 깊은 감사를 드립니다. 공사 기일을 오히려 앞당겨 완공할 수 있었던 것도 다 북조선 정부와 당 그리고 군의 열성적인 지원 덕분입니다."

그가 단상 옆으로 나와 참석자들 향해 큰 절을 하고 연설을 이었다.

"말씀하신대로 이 호텔은 세계적 규모와 시설을 갖춘 호텔입니다. 중국 내 호텔들과 비교해도 열 손가락 안에 드는 초일류 호텔로서 앞으로 평양 발전과 번영 나아가 북조선의 발전에 크게 이바지하게 되길 믿어 의심치 않으며 또 그렇게 되길 진심으로 바랍니다."

두 사람의 연설이 끝나자 본격적인 축하연이 시작됐다. 1층 대형 로비는 금새 참석자들의 웃고 떠드는 소리에 파묻혔다. 비록 대규모 호텔이라고 하나 일개 호텔 개업식에 내각의 장관 여러 명이 참석을 하고 내노라하는 군 장성들이 참석한 것은 결코 이례적인 것이 아니었다.

'중국 자본에 공화국이 이 정도까지 목을 매고 있다니.'

김정은은 유엔의 제재 강화로 통치자금 조달에 애를 먹고 있었고 통치자금이 줄어들자 권력 상층부 통솔에 위기감이 조성되기 시작했다. 권력 상층부의 충성심을 끌어내던 통치자금이 부족해지면 권력 이완현상이 나타나기 시작한다. 결국 그 해결책도 돈이었다. 김정은은 군과 당의 고위직들에게 일정 정도의 자본주의식 돈벌이를 허용하는 파격적인 방법을 도입했다. 권력 상층부는 과거 당에서 주던 통치자금이 줄어든 대신에 자신들의 이권사업을 통해 그 보다도 훨씬 더 많은 이익을 챙길 수 있게 된 데 대해 쌍수를 들어 환영했다. 그들은 그 반대급부로 자신들이 벌어들인 수익의 일정 부분을 김정은에게 통치자금용으로 갖다 바쳤다. 물론 정부는 그들의 이권 유지를 위한 각종 특혜와 편법을 지속적으로 허용했다.

'중국 돈이 우리 목에 칼날로 돌아올 날도 멀지 않았군.'

인광은 군 장성들의 외화벌이 방식에 대해 불만을 갖고 있었다. 군 장성들이 자본가식 돈 벌이를 할 수 있는 방법이 많지 않은 북한 상황을 가장 잘 이용한 중국 자본가들에 이용당하고 있다는 느낌이 들었다. 그들은 투자금을 구하기 어려운 군벌들과 당 고급간부들에 손을 내밀었다. 인광은 그들과의 합자가 머지않아 북한 사회 불안을 조성하는 요인이 될 것이라고 생각했다. 인광의 머릿속에 며칠 전 자신이 받은 한 통의 의문의 전화가 떠올랐다. 그는 자신의 신분도 전화번호도 감춘 채 인광에게 전화를 걸어 놀라운 얘기를 전했다.

"이인광 동무, 수고가 많소! 동무가 당과 인민을 위해 헌신적으로 수고하고 있는 것을 잘 알고 있소. 지금 공화국은 부패한 세력들에 의해 날로 위기가 심화되고 있소. 썩은 내가 공화국 곳곳에 진동하기 시작했소. 이인광 동무가 지금 수사 중인 김달해 동무야말로 간에 붙었다 쓸개에 붙었다 했던, 낮과 밤이 다른 전형적인 박쥐 같은 인간이었소. 그것은 공화국에서 알 만한 사람은 다 아는 사실이오. 물론 그런 자를 공화국 법대로 처리하는 것이 옳았을 것이오. 하지만 지금 우리 공화국 돌아가는 상황이 반드시 법대로만 움직이는 것이 아니잖소. 그러다보니 그런 썩고 부패한 자가 여전히 출세가도를 달린 것이오. 인광 동무, 내가 오늘 이인광 동무에게 전화를 건 목적은 김달해와 손을 잡았던 검은 부패 세력들에 대해서도 함께 수사해서 그들도 반드시 공화국 법으로 처단해 달라는 것이오."

연단 행사가 끝나자 본격적인 축하연이 시작됐다. 음악 소리는 더욱 커졌고 연단에 있던 귀빈들도 모두 연단 아래로 내려와 참석객들과 섞였다. 홍려운 회장이 누군가에게 다가가 반갑게 인사하는 모습이 그의 눈에 들어왔다. 바로 동영상에 나타났던 중국인 사업가였다. 놈은 북-중 양국 관계자들을 만나며 평양 한복판에 초대형 호텔을 건립하는 사업의 중개를 맡았다는 사실이 팸플릿에 드러나 있었다. 그뿐만 아니라 놈은 호텔 건축에 소요되는 자재 납품권도 일정부분 따내 막대한 이권을 챙긴 것으로 보인다.

'홍려운 회장보다 저 놈이 더 수상해.'

연회가 한창 무르익어갈 무렵, 놈이 홍려운 회장과 악수를 한 후 먼저 자리에서 일어섰다. 인광의 시선이 그의 움직임을 따라갔다. 인광도 자리에서 움직였다.

호텔 정문에서 대기하던 차량에 놈이 올라타기가 무섭게 차는 서서히 평양 시내 어둠 속으로 빨려들었다. 인광이 호텔 가까운 곳에 세워두었던 자신의 차를 타고 놈을 쫓기 시작했다.

'놓쳐선 안 돼!'

평양 중심도로를 벗어난 놈이 탄 차량이 평양의 외곽도로로 진입하자 인광도 따라 진입했다. 차량통행이 뜸한 시각. 이따금씩 오가는 차량들이 속도규정을 어겨가며 빠른 속도로 도로를 내달리고 있었다. 일정한 간격으로 놈의 차량을 미행하던 인광은, 놈이 탄 차량이 갑자기 오른쪽 남포 방향으로 트는 것을 보고 자칫 놈의 차를 놓칠 수도 있겠다는 불안감이 들었다.

'놈이 미행을 눈치 챘나?'

10차선 남포도로로 한밤에는 차량들이 엄청난 속도를 내며 달리는 곳으로 유명하다. 그런데 오른쪽 남포 방향으로 튼 놈의 차는 얼마 가지 않아 또 다시 나타난 남포분기점에서 반대방향인 왼쪽으로 차의 방향을 바꿔 내달리기 시작했다.

'도대체 어디로 가는 거지?'

미행하던 인광은 생소한 도로에 접어들자 긴장했다. 도로 사정이 급격히 악화된 곳이 나타났다. 백미러로 뒤를 보았다. 다른 차들이 보이지 않는다. 도로엔 놈이 탄 차량과 인광이 모는 차량 둘뿐이었다. 인광의 불안감은 곧바로 현실로 나타났다. 앞서가던 놈의 차량이 모래자갈이 깔린 도로 위에서 갑자기 유턴을 하더니 멈춰섰다. 헤드라이트 불빛에 비산하는 먼지가 보였다. 백미러에 어느새 뒤 따라온 또 다른 차량의 헤드라이트 불빛이 들어왔다.

'당했군.'

인광도 차를 세웠다. 앞뒤로 쏟아지는 헤드라이트 불빛이 인광의 시선을 방해했다. 잠시 후 앞뒤 차에서 나온 무장한 놈들이 인광의 차를 에워쌌다.

'완전히 포위됐어!'

잠시 후 한 놈이 인광의 창문을 두드리며 밖으로 나오라는 손짓을 했다. 인광이 밖으로 나오자 놈들은 인광을 몸수색해 무장해제 시킨 후 뒤에서 허벅지를 강하게 걷어차 길 바닥에 무릎 꿇렸다. 주위를 둘러보니 헤드라이트 불빛 외에 그 어떤 불빛도 보이지 않았고 어떤 소리도 들리지 않았다. 완전히 주변과 차단된 곳이었다. 전방 차에서 나온 시커먼 그림자 둘이 인광을 향해 다가왔다. 한 명은 중국인 사업가 또 다른 한 명은 처음 보는 얼굴이었다.

"조언을 했는데 못 알아듣는군."

중국인 사업가 옆에 있던 자가 말을 건넸다.

'조언?'

순간 인광은 얼마 전 받았던 의문의 전화 목소리를 떠 올렸다.

"당신들 정체가 뭐지?"

인광의 질문이 차가운 밤공기 속에서 힘겹게 퍼져나갔다. 중국인 사업가와 잠시 얘기를 나눈 통역자가 상대를 조롱하는 듯한 표정으로 대답했다.

"당신의 만용이 목숨을 재촉했어."

"저자의 정체는 무엇이지? 저 자는 왜 북조선 일에 개입하는 거야?"

통역하던 그가 웃기만 했다.

"김달해 국장과 보위부 간부들을 당신들이 죽였소?"

인광이 목숨이 위태로운 상황에서도 궁금한 것을 물었다. 그가 다시 중국인과 잠깐 동안 뭐라고 이야기를 주고받더니 민우를 향했다. 그의 입꼬리가 잠시 한쪽으로 들어올려졌다가 내려오는 것이 보였다. 그것은 비웃음이었다.

"그들은 북-중 관계의 새로운 질서를 태동시키는 데 방해가 되는 자들이었어."

그의 말이 끝나자 중국인이 통역자에게 눈짓을 했다. 권총의 차가운 금속이 머리에 닿자 인광은 머릿속이 하얘지는 것을 느꼈다.

"모든 준비는 다 끝이 나 있어. 당신이 천지개벽한 세상을 못 보는 것이 안타깝군. 북조선의 새로운 변화를 위해 소중한 밑거름이 되는 것을 영광으로 아시오."

인광은 눈을 감았다. 그가 인광의 머리에 겨누고 있던 총의 노리개를 뒤로 젖히는 순간 어디선가 총소리가 들렸다. 인광의 머리에 권총을 겨누던 통역자가 한쪽으로 픽하고 쓰러졌다.

"매복자가 있다!"

놈들 무리 중 한 명이 소리쳤다. 갑자기 날아온 총알에 한 놈이 쓰러지자 놈들이 우왕좌왕하기 시작했다.

인광이 놈들이 우왕좌왕하는 틈을 이용해 도로 옆 개울 숲으로 몸을 던졌다. 까칠한 느낌이 인광의 몸을 할퀴는 듯 덮쳤다. 그가 개울 숲으로 몸을 던지고 얼마 지나지 않아 핑하는 소리와 함께 총알 한발이 인광의 머리 위로 날아갔다. 잠시 후 놈들 중 한 놈이 저격수의 위치를 발견하고 소리쳤다.

"놈이 왼쪽 도랑에 숨어 있다!"

사방으로 흩어져 경계를 하고 있던 놈들의 총알이 인광이 숨어 있는 곳의 맞은편 도랑쪽을 향해 무차별로 난사되기 시작했다. 인광이 그 틈을 이용해 놈들과 반대편으로 뛰기 시작했다. 곧 이어 총알 한 발이 인광의 근방으로 또 날아왔다.

'공화국 심장부에서 총을 무지막지하게 쏴대다니…… 저 놈들 정체는 도대체 뭐지?'

인광이 잠시 몸을 웅크린 채 뒤를 돌아보니 한 놈이 인광의 뒤를 쫓고 있는 것이 보였다. 놈과의 거리는 불과 10여 미터, 둔덕 아래로 몸을 숨긴 인광이 어둠 속에서 손으로 땅을 더듬자 작은 돌멩이 하나가 손에 잡혔다. 인광이 그것을 자신의 옆쪽으로 세게 던졌다. 돌멩이가 어딘가에 부닥치면서 나는 둔탁한 소리가 놈의 시선을 흔들었다. 그 소리를 듣고 놈이 방향을 틀어 다가가려는 순간 몸을 날려 그를 덮쳤다. 그 순간 인광의 한쪽 어깨가 욱신거렸다.

'윽!'

놈이 쓰러지면서 쏜 총알이 그의 한쪽 어깨뼈를 스쳐 지나갔다.

'정신을 놓으면 안 돼!'

인광이 총을 쥔 놈의 손을 잡고 한데 엉킨 채로 도랑에서 굴렀다. 놈의 격렬한 공격을 간신히 막아내던 인광이 놈의 사타구니 쪽 빈 공간을 무릎으로 걷어찼다. 놈이 오른쪽으로 떨어져나갔다. 인광이 힘이 빠진 놈의 손을 위에서 비틀어 놈의 목 쪽으로 찔러 넣고 방아쇠를 당겼다. 인광이 몸을 숨긴 채 주변을 살폈다. 소음총에서 발사되는 총탄불빛이 칠흑 같은 어둠을 가르며 부챗살 모양으로 뻗어나갔다. 그러다가 저격수의 총소리가 갑자기 멈췄다. 놈들이 몸을 숙인 채 저격수 있는 쪽으로 사방에서 좁혀들어가는 게 헤드라이트 불빛에 보였다. 잠시 후 제일 앞서가던 놈이 소리치는 것이 밤공기를 타고 희미하게 들렸다.

"놈이 사라졌습니다."

"무슨 소리야!"

"자동격발장치입니다!"

그때 저격수가 타고 온 차량이 그들로부터 떨어진 곳에서 급히 현장을 떠나는 것이 보였다.

"저 놈을 쫓아!"

놈들은 두 조로 나뉘어 한 조는 저격수를 뒤쫓고 나머지 한 조는 인광 쪽을 향했다.

인광을 추적하는 놈들은 2명이었다. 인광은 죽은 놈이 갖고 있던 권총에 손가락을 걸고 몸을 낮춘 채 뛰었다. 수확이 끝난 지 오래된 황량한 논밭이 눈앞에 거뭇거뭇 펼쳐져 있다. 조금 더 가니 하천이 흐르고 그 너머로 낮은 산이 희미하게 드러났다.

'앞이 산으로 막혔군.'

하천은 낮은 곳으로 작은 소리를 내면서 흘렀다. 산에는 군데군데 길게 뻗은 나무들이 작은 나무들 사이에서 하늘을 향해 삐죽 뻗어 있었고 그 아래쪽에 3층쯤 되어 보이는 건물 하나가 외로이 서 있었다. 인광은 하천 한가운데로 난 폭 좁은 다리를 희미한 달빛에 의존해 건너 건물 쪽으로 가까이 다가갔다. 다리를 건너니 조금 전까지 보이지 않던, 기와를 얹거나 판자로 덮인 낡은 단독주택들이 건물 주변과 산 아래 여기 저기 산재해 있는 것이 눈에 들어왔다. 가까이서 본 건물은 거의 폐허가 된 상태였다.

2층의 유리창은 깨져 있었고 건물 앞 전봇대 전깃줄은 아래로 축 늘어져 있었다. 건물 뒤로는 산이었다. 더 이상의 도주가 어렵다고 판단한 인광은 놈들을 거기서 유인해 처리하기로 마음먹었다. 폐허된 건물 안으로 들어간 인광의 눈에 창밖으로 막 다리를 건너려 하고 있는 추적자들 움직임이 들어왔다. 다행스럽게 어깨의 상처 피도 멎고 통증은 견딜 만 했다. 다리를 건넌 놈들이 인광이 들어 있는 건물 좌우로 흩어지는 것이 보였다. 권총 사격하기엔 거리가 멀고 시야가 흐렸다. 인광의 눈에 2층으로 올라가는 계단이 들어왔다. 2층으로 올라간 인광이 놈들이 들어오는 것을 기다렸다. 잠시 후 거친 금속성 소리와 함께 낡은 철문이 천천히 열리기 시작했다. 정문이 반쯤 열렸을 때 생각지도 않았던 방향에서 총알이 날아왔다. 깨진 유리창 너머로 한 놈이 엄호사격을 가하고 있었다. 그 틈을 이용해 한 놈이 철문을 열고 안으로 튀어 들어오며 기둥 뒤로 숨었다.

놈이 기둥 뒤에 숨어 2층 계단 쪽을 향해 총을 발사하기 시작했다. 곧 이어 나머지 한 놈이 튀어 들어오더니 철문 옆 벽에 붙어 있던 낡은 철제 캐비닛 뒤쪽으로 숨었다. 컴컴한 공간에서 불꽃이 사방으로 튀었다. 유리창이 깨지고 쇠붙이에 맞은 총알은 굉음을 내며 사방으로 튕겨나갔다. 희미한 어둠 속에서 캐비닛 뒤에 숨은 놈의 몸의 일부가 보였다. 인광이 놈의 드러난 부위를 향해 권총을 발사했다.

"탈칵!"

총알이 격발되지 않는다.

"탈칵! 탈칵!"

연이어 격발을 시도했지만 총알이 나가지 않는다. 권총이 뻘에 빠져 있는 동안 문제가 생긴 것이다.

"이런 젠장할."

놈들이 계단을 향해 접근하기 시작했다. 두 놈이 권총을 빼든 채 간격을 두고 계단을 올라오고 있었다. 2층 계단이 끝나는 지점 원통형 나무 기둥 뒤에 몸을 숨기고 있던 인광은 놈들이 계단을 거의 다 올라올 무렵 계단 아래쪽을 향해 몸을 날렸다. 앞의 놈을 잡고 아래로 몸을 날리자 뒤에 따라오던 놈도 함께 아래로 구르기 시작했다. 철제 계단과 난간에 몸이 격하게 부딪치면서 머리와 어깨가 으스러지는 듯한 통증이 느껴졌다. 셋은 모두 1층 바닥으로 굴러 떨어져 한동안 움직이질 못했다. 머릿속이 윙윙거리며 도는 정신으로 인광이 주위를 살폈다. 한 놈은 쓰러져 있고 한 놈이 비틀거리며 일어나는 것이 보였다. 놈의 손에는 여전히 권총이 쥐어져 있었다. 바닥에 쓰러져 있는 또 한 놈 권총은 그에게서 떨어져 있지만 몸을 날려 잡기엔 거리가 있었다. 놈이 불과 2미터 가량 앞에서 권총을 겨눈 채 비틀거리며 천천히 다가왔다.

'내가 늦었군.'

놈이 인광의 가슴을 향해 권총을 겨눈 채 비웃음을 지어 보였다.

"공화국의 혁명 완성을 위해 이제 그만 네 놈이 죽어줘야겠다."

"공화국의 혁명을 짓밟는 건 바로 네 놈들이야."

인광이 외치듯이 말했다. 놈은 인광의 말에 아랑곳 않고 권총을 인광의 이마 쪽으로 서서히 이동했다.

"잘 가거라!"

놈이 비릿한 미소와 함께 방아쇠를 막 당기려는 순간 왼쪽 깨진 창문 쪽에서 총소리가 들렸다. 그리고 놈이 갑자기 옆으로 픽 거꾸러졌다. 인광이 깨진 창문 쪽으로 고개를 돌렸다.

"팀장님 접니다!"

익숙한 목소리였다. 그의 부하였다.

"놈들을 따돌린 후 팀장님 뒤를 쫓아왔습니다."

이인광은 집무실에 도착하자마자 지난 번 적용루 비밀 창고에서 가져온 서류를 다시 살펴보기 시작했다. 인광은 놈이 반란 성공을 자신 있어 하던 것이 아무래도 걸렸다.

"도대체 놈들이 무슨 근거로 그런 자신감을 보인 것이지."

인광이 적용루에서 가져온 서류를 꼼꼼히 살폈다.

"어떻게 이런 일이 있을 수 있지?"

서류를 꼼꼼히 살피던 인광의 눈이 갑자기 튀어나올 듯이 커졌다.

"왜 그러십니까?"

중국에서 배로 들여온 공사자재들은 북한의 남포 항구에서 화물차량에 실려 곧바로 평양으로 들어왔다. 인광이 경악한 것은 그것이 평양에 들어오기까지 검색 과정이 서류에 제대로 나타나지 않는다는 것이었다. 검문 검색이 대단히 허술했다. 구체적인 검문 검색 결과가 드러나 있지 않고 총정치국장 특별지시에 의해서 거의 무사통과로 평양의 공사장까지 화물을 날아온 흔적만 드러나 있었다. 평양과 주석궁을 방어하는 책임을 맡고 있는 호위총국이나 평양 방어 사령부에서도 이에 대해 별다른 이의 제기를 한 흔적이 없다.

"어떻게 이런 일이 벌어질 수 있지?"

인광은 평양 방어에 구멍이 뚫린 것이라고 생각했다.

"이봐, 평양 지도를 갖고 와 봐!"

부하가 갖고 온 평양 지도를 한참 들여다보던 인광이 주석궁을 손가락으로 가리키며 물었다.

"여기 주석궁이 공격을 받는다고 하면 예상되는 침투 경로가 어디지?"

"네? 주석궁이 공격을 받는다고요?"

상상할 수 없는 질문에 부하가 깜짝 놀라며 되물었다. 인광의 시선은 여전히 지도에 꽂혀 있었다. 지도를 한참 들여다본 부하가 지도 위 세 포인트를 가리켰다.

"제 생각으로는 북쪽으로는 대성구역 금수산 기념궁전 인근, 남쪽으로는 양각도 호텔과 양각도 경기장 인근, 동쪽으로는 김일성 경기장, 5.1 경기장 인근, 여기 세 포인트가 취약지점이 되겠습니다. 이 세 지점이 현재 평양으로 침투하는 데 주요 길목에 해당되겠습니다."

"이 세 포인트를 잘 살펴봐 어디인지."

지도를 꼼꼼히 살피던 부하의 입에서 경악하는 소리가 튀어 나왔다.

"아니, 이 세 곳은?"

"그래. 바로 한 곳은 적용루가 있는 곳에서 가깝고 또 한 곳은 호텔이 있는 곳에서 가까운 곳이야. 그리고 나머지 한 곳은 바로 국방위 총정치국장의 직속 예하부대가 인근에 배치되어 있는 곳이야. 이 예하부대의 책임자가 바로 작전 2국장이야."

인광과 부하의 눈 모두 충격으로 인해 동공이 확대되었다. 국방위 총정치국 작전 2국은 김달해와 보위부 간부들 살해 협의를 받고 있는 곳이었다.

"만일 이 세 곳에서 반역음모가 진행되고 있다면 큰일이야. 요정과 호텔 어딘가에 숨어 있을 증거물을 찾아내야 해!"

인광은 김달해 부국장과 보위부 간부들의 같은 날 비슷한 시각 의문의 사망 사건의 숨겨진 전모가 서서히 벗겨지는 느낌을 받았다.

청와대 춘추관

대통령의 긴급 기자회견을 취재하려는 언론사들이 청와대 춘추관을 가득 메웠다. 오늘 기자회견의 제목은 'KD-2020 관련한 대통령의 긴급 기자회견' 이다. 기자회견장에는 대통령 안보실장 등 청와대 안보 라인과 국방부장관 등 정부부처 안보 관련 책임자들이 미리 자리해 있었다.

"대통령 각하께서 들어오고 계십니다."

대통령이 비서실장 안내를 받으며 기자회견장으로 들어섰다. 정부 각료와 언론사 기자들이 착석하자 대통령이 미리 준비한 모두발언을 읽어내려 가기 시작했다.

"존경하는 국민 여러분, 우리는 제2차 국방 혁신의 시간을 앞두고 있습니다. 우리의 국방 기술을 높이고 높아진 첨단 기술을 응용해 산업 경쟁력을 높여나가는 대장정을 목전에 두고 있습니다.

존경하는 국민 여러분, 우리의 군사기술도 이젠 선진국 대열에 들어서고 있습니다. 전 세계적인 관심 대상이 되는 주요 신형 무기들의 부품에 한국 방위산업의 기술력이 하나둘씩 자리매김하고 있습니다. 따라서 한국 차세대 방위시스템인 KD-2020 사업은 결코 허황된 꿈만은 아닙니다. 이제 국가적 지원을 통해 독자적 국가안보력을 더욱 강화함은 물론 산업경쟁력도 높여 나가야 하는 것은 국가의 시대적 소명이 됐습니다.

존경하는 국민 여러분, 안타깝게도 이 사업에 대한 오해와 억측이 우리 사회 일각에서 생겨나고 있습니다. 이 사업이 정부 안보부처 몇몇 책임자들의 사리사욕과 연계되어 있으며 심지어 그 배후에 대통령인 제가 있다는 근거 없는 주장들이 돌고 있습니다.

존경하는 국민 여러분, 이 자리에서 다시 한 번 분명히 말씀드립니다. KD-2020 사업은 대통령인 저와 정부 안보부처 책임자들 그 누구의 사리사욕과도 전혀 관계가 없는 국가 안보의 백년대계입니다. 근거 없는 오해와 억측으로 이 중요한 국가사업이 지연되는 일이 없기를 간곡히 당부드립니다. 아울러 검찰에선 이 사안에 대한 철저한 수사를 통해 진실을 규명해줄 것을 당부드립니다."

대통령의 모두발언이 끝나자 기자들의 질문이 시작됐다.

"한강일보 이종식 기자입니다. 최근 국방부 제2차관과 방위사업청장이 국내 방산업체들로부터 억대의 뇌물을 받았다는 보도가 있었습니다. 이런 의혹을 받고 있는 인사들을 자리에 계속 놔두시는 이유가 무엇입니까?"

"저도 최근에 그 보도를 봤습니다. 당사자들은 한결같이 부인하고 있습니다. 물론 일부 실무진들 몇몇이 부당한 접대를 받은 것이 드러나 그들에 대해선 징계조치를 내렸습니다. 지금 언론에서 거론되고 있는 분들에 대해선 검찰이 증거 불충분으로 아직 기소조차도 결정하지 못했습니다. 이런 상황에서 단지 의혹만으로 경질을 한다는 것은 국책사업을 추진하는 차원에서나 본인들의 명예 차원에서도 부당하다 할 수 있을 것입니다. 단지 의혹보도에 국가사업이 휘둘릴 순 없습니다."

"KTB 황종명 기자입니다. 한국의 무인기 개발은 미국이나 유럽에 비해 10년 이상 뒤진 것으로 평가되고 있습니다. 심지어 독자기술에선 북한보다도 뒤지는 것으로 일각에선 평가하고 있습니다. 최근 국책연구기관의 한 연구원이 발표한 내용도 미국이나 유럽의 무인무기를 도입하는 경우와 한국이 자체적인 무인무기 개발에 나서는 경우를 비교 평가한 결과 후자의 경우가 국방력 강화면에서 7~8년이나 뒤진다는 결과가 나왔습니다. 이에 대해 어떻게 생각하십니까?"

"정부에선 이번 사업을 발표하기에 앞서 수많은 비교 평가를 실시했습니다. 그 결과 무인무기 경쟁시대에 우리의 국방력은 외국의 개발 단계인 값비싼 무인무기를 도입해오는 경우와 별 차이가 없는 것으로 조사됐습니다. 뿐만 아니라 자체 개발에 국가가 나설 경우 외국 무인무기 도입 경우보다 국방비가 10분의 1로 줄어드는 것으로 조사됐습니다. 나아가 더 중요한 것은 독자기술을 확보하는 경우 우리 산업 경쟁력 강화에도 큰 도움이 되는 것으로 나타났습니다. 이 사업은 반드시 추진되어야 할 사업이라고 생각합니다."

"제일신문 박창환 기자입니다. 대통령과 총리가 KD-2020 사업에 대한 견해 차이로 갈등이 심하다는 소문이 돌고 있습니다. 총리께선 북한 주민 보호와 핵무기 안전관리를 위해 대북 군사적 조치의 필요성까지 거론하고 있습니다. 일각에선 연립정부가 곧 붕괴될 것이란 전망도 나옵니다. 이런 정치적 상황으로 인해 KD-2020 사업의 국회 통과도 불투명할 것이란 전망이 나오고 있는데 이에 대한 견해를 듣고 싶습니다."

"총리와 저는 비슷한 시기에 정계에 입문해서 20여 년간 정치를 같이 해오고 있어 서로를 어느 정도 압니다. 국가 안보에 대해 저와 총리 생각이 다를 리 없다고 생각합니다. 우린 그간 이견을 대화로 극복해왔듯이 이번 사안도 대화와 토론을 통해 이견을 극복할 수 있다고 생각합니다."

"마지막으로 한 분한테만 더 질문을 받겠습니다."

홍보수석이 나서 기자회견 마무리를 시도했다.

"데일리 정경뉴스의 신현석 기자입니다. 최근 미 하원 공화당 소속의 윌슨 의원 등 국방위원 몇몇이 한국을 방문하고 돌아간 것이 뒤늦게 알려졌습니다. 윌슨 의원은 미 군수업계와 석유업계 이익을 위해 미국의 대외전쟁을 부추긴 인물이라는 평가를 받고 있습니다. 그런 윌슨 의원이 최근 중국과 북한을 악의 축으로 규정하면서 공공연히 한반도 안보 불안을 조성하는 발언을 하고 있습니다. 안보 위기 조성 후 미 무기 대량 구매라는 전략과 연계된 것이 아닌가 하는 분석이 나오는데 이에 대해 어떻게 생각하십니까?"

"특정인의 방한에 대해 제가 평가하는 것은 적절치 않다고 생각합니다. 다만 한국은 지금까지 많은 국방예산을 들여서 무기를 구매하는 갑의 입장임에도 을의 입장에서 무기를 구매하는 상황이었습니다. KD-2020은 이런 잘못된 과거 패턴을 깨자는 뜻을 담고 있습니다."

중국 동북3성 군벌의 수상한 움직임

아직 어둠이 채 가시지 않은 아침 6시. 정일용의 세운상가 가게에 한 사내가 새벽안개처럼 스며들었다. 상가가 본격 영업을 시작하는 오전 9시까지는 아직 세 시간이 남은 시각. 상가 내부는 바깥 어둠보다 더 진한 어둠에 잠겨 있었다.

정일용의 가게로 스며든 사내는 실같은 불빛이 나오는 손전등으로 가게 내부 구석구석을 이리저리 비추더니 정일용이 사용하는 컴퓨터 앞에 앉았다. 컴퓨터 열기를 몇 차례 시도했지만 암호로 잠긴 컴퓨터는 미동도 하지 않았다.

"제기랄!"

그는 몇 번 더 컴퓨터 열기를 시도하다가 결국 포기한 채 가게 내부를 좀더 살피기 시작했다. 가게 주인의 책상 서랍, 책꽂이에 꽂혀 있는 책들, 책상 위에 쌓여 있는 CD들, USB, 그리고 작업대 위의 여러 가지 수리 공구들에 불빛을 비추었다. 책꽂이 빈 공간에 놓여 있던 메모지 하나가 눈에 들어왔다. 전화번호가 적혀 있었다. 효진의 사무실 전화번호였다. 그가 메모지를 제자리에 내려놓고 작업대 위의 수리 의뢰용 컴퓨터로 손전등을 비쳐가는 순간 인기척을 느꼈다. 손전등을 끄고 가게 한쪽 모서리 벽에 몸을 숨겼다. 잠시 후 가게 유리창으로 들어온 불빛이 내부를 잠시 비춘 후 지나갔다.

"불빛이 희미하게 새어나오는 것 같았는데."

"당신이 잘못 본 거야."

상가 내부 순찰을 도는 2명의 경비원이 자기들끼리 주고받는 말이 새어 들어왔다. 경비원이 지나 가고 얼마 지나지 않아 가게를 막 빠져 나오려는 사내의 눈에 작업대 아래 놓인 휴지통이 눈에 들어왔다. 그가 휴지통 속을 유심히 살피더니 그 안에서 검정색 물체 조각 하나를 끄집어냈다.

'USB를 해독한 자가 정일용이 틀림없는 것 같군.'

그가 혼잣말로 중얼거리며 정일용의 가게를 빠져 나왔다.

그날 오전

새로 구입한 민우의 휴대폰에 낯이 익은 번호 하나가 떴다. 민우는 곧 그것이 정일용 사장의 번호라는 것을 기억해 냈다.

"제 전화번호는 어떻게 아셨습니까?"

반가움 반 놀라움 반의 목소리로 민우가 물었다.

"한 과장, 기억이 안 납니까? 지난번에 내 사무실에 왔을 때 방콕서 휴대폰을 분실했다며 급히 연락할 일이 있으면 이용하라며 여자친구 분의 사무실 번호를 알려주었어요."

민우는 그제야 태국 남부도시 산마을에서 쫓길 때 휴대폰을 분실했던 기억을 떠올렸다.

"여자친구 분 사무실로 전화했더니 민우 씨 번호를 알려주더군요."

"아~ 이제 기억이 나는군요. 그런데 무슨 일로 전화를 주셨습니까?"

"내 이메일에 들어 있던 한 과장이 갖고 온 USB 동영상을 우연히 다시 돌려보다가 지난번에 놓친 새로운 사실 하나를 발견했어요."

"새로운 사실이요? 어떤 내용입니까?"

"전화상으로 설명하긴 좀 그렇고……."

"제가 정 사장님 사무실로 찾아가겠습니다."

"아니, 그럴 필요 없어요. 내가 마침 시내에 나갈 일이 있어요. 시내에서 만납시다."

전날 오후

우연히 이메일에 보관했던 USB 동영상을 다시 살펴보던 정일용 사장 눈에 한 가지 눈에 뜨인 것이 있었다. 그것은 오늘 아침에 출근해 USB를 다시 살폈을 때도 역시 마찬가지로 눈에 띄였다. 정일용은 한백함 폭침에 담긴 새로운 사실을 민우에게 알려야겠다고 생각했다. 그리고 빨리 USB에서 손을 떼라고 충고하기로 했다.

지하철 3호선 을지로3가역

지하철에서 내린 정 사장이 최근 새로 생긴 대형서점 내 비즈니스센터로 가기위해 걸음을 재촉했다. 그곳엔 커피숍과 인터넷 공간이 별도로 갖춰져 있었고 상층부엔 최근 영화관까지 들어섰다. 정일용이 지하철역에서 나와 오른쪽으로 난 상가 골목길로 들어섰다. 차가 다닐 수 없는 상가 골목 양 옆에는 개인 무역상들, 편의점, 패널 가게 등 각종 잡화점, 각종 식당, 화원 등이 줄지어 늘어서 있었다. 쌀쌀한 날씨에도 골목 안은 인근 건물에서 쏟아져 나온 직장인들로 활기를 띠고 있었다.

'때마침 점심때여서 쏟아져 나온 직장인들로 붐비는군.'

우연히 뒤를 돌아본 정일용의 눈에 한 가지 이상한 점이 들어왔다. 회색 점퍼와 파란색 청바지를 입은 자가 정 사장과 눈이 마주치자 급히 옆 골목으로 뒷걸음질 쳐 사라지는 것이 보였다.

'내가 잘못 봤나…….'

정일용은 대수롭지 않게 생각하고 가던 길을 계속 갔다. 비즈니스센터로 향하는 갈림길에 접어들기 전 정일용이 다시 한 번 뒤를 돌아다보았다. 골목 안은 여전히 사람들로 붐비고 좀 전에 눈이 마주쳤던 자의 모습은 보이지 않았다.

'역시 신경과민이었어.'

그러나 정 사장이 서점에 들어서기 직전 우연히 뒤를 다시 돌아다보았을 때 사라졌던 자와 눈이 다시 마주쳤다. 그가 인파속에서 뒤따라오고 있었다. 두 번째로 마주 친 그의 인상은 차가움 그 자체였다. 파란색 청바지 차림의 그의 몸에선 무술로 단련된 자의 느낌이 강하게 묻어났다. 그제야 정일용은 자신이 미행당하고 있다는 것을 확실히 알았다.

"나를 미행하는 자가 틀림없어."

정일용은 오전에 받았던 괴전화가 떠올랐다.

"당신 생업과 관계없는 일에 신경 쓰다가는 화를 당할 수 있으니 중단하시오."

"당신 누굽니까?"

정일용이 언성을 높이며 물었다. 그러나 상대는 자기 말만 하고 일방적으로 전화를 끊었다. 오전만 해도 정일용은 누군가 전화를 잘못 걸었으려니 생각했다. 그러나 그 전화가 처음부터 자신을 겨냥한 협박전화일 수 있다는 생각이 들자 불안감이 엄습했다.

'어떻게 해야 놈을 떼어내지?'

고민하던 그는 사람들로 복작거리는 쪽을 택하는 것이 미행자를 따돌리는데 낫겠다는 생각이 들었다. 정일용은 서점을 그냥 지나쳐 인근의 백화점 쪽으로 방향을 바꿨다. 그리고 휴대폰을 꺼내 민우에게 전화를 걸었지만 받지를 않는다. 보석 매장, 화장품 가게, 각종 장식품 매장들이 있는 백화점 1층을 한 바퀴 돈 후 위로 향하는 에스컬레이터를 집어탔다. 2층 매장엔 각종 명품 옷 매장들이 줄지어 있었다. 상대는 그가 속도를 줄이면 같이 줄이고 속도를 내면 같이 내는 방식으로 일정한 거리를 유지하면서 무리들 속에 섞여 뒤쫓아 오고 있었다.

'지독한 놈.'

정일용은 에스컬레이터가 2층에 당도하는 순간 사람들을 밀치고 맞은편 하강 에스컬레이터 쪽으로 달렸다. 하강 에스컬레이터를 타고 1층에 당도한 후 위를 올려다보았다. 놈이 위에서 그를 비웃듯이 내려다보고 있었다.

'소름 돋는 인상이군."

사람들이 자신을 이상한 눈으로 쳐다보는 것을 의식하면서 정일용은 에스컬레이터에서 빠져나와 여성의류 전문점과 고급 가방제품 전문점 코너를 차례로 끼고 돌아 앞으로 달렸다. 전방에 백화점 다른 편 입구가 나타났다. 유리정문은 컴컴한 채 닫혀 있었고 청소부로 보이는 중년의 아줌마가 대걸레로 바닥을 닦고 있었다.

'벌써 해가 저물었군!'

다시 뒤를 돌아보았을 때 놈이 거리를 좁힌 채 그의 뒤를 뒤쫓고 있었다.

'놈이 심리전을 펴고 있는 게 틀림없어.'

놈은 미세하게 거리를 좁히며 뒤를 쫓고 있었다. 그가 청소 아줌마 뒤로 보이는 닫힌 정문을 향해 뛰었다. 그가 달려오는 것을 본 청소 아줌마가 약간 화난 표정으로 달려오는 그를 제지하기 위해 손을 들어 제지하는 시늉을 했다. 그것은 바닥 청소하는 이들의 전형적인 행동이라고 생각하고 그녀를 옆으로 살짝 비켜서 앞으로 내달렸다.

"안돼요!"

그녀가 정일용의 등에 대고 소리를 질렀다. 그는 킬러가 뒤를 쫓고 있다는 공포감에 완전히 사로 잡혀 그녀가 하는 고성을 무시했다. 그녀의 외마디 고함을 뒤로 하고 앞으로 내달리던 그는 컴컴하게 닫힌 정문 앞에 자신의 가슴 높이의 철제 손잡이가 갑자기 나타난 것을 발견했다. 그는 철제 손잡이가 거기에 왜 놓여 있는지 생각할 겨를이 없이 철제 손잡이를 넘어야 정문을 열고 나가 추격자를 따돌릴 수 있다는 생각에 손잡이를 잡고 뛰어올랐다.

'저 유리문을 열고 나가면 다시 사람들 속으로 숨어버릴 수 있어.'

그러나 그가 철제 손잡이를 훌쩍 뛰어넘는 순간 발밑에 뚫린 무시무시한 공포를 발견했다. 그것은 지하로 뻥 뚫린 공간이었다. 그는 자신의 발아래 악마처럼 입을 벌리고 있는 지하백화점 허공을 위에서 아래로 내려다보았다.

"악!"

그는 발아래 허공으로 떨어지기 직전 왼편에 또 다른 유리 정문을 발견했다. 그의 추락을 발견한 청소 아줌마의 외마디 비명이 그제야 정 사장의 귓전에서 멀어져갔다. 그를 뒤쫓던 자는 백화점을 빠져나와 어디론가 상황을 보고했다. 약 4미터 깊이의 지하층으로 떨어진 그는 몇 차례 진열대에 부닥치면서 추락으로 인한 충격을 줄일 수 있었다. 지하 1층 돌바닥에 떨어진 그는 몸에서 혼이 빠져나가는 듯한 느낌을 받았다.

민우는 정일용이 입원해 있는 중환자실 바로 앞 의자에 앉아서 대기했다. 정일용 휴대폰에 찍힌 최근 번호를 보고 병원에서 민우에게 연락을 취했다.

"상태가 어떻습니까?"

민우가 정일용이 입원해 있는 중환자실에서 방금 나온 간호사를 붙잡고 물었다.

"여전히 혼수상태입니다. 잠시 후 의사선생님이 나오시면 그때 자세한 내용을 물어보시지요."

민우는 중환자실 앞 의자에 앉아 머리를 두 손으로 감싼 채 그의 부상이 자신 탓이라고 자책했다. 정일용의 부상은 그에게 USB 해석을 부탁하면서 생긴 일이었다. 잠시 후 중환자실에서 의사가 나오자 민우는 그에게 성큼 다가가 정일용의 상태에 대해 물었다.

"지금은 뭐라고 대답할 수 없습니다. 아마도 오늘 밤을 지나봐야 알 것 같습니다."

의사는 신중하게 대답했다.

"최악의 상황은 면한 것인가요?"

"음, 그래서 오늘 밤을 지켜봐야 한다고 말씀드리는 겁니다."

의사는 신중한 답변만을 반복했다.

병원을 나온 민우는 사고현장을 찾았다. 특이한 구조의 백화점이라고 생각했다.

"철제손잡이만 있고 다른 보호장치는 없습니까? 예를 들면 유리막이라든지……."

민우가 관리인에게 물었다. 그가 머리를 극적이며 대답했다.

"그게 이런 사고는 저희도 처음이라……. 곧 조치를 하겠습니다."

백화점 관리인은 추락사고로 인해 자신에게 닥칠 불이익들을 생각하느라 인해 잔뜩 겁먹은 표정이었다.

"여기 공간은 원래부터 이렇게 되어 있는 빈 공간이었습니까?"

민우의 추궁성 질문이 이어졌다.

"원래 여기는 엘리베이터를 설치하기로 되어 있던 공간입니다. 그런데 갑자기 설계변경이 되어가지고 취소된 것으로 알고 있습니다. 아마도 사고를 당한 분이 무슨 급한 일이 있었나 봅니다. 시력도 좋지 않았던 분 같고요."

"무슨 근거로 그런 말을 하는 것이지요?"
"청소하시는 분 증언에 의하면 사고를 당하신 분이 급하게 추락지점을 향해 달려 나아갔다는 겁니다. 그래서 자신이 위험하다고 소리쳤는데도 못 알아듣고 뛰어내렸다는 겁니다. 피해자 분에게 뭔가 급박한 일이 있었던 것 같습니다."
"이렇게 사람들이 착각할 수 있게 건물구조를 설계해놓고 피해자 책임으로 전가하는 겁니까?"
민우가 관리인을 노려보며 한 마디 쏘아 붙였다. 관리인은 당혹스런 표정만 지을 뿐 더 이상 아무 대답도 못 했다. 현장을 본 민우의 머릿속엔 정일용의 사고가 단순 사고가 아니라는 느낌이 강하게 자리 잡고 있었다.
"정일용 씨 보호자 되십니까?"
민우의 휴대폰이 진동음을 냈다. 병원이었다.
"네, 그렇습니다."
"여긴 병원입니다. 환자분이 방금 의식을 회복하셨습니다."
"그래요?"
"내일쯤 일반병실로 옮길 예정입니다."
민우는 너무나 반가웠다. 중환자실에서 나오는 친구의 모습은 몰라보게 수척해 있었다. 그런 친구의 모습을 보니 자신 때문에 살해위협을 당했다는 생각에 미안함 마음 감출 길 없었다. 일반병실로 옮기고 나서 하루 쯤 지나자 친구는 몰라보게 의식을 빠르게 회복해가고 있었다.

"정신이 좀 듭니까?"
정일용이 고개를 끄덕였다. 그리고 얼굴엔 가벼운 미소가 떠 있었다.
"내가 며칠이나 여기 누워 있었습니까?"
"오늘이 사흘째입니다. 다행히 추락 때 진열대 위로 떨어지면서 충격을 흡수해 뼈가 크게 다치진 않았다고 합니다."
"내가 사후세계를 미리 다녀왔습니다."
민우는 그가 농담까지 하는 것을 보고 안도의 표정을 지었다.
"의사 선생님도 의식을 빨리 회복하리라곤 정말 몰랐다고 얘기하더군요. 지금 5층으로 가지요. 주치의 선생님께 PC 사용을 부탁해 놨습니다."
"PC 사용이요? 그 몸으로 괜찮겠습니까?"
민우가 걱정스런 표정으로 물었다.
"걱정 마십시오. 마우스를 놀릴 정도는 됩니다."
두 사람은 사전에 허락받은 5층 전문의들 휴게실로 향했다. 정일용은 USB 동영상을 마지막 부분에서 멈춰 세웠다.
"자, 여길 잘 보세요. 북한 배의 승조팀이 어디론가 연락을 취하는 이 장면에 나오는 숫자를 잘 보세요."
승조팀장 지시에 따라 승조원 중 한 명이 어디론가 타전하는 모습이 느린동작으로 클로즈업되어 나타났다. 그 승조원은 마지막에 수신자의 숫자를 입력했다. 흐릿하지만 승조원장이 누르는 번호가 식별됐다.
'280258!'
"이 280258 숫자가 담고 있는 의미를 풀어야 이 USB의 마지막 비밀이 다 풀립니다."
민우는 정일용이 하는 말을 알아듣기 어려웠다.
"바로 이겁니다. 첫 번째 해독문 마지막에 등장하는 숫자, -1이 암호키였습니다."
첫 번째 파일 해독문의 맨 하단에 숫자 -1이 적혀 있었다. 그것은 마치 페이지 숫자 1을 표시한 것 같은 착각을 불러일으키고 있었다.
"이 '-1' 이 어떤 의미가 있다는 거지요?"
민우는 정일용이 다시 숫자 280258의 비밀을 푸는 것을 곁에서 지켜보았다.

잠시 후 그가 입을 다시 열었다.

"이것은 간단한 암호입니다. 그러니까 280258은 각각의 숫자에서 1을 빼라는 의미입니다. 그렇게 하면 179147이 됩니다. 그리고 이 179147을 내 컴퓨터 암호 해독프로그램이 이것을 푼 결과는 알파벳으로 Qing이 나왔습니다."

"알파벳으로 Qing이요?"

숫자가 갑자기 영어로 변하니까 민우는 따라가기 힘들었다. 화면 한가운데 Qing이란 알파벳이 떠 있었다.

"이건 고전적인 암호방식 중 하나입니다. 그러면 Qing! 이것이 무슨 뜻일까요? 지금 컴퓨터가 다시 북한과 중국, 그리고 Qing, 이 세 개의 키워드를 갖고 해답을 찾고 있는 중입니다. 조금만 기다려 보면 답이 나올 겁니다."

정일용의 설명이 채 끝나기도 전에 모니터 화면에 4장의 사진이 떴다.

"여기 모니터 화면에 해답이 사진으로 올라와 있군요. 위성에서 찍은 중국 청도 해군 기지 사진입니다. 그러니까 179147은 중국 Qingdao 즉 청도 지명의 앞 글자를 숫자로 옮긴 암호였습니다. 여기 하단에 청도 해군기지에 대한 설명이 달려 있습니다."

모니터 화면 아래에 2단으로 사진에 대한 설명이 붙어 있었다.

'산동 반도에 있는 청도 해군기지. 중국 핵잠수함의 모항으로 알려져 있다.'

"그렇다면 중국 청도 해군과 북한의 해군이 무엇인가 긴밀한 군사 협력관계에 있다는 그런 의미인가요?"

민우가 자신의 생각을 밝혔다.

"바로 그것을 뒷받침하는 다른 증거를 하나 더 찾았습니다."

정일용이 이번엔 해외기사 하나를 모니터 화면에 띄웠다.

"중국의 관영매체인 '중국신문망' 이 보도한 내용이니까 안 믿을 수가 없지요."

모니터 화면 상단에 굵은 글씨의 제목이 눈에 들어왔다.

'중국, 북한 급변사태 대비 발해에서 야간 상륙훈련!'

민우는 정일용이 화면에 띄운 기사를 보는 순간 뉴스에서 접한 기억이 났다. 기사 내용이 정일용의 암호 해독에 신빙성을 제공하고 있다고 민우는 생각했다.

"여기 한 가지 자료가 더 있습니다. 이 자료는 '미국 해군 정보국' 에서 나온 자료입니다."

'미 해군 정보국 자료?'

"북-중 해군이 청도에서 비밀 해군 합동훈련을 가진 것으로 파악된다. 그런데 이 자료에 의하면 북한과 중국 해군이 서해에서 비밀합동 훈련을 가진 것이 공교롭게도 한백함 폭침 4개월 전 일이예요. 왜 폭침 4개월 전에 북-중이 극비 훈련을 했는지 수상하지 않습니까?"

민우는 보도자료를 보고 숨이 콱 막히는 느낌이 들었다. 그의 설명을 들으니 USB에 나온 영상의 의미가 더 충격적으로 다가왔다.

"결국 한백함을 격침시킨 북한 잠수정이 신호를 보낸 곳은 중국 청도 해군기지였다 이 말인가요?"

민우가 믿을 수 없다는 표정으로 정일용의 얼굴을 쳐다보며 되물었다.

"말 그대로겠지요. 중국군에도 한백함 폭침 사실을 알렸다는 것 아니겠습니까? 이 모든 자료를 종합해보면 한백함 폭침에는 중국이 연계되어 있다는 의심을 갖게 되는군요. 여기 이 자료를 보세요."

정일용이 미국 해군 정보국 자료 하나를 더 띄웠다.

「북한 군부와 중국 동북 3성은 양국 사이의 오래된 경제교류로 인해 경제 분야는 물론 군사 분야에서도 활발한 교류가 진행되어 왔다. 특히 장성택 전 행정부장이 숙청되기 이전 양자 사이는 끈끈한 관계였던 것으로 추정된다.」

민우는 한백함 폭침에 중국이 개입됐다는, 지인이 제기한 정황 증거에 충격을 받았다. 정일용이 제기한 정황증거는 거기서 더 나아가 한백함 폭침 관련 미국이 중국의 수상한 움직임을 사전에 알고 있었다는 주장을 담고 있었다.

"미 해군 정보국 자료에 의하면 미 해군이 북한과 중국 해군 사이의 서해상 수상한 비밀 합동훈련을 미리 알고 있었다는 의미가 되지 않습니까?"

"그렇지요. 하지만 그 자료가 곧바로 미국이 한백함 폭침 움직임을 사전에 알고도 방치했다는 증거가 되긴 어렵지요."

'도대체 이유가 뭐지?'

동북 3성 중국군의 등장에 이은 미 해군 정보국의 등장은 민우에겐 충격의 연속이었다.

'적의 적은 친구다! 중국과 미국은 적인가 친구인가.'

천산일 박사의 설명에 따르면 이해하기 어려운 중국의 개입 이유가 조금 이해되는 것 같기도 했다.

'미국과 중국의 투기 세력들의 한반도에서의 이해가 충돌하지 않고 공존하는 상황이란 것이 한반도의 안보 불안을 낳는 요인이 되고 있습니다.'

천산일 씨의 말을 떠올리고 있을 때 그의 휴대폰이 울렸다. 효진이었다.

"선배, 중국계 자금 움직임이 심상치 않아."

"그거야 당연한 게 아니겠어? 북한 내정이 혼란스러우면 한반도 주변국들의 자금이 영향을 받겠지."

"문제는 중국계 자금 움직임이 거꾸로 가고 있다는 거야."

"뭐? 거꾸로 간다고?"

"선배는 중국 경제의 가장 큰 문제가 뭐라고 생각해?"

"글쎄, 건설 경기 위기에 따른 경기침체 뭐 그런 것 아니겠어."

민우가 신문에서 종종 봤던 기사 내용을 떠올렸다.

"그렇지. 그런데 중국의 부동산 관련 펀드들이 오히려 상승세를 보이고 있어."

"뭐? 중국의 건설 주가 호황이다?"

"좀 이상하지 않아? 한쪽에선 부동산 거품 붕괴 경고가 나오는 판에 누가 어떤 생각으로 중국 부동산 관련 펀드를 사들이는 걸까?"

민우도 효진의 의문제기가 일리가 있다고 생각했다. 북한 건설 경기가 살아나면 중국 건설사들도 수혜를 보는 것이 있지만 지금은 북한 내정이 혼란스런 상황이다.

'중국 동북 3성과 산동성의 건설업체들은 군벌들과 손잡고 북한의 서한만 유전을 노리고 있습니다.'

그때 천산일 씨의 말이 민우의 머릿속에 떠올랐다.

"혹시 증시에서 뜨는 중국 건설업체들이 북한 서한만 유전과 연관이 있지 않아?"

"어? 선배가 그것을 어떻게 알았어?"

민우가 천산일에게 들은 얘기를 효진에게 전해줬다.

"선배 말처럼 중국 건설 업체들은 원유채굴사업도 병행해 왔어."

민우는 천산일 씨의 말이 사실로 드러나자 전율을 느꼈다.

"중국의 건설업체들 배후에 동북 3성의 군장성들과 산동성 군벌들이 있다는 보고서도 있어. 그리고 이들의 적지 않은 수가 지금 북한 내에서 건설사업을 병행하고 있다는 거야."

민우의 머릿속에 초계함을 폭침시켰던 북한 잠수정이 중국 산동성 청도 군기지에 알 수 없는 신호를 보냈던 것이 떠올랐다. 그리고 신호의 의미를 덮고 있던 베일의 한 꺼풀이 벗겨지는 것이 느껴졌다.

민우는 순간 등에서 서늘한 기운이 뻗치는 것을 느꼈다. 천산일이 말한 시나리오가 현실화되어가는 것 같아서 섬뜩했다.

"선배, 그런데 한 가지 이상한 일이 있었어."

"이상한 점? 뭐지?"

“내가 중앙통제센터 다녀온 다음 날 국제금융조사국 직원이라며 전화가 왔었어.”

“그런 얘기를 왜 이제 해.”

민우가 놀란 음성으로 물었다. 민우는 효진이 자신 때문에 의심을 사게 됐다는 생각에 미안하고 또 한편으로 자신이 방콕에서 겪은 일이 떠올라 걱정스러웠다.

“그들이 왜 전화한 거지?”

“미 국토부가 해외 재산은닉자 비공개 명단 사이트 무단 침입 사건을 조사하던 중 내가 용의자 선상에 올랐다는 거야.”

다행히도 중앙통제센터 건이 아닌 오래 전에 민우가 부탁한 것으로 걸려 온 전화였다.

“사실 미 국토부 비공개 사이트 접속은 불법이야. 비록 내가 직접 접속한 것이 아니지만 결국 내가 부탁한 것이었으니까.”

“그래서 어떻게 됐어?”

“그들은 그 정보가 왜 필요했던 것인지 꼬치꼬치 캐묻더라고. 내가 필요했던 거냐? 아니면 혹시 누가 부탁한 거였나? 캐묻더라고. 그래서 내가 그랬지. 나는 금융감독기관에 근무하고 있는 사람이다. 사전에 승인을 얻고 한 것은 아니지만 업무상 필요에 의해 접속한 것이다 이렇게 대답했지.”

“그랬더니?”

‘당신이 상황 파악을 못하고 있다, 당신이 재직중인 기관으로 공문이 날아올 수도 있다’ 면서 겁을 주더라고. 그래서 내가 ‘상업적이거나 개인의 명예훼손적인 것은 없었다. 그것이 법적으로 문제가 된다면 처벌은 달게 받겠다’ 고 당당하게 나갔지. 그랬더니 전화를 끊더라고.”

“…….”

"그런데 감이 좀 이상해서 오늘 아침에 국제금융조사국에 전화를 걸어 확인해보니까 자기네 쪽에서 전화 건 일이 없다고 하더라고."

"그래? 누가 전화한 거지?"

민우는 베일 속 세력이 효진에게도 접근했다는 사실에 적잖은 불안감을 느꼈다.

"선배, 너무 걱정하지마. 지금까지 아무 일 없는데 뭐. 내가 한 행위는 상업적 목적도 없고 특정인의 명예를 훼손하기 위한 의도는 더더욱 아니니까."

효진이 자신이 처한 상황에 대해 낙관적으로 받아들이자고 했지만 민우는 걱정이 됐다.

"차라리 우리 쪽에서 보다 적극적으로 나서보는 건 어떨까."

"……."

"우리가 그들을 찾는 게 아니라 그들이 우리를 찾게 하는 거지."

"그게 무슨 소리야?"

"지난번에 입수한, 선배가 장진동 씨로부터 받은 사진을 언론에 흘려보면 어떨까? 그러면 그쪽에서 반응을 보일 것 같은데."

"그거 너무 위험해 보이는데."

"그들의 그림자라도 빨리 찾으려면 이 방법이 효율적일 것 같아. 더 이상 선배 혼자 힘으로 찾는 것은 무리야."

한라방송국 시사제작팀

'이슈진단 라이브 60' 팀의 전화가 울렸다.

"네, 한라 방송국 이슈진단 라이브 60입니다!"

"채성식 PD를 부탁합니다."

"누구시라고 할까요?"

작가인 듯한 여성이 물었다. 민우는 자신을 어떻게 소개할까 잠시 생각하다가 말을 이었다.

"저는 한민우라는 사람입니다. 얼마 전 한강에서 투신한 장진동 씨 최초 목격자입니다."

"네? 한민우 씨요? 잠깐만 기다리세요."

전화받은 여성이 다급한 목소리로 기다리라고 하더니 잠시 후 남자의 목소리가 들렸다.

"제가 채성식 PD입니다. 한민우 씨 되십니까?"

"그렇습니다."

"그렇지 않아도 저희가 그간 한민우 씨를 찾았습니다. 저희도 외신에서 소식을 듣고 한번 직접 만나 뵙고 대화를 나누고 싶습니다."

민우가 태국을 빠져 나간 지 사흘이 되는 날부터 민우에 관한 내용이 국내언론에도 조금씩 보도되고 있었다.

"저희는 한민우 씨가 사건에 억울하게 얽힌 피해자라는 것을 확신하고 있었습니다. 한민우 씨가 방콕에서 겪은 사연에 대해 저희 제작팀에서는 큰 관심을 갖고 있습니다."

"저는 제 개인에 관한 얘기가 더 이상 언론에 보도되는 것을 원치 않습니다."

"그렇습니까?"

프로듀서의 음성에서 당황함이 약간 느껴졌다.

"그러면 제보를 하시려는 내용이?"

그날 오후

"어서 오십시오. 기다리고 있었습니다."

방송국을 찾은 민우를 채 PD가 반갑게 맞아 주었다.

"이것이 장진동 씨가 남긴 가방 안에 같이 들어 있었던 사진이고 이것은 류조국 소장이 한국에 건네려던 명단입니다."

민우가 가방 안에서 사진과 명단을 꺼내 보였다.

"이 사진 속 인물들이 장진동 씨가 죽음으로 폭로한, 한반도에서 일어나고 있는 모종의 음모와 연루된 인물들입니다. 다만 아쉬운 점은 보시다시피 정면 모습이 아닌 옆모습 사진뿐입니다."

채 PD가 사진을 이리저리 돌려가며 한동안 뚫어져라 쳐다보았다.

"장진동 씨가 감춰진 진실을 알리기 위해 극단적인 방법을 택할 수밖에 없었던 인물들이라면 이 사진 속 인물이 이번 사건의 비밀을 풀 열쇠를 갖고 있을 가능성이 있겠군요."

사진과 명단을 받아든 채 PD의 얼굴은 어느새 상기되어 있었다.

"반드시 밝혀질 겁니다. 지금까지 저희가 시사 프로를 제작하면서 경험한 바에 의하면 완벽한 비밀은 없다는 겁니다. 5층 사진실로 가시지요."

두 사람은 방송국 5층의 촬영국 사진실로 자리를 옮겼다.

"인사하시지요. 이쪽은 우리 방송국 최고의 사진 베테랑입니다."

"사진팀의 성영한 팀장입니다."

"성 팀장, 이 사진의 등장인물들에 대해 최대한 알아냈으면 하는데."

성 팀장이 채 PD에게 건네받은 사진을 아무 말 없이 사진 검색대 위에 올려놓더니 살펴보기 시작했다.

"시간이 좀 걸릴 것 같습니다. 확인되는 대로 채 PD 통해 연락드리겠습니다."

다음 날 오전, 채 PD가 민우에게 전화로 밤사이 진행 상황에 대해 알려왔다.

"민우 씨가 제보한 사진 속 두 사람 중에 한 명이 저희가 확보한 인물과 동일인물이란 결론을 내렸습니다."

"그렇습니까?"

민우는 예상보다 일이 빠르게 진행돼서 놀랐다. 더 놀라운 것은 사진 속 두 사람 중 한 명으로 추정되는 자에 관한 자료를 방송국이 이미 확보하고 있다는 것이었다.

"윗선의 협조를 얻어 이르면 내일 저녁이라도 방송이 가능할 것 같습니다."

'이슈진단 라이브 60'의 방송이 진행되고 있다.

"화면에 나온 명단에 주목해주십시오."

채 PD가 PDP에 명단을 띄워놓고 설명을 시작했다.

"공세적인 북한 붕괴론 주창자인 이동명 교수, 북한의 통치자금 조성 해외 사업 담당자인 량현수, 한-북-중 삼각 무역 사업가인 장진동 씨, 그는 삼각 무역 사업을 하기 전 대북 공작요원으로 활동했습니다. 자연스럽게 이들 모두 북한과 관련되어 있다는 공통점이 있습니다. 이들의 또 한 가지 공통점은 모두 최근 한 달 전에 사망했다는 겁니다. 교수는 피살됐고 장현수는 통치자금 사건 이후 숨어 지내다 북 보위부에 체포돼 북으로 끌려가 처형된 것으로 최근 북 매체가 보도했습니다."

프로그램은 서서히 사건의 핵심을 향해 접근해 가고 있었다.

"저희는 왜 이들이 한 달 전에 사망했는지 그 원인을 추적했습니다. 지금부터 한 달 전 베이징 주재 대사관에 한 통의 망명요청 전화가 걸려왔다는 사실을 소식통에게서 접했습니다. 그는 북한 국방위 정찰총국에 근무하는 류조국이었습니다. 그러나 그의 남쪽으로의 망명 시도는 석연치 않은 이유로 사전에 발각됐고 심야에 베이징 대사관 거리에서 피살됐습니다. 누가 왜 그를 살해한 것일까요? 당시 류조국은 정찰 임무를 수행하면서 얻은 불온한 명단이 담긴 USB를 소지하고 있었습니다. 그는 죽었지만 불행 중 다행히 그가 북에서 갖고 나온 USB는 우여곡절 끝에 한국에 도착했습니다. 그리고 시청자 여러분께서 보신 명단이 바로 그 망명에 실패한 북 고위층이 소지한 USB에 담겨 있던 내용입니다."

TV 화면에 명단 속 이름들이 떠올랐다.

"다시 화면을 주목해 주십시오."

이번엔 교수의 논문 표지와 논문 속 주요 내용들이 크게 활자화되어 계속 바뀌어 가며 화면에 나타났다.

"명단에 등장하는 이동명 교수가 발표했던 연구 논문을 분석해봤습니다. 그 결과 그의 논문은 단순 학술논문과는 성격이 크게 다른 점이 발견됐습니다. 우선 그의 논문이 미 국방성과 미 의회 군사위원회 위원들, 다국적 군산 복합체, 무기 로비스트들의 정보와 이해관계를 다루는, 무엇보다 고객이 주문해야 받아 볼 수 있는 주문형 리포트지에 실렸다는 점이 특징적입니다. 이것은 매우 이례적인 일입니다."

TV를 보던 민우는 프로그램이 사건의 핵심에 한 발씩 가까이 다가가면서 사건의 실체가 곧 드러날 것이란 기대감과 방송 이후 나타날지도 모를 신변에 대한 불안감에 동시에 휩싸였다.

'내가 겁도 없이 일을 너무 크게 벌인 것은 아닐까?'

"이 리포트는 글로벌 군산업체 관계자들과 미국과 유럽 등의 군사 분야 고위 공직에 있는 자들이 구독하는 잡지입니다. 물론 리포트에 실린 교수의 논문 내용은 그들의 구독자들의 입맛과 잘 맞아 떨어진다는 느낌마저 줍니다. 즉 이 논문의 특징은 북한 붕괴를 위한 아주 독특한 군사 경제 심리적 방법론을 담고 있는 위험한 논문이었다는 것입니다. 교수의 논문이 비공개 논문이었다는 사실이 이 교수가 비밀유지를 위해 피살됐을 가능성을 더 높여줍니다."

갈증을 느낀 민우가 물통에서 물 한 컵을 따라 마셨다. 물이 목젖을 타고 내려가자 몸의 긴장이 조금 완화되는 걸 느꼈다.

"저희 제작진은 이동명 교수의 논문이 어떻게 세계적인 군산업체의 리포트에 실렸는지 알아봤습니다. 실린 배경을 알아보니 교수의 논문을 후원한 곳이 바로 유로퍼시픽아이즈라는 곳이었습니다. 그런데 유로퍼시픽아이즈는 바로 이 리포트를 정기적으로 후원하는 단체 중 한 곳이기도 했습니다. 즉 이 리포트 정기 후원단체가 교수의 연구 논문도 후원한 것입니다. 그런데 명단에 실린 또 다른 인물인 장진동 씨 역시 유로퍼시픽아이즈에 속한 인물이었습니다. 한강에 투신한 장진동, 비슷한 시기에 사망한 이동명 교수. 제보자는 이동명 교수는 심장마비사가 아니라 저격 위협에 의한 심장질환 악화라고 주장하고 있습니다. 그리고 이 두 사람 모두의 배후에 있는 유로퍼시픽아이즈. 이쯤 되면 비슷한 시기 이들의 죽음이 우연의 일치로만 치부하긴 어렵다는 결론에 도달하게 됩니다."

화면에 량현수의 사진과 그의 죄목이 실린 노동신문 기사가 함께 등장했다.

"이들과 명단의 실체를 좀더 자세히 살펴보기 위해 여기 이 사람을 주목해 주십시오. 이 사람 역시 이번 명단에 들어 있던 자로서 북한의 해외 사업 책임자인 량현수란 자입니다. 그의 실제 역할은 김정은 통치자금 조성과 관리였고 최근에 총살당한 것으로 확인됐습니다. 그런데 총살형 죄목이 눈에 뜨입니다. 북한 매체가 보도한 량현수의 죄목은 '적에게 매수되어 공화국 기밀을 공공연히 유출한 죄' 라고 적시되어 있습니다. 더 흥미로운 것은 여기서도 유로퍼시픽아이즈가 등장한다는 것입니다. 량현수 계좌로 돈을 흘려보낸 외부 계좌와 유로퍼시픽아이즈의 연결 계좌 중 하나가 일치하는 것으로 조사됐습니다. 이동명 교수와 장진동, 그리고 김정은 통치자금 담당 량현수와 북한 국방위 고위 간부인 류조국, 그리고 이들 배후에 어김없이 등장하는 유로퍼시픽아이즈. 결국 이 미스터리는 남한만이 아니라 남과 북 모두가 상호 연계돼 있다는 것을 시사하고 있습니다."

민우가 '유로퍼시픽아이즈' 를 나지막이 읊조리며 입술을 깨물었다. 다시 채

PD의 말이 이어졌다.

"명단을 둘러싼 잇따른 의문의 죽음의 원인을 밝히기 위해서도 유로퍼시픽아이즈의 실체를 밝히는 게 중요합니다. 저희가 이 투자사의 그간의 투자 행태를 취재한 결과 한 가지 단서가 잡혔습니다. 이 투자사의 그간 행태를 보면 무기류 종목에서 뛰어난 주가수익을 올린 것이 드러났습니다. 그들이 매매한 종목은 대부분 전 세계적인 무기제조업체인 록히드마틴 사와 관련한 종목인 것으로 나타났습니다."

"록히드마틴!"

같은 시각, TV프로그램을 보던 대통령이 신음소리에 가깝게 내뱉었다. 록히드마틴 사를 생각할 때마다 일국의 대통령도 어찌할 수 없는 거대한 장벽을 마주 대하고 있는 압박감을 받곤 했다. 차세대 전투기 사업도, 미사일 방어시스템 사업도 어느새 록히드마틴 사 손으로 돌아가고 있었다. 대통령은 유럽 국가도 끌어들이고 남미 국가도 참여시켜 경쟁을 시도해봤지만 결과는 록히드마틴 사였다. 그리고 그들은 이번엔 자신이 역점적으로 추진중인 무인무기사업에도 손을 뻗치고 있었다. 재추진 논란이 일고 있는 '사드 배치' 배후에도 록히드마틴 사가 버티고 있었다. TV를 시청하던 대통령이 곁에 놓인 전화기를 집어들었다.

"비서실장님, 지금 TV에 나오고 있는 장진동과 유로퍼시픽아이즈에 대해 알아보세요."

"네, 알겠습니다. 각하."

대통령의 시선은 다시 진행 중인 시사프로그램으로 향했다.

"유로퍼시픽아이즈의 실체를 밝히는 데 또 하나의 단서가 있습니다. 장진동 씨가 남긴 사진 한 장을 저희가 입수했습니다."

그런데 화면에 사진 하나가 떠올랐는데 그것은 민우가 넘긴 사진이 아니었다.

"여기 이 사진 속 선글라스를 착용하고 있는 사람에 주목해주십시오."

민우는 제작진이 가리키는 사진 속 등장인물을 봤지만 누군지 식별하기 어려웠다.

"이 사진 속 인물은 지난 해 싱가포르 어느 대형식당에서 또 다른 사람과 함께 나오던 중에 찍힌 겁니다. 두 사람이 악수를 하고 있는 사진인데 두 사람 모두 옆모습을 하고 있어서 정면 모습을 찍지는 못 했습니다. 카메라 셔터를 누르는 순간 고개를 돌려 옆모습만 찍힌 것이지요."

민우는 제작진이 왜 누군지 식별할 수 없는 사진을 보여주는 것인지 궁금했다.

"자 여기 또 한 장의 사진이 있습니다."

그가 꺼낸 두 번째 사진 역시 두 사람의 정면 모습은 볼 수 없는 사진이었다.

"이 두 번째 사진은 선글라스를 착용한 인물과 함께 있던 자로서 그와 악수한 이후에 헤어져 대기하던 승용차에 탑승하기 직전의 옆모습입니다. 저희가 왜 옆모습이 찍힌 사진들만 보여드리는지 궁금하실 겁니다. 두 번째로 보여드린 이 사진에서도 옆모습이지만 차량의 넘버를 주목해주십시오. 이 차량 넘버를 갖고 싱가포르에 오래 사신 교포 한 분을 통해 문의를 한 결과 이 차량이 북한 영사관을 드나드는 것을 종종 봤다고 합니다."

'북한 영사관 차량?'

"자, 여기 이 두 사진을 보십시오."

민우는 사진 검색대 위에 올려놓은 사진들을 예의주시했다. 사진 검색대 위에는 방금 전에 본, 선글라스를 착용한 채 악수를 하고 있는 의문의 사나이 옆모습 사진이 놓여 있었고 그 오른편에는 민우가 제작진에 제공한 사진이 놓여 있었다. 그가 마우스를 움직이니 왼편 사진의 선글라스가 벗겨졌다. 그리고 오른편 인물의 사진을 옆모습으로 돌리는 순간 민우의 입에서 작은 비명이 터져 나왔다. 왼편의 사진 속 인물과 흡사한 인물이 나타났기 때문이다.

"자, 이제 왼편 사진을 오른편 위에 올려놓겠습니다."

그가 두 사진을 겹쳐놓자 기계 상단에서 싱크로율 표시하는 수치가 변하기 시작했다. 99.91퍼센트에서 멈췄다.

"싱크로율이 99.91퍼센트라는 것은 동일인이란 의미입니다. 아무리 옆얼굴이라도 콧날이 다르고 턱선도 차이나고 귀 모양도 사람마다 차이가 나기 때문에 동일인 여부를 거의 99퍼센트 이상 알아낼 수 있다는 것이 전문가들의 견해입니다."

'사진 속 인물이 북한인과 접촉했다는 의미인가?'

"저희는 이 선글라스를 착용한 자가 지금까지 추적해 온 미스터리의 실체를 밝혀줄 인물이라는 점에서 제보자와 생각을 같이 하고 있습니다."

이어 제작진은 인터넷에서 검색한 기사 하나를 시청자들에게 보여줬다.

"이것은 사진 촬영이 있을 즈음에 한반도 일보가 보도한 내용입니다. 싱가포르에서 한국과 미국 중국 정보 관계자들 간 비밀 회동이 있었다는 내용입니다."

화면에 신분을 알 수 없는 여러 명의 사내들이 멀리 떨어져 회동하는 모습이 잡혀 있었다.

"이제 이 미스터리는 남과 북만이 얽혀 있는 차원이 아니라 국제적으로 얽혀 있다는 것을 강력히 시사하고 있습니다. 왜 이들이 류조국 소장이 피살당하던 시점을 전후에 싱가포르에서 비밀리에 만났을까요? 그들은 만나서 무슨 논의를 한 것일까요? 이 시기 남북의 비밀 만남은 우연의 일치일까요? 이슈진단 라이브 60, 오늘 순서 마치기 전에 시청자 여러분이 갖고 계실 궁금증 한 가지 풀어드리겠습니다. 싱가포르에서 남과 북의 은밀한 만남의 장면을 저희 제작진이 어떻게 기다리고 있었다는 듯이 찍을 수 있었는지가 궁금한 분들이 계실 겁니다."

채 PD가 언급한 부분은 민우도 얼른 이해가 가지 않던 부분이기도 했다.

"싱가포르는 북한 사람들이 많이 활동하고 있는 곳입니다. 사업 목적이라고 하지만 그들 중 상당수가 북한 공작원들입니다. 때문에 싱가포르는 어느 동남아 국가 못지않게 남북 간 비밀공작이 치열하게 벌어지고 있는 곳입니다. 시청자 여러분이 사진을 통해 보고 계신 이 식당은 싱가포르에서 꽤 규모가 있는 관광식당입니다. 형식적으로는 현지 교민이 운영하고 있지만 그 배후엔 북한당국이 있습니다. 외화벌이 식당이지요. 오션 마리나 비치라고 하는 요식업체의 체인점으로 알려져 있지만 그 본사는 평양에 있다는 소문도 있습니다. 이 사진을 찍어 보낸 분은 싱가포르에서 활동하고 있는 아마추어 사진작가인데 저희 제작진과도 친분이 깊은 분입니다. 그는 북한인들이 자주 드나드는 이 관광식당 건너편 건물 3층에서 대기하고 있다가 두 사람이 나오는 장면을 찍어서 저희한테 보낸 겁니다."

민우, 다시 위협에 노출되다

'이슈진단 라이브 60'이 방송된 그날 저녁 비서실장이 대통령 집무실 문을 열고 들어섰다.

"각하께서 알아보라고 하신 투신한 장진동이란 자의 정체가 다소 복잡합니다."

"복잡하다고요?"

"출신은 조선족인데 북한에 포섭돼 대남 공작에 투입됐다가 체포돼 우리 군 특수정보기관에서 근무를 했던 특이한 경력의 소유자였습니다."

"그가 전향을 한 것입니까?"

"전향 이후 행적에서 달리 그의 전향을 의심할 만한 행동은 없었습니다. 그는 지난 2014년도에 조선족 사업가로 국내에 위장 침투해서 남과 북 및 중국 등

3국 무역사업가로 활동해 왔습니다. 그 과정에서 정부 관계자는 물론 정치인들, 군 관계자들과 두루 접촉하면서 정찰과 정보수집 활동을 해오다 주민의 신고로 체포됐습니다. 그런데 장진동 체포 경위가 흥미롭습니다. 이 자는 어렸을 때 한국에 건너와서 부모와 함께 인천 화교밀집 지역에서 잠깐 산 적이 있습니다. 그를 우연히 발견한 어릴 적 동네 친구가 다가가 인사를 했지만 모른 체하고 당황하는 표정이 이상해서 국정원에 신고를 해서 체포가 됐습니다. 그런데 당시 우리 정보기관에선 그를 적발했지만 그 사실을 대외적으론 발표하지 않았습니다."

"그 후에 우리 측 대북 비밀요원으로 활동했다는 겁니까?"

"그는 잠시 간첩죄로 복역을 했습니다. 그런데 그가 간첩죄로 복역한 기간은 불과 6개월에 불과했습니다. 당시 재판을 담당했던 판사에게 그 이유를 알아보니 국가 대북공작 목적이라는 정부 요청 때문에 그렇게 비밀합의를 봤다고 합니다."

"그가 우리 군에서 했던 일은 무엇이었습니까?"

"한국으로 귀순한 이후에는 몇 차례 특수 공작을 위해 대북 침투에 참가했던 적이 있었던 것으로 드러났습니다."

"대북침투 공작이요?"

비서실장의 보고에 대통령의 눈빛이 번쩍였다.

"형태만 다르지 북파공작 활동은 꾸준히 시도되고 있습니다."

비서실장이 대통령의 표정을 잠시 살핀 후 말을 이었다.

"그는 처음엔 북파 공작원들 교육을 주로 맡았지만 나중엔 직접 대북침투 활동도 몇 차례 했던 것으로 알려졌습니다. 그리고 3년 전부터 유로퍼시픽아이즈 소속으로 조선족사업가로 위장해 대북 우회 침투공작을 하고 있었던 것으로 보입니다. 그런데 그것이 이상합니다. 그가 조선족 사업가로 위장해 활동한 내역이 베일 속에 가려져 있습니다. 무엇인가 음성적으로 진행되고 있었다는 느낌이 듭니다."

"그게 무슨 얘기지요?"

대통령의 목소리 톤이 높아졌다.

"장진동을 직접 가르쳤던 직속상관은 북 침투 작전 중 사망한 것으로 기록에 나와 자세한 내용을 아는 것이 벽에 부닥친 상황입니다."

"장진동의 직속상관이 사망했다고요?"

우연의 일치라고 하기에는 여러 가지로 의심스럽고 인위적인 냄새가 난다고 대통령은 느꼈다. 대통령의 확대된 동공에서 사안을 심상치 않게 바라보고 있음이 느껴졌다.

"현재 남아 있는 요원들 말에 의하면 장진동의 직속상관도 장진동 사망 일주일 뒤 동해 침투 작전 나갔다가 북한 경비요원에 발각돼 처형된 것으로 기록에 나와 있었습니다."

"그가 조선족 사업가로 위장 활동했던 기간의 자료가 모두 사라졌다는 것은 무엇인가 은폐가 있다는 얘기 아닙니까?"

"장진동이 군에서 나와 조선족 사업가로 활동한 기간은 엄밀하게 말하면 군인 신분은 아닙니다. 반관반민의 신분이었습니다. 따라서 자료 추적에 한계가 있습니다."

"보고서대로라면 장진동 씨가 유로퍼시픽아이즈라는 투자사에 들어간 기간과 조선족 사업가로 위장 활동한 기간이 겹친다는 것인데 그렇다면 유로퍼시픽아이즈를 조사해보면 조선족 사업가로서의 활동 내역도 드러나지 않겠습니까?"

"안타깝게도 유로퍼시픽아이즈의 투자 행태를 보면 록히드마틴 사와의 상호 연관성이 의심스럽지만 실소유주가 워낙 베일에 가려져 있어서 두 곳 사이의 연계 파악에는 시간이 좀더 걸릴 것 같습니다. 그리고 말씀하신 록히드마틴

사와의 관계도 알아봤습니다만……."

비서실장이 잠시 목을 가다듬은 뒤 다시 보고를 계속했다.

"록히드마틴사와 장진동씨와의 공식적인 연관성은 어디에도 나타나지 않고 있습니다. 결국 장진동씨와 유로퍼시픽아이즈 그리고 록히드마틴사 이 세 곳 사이의 상호 연관성은 의심은 해 볼 수 있지만 그것을 뒷받침할 물증은 아직까지 확보하지 못한 상태입니다. 시간이 좀 더 걸릴 것 같습니다"

대통령은 비서실장의 보고를 들으며 정부 내부 깊숙한 곳에 오열이 있다는 심증을 더욱 굳혔다.

석관동 A 호텔 12층 비즈니스센터실

컴퓨터 화면 하단에 메신저 호출을 알리는 노란색 신호가 깜빡였다. 사내가 마우스를 이용해 메신저를 끌어왔다.

"파트너, 사업이 지금까지는 비교적 계획이 순조롭게 진행되고 있소."

키보드 위에서 사내의 빠른 손놀림이 이어졌다.

"사업이 순조롭게 진행되고 있다니 다행이오."

"파트너! 어둠 속에 있어야 할 블랙이 밖으로 나왔소."

"……."

"회색눈의 옆모습이 방송에 노출됐단 말이오. 이것은 전략의 큰 노출이요."

상대의 메시지 톤이 갑자기 무겁게 내려 앉았다.

"그 정도로는 아무도 그를 찾을 수 없을 거요."

"그건 당신 오만일 수 있소. 작은 구멍으로 댐이 무너지는 법이오."

"회색눈은 한 번도 드러난 적이 없는 자요. 걱정하지 않아도 돼요."

"문제가 더 커지기 전에 화근을 정리하시오."

"이미 한국인 2명이 죽었소. 장진동도 투신했고 이 교수도 사망했소. 한국의 정보기관이 바보가 아니오."

"당신이 해를 입을까 걱정할 필요가 없소. 그들이 우리 계좌의 목 근처까지 도달했었소."

"대처가 지나치면 그들이 냄새를 맡을 수 있어요. 시간을 좀 주시오."

"당신이 안 하면 전문가들이 나설 거요."

"여긴 방콕이 아니오. 치안이 허술하지 않단 말이오."

"파트너, 우린 당신에게 많은 돈을 투자했소. 당신이 평생 쓰고도 남을 해외 비자금, 당신 가족이 누리고 있는 모든 풍요로움, 그리고 당신이 곧 오를 고위직 자리, 그 모든 것이 다 우리의 로비와 땀이 배어 있다는 것을 잊지 마시오."

메신저가 일방적으로 끝났다.

"새끼들."

그가 거친 욕을 내뱉었다.

다음 날 아침

민우가 탄 승용차가 장항IC 서울 방향 램프로 접어들었다. 한강을 끼고 있는 램프 위는 짙은 안개로 인해 시야가 수 미터에 불과했다. 갑작스런 안개로 장항교 진입로부터 차량들이 거북이걸음을 하고 있는 속에 민우의 차량도 섞여 있었다.

'가드레일이 별로 단단해 보이지 않는군.'

민우의 불안한 눈빛이 다리 위 가드레일을 훑었다. 장항교 위의 안개 상태는 진입램프보다 더 심했다. 민우의 차량이 늘어선 차량들 사이에 끼어 거북이 운행을 하고 있을 때 백미러에 비친 강렬한 노란 빛이 눈에 들어왔다.

'저게 뭐지?'

뒤 따라오던 차량이 가까이 붙었을 때에야 그것이 대형 화물트럭이란 사실을 알 수 있을 정도로 지독한 안개였다.

'저 화물트럭에 받히면 오징어 신세가 되겠군.'

민우는 뒤에 바짝 붙어 오는 대형 화물트럭을 의식하면서 경사진 내리막길로 속도를 낮춰 진행했다. 차량이 좌로 휘어진 서울 방향 내리막길에 접어들었을 때 도로 위의 빙판이 브레이크 위에 올려놓은 발바닥에서 느껴졌다. 민우는 도로 아래가 습지 지역이란 사실을 기억해 냈다. 습지에서 올라온 찬 공기가 도로 표면을 살짝 얼린 것이다.

'앞차와의 간격을 더 떼어야 돼.'

민우가 앞차와 거리간격을 넓히기 위해 브레이크위에 올린 발을 좀더 깊게 내렸다. 그 순간이었다. 뒤 따라오던 화물차가 민우가 탄 차량을 가볍게 들이받았다. 이어 민우의 차량이 가드레일을 쿵하고 들이받더니 오른쪽 앞바퀴가 허공에 들리는 느낌이 들었다. 30센티미터쯤 밖으로 밀려난 구겨진 가드레일을 보는 순간 아래 놓여있을 수십 미터 높이의 허공이 머릿속에 떠올랐다. 발끝부터 머리끝까지 온몸의 신경이 바늘처럼 돋아나는 것을 느꼈다.

"속력을 갑자기 줄이면 어떻게 해!"

뒤따라오던 화물차 운전자가 지르는 소리가 들렸다.

'저 자가……. 적반하장이군.'

민우는 화가 머리끝까지 치솟았지만 내려서 그와 따진다는 것은 도로상황상 비현실적이었다. 주변에 엄청난 교통피해를 줄 것이 틀림없었다. 갑자기 속력을 늦춘 민우 자신에게도 책임이 전혀 없는 것이 아니었다.

'내가 참자!'

민우의 차가 접어든 서울방향 강변도로도 여전히 짙은 안개에 휩싸여 있었다. 라디오에서는 강변도로 안개상황에 관한 뉴스가 속보로 흘러나오고 있었다.

"이 시각 일산부근 강변도로 쌍방향 모두 짙은 안개에 휩싸여 있습니다. 기상청은 강변도로에 낀 안개는 오전 8시 반 쯤에야 걷힐 것이라고 내다봤습니다."

시계를 보니 오전 8시 10분.

'안개가 완전히 걷히려면 아직도 20분이 더 남았군.'

민우가 백미러를 통해 뒤를 힐끗 쳐다봤다. 장항교에서 접촉사고를 냈던 화물차는 더 이상 보이지 않는다. 책임을 전가하던 화물차 운전자의 뻔뻔스런 목소리가 떠올라 불쾌했다. 그때 민우의 머릿속을 스치는 것이 하나 있었다.

"아니 이런!"

뒤따라오던 화물차의 번호판이 떠오르지 않는다. 번호판이 무엇인가에 덥여 번호를 식별하기가 거의 불능인 상태였다. 그것이 고의적이란 것을 아는 데에는 시간이 그리 오래 걸리지 않았다. 운전석 옆 박스에 놓인 휴대폰이 가볍게 진동하자 민우가 휴대폰을 차내 스피커로 연결했다.

"한민웁니다."

전화를 건 상대로부터 아무 반응도 없다.

"누구십니까?"

"한민우 씨 됩니까?"

"그렇습니다. 어디십니까?"

민우가 다시 물었다. 그 순간 둔탁한 소리가 오른 창문을 뚫고 들어와 민우의 왼 팔목을 스친 후 운전석 문짝에 박혔다.

"으윽!"

민우의 왼쪽 손목에서 피가 흘렀다. 간신히 오른손으로 운전대를 잡은 민우의 시선이 자동반사적으로 무엇인가가 날아 온 오른쪽 창문을 향했다. 장항 IC에서 본 화물트럭이었다. 운전자는 반쯤 열어 놓은 창문 위에 총구 끝을 살짝 내민 채 민우를 향해 조준을 하고 있었다. 눌러쓴 모자 아래로 놈의 회색 눈동자가 드러나 있었다. 불길한 느낌을 주는 눈빛이었다.

'위험해!'

'피융!'

뒤이어 날아온 총알이 이번엔 차량 왼쪽 문짝에 박혔다. 놈은 민우보다 높은 위치에서 민우를 향해 조준 사격을 하고 있었다.

'빵빵빵!'

자세한 상황을 모르는 운전자들이 화물차를 향해 경적을 눌러댔다. 주변의 차량을 의식한 놈은 할 수 없이 차를 조금씩 앞으로 움직였고 그것을 본 민우가 좌측 깜빡이를 켜고 2차선으로 빠지기를 시도했다. 그러나 이번엔 민우의 앞 차량이 속도를 내며 앞으로 빠지는 바람에 민우가 잠시 머뭇거리는 사이 옆 차선 뒤편에서 따라오던 차가 앞 차량과의 간격을 좁혀 끼어들기를 할 수 없었다. 잠시 떨어졌던 놈의 차와 민우의 차가 다시 평행선에 놓이게 된 순간 놈의 두 번째 공격이 시작됐다.

"퍽퍽!"

놈의 두 번째 공격이 민우가 앉아 있던 운전석 목받이에 박히며 부르르 떨자 민우는 뒤통수 쪽이 화끈거리는 것을 느꼈다. 민우가 처한 상황을 아는 듯 모르는 듯 짙은 안개에 휩싸인 강변도로는 거대한 차량의 물결이 가다 서다를 반복하며 만조 때의 파도처럼 천천히 앞을 향해 나아가고 있었다.

"피슝 피슝!"

세 번째 공격이 민우의 등허리 쪽을 굵게 훑고 지나갔지만 그것은 운 좋게 등받이 시트를 파고드는 것에 그쳤다. 짙은 안개는 근접해서 공격하는 놈에게 은신의 기회를 제공하고 있었다. 그러나 잠시 후 기적이 찾아왔다. 우측으로 난 인천공항 방향 분기점을 앞두고 차량들의 속도가 더욱 늦어지면서 2차선의 빈 공간이 민우의 눈에 들어 왔다.

'지금이다!'

2차선 진입에 성공한 민우의 눈에 다시 1차선 차량 행렬에 빈틈이 보였고 민우는 물 흐르듯이 곧바로 1차선으로 진입했다. 옆을 보니 놈이 타고 있던 4차선은 분기점을 앞두고 극심한 정체로 인해 거의 제자리걸음을 하고 있었다. 덕분에 민우의 차량은 놈의 차량과 더 멀어질 수 있었다. 눌러 쓴 모자 아래서 당황해 하는 놈의 옆모습이 민우의 눈에 들어왔다. 1차선으로 들어간 민우가 다시 비상 깜빡이를 켠 채 차를 중앙 분리대 턱 위에 반쯤 걸쳐 놓고는 차에서 탈출했다.

"차가 고장으로 서 있으니 견인해 가시오!"

민우는 보험사에 전화를 넣고는 오던 길 쪽으로 달렸다. 전방에 안개가 서서히 걷히고 있었다.

등잔 밑이 어둡다

"반란 음모요!"

"뭐야? 반란 음모?"

"그렇소. 반란 음모와 관련해 급히 보고할 것이 있소."

이인광이 다급한 목소리로 호위사령부에 전화로 알렸다.

"무슨 내용인지 좀 자세히 말해보시오!"

수화기에서 거친 목소리가 흘러 나왔다.

"동무, 미안하지만 이 내용은 사령관동지께 내가 직접 보고해야겠소. 1급 보안을 요하는 사안이요."

"이 동무가 정신이 나갔구만. 그래도 어느 정도는 알아야 위에다 보고할 수 있지 않겠소. 반란의 ㅂ자도 들려온 게 없는데 무턱대고 당신을 사령관께 연결했다가는 내가 미친 놈 취급 받을 것이야."

인광은 관료주의적인 자세로 전화 연결을 지연시키고 있는 그에게 태도에 은근히 화가 났다.

"말했잖소. 반란 음모에 관한 거라고. 지체하다가 공연히 경 치지 말고 빨리 연결하시오."

인광이 강하게 나가자 예상대로 상대가 움찔했다.

"좀 기다려보시오."

그가 퉁명한 목소리로 인광을 기다리게 해놓고 정치위원에게 전화를 돌려 보고했다.

"정치위원 동무, 반란 음모에 관해 제보를 할 게 있다면서 사령관 동지와 직접 통화하고 싶다는 자가 있습니다. 어떻게 할까요?"

"반란 음모? 무슨 내용인지 들어봤어?"

"사령관 동지께 직접 보고하겠다며 고집을 부리고 있습니다."

"전화 건 동무는 누구야?"

"사회안전부 이인광 동무입니다. 피살된 김달해 사건 관련해 교통사고라는 이유로 조사를 담당하고 있는 자입니다."

"김달해 동무 피살사건 수사 담당자라고 했나?"

"그렇습니다."

"나에게 비선으로 연결해!"

곧 인광의 전화가 호위사령부 내 정치위원에게 연결됐다.

"나 정치위원 최곽수요. 사령관 동지는 지금 출타중인데 나에게 얘기하면 곧바로 사령관 동지에게 전달될 것이오."

고압적인 느낌을 주는 목소리였다. 인광은 잠시 고민하다 정치위원 정도라면 보고해도 괜찮겠다고 판단해 입을 열었다.

"정치위원 동무, 불순한 세력들의 움직임이 포착됐습니다."

"불순한 세력의 움직임? 무엇인지 구체적으로 말해보시오."

"평양으로 들어오는 세 곳의 진입로에서 반란세력들의 아지트로 보이는 수상한 장소들을 발견했습니다. 즉시 병력을 보내 놈들의 아지트를 수색할 필요가 있습니다."

수화기 너머에서 잠시 침묵이 흘렀다.

"반란세력의 아지트? 평양에 무슨 반란세력 아지트가 있단 말이요? 황당한 소리 하지 마시오."

"증거가 있습니다."

"증거?"

"최근에 이들 장소로 들어온 물자들이 별다른 검문검색도 거치지 않고 남포항구에서 평양까지 직송된 결과를 잡아냈습니다. 이것은 정치위원 동무도 알다시피 최고사령관 동지 호위에 관한 제1278명령 위반입니다."

수화기 너머 정치위원은 아무 반응 없이 인광의 이어지는 보고를 듣기만 했다.

"그런데 중국에서 들여온 물품들을 저희가 조사하다보니 그 수출 회사들이 하나같이 유령회사들이었습니다."

"……."

"이 역시 최고 사령관 동지의 명령 위반입니다. 물품수출회사와 평양에 들어온 물품들을 다 수색하고 싶었지만 저희 권한 밖이었습니다. 그래서 저희 수사팀이 한 곳을 잠입해 비밀 보관된 박스의 수입처를 확인한 결과 찾을 수가 없었습니다. 그래서 더욱 수상합니다."

"동무의 충성스런 행동에 전적으로 경의를 표하는 바요. 지금 즉시 확보한 증거를 갖고 들어오시오."

인광은 즉시 그간의 조사 내용과 확보한 증거들을 호위사령부로 갖고 들어갔다. 인광과 대좌한 정치위원은 여우를 연상시키는 뾰족한 턱에 눈빛이 날카롭고 예리했다. 그의 앞가슴엔 훈장이 주렁주렁 달려 있었다.

"반란세력 아지트로 추정되는 곳이 어디에서 발견됐소?"

인광은 정치위원의 음성에서 얼음 같이 차가운 냉정함을 느꼈다.

"북쪽으로는 대성구역 금수산 기념궁전 인근, 남쪽으로는 양각도 호텔과 양각도 경기장 인근, 동쪽으로는 김일성 경기장과 5.1 경기장 인근, 여기 세 포인트에서 의심스런 시설들을 발견했습니다."

"동무의 그간의 열정적인 조사 경위에 대해 좀더 자세히 듣고 싶소."

"저희는 평양 중구역 당 간부 아파트 단지 내에서 발생한 의문의 교통사고를 조사하던 중, 사망한 김달해 부국장이 사고 당일 의문의 두 외국인과 남조선 사업가 한 명과 만난 것을 밝혀냈습니다. 외국인 둘은 한 사람은 중국 국적이고 또 한 사람은 무기거래상, 그리고 나머지 한 명은 남조선 국적의 사업가였습니다. 그런데 이들의 공화국 입출국 과정이 석연치 않아서 조사해보니 그들의 물품이 남포 항구에서부터 일사천리로 통과된 것을 잡아냈습니다. 이것은 윗선의 개입 없이는 불가능한 일 아닙니까?"

인광이 정치 지도위원의 표정을 슬쩍 살핀 후 말을 이었다.

"3군단 군 고위급들을 철저히 조사할 필요가 있습니다."

잠시 침묵이 흘렀다. 정치위원이 뭔가를 고민하는 것 같더니 입을 열었다.

"3군은 공화국 외화벌이에 앞장서고 있는 부대요. 그 쪽에서 물품을 들여오는 게 뭐가 그리 크게 이상하다는 거요."

"그들은 최고사령관 동지의 물품 이동에 관한 명령을 위반한 혐의가 있습니다."

"구체적 물증도 없이 반란 음모를 의심하다가는 동무가 큰 화를 입을 수도 있소. 동무도 알다시피 지금 북조선의 경제가 활성화되면서 중국은 물론 남쪽의 사업가들의 공화국 방문이 늘어나고 있는 추세요. 이 모든 것은 국가적 과제로 추진되고 있는 일들이오."

"물증이 있습니다."

"물증?"

"오늘 오후에 중국측 사업가인 홍려운 회장 일당들과 남포항 인근 D블록 폐공업단지에서 총격전이 벌어졌었습니다."

정치위원의 얼굴에서 비웃음이 번졌다.

"남포 공단 인근에서 총격전? 으하하하, 나더러 그 말을 믿으라는 얘기요? 그곳은 우리 호위사령부 특수부대가 위치하고 있는 곳이오. 총격전이 있었다면 즉각 나에게 보고가 올라 왔을 것이오. 하지만 아무 보고도 없었소."

"지금이라도 그곳에 가면 총격전 흔적을 찾을 수 있을 겁니다."

"동무가 고집이 세군. 좋소. 잠시 기다려 보시오."

그러더니 정치위원이 어디론가 전화를 걸었다.

"이봐, 남포항 인근 블럭 폐공업단지 일대를 지금 샅샅이 뒤져서 총격전 흔적을 찾아 보고해."

그러나 잠시 후 걸려온 보고 내용은 남포 폐공업단지 일대에서 총격전 흔적을 발견하지 못했다는 보고 내용이었다. 인광이 당황했다.

"날 밝으면 다시 조사해 보십시오. 틀림없이 흔적이 나올 겁니다."

"동무의 영웅적 조사활동에 대해 당에서 틀림없이 상을 내릴 것이오. 다만 일선 부대장들을 체포해 조사하기엔 증거가 부족하오. 좀더 확실한 증거가 필요하오. 다만 지금까지 조사한 내용은 사령관동지께 보고하겠소."

호위사령부를 나오는 인광의 표정이 일그러져 있었다. 호위사령부 정치위원의 미적지근한 반응에 인광이 불쾌했다. 틀림없이 무엇인가가 불온한 조짐이 일어나고 있었지만 당연히 관심을 가져야 할 호위사령부마저 미온적인 반응을 보이고 있었다.

'공화국에 큰 위기가 닥쳐오고 있어!'

인광은 최고 사령관 친위부대인 호위사령부의 예상치 못한 반응에 계란으로 바위치기 하는 것 같은 느낌을 받았다. 공화국은 이미 오래전부터 외국자본과 날라리풍 문화 유입이 증대되고 있었고, 그런 것들이 군벌들에게까지 침투해 각종 이권과 부정부패가 늘어나 군벌의 영향력은 군의 자급자족 정책과 정비례로 나타나고 있었다.

'공화국은 이제 본 모습을 잃어버렸어.'

인광이 호위사령부를 나섰을 때 평양에서 제일 번화한 문수거리의 쇼핑몰도 서서히 불이 꺼져가고 있었다.

'언제까지 배급제 시절을 그리워하고 있을 수는 없지. 공화국이 변하고 있는 거야. 하지만 김달해의 사망은 아무리 생각해도 수상해."

인광은 혼란감과 불안감을 동시에 느꼈다.

그날 밤 9시

"남조선 사업가란 놈에 대해서도 알아봤어?"

사무실로 돌아온 인광이 신경질적으로 물었다.

"아주 가증스런 놈이었습니다."

"가증스러운 놈?"

그가 두 장의 사진을 비교판독기 위에 올려놓았다.

"왼쪽에 있는 자가 비디오에 나타난 자이고 오른쪽에 있는 자가 5년 전 우리 공화국을 배신하고 남쪽으로 도주한 남수화란 자입니다."

"남수화?"

"두 인물이 동일인일 가능성이 높습니다."

"우리 공화국을 배신하다니 그게 무슨 소리야!"

인광의 목소리가 갑자기 커졌다.

"곧 아시게 될 겁니다. 두 얼굴을 비교해보겠습니다."

부하가 전원을 작동하자 사진을 스캔한 그림이 하단 모니터 화면에 나타났다. 이어 두 장의 화면 사진을 비교하기 시작했다. 싱크로율이 70퍼센트로 나타났다.

"보시다시피 싱크로율이 70퍼센트나 됩니다. 광대와 코, 눈 등에서 차이가 있지만 얼굴 윤곽은 거의 똑같습니다."

"그게 무슨 소리야?"

"놈이 성형수술을 하고 북조선을 들락날락하면서 이중스파이 행동을 했을 가능성이 있습니다."

"성형수술?"

"이것이 공화국 전문가들이 추정한 놈의 성형수술 전의 모습입니다."

인광은 남수화의 성형 전 추정 모습을 보자 가슴속에서부터 분노의 감정이 치솟아 올랐다. 잊었던 증오와 애증이 복잡하게 한데 뒤섞인 감정이었다. 그는 대남 공작에 투입됐다가 적에게 체포돼 투항한 배신자요 인광의 형일 가능성이 높은 인물이었다. 남수화는 남한 침투 직전 바꾼 이름이었고 그의 본 이름은 이태광이다. 인광은 형이 남조선에 투항한 것이 알려지기 전까지만 해도 영웅으로 생각하고 자랑스러워했다. 북한 당과 군에서도 형을 영웅시하고 성공적인 남조선 침투에 대해 형을 대신해 가족에 표창을 내리기도 했다. 그러나 얼마 지나지 않아 북한 보위부와 보위사령부가 형이 남조선에 완전 투항한 것이란 최종적인 결론을 낸 이후부터는 아버지와 인광 자신은 여러 어려움을 겪어야 했다. 사실이 알려지기 전까지 주변으로부터 받았던 부러움은 사실이 알려진 이후부터는 거꾸로 그와 가족을 괴롭히는 정신적 고문이 됐다.

'이 동무가 왜 나타났지?'

인광과 아버지는 결국 형에 대한 숱한 비판문을 써낸 이후에야 고문처럼 괴롭히던 괴로움에서 벗어날 수 있었다. 그 과정에서 아버지는 속에서 모멸감과 끓어오르는 화, 주변의 손가락질을 이기지 못하고 결국 병을 시름시름 앓다 이듬해에 사망했다. 그런데 지금, 그간 잊고 지냈던 형이 다시 나타난 것이다. 이번엔 이중 스파이로 추정할 수밖에 없는 모습으로, 얼굴을 고치고 신분을 속여 공화국에 은밀히 다시 들어온 것이다. 들어온 시기나 방법, 행태 모든 것이 수상했다.

'이 새끼가 누굴 두 번 죽이려고.'

불끈 쥔 두 주먹이 책상을 세게 한 번 내리치더니 부르르 떨렸다.

"왜 그러십니까, 과장 동무?"

인광이 다소 지나치게 흥분하는 모습을 의아하게 쳐다보았다.

"아, 아니야."

인광은 남수화가 나오는 영상을 다시 돌려보았다. 형인 줄 의심하지 않고 봤을 때 모르고 스쳐보냈던 것들이 이제 하나하나씩 눈에 박혀 들어오기 시작한다. 그의 키며 어깨 선, 팔 동작, 홀을 나오며 걷는 모습까지 영락없는 형의 모습이 선명하게 나타나기 시작한다. 많이 달라진 얼굴 모습에서 거침없던 미소가 줄고 어딘가 어색하고 가식적인 미소가 나타날 뿐 나머진 모든 것이 형의 모습 그대로다. 인광의 머릿속에서 불순한 생각이떨쳐내려고 해도 기어코 다시 떠오른다. 형과 함께 했던 시절의 추억들, 헤어지기 전 형과 함께 한 순간들이 반동적이고 불순한 것이라고 생각하지만 밀쳐내도 다시 떠오른다.

'아니야! 이건 아니야!'

인광은 밀려오는 불순한 생각을 떨쳐 내기라도 하려는 듯이 자리에서 벌떡 일어섰다. 형이 배신자로 밝혀지면서 아버지와 자신이 겪었던 주변의 조롱 섞인 시선과 손가락질이 생생하게 떠올랐다. 잠시 다가왔던 지난 추억들은 증오와 고통의 기억들로 대체됐다. 공화국에서 형과 함께 했던 추억은 머릿속에서 삽시간에 사라졌다. 자리를 박차고 일어선 인광의 눈에 부하가 책상 위에 올려놓은 박스가 들어왔다.

"이것은 뭔가?"

"이것은 적용루에 다시 침투해 들어가 갖고 나온 겁니다."

부하가 박스의 뚜껑을 열더니 안의 내용물을 꺼내 놓았다. 그것을 보는 순간 인광의 눈이 휘둥그레졌다.

"이게 뭔가?"

"러시아제 신형 소음 소총입니다. 권총보다는 크지만 기관총 보다는 작아 숨기기에 좋고 60발들이 탄창을 수시로 갈아 끼울 수 있어서 효력은 기관총과 맞먹습니다. 보시다시피 조립식으로 되어 있어서 작은 박스 안에 담아 들여올 수 있습니다."

인광이 총이 든 박스를 보더니 표정이 심하게 일그러졌다.

"이 총의 수입처를 은밀히 탐문해봤으나 어디에도 흔적이 나타나지 않고 있습니다."

"이것들 목적이 뭘까?"

"이 같은 박스가 산더미처럼 쌓여 있었습니다."

"내란 움직임의 분명한 증거가 드러난 거야."

인광이 즉시 호위사령부로 전화를 걸었다.

"무슨 일이요?"

다시 걸려온 인광의 전화에 정치위원이 약간 짜증 섞인 음성으로 되물었다.

"결정적인 반란 물증을 확보했습니다."

"반란 물증?"

"사령관 동지께 보고해야겠습니다."

밤 9시 30분

이인광이 다시 호위사령부에 도착했다. 인광이 제2부사령관 방에 들어서자마자 거수경례를 올렸다. 김일성, 김정일의 사진을 배경으로 책상 의자에 깊숙이 몸을 파묻고 있던 부사령관이 인광이 들어오자 의자에서 일어나 책상을 돌아 나와 인광을 반갑게 맞아 주었다. 부사령관은 무골상과 날카로움이 함께 묻어나는 인상이었다.

"그것이 반란의 물증이오?"

"그렇습니다. 반란 모의 세력들의 세 거점 중 한 곳인 적용루에서 가져온 겁니다."

인광이 박스를 열어 보였다.

"보시다시피 특수 소음 자동 기관총이 담긴 박스가 수십 박스 은닉되어 있었습니다. 이것이 왜 민간이 운영하는 적용루에 은닉되어 있었던 것인지 군에 확인할 필요가 있습니다."

인광이 부사령관을 날카로운 표정으로 한번 쳐다보더니 설명을 이어갔다

"이것은 중국 산동 반도에서 남포항을 거쳐 평양중심구역까지 들어오는 동안 제대로 된 검색을 거의 받지 않은 정황이 발견됐습니다. 모든 사항을 기록할 의무가 있는데 3군단에서 그걸 뭉개버린 겁니다. 특별조치로 각 점검 구간마다 무사통과 시켜버린 겁니다."

부사령관은 허리를 꼿꼿이 세운 채 무표정한 얼굴로 인광의 말을 듣고 있었다.

"물품이 들어오는 길목을 담당했던 책임자들을 당장 체포해 조사해야 합니다."

"신중해야 하오. 동무도 알다시피 지금 평양 방어 훈련중이오. 이 신형 기관총 박스가 왜 민간시설인 적용루에 보관되어 있었던 것인지, 훈련과 관련이 있는 것은 아닌지 경위를 자세히 알아본 후에 결정해도 늦지 않소."

"부사령관 동지, 국방위 정치국 김달해 조직 부국장이 교통사고를 당한 그날

저녁 전혀 연관이 없는 두 그룹과 모임을 가졌던 것으로 밝혀졌습니다. 그리고 두 곳 중 한 곳은 적용루였습니다."

"피살된 김달해 부국장 등이 변을 당하기 전 또 다른 누군가를 만났다는 얘기요?"

인광이 사진을 한 장 내밀었다.

"여기 이 사진을 보십시오. 김달해 부국장이 의문의 교통사고로 죽기 3시간 전 적용루 인근의 다른 장소에서 같이 있었던 사람들입니다. 국가 안전보위부의 한상이 정치부국장, 인민군 보위사령부의 현승해 상좌, 노동당 조직지도부 마태복 검열부장 등입니다."

사진을 보는 부사령관의 인상이 순간 일그러졌다.

"이들은 김달해 부국장과 같은 날 사망한 자들 아니요?"

부사령관이 반문했다.

"사고사로 위장한 암살이 틀림없습니다."

"암살?"

"과연 누가 이들을 비슷한 시각에 죽였는지 저희가 그간 은밀히 조사를 해왔습니다. 여기 또 다른 사진을 보십시오. 김달해 부국장이 한상이 보위부 국장 등을 만나기 전에 적용루에서 먼저 만난 사람들이 있습니다. 군 관계자들로는 3군단 보급 대대장, 10군단 폭풍부대장, 평양 방어사령부 서부 기동타격대대장 등이고 민간인으로는 조선족 사업가, 무기거래상, 중국인 등이 함께 한 것으로 드러났습니다. 이들을 전부 체포해서 조사해야 합니다."

그러자 그가 이마에 깊게 주름이 잡힌 얼굴로 말했다.

"그들 사이의 연계를 의심하는 것이요?"

인광이 그렇게 말하는 그를 의아하다는 눈빛으로 쳐다보았다.

"그게 무슨 말씀이십니까? 부사령관 동지!"

"이들은 모두 평양 방어 훈련에 참여했던 부대들의 대대책임자급들이오. 이번 훈련에는 유사시 중국의 보급품 지원 작전이 포함되어 있었으니 중국측 관계자들과 함께 자리한 것도 그리 이상할 게 없어요. 공화국은 지금 중국과의 관계 개선을 위해 노심초사하고 있다는 걸 동무도 잘 알고 있지 않소?"

"중국사업가의 정체가 여전히 오리무중입니다. 그 자는 홍려운 호텔 투자 유치에도 관여한 것으로 알려졌는데 홍려운 호텔 역시 초스피드로 중국에서 공화국에 자재가 들어온 정황이 있습니다. 그가 관여한 호텔과 창고가 좀 수상합니다."

그때 부사령관이 말을 막았다.

"중국 정부가 신원을 확인해 준 조선족 사업가를 의심하는 것 같은데 무슨 근거로 하는 얘기요? 뭔가 오해하고 있는 것은 아니요?"

부사령관이 인광의 보고 내용에 대해 짜증스러워 하는 듯한 눈빛으로 물었다.

"오히려 그 반대일 수도 있지 않습니까? 공화국의 외자 유치 촉진 정책을 이용해 묻어 들어온 불순세력일 수도 있습니다. 부사령관 동지도 잘 아시겠지만 중국 사업가들은 호시탐탐 공화국의 원유자원과 우라늄, 희토류 등의 지하자원을 노리고 있습니다. 이들이 공화국에서 벌이고 있는 투자사업지도 공교롭습니다. 남포 인근 지대와 함경북도 자양도 양강도 쪽에 집중되어 있습니다. 모두 다 공화국 주요 자원지대와 일치하고 있습니다."

"으하하하, 인광 동무, 서한만 원유매장은 너무 과장된 얘기요. 불확실한 점이 많아요. 그거에 너무 신경 쓰지 마시오. 공화국의 지하자원은 다 제 값 받고 팔고 있으니 너무 걱정하지 마시오. 공화국은 지금 외자유치가 무엇보다 절실한 상황이오."

인광은 잔뜩 구겨진 부사령관의 표정에도 아랑곳하지 않고 자신의 얘기를 이어갔다.

"무엇보다도 이번 평양 방어 훈련에 바로 이들 지역을 담당하고 있는 3군단과 10군단, 자강도와 양강도 병력과 장성들이 적잖이 참가하고 있는 것이 마음에 걸립니다."

"이보시오 동무, 최고 지도자 동지가 변방 지역에 대해 각별히 신경 쓰고 있는 것 모르오? 공화국 군도 이제 많이 변했어요. 자꾸 옛날 얘기 하지 마시오. 평양 방어 훈련에 전방과 후방을 구분하던 시대는 지났단 말이요. 공화국 군의 부대장급 이상에 대해선 철저한 감시체계가 작동되고 있으니까 아무 걱정하지 말기요. 동무의 충성심은 높이 평가하지만 지나친 의심은 오히려 단결에 해가 되는 법이오."

"하지만……."

"3군단 세력이 한상이 보위부 국장 등의 피살에 연루돼있다는 증거가 있소?"

인광이 잠시 멈칫하다가 대답했다.

"양측의 관계자들을 즉각 수사하면 증거를 찾아낼 수 있습니다. 하지만 그것은 저희 수사권 밖입니다."

"이인광 동무, 동무의 그간 혁명적 수사 활동에 대해 높이 치하하는 바이오. 하지만 확실한 증거를 확보할 때까지 자중하고 은밀히 행동해야 하오. 증거가 필요해요. 그렇지 않으면 공연히 군내에 분란만 조장할 수 있소. 또 동무의 의심이 다 맞다고 해도 최종 행동할 때는 신중하게 하는 것이 좋지 않겠소? 적들이 눈치 채고 선제공격할 우려가 있으니까. 내 말 무슨 뜻인지 알겠소?"

인광은 그가 입가에 의미심장한 미소를 띠며 하는 말에 본격적인 수사개시에 대한 일말의 기대감을 가졌다. 인광 자신의 끊임없는 의문 제기에 그도 결국 영향을 받은 것이라 속으로 생각했다.

"동무의 말에 의하면 양측 관련자들이 다 사망한 상태라 물증 잡기가 쉽지 않은 상황 아니겠소? 또 동무가 말한 이 사건 관련된 외국인들은 지금 공화국을 다 떠난 상태요. 적용루를 당장이라도 조사하고 싶지만 외국 시설물이라 우리도 조심스럽소. 자칫 중국과 관계에 문제가 생길 수도 있으니까. 동무, 앞으로 추가 수사는 우리에게 맡기는 게 좋겠소. 그리고 물증이 추가로 드러나면 언제라도 나에게 연락하시오."

인광은 호위사령부 차원에서 추가 수사를 벌이겠다는 부사령관의 말을 뒤로 하고 호위사령부를 나왔다.

'그래, 이젠 상부를 믿어보자!'

잠시 후 인광의 차가 보통강 구역 천리마 사거리에서 신호대기로 멈춰섰다. 시각을 보니 이미 밤 10시를 향해 가고 있었고 앞 유리창 너머로 평양 시내가 어둠에 잠겨가고 있었다.

거리 곳곳에 평양 방어 훈련 구호가 나부끼고 있었다. 몇 년 전부터 시민과 민간단체들이 배제되고 평양 내부와 외곽의 일부 군부대로 편성된, 과거와는 많이 달라진 훈련이 진행되고 있었다. 외곽 부대의 평양 투입은 비록 그 규모는 크지 않지만 유사시 평양 주둔 병력만으로 돌발 사태 해결에 어려움이 발생했을 경우에 대비한 훈련이었다. 공화국의 최고 화력이 대거 집결된 평양 방어 훈련이지만 경제에 미칠 피해를 최소화하라는 당의 명령에 따라 평양 중심거리는 겉모습에선 오히려 평소보다 조용하게 느껴지기까지 했다.

"놈들의 꼬리를 잡았으니까 이제 놈들의 정체가 드러나는 것은 시간문제야."

인광은 자신이 큰일을 해냈다는 뿌듯함을 느꼈다. 그러나 인광은 마음 한편에 어두운 그림자가 드리우는 것을 느꼈다. 모반 세력과 연계된 정황이 드러난 형의 얼굴이 떠올랐다.

'형이 다시 들어온다면 형은 물론 나까지도 죽음을 면치 못할 수 있어. 그렇게 되지 않으려면……. 아니야, 아니야!'

인광이 머리를 흔들며 피어오르는 잡념을 털어 버리려고 애썼다.

'김달해 국장이 죽기 보름 전에 함께 찍힌 이후 형의 모습은 더 이상 보이지 않는다. 어쩌면 형은 모든 일이 마무리되면서 남으로 완전히 사라져 버렸을 수 있어.'

전혀 예상치 못했던 형의 등장에 인광은 다소 혼란스럽기까지 했다.

'형은 아버지가 돌아가신 것을 알고 있을까? 아버지는 돌아가시는 순간까지 형을 걱정했다.'

인광의 얼굴에 쓴 웃음이 번졌다.

'배신자에 대해 내가 무슨 생각을 하고 있는 거지.'

바로 그때 조수석 위에 올려놓은 휴대전화가 울렸다.

"인광 선생님 되십니까?"

조선족 사투리의 여성 목소리였다.

"어디십니까?"

"금성님의 부탁을 받고 전화드리는 겁니다."

"뭐요? 금성?"

인광은 순간 머리끝이 곤두서는 것을 느꼈다. 금성은 형의 어릴 적 별명이었다.

"당신 누구요?"

"그것에 대해선 차차 말씀드릴 기회가 있을 겁니다. 지금부터 금성님 부탁으로 제가 녹음한 내용을 들려드리겠습니다."

"녹음 내용이라니?"

인광이 질문을 마치기도 전에 수화기상에 잠시 지지직 하는 잡음이 들리더니 누군가의 음성이 들리기 시작했다.

"이제 결단할 때가 된 것 같소."

수화기 너머에서 탁한 목소리가 들려왔다. 그것은 수화기를 타고 녹음기에서 흘러나오는 목소리였다.

“군 장성들의 불만이 폭발 일보 직전이오. 당 조직지도부 놈들이 국가 예산을 마음대로 주무르고 마구 돌려대는 바람에 군에 와야 할 예산이 넘어 오지 못하고 있습니다. 최전방 군의 전력이 말이 아닙니다. 이 상태라면 전쟁이 일어나면 싸워보지도 못하고 다 죽게 생겼습니다. 말로는 해외에서 들여오는 통치자금 부족 때문이라고 하는데 그것 다 핑겝니다.”

모임에 참석한 다른 사람의 목소리가 이어졌다.

“나도 그와 관련한 얘기를 듣고 있소. 주석궁 측근들의 부패가 이만저만이 아니오. 자녀들을 해외 유학 보내놓고 그들이 탈선을 해도 보위사령부에서 손 놓고 있어요. 들리기론 그들이 자금을 해외로 빼돌린다는 소문도 돌고 있어요.”

“다 한통속이요. 그게 다 로열패밀리에 막대한 뇌물 덕분 아니겠소. 통치자금 부족 운운은 다 핑계요. 이제 공화국의 자랑이던 전인민의 평등교육, 평생교육은 박물관에 이름만 남은 지 오래됐소. 루마니아 공산주의가 부패했어도 이렇게까지 타락하진 않았소. 지방의 인민들은 평양까지 와서 주인의 화장실 청소와 온갖 허드렛일을 24시간 도맡아 하면서 겨우 자신들의 식구들 입에 풀칠하고 있어요. 더 이상 두고 볼 수 없는 지경에 이르렀소.”

“이게 다 나이 어린 김정은과 그 주변에 있는 간신배들 때문이오.”

“이제 공화국에서 김일성 주석의 유지는 더 이상 꽃피우기가 어렵게 됐소. 안타깝지만 공화국을 바로 세울 때가 됐어요.”

‘공화국을 바로 세운다고?’

또 다른 사람의 음성이 들렸다.

“더 이상 시간을 끌면 기밀이 새 나갈 우려가 있습니다. 그렇지 않아도 보위부 애들이 냄새를 맡고 사방에도 안테나를 꽂고 있어요.”

“김정은 비서가 주최하는 만찬이 내일 자정에 평양 대성산 기슭 1호 특각에서 예정대로 진행되오. 거사를 치르기에 절호의 기회가 아닐 수 없어요. 지금 평양 외곽에 우리의 부대가 평양 방어훈련에 참가하고 있어요. 거사에 필요한 장비는 이미 다 준비된 상태요."

놈들의 음성이 귀에 어느 정도 익숙해졌을 때 인광은 까무러칠 뻔했다. 세 사람 중의 한 명의 음성이 귀에 익었기 때문이다. 그것은 바로 조금 전에 자신이 만난 호위부사령관의 음성이었다.

"이 녹음이 언제 이뤄진 거요?"

인광이 그녀에게 물었다.

"어제 점심 때 적용루 별실에서 이뤄진 겁니다."

"이것을 왜 나에게 들려주는 거요?"

"아까도 말씀드렸지만 금성님 부탁으로 들려 드리는 겁니다. 나는 그분의 부탁대로 그들의 모임에 시중을 들러 들어가 녹음 장치를 비밀리에 설치했습니다."

"금성은 지금 어디에 있소?"

"그것은 저도 모릅니다."

"왜 그의 부탁을 들어 주는 거요?"

잠깐 침묵 후 그녀의 답변이 들려 왔다.

"그분이 나의 목숨을 구해 주었습니다. 내 역할을 했으니 이제 전화를 끊겠습니다."

"목숨을 구해주다니?"

"……."

"이보시오!"

인광이 소리쳤으나 그녀는 그 말을 끝으로 일방적으로 전화를 끊었다. 인광의 등허리를 굵은 전류가 훑고 지나갔다. 한 가닥 설마 했던 것들이 분명하게 사실로 드러나는 순간이었다. 바로 그때 인광의 승용차 백미러에 두 대의 자동차 불빛이 잡혔다. 그들이 출발할 때부터 뒤따라왔던 승용차라는 것을 인광은 그제야 알아차렸다. 승용차 번호를 보니 10으로 시작되는 인민무력부 소속 차량이었다. 인광이 차를 중구역 방향으로 틀었다. 뒤를 보니 좀 전에 본 차량들이 여전히 뒤 따라오고 있었다.

"개새끼들."

그러고 보니 호위사령부를 나오면서부터 놈들에게 추적당하고 있음이 분명해졌다. 운전대를 잡은 인광의 손에서 땀이 났다. 정면의 4거리 한쪽 모퉁이에 내걸린 김일성 김정일 초상화와 노동당기가 밤바람에 펄럭였다. 인광이 지금까지 살아오면서 꿈에서조차 생각해보지 못했던 일들이 지금 자신의 눈앞에 현실로 나타나자 당황스러웠다. 그러나 왜 이런 일들이 일어나게 됐는지 생각할 여유마저 없을 정도로 상황은 긴박했다.

'오늘 자정이 디데이다.'

시계를 보니 세 시간 남았다. 반란세력은 치밀했다. 놈들은 김정은 지도자 동지의 친위세력 일부를 자기편으로 끌어왔다. 호위사령부 내에도 협조자가 있고 보위부에까지 뻗쳐 있다. 또 그 밖에 누가 가담했는지 알 수 없다. 어쩌다 공화국이 이 지경까지.

'세 시간 내에 이 위기 상황을 지도자 동지에 알려야 한다.'

백미러를 통해 뒤를 다시 봤다. 화물차 뒤에 검정색 승용차 하나, 오른편 차량 바로 뒤에 짙은 회색 승용차 하나, 모두 두 대로 10으로 시작하는 번호를 달고 있었다.

'자칫 놈들의 제삿밥이 될 수도 있겠군!'

오늘따라 밤 도로에 승용차와 화물차들이 많이 눈에 띄었다. 늘어난 승용차들은 북 조선 고위층들의 영향력 과시를 의미하고 있었다. 그들은 누가 집권을 하든 오늘 밤 무슨 일이 크게 개의치 않을 자들이다.

'정치국 조직 부국장을 죽이고 안전보위부 과장을 죽인 놈들이다.'

인광은 자신 하나쯤 죽는 것은 그들에게 문제도 안 될 것이란 생각이 들었다. 인광은 어디로 차를 돌릴 것인가 고민했다. 그가 호위사령부를 나와 두 번째 사거리 정지 신호를 받고 있을 때 그의 머리를 스치는 것이 있었다.

'그렇다. 거기다. 그곳이라면 안심할 수 있다.'

인광은 차를 보통강 구역 방어사령부 별관으로 돌렸다. 신설된 방어사령부 별관 건물가까이에 접근하자 정문에서 무장군인들이 그의 차를 막아섰다.

"무슨 일이오?"

"반란이오. 최고 지도자 동지가 위험하오."

인광이 다급한 표정으로 말했다. 그들은 인광의 표정과 신분증을 번갈아 쳐다보더니 "잠시 기다리시오"라고 말했다. 인광이 재빨리 도로 쪽을 살폈다. 그러나 인광의 뒤를 쫓던 차는 보이지 않는다. 별관 정문 옆 회색 시멘트 토치 뒤로 사라졌던 호위요원이 잠시 후 다시 나타났다.

"좋소. 위에서 당신의 얘기를 들어 보기로 했소."

잠시 후 안테나를 길게 뽑아올린 검정색 승용차 한 대가 다가왔다.

"타시오."

지프차는 인광을 태우고 정면에 보이는 회색 대리석 건물을 우측으로 돌아 건물 뒤편의 지하 주차장으로 내려갔다. 그곳은 주차장이라기보다는 방공호 같은 느낌을 주었다. 의미를 알 수 없는 기호와 숫자들이 여기저기 붙어 있는 지하 주차장에 당도한 인광은 호위요원들과 함께 일반 출입구 문처럼 위장되어 있는 이중 철제문 안에 있는 엘리베이터를 타고 다시 지하로 내려갔다. 그곳엔 주 벙커가 뚫렸을 경우를 대비해 만든 비상용 벙커가 만들어져 있었다.

"당신을 이곳까지 데리고 온 것은 최근 우리가 입수한 첩보 내용과 유사한 부분이 있었기 때문이오."

'그렇군. 당 중앙에서도 이미 첩보를 입수했어.'

책임자급으로 보이는 자가 질문을 시작했다.

"지금부터 당신이 알고 있는 내용을 좀더 구체적으로 말해보시오".

인광은 그곳에서 지금까지 드러난 모든 사실들에 대해 다 얘기했다.

법안 처리 D-10일

"각하, 문제가 좀 생겼습니다. 2020 예비사업단의 담당국장이 검찰 조사에서 뇌물수수를 인정했다고 합니다."

비서실장이 당황한 표정으로 대통령에게 긴급 보고했다.

"아니, 그게 무슨 얘기입니까? 지난 번 조사 땐 구속된 담당 과장 외엔 추가 뇌물 수수자는 없다고 하지 않았습니까?"

대통령이 반쯤 갈라진 목소리로 되물었다.

"정부 자체 진상조사 땐 뇌물수수를 완강히 부인했었는데. 당황스럽습니다."

비서실장의 얼굴에서 극도의 당황함이 나타났다. 보고를 접한 대통령의 미간에 깊은 주름이 접혔다. 관련 사업 지원 법안 처리날짜가 불과 열흘 앞으로 다가온 시점이다. 사업 반대파들의 비난 여론이 더욱 고조될 게 틀림없었고 더욱이 대통령 자신이 국민 앞에 기자회견까지 한 상황이라 국민에게 거짓말을 한 꼴이 됐다.

"뇌물 액수는 어느 정도나 됩니까?"

"검찰이 조사한 바로는 두 차례 저녁 식사 자리 외에 2천만 원 상당하는 고급 백을 부인 선물로 받았다고 합니다. 뇌물액수가 큰 편은 아니지만 비난 여론이 만만치 않을 것 같습니다."

"2천만 원 하는 고급 백이 큰 뇌물이 아니란 말입니까?"

주름이 깊게 파인 이마 아래서 쏘아 보는 듯한 대통령의 눈빛을 보자 비서실장이 움찔했다.

"KD-2020 사업(한국형 무인기 사업)은 우리나라 자주국방은 물론 한국을 앞으로 30년 이상 먹여 살릴 첨단산업 육성에도 큰 도움이 될 사업입니다. 이번 기회를 놓치면 우리의 국가 경쟁력 제고에 큰 피해가 될 수 있습니다."

이번 정기국회에 법안 통과가 안 되면 몇 개월 뒤에는 총선이 예정되어 있어서 다음 국회에서 법안이 통과된다는 보장이 없는 상황이다. 대통령이 거듭 안타까움을 감추지 못했다.

"각하, 그런데 한 가지 이상한 점이 있습니다."

비서실장이 조심스럽게 입을 열었다.

"이번 사업단 담당국장의 뇌물 수수 적발 과정에 한 가지 특이한 점이 발견됐습니다. 검찰의 기소는 감사원과 관계가 없었습니다. 이번 조사를 담당했던 감사원에선 사업국장에 관한 비리단서를 검찰에 넘긴 것이 없다고 합니다."

"감사원이 조사 중인 사안을 검찰이 별도로 사업국장 뒷조사를 해 뇌물수수 증거를 찾아냈다는 것입니까?"

"검찰이 사업국장의 자백을 받아낸 것 같습니다. 사실 검찰의 기소장을 보면 사업국장의 자백과 사업국장 부인에게 고급 백을 선물한 K정밀 대표의 자백 외에는 달리 증거가 없는 상황입니다."

"회사 회계장부를 뒤져서 증거를 잡아냈을 수도 있지 않겠습니까?"

"K정밀 대표 말로는, 명색이 중견기업 대표인 자신이 2천만 원짜리 백을 선물하는데 회사 회계에서 흔적을 남겼겠느냐고 반문을 하더군요. 아마도 제3의 누군가가 이번 사안 관련해 은밀한 방법으로 증거를 입수해 검찰에 흘린 것 같습니다."

'은밀한 방법으로 증거를 입수?'

"검찰의 기소장에는 명품 백 구입 관련한 영수증 등 어떠한 물증도 첨부되어 있지 않습니다. 오직 자백만 있습니다."

"그렇다면 이번 사안도 우리 내부의 오열과 관련이 있다는 말입니까?"

"현재까지 드러난 정황을 볼 때 KD-2020 사업을 방해하려는 내부 세력이 개입됐을 가능성이 높습니다."

대통령은 비서실장의 이어지는 보고에 불안을 느꼈다. 북한 내부는 혼란을 거듭하고 있고 자주국방 사업이 한데 맞물리면서 법안은 표류하고 미궁 속으로 빠져들려 하고 있었다. 사업국장의 구속엔 단순한 반대파뿐만 아니라 해외 세력과 연계된 국내 정치권이 배후에 자리 잡고 있다는 느낌을 떨칠 수 없었다.

"각하, 일단 사업국장의 뇌물수수 건과 전체 사업과의 직접적인 연관성이 드러난 것은 아닌 만큼 법안 처리에 차질이 없도록 정치권과 언론의 문제제기에 대해 침착하게 대응해 나가도록 하겠습니다."

암살 모면 다음 날

"한민우 씨 되십니까?"

처음 듣는 목소리가 수화기를 타고 흘러 나왔다.

"장진동 씨 여동생으로부터 연락처를 받았습니다. 한강 119구조대의 이연호 팀장이라고 합니다. 장진동 씨 투신사건 때 저와 통화하신 적이 있는데 기억하시는지 모르겠습니다."

민우는 목소리는 기억하지 못하지만 당시 상황은 또렷하게 기억했다.

"어떻게 잊겠습니까? 그런데 무슨 일로 전화를 주셨습니까?"

민우는 갑자기 구조대 팀장으로부터 전화를 받자 과거의 기억 속으로 급하게 빨려 들어가는 느낌을 받았다.

"당시는 경황이 없어서 말씀을 못 드렸는데요. 장진동 씨를 병원으로 옮기는 과정에서 그의 팔목에 있던 검붉은 반점을 발견했습니다."

"검붉은 반점이요?"

"검시관도 단순 익사로 결론내리고 다른 얘기가 없어서 잊고 지냈습니다. 하지만 그 반점이 두고두고 기억에 남아 우리 구조대의 베테랑 선배들께 물어보니 약물 과다복용자들이 사망했을 때 종종 나타나는 현상이라고 하더군요."

'약물과다복용자.'

"마침 우리 구조팀의 대원 중 한 명이 당시 이송 상황을 휴대폰으로 촬영한 것이 있습니다. 평소 사진 촬영을 아주 좋아하는 대원이어서 혹시나 하고 물어보니까 그날도 촬영을 했더군요."

"아, 그렇습니까?"

"그 사진을 이메일로 보내드릴까요?"

"그래주시겠습니까?"

"물론입니다. 바로 보내드리겠습니다."

"그런데 한 가지 여쭙겠습니다. 이런 사실을 저에게까지 알려주는 이유를 물어봐도 될 까요?"

"한민우 씨가 경찰과 인터뷰한 기사 내용을 봤습니다. 제 느낌에는 한민우 씨가 밝힌 내용이 제대로 보도가 되지 않은 것 같더군요. 장진동 씨 죽음에 대해 매우 안타까워할 것 같아서 전화드렸습니다."

민우는 구조팀장에게 자신의 이메일 주소를 불러주고 전화를 끊었다. 그리고 그날 오후 구조팀장으로부터 몇 장의 사진을 이메일로 받았다. 사진은 장진동 시신의 팔목에 나타난 검붉은 반점들을 생생히 보여주고 있었다. 그러나 민우는 그 반점이 부상에 의한 것인지 약물 과다복용에 의한 것인지 전문가가 아니어서 구분하기 어려웠다.

'전문가의 의견이 필요해!'

민우는 장진동 여동생으로부터 오빠가 정기적으로 신경치료를 받았다는 얘기를 듣고 장진동을 치료했던 신경전문의를 수소문 끝에 만났다. 그는 몇 해 전

종합병원에서 나와 현재는 지역의 상가건물에서 개인병원을 운영하고 있었다. 그는 50대 중반쯤 되어 보이는 나이에 어딘가 그림자가 드리워져 있는 듯한 표정이었다. 민우는 정신과 전문의들이 정신질환자를 치료하다보면 비슷한 정신질환을 앓게 되는 경우가 종종 있다는 얘기를 들은 기억이 났다.

"어떻게 불편해서 오셨습니까?"

"혹시 장진동이란 환자를 기억하십니까?"

순간 의사가 다소 당황하는 것이 느껴졌다. 민우로서도 예상 밖이었다.

"장진동 씨와는 어떤 관계입니까? 직계가족 외에는 환자의 질환에 대해 알려드릴 수 없습니다."

"이 사진은 한강에서 구조된 후 구급차로 실려가던 장진동 씨의 모습입니다. 장진동 씨의 팔목 반점을 주의 깊게 봐주십시오."

조금 전까지 비협조적인 태도를 보이던 의사는 180도 달라진 태도로 장진동 사진을 뚫어져라 쳐다보기 시작했다.

"이 사진을 어떻게 입수했습니까? 그와 어떤 관계입니까?"

"저는 장진동 씨 투신 현장을 목격했던 사람입니다."

그러자 의사가 한동안 민우를 뚫어져라 주시하더니 컴퓨터 화면으로 자리를 고쳐 앉아 무엇인가를 찾기 시작했다.

"방콕에서 고생을 많이 했다고 들었습니다."

의사가 컴퓨터 자료에서 무엇인가를 찾으면서 말했다. 의사는 민우가 방콕에서 겪은 위험천만했던 사건들에 대해 알고 있었다.

"자, 여기 있군요. 이것이 장진동 씨의 진료기록부입니다. 얘길 듣고 오셨는지 모르겠지만 장진동 씨는 조울증을 앓고 있었습니다."

"조울증이요? 그러면 장진동 씨의 팔에 난 반점은……."

"사진으로만 본 것이어서 단정적으로 말할 순 없지만, 아마도 조울증 환자가 에스시탈로프람이라는 항우울제 성분을 마약류를 통해서 과다 복용했을 때 드물게 몸에 나타나는 부작용 반응인 것 같습니다."

"마약 투여요?"

"북한에선 약이 부족하기 때문에 상당기간 마약을 투여받았던 것 같습니다. 아니면 본인이 스스로 구입했을 수도 있고요. 장진동 씨 팔목에 난 반점은 북한에 있을 때 마약류를 투여받은 흔적입니다. 그러나 한국에 와선 본인의 의지로 마약을 끊고 꾸준히 약물치료를 받았습니다. 한국에선 약물치료가 가능하다는 사실을 알고 본인이 엄청난 의지력을 발휘했습니다."

민우는 의사가 장진동의 과거 마약투여 사실에 대해 담담히 얘기하는 것으로 봐서 두 사람 사이엔 의사와 환자로서 상호 깊은 신뢰관계가 쌓여 있었다는 느낌이 들었다.

"조증과 우울증은 정반대의 증상이 충돌하는 증세입니다."

의사가 다시 말을 이었다.

"극도의 조증 상태, 기분이 최고조에 달한 상태에서 우울증이 오버랩될 때 종종 높은 곳에서 뛰어내리고 싶은 충동을 느끼는 아주 위험한 증세입니다."

"그렇다면 장진동 씨가 조울증 때문에 투신했다는 얘기입니까?"

"장진동 씨 투신은 조울증 때문이 아닙니다."

"그게 무슨 말씀입니까?"

의사의 설명은 민우의 예상과는 다르게 이어졌다.

"장진동 씨는 꾸준한 치료로 조울증세가 많이 완화돼 정상인과 큰 차이가 없던 상태였습니다."

의사의 설명은 장진동의 투신에는 다른 이유가 있을 수 있다는 의미였다.

"저는 장진동 씨한테 최면치료를 실시한 적이 있습니다."

"최면치료요?"

민우가 다소 놀라는 표정으로 의사에게 되물었다.

"그의 증세 중에 조울증과 큰 관계없는 무엇인가에 쫓기는 듯한 심리적 증세가 나타났기 때문에 최면치료를 실시했었습니다. 그에게 최근에 자신을 가장 괴롭히는 것이 무엇인지 물었습니다. 그랬더니 그의 입에서 예상외의 단어들이 나왔습니다. 일본, 경기도, 강, 낮은 산, 3층 빌라, 기차소리, 호수 같은 단어가 튀어 나왔습니다."

"어떤 장소를 암시하는 단어들 같군요."

"그래서 이 단어들이 무엇을 의미하는지 최면에서 깨어난 장진동 씨에게 물었습니다. 그랬더니 자신이 그런 말을 했었느냐고 되물으면서 깜짝 놀라는 표정이더군요. 그러면서 나보고 자신이 한 말을 기억에 담지 말라고 하더군요."

"장진동 씨가 장소에 대해 비밀을 유지하려 했던 것이 그를 정신적으로 괴롭혔을 수 있는 요인이었다고 보십니까?"

"그것도 한 원인이 됩니다. 그것에 대해 내가 알아야 당신이 겪고 있는 조울증이 하루빨리 완치되는 데에 도움이 된다고 그를 설득했습니다. 하지만 그는 자신도 갈 때 한 번, 거기서 나올 때 한 번 그것도 한밤중에만 이동했기 때문에 그 이상 기억하지 못한다고 하더군요."

민우는 장진동의 의사 앞에 털어놓길 거부한 것인지 아니면 본인도 정말 기억을 못한 것인지 알 수가 없었다. 도대체 그곳이 어떤 장소인지 점점 궁금해졌다.

"그의 반응이 하도 이상해서 그가 돌아간 뒤에 따로 그가 말한 단어들을 기록해 놓았습니다. 이것이 그것입니다."

경기 북부 비밀 아지트

그날 오후 정일용이 민우에게 전화로 알려왔다.

"경기도 내에 호수나 대규모 저수지는 모두 16곳이에요. 그 중에서도 인근에 기차가 다니고 장진동 씨 기억과 맞는 곳이 한 곳 있어요."

다음 날. 민우와 정일용은 경기도 연천역에서 내려 장진동이 암시한 저수지 방향으로 40분쯤 걸었다. 가을걷이가 이미 오래 전에 끝난 주변의 들판은 군데군데 놓인 색 바랜 짚단만이 주위와 황량한 조화를 이루고 있었다. 옹기종기 들어앉은 농촌 마을 한쪽에는 뾰족한 첨탑에 푸른색 지붕을 얹은 조립식 교회 건물이 추운 날씨에 도드라져 보였다.

저수지는 들판에서 바라보이는 산을 넘어야 했는데 그것은 산이라기보다 구릉에 가까웠다. 동네 주민들은 그곳엔 과거와 달리 사람들이 많지 않고 저수지 기능도 예전 같지 않다고 했다.

낮은 산 아래 펼쳐진 황량한 들판위로 내리비치는 오전 햇살이 추위에 가볍게 부서졌지만 겨울 한파 속을 걸어가야 하는 두 사람에겐 적잖은 위안이 됐다.

두 사람이 다시 30분 쯤 더 걸어 구릉의 정상에 올라서서 아래를 보니 잡초로 덮힌 버려진 들판이 여기저기 펼쳐져 있었다. 논 한쪽에 희뿌연 것이 커다랗게 눈에 들어 왔다. 두 사람은 그것이 저수지물이 언 것이라는 것을 알 수 있었다.

"모든 것이 장진동이 말한 그대로군."

민우가 혼잣말처럼 말했다. 그때 그들 왼편 멀리서 기차가 지나가며 내는 굉음이 들려왔다. 잡초로 뒤덮인 논 뒤편으로는 산이 높게 솟아 있었고 그 아래에 정체를 알 수 없는 몇 채의 건물들이 눈에 들어왔다.

"우리가 제대로 찾아온 것 같습니다. 장진동 씨가 말한 건물이 맞은편에 보이는 저 건물들이 맞는 것 같습니다."

민우가 정일용을 쳐다보며 말했다.

"나도 그 생각입니다."

두 사람은 잡초 밭에 몸을 숨기며 눈앞 건물을 향해 다가갔다. 건물들 섹터 입구 근방에 다다를 즈음 두 사람이 급히 몸을 낮췄다. 화물차와 승합차 여러

대가 정문에서 줄지어 나오고 있었다. 그들은 줄지어 지나가는 차량들을 뚫어져라 주시했는데 그때 민우의 눈에 들어오는 것이 있었다.

"앗, 저것은."

승용차 차체에 쓰인 '영무역자문사' 라는 글귀가 민우의 눈에 들어왔다. 민우가 즉시 휴대폰을 꺼내 카메라 셔터를 빠르게 눌러대기 시작했다. 차량들이 시야에서 사라질 때까지 셔터를 눌렀다.

"무엇을 봤는데 그러십니까?"

정일용이 물었다.

"승합차에 쓰인 저 글귀는 방콕 폭탄테러 현장에서에 국정원 요원이 죽어가면서 나한테 했던 말입니다."

"영무역자문사 말입니까?"

민우가 고개를 끄덕였다.

"저들이 국정원 직원은 물론 장진동 죽음 의혹과 연루된 자들이란 의심이 듭니다."

정문에서 나온 차량들이 모두 사라지고 그들이 건물 출입구 쪽을 주시하고 있을 때 그들 쪽으로 마을 주민으로 보이는 사람 한 명이 걸어왔다. 민우가 그 주민에게 다가가 물었다.

"이 마을에 사십니까?"

"그렇습니다만. 무슨 일 때문에 그러십니까?"

마을 주민이 경계의 눈빛으로 민우를 쳐다보았다. 마을 주민은 60대 중반쯤으로 보였는데 영락없는 촌로의 모습이었다.

"저 산 아래 보이는 건물들에도 이 마을 주민들이 사십니까?"

그가 민우를 힐끗 쳐다보더니 대답했다.

"거기는 우리 주민들은 못 들어가요. 들어가려고 하면 건장한 젊은이들이 막아서요. 저 앞 도로가 시내와 연결되는 도로여서 그것을 좀 이용하게 해달라고 몇 번 관에 민원을 넣었는데 안 되더라고요. 하지만 이젠 곧 해결될 것 같아요."

"그래요? 왜 그렇지요?"

민우와 정일용이 마을주민으로부터의 예상치 못한 답변에 눈을 크게 뜬 채 이유를 물었다.

"저 사람들이 다른 곳으로 이주합니다. 요 며칠 동안 계속해 짐을 나릅디다. 밤낮없이 하는 걸로 봐서 아주 급한 것 같아요. 이제 얼추 다 옮긴 것 같은데."

"이주를 한다고요? 그렇다면 저 건물에 누가 대신 들어옵니까?"

민우가 물었다.

"관에다 물어보니 아무도 안 들어온답니다. 저 건물들이 곧 폐허가 될 것 같아요. 전에는 입구 쪽에 서성이는 젊은 사람들이 보였는데 요즘은 그런 사람들도 안 보여요. 이주 작업이 다 끝난 것 같아요."

"그런데 왜 그렇게 급하게 이주를 하는 겁니까?"

"글쎄요. 그거야 우린 모르지요."

민우와 정일용 두 사람은 의문의 장소 주변에서 1시간 정도를 더 살펴보다가 현장을 떠나 민우의 숙소로 향했다.

"함께 가시지요. 저도 민우 씨가 찍은 사진을 좀더 자세히 살펴보고 싶습니다."

드러나는 요원 죽음의 비밀

분홍 빛 외벽의 바로크식 건물이 어둠이 내려앉은 일산 시내의 뒷길 야경과 조화를 이루고 있다. 민우는 피습사건 이후 이곳 빌라 3층의 한 원룸에 임시 거처를 얻어 지내고 있었다.

장진동이 최면치료 중 언급한 의문의 장소를 다녀온 두 사람은 휴대폰으로 찍은 사진을 컴퓨터로 옮기는 작업을 하기 시작했다. '영무역자문사' 라는 차량에 찍힌 로고를 보자 폭탄 테러로 여기저기 비명이 난무하던 방콕 식당 내부의 어지러운 상황, 신음하던 국정원 요원의 마지막 말이 민우의 머릿속에 떠올랐다.

"영무역자문사의 최 상무……, 최상무가……."

'그는 무슨 말을 하려던 걸까. 영무역자문사와 그와는 무슨 관계일까?

영무역자문사는 어디에도 나오지 않는 회사였고 그가 언급한 최 상무도 당연히 찾을 수 없었다. 현재로선 확인해 볼 수 있는 길도 없고 그나마 남아있던 흔적마저 이제 철거돼 없어지려하고 있다. 그런데 사진을 옮기던 민우의 시선에 사진에 찍힌 한 사내가 클로즈업되어 들어왔다.

"어? 여기 이 사람은 낯이 익은 얼굴인데?"

민우가 휴대폰의 다른 폴더에서 사진 한 장을 급히 꺼내 방금 모니터 화면에 올린 사진 속 인물 옆자리에 올렸다. 그것은 장진동이 개인 보관함에 남겼던 사진 속의 바로 그 사내였다. 현장에서 찍은 여러 장의 사진들과 비교하던 민우의 입에서 작은 신음이 흘러나왔다.

"두 사람은 틀림없는 동일인물입니다."

"그렇군요."

두 사람이 서로의 얼굴을 쳐다보았다. 방송을 통해서도 제대로 된 얼굴 모습을 확인할 수 없었던, 옆모습만 드러나 있던 자의 얼굴의 정면이 드디어 드러나는 순간이었다. 사진에 나타난 그의 눈빛은 흐릿한 회색에 가까웠고 눈에 잘 띄지 않는 음지형 인간 같은 인상을 주었다. 민우는 사진 속 사내가 자신을 노린 자일 수 있다는 생각이 문뜩 들자 소름이 돋았다.

"이들이 급하게 철거를 하는 이유가 뭘까요?"

"자신들의 실체가 조금씩 노출되고 민우 씨를 노리던 것이 실패한 것 등이 그 이유 아닐까요? 그런데 이 사람은 본 적이 있는 얼굴입니까?"
정일용이 물었다.
"전혀 모르는 자입니다. 장진동 씨가 전에 남겼던 사진 속 인물과 동일인이라는 것 외에는."
"도대체 이 자의 정체가 뭘까요?"
"방송국 베테랑 사진기자 분석에 의하면 이 자는 북한인과 싱가포르에서 비밀 접촉했던 인물입니다."
"여러 가지로 수상한 점이 많은 자군요."
"장진동이 대북 비밀공작 활동에 관여했던 점으로 봐서 이 자도 그런 일과 연루된 자일 가능성이 높다고 추정됩니다. 자신들의 흔적을 지우기 위한 모종의 움직임이 아닐까요?"
지인이 고개를 끄덕여 동의를 표시했다.
"주민들의 민원도 안 통한 것으로 봐서는 어떤 형태로든 정부와 연관이 있는, 상당한 배경을 가진 자가 틀림없어요."
그러자 정일용이 심각한 표정을 지으며 말했다.
"이 자의 그간의 행적을 볼 때 비상한 방법을 쓰지 않는 한 정체를 밝히기가 쉽지 않겠는데요. 한 가지 있다면 언론에 다시 한 번 도움을 청해 이 자의 얼굴을 공개하는 수밖에 없겠어요."
민우가 한라방송국 채 PD에게 전화를 걸어 자문을 구했다.
"지난 번 방송에 나간 자의 정면 얼굴 사진을 구했는데 도무지 정체를 확인할 수가 없어요. 혹시 지난번처럼 방송에 다시 한 번 나갈 수 있을까요?"
"정면 얼굴 사진 말입니까?"
"그렇습니다."
"그건 어려울 겁니다. 확실한 범죄혐의가 있지 않는 한 방송에 실물 얼굴 사진을 내보내는 것은 불법입니다. 지난 번엔 옆모습 사진이어서 부담이 적었습니다. 북한인을 만난 것 같다는 이유만으로 범죄혐의를 두기가 어렵습니다. 국가안보 활동이었을 수도 있으니까요."

채 PD로부터의 예상 밖의 대답에 민우와 정일용이 다소 당황했다.

"다른 방법이 없겠습니까?"

"음, 여러 정황을 종합하면 정부요원일 가능성도 있는데……. 좋습니다. 그렇다면 저희한테 사진을 보내주시면 국정원 루트를 통해서 알아보겠습니다."

"국정원이요?"

"하하, 염려 마십시오. 국정원에는 저와 잘 연결되는 사람이 있으니까요."

민우가 그 즉시 PD 이메일로 사진을 보냈다. 30분쯤 후 채 PD한테서 전화가 걸려왔다.

"국정원에는 그런 사람이 없다고 방금 답변이 왔습니다. 물론 국정원에선 통상 모른다고 답변하지만. 한민우 씨, 제 생각엔 이 문제는 민우 씨가 껴안고 고민할 내용이 아니라고 생각합니다. 관련 자료를 국정원에 하루빨리 넘기는 게 좋겠어요. 그래야 민우 씨도 이 문제에서 벗어나고 또 문제들도 하루빨리 풀릴 거예요. 원한다면 저희 방송국에서 국정원 직원과 민우 씨를 연결시켜드리겠습니다."

"생각해보고 연락드리겠습니다."

민우는 잠시 후 그렇게 하겠노라고 채 PD에게 다시 전화해 알렸다. 민우는 차라리 마음이 홀가분하다는 느낌이 들었다.

민우와 지인이 최근 일어난 여러 가지 의문스런 일들에 대해 대화를 하고 있던 시각. 빌라의 주차장에 검정색 승용차 한 대가 미끄러져 들어와 멈춰섰다.

오후 7시가 넘어가는 빌라단지 일대는 먹구름이 하늘 전체를 뒤덮어 어두컴컴했고 한쪽 구석에 서 있는 희미한 가로등만이 간신히 주차장 주위를 비추고 있었다. 차에서 내린 사내는 모자를 깊게 눌러 쓰고 민우가 거처하는 빌라 쪽을 힐끗 쳐다보더니 빌라 1층 기둥 사이로 난 좁은 계단으로 빠르게 이동했다. 곤색 점퍼 차림에 창이 달린 모자를 쓰고 계단을 오르던 사내는 1층 계단이 끝나갈 무렵 위에서 내려오던 사람과 가볍게 어깨를 부딪혔다. 주민은 고개 숙여 미안함을 표시했고 사내는 아래쪽을 힐끗 쳐다보더니 사과 표시에 응대를 하는 둥 마는 둥 하며 다시 계단을 올랐다. 사내가 3층 계단을 거의 다 올라갈 즈음해서 무선교신을 했다.

"탱고 3! 준비됐다!"

"브라보 1, 접수!"

잠시 후

"쨍! 쿵!"

거실 테이블 위 컴퓨터 모니터에 띄워진 사진들을 살펴보던 민우와 지인이 소리 나는 쪽을 향해 고개를 돌렸다. 창문을 깨고 들어온 물체 하나가 거실 바닥을 뒹굴면서 하얀 연기를 내뿜고 있는 것이 보였다.

'저게 뭐지?'

그리고 불과 수초 후 민우와 정일용은 폐를 찌르는 듯한 극심한 통증을 느꼈다. 지인이 가슴을 움켜지고 먼저 바닥에 쓰러졌다.

"유독가스예요! 여기서 나가야 해요!"

민우가 소리쳤다. 캔에서 뿜어져 나온 유독가스는 빠르게 거실 내부에 확산되고 있었고 두 사람은 빠른 속도로 정신을 잃어가기 시작했다. 민우가 한 손으로는 입을 막고 다른 한 손으로는 쓰러진 정일용의 손을 잡아 일으켜 출입구 쪽으로 달렸다. 민우가 자물쇠를 더듬거려 풀고 손잡이를 돌려 문을 열었을 때 시원한 공기와 함께 한 사내가 문 밖에서 그들을 기다리고 있었다. 민우는 사내의 모자 아래 눈빛과 마주치고는 섬뜩함을 느꼈다.

"누구?"

민우가 모자를 눌러쓴 사내의 손에 들린 권총을 발견하는 순간 사내의 권총이 지인의 뒷머리를 가격하자 정일용의 고개가 푹 꺾였다.

"이 자와 함께 주차장 쪽으로 움직여!"

민우는 그제야 모든 것이 계획된 것이란 것을 깨달았다. 민우는 그가 지시하는 대로 지인을 부축해 빌라 바로 뒤에 위치한 주차장으로 향했다. 주차장엔 차량들이 빼곡히 들어차 있었고 주민들의 움직임은 없었다. 민우가 정일용을 부축해 사내가 가리키는 차량에 올라탔을 때 또 다른 사내 둘이 차 안에서 그들을 기다리고 있었다. 그들 중 한 명은 운전석에 또 다른 한 명은 방금 전 유리창을 깨고 날아들어 온 가스 캔 발사 총을 손에 쥐고 있었다. 그들을 태운 차량이 빌라 단지를 벗어나 도로에 접어들었을 때 민우가 물었다.

"당신들은 누굽니까?"

그들은 아무 대답도 하지 않은 채 민우와 지인을 태우고 잠시 후 차량 통행이 뜸한 통일로 방향으로 틀었다.

'이 자들이 도대체 내가 있는 곳을 어떻게 알았지? 혹시 방송국 채 PD가? 아니야 그럴 리 없어.'

어느새 그들을 태운 차량이 통일로를 달리고 있었다.

"어디로 가는 겁니까?"

민우가 다시 묻자 그들 중 한 명이 민우 목에 총을 겨눈 채 말했다.

"당신들을 묻을 곳!"

"당신들은 도대체 누군데 이런 일을 하는 겁니까?"

"우리는 심부름하는 것뿐이야!"

"심부름? 누가 당신들에게 이런 일을 시킨 거요?"

"곧 만나게 될 거야."

그들이 짧고 차가운 대답이 민우의 뇌수를 더욱 위축시켰다. 그때였다.

"한 놈이 따라 붙었습니다."

운전하던 자가 소리쳤다.

"무슨 소리야! 어느 차량이야?"

민우도 고개를 돌려 뒤를 돌아보니 화물차가 보이고 그 옆 차선으로 승용차 몇 대와 지프차 한 대가 나란히 따라오고 있었다.

"승용차 옆 차선의 코란도 지프차입니다. 통일로 진입 전부터 지금까지 일정한 속도를 유지하면서 우릴 뒤 좇아오고 있습니다."

"통일로 진입 전부터? 이 새끼들이 우릴 놀리나!"

민우와 막 정신을 차린 정일용이 그들의 행동을 불안한 눈빛으로 훔쳐봤다. 민우와 정일용이 탄 차량이 문산 쪽으로 접근해갈 무렵 도로에 오가는 차량 숫자가 더 줄어 한산했다. 미행차량은 여전히 일정한 간격을 두고 그들이 탄 차량을 뒤좇고 있었다.

"놈을 없애버려."

'없애버린다고?'

그들의 행동은 자신들이 단순 납치범이 아니라는 걸 보여주고 있었다. 이따금씩 나타나는 차량들이 그들 곁을 한밤의 유령처럼 스쳐지나갈 뿐 도로는 점점 더 한산해지고 있었고 멀리 보이는 아파트에선 불빛이 새어나오고 있었다. 도로가 더욱 한산한 곳으로 차량이 진입하자 오른쪽 뒷좌석에 앉아 있던 자가 창문을 연 채 미행차량에 대한 조준사격을 가하기 시작했다.

'파파파팍!'

납치범의 총에서 소음탄이 발사되기 시작했다.

'퍽퍽퍽, 챙!'

“놈도 반격하고 있습니다.”

뒷차에서 쏜 총알이 납치범들 승용차 운전자 쪽 사이드 미러를 박살냈다.

“저 새끼가! 계속 공격해. 놈의 차를 박살내라고!”

‘퍼퍽퍼퍽 퍽퍽퍽!’

추적자의 반격에 흥분한 납치범들이 차를 지그재그로 몰며 공격을 계속했고 뒷차량의 반격도 계속됐다.

‘파팍팍!’

잠시 후 놈들이 탄 차량의 조수석 사이드 미러가 박살났다.

“조수석 사이드미러도 박살났습니다.”

미행차량의 납치범들 차량에 대한 공격은 차 내부가 아닌 좌우 사이드미러 등 외곽을 노리고 있는 것이 분명했다

“차를 바짝 붙여!”

“붙이면 위험합니다. 상대는 지프차입니다.”

“놈은 여기 이 두 사람 때문에 제대로 공격을 못하고 있어. 저 놈을 끝내야 해!’

속도를 늦춘 놈들이 뒷차량에 붙어 중앙선 쪽으로 강하게 밀어냈다. 의외의 충격을 받은 미행차량이 중앙분리선 밖으로 밀려나려는 순간 맞은편에서 달려오던 차량이 굉음을 울리며 간발의 차이로 그 곁을 스쳐지나갔다.

뒷 차량이 중앙선 밖으로 밀려나지 않기 위해 민우를 태운 납치차량을 밀쳐내면서 발생한 불꽃이 어둠에 잠긴 통일로에 스파크를 일으켰다. 두 차량이 붙었다 떨어졌다를 반복할 때마다 차량도 민우도 심하게 흔들렸다.

“퍽퍽!”

두 차량이 충돌을 거듭하던 와중에 납치범들이 쏜 총알이 추적차량 운전자를 겨냥했다.

“윽!”

총알에 어깨를 스친 추적차량 운전자가 불안한 핸들링을 하기 시작했다.

"놈이 맞았다. 끝장내!"

추적차량과 납치차량의 거리가 다시 가까워지는 순간.

"피슝!"

이번엔 납치차량이 갈지자로 흔들렸다.

"우리 운전자가 맞았습니다."

"저 지독한 새끼."

그들이 운전석을 뒤로 젖혀 운전자를 끌어내더니 조수석에 앉아 있던 자가 운전대를 대신 잡았다.

"경찰이 곧 들이닥칠 겁니다."

"차 방향을 돌려!"

납치 차량이 고가도로 아래쪽으로 난 도로를 이용해 다시 오던 길로 급하게 유턴했다. 민우가 탄 차량은 오른쪽으로 원심력을 나타나며 강변도로로 접어 들었다.

"놈이 여전히 우리 뒤를 바짝 쫓고 있습니다."

"지독한 새끼! 저 새끼 차를 강으로 밀어붙여!"

그들이 이번엔 추적차량을 강으로 밀어붙이기 시작했다. 추적차량이 가드레일과 불꽃을 내며 납치차량의 밀어내기에 맞서 힘겨운 버티기를 하며 한동안 힘겨루기를 하던 어느 순간, 납치 차량이 급격히 앞쪽으로 쏠리더니 원을 그리기 시작했다.

"어, 왜 이래?"

"앞바퀴가 맞았습니다."

앞바퀴에 총을 맞은 민우가 탄 차량은 도로 위에서 원을 몇 바퀴 그리더니 도로 옆 나무에 부닥쳐 간신히 추락을 면하고 멈춰섰다. 추적차량은 그들 앞에 얼마 떨어지지 않은 곳에 멈춰섰다. 납치범들이 충격으로 머리에 피를 흘리며 신음했고 민우와 지인도 납치범들 옆에서 의식을 잃은 채 쓰러져 있었다. 잠시 후 뒷 차량에서 나온 사내가 권총으로 정면을 겨눈 채 납치차량으로 비틀거리며 다가가더니 차량 내부 상황을 조심스럽게 살핀 후 문을 열어 민우와 정일용을 차에서 끄집어냈다.

인광이 호위사령부로 들어간 지 30분쯤 지났을 무렵

벤츠 S클래스 방탄 리무진이 평양시 자모산 특각으로 향하는 1호 도로 위를 달리고 있었다. 악어가죽으로 만든 안마용 승용차 뒷좌석에 몸을 파묻은 김정은은 차창 밖으로 스쳐 지나가는 어둠에 젖은 1호 도로 밤 풍경을 쳐다보고 있었다. 1호 도로 주변의 밤 풍경은 사철나무 가로수로 별까지 가려져 어둡고 삭막하기까지 했다.

김정은은 집권 초기엔 이런 상황이 못 견딜 정도로 거북하게 느껴졌지만 집권 6년차가 되자 최고권력자가 누리는 사치스러운 고독쯤으로 치부가 가능해졌다. 외부의 암살시도로부터 자신을 보호해야 했고 평양의 심각해진 전기 사정은 김정은도 어쩔 수 없었다. 차창 밖 밤 풍경을 한동안 바라보던 김정은 머릿속에 최근 공화국 내에서 벌어진 몇 가지 불길한 조짐들이 떠올랐다.

'반란의 뿌리가 아직 남아 있다는 얘긴가?'

정은은 열흘 전에 일어났던, 우연으로 돌리기엔 석연치 않은 사건을 떠올렸다. 신의주 특구 군사 반란 사건 조사를 위해 은밀히 현지에 파견한 비밀 조사 요원이 부둣가 절벽 아래로 떨어져 피살체로 발견된 일이 발생했다. 컴컴한 밤중에 발을 헛디딘 것으로 보인다는 현지 보고가 올라왔지만 정은은 믿지 않았다. 그 요원은 절대 그렇게 어처구니없이 죽을 요원이 아니었기 때문이다. 비록 해프닝으로 끝났지만 자신의 해외 계좌가 동결됐다는 악소문으로 공화국이 크게 흔들렸던 일도 떠올랐다. 통치자금이 눈에 띄게 줄어들고 있었지만 계좌가 동결된 것은 아니었다. 그러나 소문으로 인해 수출과 수입선이 제자리 잡기까지 상당한 혼란이 있었다. 누구보다도 주변의 간부들이 흔들리는 모습이 보였다. 정은은 여론 공작이 진행됐던 것인지 여부도 판단 내리지도 못한 채 그저 당할 수밖에 없었고 소문은 삽시간에 당과 군의 핵심들을 흔들었고 체제가 잠시 동요했다. 그때 정은은 공화국의 경제의 상당 부분이 해외의 손에 놓여 있다는 것을 깨닫고 불안감을 느꼈다.

'공화국 경제가 해외에 너무 많이 의존하고 있어!'

그러나 돌이킬 수 없는 상황이었다. 공화국의 각종 자원과 인력을 거의 독점적으로 빼가는 중국도 공화국의 경제 위기상황에선 최소한의 방어선 역할뿐이었다. 정은은 누구의 소행인지 단정할 수 없는 상황에서 일단 미국의 소행으로 단정 짓고 전군에 비상대기를 지시하고 미국과의 군사적 대결이란 제스처를 택하는 데 만족해야 했다. 군을 다잡고 민간을 통제하기 위한 어쩔 수 없는 선택이었다. 다행히 얼마 가지 않아 일부 해외 금융시스템에 문제가 있었다는 보고가 올라왔고 많은 문제가 해결됐다.

'역시 과민반응이었어.'

그러나 문제는 그것뿐만이 아니었다. 김정은은 나날이 말라가는 통치자금 확보를 위해서는 자본주의식 돈벌이에 대해 일정부분 허용이 불가피했지만 문제는 그러한 과정에서 군과 당에서 충성의 이완 조짐이 조금씩 나타나고 비자금을 갖고 해외로 튀는 자들이 늘었다. 장마당에선 안전요원조차도 주민 반발에 힘을 못 썼고 그것을 억제하는 것은 폭동으로 번질 위험마저 있었다. 군도 외화벌이에 맛 들여 훈련을 게을리하고 기강이 해이해졌다. 한마디로 자본이 당의 권위보다 우위에 서 있었다.

'썩어빠지고 어리석은 배부른 여우 새끼들.'

정은은 군의 부패한 고위 장성들을 그렇게 불렀다. 위계질서가 국가 통제가 미치지 못하는 곳에서부터 사경제에 의해 조금씩 무너지고 있었고 정은은 감시와 통제 조직을 재 추슬러 보려 시도하고 있지만 이전과 달리 통제가 점점 더 어려워지고 있었다. 지시가 내려가면 그때만 시늉할 뿐 감시기구 하부는 민간과 깊게 연결되어 있었고, 국가가 그들의 불만을 채워줄 독자적 재원이 부족했다.

'관의 통제를 받지 않는 시장과 군부의 영향력이 커지고 있음! 시급한 조치가 필요함.'

그러나 보고서에 그칠 뿐 달리 손을 써볼 방법이 점점 줄어들고 있었다. 그런 현상이 정권에 주는 부정적 영향이 분명하고 불안했지만 되돌리기엔 너무 멀리 와 버렸다. 더욱이 그러한 것들은 다 김정은 집권 이후에 급격히 심화된 현상들이었고 주요 정책들의 부산물이었기에 정은으로서도 어찌해 볼 수 없는 흐름이었다. 정은은 최근 들어 정치하는 것이 두렵다는 생각마저 들었다.

'생전에 아버지가 지도자 생활이 힘들 거라고 한 말이 이제야 이해가 되는군.'

정은은 이따금씩 당과 군의 불만주의자들을 시범적으로 처형해 지도력을 강화했지만, 보이지 않는 곳에서 피어나는 고위급들의 불만까지 뿌리 뽑는 데는 한계가 있었다.

불만의 근본적 해결을 위해 자신의 집권 이후 공화국이 나아지고 있다는 것을 보여줄 필요가 있었다. 정은은 그것을 해외 제품들 수입 규제를 풀었고 휴대폰 보급을 대폭 늘렸다. 그러나 서구의 현대화된 제품을 도입하면 할수록 주민들의 욕구와 당 경시 풍조가 함께 커가는 부작용이 생겨났다. 그러나 휴대폰 보급 이전의 시대로 돌아갈 수도 없었다. 그것은 불가능한 일이고 너무 멀리 와 있었다.

'너무 불안해할 필요 없어. 그래도 취임 초기보다는 정상으로 나아가고 있어. 인민들도 나에 대한 고마움을 느끼고 있을 거야.'

정은은 자신을 위안했다.

도로는 좌우 자모산 자락을 끼고 2차선으로 길게 뻗어 있었다. 아버지 김정일 사망 2년 전에 완공된 그 도로는 집무실에서 특각까지 이어진 전용도로인데 유사시 서해로 빠져 나가는 비상 탈출로와도 연결되어 있었다. 김정은이 탄 특수 방탄차량 앞뒤로 똑같이 생긴 승용차들이 시원하게 뚫린 도로 위를 일정한 간격을 유지한 채 거침없이 달리고 있었다. 뒷좌석에 몸을 파묻은 정은은 스쳐 지나가는 눈에 익은 창밖 풍경을 쳐다보며 긴장이 다소 풀렸다.

"오늘 특각 만찬을 포기하시지요."

당 서기국 비서가 아침에 던진 말이 불현듯 떠올랐다. 최근 군부 내 수상한 움직임이 있다는 첩보가 들어왔다면서 만찬을 연기하라는 권고였다.

"무슨 구체적인 정보가 있다는 거요?"

서기국 비서가 우물쭈물했다.

"보위부도 뚜렷한 정보를 대지는 못하지만…… 최근 불미스런 연쇄 교통사고도 있었고 평양 방어 훈련 중에 부대 이동이 심하고 해서……."

"그렇게 간이 콩알만 해서 혁명사업을 어떻게 하겠다는 거요? 함경도, 자강도, 양강도 군인들에게 나의 지도력을 보여줘야 하지 않겠소? 그들도 다 내 충성스러운 부하들이니까."

정은이 배포 있게 비서의 조언을 내쳤다. 이번 평양 방어 훈련은 과거와 달리 북-중 접경지대의 일부 군 부대도 참가하고 있었다.

김정은은 오늘 밤, 열흘 넘게 비상대기한 야전군 지휘관들의 스트레스를 풀어주기 위해 특각 회식을 지시했다. 황성 특각은 김정은이 집권한 이후 새로 들어선 특각인데 정은은 아버지 시절 인기를 누렸던 무용수들과 악단을 자신의 취향에 맞는 사람들로 다 물갈이 했다.

정은은 사실 안전상 이유와는 다른 이유로 밤 행사를 썩 내켜하지 않았다. 정은은 아버지 김정일의 잦은 밤 행사와 여성편력으로 어머니가 마음상해하는 것을 곁에서 지켜보며 자랐다.

본인도 세 번째 부인의 자식이었던 정은은 아버지의 그러한 여성 편력이 마음에 안 들었다. 정은은 자신이 지도자가 되면 그렇게 행동하지 않을 것이라 다짐했다. 그러나 어느덧 아버지와 비슷한 길을 가고 있는 자신의 모습이 스스로 생각해도 불만이었다. 그러나 늙은 군 장성들과의 술자리를 통해 자기보다 나이가 많은 군 장성들의 충성을 얻어내고 또 군 내부 돌아가는 상황을 좀더 상세히 파악하는 이점도 있었다.

김정은 일행이 황성 특각으로 향하던 그 시각. 비밀 만찬장소에서 20킬로미터 정도 남서쪽으로 떨어진 지점. 일군의 군용 지프차와 트럭들이 미등만 켠 채 달빛에 의존해 특각 방향으로 향하고 있었다. 수십 대의 트럭 바퀴가 도로 위를 굴러가는 소리가 풀벌레들의 밤잠을 깨우며 특각으로 향하는 도로 위에 끊임없이 이어지고 있었다.

"저 새끼들 뭐지?"

초소 밖을 주시하던 상황병이 멀리서 초소를 향해 다가오는 시커먼 물체들에 눈길을 집중했다.

"전방에 시커먼 물체들이 접근하고 있습니다."

상황병이 보고했다.

"시커먼 물체라니? 그게 무슨 소리야?"

상부에 상황을 보고하면서 눈으로는 창밖을 주시하던 초소병이 물체의 정체를 확인했을 때는 지프차와 일련의 군용트럭들이 어느새 초소병의 눈앞에까지 도달한 때였다.

"당신들 누구야?"

특각의 제2초소의 경비요원 중 한 명이 어둠 속에서 갑자기 나타난 차량 행렬을 정지시키며 물었다.

"평양 방어 훈련에 참가했다가 오늘 밤 김정은 장군 경호에 참여하라는 지시를 받고 서둘러 오는 길이오."

트럭 대열 앞에 있던 지프차에서 내린 자가 대답했다. 그때 경호요원의 눈에 트럭 뒤 가득 탑승한 무장한 군인들이 눈에 들어왔다.

"그런 보고 받은 게 없는데. 잠깐 기다리시오. 확인을 해야겠소."

그 순간 지프차에서 내린 자가 눈짓을 했다.

"제압해!"

그의 명령이 떨어지기 무섭게 지프차와 화물트럭에서 쏟아져나온 자들이 초소 안밖에 있던 경비대원들을 향해 사격 자세를 취했다. 총을 들고 반격을 취하려던 병사들은 삽시간에 자신을 포위한 병력에 기가 질려 두 손을 들어 항복했다. 바로 그때 초소 안에 대롱대롱 걸려있던 무전기에서 음성이 흘러나왔다.

"2초소 무슨 일인가?"

"길 숲에서 노루 한 마리가 갑자기 튀어나와 오인 사격이 있었습니다."

트럭에서 내린 자가 통신장비를 잡고 대신 대답했다.

"야, 이 새끼들 모가지 달아나고 싶어! 정신 똑바로 차리고 있으라우."

무전기의 음성이 끊기자 그가 지프차 뒷좌석에 앉아 있던 자에게 보고했다.

"이제 특각을 점령하는 일만 남았습니다."

지프차 안에 있던 자가 눈빛을 번뜩이며 말했다.

"돼지새끼가 도착하기 전에 우리가 먼저 점령해야 해. 우리보다 놈이 먼저 도착하면 빠져 나갈 가능성 있어."

"네, 알겠습니다."

특각으로 향하는 1호 도로 위를 모두 9대의 차량들이 누런 미등을 켠 채 달리고 있었다.

"오늘따라 도로 주변이 유난히 어둡지 않소?"

김정은이 앞좌석에 앉아 있는 비서에게 물었다.

"지도자 동지 신변 안전 문제 때문에 그렇습니다만 밝기를 좀더 올리라고 할까요?"

전력난과 신변 보안이 이유임을 뻔히 알고 있는 정은은 더 이상 할 말이 없었다. 조도가 200룩스 이상이면 미국 놈들 위성에 잡힌다는 주변의 조언이 있었다. 중국도 반대하는 5차, 6차 극비 핵실험과 탄도미사일 추가 발사 실험 이후 하루에도 십여 차례 평양 상공을 떠도는 미국 정찰 위성의 눈을 피하기 위해선 극도로 조심할 수밖에 없었다.

"그냥 놔두시오."

전력난과 보안 때문에 밤 10시 이후 절전 정책을 시행한지 오래됐다. 앞서가던 차량들이 속도를 늦추었다.

"왜 갑자기 속도를 줄이는 거요?"

"전방에 다리 하나가 놓여 있지 않습니까? 폭 5미터 되는 다리가 길게 놓여 있어서 속도를 불가피하게 줄여야 합니다."

폭 5미터의 다리는 유사시 외부의 평양 중심으로의 접근을 차단하기 위해 그대로 유지되고 있었다. 소쩍새가 구슬프게 울어대더니 이어 집단 울음소리가 들렸다. 정은이 소쩍새 울음소리에 귀를 기울이고 있을 무렵 지축을 흔드는 굉음이 수차례 들려왔다.

"이게 무슨 소린가?"

"앞쪽에서 들리는 소리 같습니다."

특각을 가기 위해 다리를 건너기 직전 앞서가던 경호 차량들이 급히 차를 돌리는 것이 보이자 김정은이 타고 가던 차도 멈춰섰다.

"왜 차를 갑자기 돌리는 건가?"

"앞에 무슨 일이 생긴 것 같습니다."

바로 그때 김정은 차내 뒷좌석에 설치된 직통 전화기 1번에 빨간 불이 들어왔다. 호위사령관의 직통전화였다.

"최고사령관 동지 괜찮으십니까?"

"난 괜찮소. 그런데 이게 무슨 일이오?"

"특각이 조금 전 불순 세력에 의해 점령당한 것 같습니다."

그 말을 듣는 순간 정은은 아침에 서기국 비서로부터 들은 얘기가 떠올라 뒷목이 갑자기 마비되는 것 같은 느낌을 받았다. 갈수록 몸에 살이 찌면서 조금만 스트레스를 받아도 나타나는 현상이다.

"특각 경비를 맡던 우리 호위사령부 요원들이 다 당했다는 보고가 들어왔습니다. 지도자 동지 차량이 통과하면 다리를 폭파하려 했던 것 같습니다."

정신을 못 차리고 있는 정은을 대신해 옆에 있던 수행 비서가 대신 물었다,

"불순세력의 규모는 어느 정도입니까?"

"아직 정확한 규모는 파악이 안 됐습니다. 다만 오늘 밤 평양 중심지 밖으로 벗어나는 것은 삼가셔야겠습니다."

정은은 등줄기에 식은땀이 흐르는 것을 느꼈다. 권력 승계 직전의 어수선했던 상황이 떠올랐다. 정은은 2009년 4월 우암각 특각을 기습해 이복형 김정남과 그 측근들의 모임 현장을 급습해 이복형의 측근들을 한꺼번에 제거할 수 있었다. 정은은 후에 문책 받을 것을 각오하고 아버지 김정일 몰래 진행한 일이었지만 정은의 예상과 달리 아버지 김정일은 어떤 문책도 하지 않았다. 오히려 정은은 아버지로부터 과단성을 인정받아 후계자 선정에서 유리한 위치를 점할 수 있었다. 또한 그때까지 정은과 정남 사이에서 눈치 보던 많은 군 원로들도

정은의 대범한 행동에 정은 쪽으로 돌아섰다. 그때 아버지 병수발 차 평양에 와 있던 정남은 특각에 도착하기 직전, 누군가로부터 제보를 받고 급히 피신해 간신히 목숨을 건질 수 있었다.

정은은 아버지가 죽고 난 후 몇 차례 더 김정남 암살을 시도했지만 결정적인 순간마다 정보가 새 중국 국가안전부가 개입하는 바람에 실패했다. 이제 정남 세력이 당했던 것과 똑같은 방식으로 자신이 위협받고 있다는 생각을 하니 모골이 송연했다.

"정남이 짓인가?"

"지금은 뭐라고 단정할 수 없지만 김정남 지지 세력은 이미 다 궤멸되고 공화국에 남아 있지 않습니다."

정은은 호위사령관의 말이 맞다고 속으로 생각했다.

"맞아, 정남이 세력은 벌써 다 정리됐지. 그러면 누구지?"

"오늘 밤 2호 관사에서 주무시고 나면 상황이 정리될 겁니다. 김여정 동무도 제2관사로 모시겠습니다."

정은은 정체가 누군지 규모가 얼마나 되는지 알 수 없는 세력 때문에 자신이 허둥지둥 도피를 해야 한다는 사실이 불쾌하고 자존심이 상했지만 지금은 일단 위험한 장소에서 벗어나는 것이 급선무라고 생각했다. 정은은 최근 공화국 상층부에서 일어났던 사건들을 떠올리며 마음 한편에서 떠오르는 불길한 생각을 떨칠 수 없었다.

김정은의 도주

새벽 5시.

'쾅 콰광 따다다당 따다당.'

마치 주먹만 한 쇠구슬들이 서로 부대끼면서 내는 듯한 소리가 2호 관저를 진동시키고 있었다. 새벽녘에야 잠이 들었던 정은은 총포 소리에 선잠에서 깨고 말았다. 그리 멀지 않은 곳에서 들려오는 폭음과 잠자리 옆에서 울려대고 있는 전화벨 소리가 동시에 울리고 있었다. 수화기를 들자마자 화급한 목소리가 들려왔다.

"지도자 동지, 다른 곳으로 옮기서야겠습니다."

"무슨 일이오?"

"놈들의 저항이 완강합니다."

"아직도 반란세력을 진압하지 못했단 말이오?"

"제압은 시간문제입니다만 만일의 사태에 대비해서 일단 더 안전한 곳으로 옮기시는 것이 좋겠습니다."

"아니 반역의 종자 새끼들이 도대체 얼마나 되길래?"

정은의 표정에서 분노와 두려움이 교차됐다.

"동무가 책임지고 놈들을 최대한 빠른 시간 내에 진압하시오!"

군내 극소수 불만 세력의 어리석은 일탈 행동 정도로 생각했던 반란이 이어지고 오늘 밤 그 저항이 예상보다 길어지자 마음 한편에 찜찜한 생각이 들었다. 곁에서 깨 계속 듣고만 있던 부인 리설주가 걱정스런 표정으로 정은을 쳐다보고 있었다.

"부인, 애들하고 지하벙커로 이동할 준비를 하시오."

리설주는 더 묻지 않았다. 남편 정은에겐 따로 말하지 않았지만 최근 공화국 상층부에서 일어나는 크고 작은 사건들에 대해 듣고 리설주도 불안감을 느끼고 있었다.

평양 지하벙커로 피신은 미제의 도발에 대비하기 위해 1년에 한두 번씩 해오던 훈련이기도 했다. 이번 피신 훈련은 반란군으로부터의 피신이었지만 설주는 평소 훈련하던 대로 몇 가지 짐을 꾸렸다.

정은은 참모의 권유에 따라 부인과 아이들과 함께 관저의 지하통로와 연결된 전용열차를 이용해 수도 평양의 지하 300미터 아래 건설된 전시벙커로 이동했다. 핵무기 공격에도 버틸 수 있게 설계된 그곳은 정은을 목숨을 걸고 보위할 수 있는 특수 경호원 수백 명과 3개 대대 규모의 특수전 병력들, 석 달가량 지낼 수 있는 비상식량과 물, 탄약 그리고 전기시설이 갖춰져 있다. 정은은 부인과 아이들을 벙커에서 50킬로미터 더 떨어져 있는 묘향산 인근의 비밀관저로 보내고 자신은 평양 전역을 보여주는 모니터가 갖춰져 있는 상황실로 갔다.

새벽 5시

엄청난 섬광이 평양의 동부 외곽지대 상공에서 불길한 선을 그으며 발산했다. 컴컴한 화면에 화염들이 때로는 하얀 반점으로 때로는 녹색 반점으로 선을 그으며 나타났다.

"저것이 지금 정규군과 반군 사이에서 벌어지고 있는 실제 전투 장면이란 말이오?"

눈앞에 펼쳐지고 있는 예상치 못한 상황을 보자 충격을 받은 듯 정은이 한쪽 입술을 지그시 깨물었다.

"그렇습니다. 우리 공화국의 고공 정찰기들이 찍어 내려 보내고 있는 화면들입니다. 저항을 하고 있지만 규모가 크지 않아 우리 공화국의 막강한 화력 앞에 얼마 못 버틸 겁니다."

"불순분자들의 모험이 외부로 퍼져나가지 않게 하시오!"

"포탄이 떨어진 지역의 주민들은 외부로 소개시키고 있고 인근 주민들에 대해선 단단히 입 조심을 시키고 있습니다. 반란은 곧 진압될 것이고 대부분의 평양 시민들은 무슨 일이 벌어졌는지 알 수 없게 될 것입니다."

김정은이 찌푸려졌던 미간을 살짝 펴면서 물었다.

"반란 주모자는 밝혀졌소?"

"지난 번 마지막 남은 원로장성들 숙청 때 살아남은 그 측근들이나 부하들로 추정되고 있습니다. 그동안 지도자 동지께 마음속으로 반감을 품었던 자들입니다."

김정은의 표정이 심하게 일그러졌다.

"전후방 장군들은 어떻게 하고 있소?"

"그게……. 반군 때문에 통신 사정이 원활치 않습니다만 곧 복구될 겁니다. 연락이 닿는 부대장들은 최고지도자 동지에 대한 변함없는 충성을 속속 밝혀오고 있습니다."

"통신장비까지 문제가 있단 말이오?"

"반군이 군 통신 중계시설과 휴대전화 기지국에 미리 손을 쓴 것 같습니다."

"이보시오 총참모장! 우리 전투기를 동원해 저 반군들을 다 쓸어버리면 어떻겠소? 길게 시간 끌 것 없이……."

"공중폭격이 시작되면 자칫 평양 시가지가 파괴될 수 있고 민간인들 피해가 우려됩니다."

그 말에 정은이 주춤했다. 평양 신시가지는 아버지의 작품이었다. 자신이 살기 위해 아버지의 유산을 파괴하는 것을 주위에서 좋게 볼 리가 없었다.

새벽 5시 반

군청색 마호가니 책상 위에 놓인 전화기 1번 칸에 빨간 불이 깜빡였다. 박인식 대통령은 새벽 4시 반에 기상해 있었다. 전날 밤 늦게 북한 내부의 심상치 않은 동향을 보고받고 잠을 제대로 이루지 못하고 있던 터에 전화기에 표시된 국방장관의 직통전화 불빛을 보자 수화기를 곧바로 집어들었다.

"대통령 각하, 북한 내부 동향이 예상보다 심각합니다."

국방장관의 긴장된 목소리가 수화기를 타고 흘러나와 대통령의 뇌수를 자극했다. 수화기를 고쳐 잡은 대통령이 먼동이 터오는 청와대 관저 2층 창밖을 내다보았다.

"평양 중심부 외곽지역에서 교전상황이 벌어진 것 같습니다."

"교전이요?"

긴장감 가득한 대통령의 음성이 관사에 아직 짙게 깔려 있는 어둠을 흔들었다.

"미국측 정찰위성이 촬영한 영상화면을 조금 전 제공받았습니다. 우리의 대북 감청정보와도 상당부분 일치합니다."

대통령은 무엇인가 생각을 정리하고 있는 듯 말없이 듣기만 했다.

"지금까지 반란과는 성격이 다릅니다."

그럴 수밖에 없을 것이다. 반란이 평양 중심부의 외곽지역에서 벌어졌다. 국방장관과 통화를 끝낸 대통령이 육동회 비서실장에게 지시했다.

"비상 각의를 소집하시오."

청와대 지하벙커

대통령과 국무총리, 국방장관, 통일부장관, 외교부장관, 청와대 국방안보수석, 외교통일 수석 등이 참석한 가운데 긴급 NSC 안보회의가 열렸다. 업무로 지방에 내려가 있던 국방안보수석도 즉시 올라오라는 대통령의 지시에 따라 군용 헬기를 타고 방금 전 벙커에 도착했다. 지하벙커를 가득 메운 참석자들의 시선은 모두 대형 스크린 앞에 서 있는 국방장관에게 집중되었다.

"1시간 전 북한군 사이에 벌어진 무력 충돌 영상이 입수됐습니다. 화면을 봐주십시오."

국방장관이 한쪽으로 조금 물러서자 불이 들어온 스크린에 영상이 떴다.

"지금 보시는 화면은 우리 백두 정찰기와 금강 정찰기가 휴전선 인근에 포진해 있는 북한 전연군단을 찍은 화면입니다. 북한의 4군단, 2군단, 1군단, 5군단은 아직까지 특이 동향이 없습니다."

화면에는 북한 부대들 막사와 건물들, 군용트럭들이 분주히 움직이는 모습들과 장갑차들 그리고 북한의 산맥이 보였다. 일부 부대가 훈련하는 모습이 보였지만 이맘때쯤 실시하는 동계훈련일 뿐 특이한 점은 발견되지 않았다. 휴전선 긴장의 핵심 원인인 장사정포와 미사일포 부대 등의 특이 모습은 동굴진지로 숨어 나타나지 않았다. 장관이 말을 하는 동안 북한 쪽 산중턱의 동굴 진지들이 클로즈업되어 시커먼 구멍을 드러내고 있는 모습이 보였으나 포나 병사들의 모습은 보이지 않았다.

"보시다시피 휴전선 북쪽은 특이 동향이 포착되지 않고 있습니다. 다음 화면을 보시겠습니다."

스크린에 다른 화면이 올라왔다.

"지금 보시는 화면은 미군의 키홀 위성, 글로벌호크 정찰기가 평양 상공에서 찍은 화면을 제공받은 것입니다."

국방장관이 설명을 하는 동안, 화면이 또 다시 클로즈업되었다. 앞선 화면과 달리 고층건물들이 나타났고 이어서 잘 뻗은 도로망이 드러났고 그리고 도로 위의 탱크와 전차, 군용트럭들까지 나타났다. 화면이 지상으로 가까이 가자, 도로 여기저기에 멈춰서 있는 차량들과 나뒹구는 병사들 시신이 보였고 불타는 건물과 끊어진 다리 아래로 추락한 전차의 모습도 드러났다. 참석자들은 그 장면을 보는 순간 경악했다. 평양 중심부에서 그리 멀지 않은 외곽지대에서 그런 상황이 벌어지리라고 예상한 사람은 거기 모인 사람들 가운데 아무도 없었다.

"지금 보시는 장면은 평양 동부 외곽지대에서 자동화기, 박격포가 동원된 반군과 김정은 친위부대 간 전투가 벌어지고 있는 장면입니다. 규모가 커 보이진 않지만 평양의 중심부를 직접 겨냥하고 있어 충격이 만만치 않을 것 같습니다."

"저 반군들은 어디 소속이요?"

"그것까지 판단하기는 어려운 상황입니다."

그들의 눈앞에 펼쳐진 상황은 평상시 상식으로는 예상하기 어려운 것이었다.

"김정은 친위부대가 반군을 진압하는 데 시간이 얼마나 걸릴 것으로 예상합니까?"

대통령이 물었다.

"변방부대의 움직임이 전혀 없는 것으로 봐서 반란군이 군 통신선을 사전에 철저히 차단하고 기습적으로 일을 벌인 것 같습니다. 완전 제압에는 시간이 걸릴 것으로 보입니다."

긴장한 참석자들의 표정이 점점 더 굳어져갔다.

"이어서 북한 급변 사태 관련 영상 한 가지 더 보시겠습니다."

영상이 꺼지고 하얀색으로 변해 있던 스크린이 흔들리더니 이내 검푸른 화면이 타나났다.

"지금 보시는 것은 북한의 동해 원산 앞바다입니다."

화면을 주시하는 회의 참석자들 눈에 가느다란 불빛이 이따금씩 바다로 떨어지는 것이 나타났다. 그러나 그것이 무엇을 의미하는지 명확히 알기는 어려웠다.

"우리 저 불빛이 전투기에서 쏘는 총포탄이라는 결론을 내렸습니다. 그리고 저 총포탄 불빛이 닿는 곳을 정밀 확인해본 결과 북한의 난민들이란 결론을 얻었습니다. 쪽배와 뗏목을 이용해서 탈출하는 난민들에게 비행기에서 사격을 가하는 장면으로 보입니다."

"난민을 향해 총포탄을 쏘아대는 저들은 누구요?"

"현재로선 변방에 있는 김정은 부대로 추정됩니다."

참석자들의 표정이 더욱 굳었다.

"김정은이 북한을 탈출하는 난민들에게 무차별 사격을 명령한 것으로 보입니다. 이 영상이 일반에 공개될 경우 국제사회에서 김정은 정권에 대한 비난 여론이 더 확산될 것으로 보입니다. 그럴 경우 북한 급변 사태에 대한 국제사회의 외부 세력 개입 요구가 커질 수 있습니다."

박인식 대통령은 돌발 상황이 한꺼번에 발생하자 머릿속이 혼란스러웠다.

"시청자 여러분 안녕하십니까? '이슈진단 라이브 60'의 채성식 PD입니다. 분단 73년의 한반도가 지금 중대 기로에 처했습니다. 어젯밤 북한 평양 외곽에서 김정은의 암살 시도가 있었던 것으로 전해졌습니다. 우리 정부에선 이번 사태 관련해 공식적인 입장을 밝히지 않았지만 미국의 CNN과 일본의 교토통신, 프랑스의 AFP통신은 중국내 대북 소식통들을 인용해 이 같은 정황을 매 시간 주요 뉴스로 보도하고 있습니다. 이들 매체는 어젯밤 자정 경 평양 외곽 서북부 지역에서 북한 정규군과 반군 사이에서 첫 교전이 시작됐으며 이 시각도 양측 간 교전이 지속되고 있는 것으로 보인다고 보도했습니다. 국내에 정착한 탈북자들의 대북 방송인 민주 북한방송도 접경지역 북한 주민과 전화 통화를 통해 평양으로 통하는 모든 입구가 봉쇄되었고 출입증을 가진 사람들조차도 평양으로 들어가지 못하고 있다면서 자신들도 자세한 이유를 모른다고 전했습니다.

은둔과 폐쇄의 동토, 북한에서 일어난 이 돌발 사태가 앞으로 어떻게 전개될지 지금 전 세계가 북한 상황을 예의주시하고 있습니다. 오늘 저희 '이슈진단 라이브 60'에서는 현재 북한에서 벌어지고 있는 사태를 긴급 이슈로 다루기 위해 두 분을 스튜디오에 모셨습니다. 한맥대학교 국제정치경제학과 이영수 교수, 발해대학교 국제학과 박명식 교수이십니다."

"먼저 이영수 교수께 여쭙겠습니다. 북한과 같은 나라에선 좀처럼 일어나지 않을 것 같은 군사 반란이 일어났습니다. 이번 급변 사태의 원인이나 주동세력, 또 규모 등에 대해선 시간이 좀더 지나봐야 알 수 있겠습니다만 우선 이 소식을 접하시고 어떤 생각이 드셨는지요?"

"매우 놀랐습니다. 무엇보다도 북한과 같은 폐쇄된 왕조 독재국가 수도에서 군사 반란이 일어났다는 것은 매우 충격적이고 한편으로는 아무도 역사의 흐름을 거스를 수 없다는 것을 다시 한 번 보여주는 중요한 사건이라고 생각합니다. 모든 국민들에 절대 충성을 요구하고 있고 3중 4중의 감시체계를 구축하고 있으며 또 철저히 보호를 받는 기득권 세력이 정권을 결사옹호하고 있는, 한마디로 세계에서 그 유례를 찾아보기 힘든 세습독재국가에서 대규모 군사 반란이, 그것도 지금까지 한 번도 일어난 적이 없는 평양 근방에서 군사적 반란이 일어났다는 것은 북한의 세습 통제국가가 그 한계에 도달했다는 것을 보여주는 것이라 생각합니다."

"3중 4중 감시망의 두려움을 뛰어넘는 막강한 후원세력이 반군의 배후에 있을 가능성이 있다고 보십니까?"

"저는 그 가능성을 매우 높게 보지는 않습니다. 북한은 핵무기를 보유하고 있습니다. 만일 중국의 북한 쿠데타 지원이 북한 정권의 반발을 사게 돼 북-중간 전면전이 일어날 경우 중국도 막대한 피해를 입을 수 있습니다. 때문에 북한 반군을 중국 정부가 대놓고 돕고 있다고 곧바로 연결 짓는 것은 이 시점에선 성급할 수 있습니다."

"배후세력을 의심해 볼 수 있지만 중국 정부로 단정하기는 아직 성급하다는 말씀을 해주셨는데, 발해대학교 국제학과 박명식 교수께선 이번 사태 접하시고 소감이 어떠십니까?"

"네, 저는 김정은에 대한 북한군과 당의 충성도가 이전 같지 않다는 점이 이번에 확연히 드러났다고 생각합니다. 북한에서 지금까지의 군사 반란은 대부분 모의 단계에서 감시망에 걸리거나 내부 밀고에 의해 실패로 돌아갔습니다. 그만큼 북한군과 당에는 상호 감시체계가 거미줄처럼 쳐져 있고, 또 좀 전에 이영수 교수께서도 지적하셨듯이 북한엔 자신들의 기득권을 보호하기 위해 김씨 왕조를 지지하는 군과 당의 고위 간부들이 꽤 많습니다. 따라서 북한의 심장부인 평양에서 일어난 이번 사태는 북한군의 김씨 왕조에 대한 충성도와 군 내부 감시체계가 크게 약해졌다는 것을 확연히 보여주고 있습니다. 저는 북한 독재정권이 살려고 취한 미봉적인 변화 조치들이 아이러니하게도 체제 위협을 가속화하는 계기가 됐다고 봅니다."

"미봉적인 변화 조치들이요?"

"그간 많은 공산국들이 소연방 해체 이후 중국이나 베트남처럼 당 내부경쟁이 작동하는, 유연한 공산당 1당 지배로 전환하면서 경제면에선 자본주의로 전환한 지 오랩니다. 그들은 그것을 통해 내부 폭발의 수위를 사전에 낮춰 왔습니다. 그러나 지구상에서 북한만이 유일하게 국가의 모든 면에서 독재와 폐쇄체제를 유지해왔습니다. 북한은 최근 들어서야 일부 미봉책으로 개방정책을 흉내 내고 있는 상황입니다. 저는 바로 이것이 오늘의 북한 급변 사태를 불러온 한 계기가 됐다고 생각합니다. 즉, 나라 밖 정보에 눈뜨고 돈과 권력을 어느 정도 거머쥔 북한군과 당의 신흥 엘리트들이 그간 보지 못했던 김씨 독재체제의 모순과 한계를 인식하고 김씨 왕조가 붕괴되지 않고선 근본적인 발전이 어렵겠다는 필요성에 인식을 같이 했을 수 있다고 생각합니다."

"두 분 말씀은 중국 정부라고 단정할 수는 없지만 김씨 왕조에 대한 이탈현상은 김정은의 최후의 보루라고 할 수 있는 북한군과 당의 고위급 간부들의 충성도 약화를 보여주고 있다는 점을 지적하셨습니다. 이번 사태가 한반도에 전쟁 발발로 이어지지 않고 나아가 북한 권위주의 정권의 종식으로 이어기를 간절히 바랍니다."

주석궁 지하 100미터 전시 벙커 상황실

"지도자 동지, 중립을 지키던 일부 부대가 반군 동조로 돌아서 반군 진압이 늦어지고 있습니다."

공화국 군대 내부에 배신이 늘고 있는 데 대해 김정은은 화가 났다.

"이런 배은망덕한 자들 봤나! 내가 섭섭하지 않게 해주었는데 왜 나를 배신하는 거지. 이건 나를 배신하고 인민을 배신하는 행위야."

정은이 눈꼬리를 살기 어리게 치켜뜬 채 오른손을 위아래로 격하게 흔들며 반군에 대한 분노감을 표출했다. 정은이 손을 거칠게 흔들 때마다 터질 듯이 튀어나온 아랫배 위의 단추들이 복부와 겉돌며 움직였다.

"조금이라도 반군에 기웃거리다 적발되는 자가 있으면 잡아다가 인민군들이 보는 앞에서 공개 총살하시오. 본보기를 보여줘야 하니까."

내전이 발발한지 이틀째. 반군 진압마저 늦어지자 각종 근거 없는 소문들까지 벙커 내부에 퍼지고 있었다. 김정은이 중상을 입었다는 소문에서부터 평양을 비밀리에 탈출했다는 소문까지 근거 없는 소문들이 빠르게 확산되고 있었다. 정은은 소문 유포자들에 대해 무자비한 대처를 지시하고 있었지만 소문을 뿌리 뽑기 전에 새로운 형태의 소문이 자라나 병사들 기율을 잡는데 어려움을 겪고 있었다.

"지도자 동지, 이인광 동무를 데려왔습니다."

호위사령관이 방금 걸려온 전화 보고 내용을 받고 정은에게 전달했다.

"어서 데려 오시오."

정은이 비대해진 얼굴과 몸을 호위사령관 쪽으로 획 돌리며 반가움을 표시했다. 잠시 후 인광이 호위 요원들에 의해 김정은 앞으로 안내되었다.

"이인광 동무. 동무의 영웅적 활동에 대해 얘기 들었소. 동무가 죽음의 위기에서 나를 구해주었소."

정은이 인광의 두 손을 덥석 잡으며 환대했다.

"최고지도자 동지를 위해 마땅히 해야 할 일을 했을 뿐입니다. 이렇게까지 칭찬해주시니 몸 둘 바를 모르겠습니다."

"동무의 겸손한 자세는 온 인민들의 모범이요. 정말 마음에 드오."

정은이 왼손은 뒷짐 진 채 치켜세운 오른손 검지를 흔들며 말했다.

"저기 저 은혜를 모르고 날뛰는 배신자들은 곧 처단될 것이오. 인광 동무한데 내가 신세를 크게 졌는데 무엇이든 부탁할 것 있으면 하시오."

그 말에 인광이 머뭇거리자 옆에 있던 호위사령관이 부추겼다.

"동무, 최고지도자 동지께서 말씀하시는 거니까 주저하지 말고 무엇이든 말해보시오."

"그렇다면 외람되지만 한 말씀 드려도 괜찮겠습니까?"

"말하시오. 동무는 공화국의 영웅이오. 들어줄 수 있는 것은 다 들어주겠소."

정은의 눈이 인광을 더욱 주시했다.

"제가 살인사건을 조사하면서 지금도 의문스럽게 생각하고 있는 것이 있습니다. 김달해 부국장은 반군의 비밀서클에서 이중행보를 하다가 죽었고 류조국 소장은 조국을 배신하고 도망가다가 죽었다는 점에서 둘 다 배신자라 불러도 마땅한 자들입니다."

"그런데요?"

"이 둘은 또 한 가지 같은 점이 있습니다. 피살된 김달해 부국장과 도망간 류조국 소장은 모두 반란군과 직접 간접으로 연관된 자들이었다는 점입니다. 그런데 바로 여기서 풀리지 않는 수수께끼가 있습니다. 그들을 왜 죽였을까 하는 이유 말입니다."

"그건 배신자들 내부에서 자기들끼리 못 믿으니까 죽고 죽인 것 아니겠소?"

"제 말씀은 그들이 무슨 비밀 때문에 배신을 했고 살해됐나 하는 점입니다."

"그런데?"

정은이 흥미롭다는 표정으로 눈빛을 반짝거리며 인광의 말에 귀를 기울였다.

"그들이 배신한 동기가 석연치 않다는 것입니다. 즉 그들이 배신했기 때문에 피살된 게 아니라 과학자가 알아내려 했던 것 그리고 부국장이 자신이 속한 비밀서클에 제공하려 했던 것 때문에 죽임을 당했을 수 있다는 겁니다."

"알아내려 했던 비밀내용이 있다?"

"전 그들이 군사적으로 아주 중요한 정보를 알아내려 했다고 생각합니다."

"그것이 무엇이라고 생각하시오?"

책상 위를 가볍게 툭툭 치던 정은의 손가락 움직임이 멈췄다.

"제가 지금 말씀드릴 수 있는 것은 그 정보가 반군과 매우 깊은 연관성이 있다는 것입니다. 그리고 그것은 아마도 제 생각에는 이번 반란진압의 성공과 실패를 판가름 짓는 중대사안이라고 생각합니다."

"답답하군. 빨리 말해 보시오."

옆에 있던 호위사령관이 재촉했다.

"그것은 공화국의 핵무기 장소에 관한 정보가 아니었나 생각됩니다."

"뭐야? 이 반역의 새끼들이!"

정은이 자리에서 벌떡 일어났다.

"그들은 공화국의 핵무기 장소에 관한 구체적인 정보를 알아내서 반란세력에 제공함으로써 반란을 승리로 이끌려 했던 것 같습니다."

"놈들이 우리 공화국 군대의 자존심을 노리고 있다 이 말이오?"

"저는 그렇게 추정하고 있습니다. 반란세력 일부가 핵무기 저장소 쪽으로 향할 가능성이 있습니다."

"반란군이 성동격서 작전을 펴고 있다 이 말이요?"

"시간이 얼마 남지 않았습니다, 최고지도자 동지! 핵무기 비밀 저장소 정보가 반군 세력 쪽으로 새어나갔을 가능성이 있습니다."

새벽 2시, 북한 자강도 시중군 무명산 계곡

900미터 높이의 무명산 그림자가 계곡의 달빛을 집어삼키고 있었다. 인근의 자강도 동신군에서 야음을 틈타 접근해 온 반군 특수부대들이 무명산 남쪽 자락에 자리 잡은 12군단 소속 109부대, 일명 '정명부대' 를 향해 소리를 죽인 채 접근하고 있었다. '정명' 은 김정일의 '정' 자, 광명성의 '명' 자를 따온 이 부대의 별칭이다. 북한이 1차 핵실험을 한 10월 9일과 연관된 숫자 109까지 겹쳐지면서 핵탄두와 밀접한 연관이 있는 부대로 북한군 고위장성들 사이에서 은밀히 전해지고 있었다. 그러나 그에 관한 구체적인 사실을 아는 군 장성은 아무도 없었다. 사실을 아는 군 간부들은 대부분 죽었거나 수용소 행이 됐다.

정명부대로 접근하고 있는 반군 특수부대는, 지하 120미터에 6미터 두께의 특수 격납고에 보관된 핵탄두의 존재를 확인하는 것이 목적이었다. 반군 특수부대는 저격병, 암호 해독병, 방사화학병, 기타 특수 격납고에 접근하는 데 필요한 전문가와 병력들로 구성되어 있었다. 북동서 3면이 산으로 둘러싸여 있는 109부대 산봉우리엔 적외선 화기, 기관총 등으로 무장한 병력들이 산을 타고 올라오는 침입세력을 경계하고 있었고 부대 곳곳에는 공중으로 침입하는 세력을 격퇴하기 위한 지대공 미사일과 대공포, 개조된 방사포가 배치되어 있었다.

반군 요원들이 계곡을 벗어나 산등성이를 오른 지 얼마 지나지 않아 109부대 산 정상 경계 초소에서 쏘아대는 서치라이트 불빛이 반군이 오르는 전방을 개미 한 마리까지 훑어내듯이 비쳐대기 시작했다. 서치라이트 불빛이 원거리와 근거리를 바꿔가며 비춰대고 있을 때 갑자기 산 아래쪽에서 한밤의 정적을 깨는 괴음이 들렸다. 순식간에 정상의 서치라이트 불빛들이 괴음 방향으로 집중됐다. 불빛들이 집중된 장소에는 멧돼지 한 마리가 끄릉끄릉 괴음을 내며 방향

감각을 상실한 채 산길을 미끄러지길 반복하며 우왕좌왕하고 있었다. 반군에 의해 마취된 채 한쪽 다리가 나무에 묶여 있던 멧돼지 한 마리가 마취가 풀리면서 밧줄에서 벗어나기 위해 발버둥치면서 본능적으로 내는 소리였다.

"이때다, 움직여!"

불빛들이 무명산 일대에 출몰하는 멧돼지에 쏠려있는 틈을 타 반군 요원들이 산 중턱 가까이 올랐다. 반군 특수부대가 산 중턱에 다다랐을 무렵 20여 미터 전방에 갑자기 참호가 나타났다. 적외선 망원경으로 본 산 중턱 참호 속에는 병사 둘이 기관총과 소총을 거취해 놓고 산 아래쪽에서 벌어지는 멧돼지 소동에 정신이 팔려 있었다. 잠시 후 참호 속 한 병사가 앞으로 푹 하고 쓰러지자 이를 발견한 나머지 한 병사가 혼이 나간 모습으로 기관총 방아쇠에 손가락을 걸고 전방을 노려봤지만 그도 불과 몇 초 뒤 반군 저격병이 쏜 소음총에 맞아 고개를 떨궜다.

반군 특수부대는 중간 참호를 뚫고 109부대 철책선 인근까지 접근했다. 반군 요원들의 움직임은 신속했다. 그들의 20여 미터 우측 전방에 5미터 가량 높이의 철탑초소가 나타났고 초소 정중앙에는 서치라이트가 설치돼 돌아가고 있었다. 서치라이트 좌우에는 2명의 병사가, 중화기로 무장한 채 산 아래를 주시하고 있었는데 서치라이트 바로 아래에는 기관총병사가 12식 기관총을 거취해놓고 산 아래쪽을 겨누고 있었다. 철탑초소를 우회해 철책을 절단하려면 작은 서치라이트가 10초 간격으로 되돌아오고 있어 10초가 지나기 전 인근 풀숲으로 다시 돌아와야 했다.

철책에는 그들의 예상처럼 고압전류가 흐르지 않았다. 공화국 전체의 전력부족이 낳은 어쩔 수 없는 현상이었다. 반군이 절단기를 이용, 철책의 하단부를 사각형 모양으로 절단하기 시작했다. 철책의 사각형 구멍의 마지막 위쪽을 절단해 나가는 순간 작은 서치라이트가 갑자기 흐름을 바꿔 그들을 비췄다.

"저 새끼들 뭐야! 사살해!"

초소에서 소리치는 병사의 흥분된 목소리가 들리기가 무섭게 총탄이 우박처럼 반군을 향해 쏟아지기 시작했다. 반군도 초소를 향해 응사를 시작했다. 초소병 한 명과 반군병력 3명이 총탄에 맞고 쓰러졌다.

"비반충포(무반동총) 발사!"

잠시 후 반군이 쏜 비반충포에 피격당한 철탑 초소가 검붉은 화염에 휩싸였고 초소 일부가 파편이 되어 아래로 떨어졌다. 은밀히 침투하려던 반군의 계획이 시작부터 어그러지자 적의 침투를 알리는 사이렌 소리가 무명산 전역에 울리기 시작했다.

"여긴 묘향산 하나! 적들의 공격을 받고 있다."

반군의 다급한 지원요청이 무전기를 타고 날아간 지 얼마 지나지 않아 자강도 하갑에 위치한 반군 지휘부에서 발사된 포탄이 정명부대를 향해 날아들기 시작했다. 109부대 철책은 순식간에 동서북 세 방향 모두에서 화염이 피어오르기 시작했다. 혼란을 틈 타 반군요원들은 철망을 넘어 지하격납고가 위치해 있는 서쪽 방향에 위치한 대규모 회색 돔 형 콘크리트 건물 쪽으로 접근하기 시작했다.

북한 급변사태 이틀째

청와대 지하벙커에선 북한 급변사태에 대비한 5차 안보회의가 열리고 있었다.

국방장관이 제일 먼저 상황 보고를 했다.

"북한 내전 상황은 현재 어떻게 진행되고 있나요?"

"북한 내부 상황은 오히려 더 불안하게 돌아가고 있습니다. 예상보다 반군의 저항이 길어지고 있습니다."

"이유가 뭡니까?"

"현재로선 단언하기 어려우나 북한 군부 핵심에 균열이 생긴 것이 틀림없는 것 같습니다."

"균열이요?"

"북한군 통신과 보안 조직을 장악한 세력도 반군에 가담했을 가능성이 있습니다."

대통령에겐 모든 것이 다 입술이 바짝바짝 타들어가는 긴장된 상황이었다. 대통령은 북한 급변 상황에 대해 특별히 손을 써볼 방법이 없다는 것이 안타까웠다. 그때 외부와 연결된 벙커 내 위성 스크린에 바다에 떠 있는 거대한 미 항공모함 함대의 움직임을 보여주는 화면이 떠올랐다.

"방금 입수된 영상입니다."

지하벙커와 연결된 스피커에서 벙커 상황실장의 음성이 흘러나왔다. 안보회의 참석자 모두의 시선이 대통령 앉은 쪽 맞은편의 스크린에 집중됐다.

"저 화면이 어떤 의미인가요?"

대통령이 물었다.

"제주 해협에 머물던 조지 워싱턴 항모의 움직임이 빨라지고 있습니다. 현재 움직임을 봤을 때 방향은 서한만 쪽이고 앞으로 5시간이면 NLL 인근까지 도착이 가능할 전망입니다."

"조지워싱턴 항모가 접근해요? 예정에 있던 건가요?"

"예정에 없었습니다."

"주한 미 사령관을 연결해주시오."

"각하, 미 아시아 태평양 함대 사령관이 영상으로 연결되어 있습니다."

"미 아시아 태평양 함대 사령관이?"

"대통령 각하, 미 아시아태평양 함대 사령관 앤더슨 대장입니다."

"우리 측에선 미 함대의 서해 진입을 요청한 적이 없는데요."

"잘 알고 있습니다. 하지만 새로운 비상 상황이 포착됐습니다. 그 점을 대통령 각하께 설명드리라는 미 합중국 대통령의 명령이 있었습니다."

"북한 내 새로운 비상상황이요?"

"북한 내 반군이 핵무기 탈취를 시도하고 있는 정황이 저희 군사 위성과 고고도 정찰기에 잡혔습니다. 핵무기가 반군에 손에 들어가면 앞으로 어떤 상황이 벌어질지 예측이 더 어려워집니다. 더 심각한 것은 현재 중국군 움직임이 심상치 않다는 것입니다."

"중국군이요?"

조지워싱턴 항모를 비추던 영상이 다른 영상으로 대체됐다.

"이것은 산둥 반도 중국군의 움직임입니다."

박인식 대통령과 미 아시아 태평양 함대 사령관과 화상 통화를 하던 모니터 화면에 중국 해군의 기동 장면이 떠올랐다.

"영상 분석을 한 저희 전문가들은 중국군의 움직임이 두 가지 면에서 통상적인 훈련과 차이가 있다는 결론을 내렸습니다. 첫째는 중국군들이 북한 서한만 일대로 접근할 가능성이 대단히 높다는 점이며 둘째는 해병대 병력과 수륙양용 전함 그리고 전투헬기 수가 평상시 훈련에 비해 2배로 늘어난 대규모 병력 이동이라는 점입니다."

"중국군이 북한 해안으로 접근할 가능성이 높다는 것은 어떤 근거에서 나온 겁니까?"

"중국과 북한 사이엔 중국군이 통상적으로 상륙 훈련을 해오던 무인도 C10 포인트가 하나 있는데 화면에 나오는 저 중국해군들이 조금 전에 그 무인도를 지나쳤습니다. 그리고 중국군 39 집단군 예하의 기계화 보병 사단 병력 일부가 압록강 50킬로미터 근방까지 접근한 것으로 나타났습니다."

"한반도는 지금 오랜 군사적 대치로 인해 성냥불만 갖다대면 불이 붙을 수밖에 없는 긴장 상황입니다. 그리고 인구 2천만 명이 살고 있는 수도 서울이 북한의 수천 문에 달하는 방사정포에 그대로 노출되어 있습니다. 남북 간에 사소한 불씨 하나라도 일어나면 자칫 대규모 참상으로 이어질 수가 있습니다. 신중을 기해야 합니다."

대통령이 미 태평양 사령관에게 간곡히 호소했다.

"각하, 시간이 얼마 남지 않았습니다. 반군 손에 핵무기가 들어가면 사태는 걷잡을 수 없게 됩니다. 그럴 경우 중국군이 마음만 먹으면 평양에 도착하는 것은 시간문제입니다."

"하지만 북한 핵무기가 반군 손에 들어갔다는 증거는 아직 없지 않습니까? 북한 핵무기를 군사적 방법으로 해결하려는 시도는 최후의 선택이어야 합니다. 자칫 한반도에서 엄청난 피해가 발생할 수 있습니다."

"각하, 저희 군은 지시에 따를 수밖에 없는 입장입니다. 정치적 고려는 하지 않습니다."

"우리에게 24시간 여유를 주시오. 그리고 중국군이 북한 쪽으로 더 이상 접근하지 못하도록 귀국이 막아주시오."

상황의 역전

시선이 분산된 틈을 타 철책을 통과한 반군 특수부대원의 적외선 쌍안경에 건너편 산 아래에 들어선 핵무기 사일로의 대형 고강도 철대문이 들어왔다. 특수 합금으로 된 정문을 열고 들어가면 다시 지하 50미터 깊이에 핵 공격에도 견딜 수 있게 설계된 핵무기 보관소가 있다는 것이 반군 특수부대가 사전에 취득한 사일로에 대한 첩보였다. 그들의 임무는 그 첩보를 확인해 본대가 진입하는 때에 맞춰 문을 열어 핵무기 탈취를 돕는 것이다. 좀더 가까이서 본 핵무기

보관 사일로는 거대한 방호소 같은 느낌이었고 경비 병력이 차량을 일일이 확인하고 있었고 신호를 주면 안에서 문을 열어 주고 있었다. 잠시 후 반군의 눈에 사일로 안으로 들어가는 것으로 보이는 특수화물차량이 들어왔다. 반군 중 몇이 어둠 속에서 튀어나와 달려오는 차량 앞에 서서 손을 흔들며 막아섰다.

"무슨 일이요?"

조수석에 앉아 있던 대좌가 깜짝 놀란 표정으로 창문을 반쯤 내린 채 물었다.

"반군의 기습 때문에 사일로에 진입하려는 모든 차량과 탑승자 검문 검색을 강화하고 있소. 내려서 검색에 응해주어야겠소."

"못 보던 사관들 같은데. 귀찮게 구는군."

마지못한 표정으로 문을 연 대좌의 발이 바닥에 착지하는 순간 반군 중 하나가 다가와 대좌의 옆구리에 총을 질러 넣었다. 대좌가 놀란 눈으로 반군을 쳐다보았다.

"너희들 뭐야!"

"뒤쪽으로 움직여!"

그가 옆구리에 총구를 들이밀며 대좌를 화물칸으로 데려가는 동안 또 다른 반군 하나가 조수석에 빠른 동작으로 올라탔다. 운전병이 대시보드 아래에 놓여 있던 총을 만지려는 순간 반군의 총이 운전병의 옆구리를 질렀다.

"당신들 누구야?"

당황한 표정의 운전자가 떨리는 음성으로 물었다.

"능라도!"

운전자가 눈을 동그랗게 뜬 채 잠시 반군을 쳐다보더니 마지못해 말했다.

"충성화!"

"일치!"

반군의 무전기에서 뒷 트렁크로 끌려간 대좌의 암호와 일치한다는 신호가 흘러 나왔다.

"출발해."

그것은 반군이 오늘 밤 암호를 이미 입수했다는 것을 보여줌으로써 운전자의 협조를 끌어내려는 시도였다. 반군을 실은 특수트럭이 사일로를 향해 다가갔다. 트럭이 사일로 5미터 전방에 다다랐을 때 초병이 다가왔다.

"능라도!"

"충성화!"

경계병이 운전자 옆 좌석의 반군을 잠시 훑어보더니 사일로 내부와 무전했다. 잠시 후 사일로 정문이 열렸다. 그들을 태운 트럭이 정문 안으로 들어갔을 때 열린 정문 안에서 초병이 나타나 트럭 가까이 다가오더니 운전석을 예리한 눈으로 살핀 후 한 마디 툭 던졌다.

"이 안에선 방독 마스크를 착용하시오!"

운전병과 반군이 차량 대시보드 위에 놓여 있던 마스크에 손을 대려는 순간 그가 다시 물었다.

"뒤 트렁크에 뭐가 실렸소?"

"늘 운반하는 방사 화학물질이 들어 있소."

경계병이 고개를 조금 끄덕이더니 한 발 뒤로 물러서서 손으로 통과 신호를 보냈다. 건물 내부는 군데군데 지름이 1미터가 더 되어 보이는 원형 기둥들이 서 있었고 특수복을 입은 연구원들이 부지런히 움직이고 특수 마스크를 착용한 무장군인들이 곳곳에서 경계를 서고 있었다. 정면에는 차에서 내려진 특수 용기에 담겨진 화물이 화물승강기에 실려 아래로 내려가는 것이 보였다.

"지하 경비 병력은 얼마나 되지?"

"지상에 일개 소대 지하에 일개 소대 병력과 그 밖에 연구원들이 있소."

"일개 소대?"

그가 믿지 못하겠다는 표정으로 운전병을 쳐다보았다.

“핵탄두 저장고 위치는 지하 어디쯤인가? ”

“핵탄두 저장소? 나는 그런 것이 있다는 얘긴 듣지 못했소”

그가 운전병의 뒷목 부위에 총부리를 겨눴다.

“이 새끼가 거짓말을!”

“정말이요. 내 말을 믿어주시오. 이곳엔 화학물질들을 보관하고 있지만 핵탄두는 없어요.”

반군 지휘자의 얼굴표정이 노랗게 변했다.

“그렇다면 뒤 트렁크에 실린 게 핵탄두용 물질이 아니란 말인가?”

“위험하긴 하지만 핵물질은 아니오. 그냥 화학물질이오.”

“이 새끼가 거짓말을!”

“거짓이 아니오. 직접 확인해 보시오”

‘완전히 속았군.’ 반군 특공대 팀장의 표정이 더욱 일그러졌다.

“믿을 수 없어! 여긴 델타, 브라보와 찰리가 지하로 내려간다.”

반군 둘이 트럭에서 내린 화물과 함께 엘리베이터를 타고 지하 저장고로 내려갔다가 잠시 후 올라왔다.

“지하에 핵탄두는 없었습니다. 화학물질이 보관된 트렁크들뿐이었습니다.”

당황한 반군 지휘자가 뒤따라오는 차량과 황급히 무선교신을 시도했다.

“정보가 잘못 됐다. 돌아가라.”

그러나 뒤 차량에선 아무 응답도 없다.

“차 빨리 돌려!”

그가 무전기에 대고 소리를 빽 질렀지만 무전기엔 아무런 응답도 없다. 출구를 향해 천천히 차가 다가갔지만 자동으로 열려야 할 출구가 열리지 않았다.

“왜 문이 안 열리는 거야!”

"나도 어찌된 영문인지 모르겠소."

들어올 때 보이던 출구 쪽 초소 병력들이 아무도 보이지 않는다. 당황해 하고 있는 그들 주위로 어느 틈엔가 무장한 정규군 병력이 다가와 저격 자세로 에워쌌다.

그들이 사일로 안으로 들어가 있는 동안 109부대 정문초소를 향해 일군의 군 트럭이 다가오고 있었다.

"어느 부대 소속이오?"

정문 초소병이 반군을 막아섰다.

"반군의 공격을 받고 있다는 소식을 듣고 지원 왔소. 일부는 부대 안에서 나머진 부대 밖에서 대기하라는 명령을 받았소."

"부대 안으로 들어갈 필요가 없어요. 반군들은 거의 다 진압됐어요."

"우린 상부의 명령을 따를 뿐이요."

정문 초소병은 조금 전 받은 각기 다른 내용의 두 통의 전화연락을 떠올렸다.

하나는 '지원군이 곧 도착할 것' 이란 것이었고 또 하나는 '외부의 어떤 병력도 부대 안으로 들이지 말라' 는 것이었다.

정문 초소병은 혼란스러웠다.

"반군에게 부대가 장악되는 날이면 너희들은 군법회의에 회부될 거야!"

지원군으로 위장한 반군의 엄포에 정문 앞에 놓여 있던 2개의 쇠못 바리케이드가 옆으로 치워졌다. 정문을 통과한 뒤 차량이 저장고 정문을 향해 다가가고 있을 때 그들 앞에 초병들이 나타나 차를 세우라는 손짓을 했다.

"저것들은 또 뭐야? 천천히 차를 세워!"

뒤차가 멈춰섰을 때 일군의 무장 병력이 어둠 속에서 나타나 반군을 포위했다. 뒤 차량에 탄 반군 지휘관은 그들을 보며 자신이 함정에 빠졌다는 걸 뒤늦게 깨달았다. 백미러에 퇴로를 차단한 정규군 부대의 불빛들이 들어온 것을 보고 정문 초소병이 트릭을 부렸다는 것을 그제야 알아차렸다. 뒤늦게 상황파악을 한 반군의 리더가 긴급히 어디론가 무전을 타전했다.

'잘못된 정보였고 작전은 실패했다.'

반군에 의한 핵무기 탈취 시도가 실패로 돌아가자 서한만과 압록강 인근까지 접근했던 중국군이 뒤로 조금 물러섰고 미 해군 역시 군산 앞바다 쪽으로 물러섰다.

북한 SSG2 잠수정의 침몰

북한 동창리 미사일 발사기지와 비파곶 기지, 그리고 북한의 서해 함대 사령부 교신 내용과 움직임들이 특수 잠수 안테나와 고성능 정찰 카메라에 고스란히 잡혀 들어왔다. SSG2 잠수정은 북한 해역으로 접근하는 외부의 동태를 파악하기 위해 NLL 인근에서 느린 속도로 한국 해역 가까이로 기동중이었다. 해저의 밀림 속에서 적의 숨소리를 찾던 소나 헤드폰을 착용한 북 잠수정 상황병에게서 긴박한 음성이 터져나왔다.

"뭔가 이상합니다."

"……."

"적 잠수정으로 추정되는 물체가 근방에 있는 것 같습니다."

상황병의 보고에 북 잠수정 내부가 일순간 긴장감에 휩싸였다.

"적 잠수정이라니? 음파 안테나를 최대한으로 올려 파악해봐!"

함장의 지시에 북 잠수정 내부가 일순간 긴장감에 휩싸였다.

"그런데 그게……. 정체가 무엇인지 잘 잡히지 않고 있습니다. 빠른 물살에다 소음이 많아서 물체의 정체를 파악하는 데 어려움이 있습니다."

괴물체의 소음은 무슨 이유에서인지 들렸다 안 들렸다를 반복해 상황병을 혼란스럽게 하고 있었다.

"괴물체의 신호음이 다시 잡혔습니다."

잠시 후 수중 레이더망에 수상한 점 하나가 잡혔고 소나병 헤드폰에도 적 잠수정으로 추정되는 물체가 내는 신호음이 다시 잡혔다.

"적 물체의 위치와 이동 방향은?"

"약 3킬로 전방입니다. 남동 방향에서 북동 방향으로 약 8노트 속력으로 이동하고 있습니다."

"북동 방향? 한국 잠수정이 이동중인가?"

"아직 파악이 되지 않고 있습니다. 탁도가 심하고 소음이 많아서 현재의 거리에선 물체의 정확한 실체를 파악하기가 쉽지 않습니다. 좀더 접근해야 가능합니다."

북 정찰총국 직속의 잠수정 책임자의 얼굴에서 긴장된 표정이 나타났다. 함체를 크게 움직이면 적에게 노출될 위험성이 커질 수 있는 상황이라 쉽게 결단을 내리지 못하고 있었다.

"그런데 소음이……."

"소음이 뭐야?"

"소음이 좀 이상합니다, 적 잠수정이 한 대가 아니고 여러 대인 것 같습니다."

"뭐야!"

적함이 여러 대 일 수 있다는 소나병의 보고에 북한 SSG2 내부가 혼비백산 상태로 빠져 들었다.

"이대로 가면 우리 잠수정을 발견할 가능성이 높습니다."

적의 음파 탐지에 걸리지 않기 위해서는 내가 최대한 이동을 죽여야 하지만 적과 거리가 가까워지면 그것도 효과가 줄어들 수밖에 없다. 부함장이 긴장된 얼굴로 함장에게 자신의 의견을 밝혔다. 그것은 전투를 의미하는 것이었다.

"스크류 소음을 죽이고 승조원 총원 전투 준비!"

북한 정찰잠수정 승조원들은 함장의 명령에 따라 순식간에 전투태세로 돌입했고 500톤급 정찰 잠수정에 장착된 전후 두 군데 NK65 어뢰 발사장치가 가동 준비에 들어갔다.

"사거리 내에 들어올 때까지 기다려!"

소나병들은 숨을 죽인 채 자신들에게 다가오는 물체의 움직임에 온 신경을 집중했고 어뢰병들은 NK65 어뢰 발사장치에 검지를 올린 채 함장의 지시를 기다렸다. 그들과 잠수정이 약 1킬로미터 가까이 접근했을 때 물체가 급격히 방향을 틀면서 괴물체의 정체가 밝혀졌다.

"물체의 정체가 밝혀졌습니다."

"뭐야?"

"상어떼입니다."

"상어떼?"

승조원들의 맥이 확 풀렸다. 서해 바다에는 남쪽에서 올라온 개체수가 늘어난 상어떼들로 이따금씩 잠수정 소나병들이 혼란을 겪는다는 내용이 자주 보고되고 있었다. 상어떼가 북 정찰 잠수정 700미터 가까이 접근했을 때 상어떼에서 나는 고유의 음파가 음파 레이더망에 잡혔다가 SSG2에서 멀어져 가면서 내는 소리로 상어떼의 정체가 분명해졌다. 그러나 그들이 한숨을 돌리고 있던 바로 그때 잠수정 내 또 다른 소나병의 긴급 보고가 이어졌다.

"남동 방향으로 5킬로미터 떨어진 지점에서 또 다른 물체음이 잡혔습니다."

"물체의 이동 방향은?"

"우릴 향해 다가오고 있습니다."

"우리 쪽이라고?"

잠시 안도의 숨을 내쉬던 북 잠수정 승조원들의 얼굴에 다시 긴장감이 드리워졌다.

“정체가 뭐야?”

북 잠수정은 바닷속에서 맞닥뜨린 물체의 정체에 대해 적 잠수정인지 상어 떼인지 쉽게 구분을 못한 채 허둥지둥댔다. 서해 바닷속을 비교적 잘 안 다는 그들도 유례를 찾아보기 힘든 거친 속살과 혼탁도로 인해 당황하고 있었다.

“전방에 어뢰 출몰입니다. 우릴 향해 다가오고 있습니다.”

“어뢰가?”

적 잠수정에서 발사한 어뢰가 그들을 향해 다가오고 있었다.

“함정을 2미터 올리고 0-6-5 방향으로 틀어!”

그들은 적 잠수정이 상어떼를 이용해 자신들을 속인 것을 알고 허둥지둥대기 시작했다.

“적이 발사한 어뢰, 현재 2킬로미터 가까이 접근했습니다.”

어뢰가 다가올수록 SSG2 내부는 긴장과 혼란에 빠졌다.

“기만어뢰 무더기로 발사해!”

함장의 다급한 명령에 적의 어뢰를 속이기 위한 기만어뢰 10여 대가 발사됐다. 그로인해 다가오던 어뢰가 기만어뢰 하나와 부딪혀 수중에서 폭발했다.

“적 어뢰가 폭발했습니다.”

“적 잠수정 위치는 잡혔나?”

이제는 어뢰 공격을 가해 온 적 잠수정에 보복할 타임이었다.

“그게… 정확한 위치를 못 잡았습니다.”

“놈은 우릴 잡는데 우린 왜 못 잡는 거지?”

북 잠수정의 음파 탐지기가 소음과 물살 때문에 제대로 작동되지 않고 있었다.

“전방 1킬로미터 적 어뢰 발견!”

레이더 모니터와 음파탐지 모니터를 동시에 주시하고 있던 또 다른 소나병의 다급한 보고가 내부를 울렸다.

"적 어뢰가 한 발 더 있었습니다."

기만어뢰를 피한 나머지 어뢰 한 발이 북 잠수정을 향해 접근해 오고 있었다.

"현재 어뢰 위치는?"

"500미터 가까이 접근했습니다."

"함정, 최대 속력으로 부상!"

그 순간 '쿵!' 하는 굉음과 함께 함체가 크게 흔들렸고 잠수정 내에 있던 승조원들이 함정 내부 곳곳에 부닥치고 일부가 바닥으로 쓰러져 나뒹굴었다.

"피해 상황 보고하라!"

자신도 함정 벽면에 부닥쳐 충격을 크게 받은 함장이 간신히 자세를 고쳐 잡고 외쳤다.

"함미 오른편에서 물이 들어오고 기관실 일부가 훼손됐습니다."

"함정을 왼쪽으로 3도 이동! 배수펌프 가동하고 바닷물 차단기 내려!"

"배수펌프에 문제가 생겨 비상발전기를 돌리겠습니다."

"소나병은 적함 위치를 보고하라!"

급한 상황이 수습되자마자 함장의 외쳤고 음파 탐지병이 답했다.

"적함 위치 확보! 적함 좌표, 방위 0-3-0, 거리 950!"

"어뢰를 방위 0-3-0, 거리 950, 자체 탐지 제원으로 맞춰!"

"어뢰 준비 완료!"

"준비됐으면 발사!"

"어뢰 발사!"

그러나 시간이 흘렀지만 적함 폭발 징후는 잡히지 않았다.

"무슨 일이야?"

함장이 어뢰병을 향해 소리쳤다.

"발사관에 문제가 생겼습니다."

"함장님, 다른 어뢰가 접근해 오고 있습니다."

또 다른 소나병의 외침이 들렸다. 함장의 얼굴이 창백하게 변했다.

"비상용 기만어뢰 쏟아내고 전속력으로 부상해 기지로 복귀한다."

그날 저녁

"어서 오시오, 이인광 동무. 내가 동무를 부르라고 특별 지시했소."

인광이 도착했을 때 회식자리가 펼쳐져 있었다.

"이인광 동무 덕분에 공화국이 큰 위기에서 벗어났소. 반군의 사기도 크게 꺾였고. 내가 오늘 조촐한 자리를 마련했으니 마음껏 드시오. 으하하하."

인광이 정은을 따라 들어간 곳은 작전을 총지휘하는 A1 벙커 뒤편으로 연결되어 있는 곳으로 '전시 행복연회실' 이란 문패가 문 앞에 걸려 있었다. 안으로 들어갈 때까지 인광은 이곳이 무슨 용도인지 몰랐다. 김정은 옆에는 김정은 집권 이후 벼락 승진한 총참모장과 보위부장이 좌우로 포진해 앉아 있었다.

"승전을 축하하는 자리니 마음껏 드시오. 여긴 지하 300미터라 핵 공격에도 끄떡없소."

식사가 중반쯤 진행됐을 무렵 김정은이 약간 불그스레한 얼굴에 취기가 도는 목소리 말했다.

"내가 오늘 동지들을 위해서 공화국 최고의 미녀들을 특별히 불렀소. 모두들 뒤를 돌아보시오."

인광이 뒤를 돌아보니 눈앞에 놀라운 광경이 펼쳐져 있었다. 20명 가까이 되는 반라의 여성들이 언제 들어왔는지 분홍빛 조명 아래서 마네킹처럼 서 있었다.

"이인광 동무, 이곳 지하벙커에도 기쁨조가 백명 가까이 대기하고 있소. 우리 북조선 공화국에선 내로라하는 미인들이오. 오늘은 긴장 풀고 마음껏 즐기시오."

'기쁨조?'

인광은, 지상에선 아직 반군과 전투가 진행중인데 벙커에서 기쁨조 파티를 즐긴다는 사실이 당혹스러웠지만 김정은 앞에서 감히 내색을 할 수 없었다. 기쁨조들은, 상체는 속이 다 들여다보이는 망사를 걸치고 있었고 하체는 분홍색 바탕에 금빛무늬가 반짝이는 팬티만 걸친 상태였다. 잠시 후 빠른 음악에 맞춰 기쁨조들이 격렬하고 요염한 춤을 추기 시작했다. 흥이 무르익어가자 기쁨조들은 위에 걸쳤던 망사마저 벗어던지고 더욱 요염하고 격렬한 춤을 추기 시작했다. 잠시 후 빨랐던 음악이 느린 템포로 바뀌고 조명도 붉게 변했다. 그러자 기쁨조들은 2인 1조가 돼서 마치 남녀가 관계를 맺는 듯한 몸짓을 하며 이상야릇한 춤을 추기 시작했다. 회식 장소 내부는 음악 소리만 들릴 뿐 다들 춤에 빠져들어 있었다. 그때 호위사령관이 벌떡 일어나 큰 소리로 말하기 시작했다.

"오늘 이 자리는 경애하는 최고 사령관 동지께서 당과 군의 간부들을 위해 미리 준비한 특별 선물이오. 여러분이 얼마나 충성하는가에 따라 사령관 동지께서 여러분에게 기쁨조 선물을 주실 것이오."

그러자 한쪽에서 김정은 지도자 만세를 외쳤고 그것을 신호로 다른 참석자 모두 김정은 동지 만만세를 외쳤다. 인광은 그가 지금까지 살아왔던 북조선의 세계와는 전혀 다른 세계를 만나자 당혹감을 감추지 못했다.

바로 그때 파티장에 긴급보고가 들어왔다.

"우리 공화국 해역을 침범한 적 잠수정 한 척이 조금 전 우리 영해에서 활동을 하던 아군 잠수정에 공격을 가해 왔습니다."

"뭐요? 남조선 잠수정이 우리 영해를 침범했단 말이오?"

"남조선 잠수정인지 여부는 아직 확실치 않습니다."

"아군 잠수정의 피해 정도는 어떻소?"

"잠수정은 30퍼센트 가량 파손됐고 승조원 2명 사망, 부상자 3명입니다."

"이럴 수가……."

김정은의 표정이 분노로 부글부글 끓었다. 잠수정 피습 소식에 잠시 들떠있던 파티모임 내부가 순식간에 썰렁한 분위기로 돌변했다.

"당장 보복 준비를 하시오!"

"지도자 동지, 아직 적함의 정체가……."

"우리 해역에서 아군 잠수정이 공격을 받았다면 남조선 아니면 미 잠수정의 짓이 아니겠소? 당장 보복 준비를 하시오!"

"그런데 지도자 동지, 보고 내용이 좀 이상합니다."

"그게 무슨 말이오?"

"서해 함대 보고에 의하면 적함이 자신들을 기다리고 있었던 것 같다고 합니다."

"길목에서 기다리고 있었다? 내부에서 기밀이 새나갔단 말이오?"

"아무래도 그런 의심이 듭니다. 미 잠수정이나 남조선 잠수정이 그 해역까지 접근한다는 것이 다소 이례적입니다."

그때 김정은 옆에 있던 보위부장이 의문을 제기했다.

"지도자 동지, 사건 경위를 자세히 알아볼 필요가 있습니다. 자칫 미제 놈들의 노림수에 말려들어가는 수가 있습니다."

"그게 무슨 소리요?"

"만일 정규군의 전력을 분산시키려는 의도라면 우리가 당할 수도 있습니다. 지금은 반군 퇴치에 전력을 쏟아야 할 때니 조사 결과를 좀더 기다려 보는 게……."

"속임수는 무슨 속임수요? 우리 신성한 영토를 넘본 놈들인데. 놈들을 그냥 놔둘 순 없지 않겠소? 지금 즉각 대외에 NLL 무효 선언을 공표하고 그 일대를 오가는 배에 대해선 어느 나라 배이든 무조건 발포한다고 경고하시오!"

"방금 들어온 속보입니다. 북한 급변 사태로 긴장이 고조되고 있는 서해에서 SSG2 북 정찰 잠수정이 피습당한 것 같다고 미 언론이 정보소식통을 인용해 보도했습니다."

대통령은 실시간으로 쏟아지는 뉴스 속보에 귀를 기울였다.

"미 언론은 이번 사건이 일어난 수역이 몇 년 전 한국의 초계함이 북 잠수정에 의해 폭침된 수역에서 얼마 떨어지지 않은 곳이라며 이번 북한 잠수정을 폭침시킨 잠수함의 정체에 대해선 아직 정확히 알려져 있지 않지만 북한에선 한-미를 영해침범자로 지목하고 인근 해역에 대한 보복을 천명했다고 밝혔습니다. 한편 미 국무부 대변인은 브리핑에서 만일 미 해군이나 한국군에 대한 북한의 도발이 있을 경우 직접적이고도 강도 높은 보복 조치가 단행될 것이라고 경고했습니다.

이에 대해 북한 전시국방위원회는 방금 전 대변인 성명을 통해, 미 잠수정은 북한 영해에 무단 침범해 합법적인 정찰활동을 벌인 아군 잠수정에 도발을 했다며 적들의 심장부에 불벼락이 내려질 것이라고 강력 경고했습니다. 북한 국방위 대변인은 또 공화국의 핵무기들이 24시간 비상 대기체계에 들어갔다며 적들은 언제 어디서 핵 불벼락을 맞을지 전혀 알 수 없는 상황이며 미에 굴종하는 한국과 일본도 그 대상에서 예외일 수 없다고 강력 경고했습니다.

한편 사건이 발생한 서해 인근 해역에서 조업중이던 선장 김 모씨는 미국 언론과 인터뷰에서 갑자기 수십 미터 높이의 물기둥과 함께 폭음이 들렸다고 증언했습니다. 그러나 사건이 발생한 정확한 위치에 대해선 그것이 NLL 이남인지 이북인지 알지 못한다고 밝혔습니다. 이상으로 KBC 뉴스속보를 마칩니다."

뉴스를 접한 대통령의 얼굴에 위기감이 떠올랐다.

"이 민감한 시기에 서해상 위기까지 고조라니."

곁에 있던 비서실장이 한 마디 거들었다.

"한반도 안보 위기를 더 키우지 않을까 걱정됩니다."

대통령이 국방장관 쪽으로 시선을 돌려 의견을 물었다.

"북한이 자신들을 공격한 함정의 정체에 대해 밝혀내고 보복을 가할 수 있겠습니까?"

"미국이 자신들 소행임을 부인하고 있습니다. 북한도 자신들 잠수함 파손이 한국이나 미국 소행임을 입증할 수 있는 물증을 충분히 확보하지 못한 것 같습니다."

국방장관이 신중한 견해를 밝혔다.

"해외 언론들 보도에 의하면 기습당한 북한은 공격자와 관련한 물증을 확보할 겨를도 없이 현장을 벗어나기에 바빴던 상황인 것 같습니다. 사고가 난 해역은 수심이 깊은 곳이기 때문에 어뢰를 찾는 데 모래밭에서 바늘 찾는 격입니다."

"그러나 북한이 과연 물증을 찾을 때까지 보복을 자제할지는 의문입니다."

북한 반군에 의한 핵무기 탈취 실패로 미국과 중국의 북한 해역 진입을 간신히 막았더니 이번엔 북 잠수정이 자신들 수역에서 의문의 공격을 당하는 일이 벌어져 다시 위기가 고조됐다. 마치 북한에 외부세력의 개입을 재촉하는 짜인 시나리오가 있는 것처럼 북한 내 긴장감이 날로 높아지고 있었다. 대통령은 한 문제가 간신히 해결되면 또 다른 문제가 발생하는 반복에 우려스러운 표정을 감추지 못했다.

파티는 새벽 2시 경에야 끝났다. 자리로 돌아온 인광은 방금 전까지 자신이 목격한 장면들로 인해 큰 충격에 휩싸였다. 이런 기강으로 반군에 승리할 수 있을까 하는 의구심마저 드는 것을 억제할 수 없었다. 반군도 믿지 못할 배신자 집단이었지만 공화국의 당 중심부도 믿지 못할 존재들이란 생각이 교차했다. 인광은 갑자기 벙커를 벗어나고 싶다는 생각이 들었다. 벙커 안의 모든 현실이 인민의 생활과는 너무 거리가 있고 부조리하다는 생각이 들었다. 공화국이 가장 혐오해야 할 썩은 부르주아 냄새가 자신이 지금까지 신념의 중심지로 삼고 있던 곳 한가운데서 진동하고 있었다.

'공화국 중심부마저 이렇게 변했다니……. 아니야, 이건 변한 게 아니라 무너지고 있는 거야.'

불현듯 갑자기 공화국에 나타난 형의 모습이 떠올랐다.

'형이 반군과 손을 잡았나? 무엇 때문에? 공화국의 부조리를 바로 잡으려고? 왜 하필이면 부패라면 별반 차이가 없는 반군세력과…….'

혼란스럽기만 할 뿐 분명한 답은 찾을 수 없었다. 오빠를 보겠다며 탈북한 여동생의 얼굴이 뒤이어 떠올랐다.

"오빠, 나 큰 오라버니 만나러 갈 겁니다. 공화국은 망해가고 있어요."

"뭐야? 너 죽고 싶니?"

"죽을 때 죽더라도 이곳에선 더 이상 못 살겠어요. 공화국은 이제 무너지기 일보 직전이란 말이에요. 아버지도 생전에 내 뜻대로 하라고 했어요. 그러니 오빠, 내가 탈북하고 나면 당에다 신고해요. 그러면 오빠는 살 수 있으니까."

"안 돼! 제발 그러지 마."

"난 이미 결심 굳혔어요."

인광은 여동생이 탈북한 후 당에 탈북 사실을 신고했다. 당에선 인광을 사흘 동안 검열했지만 혐의 없음으로 결론 내렸고 인광은 하던 일을 계속할 수 있었지만 살얼음판 같은 감시에서 벗어나는 데에는 1년이나 걸렸다. 잠을 계속 설치던 인광이 자리에서 일어났다. 큰 형이 배신자로 낙인찍히면서 당 고급 간부들의 기쁨조로 끌려가기 전 탈북에 앞서 눈물 흘리던 여동생 모습이 눈에 어른거렸다.

"이인광 동무, 동무는 충성스런 당의 자식이오. 절대 어리석은 당신 형이나 여동생 닮지 마시오."

인광이 머리맡에 놓아둔 담뱃갑을 집어 들었다.

"동무, 담배를 피우고 싶으면 낙동강 블록 복도 끝까지 가면 환풍구가 나올 것이오. 거기가 태우시오."

파티에서 옆자리에 앉았던 군 간부 한 명이 인광에게 귀엣말로 알려준 것이 생각났다.

"거기선 태워도 벙커에 아무 문제가 발생하지 않아요. 연기가 다 외부로 빨려나가니까. 이건 이인광 동무한테만 특별히 알려주는 비밀 사항이에요."

낙동강 블록 복도 끝을 향해 가니 오른편으로 조명이 띄엄띄엄 있는 어두컴컴하고 널찍한 공간이 나타났다. 공간은 길게 이어져 있었고 출입금지란 푯말이 상단에 달려 있었지만 감시하는 사람은 따로 없었다. 사방이 벽으로 둘러싸인 터널처럼 생긴 공간 속을 약 50미터쯤 걸어 들어가니 과연 그가 말한 대로 오른편에 대형 환풍구같이 생긴 것이 나타났다. 가까이 다가가서 보니 그것은 환풍구라기보다 굵은 셔터를 가로로 길게 쳐 놓은 형상이었다. 셔터 너머는 수직 방향이 아닌 위를 향한 대각선 방향으로 공간이 이어져 있었는데 그 끝은 시커먼 어둠에 휩싸여 있었다. 인광이 담배 연기를 내뿜으니 담배 불에 연기가 공간 속으로 빨려 올라가는 것이 보였다. 연기가 빨려나간다는 것은 공간의 끝이 바깥과 이어져 있다는 것을 의미했다.

'어디까지 연결된 것이지? 공간의 끝이 어디에 닿아 있을까?'

지하벙커로 들어온 후로는 자신이 서 있는 곳의 위치나 방향을 알 수 없었다. 담배 연기가 어둠 속으로 빨려 올라가는 것을 보고 있노라니 자신이 공화국의 또 다른 세계에 와 있다는 느낌이 들었다. 담배를 한 대 태우고 자신의 숙소로 돌아가던 인광이 무엇인가를 발견하고는 흠칫 놀라 뒷걸음질쳤다. 그의 숙소로 일련의 무장군인들이 들어가고 있었다. 낯이 익은 자가 그들 무리에 섞여 지나가고 있었다.

"저 동무가 어떻게 저들과 함께?"

불길한 생각이 들었다. 인광이 몸을 숨기고 자신의 숙소로 들어가는 자들을 예의주시했다. 잠시 후 인광의 숙소로 들어갔던 자들이 다시 빠져 나올 때 인광은 자신의 눈을 의심했다. 사회안전부 인광의 부하가 그들과 함께 섞여 있었다.

"과장 동무, 왜 그러십니까? 무슨 일이 있습니까?"

드러난 형의 모습에 충격을 받고 분노하던 자신을 이상한 눈으로 쳐다보며 이유를 묻던 그 부하의 모습이 떠올랐다. 인광은 남으로 간 형이 반군들과 접촉했다는 사실을 상부에 보고하지 않았다.

'그 사실을 부하가 당에 알렸다면? 그래, 부하는 자신이 살기 위해서 어쩔 수 없이 고발을 했을 거야.'

인광은, 이제 자신은 의도적으로 최고 지도자에 접근한 위험한 인물로 오해받을 수 있을 것이란 생각이 들었다.

'지금이라도 사실대로 다 말할까? 아니야, 이미 늦었어.'

인광은 어떤 판단을 내려야 할지 고민하다가 일단 지하벙커를 탈출하기로 결심했다. 그것은 체포를 모면하기 위함도 있지만 조금 전에 본 의문의 터널이 그의 탈출을 자극한 측면도 있었고 그 자극의 뿌리에는 환락과 타락의 현장에서 벗어나고픈 마음이 자리했다. 인광은 의문의 터널 근방에서 라이터를 켜 셔터 주변을 살폈다. 의문의 셔터는 좌우 여닫이식으로 되어 있었다. 인광이 오른쪽 끝 손잡이를 잡고 반대편으로 밀었으나 셔터가 움직이지 않았다. 아래 부분에 자물쇠가 달려 있었다.

'이런!'

주변을 예리하게 살피던 인광의 눈에 서터 바닥에 가늘고 긴 것이 떨어져 있는 것이 들어왔다. 인광은 그것을 둘로 나눠 하나는 자물쇠 구멍의 왼편에 찔러 넣고 다른 하나는 자물쇠 구멍 오른쪽에 박은 다음 한동안 움직였다. 5분쯤 비슷한 동작을 반복했을 무렵 자물쇠가 굴복하듯이 풀렸다. 40여 분을 기어 의문의 터널을 거의 빠져 나왔을 때 인광은 또 다른 어둠에 직면했다. 그곳은 지금까지와는 다른 수평으로 이어진 어둠이었다. 그 수평으로 난 어둠을 따라 가노라니 마치 안개에 휩싸인 듯한 전방이 나타났다.

'입구가 가까운 것 같군.'

그러나 인광이 다가간 그곳엔 터널의 끝이 아니라 덜 어두운 공간이 놓여 있을 뿐이었다. 그 새로운 어둠의 공간에 차츰 눈이 익자 낯익은 주변 풍경이 조금씩 눈에 들어오기 시작했다.

"아니 이곳은?"

어둠에 익숙해진 눈으로 사방을 둘러보니 그곳은 바로 지하철 구내였다.

"지하철역? 이곳이 어느 지하철역이지?"

흥미를 갖고 주위를 두리번거리던 인광의 눈에 지하철역 이름이 새겨진, 벽에 붙은 안내표지판이 희미한 푸른빛에 눈에 들어왔다. 그것은 처음 보는 역이름이었다.

'1호역!'

그곳은 말로만 듣던 김정은의 전용 지하철역이었다. 평양 지하철역에 1호역이란 곳은 공식적으로는 없지만 비상시 최고사령관이 전용하는 역이 있다는 얘기를 들은 기억이 났다.

'지하벙커와 지상 어딘가를 연결하는 철길이군.'

인광은 지하 철길을 따라 계속 걸었다. 인광이 걷기 시작한 지 몇 분이 지나지 않아 전방에 검정색 물체 하나가 나타났는데 가까이 다가가 보니 그것은 김정은이 비상시 이용할 1호 차량이었다.

지하철역 상단에 매달린 미등에 비춰진 1호 차량은 3개 차량으로 연결되어 있었고 가까이 다가가서 보니 녹색 바탕에 노란색 줄무늬가 상단에 그려져 있었으며 동그란 원 안에 큰 별이 열차 칸 한가운데 그려져 있는 것이 눈에 부각되었다. 커튼이 쳐져 열차 내부를 들여다볼 수는 없었지만 외형은 화려한 느낌을 주고 있었고 열차 바퀴는 어둠 속에서 은빛을 내뿜고 있었다.

'지하벙커를 만들어 놓고 또 비상탈출 열차는 뭔가?'

인광은 어둠 속에 잠긴 정은의 비상시 탈출 열차를 보며 마음 깊숙한 곳에서 피어오르는 당 중앙에 대한 배신감이 느껴졌다. 30분쯤을 더 걸으니 전방이 벽으로 막혀 있는 1호 노선의 끝이 나타나 주위를 살펴보니 철길 바로 옆에 개방식 간이 엘리베이터가 보였고 철 지주대 하단 양쪽에는 '공화국의 자부심 광명 3호' 라는 글귀가 세로로 쓰여 있었다.

광명성 3호 장거리 미사일 발사 즈음해 엘리베이터가 들어선 듯했다. 인광이 멈춰서 있는 엘리베이터를 타고 손잡이를 밀어 문을 닫자 전원에 의해 엘리베이터가 위로 천천히 움직였다. 인광이 전동 엘리베이터에서 내렸을 때 눈앞에 3미터쯤 되어 보이는 셔터가 나타났다. 사회안전부 요원으로 현장 수사를 많이 다니면서 인광은 다양한 셔터와 맞닥뜨린 적이 있다. 인광이 전동셔터를 타고 올라가 셔터 옆 벽 상단에 붙어있던 단자함을 열어 수동으로 전환시킨 후 셔터를 손으로 들어올려 지하철역을 빠져 나와 밖을 보니 낯이 익은 곳이 눈앞에 펼쳐졌다.

'이곳은 금수산 태양궁전 이면도로군.'

평양 시가지 곳곳엔 전날의 전투 상흔이 여기 저기 흉물스럽게 남아 인광의 눈을 의심케 했다. 일부가 허물어진 태양궁전 주변의 건물들, 여기저기 패인 도로들이 반군의 포탄이 평양직할시까지 떨어졌음을 실감케 했다. 한마디로 평양의 서부 외곽도시가 폭탄을 맞아 을씨년스런 모습으로 변해 있었다. 인광은 벙커를 벗어났지만 어디로 가야할 지 난감했다.

'전선사령부에서 나를 배신자로 지명수배 내렸겠지. 아니야, 어쩌면 그렇게까진 안 갔을 거야. 그렇다면 아까 부하는 뭐지? 이런 제기랄, 공화국 영웅에서 하루아침에 배신자가 되다니.'

그때 인광의 뒤쪽에서 굉음이 들려 얼른 몸을 숨기고 쳐다보니 멀리서 전차 여러 대와 일군의 병사들이 인광이 있는 쪽으로 이동해 오는 것이 눈에 들어왔다. 인광은 그들을 피해 태양궁전 한쪽 모퉁이에 급히 숨어 그들이 지나가는 것을 지켜보았다.

지축을 뒤흔들며 사라져 가는 전차 행렬을 보면서 인광은 그들이 정규군인지 반군인지 헷갈렸다. 아니 자신이 정규군 쪽에 속한 것인지 반군 쪽에 속한 것인지 헷갈렸다. 사실 얼마 전까지 반군을 쫓던 인광은 이제 정규군-반군 양쪽으로부터 쫓기는 처지가 됐다.

'나는 어디에 속한 거지? 이제 어디로 가야 하지?'

인광은 정규군, 반군 모두로부터 환영받지 못하는 자신의 신세가 믿기지 않았다. 그러나 그것은 자신이 선택한 길이었다. 터널을 빠져 나온 인광은 불현듯, 형의 부탁이 있었다며 자신에게 전날 전화를 걸어왔던 의문의 여자가 생각났다.

'그 여자라면 도움을 줄 수 있을지 몰라. 해가 뜨기 전에 그 여자를 찾아야 해!'

인광이 그녀의 번호를 찾아 지그시 눌렀다. 전화 신호음이 길게 이어지는 동안 남으로 간 형과 북한 군 간부들을 적용루 홀에서 시중들던, 동영상에 나타난 한 여성의 모습이 어렴풋이 떠올랐다.

오전 5시

인광이 평양 지하철 동서구간 낙원역 인근, 지금은 폐쇄된 구 사회안전부 낙원 지청 3층 건물에 도착했다. 건물은 최근 사회안전부가 다른 곳으로 이주하면서 비어있는 상태였고 유리창은 군데군데 깨져 있었다. 당시 그 이주의 책임을 인광이 맡았다. 인광은 2층으로 오르는 계단 뒤편에서 그녀를 기다렸다. 30분 가까이 초조하게 기다리던 인광의 눈에 수수한 원피스 차림의 한 여인이 들어오는 것이 희미한 새벽빛에 보였다. 준전시 상태라 외출하기가 무서울 법도 할 텐데 그녀는 약속장소에 나타나 주었다.

"오는 데 어려움이 없었습니까?"

인광이 고마움과 놀람이 담긴 표정으로 그녀에게 물었다.

"나는 중국 국적이기 때문에 나다니는데 큰 어려움은 없습니다."

인광은 위험을 무릅쓰고 자신을 만나러 와 준 그녀가 너무 고마웠다.

"이것이 선생님께 전해주라고 그분이 저한테 맡기신 거예요."

"이게 뭡니까?"

"금성님이 전해달라고 맡기신 편지예요."

'형이 나한테 편지를?'

인광이 봉투 앞뒷면을 살펴보니 한 번도 뜯긴 흔적 없이 밀봉되어 있는 상태다.

"여기 오래 있으면 눈에 띄니까 일단 이 건물 뒤편으로 자리를 옮기지요."

건물의 구조를 잘 아는 인광이 그녀를 데리고 건물 뒤편의 옛 주차장 공간으로 갔다. 옛 주차장엔 공화국 화물차가 몇 대 주차되어 있었는데 아마도 인근에 거주하는 주민의 차인 듯 싶었고 주위는 외진 느낌으로 변해 있었다. 주변의 모든 풍경이 얼마 전까지와 많이 달라져 있었다. 잠시 주변을 살피던 인광이 편지지를 펼쳐 낯이 익은 글씨체를 읽어 내려갔다.

"인광아, 너와 헤어진 지 벌써 6년이 흘렀구나. 다시 등장한 나 때문에 네가 많이 혼란스러울 것으로 생각한다."

편지를 쥔 인광의 손이 가늘게 떨렸다. 형의 등장과 관련해 설마 했던 것이 사실로 확인된 것이다.

"내가 남한에 투항한 것으로 가족들은 알고 있겠지. 나로 인해 가족들이 당했을 어려움을 생각하고 지금까지도 마음속에 큰 아픔으로 남아 있다. 인광이 너도 나를 많이 원망했을 것으로 안다. 나는 당의 특수임무를 띠고 남에 침투했지만 침투과정에서 노출돼 체포되고 말았다. 그런데 남쪽에선 나의 체포사실을 비밀에 붙이고 처벌을 면해주는 대가로 나를 이중스파이로 재활용했다. 이미 그들에게 남조선의 접선책 명단을 넘겨 약점이 잡힌 나로선 그들의 계획에 끌려갈 수밖에 없었다."

편지를 읽어 내려가는 인광의 가슴에 형의 처지에 대해 알 수 없는 연민이 끓기 시작했다.

"더 충격적인 것은 그들은 나라는 존재와 내가 넘긴 정보를 완전히 비밀에 붙였는데 그것은 그들과 연결된 북 파트너들에게 책임이 돌아가는 것을 막기 위한 것임을 후에 알게 되었다. 나는 이 상황을 이해하는 데 오랜 시간이 걸렸다. 남과 북의 그들은 전쟁 위기를 고리로 상호 공생하고 있었던 것이다."

'남북의 그들 간 상호 공생?'

인광은 핑계의 나열 같은 형의 편지 읽는 것을 중단하고 집어던지고 싶었다.

'가족과 조국을 배신한 형의 넋두리야! 말도 안 되는 변명이라고!'

그러나 인광의 눈길은 어느새 형이 남기고 간 편지의 다음 문장으로 향하고 있었다.

"나는 북쪽의 군사모험주의 세력들의 실체를 파헤치는 노력을 하다가 류조국 소장을 만났다. 류 소장은 중국 동북 3성의 군벌과 북한 군부세력과의 수상한 접촉을 인지하고 조사하던 중 나를 만났다."

'동북 3성의 군벌?'

"이후 류조국 소장은 북한 내 친중 커넥션의 음모를 알리기 위해 그들의 명단을 갖고 한국으로의 망명을 시도하다가 체포돼 죽음을 맞았다."

인광은 형의 편지 내용을 어디까지 믿어야 할지 고민하며 나머지를 읽어 내려갔다.

"인광아, 어쩌면 이 편지가 너에게 남기는 마지막이 될지 모른다. 류 소장의 체포 이후 남쪽의 그들은 나를 의심하고 나에게 주던 공작의 양을 줄이기 시작했다. 그들의 음모를 끝까지 파헤치지 못할지도 모른다는 불안감이 든다. 그러나 내가 한 일을 후회하거나 두려워하지 않는다. 북쪽에서 김씨 독재 정권을 연장하고 한반도에서 전쟁의 불씨를 키우는 위험한 음모는 반드시 막아야 하니까. 그것이 김씨 왕조와 부패한 군부로부터 인민의 빵과 자유를 지키고, 전쟁으로 번지면 이유도 모르고 죽어갈 많은 인민들의 목숨을 구하는 길이니까. 인광아, 네 여동생이 너를 보고 싶어한다. 신이 있다면 우리 세 남매 다시 모일 수 있게 해 달라고 기도하자."

"당신은 누군데 형의 일을 돕는 겁니까? 나의 형과는 어떤 관계입니까?"

"이인광 씨 형님 되는 분과 류조국 소장님은 북한 인민의 자유를 위해 의기투합해 싸우셨어요. 그리고 저는 류조국 소장님을 돕다가 이인광 씨 형님을 알게 됐어요."

"북한 인민의 자유? 지금도 인민들은 공화국 안에서 안전하게 생명을 보장받으며 잘 살고 있어요."

"굶어죽지 않을 자유요? 김정은을 최고라고 떠받드는 것도 자유입니까? 대다수 북한 인민들은 하루하루 고단한 삶을 살고 있고 죽지 않기 위해 김정은을 칭송하고 있어요. 그들에게 도대체 무슨 자유가 있단 말입니까?"

인광이 퀭한 눈으로 잠시 그녀를 쳐다보더니 물었다.

"도대체 당신은 류 소장과는 어떤 관계입니까?"

"류 소장님이 제 부친의 억울한 죽음을 아시고 저를 수양딸로 거두어 주셨어요."

"당신 아버지의 억울한 죽음과 류 소장은 어떤 관계가 있다는 겁니까?"

"지금은 시간이 별로 없으니까 그 얘기는 다음 기회에 해야 할 것 같아요. 이인광 씨는 북조선에 남아 있으면 위험하니까 탈출하세요."

"내가 어디로 간단 말이오?"

"이인광 씨는 정규군, 반군 모두에게 쫓기는 입장이에요. 남조선에는 여동생이 살고 있으니까 남으로 가세요. 여동생은 남쪽에서 잘 살고 있어요. 이인광 씨의 탈출을 도우라는 것이 형님의 당부였어요."

형과 함께 남으로 탈출한 여동생의 얼굴이 떠올랐다. 형도 편지에서 남쪽으로 넘어간 여동생이 잘 지내고 있음을 시사했다. 여동생의 얼굴이 점점 더 또렷하게 형상화되더니 인광의 머릿속에 와 강하게 박혔다.

"그런데 당신은 왜 이런 위험한 일을 하는 겁니까? 공화국에서 도대체 무슨 일을 하고 있는 겁니까?"

그녀가 무엇인가를 잠시 생각하는 표정을 짓더니 다시 입을 열었다.

"아까도 말씀드렸지만 저는 류 소장님의 일을 돕고 있어요. 구체적인 내용은 지금은 말씀드릴 수가 없어요."

"형이 말한 인민을 배부르게 하는 것? 그런 몽상가 같은 생각? 그것이 가능하다고 생각해요? 도대체 당신 혼자서 무슨 일을 할 수 있단 말이오. 당신도 나와 같이 북한을 탈출합시다."

"난 혼자가 아니에요. 그리고 난 조선족이긴 하지만 중국 국적자여서 활동하기에 유리한 면이 있어요. 내전이 종료되고 정상화되는 대로 북한을 벗어날 계획이에요. 그 전에 할 일이 있어요."

"이유가 뭐지요? 왜 북조선의 위험한 정치 상황에 몸을 담그는 거죠?"

"아버지가 살아 계실 때 내게 이런 말을 자주 하셨어요. 너의 아버지 조국도 어머니 조국도 다 북조선이다!"

인광, 압록강을 건너다

인광이 탈출을 시도하던 그날 밤에도 사흘 째 눈이 내렸다. 눈은 앞으로도 일주일가량 더 이어질 것이란 예보가 내려진 상태. 새벽 2시, 굵은 눈발이 그칠 줄 모르고 사방천지를 덮고 있었다. 인광이 자리에 누운 채 눈만 떠 청각을 동원해 밖의 동정을 살폈다. 하루 종일 거리를 불안한 기운에 사로잡히게 하던 병력의 인기척은 느껴지지 않았다. 인광은 미리 준비한 작은 가방을 하나 손에 들고 모자를 깊게 눌러쓴 채 눈 덮인 계단을 조심스럽게 밟아 아파트를 빠져나왔다. 그가 아파트를 나섰을 때 온 천지를 덮을 듯이 퍼붓는 함박눈이 그의 머리와 어깨에 쌓이기 시작했다. 인광이 잠시 주위를 둘러보더니 자신이 계획한 방향으로 향했다.

"저쪽에 수상한 놈이 한 놈 나타났습니다."

"그렇군."

아파트 현관 건너편 관리동 건물 2층에서 창문을 통해 지켜보던 이글거리는 눈동자가 내뱉었다. 하얀 눈빛에 회색 물체로 어른거리는 인광의 느린 걸음이 그들의 야수의 먹이 본능을 일깨웠다.

"주민이 신고한 자가 저 놈이 틀림없는 것 같습니다."

보위부 책임자는 아파트에 수상한 자가 있다는 제보를 받고 출동해 대기중이었다. 그곳은 그녀의 동료가 거주하는 아파트였는데 평소 그녀를 눈여겨보던 주민이 낯선 남자가 출연하자 신고한 것이다. 그가 탈출 움직임을 보이자 지켜보던 보위부 책임자가 썩은 미소를 지었다. 관리동 1층과 그리고 그가 나온 건물 옆

1층에 부하들이 어둠 속에서 부엉이 눈을 뜨고 조장의 명령을 기다렸다.

"조금 더 기다려! 놈의 행동이 보다 확실해질 때까지. 놈은 지도자 동지로부터 영웅 훈장을 받은 놈이야. 확실한 증거가 필요해!"

달빛에 발산된 하얀 눈빛이 인광의 눈에서 어둠을 서서히 벗겨내고 있었다. 보위부 책임자의 무전지시가 찬 공기 속으로 퍼져나갔다.

"내일 새벽 동이 트기 전에 아파트를 빠져 나가세요!"

그녀가 전날 남긴 말이 인광의 머릿속을 맴돌았다. 인광은 주변을 두리번거리며 눈앞의 아파트 동들 사이로 난, 나무들이 양 옆으로 줄지어 서 있는 샛길 쪽을 향해 자신을 주시하고 있는 자들로부터 멀어지고 있었다.

"놈이 아파트 단지 뒷길로 빠져나가고 있습니다."

옆 건물에 숨어 있던 요원의 보고가 이어졌다. 아파트 단지를 빠져나와 단지 뒷길로 접어들 무렵 인광의 발걸음이 더욱 갑자기 빨라지기 시작했다. 손가방을 하나 든 채 사라지는 그의 모습을 지켜보던 보위부 책임자는 이제 목표물의 수상한 행동이 분명해졌다고 판단했다.

"됐다! 가서 놈을 잡아!"

그의 명령이 떨어지기가 무섭게 주변 건물 어둠 속에서 숨어 있던 보안부 요원들이 총알같이 튀어 나와 인광을 체포하기 위해 달려 나갔다.

아파트 단지 뒷길을 향해 가던 인광은 자신의 뒤쪽에서 인기척을 느꼈다. 뒤를 돌아본 인광은 희뿌연 어둠 속에서 자신을 향해 달려오는 일군의 그림자를 발견했다. 인광은 자신이 처한 상황을 직감했다. 전날 그를 쳐다보는 몇몇 주민들의 불길한 눈빛에 혹시나 하는 불안감을 갖고 있었지만 이렇게 빨리 체포조가 들이닥칠 줄은 미처 예상치 못했다.

"아파트 뒤편에다 세워 놓을게요."

그는 그녀와 전날 약속된 대로 차들이 주차되어 있는 주차장 쪽을 향해 달렸다.

“서라!”

보안부 요원들의 목소리가 눈 덮인 심야의 공기를 가르자 아파트 단지 가로수에 쌓인 눈이 몇 차례 후드득 떨어졌다. 그와 동시에 나뭇가지에 잠들어 있었던 새 몇 마리가 후드득 불길한 날갯짓을 하며 하늘로 날아올랐다. 체포조와 인광 모두 무릎까지 덮고 있는 눈 위를 뛰었다. 보위부의 집요한 추적이 시작하자 인광은 상의 아래 주머니에 손을 넣었다. 독극물 캡슐이 손에 잡혔다. 그것은 인광이 사회질서 위반자들을 수사하면서 압수한 것이었다.

‘어차피 잡히면 죽은 목숨이다!’

아파트 주차장 뒤편 나무 펜스를 뛰어 넘은 인광이 건너편에 띄엄띄엄 주차되어 있는 차량들 사이에 거적이 씌워진 채 세워져 있는 물체를 발견했다. 거적을 치우자 키가 꽂힌채 오토바이가 있었고 다행히 바로 시동이 걸렸다. 엔진케이스에서는 아직 열이 느껴졌다. 인광이 탄 오토바이가 눈길을 달려 나가기 시작하자 보위부 책임자가 소리쳤다.

“오토바이다! 빨리 차를 갖고 와!”

‘탕! 탕!’

놈들이 인광을 향해 쏜 두 발의 총소리가 아파트 단지 정적을 깨뜨렸다. 그들이 쏜 총알 한 방은 주차되어 있던 자동차 유리창에 둔탁한 소음과 함께 박혔다. 오토바이에 올라탄 인광은 등 뒤로 서늘함을 느끼며 미리 계획한 방향을 향해 눈 쌓인 도로를 불안하게 달렸다. 인광을 놓친 보위부 책임자의 입에서 거친 욕이 튀어 나왔다.

“저 새끼가, 치밀하게 준비했군!”

눈앞에서 인광을 놓친 그가 분을 삭이지 못해 식식거렸고 보위부요원들은 우왕좌왕했다. 그들은 뒤늦게 도착한 차를 이용해 인광을 뒤쫓기 시작했다.

“도로가 미끄러워서 놈이 멀리 못 갔을 거야!”

그러나 보위부가 차로 인광을 추격하기 시작할 무렵 오토바이는 이미 그들의 시야에서 사라져 보이지 않았다. 보위부 책임자가 무전 지시를 날렸다.

"모자를 쓰고 회색 잠바를 입은 오토바이 운전자를 체포하라!"

"놈을 잡는 것은 이제 시간문제야!"

보위부 책임자는 스스로를 달랬다. 인광이 단지에서 빠져나와 5분쯤 달렸을 무렵 도로 한쪽에 세워둔 차량 한 대를 발견했다. 오토바이를 차량 앞에 멈춰 세우자 운전석 안에서 시커먼 그림자가 내리는 것을 본 인광이 품에서 달러 뭉치를 꺼내 그에게 건넸다.

"여기 있소."

그는 돈 뭉치를 보자 흐뭇한 미소를 지었다.

"여기 열쇠가 있소."

"고맙소. 당신도 빨리 여기를 뜨시오. 오토바이 고마웠소. 나를 본 적이 없는 거요."

"걱정하지 마시오. 요즘같이 세상이 뒤숭숭한데 누구한테 충성하겠소. 나야 이중으로 돈을 받으니까 좋지. 무슨 사연인지 모르겠으나 당신도 날 한 번도 만난 적이 없는 것으로 하시오."

그가 총총히 사라지고 인광이 차를 타고 현장을 사라진 얼마 안 돼서 추격조의 차량소리가 들려왔다. 그들 중 일부가 길 옆에 쓰러진 오토바이를 발견했다.

"앗! 저기 놈이 이용한 오토바이가 있습니다."

그들 중 한 놈이 엔진통에 손을 대더니 온기를 느꼈다.

"멀리 못 갔을 거야. 이 일대를 샅샅이 뒤져봐!"

그러나 잠시 후.

"이 일대를 샅샅이 다 찾았지만 놈의 흔적을 찾지 못했습니다."

얼마 뒤 오토바이는 분실신고된 것이란 보고가 마지막으로 들어왔다. 보위부 책임자의 얼굴이 심하게 일그러졌다.

체포조를 따돌린 인광은 북쪽을 향해 칠흑 같은 어둠 속을 달렸다. 인광은 도중에 두 번 불심검문을 받았으나 그때마다 위조한 여행증명서와 약간의 달러가 효력을 발휘했다. 북조선에선 달러가 안 통하는 곳은 거의 없었다. 인광은 그녀의 섬세한 배려가 고마웠다. 인광이 새벽 5시쯤 신의주시 북동쪽에 위치한 압록강 인근 지역에 도착했을 때 사방은 아직 어둠에 잠겨 있었다. 인광이 아직 어둠에 묻혀 있는 국경도시의 도로 한쪽에 차를 세우고 주변을 살폈다. 군부대와 가까이 붙어 있는 국경 거리는 난리가 난 평양과 달리 비교적 조용했다. 눈발은 가늘어졌지만 오히려 한파는 더 강해진 느낌이다. 인광은 출발하기 전 미리 지도에서 봐두었던 강폭이 비교적 짧은 지점을 향해 북동쪽으로 1킬로미터 정도 더 걸었다. 한 겨울의 찬 공기가 그의 폐 속까지 스며들어 곧 온몸이 얼어붙을 것 같은 공포감이 느껴졌다.

"계속 걸어야 해! 멈추면 죽는다!"

구릉을 넘어 강변 쪽을 향해 걸어가는 인광의 눈에 지붕이 낮은 낡은 판잣집들이 아직 채 동이 트지 않은 희미한 새벽녘에 잠겨 있는 것이 들어왔다. 삐죽이 솟은 굴뚝에선 하얀 연기가 가늘게 피어올랐고 국경 지역에 거주하는 인민들의 삶의 모습이 풍경화처럼 펼쳐져 있었다. 30분쯤 더 걸었을 때 압록강 인근에 배치된 3025부대 부대 팻말이 눈에 들어왔다.

'이곳이군!'

눈앞에 펼쳐진 상황은 지금까지 그가 얻은 정보와 일치했다. 인광은 부대를 멀리 오른쪽으로 바라보면서 계속 걷다가 도로 옆 풀숲에 재빨리 몸을 숨겼다. 멀리서 인민군 경비조가 다가오는 것이 눈에 들어왔다. 그들이 인광이 숨어 있는 풀숲을 지나치자 다시 나온 인광이 30분가량을 더 걸었을 때 멀리 깜빡이는 불빛이 어렴풋이 보였다. 인광은 그것이 중국 단동 지역의 불빛이라는 것을 알 수 있었다. 인광은 기상 악조건 속에서도 중국과 가깝고 경비도 상대적으로 허술한 곳을 제대로 찾았다는 것을 알았다.

'이제 저 압록강을 건너야 한다.'

북한군 초소들은 모두 땅속에 반쯤 묻힌 채 은폐되어 있어 불빛마저 거의 새어나오지 않았다. 인광은 일정한 간격으로 만들어져 있는 초소들 중에는 가짜 초소도 있다고 들었다. 그러나 어느 것이 가짜 초소인지는 현지 부대원이 아닌 다음에는 알 길이 없다.

'초소 속에 웅크린 경비병의 눈빛들이 강을 주시하고 있겠지. 해가 뜨기 전에 강을 건너야 한다.'

얼어붙은 강위로 이따금씩 싸라기눈이 한파에 이리저리 거칠게 휘날리고 있었다. 인광은 얼어붙은 압록강과 그곳을 주시하는 경비초소를 직접 보자 자신이 얼마나 위험한 결정을 했는가를 새삼스럽게 느꼈다. 고향 뒤 산에 묻혀 있는 부모님 얼굴이 떠올랐다. 인광은 고개를 들어 하늘을 잠시 쳐다보았다. 먼저 탈북한 형과 동생을 한국에서 다시 만날 수 있기를 하늘나라에 계실 부모님에게 간절히 요청했다. 눈발은 거의 그쳤고 싸락눈만 간간히 내리고 있었다. 인광은 오랜 시간 움직임을 멈춘 채 추위에 노출된 탓에 온몸이 얼어붙은 느낌이 들었다. 이대로 더 추위에 노출됐다가는 자칫 강을 건너기도 전에 동사당할 수도 있었다. 출발할 때 옷을 여러 겹 껴입었음에도 폐부에 찬 공기로 숨을 제대로 쉬기도 어려운 지경이지만 마음은 포기하지 않고 있었다. 인광은 길 안내자 노릇을 하는 듯 하늘에 떠서 어른거리는 새벽 별빛을 보며 삶과 자유에 대한 희망의 끈을 놓치지 않았다.

'이제 도강만 성공하면 된다.'

얼어붙은 강 위로 오랜 시간 쌓인 눈발이 바람에 따라 이리저리 마치 흰 모래안개처럼 흩날리고 있었다. 인광은 마음속으로 자신감을 스스로 불어넣었다. 초소에 숨어 있는 감시의 눈빛들이 어디서 그를 노려보고 있을지 알 수 없지만.

'더 이상 지체할 수 없어!'

그가 강변의 초소들을 유심히 살폈다. 2명씩의 북한군들이 압록강 지역을 뚫어져라 감시하고 있는 초소들 가운데 한 군데가 비어있는 초소라는 느낌이 들었다.

'저곳이다!'

인광이 비어 있는 초소가 서 있는 강 쪽을 향해 발걸음을 서서히 옮겼다. 그의 왼편 아래 100미터쯤 떨어진 곳의 초소를 의식하며 발소리를 죽이고 아직 희뿌연 어둠에 잠긴 강으로 접근했다. 대지가 얼어붙은 때문인지 아무런 짐승의 울음소리도 들리지 않는다. 땅이 얼어붙어 미끄러웠고 눈이 덮인 탓에 강으로 내려가는 경사진 길은 더 미끄러웠다. 인광은 미끄러지지 않기 위해 최대한 몸을 낮춘 자세로 손을 땅 바닥에 짚고 한 발씩 한 발씩 느린 속도로 강을 향해 내려갔다. 인광이 얼어붙은 강가 근처에 도착했을 때 고개를 돌려 자신이 지나온 초소를 올려다보았다. 바로 그 순간 반만 땅 밖으로 내민 채 은폐되어 있는 초소 안에서 희미한 불빛이 눈에 들어왔다. 인광은 가슴이 철렁 내려앉는 것을 느꼈다.

'앗! 군인들이 있었어!'

인광이 곧바로 바닥에 몸을 바짝 밀착했다. 잠시 후 초소에서 인기척이 느껴지더니 병사 하나가 초소 옆으로 기어 나와 모습을 드러냈다. 몸을 바닥에 밀착시킨 인광은 초병의 일거수일투족을 주시했다. 초병이 비추는 실 같은 조명이 인광이 엎어져 있는 강변 일대를 비추기 시작했다. 바닥에 닿은 몸이 한기에 얼어붙는 것 같았다. 초병의 조명이 사방으로 움직이며 인광이 엎어져 있는 장소 일대를 비추고 있었다. 인광은 엎드린 채 더 위쪽으로 기어 올라가 포플러나무 아래로 몸을 숨겼다. 초소병의 불빛이 엎어진 그의 위를 스쳐 지나갔다.

"잘못 들은 것 같은데. 아무것도 없어!"

멀리 떨어진 병사의 목소리가 마치 가까이 있는 듯 인광의 귀에 선명하게 들렸다. 잠시 후 병사가 몸을 떨며 다시 초소 안으로 들어가는 것을 본 인광은 초소에서 오른편으로 더 기어 올라갔다. 마음속으로 50미터쯤 더 떨어졌을 것이라고 생각했을 때 움직임을 멈추었다. 눈앞 10미터쯤 전방에 얼어붙은 강이 수평으로 놓여 있었고 그의 몸은 극도의 추위 속에서 최악의 상황을 맞고 있었다. 양 초소의 절반쯤 되는 지점에 자신이 위치해 있다는 확신이 서자 인광은 몸을 숙인 채 얼어붙은 압록강 위로 발걸음을 옮겼다. 오직 느껴지는 것은 신발바닥에 와닿는 냉기와, 거친 얼음 그리고 얼굴을 할퀴는 한파뿐이었다. 강은 위에서 본 것과 달리 더 길게 느껴졌다. 조명과 초소의 눈들이 지켜보는 가운데서 건넌다는 것이 자살행위나 다름없다는 불안감이 갑자기 강하게 느껴졌다.

'얼어붙은 강 위에서 발견된다면 곧바로 죽음을 의미하겠지. 하지만 선택의 여지는 없다! 내 운명을 신에게 맡기는 수밖에!'

멈췄던 눈발이 다시 굵어졌다. 인광은 눈발이 시야를 조금이라도 가려주길 바랬다. 그가 강의 절반쯤에 다다랐을 때 칼바람이 더욱 사납게 느껴졌다. 심해진 칼바람에 온몸의 살점이 찢겨져 나가고 곧 쓰러질 것 같았다. 그러나 더 큰 위협은 다른 데 있었다. 강의 절반쯤 건넌 인광은 자신의 등 뒤쪽으로 갑자기 환해지는 느낌이 들었다. 고개를 돌려보니 오른편 초소에서 내뿜는 불빛이 자신을 향해 다가오고 있었다.

'뛰어야 한다!'

인광이 강 건너 중국지역을 향해 뛰기 시작했다.

'피융! 피융!'

초소에서 쏜 총알들이 날카로운 소리를 내며 그의 주변을 스치고 지나갔다.

달리던 인광이 앞으로 몸을 던지다시피하며 엎드렸다. 그의 몸 위로 총알이 스쳐 지나가는 소리에 온몸이 오그라드는 것을 느꼈다. 엎어진 그의 눈앞에 시커먼 물체가 들어왔다. 그는 물체 뒤로 몸을 날려 몸을 숨겼다. 한동안 꼼짝 않고 있었다. 조명이 그의 주변을 훑고 지나갔다. 잠시 후 총알 세례가 멈췄다. 그제야 정신이 돌아온 인광은 자신의 눈앞 물체의 정체를 알 수 있었다. 그것은 엉켜 있는 세 구의 시체였다. 둘은 성인 남자와 여자의 시신이었고 또 하나는 어린 아이의 시신이었다. 탈출을 하다가 발각돼 사살된 시신이었다. 그들 곁에는 흘린 피가 얼음 속에 얼어붙어 있었다. 인광은 그들 덕분에 살아났다고 생각하니 죽은 이들에게 고맙고 미안했다. 어둠 속에서 얼핏 바라본 시신은 배고픔의 고통에서 해방된 행복한 표정처럼 느껴졌다. 총알은 더 이상 날아오지 않았다. 인광은 다시 중국 쪽으로 있는 힘껏 뛰었다. 그가 얼어붙은 강을 거의 다 건널 무렵 그의 뒤쪽에서 총소리가 몇 번 더 들렸다.

단동의 인간 사냥꾼

중국 땅 단동에 도착한 인광은 막 어둠이 가시려 하는 국경 주변을 남의 눈을 피해 걸었다.

추위에 꽁꽁 얼어붙은 거리는 살풍경했다. 잎이 다 떨어진 가로수들이 벌거벗은 채 맹추위에 떨고 있었다. 이따금 괴나리봇짐을 한 사람들이 지나가는 풍경은 마치 자신이 북한 땅에 있는 것과 같은 착각이 들게 했다. 인광은 그들이 조선족들일 것이라 생각을 했다. 단동 외곽지역을 한참 걷자 '조선족 21C 건설사' 라는 대형 글귀가 씌어져 있는 펜스가 눈에 들어왔다. 펜스 사이로 건축 자재들이 쌓여 있는 것이 보였는데 대형 야적창고 같은 곳이었다. 그리고 야적창고 인근에는 건설 중장비들로 일대가 건설사의 부지라는 느낌이 들었다. 야적창고 가까운 곳에 '한밭요리점' 이란 간판을 단 식당이 눈에 들어왔다. 인광은 중국에서 조선 글씨를 단 식당을 보니 반가웠다. 인광은 아직 준비가 안 됐다는 주인을 졸라 아침식사를 부탁했다. 얼어붙은 몸에 따듯한 음식이 들어가니 정신이 조금씩 돌아오는 것이 느껴졌다.

"건설사 소속이슈?"

식당 주인의 갑작스러운 질문에 인광은 당황했다.

"네. 그렇습니다."

인광이 얼버무리며 대답했다.

"오늘 공사장 출발이 평소보다 일찍 시작되는 모양이군요. 이렇게 일찍 오신 것 보니까……."

주인이 이것저것 묻자 인광은 당황했다.

"네, 네."

인광이 또 다시 얼버무리며 대답했다. 식당 주인은 인광에게 식당에서 가까운 여관 한 곳을 안내해주었다. 백두산 여관이란 간판이 붙어 있는 2층짜리 여관이었다. 여관은 식당에서 그리 멀지 않은 곳에 있었다.

"강을 건너 오셨수?"

여관주인 노파는 아침 일찍 문을 두드린 인광을 보자 대뜸 그렇게 물었다. 인광은 마치 도둑질 하다 연이어 들킨 사람처럼 당황했다.

"노인장이 뭔가 오해를 하신 것 같은데요."

"댁의 얼굴을 보니 누군가에 쫓기는 것처럼 보여 한 소리요. 너무 기분 나쁘게 듣지는 마시오. 요즘처럼 강이 얼어붙은 계절에 탈북하는 사람들이 종종 있어서……."

"단동 건설현장에 며칠 머물 예정인데 마땅히 거처가 없어서 그렇습니다."

인광이 당황한 표정을 애써 감추며 대답했다. 노파는 별 표정 변화 없이 인광에게 2층 방을 안내해주었다. 방은 분홍색과 흰색의 꽃무늬 벽지가 사방을 둘러싼 2평 남짓한 방이었다. 자리에 누운 인광의 머릿속에 압록강을 건너다 발견한 일가족 시신이 떠올랐다. 꽁꽁 얼어붙은 강 위에서 아무렇게나 나뒹굴던 일가족이 한동안 그의 머릿속을 떠나지 않았다.

그가 눈을 뜬 것은 밖에서 들리는 소란스러움 때문이었다.

"젊은이, 문을 열어보시오!"

노파가 방문을 두드렸다. 문을 열어보니 밖에 노파가 서 있었다.

"지금 단동 시내 여관에 국가안전부 사람들이 나와 탈북자를 뒤지고 있어요."

"중국의 국가안전부요?"

인광은 노파의 말에 온몸이 얼어붙는 긴장감을 느꼈다.

"한 달에 한번 씩 하던 행사를 이번 달엔 웬일로 두 번째 하고 있네."

노파가 갑자기 인광의 얼굴을 뚫어지게 쳐다보며 물었다.

"혹시 북한을 탈출했소? 그렇다면 어서 떠나시오."

인광은 노파의 말에 감사해야할지 시치미 떼어야 할지 몰라 잠시 망설였다. 노파는 인광이 북한을 탈출한 사람임을 눈치 채고 도움을 주려는 것 같았다.

'빨리 이곳을 빠져 나가야 해!'

인광이 입을 열어 노파에게 무슨 말인가를 막 하려는 순간 아래층에서 수상한 웅성거림이 들렸다.

"국가안전부 요원들이 벌써 들이닥친 모양이니까 이불장 속에 들어가 숨어 있어요. 내가 알아서 잘 얘기할 테니. 이불장이 넓어서 들어가 숨긴 괜찮을 거요."

그 말을 하고는 노파는 아래층으로 내려갔다. 이불장은 방문을 열면 왼쪽 벽 상단에 눈에 잘 뛰지 않는 곳에 위치해 있었다. 노인의 말 대로 이불장은 안이 넓었다. 인광은 이불을 개서 이불장 안에 넣고 그 뒤로 몸을 숨겼다. 인광이 컴컴한 이불장 안으로 들어가 몸을 숨긴지 얼마 지나지 않아 방문이 열리는 소리가 들렸다.

"손님이 떠난 모양이네. 방을 치워야겠군."

노파가 하는 소리가 다 들렸다. 인광은 초조한 마음으로 밖에서 들리는 소리에 귀를 기울였다. 인광의 귀에 노파와 공안이 중국어로 대화하는 것이 들렸다. 잠시 후 문이 닫히고 그들이 떠나는 소리가 들렸다. 인광은 밖이 완전히 조용해지자 이불장을 나와 창밖을 내다보았다. 눈은 완전히 그쳐 있었다.

인광은 중국 안전부 요원이 떠난 지 30분쯤 지났을 무렵 매표소에 앉아 있는 노파에게 살짝 허리를 숙여 감사의 뜻을 전하고 여관을 빠져 나왔다.

일본 투기 세력의 한반도 음모

「서해에서의 군사적 대치가 일촉즉발 위기상황으로 치닫는 가운데 한반도에서의 전쟁 반대를 촉구하는 시민단체들과 김정은 정권 종식을 촉구하는 보수단체들이 청계시민광장에서 대규모 맞불시위를 벌였습니다.」

뉴스를 보는 박인식 대통령의 표정이 무겁게 내려앉았다. 특히 일부 보수단체는 이번 기회에 북진 통일을 해야 한다고 주장하는 등 북한이 내분을 겪는 동안 한국사회도 그에 못지않게 강경파와 온건파가 대립하고 있었다. 예기치 못한 사태 전개에 대비해 국민들이 차분하게 사태 추이를 지켜보길 바라던 대통령의 희망은 여지없이 무너졌다. 자주국방사업 법안도 폐기될 위기로 몰려가고 있었다. 그때 대통령 집무실의 직통 전화기 벨이 울렸다.

"경제부총리와 국방장관께서 대통령 각하께 급히 보고드릴 사안이 있답니다."

"경제부총리와 국방장관이? 들어오시라고 해요."

대통령이 보고 있던 TV 뉴스 볼륨을 최소로 낮췄다.

"각하, 현재 외환보유고 상황이……."

경제부총리가 말끝을 흐렸다.

"외환보유고 상황에 문제가 있습니까?"

경제부총리를 바라보는 대통령의 깊게 패인 동공에 긴장과 불안이 묻어 있었다.

"외환보유고에 변동이 나타나고 있습니다. 최근 사흘 사이에 300억 달러가 줄었습니다. 이러한 추세는 당분간 이어질 것 같습니다."

"300억 달러요? 그렇게나 많이 빠져났습니까?"

새해 초만 해도 외환보유고는 4,000억 달러 가까이로 늘어난 상태였다.

"각하, 국가 전시 위기 상황에서 외환보유고는 큰 의미가 없습니다. 국내에 들어와 있는 외국 자본들이 대거 돈을 빼서 빠져 나가기 시작하면 당해낼 방법이 없습니다. 더욱이 미 연준위가 금리를 인상하면서 국내 은행에 예치되어 있던 달러들도 금리 차를 노려 미국으로 흘러들어가는 상황입니다."

대통령의 이마에 패인 가로 주름이 더 굵어 보였다. 북한의 급변 사태가 발생할 경우 일어나지 말았으면 하고 바랬던 악몽 같은 시나리오가 현실화되고 있었다.

"각하, 한 가지 더 우려스런 상황이 발생했습니다."

"뭡니까?"

"최근 일본 재무부가 국내에 들어온 일본 자금 회수는 물론이고 한국 기업이나 금융권과의 대출 계약 연장도 고의로 회피하고 있습니다. 일본이 제2의 IMF를 노린다는 설이 시장에서 돌고 있습니다."

IMF 당시 일본은 한국에 들어온 자금을 가장 먼저 회수하고 대출 연장을 거부함으로써 한국 경제를 더 어렵게 만든 전력이 있었다.

"일본의 자금 회수 속도에 따라 국내 외환보유고도 영향을 받을 수 있습니다."

대통령의 표정이 어둡게 변했다. 북한 급변 사태가 예상을 뛰어넘어 최악의 상황으로 치닫고 있었다. 대통령의 머릿속에 제1차 북핵 위기 3년 뒤에 한국을 강타한 IMF 경제 위기가 떠올랐다. 한국의 IMF는 그에 앞서 3년 전에 발생한 1차 북핵 리스크 때부터 서서히 시작됐다는 것이 대통령의 평소 생각이었다. 북한 급변 사태 후 국내 경제 충격이라는 당시 패턴이 재연되는 게 아닌지 대통령은 우려했다.

"해외 국채 이자도 조금씩 오르고 있습니다. AFP, 로이터, AP 등이 속보로 한반도 위기 상황을 전 세계에 타전하고 있어서 세계 투자자들이 흔들리고 있습니다. 정부 홍보로 이들 투자자들을 안심시키기엔 역부족 상황입니다."

정부는 북한 급변 사태 이후 나타난 국내주식시장에서의 자금 이탈에 선제적으로 대비하기 위해 해외 판매 국채 물량을 크게 늘린 상태였다. 국채 해외 판매마저 원활치 않다면 자칫 외통수로 몰릴 수도 있는 위험한 상황이었다. 팔걸이 위에 놓인 대통령의 두 주먹이 불끈 쥐어졌다.

'시간이 좀 지나면 모든 것이 다 제자리로 돌아올 수 있을 것인가.'

대통령의 머릿속에 국회 재경위 소속 초선의원 시절에 맞은 IMF의 악몽이 떠올랐다. 17조 원의 공적자금을 투입한 제일은행은 단돈 5,000억 원에 미국의 뉴브리지 캐피털로 넘어갔고 4조 3,000억 원을 투자한 삼성자동차는 6,200억 원에 프랑스의 르노에 팔렸다. 외환은행이 투기자본인 론스타에 팔리고, 수많은 근로자들이 하루아침에 실직자가 되고 자살자가 속출하고 가정이 파탄 났다. 정말 기억하고 싶지 않은 상황이었다.

"일본은 정말 믿을 수 없는 나라입니다."

경제부총리의 얘기는 대통령의 귀에 들어오지 않았다.

당시 한국은 안보 상황으로 인해 IMF의 가혹한 조건을 수용할 수밖에 없었다. 주한 미군에 안보를 의존할 수밖에 없는 한국으로선 미국 등이 주도하는 IMF 조건을 수용해야만 했고 그로 인해 국내 대기업들이 외국 투기자본의 먹잇감으로 전락해야만 했다. 그때나 지금이나 한국 방어의 상당 부분을 미군에 의존하고 있다는 것이 대통령의 마음을 불안하게 했다.

오랫동안 잊고 지냈거나 소홀히 생각했던 한국 경제 밑바닥에 깔려 있던 근본적인 불안 요소들이 증시와 외환시장에서 급격하게 머리를 들고 있었다. 며칠 동안 잠을 제대로 자지 못한 대통령의 부릅뜬 눈에서 붉은 실핏줄이 보였다.

"각하, 그런데 한 가지 의문스러운 점이 있습니다."

이번엔 국장방관의 보고가 시작됐다.

"북한 잠수정의 비밀 정찰활동을 어떻게 알았을까 하는 점입니다."

"알아듣기 쉽게 설명해보세요."

"미국 언론에서 흘러나오는 보도들을 종합하면 북한 잠수정은 자신들이 다니는 길목에서 기습당한 것처럼 보입니다."

"길목에서 기다린 자에게 기습을 당했다. 그게 가능한 일입니까?"

"누군가 북 잠수정의 정찰 활동을 외부에 알려줬을 수 있다는 얘깁니다."

"누가 왜 그런 행위를 한다는 겁니까? 북한 내부에 오열이 있다는 얘기입니까?"

"배제할 수 없는 상황입니다."

박인식 대통령은 몇 해 전 발생했던 한백함 사태를 떠올렸다. 그때는 자신의 취임 전이긴 하지만 한백함 사태는 당시 한국 사회 여론을 거의 두 동강 냈다. 그런데 자신이 집권한 지금 그때와 비슷한 사태가 벌어진 것이다. 한백함 폭침은 적에게 포섭된 군 내부의 오열을 적발해냈지만 적을 조사할 수 없는 한계로 인해 국제적인 조사를 하지 못한 채 미궁에 빠진 상태다. 이번 북 함정 폭침 사건 역시도 NLL 인근에서 피습을 당했다는 점과 미국과 북한의 주장이 갈리는 데다 한쪽 주장 외에 다른 증거를 확보할 수 없는 한계가 있다는 점에선 역시 오리무중으로 빠질 수 있는 사건이었다. 대통령은 이러한 사건이 연이어 일어나는 것에 대해 마음 깊은 곳에서 불길한 느낌이 들었다.

"이유가 뭡니까?"

대통령이 국방장관을 쳐다보며 물었다.

"그들이 노리는 것이 한반도의 안보 불안이라면 절반은 성공한 것으로 보입니다."

"국방장관, 북한이 외부 소행을 입증하는 명확한 물증을 내놓지 않고 있는 상황인데 한국이나 미국에 대해 실제 보복을 할 가능성이 있다고 생각합니까?"

대통령이 다시 국방장관의 의견을 물었다.

"북한이 은밀한 보복을 실행에 옮길 가능성이 있습니다. 때문에 북한이 실제로 보복공격을 감행했는지 여부를 확인하는 것은 미궁에 빠질 수도 있습니다."

대통령은 국방장관의 견해가 설득력이 있다고 판단됐다.

"문제는 그 경우 미국의 대응입니다. 대선을 앞둔 미국의 현 정권이 유권자들에게 나약한 모습을 보이지 않기 위해 강력한 대북 응징에 나선다면 한반도 위기는 걷잡을 수 없이 커질 수도 있습니다."

"일단 각 부처 장관들은 시장 상황을 계속 예의 주시하면서 필요한 경우 선조치 후보고 해주세요."

경제부총리와 국방장관이 보고를 마치고 나가자 대통령은 TV 볼륨을 다시 높였다. 때마침 한반도 위기 특집 좌담이 방송되고 있었다.

"저는 기본적으로 북진 통일에 찬성하지만 북진을 하되 미군의 지원 없이 해야 한다고 생각합니다."

TV 화면 하단에 출연자의 약력이 떴다.

'백마대학교 군사정보학과 배중도 교수.' 전 정권 국정원 2차장 출신이다.

"왜냐하면 미군과 함께 올라가면 중국도 내려올 것이기 때문입니다."

"이 시기에 북진 통일을 주장하시는 이유가 뭡니까?"

사회자가 다시 물었다.

"북한 반군이 오래 싸우긴 어려울 겁니다. 그들이 보유하고 있는 군수물자가 조금 있으면 바닥날 가능성이 높습니다. 그러나 정규군도 지쳐 있긴 마찬가지입니다. 반군과 정규군이 지쳐 있는 이때 우리가 단독으로 올라가 북진 통일을 이뤄야 합니다."

"반군을 돕자는 얘기입니까?"

"아닙니다. 한국군이 북진하면 반군과 정규군 사이에서 한국군 편에 설 세력이 나타날 것으로 확신합니다. 한국군이 단독으로 진격하는 한 중국군도 쉽게 내려오지는 못 할 겁니다."

상대편 패널의 반박이 이어졌다.

"배 교수가 주장하는 단독 북진은 안보 위기를 높일 뿐만 아니라 한미 간 신뢰관계를 깨트리는 중대한 조약 위반 행위입니다. 지금과 같이 안보가 불안한 상황 하에서는 군사적 도박은 안 됩니다. 미국과 관계를 더욱 공고히 해서 미국의 강력한 군사적 우위의 힘에 올라타고 있어야 안보를 보장할 수 있습니다. 경거망동해선 안 됩니다."

상대편의 반박이 이어지는 동안 TV화면 한쪽에 그의 약력이 떴다. '한강대학교 무기개발학과 정영식 교수.' 전 육군기무사령관이 그의 약력이다.

"뿐만 아니라 미국의 정보자산 없이 우린 눈 뜬 장님입니다. 북한군이 어디에 배치됐고 무기가 어디에 배치됐는지 모르면서 어떻게 북진통일을 합니까?"

"배 교수께서 반박이 있으실 것 같은데요?"

"통일을 이룰 수 있는 절호의 기회가 눈앞에 왔음에도 아직도 외세 타령하는 우리의 현실에 분통이 터집니다. 북한 반군이나 정규군은 핵을 갖고 있지만 그 핵을 실제 사용하지 못합니다. 핵을 제외한 그들의 전투 능력은 한국군과 큰 차이가 없어요. 뿐만 아니라 북한군, 주민 모두 군사 독재 정권에 반발하고 있습니다. 충성도가 과거 같지 않아요. 이것은 이미 최근 몇 년 동안 충분히 증명된 상황이에요."

배중도 교수의 반박이 이어지고 있었다. 진행자가 미처 끼어들 틈도 없이 곧바로 한강대학교 정영식 교수의 재반박이 이어졌다.

"우리 사회 일부 민족주의자들이 현실과 동떨어진 군사 자주성 운운하며 순진한 국민을 현혹하는 것이 참 기만적입니다. 무력으로 북한을 흡수한다는 것은 어리석은 생각입니다. 북한은 2,500만 인구에 군인만 150만 명입니다. 자칫 한반도 전체가 큰 혼란과 피해에 직면할 수 있습니다. 미국과 동맹을 굳건히 하면서 중국군의 북한 개입을 막고 북한 스스로 민주화된 새로운 정권을 수립하는 방안을 결정해야 합니다. 그것이 가장 현명한 방법입니다."

민우가 눈을 떠보니 주위는 흰 벽으로 둘러쳐져 있었고 그의 팔에는 링거가 꽂혀 있었다. 그의 시선이 닿는 곳에 하얀 가운의 의사와 간호사들의 움직임이 들어왔다. 몸을 조금 움직여보니 어깨와 허리가 욱신거렸고 머리에 통증이 왔다.

"여기가 어딥니까?"

마침 민우 가까이에 서 있던 간호사에게 물었다.

"한강강변병원 응급실입니다."

"병원? 누가 저를 이리로 데려왔습니까?"

"그건 따로 확인해 봐야 해요."

"혹시 나와 같이 들어 온 사람은 없습니까?"

정신이 조금 돌아온 민우가 지인에 대해 물었다.

"바로 옆 침대에 계십니다."

민우가 고개를 돌려 옆 침대를 바라보았다. 역시 링거를 맞으며 누워 있는 정일용의 옆모습이 눈에 들어왔다.

"저 환자, 상태는 어떻습니까?"

민우가 물었다.

"저 분은 입원 당시 타박상이 심해서 진통제와 신경안정제 주사를 맞고 잠시 수면 상태에 있어요. 큰 부상은 아니라고 의사선생님께서 말씀하셨어요."

민우는 간호사의 말을 듣는 순간 타고 있던 차가 갑자기 뒤집어지고 그 상태로 여기저기 충돌하던 악몽 같던 순간이 떠올랐다. 그러나 거기까지일 뿐 그 이상은 기억이 나지 않았다. 필름이 끊기는 것은 민우로선 처음 겪는 일이어서 당황스러웠다.

"응급실엔 언제까지 있어야 합니까?"

"두 분 모두 내일 쯤 일반병실로 이동하게 될 겁니다."

"일반병실에선 얼마나 있게 될까요?"

"아마 일반병실에서 3~4일 후면 퇴원이 가능할 겁니다."

바로 그때 민우가 누워 있는 침대 근처로 한 사내가 다가왔다.

"정신이 드셨군요."

민우가 그를 쳐다보았으나 처음 보는 얼굴이었다.

"부상 정도가 깊지 않아 다행입니다. 어젯밤 두 분을 이리로 모셔온 한세윤이라고 합니다."

"그렇다면?"

그가 옅은 미소를 띠며 말했다.

"제가 두 분을 납치한 차량을 추적했던 차에 타고 있었습니다."

"아, 그렇군요. 감사합니다. 그런데 저희가 납치된 것을 어떻게 알고 뒤를 쫓아 와 저희를 구한 겁니까?"

"저희 원에선 두 분의 안위에 대해 각별히 신경을 써 왔습니다."

"원이라고요? 그렇다면 국정원?"

그가 가볍게 고개를 끄덕였다.

"국정원에서 저희들을 감시하고 있었다는 얘깁니까?"

"오해하지 마세요. 감시가 아니라 보호 목적이었습니다."

그때 민우의 동공에 그의 얼굴이 점점 강하게 박혀오기 시작했다. 부드럽게 미소 짓는 한세윤의 얼굴 너머에서 어디선가 본 듯한 기억이 가물거렸다. 한세윤이 민우의 기억을 되살리려는 듯 부드러운 표정으로 민우의 얼굴을 정면 응시했다.

"아니, 당신은?"

태국 남부에서의 위험천만했던 순간들이 민우의 기억 속에서 오버랩됐다. 한세윤이 미소를 지었다.

"이제 기억나십니까?"

그는 바로 언덕 마을의 한 옥상으로 쫓겨간 민우가 괴한의 권총 위협을 받던 순간 나타나 민우를 구해주었던 바로 그 자였다.

"방콕 뉴스에 한민우 씨가 방콕 폭탄테러 현장에서 USB를 입수하는 장면이 방영되는 것을 보고 저희도 곧바로 USB 회수에 나섰습니다. 물론 민우 씨를 보호하겠다는 목적도 있었습니다. 그런데 놀랍게도 민우 씨는 여러 차례 위험을 잘 극복하고 무사히 한국까지 돌아왔군요."

"그런데 왜 내가 한국에 돌아온 이후에도 USB 회수에 나서지 않았던 겁니까?"

한세윤이 잠시 머뭇거리더니 대답했다.

"우리 내부의 '오열'을 잡는 문제가 중요한 과제로 떠올랐기 때문입니다."

"내부오열이요?"

"그에 관해 자세한 건 나중에 말씀드릴 기회가 있을 겁니다. 조금 복잡한 문제니까요. 어째든 오열도 잡고 USB도 회수도 하기 위해 민우 씨를 그간 지켜보고 있었던 것입니다. 그런데 민우 씨가 명단을 방송에 제보함으로써 한국 내 오열의 움직임이 조금 구체화됐습니다. 이번에 민우 씨가 테러 위협을 당한 것도 바로 그 흐름의 연장선상에 있습니다."

민우, 대통령을 만나다

민우와 연구원이 기다린 지 15분쯤 지났을 무렵 그들 앞에 낯익은 얼굴의 중년 남자가 모습을 드러냈다. 민우가 그의 얼굴을 본 순간 깜짝 놀랐다. 대통령이었다.

"그간 고생 많으셨지요?"

박인식 대통령이 부드러운 목소리로 먼저 입을 열었다.

"덕분에 위기에서 벗어날 수 있었습니다."

민우가 예의를 갖춰 감사의 표시를 했다. 대통령 옆에, TV에서 종종 본 대통령 비서실장이 서 있었고 그 옆에 병실로 찾아왔던 한세윤이 있었다.

"정말 다행입니다. 조금만 늦었어도 큰일 날 뻔했습니다. 자, 모두 편안히 앉으세요."

가까이서 본 대통령의 인상은 TV에서 보던 느낌과 달리 투박하면서 강인한 인상이었다.

"몸은 좀 좋아졌습니까?"

"네, 많이 좋아졌습니다."

"젊은 분이라 회복이 빠르군요. 앞에 있는 차를 드십시오. 녹차 가운데 가장 품질이 좋은 우전차입니다."

차를 한 모금 한 대통령이 본론을 끄집어냈다.

"오늘 두 분을 이리로 모셔온 것은 두 가지 이유 때문입니다. 첫째는 두 분의 안전 때문이고 둘째는 협조 요청 때문입니다."

'협조 요청?'

"정부는 류조국 소장의 한국 망명이 실패한 이후 우리 정보기관 내 스파이가 존재한다는 것을 알게 됐습니다. 그 스파이를 잡기 위해 많은 노력을 기울여왔지만 잡지 못했습니다. 그러던 중 우리가 추적하고 있는 오열이 민우 씨가 추적하고 있는 사진 속 사내와 깊은 연관성이 있는 자일 가능성이 크다고 판단했습니다."

'내가 사진 속 사내를 추적하고 있다는 것을 정부에서 어떻게 알았지?'

민우가 속으로 궁금해했다.

"아, 참 그것부터 말씀드려야겠군요. 비서실장께서 잠깐 설명해주시지요."

대통령 비서실장의 설명이 이어졌다.

"민우 씨가 방송국 PD와 주고받은 메일을 사실은 저희 국정원에서도 실시간으로 받아보고 있었습니다. 물론 그 점은 민우 씨 납치범들도 마찬가지였고요. 그래서 저희 요원들이 두 분을 구출할 수 있었던 겁니다. 민우 씨를 납치했던 자들을 체포해 조사하고 있지만 그들은 청부를 맡은 자들에 불과해 배후를 캐는 데 실패했습니다."

사진 속의 사내의 정체를 궁금해하고 있을 때 비서실장이 얘기를 하기 시작했다.

"그리고 민우 씨가 찾아낸 사진 속의 사내 말입니다. 우리 정보기관의 비밀 협조요원 중 한 명으로 보입니다."

'비밀 협조요원?'

"우리 국정원의 실행부서 요원들은 종종 비밀 협조요원을 데리고 일을 합니다. 그런데 그 사진 속 사내는 등록되지 않은 자였습니다. 그래서 우리 실행 요원들 중 누가 그 자를 협조요원으로 데리고 일을 하는지 현재 알 수가 없는 상황입니다. 그 자에 관한 모든 정보도 누군가에 의해 삭제된 상태입니다."

이번엔 다시 대통령이 말을 이었다.

"그를 잡게 되면 지금 한반도 주변에서 벌어지는 불안한 상황들을 좀더 자세히 파악할 수 있을 것으로 정부는 판단하고 있습니다. 불안감은 상황에 대한 불완전한 정보가 원인이고 그것은 종종 큰 전쟁으로 이어지기도 하니까요."

민우가 보기에 대통령은 오열을 포함한 류조국 명단에 나타나는 세력과 북한에서 벌어지고 있는 내분과 어떤 형태로든 연계를 확신하고 있는 듯했다. 민우가 입을 열었다.

"그 말씀을 들으니 제가 보관하고 있던 비밀명단에 포함됐던 이동명 교수에게 들은 '제한전쟁' 이라는 말이 떠오릅니다."

"제한전쟁이요?"

"국지전보다는 크지만 전면전에는 못 미치는 전쟁이라고 했습니다. 이동명 교수의 말에 의하면 제한전쟁은 우발적으로 일어나는 것이 아니라 글로벌 전쟁 상인들에 의해 치밀하게 기획된 전쟁이란 개념입니다."

민우의 말이 끝나자 실내에 잠시 침묵이 흘렀고 잠시 후 대통령의 탄성에 가까운 반응이 터져 나왔다.

"민우 씨가 아주 중요한 포인트를 제공해 주었습니다. 지금 한반도 주변에서 일어나고 있는 잇단 의문의 사건들을 제한전쟁과 연관 지어 생각하니 흩어져 있던 사건들의 상호 연결점과 그 배경이 선명하게 드러나는 것 같군요."

"이 교수는 정부 기관 깊숙한 곳에도 이 국제적 음모를 돕는 세력이 숨어 있을 수 있다고 했습니다."

"그는 바로 우리가 쫓고 있던 오열과도 연관된 인물인 것 같소. 정부가 지금까지 파악한 바로는 오열의 배후는 국제 세력으로 추정됩니다. 물론 민우 씨도 짐작하고 있겠지만. 그리고 그들은 권력층에 속하거나 최소한 권력층과 매우 가까운 자들이 틀림없어요. 지금까지 국내외에서 일어난 의문의 일들은 결코 개인 차원에서 자행될 수 있는 것들이 아닙니다. 따라서 이 일은 정부 내 보안유지가 필요하고 그래서 정부의 공식기관 밖에서 일을 추진하기로 결심했어요."

민우는 자신들을 데려온 이유를 설명하는 대통령의 표정에서 배후의 음모를 반드시 좌절시키겠다는 강한 면모를 느꼈다.

"그런 중요한 일들은 정보기관 안에도 훌륭한 요원들이 많을 텐데 왜 저희한테 맡기시려고 하시나요?"

민우가 대통령의 말이 이해가 가지 않는다는 표정으로 말했다.

"정부는 이번 일과 관련해 민우 씨와 비슷한 입장을 갖고 있습니다."

"그게 무슨 말씀이신지?"

"민우 씨도 사실은 정보기관에 대한 불신 때문에 독자적으로 지금까지 이 일의 실체를 캐기 위해 노력해오지 않았습니까? 부끄럽게도 저도 민우 씨와 비슷한 생각을 하고 있습니다. 정보기관 내부에 오열이 존재한다는 생각 말입니다."

대통령이 차를 한 모금 더 하더니 말을 이었다.

"사실은 제 개인적으로는 민우 씨에게 도움을 요청하는 보다 중요한 이유가 있습니다. 그것은 바로, 그간 민우 씨가 이번 일과 관련해 보여준 용감한 태도 때문입니다. 민우 씨는 정부조차 믿기 어려운 위험한 상황 속에서도 이번 일의 진실을 캐려는 노력을 해왔습니다. 저는 민우 씨야 말로 이 일을 맡을 적격자라고 생각합니다."

대통령이 그 말을 한 뒤에 자리에서 일어서더니

"여기에 있는 이 한세윤 요원이 두 분을 적극 도와드릴 것입니다. 국가가 직면한 이 난제의 실마리를 꼭 좀 풀어주세요. 필요한 것은 가급적 다 지원해드리겠습니다."

대통령과 국정원장이 자리를 뜨자 회의실 내부엔 한세윤 요원과 민우, 정일용 셋만 남았다.

"연천군의 의문의 장소부터 조사하는 것이 순서 아닙니까?"

민우가 조심스럽게 자신의 견해를 밝혔다.

“그곳도 이미 조사해봤습니다. 그곳은 국정원이 철수한 지 오래된 훈련소입니다. 그 자가 어떻게 그곳에서 나왔는지 우리도 알 수가 없습니다.”

“하지만 그 지역 민간인들은 최근까지도 그곳에 사람들이 있었다고 증언했습니다. 또 지역 주민들이 도로를 함께 이용하게 해달라고 민원을 넣은 적도 있는데 불허됐다고 했습니다. 시설이 최근까지도 활동하고 있던 정황입니다.”

한세윤이 민우의 말에 잠시 뭔가를 생각하는 듯하더니 이내 말했다.

“그간 민간의 출입을 통제해 왔던 것은 사실입니다. 해당 관에선 기존에 내려와 있던 지침을 습관적으로 적용했던 것 같습니다.”

한세윤의 설명에 의하면 놈은 놀라울 정도로 자신의 신원 정보를 깔끔하게 은폐하고 있었다.

“민우 씨와 지인 분은 이 일에 처음부터 관심을 갖고 추적해온 분이니까 지금까지 겪어온 일들을 꼼꼼히 되돌아보면 틀림없이 이 자의 정체의 실마리를 풀 수 있는 단서가 잡힐 겁니다.”

‘정보기관에서도 단서를 못 찾을 정도로 신분을 철저하게 감추고 있는 자를 내가 어떻게 알아낸다는 말인가?’

민우가 마음속으로 한세윤 요원의 말에 이의 제기를 했지만 겉으로 표현하지는 않았다.

“혹시 민우 씨가 아직 언론에 공개하지 않은 자료가 남아 있습니까?”

“글쎄요. 공개 안 한 것이라면 여동생에게 남긴 편지와 가방 안에 있던 만년필이 있는데.”

“편지와 만년필이요?”

“편지는 제가 따로 복사를 해서 갖고 있고 만년필은 바로 이겁니다.”

민우가 요원에게 갖고 있던 것들을 한세윤 요원에게 건넸다. 한세윤 요원이 편지를 빠르게 훑어보기 시작했다. 편지를 읽어 내려가던 요원의 눈이 점점 커졌다.

"편지 내용은 사건의 중요한 단서를 담고 있습니다. 암호해독 전문가인 친구분도 찾아내기 어려웠을 겁니다. 이것은 암호와는 성격이 다른 것이니까요."

그가 정일용을 힐끗 쳐다보더니 다시 설명을 이어갔다.

"'전쟁으로 전쟁을 막는다는 그럴듯한 음모' 이 구절은 국제 무기판매상들의 전쟁 부추김을 비판한 겁니다."

'국제 무기판매상?'

"무기판매상들은 종종, 자신들은 전쟁을 막고 평화를 구현하기 위해 무기를 판매하고 있다고 주장합니다. 그것은 상인들이 창과 칼을 판매하기 위해서 각기 다른 관점에서 고객에게 설명하는 것만큼이나 모순되고 이율배반적인 것입니다. 그리고 '나는 그들의 더러운 임무수행 요구를 거부했다' 라는 부분은 장진동 씨가 비밀 조직의 살인명령을 거부한 것을 의미하는 것 같습니다. 아마도 장진동 씨는 이로 인해 목숨을 잃게 되지 않았나 싶습니다."

요원은 민우가 흘려 읽은 부분을 날카롭게 짚어냈다.

"장진동은 누군가로부터 살인명령을 받았던 것이 틀림없습니다. 그의 살인 타깃이었던 자가 누군지 찾아내야 합니다."

편지 읽기를 마친 요원이 만년필을 집어 살펴보기 시작했다.

"이 만년필, 혹시 이상한 점은 못 느끼셨습니까?"

"특별한 점은 못 느꼈습니다."

"이 만년필엔 한 가지 차이점이 있습니다."

그가 만년필 뚜껑을 뒤집더니 핀셋을 집어넣어 잠시 후 뭔가를 끄집어냈다. 핀셋 끝에 작고 직사각형 모양의 투명한 물체가 집혀 나왔다. 곧 이어 다시 투명한 물체 겉 부분을 조심스럽게 벗겨내자 그 안에서 빛에 반짝이는 투명한 마이크로필름이 모습을 드러냈다.

"보시다시피 마이크로필름이 이 안에 숨겨져 있습니다."

요원이 필름을 핀셋으로 집어 컴퓨터와 연결된 전자확대경 위에 올려놓자 모니터 화면에 다음과 같은 글자가 떴다.

'도봉구 응암동 32-xxx, 헨리슨 박'

30분 뒤 한세윤은 부하요원으로부터 전화를 받았다.

"좌석버스 안에서 박사 옆자리에 접근한 장진동의 CCTV 영상이 확보됐습니다. 그리고 한 시간 후 응암동 인근 야산으로 향하는 길목에 가로등에 설치된 CCTV에도 장진동이 박사를 협박해 산으로 끌고 올라가는 화면이 확보됐습니다. 그러니까 장진동이 밖으로 외출 나온 박사를 버스 안에서부터 협박해 응암동 야산으로 끌고 올라간 것으로 보입니다."

"그리고?"

"그 이후로는 두 사람의 모습이 잡힌 것이 없습니다. 아마도 그들이 올라갔던 방향의 뒤편 어딘가의 길을 택해 내려온 것이 아닌가 싶습니다. 그 쪽은 아직 개발되지 않은 곳이어서 CCTV 가 많지 않았습니다."

"자, 민우 씨 이제 가봅시다! 민우 씨가 그토록 찾았던 장진동 씨 피살 원인을 이제 알 수 있게 될 것 같습니다."

100년 게임

차선이 따로 그어져 있지 않은 약간 경사진 도로를 한민우와 한세윤 두 사람이 오르고 있었다. 도로 양 옆엔 4~5층짜리 낡은 상가건물들과 단독주택들이 섞여 늘어서 있었고 자동차 수리센터 간판을 단 상가건물 1층엔 승용차가 수리를 기다리고 있었다. 거기서부터 얼마 떨어지지 않은 화원 앞에는 화분들이 계단식으로 진열되어 있었는데 그 인근 전봇대엔 응암동 32-xxx 주소지 안내판이 달려 있었다. 세 사람은 화원을 지나 동네 슈퍼마켓을 끼고 오른쪽으로 난 골목으로 들어갔다.

"저 집인 것 같습니다."

한세윤이 손에 든 지도를 가리키며 말했다. 그들 10여 미터 전방에 하얀색 슬레이트 지붕을 한 2층 양옥집과 1층 단독주택들이 좁은 골목 양 옆으로 늘어서 있었는데 민우는 그곳을 보는 순간 시계바늘이 10년쯤 뒤로 돌아간 기분이 들었다. 파란색 대문엔 인터폰이 위아래 두 대가 달려 있었는데 하나는 1층 주인집용이고 또 하나는 2층 세입자용이었다. 그들이 2층으로 연결되는 인터폰을 눌렀다. 아무 반응이 없다. 두 번, 세 번을 눌러도 아무 반응이 없었다.

"주인한테 알아봐야겠군."

한세윤이 주인집 인터폰을 막 누르려는 순간

"누구십니까?"

집안에서 사람의 음성이 들렸다. 스피커로 흘러나오는 음성에서 미국식 억양이 묻어나왔다. 한세윤이 인터폰에 대고 말했다.

"헨리슨 박을 찾아왔습니다."

"누구십니까?"

두 번째로 듣는 그의 음성에선 미국식 억양이 좀더 묻어 나왔다.

"장진동 씨 사망 원인을 조사 중인 사람들입니다."

"저는 장진동 씨를 잘 모르는데요."

"우린 장진동 씨가 죽음으로 밝히고자 했던 진실을 찾고 있는 사람입니다."

잠시 침묵이 흘렀다. 수초간의 침묵 뒤에 철 대문이 열리고 잠시 뒤 2층 창문에서 한 사내가 모습을 나타냈다.

"왼쪽 계단을 이용해 올라오시면 됩니다."

검정색 티타늄 테 안경을 착용한 연구원은 학자풍 인상이었고 무척 긴장한 모습이었다.

"안으로 들어오시지요."

그는 민우 일행에게서 별다른 위험성을 느끼지 못 했는지 부드러운 목소리로 두 사람을 집안으로 맞아 들였다.

"두 분의 모습을 2층에서 내려다보고 있었습니다."

그를 따라 집안으로 들어가자 내부의 단출한 모습이 드러났다. 부엌 겸 거실 한쪽에 냉장고가 놓여 있었고 하얀 식탁보로 덮인 자그마한 나무식탁 위엔 커피 세트와 그가 보고 있었던 것으로 보이는 책이 놓여 있었다. 살짝 열린 문틈으로 책상 위에 놓인 노트북 컴퓨터가 눈에 들어왔다.

"제가 있는 곳을 어떻게 알았습니까?"

의심이 아직 남아 있는 눈빛으로 그가 묻자 한세윤 요원이 대답했다.

"장진동 씨가 남긴 메모를 보고 찾아왔습니다. 지내는 데 불편함은 없습니까?"

"살해되는 것보다야 낫지 않겠습니까?"

그가 입가에 약간 웃음을 띠며 대답했지만 그것은 허탈한 웃음이었다. 세 사람이 모두 자리를 잡자 한세윤 요원이 질문을 던졌다.

"한국에는 왜 비밀리에 들어왔고 장진동 씨와 어떤 일이 있었는지 들어볼 수 있을까요?"

"나는 록히드마틴 사 등 글로벌 무기생산연합체의 비밀조직인 WOUP(The Warrior of Universal Peace)에 소속된 연구원입니다. 어느 날 우연히 WOUP의 비밀 자료에 접하게 됐고 이후 한국행을 결심하게 됐습니다."

"WOUP는 어떤 조직입니까?"

"이 조직은 표면적으로는 글로벌 무기생산연합체 제품의 홍보회사로 소개가 되어 있지만 사실은 전 세계 분쟁지역 조사와 분쟁 지역에 필요한 무기 연구개발, 나아가 신규 무기시장 개척 등의 연구를 하고 있습니다. 그리고 여기엔 보잉, 노스롭 그루먼, 제너럴 다이나믹스 등이 나름의 지분을 갖고 참여하고 있습니다. 이들이 일종의 카르텔 모임을 형성한 배경은 개별적으로 무기 판촉에 나설 경우 받게 될지 모를 도덕적 비난을 분산시키려는 의도로 보입니다."

"도덕적 비난을 분산시킨다?"

" '피의 상인들' 이란 비난은 그들로서는 가장 아픈 지적입니다. 그래서 그들은 집단화하고 가급적 정부를 전면에 내세우는 전략을 취하고 있습니다."

"WOUP은 구체적으로 어떤 일을 하는 곳입니까?"

"예를 들면 세계 분쟁지역 테러집단 진압특수부대 운영과 파견뿐만 아니라 테러세력과의 전략적 협상을 통해 분쟁의 규모를 넓히는 작업도 합니다. 한마디로 무기 판매 활성화에 도움이 된다면 반군세력이나 테러 세력과도 손을 잡는 사업전략을 취하는 것이지요."

"당신은 WOUP에서 어떤 자료를 본 겁니까?"

"한국이 포함된 동북아시아 무기 시장 활성화 방안과 관련된 비밀 정보를 알게 됐습니다. 나는 그 정보를 접한 이후 갈등을 겪다가 휴가원을 내고 비밀리에 한국을 방문했습니다."

"갈등을 겪었으면서도 왜 그러한 결정을 한 것입니까?"

"나는 한국에서 태어났고 한국에서 초등학교도 나왔습니다. 한국은 내 어머니이고 조국입니다. 그러한 한국이 미국등 강대국들의 100년 게임에 희생되는 것을 원치 않았습니다."

"100년 게임이요?"

"한국이 지금처럼 국방 정책을 편다면 앞으로도 30년은 더 미국 무기업체들의 돈 주머니 신세를 면치 못할 것입니다. 지금까지 70년간 무기 소비 시장 역할을 한 것에 더해서요."

연구원이 시니컬한 표정으로 말했다.

"동북아시아 무기 시장 활성화 방안이란 것이 어떤 겁니까?"

한세윤 요원의 질문에 연구원은 흔들림 없이 답변을 이어갔고 민우는 두 사람이 나누는 대화를 신경을 곤두세우고 들었다.

"예를 들면 사드 해외 배치도 바로 WOUP에서 나온 겁니다. 사드의 한반도 배치는 표면적으로는 주한 미군의 요청이지만 실제로는 이곳에서 작업한 것입니다. 사드가 한반도에 배치될 경우 동북아시아에서 WOUP 회원사들의 재래식 무기 판매량이 10년에 걸쳐 30%p 가량 늘어난다는 연구 결과가 있습니다."

"근거가 뭡니까? 좀 알아듣기 쉽게 설명해보시지요."

민우와 한세윤 요원은 설명하는 헨리슨 박을 예리한 눈빛으로 쳐다보았다.

"주한 미군에 사드가 배치될 경우 한국의 안보 상황은 북한과의 1대 1 대치 상황에서 중국까지 포함한 다자적 군사 대치 상황으로 변하게 됩니다. 따라서 다자적 군사대치 상황이 될 경우 한국은 북한은 물론 중국의 재래식 공격에도 대비해야 하는 상황으로 변하기 때문에 무기 구입 예산이 대폭 증가할 수밖에 없습니다."

처음 만났을 때 온화해 보이던 헨리슨 박의 표정이 어느새 단호한 표정으로 변했다.

"중동의 경우를 예로 들어 좀더 자세히 설명해볼까요. 중동에 대한 미국의 첨단무기 판매는 얼마 전까지 사우디 등 극소수 친미 국가들에게만 허용되었습니다. 그러나 미국은 금융위기와 재정위기를 겪고 난 이후 이스라엘의 반대를 무릅쓰고 사우디뿐만 아니라 여타 중동 국가들에도 무기를 판매하기 시작했습니다. 그러자 중동의 다른 국가들도 안보 위협 때문에 대외무기 수입을 늘리고 있습니다. 즉, 미국의 반대편인 중국과 러시아의 이 지역 무기 판매량도 함께 늘고 있는 것입니다. 이것은 다시 중동 내 친미 국가들의 미국 무기 수입 확대로 이어지는 즉 중동에서의 무기 시장 확대의 선순환이 이뤄지고 있는 것입니다."

"하지만 미국과 중국이 동북아에 전쟁의 그림자를 드리우는 위험한 상황을 원할까요?"

이번엔 민우가 헨리슨 박에게 물었다. 그러나 그의 대답은 전혀 엉뚱한 것이었다.

"미국과 중국은 직접적인 전쟁을 하지 않습니다. 미국에게 중국은 아직은 가상의, 미래의 적입니다. 그렇기 때문에 한국이 중국의 잠재적인 공격 대상이 된다는 것과 한국과 중국 사이에 실제 전쟁이 일어난다는 것은 큰 차이가 있습니다."

민우는 그가 하는 말이 얼른 이해가 되지 않았다. 헨리슨 박이 추가 설명을 했다.

"중국으로서도 얻는 것이 있으니까요. 동북아에서 미-중 간의 군사적 대치가 커지면 커질수록 북한의 대중국 의존도도 높아집니다. 북한이 4차 핵실험을 했음에도 한국과 미국 등의 기대와 예상과 달리 북한과 중국 관계가 적대적으로 변하지 않고 오히려 밀착하는 조짐을 보이는 것은 북-중 간에 상호 군사적 이해가 더 커졌기 때문입니다. 이러한 이유로 중국은 중국과 국경을 접하고 있는 나라들에 대한 영향력이 반대급부로 더 커질 수 있습니다."

순간 민우는 깊은 충격을 받았다.

"장진동 씨와는 어떻게 만나게 됐습니까?"

한세윤 요원이 본론으로 돌아가 물었다.

"장진동 씨와 나는 암살자와 쫓기는 자 관계로 처음 만났습니다. 장진동 씨는 내가 한국에 도착한지 불과 사흘 만에 나를 찾아왔습니다. 이것은 내가 속한 WOUP와 장진동이 속한 유로퍼시픽아이즈가 상호 연계돼 있다는 것을 의미합니다."

민우가 그의 추론에 고개를 끄덕였다. 그러나 민우의 그런 반응과 달리 한세윤 요원은 여전히 냉정한 표정으로 연구원의 일거수일투족을 예의 주시하며 듣고 있었다. 한세윤은 여전히 헨리슨 박을 의심하는 눈치였다.

"그는 처음에 나의 설명에 대해 강한 거부감을 드러냈습니다. 하지만 다행히도 나의 설명을 다 듣고 나서 자신이 속았다고 생각하는 것 같았어요. 더 이상 그들의 지시에 따르지 않겠다는 말도 했어요. 그렇게 얘기하던 그의 표정은 상당히 결연해 보였습니다. 그러나 안타깝게도 얼마 지나지 않아서 그의 사망 소식을 들었습니다. 나를 살려둔 것이 그를 죽음에 이르게 하지 않았나 생각이 들어요. 그는 나를 이곳에 은신시켜 놓고 대신 희생한 것입니다."

민우는 연구원의 눈빛에서 장진동 죽음에 대한 미안함과 아직도 남아 있는 공포감이 함께 느껴졌다. 그때 한세윤이 어딘가 의심을 품은 듯한 목소리로 물었다.

"미국 정부에선 사드가 북핵 요격용이라고 수차례 설명하고 있고 국내외 많은 전문가들도 사드가 들어오면 한국의 안보력이 더 강화될 것이라고 전망하고 있는데 당신은 그 효과에 관한 얘기는 전혀 하지 않고 부정적인 얘기만 하고 있어요. 그 이유가 뭡니까?"

요원의 질문은 연구원의 설명이 국내 반미, 좌파 단체들의 사드 반대 논리와 닮았다고 의심하는 것처럼 들렸다.

"우리가 조사한 바에 의하면 한국에 날아오는 북핵을 요격할 수 있는 여유는 20초에 불과해요. 20초 동안에 북핵을 제대로 요격할 수 있나요? 한국 내 일부 사드 옹호론자들이 북한 핵이 대기권 진입하기 전에 요격하면 한국 내 배치된 사드도 시간적 여유를 더 벌 수 있다고 주장하는 것을 들었어요. 그러나 그것은 비현실적인 주장입니다. 대기권 밖에선 탄두의 진위를 구분하기 어려워서 요격 성공율도 떨어져요. 결국 종말 단계에서 요격이 현실적인데 마하 20으로 내려오는 하강 속도를 감안할 때 군사적으로 의미 있는 대응 여유는 20초에 불과하다는 게 우리 팀의 결론이에요. 이것은 굉장한 모험이에요. 미국이야 중국에서 멀리 떨어져 있으니 큰 문제가 안 일어나겠지만."

헨리슨 박은 연구자답게 과학적으로 설명을 이어갔다.

"더 심각한 문제점이 있어요. 남북처럼 거리가 짧고 육지로 연결된 경우, 요격된 북의 핵미사일 파편이 북에 떨어지거나 한국 가까이에 떨어질 수 있다는 거예요. 그 경우 방사능 피해가 어디로 가겠습니까? 북에 떨어진다고 칩시다. 북은 대한민국 영토 아니고 북 주민은 동포 아닙니까? 그래서 한국에 배치한 사드가 북핵 방어용이라는 주장에는 여러 가지 문제점이 있다는 것입니다."

"……."

"결국 미국이 한반도에 사드를 배치하고자 하는 의도는 중국에서 미국을 겨냥해 발사된 핵미사일을 요격할 시간을 좀더 벌고, 사드 관련 장비인 엑스밴드 레이저를 통해 중국 군사기지를 좀더 가까운 곳에서 들여다보겠다는 전략적 목적이 있는 것이고 또 미국의 안전과 이익을 위해 사실상 동북아의 군사적 긴장이 조성되는 것도 불사하겠다는 군산 복합체들의 의도가 복합된 것이라 봅니다."

그의 설명이 끝나자 한세윤 요원이 민우에게 눈신호를 보내더니 자리에서 일어나 연구원에게 손을 내밀었다.

"헨리슨 박의 안전 강화를 위해 주변에 요원을 배치해 놓겠습니다. 원하신다면 안가로 모실 수도 있습니다."

"아닙니다. 저는 이곳에 그냥 머물겠습니다. 그동안 주위 이웃들과도 어느 정도 정이 들었거든요. 그리고 두 분께 전할 것이 있습니다."

악수를 나누고 자리를 떠나려는 민우와 요원을 헨리슨 박이 멈춰 세웠다.

"전할 것이요?"

헨리슨 박이 갑자기 자신의 오른쪽 눈 동공에 엄지와 검지 두 손가락을 가볍게 집어넣어 콘택트렌즈를 빼는 듯한 제스처를 취했다. 잠시 후 그의 검지 위에 콘택트렌즈가 얹혀져 있었다. 그가 이어 왼손 바닥 위에서 오른손 두 손가락으로 콘택트렌즈를 가볍게 비비기 시작했다. 잠시 후 그의 엄지 위에는 콘택트렌즈가, 검지 위에는 얼른 봐서는 잘 안 보이는 투명하고 작은 마이크로필름이 놓여 있었다.

"이 마이크로필름 안에 WOUP의 비밀회의록 일부가 담겨 있습니다."

연구원은 분리해 낸 마이크로필름을, USB와 형태는 비슷하지만 크기가 손바닥 반쯤 되는 기계장치에 삽입한 후 컴퓨터와 무선으로 연결했다. 잠시 후 마이크로필름의 내용이 컴퓨터 스크린에 확대돼 떠올랐다.

"마이크로필름 속 글씨 크기를 100배 확대한 겁니다."

연구원의 설명과 함께 화면에 회의 장소와 일시, 참석자들 간의 회의록이 등장했고 참석자는 영어 이니셜로 표기되어 있었다.

「워싱턴 펜실베이니아 H호텔」

"워싱턴 펜실베이니아 주 H호텔은 록히드마틴 사 소유로 추정되고 회의 시점은 지금으로부터 한 달 전입니다."

천천히 필름 내용을 훑어 내려가던 화면이 한 곳에서 멈췄다.

"이들의 회의록 중에 눈에 띄는 대목이 있습니다."

헨리슨 박이 회의록 한 대목에서 마우스 동작을 멈췄다.

"여기를 보십시오. 한국 내 오열에 관한 언급인 것 같습니다."

「K: 류의 한국 내에서 능력은 어느 정도입니까?

C: 한국의 보수층 사이에선 신망이 두터운 자입니다.

L: 류의 준비는 어느 정도 되어 있습니까?

C: 윌슨 의원이 한국으로 날아가 구체적인 진행 상황을 확인할 겁니다.

K: 윌슨 의원이라면 믿을 수 있겠군요. 류가 원하는 것은 뭡니까?

C: 스위스은행에 차명으로 300만 달러 입금입니다. 현재 150만 달러를 선불금으로 입금한 상태입니다.

L: 요구 금액이 너무 과한 것 아닙니까?

C: 대북공작에 필요한 자금까지 포함되어 있다는 것이 그의 설명입니다.」

민우는 류조국 소장의 USB에 등장한 류가 WOUP 비밀회의록에 등장했다는 사실에 놀랐다.

"류가 혹시 오열일까요? 아니라면 류와 오열 둘은 어떤 관계일까요?"

"류가 오열인지 여부는 알 수 없지만 그들 배후에 국제세력이 있고 그들이 꾸미고 있는 일의 구체적인 내용까지는 아직 알 수 없지만 한반도에서 무슨 일을 꾸미고 있다는 것만은 확실해 졌습니다. 이제 할 일은 이 국제 배후세력을 철저히 파헤쳐서 류와 오열의 정체를 밝혀냄으로써 그들이 북한을 겨냥해 무슨 일을 벌이는지 알아내는 것입니다."

사라진 150만 달러

"이것이 WOUP의 실체를 파악하는 현실적인 방법입니다."

안가로 돌아온 민우가 한세윤 요원에게 제안했다.

"WOUP의 실체를 파악하는 데 이게 꼭 필요한 겁니까?"

"그렇습니다."

민우가 단호한 목소리로 대답했다. 잠시 난감한 표정을 짓던 한세윤이 이내 민우의 제안에 동의했다.

"좋습니다. VIP의 결심을 얻어 보겠습니다."

잠시 후 한세윤이 돌아와 민우의 요구사항에 대한 VIP의 수용 사실을 알렸다.

"이 일은 우리 요원들이 하는 것보다는 민우 씨가 추천한 분이 하는 것이 좋겠다고 위에서 결심을 했습니다. 우리 쪽에서 곧 민우 씨 여자친구 분이 금융분석원 서버에서 작업을 하는 데 어려움이 없도록 적절한 조치를 취할 겁니다."

VIP의 승낙을 얻은 민우가 효진에게 전화를 걸어 도움을 요청하는 자세한 작업 내용에 대해 다시 한 번 설명했다.

"선배가 VIP 승낙까지 얻어 특별히 부탁하는건데 협조해야지."

민우로부터 상황 설명을 다 듣고 난 효진이 예상대로 흔쾌히 협조 의사를 밝혔다.

"사실은 나도 이번 일에 관심이 생겼어."

"여러분의 노력으로 한반도 주변을 어슬렁거리는 국제 음모세력의 실체가 벗겨지길 저희도 기대하겠습니다."

한세윤이 웃음 띤 얼굴로 자신이 걸고 있는 기대감을 민우에게 표시했다.

그날 오후 안가 호텔 특별대책팀에 효진의 모습이 나타났다. 민우는 효진의 밝은 표정에서 무엇인가 성과가 있었음을 직감했다. 민우는 금융정보분석원 내에서 수재라는 평가를 듣고 있는 효진을 후배를 두고 있다는 것이 자랑스러웠다. 효진은 민우가 안내한 컴퓨터 앞에 앉아 자신이 갖고 온 USB를 꺼내 컴퓨터 본체에 꽂았다. 잠시 후 컴퓨터 화면에 숫자와 돈의 흐름을 나타내는 영어로 쓰인 은행명들과 거래 일시들이 차례로 나타났다. 화면에 금융자료가 나타나자 효진의 설명이 시작됐다.

"미국 FIU 지인의 협조를 얻어 무기 카르텔의 위장된 공작회사인 WOUP의

자금 흐름을 추적하던 중 한국 건설업체의 빅3 중 하나인 H건설사와의 공사계약 대금이 넘어간 것을 발견했어."

"뭐야, 한국의 H건설사와 공사계약?"

"그런데 그 공사계약서에 나타난 공사현장을 한세윤 요원께서 연결해주신 국정원 해외 직원의 도움을 받아 조사해보니 땅만 파헤쳐진 채 6개월째 공사 진척이 없는 상황이란 것을 알아냈어."

"6개월째 공사 진척이 없다? 혹시 허위계약서를 작성했다는 얘긴가?"

민우가 효진에게 묻고 한세윤 요원은 곁에서 듣고 있었다.

"그럼 셈이지. 그리고 그 공사대금은 세 번에 걸쳐 WOUP에서 건설사로 넘어갔는데 그 금액이 정확히 150만 달러였어."

"그 돈이 정부 안의 오열의 정체를 밝히는 것과 무슨 관계가 있다는 거지요?"

이번엔 한세윤이 물었다.

"H건설사로 넘어간 150만 달러가 사라진 것을 발견했습니다."

"네? H건설사에서 150만 달러가 사라져요?"

"H건설사가 최근 해외건설 현장 다섯 곳에서 손실을 입었다고 주장하는 금액을 합하니 150만 달러였습니다."

민우와 한세윤은 효진의 설명과 상황이 정확히 일치하자 크게 충격 받은 표정이었다.

"H건설사를 조사하면 정부 내 오열 정체를 알 수 있지 않을까요?"

민우가 효진의 조사 내용을 근거로 한세윤에 제안했다. 그런데 민우와 효진의 설명을 들은 한세윤 요원의 얼굴 표정이 굳어졌다.

"H건설사 수사에 문제가 있습니까?"

민우가 한세윤의 표정을 보고 물었다.

"H건설사는 H그룹 산하계열인데 이 그룹 강 회장이 군 장성들은 물론 거물급 정치인들과도 친분이 깊다는 소문입니다. 그리고……."

그가 잠시 말을 멈추었다.

"H건설사 강 회장은 총리의 정치자금 후원자로 알려져 있습니다. 섣불리 잘못 건드리면 자칫 연립정권의 위기로 이어질 수 있는 아주 민감한 사안입니다."

한세윤이 VIP에게 조사내용을 보고한 지 한 시간쯤 지나서 다시 연락을 받았다. 그리고 환한 얼굴로 민우에게 말했다.

"VIP의 승낙을 얻었소."

그렇게 말하고는 그가 어디론가 급히 전화를 걸어 지시했다.

"즉시 H건설사로 요원을 보내!"

그가 민우와 효진을 쳐다보며 말했다.

"효진 씨가 알아낸 정보가 정부 내 숨어 있는 오열의 정체를 밝히는 데 큰 효과를 발휘하길 기대하겠습니다."

경기 남부 힐사이드 컨트리클럽

50~60대 정도 되어 보이는 세 사람이 탁 트인 그린 위에서 얼굴에 부드럽게 와 닿는 미풍을 음미하며 라운딩을 즐기고 있다. 아름다운 강이 홀을 마사지하듯 골프장 서쪽을 흐르고 있고 그린과 러프, 벙커가 그림처럼 균형을 이루고 있는 골프장이다.

"나이스 스윙!"

유연하게 허리를 돌려 휘두른 강 회장의 드라이버 티샷이 상쾌한 포물선을 그리며 허공을 가로 지르더니 깃발 가까운 그린에 부드럽게 안착한다.

"와우. 강 회장님의 골프 실력은 변함이 없으십니다."

"요새 필드나들이를 자주한 보람이 있는 것 같습니다."

"누가 회장님을 70이 다 된 나이로 보겠습니까? 강 회장님의 이렇게 건강하신 모습을 뵈니까 정말 기분이 좋습니다. 우리나라를 위해서도 오랫동안 건강하게 사셔야 합니다."

이번엔 강 회장과 함께 있던 자가 예비스윙을 몇 차례 하더니 클럽을 크게 휘둘렀다. 시원하게 허공을 가르며 뻗어나가던 볼이 오른쪽으로 휘면서 깃대에서 약 300미터 떨어진 페어웨이 벙커에 빠졌다.

"아이쿠!"

"어허 박 장군이 오늘 컨디션이 별로 좋지 안아 보여요. 이 골프장에 자주 왔다고 해서 긴장했는데 조금 실망입니다. 박 장군이 벌주를 쏠 장소가 벌써부터 궁금해집니다. 으허헛헛!"

"강 회장님의 프로급 실력을 제가 따라갈 수 있겠습니까?"

그 때 박 장군의 칭찬하는 말이 끝나기 무섭게 강 회장의 비서실장이 그들을 향해 허겁지겁 뛰어왔다.

"회장님, 국정원에서 사람이 나왔습니다."

"국정원에서?"

잠시 후 신사복 차림의 두 사내가 그들에게 다가왔다.

"국정원에서 나왔습니다. 회장님을 외환관리법위반으로 긴급체포합니다."

"허허, 뭔가 오해가 있는 것 같은데?"

"오해가 있다면 가서 설명해하시면 되겠습니다."

그가 짐짓 여유로운 표정으로 골프를 같이 하던 사람들을 쳐다보며 말했다.

"남아서들 마저 치시오. 관에서 부르는데 협조해야 하지 않겠습니까? 뭔가 오해가 있는 것 같은데 가서 해명을 해야겠소. 관에선 종종 엉뚱한 사람을 죄인 취급하는 경향이 있으니까."

시내 L호텔 10층

"시간이 많지 않습니다. 국가 경제를 이끌어가는 지도자급 인사 중 한 분이시니 솔직히 대답해 주시리라 믿습니다, 강 회장님. WOUP와 150만 달러 공사 계약한 것 있지요?"

"그렇소만."

"그런데 현장에 가보니 공사가 펜스만 둘러쳐진 채 전혀 진척이 없는데 이유는 무엇입니까?"

강 회장의 얼굴에서 어두운 그림자가 잠깐 스쳐 지나가는 것을 그들이 놓치지 않았다.

"그쪽 사정 때문에 공사가 늦어지는 것뿐이고 이것은 국제 거래에서 종종 있는 일입니다."

"H그룹의 회계 자료를 보니까 150만 달러를 손해 본 것으로 되어 있었습니다. 150만 달러란 손실 액수가 맞아 떨어지는 것이 우연의 일치입니까?"

"그건 해외건설 시장을 몰라서 하는 얘기요. 해외건설 수주를 하다 보면 사기를 당하는 경우가 비일비재해요. 우리도 사기를 친 그 자들을 쫓고 있지만 실체가 없는 유령이어서 잡지 못하고 있소. 그러나 언제까지 그들이 잡히기만을 기다릴 수 없어서 장부상 손실 처리를 해 놓은 것뿐이오."

"곧 드러날 거짓말을 끝까지 늘어놓으시는군요."

한세윤이 준비한 서류 한 가지를 강 회장 앞에 내밀었다.

"우리가 조사한 바에 의하면 H건설사에 사기를 쳤다는 그 유령회사는 강 회장님 말대로 실체가 없는 페이퍼컴퍼니가 맞습니다. 그러나 우리가 조사한 바에 의하면 그 페이퍼컴퍼니는 회장님과 밀접한 관련이 있는 회사로 드러나더군요. 즉 그 회사는 사실상 강 회장이 세운 유령회사란 말입니다. 이래도 시치미를 뗄 겁니까?"

한세윤의 추궁에 그때까지 자신만만해 하던 강 회장의 얼굴에서 긴장감이 나타났다. 어떻게 그것까지 알아냈느냐는 속내가 드러나는 듯했다.

"자, 선택하시지요. 150만 달러 불법 해외도피로 무거운 형을 살 건지, 아니면 단지 이름을 빌려준 걸로 비교적 가벼운 형을 살 건지."

한세윤이 예리한 눈초리로 강 회장을 쳐다보며 수사에 협조하면 처벌이 가벼워질 수 있음을 넌지시 제안했다.

"대한민국 중견 이상 건설사 중에 해외에 페이퍼컴퍼니 하나 없는 회사가 있으면 나와보라 하시오. 이것은 바람직한 것은 아니지만 모래 바람에 휩쓸려가지 않고 살아남기 위한 업계의 관행이요. 나만 당한다는 것은 부당한 일이요."

그는 건설 밥을 오래 먹은 사람답게 한세윤의 질문을 노련하게 피해갔다. 그러자 한세윤이 미리 준비해둔 봉투 속에 든 물건을 꺼내 강 회장 앞으로 내밀었다. 그 사진을 보는 순간 강 회장의 얼굴이 흙빛으로 변했다.

"당신이 얼마 전 방한한 윌슨 의원과 비밀리에 만나는 장면이오. 윌슨 의원은 WOUP의 자문을 맡고 있는 것으로 파악이 됐어요."

강 회장은 한동안 아무 말도 못 한 채 눈앞에 던져진 사진을 쳐다보고만 있었다.

"아니, 이걸 어떻게?"

"두 사람의 만남 장면은 다행히 그 일대 골목을 지나던 승용차의 블랙박스에 찍힌 동영상에서 찾아냈어요."

그가 불안감에 젖은 동공으로 요원을 한동안 쳐다보더니 입을 열었다.

"변호사를 불러 주시오. 그와 상의하겠소."

때마침 도착한 전담 변호사가 회장과 상의한 후 한세윤에게 역으로 제안을 했다.

"우리 회장님은 내용도 모른 채 이름만 빌려준 것이오. 그리고 이름을 대면 회장님을 즉각 석방시켜 주시오."

전담 변호사의 역제안에 한세윤이 천천히 고개를 끄덕이며 말했다. 그것은 승낙의 의미였다.

"좋습니다. 자, 이제 말해보시오. 오열이 누굽니까?"

30분 뒤

총리실에 검은 양복을 입은 두 명의 사내가 경찰 병력을 총리실 문 밖에 대기시킨 채 나타났다

"무슨 일인가?"

총리가 불쑥 문을 열고 들어온 사내들을 노려보며 물었다. 사내 중 한 명이 총리 가까이 다가가 정중히 인사했다. 그리고 주위 사람들이 듣지 못하게끔 낮은 목소리로 자신의 소속을 밝힌 후 말했다.

"비서실 내 직원들을 잠시 물리쳐 주십시오."

총리가 잠시 사내 둘을 무섭게 노려보다가 비서실 직원을 물리쳤다.

"잠시들 자리 좀 비워주게."

"총리께서 국내 한 업체로부터 불법 금품을 수수한 의혹이 제기됐습니다. 잠시 가셔서 조사를 받으셔야겠습니다."

"현직 총리를 이런 식으로 대해도 되나? 내가 해외 도피라도 한단 말인가?"

"외부에 알려지는 것을 차단하고 조용히 일을 처리하기 위한 조치이니 협조해 주시기 바랍니다."

"누구 지시로 온 것인가? VIP 지시인가?"

"저희는 상부의 지시를 따를 뿐입니다."

「북한 내분 사태가 일주일째 지속되면서 국내 주식시장까지 요동치기 시작했습니다. 전문가들은, 원유 종목과 방산 종목, 생필품 종목이 하루에도 몇 차례씩 상종가를 갈아 치우는 등 극심한 투기 조짐을 보이고 있어서 일반 투자자

들의 각별한 주의가 요구된다고 말하고 있습니다. 반면 개성이나 백두산 관광 등 대북 관광 종목은 하한선을 수차례 경신하고 있어 남북 관광산업에 켜진 적신호를 상징하고 있습니다.

국내 외환보유고의 동향도 심상치 않습니다. 한국은행은 4,000억 달러 수준이던 외환보유고가 북한 급변 사태가 발생한지 일주일 만에 3,500억 달러로 500억 달러가 줄었다고 밝혔습니다. 외환보유고가 이렇게 급격히 줄어든 데에는 미국이나 유럽 자금보다도 일본계 단기자금의 이탈 요인이 가장 컸던 것으로 조사됐습니다.

이로 인해 상대적으로 싼 이자의 일본 단기자금에 의존하고 있는 건설사들과 일본계 저축은행에 의존하는 저신용 자영업자들의 피해가 클 것으로 우려됩니다. 국내에 들어와 있는 일본계 사금융을 이용하는 국내 소비자 수는 지난해 150만 명에서 올해 현재 200만 명을 넘어 선 상태입니다. 정부에서는…….」

"일본 놈들은 역시 믿을 수 없는 자들이야."

뉴스를 보던 정일용이 한마디 내뱉었다.

특별조사팀 벽에 걸린 뉴스 전문 채널에서 북한 급변 사태 관련한 국내 경제 동향을 속보로 내보내고 있었고 경제 불안에 관한 속보는 조사 진척이 더딘 특별조사팀 내부 분위기를 더 무겁게 만들었다.

"총리가 협의를 강력히 부인하고 있습니다. 아무래도 강 회장 진술의 신빙성도 원점에서 재검토해 볼 필요가 있겠습니다."

특별조사팀의 한세윤 요원이 안가 사무실로 돌아와 민우에게 그간의 조사 과정에 대해 설명했다.

"이유가 뭐지요?"

"총리가 비록 강성 보수이긴 하지만 털어서 먼지 안 나는 걸로 소문난 인물입니다. 지난번 금품수수 의혹도 사실무근으로 밝혀진 바 있습니다. 더욱이

150만 달러 수수에 대한 결정적인 물증을 아직 확보하지 못한 상태입니다."

특별조사팀은 강 회장이 은닉한 돈의 장소와, 강 회장과 총리와의 검은 거래를 입증할 수 있는 결정적인 물증을 아직 확보하지 못한 상태였다.

"그런데 총리와 강 회장 진술이 어딘가 좀 이상한 점이 있습니다."

한세윤이 눈빛을 반짝이며 의문을 제기했다. 민우가 한세윤의 말을 이해 못한 듯 눈동자를 끔뻑였다.

"총리와 회장의 진술의 불일치가 마치 각본에 짜인 듯한 느낌이 듭니다. 총리의 답변은 회장의 진술에서부터 완벽하게 빠져 나가고 있고 회장의 진술은 결과적으로 총리의 알리바이를 입증한다는 의심을 지울 수 없습니다. 우리가 뭔가 빠뜨리고 있는 게 있는 것 같습니다."

말을 하다가 멈춘 한세윤이 뭔가를 생각하는 듯 중지로 탁자를 가볍게 툭툭 치더니 다시 말을 이었다.

"민우 씨는 혹시 개정된 헌법에 대해 잘 알고 있습니까?"

"개정된 헌법이요? 뭐, 기본적인 내용 정도만 아는 정도입니다만."

"우리 개정된 헌법에 의하면 국가 안보와 외교현안에 대해선 대통령이 관장하게 되어있지요? 만일 대통령이 그 권한에 지장을 받는다면 어떻게 되겠습니까?"

"그야 뭐, 새로운 대통령이 선출될 때 까지 총리가 권한을 대행하게 됩니다만 대통령이 탄핵받을 일이 없지 않습니까?"

"대통령의 권한 행사를 정지시키는 방안엔 탄핵만 있는 게 아닙니다. 대통령이 국방에서 사실상 손을 떼게 하는 경우는 또 있습니다."

"대통령이 안보에서 손을 떼는 경우가 있단 말입니까?"

듣고 있던 민우가 한세윤의 설명에 깜짝 놀란 표정으로 되물었다.

"국가 안보위기가 데프콘 2로 격상되는 경우, 그런 일이 발생할 수 있습니다. 그 경우 전시작전권이 사실상 미군으로 넘어가니까 대통령의 국군통제권한은 사실상 정지되는 거지요."

"잘 이해가 안 가는데요? 데프콘 2가 되면 왜 대통령이 아닌 총리가 안보를 관장하게 된다는 겁니까?"

"작년에 미국과 데프콘 2 단계 진입 이후 상황에 대한 세분화 협상 때 총리가 주도적 역할을 했어요."

한세윤이 총리의 은밀한 협상 개입에 의혹을 제기하기 시작했다.

"그때 북한에 쿠데타나 이에 준하는 내분이 일어나는 경우 또 핵무기가 반군에 탈취되는 경우 데프콘 2로 상향 조정한다는 데에 양측이 합의한 바 있어요. 양국 합의 서명문을 보면 북한의 급변 사태 시 한-미 간 전시군수 행정에 관한 업무는 미 태평양 사령관이 미국 대통령의 위임을 받아서, 한국 대통령의 위임을 받은 총리와 협상으로 해결한다고 규정이 되어 있어요."

"하지만 대통령이 총리에게 위임한 권한을 다시 회수할 수 있는 것 아닙니까?"

민우가 다시 물었다.

"물론 한-미 양국 정상은 필요할 경우 언제든지 직통 채널로 전환할 수 있다는 별도 조항도 있지만 미국의 대통령이 한반도에서의 모든 전시 행정을 태평양 사령관에 위임할 경우 한국의 대통령은 사실상 할 일이 없게 되는 거지요. 거기에다 총리가 강경 우파라는 것이 개정된 헌법 조항과 관련해 마음에 걸립니다. 총리는 지금도 북진 통일을 주장하고 있고 사드의 한국 배치, 한국형 무인무기 사업 KD-2020의 철회를 강력히 주장하고 있는 강경 우파 인물입니다."

특별조사팀 회의실 내부에 잠시 침묵이 흘렀다.

"제가 더 심각하게 생각하는 것은 이러한 한미 간의 중요한 합의 내용이 일반 국민들에겐 비밀에 붙여져 있다는 겁니다."

"아무리 안보에 관한 내용이라지만 국민의 생명과 안전에 직결된 것은 국민에게 알려줘야 하지 않습니까?"

민우가 이해할 수 없다는 표정으로 물었다. 민우의 표정에는 국민을 무시하는 위정자들의 오만한 행태에 대한 분노도 함께 서려 있었다.

"그것은 미군이 원치 않기 때문입니다. 미국은 한반도에서의 미군의 모든 군사작전을 비밀에 붙여줄 것을 한국 정부에 지속적으로 요구하고 있습니다. 한국은 미군의 요구를 들어줄 수밖에 없어요. 국방력의 상당 부분을 미군에 의존하고 있기 때문이지요."

회의실 내부에 다시 침묵이 잠시 흘렀다. 한세윤이 침묵을 깼다.

"총리의 행적을 재조사할 필요가 있겠습니다. 한미 전시 군수행정협정 당시 총리의 행적을 조사해 보면 무엇인가 새로운 실마리가 잡힐 것 같습니다."

한세윤 요원이 수화기를 들어 실무요원에게 지시했다.

"총리와 회장의 통화 내역을 작년 한-미 데프콘 협상 전후까지 조사할 필요가 있어. 당시 통화내용은 물론 의원회관 등지에서 두 사람의 만남 등 모두 조사해봐."

잠시 후 조사 실무요원의 보고 전화가 걸려왔다.

"최근 강 회장의 유럽 일정 가운데 좀 의심쩍은 부분이 있었습니다. 한국에서 파리로 나갈 때는 회사 직원과 둘이 나갔다가 파리에서 스위스를 들어갈 때는 혼자 들어가 이틀을 체류한 일정이 있습니다. 회사 측 자료에 의하면 스위스 일정은 관광으로 되어 있습니다."

"대기업 회장이 관광을 혼자 다니다니. 그것도 이틀 여행을 위해서? 아무래도 냄새가 나는데. 강 회장의 구체적인 스위스 여행 날짜가 어떻게 돼?"

"강 회장의 여행 일정이 사측이 150만 달러를 손실 처리하기 사흘 전입니다."

"뭐야? 파리까지 동행했던 회사 관계자를 빨리 조사해!"

"이미 동행자를 불러 조사했습니다만 아무런 소득도 없었습니다. 그는 강 회장의 스위스 일정에 대해선 전혀 아는 바가 없다고 밝히고 있습니다."

한세윤의 미간에 깊은 주름이 파였다.

"정황만 있고 물증이 없는 상황에서 총리를 너무 오래 붙잡아 두면 후폭풍이 일 수 있습니다."

실무요원이 걱정스런 표정으로 말했다. 군과 정부, 의회, 언론 모두 총리 지지세력이 만만지 않은 상황이었다. 특히 총리가 주장한 김정은 제거를 위한 한미 공동 작전의 필요성이 보수층의 강력한 호응을 얻고 있는 상황이었다.

"할 수 없군. 일단 총리를 석방하고 장기전으로 갈 수밖에."

한세윤 요원이 총리가 조사받고 있는 특별실 문을 무거워진 발걸음으로 열고 들어갔다.

"총리님, 그간 고생 많으셨습니다. 이젠 돌아가셔도 되겠습니다."

"내 혐의가 다 벗겨진 건가요?"

"강 회장은 구속 상태에서 조사받게 될 겁니다."

"내 질문에 답변을 안 하는 군. 강 회장이 모든 것을 털어놨소?"

"일부는 시인하고 일부는 부인하고 있습니다만 물증이 명백하기 때문에 기소에 아무 문제가 없는 상황입니다."

"음, 다행이군요."

총리의 무거운 음성이 입 밖으로 새어 나왔다. 한세윤은 사실상 구금 상태에서 풀려나고 있음에도 얼굴에 어두운 그림자가 남아 있는 총리의 표정을 놓치지 않았다.

"다행히도 강 회장의 비서가 자신의 보험용으로 회장의 그간 지시내용들을 녹음해둔 것이 있어서 실토를 받아낼 수 있었습니다. 군과 정보기관에 숨어 있던 공모자들도 곧 발본색원해낼 수 있을 것 같습니다."

"사실 그는 나의 오랜 정치 후원자였어요. 그래서 그의 접근을 별의심 없이 받아들였던 것 같아요. 그는 총리실 데프콘 정책 세미나 개최에도 여러 차례 도움을 주었어요. 그것도 다 합법적 테두리 내에서 이뤄졌기 때문에 나로선 저의를 의심하기 어려웠어요. 하지만 그가 사실상 미 정보원이란 사실을 안 이상 정치적 도의적 책임을 외면할 생각은 없습니다."

한세윤은 거물급 정치인 출신인 총리가 만에 하나 언론 보도를 의식해서 정치적 제스처를 쓰고 있는 것이라고 속으로 생각했다.

"현재와 같은 북한 급변 사태를 대하고 있는 한국 상황에서 데프콘 2를 피할 방법이 있겠습니까? 아시겠지만 데프콘 2가 되면 작전권이 미군으로 넘어가기 때문에 여쭙는 겁니다."

한세윤이 날카로운 눈빛으로 총리의 반응을 살폈다.

"현재로서는 북한의 소형 핵무기가 반란군 손에 못 들어가게 하는 수밖에 없어요. 하지만 그것의 성공을 담보할 뾰족한 방안이 없다는 것이 답답한 상황이오."

"뾰족한 방안이 없다? 왜 그런 말씀을?"

"핵무기 작동 암호는 김정은 등 극소수만 알고 있어요. 따라서 김정은에게 접근하기 전에는 핵무기 작동 암호를 입수하기가 어려워요. 미국이나 중국도 북한의 소형 핵무기에 대한 상세한 정보가 없는 것으로 알고 있어요. 미국이나 중국이 북으로 향하다 접근을 멈춘 데에는 그런 이유도 있어요. 그러나 반군은 평양까지 진입한 상황이기 때문에 김정은에 접근해서 북한 핵무기 암호를 입수할 수도 있는 그런 혼란스런 상황이에요. 즉, 핵무기 작동 암호가 무용지물이 될 수도 있는 위험한 상황이란 의미요."

"반군에 의해 북한의 소형 핵무기가 탈취될 수 있다는 말씀이십니까?"

"그렇소. 그것은 우리로선 최악의 상황입니다."

'반군이 김정은에게 직접 접근한다?'

"현재 북한 내분은 반란이 김정은 권력 중심 인근에서 발생한 상황이오. 이로 인해 소형 핵무기의 안전한 보관이 대단히 위태로운 상황입니다. 미국과 중국의 움직임이 심상치 않은 것도 바로 그 이유 때문이오."

"총리님의 고견을 명심하겠습니다. 조사 받느라 고생이 많으셨습니다. 이제 돌아가셔도 됩니다. 혹시 조사과정에서 불쾌하거나 저희의 무례했던 점이 있었다면 널리 양해해주시기 바랍니다."

"허허, 당신들은 할 일을 했을 뿐이요. 국가안보를 위해하는 잠재세력을 적발해 냈으니 당신들은 칭찬을 받아야 합니다."

"그렇게 이해해주시니 정말 고맙습니다."

1시간 전 베이징 주재 한국 대사관

"네, 한국 대사관입니다. 무엇을 도와드릴까요?"

"여보세요? 거기 남조선 대사관입니까?"

"네, 그렇습니다. 무엇을 도와드릴까요?"

"사람 소식 좀 알 수 있습니까?"

"누굴 찾으시는데요?"

"남조선으로 간 여동생 소식을 거길 통해서 알 수 있습니까?"

"한국에 온 여동생이요? 혹시 탈북자이십니까?"

"그렇소만, 내 여동생 소식을 알 수 있습니까?"

"여동생 성함이 어떻게 되십니까?"

'띠 띠 띠…….'

"여보세요, 여보세요!"

"북한의 공화국 영웅이란 자가 어젯밤 북한을 탈출했다는 소식이 북-중 접경지역에 퍼지고 있습니다."

"북한의 공화국 영웅이 북한을 탈출? 북한에서 공화국 영웅 칭호를 받고 탈출한 자가 어디 한 둘인가. 혹시 우리 대사관으로 연락이 오면 잘 대응하도록 해."

한세윤은 부하 요원의 보고에 무심히 대응하고 모니터 화면의 수사상황 자료로 고개를 돌렸다가 불과 얼마 지나지 않아 갑자기 머릿속에 떠오르는 것 때문에 전율했다. 한세윤이 조금 전 부하 요원에게 고개를 돌려 물었다.

"방금 전 북한을 탈출했다는 공화국 영웅이란 자가 어젯밤 탈출했다고 했어?"

"그렇습니다."

"탈북자의 이름은?"

"이름은 알려진 게 없습니다. 현재까지 입수된 내용은 북한 사회안전부 요원 출신인데 최근 중국으로 탈출했다는 정도입니다."

"북한 매체 모니터 자료를 전부 뒤져서 공화국 영웅 출신 탈북자 정체 파악에 도움이 되는 자료가 있나 확인해봐."

잠시 후 북한의 신문, 방송 모니터 자료를 꼼꼼히 살펴보던 한세윤이 흥분된 억양으로 입을 열었다.

"음, 첩보의 실체가 드러났군."

「위대한 김정은 지도자 동지가 박광수 동지(가명)를 전선사령부로 불러 위로하였다.」 -노동신문. 12월 20일

'전선사령부라면 김정은의 지하벙커가 틀림없고 박광수가 거기서 김정은을 만났을 게 틀림없어.'

"중국에 있는 우리의 전 기관에 지금 즉시 비문을 띄워서 박광수란 가명을 쓰는 탈북자가 우리 측에 접촉한 사실이 있는지 확인하고 이 자가 앞으로 우리 측에 접촉하면 본부로 즉각 연락 취하도록 협조 요청해."

드러나는 '류'의 정체

특별조사팀 실무 요원의 긴급한 보고가 이어졌다.

"1시간 전 쯤, 탈북자 한 명이 베이징 주재 대사관에 전화를 걸어 왔는데 여동생을 찾는다고 했답니다. 그는 자신이 탈북자란 사실만 밝히고 다시 연락하겠다고 하고 전화를 끊었다고 합니다."

"여동생? 여동생이라. 국내 입국 새터민들의 북한의 가족들 현황 자료를 조사하면 그 탈북자 신원을 어느 정도 유추해 볼 수 있지 않을까?"

"하지만 대부분의 국내 입국 새터민들이 북에 두고 온 가족관계에 대해 공개하길 꺼리고 있습니다. 정확한 사실관계를 확인할 수 있는 자료가 크게 부족한 상태입니다."

그렇다고 이미 국내 입국 숫자가 15만이 넘은 탈북자들에게 일일이 확인하기엔 시간이 너무 걸리는 일이었다. 그때 민우의 머릿속을 스치는 것이 있었다. 특별팀의 얘기를 곁에서 듣던 민우가 그들에게서 떨어져 장진동의 여동생 연화에게 전화를 걸었다. 이태광이 여동생에게 남긴 편지의 한 구절 때문이었다. 한참 신호가 흐른 후 연화의 음성이 수화기를 타고 흘러 나왔다.

"네, 저 연화입니다. 민우 선생님."

"연화 씨, 한 가지 궁금한 게 있어서 전화를 걸었습니다. 오빠가 남긴 마지막 편지에 북에 두고 온 당 사회 일꾼 가족의 안위가 걱정된다는 내용이 있던데 혹시 북에 이태광 씨 말고도 또 다른 가족이 있습니까?"

"아니, 갑자기 그것은 왜 묻습니까?"

깜짝 놀란 여동생이 즉각적인 반응을 보였다.

"북의 오빠 신변 걱정 때문에 국정원에도 얘기하지 않았던 건데……."

연화의 반응은 혹시나 했던 민우의 예상에 부합하는 것이었다.

"아, 그렇군요. 혹시 북에 있다는 오빠가 사회안전부 요원입니까?"

잠시 침묵이 흐른 후 북한 억양이 섞인 연화의 낭랑한 답변이 흘러 나왔다.

"제가 탈북하기 전까지 오빠가 사회안전부에서 근무를 했는데 지금도 거기서 근무하고 있는지는 모르겠어요."

연화는 북한을 탈출하기 전 자신을 밀고하라고 오빠에게 충고했던 일을 떠올렸다. 민우는 한국 정보기관이 입수한 첩보와 연화의 답변이 적잖이 일치하자 온몸에 전율을 느꼈다.

"그런데 오빠 얘긴 갑자기 왜 묻지요? 혹시 제 오빠가 탈북했나요?"

연화의 목소리가 갑자기 떨렸다.

"탈북자 한 명이 한 시간 전쯤 중국에 있는 우리 대사관에 연락을 했는데 여러 가지 정황들이 연화 씨 오빠와 상당 부분 일치하는 것 같습니다. 연화 씨, 지금 즉시 이리로 와 주실 수 있습니까? 찾아오는 길을 문자로 넣어드리겠습니다."

"탈북자가 다시 전화 걸기까지 시간이 얼마나 남았나?"

"15분가량 남았습니다."

주중 베이징 대사관 전화와 직통으로 연결된 통화 시스템 앞에서 민우와 한세윤, 특별조사팀 요원 그리고 조금 전 도착한 연화 등이 긴장된 표정으로 비상대기하고 있었다.

"침착하시고요. 전화가 오면 저희가 알려드린 대로 궁금한 점들에 대해 차분히 물어보시면 됩니다."

연화는 한세윤의 지시에 잘 알아들었다는 표시로 고개를 끄덕였다. 통신장비 상단의 전자시계가 오후 2시 반을 가리키고 있었다. 전화를 다시 걸기로 한 시간이지만 탈북자로부터 전화는 오지 않았다. 연화도 민우도 팀원들도 더욱 초조해지기 시작했다. 예정된 시각을 20분쯤 넘긴 오후 2시 40분 경, 대사관과 연결된 특별팀의 직통 전화기 벨이 울렸다. 순간 특별팀 내부가 고조된 긴장감에 휩싸였다.

"네, 한국대사관입니다."

훈련받은 요원이 걸려온 전화에 침착하게 응대했다. 수화기와 연결된 스피커에서 잠시 침묵이 흘렀다.

"여보세요?"

"아까 전화를 걸었던 사람입니다."

평양 사투리의 남성 목소리가 수화기를 타고 흘러나왔다. 목소리 그래프를 지켜보던 전문요원이 손가락으로 원을 만들어 보이며 동일인물이라는 사인을 보냈다. 팀원들이 연화의 얼굴을 쳐다보았다. 연화의 얼굴에선 아직 별 변화가 없었다.

"제 여동생은 찾았나요?"

스피커 너머로 사내의 목소리가 다시 들렸다.

"지난번에 말씀하신 이름의 여동생은 찾지 못했습니다. 혹시 여동생의 어릴 적 이름을 얘기했거나 이름을 잘못 말씀하신 것은 아닙니까?"

"그래요?"

잠시 또 수화기에서 침묵이 흘렀다.

"성인이 돼서 바뀐 제 여동생의 이름은 이연화입니다."

'이연화' 라는 이름 세 글자가 착용하고 있던 헤드셋을 통해 연화의 귓속을 파고들었다. 순간 조사실 내부 사람들이 일제히 연화 쪽을 향했다. 연화가 고개를 끄덕이는 민우의 얼굴을 쳐다본 후 입을 열었다.

"오빠, 나 연화예요."

통화내용을 듣고 있던 연화의 목소리가 인광과 조사요원 사이를 파고들었다. 수화기 너머에서 잠시 뒤 인광의 떨리는 목소리가 이어졌다.

"연화? 너 연화 맞나?"

“저 연화 맞아요. 오빠!”

연화가 끝내 참고 있던 울음을 터뜨렸다.

“큰형도 잘 있지?”

그때 조사요원이 연화에게 표정으로 신호를 보냈다. 연화가 울음을 참으며 대답했다.

“큰 오빠도 잘 있어요. 작은 오빠를 다시 만나기를 항상 고대했어요.”

“연화야, 보고 싶구나. 네 목소리가 하나도 안 변했구나.”

자신을 쳐다보는 연화를 향해 민우가 가볍게 고개를 끄덕였다.

“오빠, 지금부터 내가 하는 얘기 잘 들어요.”

“…….”

“오빠, 우리 어렸을 때 아버지로부터 중국과자 선물을 받은 것 기억나요?”

그들 남매가 소학교에 다닐 때 아버지는 중국에 나갔다가 들어온 지인으로부터 받은 중국 과자상자를 그들에게 선물했다.

“중국 과자선물?”

“그 선물상자 포장지에 거대한 모양의 불상 그림이 붙어 있었잖아요!”

“아? 불상 그림, 이제야 기억난다.”

거대한 불상 얘기는 특별조사팀과 연화와 사전에 조율된 것이었다.

“점심 때쯤 거기서 기다릴게요. 내일이 됐든 모레가 됐든 그리로 와요. 오빠.”

중국 베이징 경산공원 만춘정

쌀쌀한 날씨에도 불구하고 많은 사람들이 공원 정상으로 향하는 돌계단을 오르고 있다. 자금성을 찾은 사람들은 외국인 관광객들이 대부분지만 아침 운동을 위해 나온 운동복 차림의 베이징 시민들의 모습도 간혹 눈에 띄었다. 연화와 요원은 관광객들 사이에 끼어서 이미 공원 정상에 올라 있었다. 정상에 오른 외국인 관광객들은 위에서 내려다본 자금성의 아름다운 모습에 연신 감탄하며 디지털 카메라나 스마트폰 셔터를 연신 눌러댔다. 연화와 요원은 공원 정상으로 오르는 돌계단 쪽을 내려다보며 인광이 나타나기만을 기다렸다.

"오빠를 꼭 만날 수 있겠지요?"

연화가 공원 정상에서 오빠 이인광을 기다린 지 세 시간째다.

"오빠는 반드시 올 겁니다."

요원이 연화를 안심시켰다.

연화는 다소 불안한 눈빛으로 만춘정 공원 정상으로 올라오는 계단과 고개를 돌려 공원 정상 주변을 연신 두리번거렸다. 중국 공안들이 이따금씩 눈에 띄었지만 그들은 관광객을 불편하게 할 생각은 전혀 없고 질서 유지에만 신경 쓰는 것처럼 보였다. 한낮의 햇살이 오전 안개를 걷어내고 공원 곳곳에 생기를 불어넣었다.

오전 12시 반, 인광은 아직도 보이지 않았다. 연화의 얼굴에서 이따금씩 어두운 표정이 스쳐 지나갔다. 시간이 지날수록 불안감이 스멀스멀 그녀의 마음속에 기어올랐다.

"연화 씨, 저쪽 벤치에 앉아서 기다리지요. 오빠가 이리로 올라오면 벤치에 앉아서도 다 볼 수 있습니다."

"아니에요, 난 여기 서서 기다릴래요."

어느 덧 1시. 그들이 공원 정상에 오른 지 2시간이 지났다. 잠시 후 한 무리의 사람들이 정자로 향하는 돌계단을 오르는 것이 보였다. 자세히 보니 노란 깃발을 앞세운 일본인 단체 관광객임을 알 수 있었다. 그런데 그들과 불과 1~2미터쯤 떨어진 곳에서 한 사람이 주황색 면바지에 검정색 점퍼, 챙이 달린 모자를 눌러 쓰고 일본 관광객들 뒤를 따라 정자로 오르는 것이 보였다. 무심코 바라보던 연화의 눈이 갑자기 빛이 났다. 모자를 눌러쓴 채 고개를 숙이고 있었지만 몸 전체에서 풍기는 낯익은 느낌, 탄탄한 어깨의 움직임, 175센티미터 정도의 키, 눈에 익은 걸음걸이…… 틀림없는 오빠의 모습이었다. 얼핏 드러난 검게 그을린 옆모습에서 계단을 오르는 사람이 오빠임을 연화는 더욱 확신했다.

"왜 그러십니까, 연화 씨?"

갑자기 안정을 못 찾는 연화의 모습을 본 요원이 물었다.

"오빠를 발견했습니까?"

"저기 저 아래 오빠가……."

연화가 너무 떨려 말을 제대로 잇지 못했다.

"일본인 관광객들 뒤로 오빠가 따라 올라오고 있어요."

오빠를 확신한 연화의 눈에서는 어느새 눈물이 맺혀 있었다. 인광이 5미터 가까이 접근했을 때 연화가 소리쳤다.

"작은 오빠!"

인광이 소리 나는 쪽으로 고개를 들었다. 두 사람의 시선이 마주쳤다.

"연화구나."

인광이 연화를 향해 밝게 웃어 보이자 연화가 눈앞에 나타난 작은 오빠 인광의 품에 안겼다. 정상에 오른 관광객들은 그들 남매의 상봉을 한 번씩 힐끗 쳐다보기만 할 뿐 그대로 스쳐 지나쳐갔다. 인광과 연화는 서로 부둥켜안고 한참 감격의 재회를 했다.

"네 곱던 얼굴색이 왜 이러니? 예전 같지 않네. 무슨 걱정이 있는 거야?"

"오빠 기다리느라 잠을 못 자서 그래요."

연화가 눈물을 훔치며 말했다.

"그런데 오빠, 팔이 어디 불편해요?"

연화가 인광의 한쪽 팔 움직임이 어딘가 부자연스럽다는 것을 알아차리고 물었다.

"별거 아니다. 압록강을 건너다 미끄러져서 넘어졌어. 팔을 조금 다쳤는데 이젠 괜찮아."

"거짓말하지 마요, 총에 맞은 것 같은데."

연화가 근심스런 표정으로 다시 물었다.

"걱정하지 마. 총을 맞았는지도 몰랐을 정도로 스친 거니까."

도강 막바지에 초소에서 날아온 총알이 그의 왼팔을 약간 스쳐 지나갔지만 인광도 강을 건넌 후에야 그 사실을 알았다.

"형님은 잘 있지?"

연화가 대답 대신 울면서 고개만 끄덕였다.

"큰 오빠가 작은 오빠 걱정을 무척 많이 했어요. 큰 오빠도 작은 오빠가 북한을 무사히 탈출해서 무척 기뻐할 거예요."

"형님이 그동안 남조선에서 무슨 일을 하고 있었는지, 만나면 내가 따져볼 일이 많아."

"자세한 얘기는 나중에 다 말씀드릴게요."

연화가 자기 옆에 서 있는 사내를 가리켰다.

"여기 이 분은 저를 도와주기 위해 이곳까지 온 분이예요."

인광이 연화 옆에 서 있던 요원에게 경계의 눈빛을 띠며 고개를 가볍게 숙였다. 인광 남매가 상봉하는 동안 조금 떨어진 곳에서 그들을 지켜보는 자가 있었다. 검정색 점퍼에 청바지를 입은 그는 사람들 속에 섞여 인광 남매를 주시했지만 연화 일행은 그의 존재를 전혀 눈치 채지 못했다.

"오빠, 저기 불상 쪽으로 가보자."

만춘정 안에는 커다란 불상이 있었다. 어릴 적, 돌아가신 어머니가 당의 감시를 피해 불공을 드리던 모습이 연화의 기억 속에 남아 있었다. 아버지는 상자 겉표지에 대형 불상 사진이 붙어 있던 중국산 과자를 그들에게 선물했었다. 아마도 불공을 드리던 어머니의 모습을 떠올려 이웃에 누군가가 그러한 사진이 붙어 있는 선물상자를 선물했는지도 모른다. 그런 어릴 적 기억들이 한꺼번에 떠오르자 연화는 오빠와 불상 가까이 가 보고 싶은 마음이 생겼다. 불상 주변에는 사람들이 많이 몰려들어 불상을 향해 연신 셔터를 눌러대고 불상을 배경으로 포즈를 취하고 있었다. 연화 남매도 관광객들 틈에 끼어서 거대한 불상을 바라보았다. 청바지 차림의 사내도 그들에게서 조금 떨어진 위치에 자리를 잡았다.

만춘정의 불상은 독특한 손가락 자세를 취하고 있다. 거대불상의 두 검지는 서로 맞닿은 채 하늘을 향하고 있어 마치 남매의 재회를 의미하는 듯 했다. 청바지 차림의 사내가 손에 들고 있던 작은 가방을 왼쪽 어깨에 옮겨 메고 가방 하단 지퍼를 열고 주변의 시선을 피해 손을 넣었다. 사내는 불과 10여 미터 남짓 떨어져 있는 인광의 등이 가방에 달린 조리개에 들어오자 가방 안으로 좀더 손을 밀어 넣었다. 목표물이 확보되자 가방 속으로 들어간 사내의 중지 손가락 끝에 서서히 힘이 실리기 시작했다. 그가 방아쇠를 당기기 직전 갑자기 나타난 다른 관광객으로 인해 목표물이 가려졌다.

"이제 내려가야 합니다."

경호 요원이 연화 남매에게 다가와 하산할 것을 종용했다. 표적이 가려지자 킬러의 얼굴이 순간 일그러졌다.

'젠장!'

사내가 주변에 들릴 듯 말 듯하게 욕설을 내뱉었다. 주변을 둘러보던 요원의 눈이 햇빛에 반짝이는 물체와 마주했다. 한 관광객이 어깨에 맨 가방에서 나온 것을 알았지만 그저 장식품이 반사된 것쯤으로 여겼을 뿐, 그것이 초소형 총구라는 것은 감지하지 못했다. 청바지 차림의 사내가 독이 오른 눈빛으로 시선을 돌린 요원을 잠시 노려보았다.

"오빠, 이제 내려가요."

만춘정 안의 관광객들의 움직임이 다시 멈춘 순간 사내가 목표물을 향해 방아쇠에 걸친 검지손가락을 앞으로 당겼다. 일시 정지상태에 있던 관광객들 무리가 한 사람이 갑자기 뒤로 쓰러지면서 흔들렸다. 정지되어 있던 사람들 모임이 조금씩 흔들리기 시작했고 무리 가운데서 비명소리가 들렸다.

"도와주세요, 남편이 갑자기 쓰러졌어요."

쓰러진 자는 인광이 아니라 다른 관광객이었다. 비명소리를 듣고 사람들이 우왕좌왕했고 쓰러진 자의 가슴에 흐르는 붉은 피를 보고는 관광객들이 혼비백산했다. 곧 이어 인근의 공안들이 달려왔고 킬러가 인광 남매를 다시 찾았을 때는 그들은 이미 사람들 틈에 끼어서 하산하고 보이지 않았다.

저녁 무렵 다시 만난 한세윤이 밝은 표정으로 한민우에게 말했다.

"민우 씨 일행 덕분에 인광 남매가 무사히 한국에 들어왔어요."

"정말 다행이군요."

"연화 씨가 민우 씨와 동료들에게 고마움의 인사를 꼭 전해달라고 하더군요."

"요원들도 고생 많으셨습니다."

그런데 밝게 웃던 한세윤의 얼굴이 잠시 뒤 어두운 표정으로 변했다.

"무슨 일 있습니까?"

"국내에 들어온 이인광 씨가 북한에 대해 밝힌 증언이 충격적이에요. 북한 내분 상황이 우리가 생각했던 것보다 더 심각한 것 같습니다. 반군이 최근 소형 핵무기 탈취를 시도했다가 실패했다고 했어요. 또 반군이 조만간 재탈취 시도를 할 것이라고 했고요."

"……."

"더 큰 걱정은 김정은 측근 세력들의 부패와 무능이었어요. 차마 입에 담을 수 없을 정도로 부패하고 무능했어요. 그의 증언에 의하면 김정은 정권은 공포와 회유로 하루하루 연명하고 있었어요."

"구체적으로 어떤 점을 우려하는 겁니까?"

"지금 북한 내에서 벌어지고 있는 내분 상황이 과연 현 체제 내에서 해법을 찾을 수 있는 것인지 회의감이 들어요. 어느 쪽으로든 위험한 상황에 도달할 수도 있다는 우려감이 있어요. 반군 손으로 핵무기가 넘어가거나 아니면 정권 붕괴위협을 느낀 김정은이 위험한 군사적 도박을 자행할 가능성이 있어요."

"위험한 도박?"

"김정은이 반군에 의해 코너에 몰리게 되면 제한적 핵무기 사용이나 미사일 국지도발을 함으로써 외부 개입을 유도해 북한 내 위기상황을 타개하려 시도할 가능성이 충분히 있어요. 중립지대에 있는 북한 내 모든 군 세력을 자기한테로 모으고 반군을 코너에 모는 수법이지요. 반대로 반군이 김정은 친위군의 턱밑까지 다가서는 상황이 되면 한반도 상황이 국제 음모세력들의 희망대로 변할 가능성이 있어요. 그 어느 쪽이든 외부 개입의 가능성이 점점 커지고 있다는 데 문제가 있어요. 그래서 대통령이 조만간 결단할 가능성이 있어요."

"그게 무슨 의미입니까?"

"민우 씨도 잘 알겠지만 최근 국내 여론이 매우 좋지 않아요. 대통령은 정치권과 여론에 의해 반미주의자로 낙인 찍혀가고 있어요. 대통령의 KD-2020 국방 정책으로 인해 미국과 사이가 틀어져 안보 불안이 우려된다는 것이지요. 반면에 미국과 가까운 총리계가 국민들의 호응을 얻고 있어요. 그들은 공공연히 북진통일을 준비해야 한다고 얘기하고 있습니다. 국내 증시는 불안하고 사재기가 심화되고 달러 보유량이 줄면서 대통령의 입지와 주장이 점점 설자리를 잃어가고 있어요. 이런 상황을 대통령이 가만히 지켜보고만 있을까요?"

"어떤 방법이 있을까요?"

민우가 물었다.

"외부세력이 개입할 근거를 차단하려 하지 않겠습니까? 그것도 가급적 단기간에 최소한 병력 투입으로……."

허를 찌르다

밤 11시, 대구 공군기지.

최신예 블랙호크 헬기 2대가 영하의 밤공기를 뚫고 하늘 높이 솟아 올랐다. 날개 길이만 무려 10미터가 넘지만 비행중에도 소음이 거의 없는 최신형 침투 헬기다. 기종은 한국이 최근 제작에 성공한 UH-60K. 소리 탐지 가능거리 최대 20미터, 레이더 영상 감시로부터 98퍼센트 이상 은폐가 가능한 한국형 스텔스 헬기다. 오지의 은신처에 소리 없이 다가가 적 수장의 목을 베고 돌아오는 특수침투작전을 수행하기 위해 만들어졌다.

대구 공군기지를 떠난 블랙호크 헬기는 한 차례 상공을 선회한 후 기수를 북으로 돌려 어둠 속으로 사라졌다. 헬기에는 탑승하고 있는 특전사 요원들은 이미 오래전부터 모의 주석궁을 설치해놓고 기습 침투와 타격 훈련을 해왔다. 그들이 실제로 북의 주석궁 침투훈련을 해본 일은 없지만 한 사람의 조언에 그 공백을 메운 채 목숨을 건 특수작전에 나섰다.

이들이 공군기지를 떠난 지 1시간 반 만에 휴전선 상공을 소리 없이 넘었다. 그들이 북의 방공망에 진입할 무렵, 지상의 오산 공군 레이더 기지에선 북한 공군의 움직임을 예의 주시하고 있었다.

조종사가 블랙호크 헬기의 고도를 높였다. 이어 적의 레이더 탐지를 교란하는 특수물질로 동체 전면을 덮는 순간 지상의 모든 레이더에서 사라졌다.

"레이더에 잡히는 북한 공군기들의 특별한 움직임이 없습니다."

"지금까지는 성공적이군."

레이더 부대장이 흥분한 목소리로 말했다.

스텔스 헬기 적외선 모니터에 평양의 시가지가 잡혔다. 첩보 위성에 의해 미리 입력된 평양 시가지 프로그램과 연계돼 적외선에 잡힌 지명들이 자동으로 표기됐다. 특전사 요원들이 탄 블랙호크가 계기판에 나타난 지하철 인근 야산 상공에서 천천히 고도를 낮췄다. 헬기 밖으로는 어떤 불빛도 새어 나오지 않았다.

"시각을 맞춰라. 주어진 시간은 48시간이다. 그때 헬기가 다시 이리로 올 것이니 늦지 않도록."

특수침투부대 팀장이 낙하 직전인 부대원들에게 마지막으로 당부했다. 곧이어 평양 외곽 상공에서 새벽어둠 속 낙하가 시작됐다. 모두 22명의 특수부대원들이 뛰어내리고 마지막으로 팀장이 낙하하자 스텔스 헬기는 기수를 남쪽으로 돌려 어둠속으로 사라졌다.

"각하, 북한의 방송국 하나가 반군 수중에 떨어진 것 같습니다."

국방장관이 대통령에게 보고했다. 전체주의 국가인 북한에서 방송국이 반군의 수중에 떨어졌다면 김정은 군에게는 심리전에서 엄청난 타격이고 반군에게는 여론전에서 일대 전환을 꾀할 수 있는 좋은 기회가 마련됐음을 의미했다.

"당초 예상보다 내전 상태가 오래갈 것 같습니다."

이번 내전은 지금까지의 북한 내 크고 작은 반란사건과는 다르게 전개되고 있었고 내전이 길게 이어진다는 것은 안보는 물론 경제면에서도 불길한 뉴스였다. 그러나 단기적으로 그렇다는 것이 장기적으로 어떤 영향으로 이어질지 예상하기는 어려운 상황이다.

"어제부터 평양 제3방송국에서 반군의 업적을 홍보하기 시작했습니다."

반란 일주일이 지나기까지 북한의 모든 매체들은 김정은 수중에 놓여 있었다. 그런데 그들 중 하나가 반군 수중에 떨어졌다. 북한 내전에 중대한 변화가 생긴 것이다.

"지금 북한에선 김정은 수중의 매체들은 정부군의 승리를 홍보하고 있고 반군 수중에 떨어진 매체에선 반군을 찬양하는 보도를 하기 시작했습니다."

"김정은에 대한 언급은 어떻게 하고 있습니까?"

"아직까지 반군의 지도자를 밝히지 않고 있습니다. 특이한 것은 김정은은 비판하면서도 김일성-김정일에 대한 비판은 삼가고 있습니다."

"음, 반군 지도자 이름은 밝히지 않고 김정은과 김일성, 김정일을 분리하는 홍보전을 편다?"

"반군의 목적이 북한의 민주화와는 거리가 있어 보입니다."

국방장관이 자신의 견해를 밝혔다.

"각하, 북한의 소형 핵무기들이 반군의 손에 떨어지는 날 미-중 특수군이 북한에 진입할 것이란 소문이 접경 지역에 파다합니다."

국방장관이 미중의 군사작전 동향을 보고했다.

"그전에 우리가 그런 일을 막아야지요. 요원들은 지금쯤 휴전선을 넘었겠지요?"

대통령이 지금쯤 한반도 상공을 지나고 있을 특수부대원들을 떠올렸다.

"지금쯤 평양 상공에 도착했을 겁니다."

"북한군의 대응 움직임은 없습니까?"

"오산 미 레이더 기지에서 알려온 바에 의하면 북한 공군이나 스커드 미사일 부대의 특별한 움직임은 아직 없다고 합니다. 한국형 스텔스 성능이 이번에 입증됐습니다."

"다행이군요."

대통령은 고개를 끄덕이며 속으로 안도했다. 무엇보다도 인광의 도움이 컸다. 지하벙커 전선사령부에서 김정은을 직접 만난 인광의 도움이 없었다면 이번 작전은 실행되기 어려웠을 것이다.

팀장이 손목의 전투시계를 봤다. 동이 트려면 아직 두 시간여가 남은 시각. 특전사 침투부대는 창광산에서 내려와 아직 어둠에 가려져 있는 금수산 궁전 별관 기둥으로 가려져 있는 1호 지하철 역 구내로 바람처럼 스며들었다. 예상대로 셔터가 내려져 있었고 그들은 인광의 설명대로 내려져 있는 셔터 좌, 우측면 상단에 달린 점검구를 열어 전원을 끄고 체인을 수동으로 움직여 셔터문을 열고 안으로 들어갔다. 평양 상공에 이어 2차 관문 침투에 성공한 그들은 방탄헬멧에 달린 실전등에 의지해 다시 지하철로 쪽으로 발소리를 죽이며 접근했다. 멈춰서 있던 엘리베이터가 그들을 태우고 지하로 내려가 미미한 착지음을 내며 서서히 멈춰섰다.

모든 것이 인광의 설명대로 전개되고 있었다. 조심스럽게 엘리베이터에서 내려 약 30분쯤 걸었을까. 멀리 희미하게 지하철로가 특수침투부대의 눈에 들어왔다. 실조명만 남겨놓은 지하 100미터의 지하철로 주변은 음산한 느낌마저 주었다. 이따금 어디선가 통통거리며 물발이 튀는 듯한 작은 소리, 역 구내 장비가 숨을 쉬는 듯한 소리, 혹은 어디선가 수증기가 작게 뿜어져 나오는 듯한 소리들이 가라앉은 어둠을 간간히 흔들었다.

앞서가던 팀장이 갑자기 손을 들어 허공에 동그라미를 그리자 팀원들이 흩어져 몸을 낮추고 경계태세에 들어갔다. 팀장이 손가락 두 개를 펴 원을 그렸다. 전방에 CCTV가 설치됐다는 표시다. 전자기 담당요원이 앞으로 나섰다.

"CCTV 주변에서 전류 흐름이 전혀 나타나지 않고 있습니다."

CCTV는 작동을 하지 않는 모형이었다. 앞으로 나아가려던 팀장이 또 한 번 주먹을 들어 대원들에게 정지를 명령했다. 팀장은 자신이 본 것이 지하철길 건너편의 선전벽화란 것을 확인한 후에야 손을 내렸다. 선전벽화에는 장검이 꽂힌 소총을 높이 치켜든 병사들과 그 뒤를 따르는 북한의 젊은 주민과 여성들이 그려져 있었고 그림 위에는 '총대로 백두혈통 보위' 라는 문구가 적혀 있었다.

팀원들은 팀장의 신호에 일제히 철길로 내려갔다. 그들이 철길을 따라 약 5분쯤 동쪽으로 더 걸었을 때 왼쪽으로 통로가 하나 나타났다. 통로 안쪽의 한쪽 벽에는 '모란-2' 라는 기호가 붙어 있었는데 외부에서 쉽게 알아볼 수 없게 통로 안쪽에 표식을 붙인 것으로 보였다. 팀장이 품안에서 지도를 꺼내 불빛에 비췄다. 지도에도 '모란-2' 라는 위치가 표시되어 있다.

"여기가 맞군."

팀장이 지도 위 지점을 손가락으로 표시를 하며 작은 목소리로 말했다. 인광이 그려준 약도는 정확했다. 100미터쯤 더 걸었을 때 통로가 벽으로 막혀 더 이상 나아갈 수 없었다. 실전등으로 벽을 자세히 살펴보던 대원 중 한 명이 작은 소리로 말했다.

"여길 보십시오."

대원이 가리키는 곳에 벽으로 위장한 문의 흔적이 나타났다. 요원이 그 문의 한쪽 끝을 잡아 반대편으로 밀자 문이 열리고 빛이 새어 나왔다. 그 빛은 멀리 아래서부터 올라왔다. 그 빛이 시작되는 곳에서 그들이 서 있는 곳까지의 거리는 가늠하기 어려웠다. 그러나 그 길이 지하벙커로 통하는 길이라는 것은 바로 알 수 있었다.

"김정은의 지하벙커는 평양의 지하철에서 다시 아래로 100미터쯤 더 내려갑니다."

특공팀장은 인광의 설명을 떠올렸다. 그들은 발소리를 죽인 채 다시 아래로 접근해 갔다. 한국을 떠나오기 전 그들이 내린 결론은 김정은은 평양을 떠나지 못하고 지하벙커에서 작전을 지휘하고 있을 것이란 것이었다. 그들이 벙커 입구에 도착하자 조명이 처음보다 좀더 분명하게 드러났다. 주위를 환하게 밝혀줄 정도는 아니었지만, 그 조명 빛은 벙커로 연결된 터널 상단에 달려 있었고 그 옆에는 '대동-2' 라는 기호가 쓰여 있었다.

그들은 터널 입구에 멈춰서서 잠시 안쪽을 살폈다. 벙커 안은 조명이 띄엄띄엄 달린 붉은색 조명으로 간신히 어둠을 몰아내고 있었다. 터널 안은 폭이 5미터, 높이가 2미터 30센티미터 정도 되어 보였는데 군 병력이 4열로 이동할 수 있는 규모의 공간이었다. 특공팀이 김정은의 지하벙커 내부를 파악하는 데에 또 한 명의 조력자가 있었는데, 주석궁 경호부대 출신의 황명식이었다.

"미군이 땅굴 속에 숨은 후세인을 찾아내는 것을 본 김정일은 기존의 지하벙커를 좀더 깊게 복잡하게 재설계하라고 명령을 내렸습니다."

호위사령부에서 중장을 지내다 탈북한 그는 평양 모란봉 지하벙커가 완공된 후 그 내부에 들어가 본 유일한 장성 출신 탈북자였다. 주석궁 경호부대 출신 황명식의 증언에 의하면 부시가 후세인을 공격할 때 김정일은 지하벙커에서 은신하면서 한 달 정도의 비상식량을 준비했다.

인광에 의하면 전시 최고사령부가 들어가 있는 지하벙커는 평양의 금수산 모란봉 지하에 중심이 만들어져 있고 대성구역과 중구역에 걸쳐 있다. 유사시 당 중앙위원회와 정찰총국, 내각, 인민무력부, 호위사령부와 보위부 등 지상에 존재하던 핵심 부서의 지휘부가 벙커로 옮겨온다고 했다. 대부분의 병사들은 밖에서 적과 싸우고 그들 지휘부는 벙커에서 전쟁을 지휘한다는 것이다.

앞장서 계단을 내려가던 팀장이 갑자기 멈춰서서 오른 주먹을 불끈 쥐어 보였다. 뒤따르던 팀원들이 양 벽으로 붙어 멈췄다. 멀리 계단 아래쪽에서 붉은 빛이 반짝거리고 있었다. 그 불빛에 흐느적거리는 담배 연기가 드러났다. 잠시 후 아래서 올라온 담배 연기가 팀원들의 코끝을 자극했다. 불빛이 사라질 때까지 팀원들은 숨을 죽이고 벽에 붙어 움직이지 않았다.

깜빡거리던 불빛이 사라지자 그들은 다시 아래로 접근해 내려갔다. 인광이 얘기한 셔터가, 그들로부터 대략 30미터쯤 거리에서 뒤편의 희미한 조명 빛에 실루엣처럼 펼쳐져 있었다. 그들이 다시 발걸음을 옮기기 시작한 지 십여 초쯤 지났을 무렵 조용하던 터널 내부에 통통 튀는 진동음이 울렸다. 팀원들의 발끝을 떠난 무엇인가가 아래로 굴러 내려가면서 조용하던 터널 내부에 소음을 일으켰다. 특공팀이 다시 양 벽으로 붙었다. 터널 내부를 진동하던 소음체는 얼마쯤 가다가 어딘가에서 멈춰섰다. 다행히 터널의 끝에선 아무 인기척도 변화도 없었다. 십여 미터 거리까지 접근해서 본 지하벙커로 이어지는 터널 입구는 직사각형 모양의 셔터로 이뤄져 있었고 그 모양은 마치 고래의 아가미가 그들을 향해 입을 벌리고 있는 듯했다. 특공팀장이 레이저 조명으로 지하벙커로 이어지는 공간 입구의 상단을 비추었다. 입구 상단에 '백두-1' 이라는 표지판이 달려 있었다.

"저 화면은?"

정은이 물었다.

"눈 덮인 금수산 태양궁전 앞 광장 모습입니다."

정은이 회의를 하는 사이 평양에 눈이 내렸다. 화면에 비친 눈 덮인 금수산 궁전 앞 광장 모습은 아름다웠다. 불과 일주일 전 아버지 생일을 맞아 국방위원들, 동생과 함께 찾았던 금수산 태양궁전이었다. 그러나 불과 일주일 만에 화면에 비친 금수산 궁전 앞 주체 거리는 사람은 보이지 않고 전차와 군용 지프들이 하얗게 눈이 덮인 도로 위를 불안하게 서성이고 있었다. 정은의 머릿속에, 공화국의 지도자 참배를 위해 꽃다발을 손에 들고 구름같이 떼 지어 계단 위를 오르던 충성심 가득 찼던 인민들 풍경이 떠올랐다.

"지도자 동지!"

호위사령관의 목소리가 회상에 젖어있던 정은을 깨웠다.

"호위부대가 벙커로 연결되는 도로를 철저히 저지하고 있고 반군의 규모도 처음과 별 차이가 없다는 보고입니다. 너무 염려하지 않아도 됩니다."

반군과 교전 기간이 길어지면서 정규군 내 이탈 부대가 늘어나고 있었지만 호위사령관은 차마 그 보고를 할 수 없었다. 정은이 호위사령관과 보고를 듣는 사이에도 지축이 간간이 흔들리고 포성이 들렸다. 정은은 포성에 심장이 오그라드는 걸 느꼈지만 간신히 태연한 척하며 입을 열었다.

"내전이 언제쯤 종식이 될 수 있겠소?"

"더 이상의 동요가 없다면 반군이 버티는 데 한계가 있기 때문에 좀더 빨리 상황이 좋아질 수 있을 것입니다."

"동요?"

호위사령관이 말끝을 흐렸다. 평상시 같으면 호위사령관도 목이 달아났을 상황이다. 내전 덕분에 그의 목이 간신히 버티고 있었다. 누가 작성했는지 알 수 없는 유인물들이 평양 방어군 내까지 유입되고 있었고 그것이 일부 군을 동요시키고 있었다.

"반군에 기웃거린 자들은 내전이 종식되면 반드시 극형에 처할 생각이오."

정은이 분노에 가득 찬 음성을 내뱉었다. 그러나 벙커에 갇힌 신세가 된 정은의 엄포는 허망한 메아리로 되돌아올 뿐이다.

"벙커 밖에 있던 각료들은 다 어떻게 됐소?"

정은이 급하게 벙커로 피신한 지 벌써 일주일이 지났다.

"피신해 있다가 반군에 다 체포됐다고 들었습니다."

정은과 함께 벙커로 피신한 각료들은 화를 면했지만 그렇지 못한 자들은 반군에 체포되거나 뿔뿔이 흩어진 상태다. 1호 참호 내부의 직통 전화가 울리자 호위사령관이 곧바로 집어들었다. 잠시 후 통화를 마친 그의 표정이 조금 일그러져 있다.

"지도자 동지, 안 좋은 소식입니다. 평양 시내를 살피고 돌아온 관측병 보고에 의하면 반군이 오늘 새벽 평양시 배급품 창고를 기습해 식량과 기름을 탈취해 갔다는 소식입니다."

반란으로 정부의 기능에 이상이 생겼지만 그것은 주로 변방에서 발생한 일들이라 크게 문제되지 않았다. 그러나 평양시의 배급 시스템마저 흔들린다면 그것은 큰 문제였다.

보고를 들은 김정은의 얼굴이 하얗게 굳어졌다. 평양 시민들의 민심 동요가 걱정됐다. 당과 군의 고위층과 연계된 자들이 많은 평양이다. 민심이 흔들리고 그들을 통해 평양의 상황이 더 빠르게 외부에 전파될 가능성이 우려됐다. 반군은 김정은 체제가 가장 아파할 부분을 정확하게 파고들었다. 정은은 벙커 내에서의 지도자의 자리가 점점 무겁고 두렵게 느껴졌다.

"8군단, 9군단 병력들은 언제 도착하는 거요?"

"그게……. 반군이 차단했던 군 통신선이 최근에야 일부 복구돼 시간이 좀 걸리고 있습니다."

권력 내부에서 발생한 반란군은 김정은 방어부대를 교활하게 괴롭히고 있었다.

"어떻게 하면 좋겠소?"

정은이 호위사령관에게 물었다.

"지원군이 올 때까지는 이 안에서 상황을 보셔야 합니다. 여기 있는 모두는 지도자 동지 보호를 위해 죽기를 각오하고 있습니다. 지도자 동지의 은혜를 입은 평양 시민들도 지도자 동지 옹위를 위해 총폭탄이 될 것입니다. 너무 걱정하지 마십시오."

총포성이 점점 더 가깝게 들렸다. 뾰족한 해법을 듣고자 던진 질문에 죽기를 각오하고 있다는 답변이 돌아오자 정은은 답답하고 무서웠다.

"저 포성은 뭐요? 왜 이리 가깝게 들리는 거요?"

호위사령관을 쳐다보는 정은의 동공이 더욱 오그라들어 있었다.

"너무 염려하지 마십시오, 지도자 동지. 우리 호위군이 벙커를 철통같이 방어하고 있습니다. 반군이 이 안까지 들어오기는 쉽지 않습니다. 황해도의 57기갑사단이 지도자 동지를 구하기 위해서 출발한 지 사흘째니 조만간 평양 외곽에 도착해 반군의 후방을 공격할 겁니다. 조금만 버티면 반군의 기세가 완전히 꺾일 겁니다."

그때 지켜보고 있던 벙커 내부를 비춰주는 CCTV 모니터 화면이 그들 눈앞에서 하나씩 꺼지기 시작했다.

"저거 왜 그래?"

정은이 깜짝 놀라 소리쳤다. 호위사령관이 황급히 인터폰에 대고 소리를 질렀다.

"이봐, 서쪽 지구 모니터 화면이 갑자기 왜 꺼지는 거야! 빨리 원인을 찾아 조치해!"

바로 그때였다. 정은과 호위사령관이 있던 방문이 갑자기 열렸다.

"반군이 벙커 내로 들어 왔습니다."

벙커 내 기율을 담당하는 부사령관이 다급한 목소리로 외쳤다. 정은은 그 보고에 심장이 아래로 뚝 떨어지는 듯한 충격을 받았다.

"벙커 내부로 들어오다니 그게 무슨 소리야!"

호위사령관이 소리를 빽 하고 질렀다.

"벙커 내부에 반군과 내통자가 있었습니다. 지금 서부지구 방어사령군과 반군 사이에 교전이 벌어지고 있습니다."

아직 꺼지지 않은 중앙지휘부 벽면 모니터에 일군의 무장병력이 급하게 이동하는 것이 정은의 눈에 들어왔다. 만일 방어사령부 병력이 뚫린다면 마지막 방어선인 호위사령부 병력만 남게 된다.

"최후의 저지선만 남았단 말이오?"

정은은 최후의 저지선인 호위사령부 저지선마저 뚫릴 수 있다는 생각에 두려움에 휩싸였다.

"서쪽 방어 지역 일부에서만 적이 들어온 것입니다. 안심하십시오. 곧 격퇴될 것입니다."

"핵무기, 핵무기를 사용해야 돼!"

김정은이 갈라지는 목소리로 다급하게 외쳤다.

"지도자 동지, 반군은 평양에 들어와 있습니다. 평양을 향해 핵무기를 사용할 순 없습니다."

"놈들이 코앞에까지 왔잖소? 이대로 당하자는 얘기요? 체제 보위를 위해 평양이 약간의 희생은 감수해야 하지 않소?"

호위사령관은 정은의 주장에 불안해졌다. 그의 가족이 아직 평양에 거주하고 있다. 그 보다 더 심각한 것은 평양이 돌아서면 정권은 끝이었다. 그러나 그러한 불만을 정은에게 대놓고 할 수는 없었다.

"여긴 지하벙커니까 핵무기도 이 안에까지는 못 뚫어!"

정은이 우왕좌왕했다.

"지도자 동지, 서부지구 방위사령부 병력은 최정예 병력입니다. 틀림없이 반동의 3군단 병력을 격멸할 겁니다."

호위사령관이 거듭 정은을 진정시켰다.

"반동의 3군단 새끼들!"

벙커 내 총소리는 시간이 흘러도 좀처럼 잦아들 줄 몰랐다. 결국 30분도 안 돼 호위사령관의 장담은 허물어지고 말았다.

"평양 방위사령군 서부지구가 완전히 뚫렸습니다."

평양방어 상황실장이 급하게 뛰어 들어오며 보고했다.

"호위사령군이 반군과 맞서고 있을 때 여기를 빨리 피하시는 것이 좋겠습니다."

"지도자 동지, 1호 열차를 이용해 평양을 일단 빠져나갔다가 후일을 도모하는 게 좋을 것 같습니다."

보고를 접한 정은은 일말의 두려움은 갖고 있었지만 급변한 상황에 실제로 부닥치자 선뜻 믿기지 않았다.

"어떻게 이럴 수가 있지?"

김정은이 측근들과 함께 전투지휘실을 빠져나가려고 하는 바로 그때,

'타당!'

기율부사령관이 뒤에서 날아온 반군의 총을 맞고 그 자리에서 쓰러졌다.

"아니 이 새끼들이!"

위기 상황을 느낀 호위사령관이 허리춤의 권총집에 손을 갖다 댔다.

'탕! 탕!'

두 발의 총성에 호위사령관도 가슴을 움켜쥔 채 부러진 나뭇가지처럼 바닥에 쓰러졌다. 문 쪽에서 시커먼 그림자들이 밀려들어오고 있었다. 위기를 느낀 정은이 책상 위에 놓인 권총을 집으려는 순간 반군이 쏜 총알이 굉음을 내며 정은의 손 언저리를 스쳐 지나갔다.

"어리석은 짓 하지 말라우. 젊은 아새끼가 배때끼에 살만 뒤룩뒤룩 쪄 가지고."

모자를 깊게 눌러 써 얼굴을 알아볼 수 없는 자가 정은에게 성큼성큼 다가와 권총 끝으로 정은의 배꼽 부위를 쿡쿡 찔러댔다. 순간 정은은 살찐 하체에 힘이 빠지면서 숨쉬기가 어려워지고 다리가 후들거리기 시작했다. 정은이 태어나서 처음 당해보는 수모였다.

"너무 겁먹지 말라우. 협조를 잘 하면 목숨은 살려줄거니까."

모자 밑 새카만 눈동자에서 살기가 묻어나는 목소리가 전달됐다.

"용케도 핵무기를 다른 데로 빼돌렸더군. 그것 때문에 혁명이 다소 늦어졌지

만 덕분에 더 좋은 결과를 얻게 됐지. 네 놈도 한꺼번에 잡고 두 번 수고 안 하게 됐으니까."

그가 정은의 관자놀이에 총구를 들이밀면서 말했다. 정은은 자신의 호위사령관 마저 죽고 갑자기 자신이 홀로 남겨진 급변 상황이 눈 앞에 전개된 것을 공포의 와중에서도 얼른 이해하기 힘들었다.

"새벽은 항상 잠든 사이에 찾아오는 법이지. 이제 정신이 좀 드나? 어서 우릴 핵무기 통제실로 당장 안내하라우!"

정은이 숨이 넘어가는 듯한 공포속에서 간신히 입을 열어 말했다.

"뭐, 핵무기 통제실? 안 돼, 공화국의 심장인 핵무기를 너희들에게 넘길 수 없어."

정은이 입술을 지그시 깨물었지만 온몸은 사시나무처럼 떨리고 있었다. 정은은 반군의 핵무기 통제권 이양 요구를 접하고 나서야 반란이 자신의 기대와는 정반대로 진행됐다는 것을 피부로 느끼기 시작했다.

"이 새끼, 말로 해선 안 되겠군."

그가 옆에 서 있던 자들에게 눈짓을 했다. 그의 눈짓 신호와 동시에 어디서 날아 왔는지 모를 가격에 정은이 '욱' 하는 외마디 비명과 함께 쓰러졌다. 줄 끊어진 샌드백 모양으로 바닥에 풀썩 쓰러진 정은의 위로 반군의 발길질이 쏟아졌다. 비명이 터져 나왔고 구타로 부풀어 오른 정은의 입술에선 피가 흘렀다.

"그만!"

정은이 고통에 숨쉬기조차 힘들어질 무렵 중지 명령이 나왔고 구타가 멈췄다.

"허튼 수작 하지 마라. 핵무기 통제실이 이곳 지하에 있다는 것을 다 알고 왔으니까."

반군의 음성이 고통에 흔들리는 정은의 머릿속을 더욱 어지럽게 파고들었다.

'지하에 통제실을 저들이 어떻게 알았지?'

핵무기 통제실이 자신의 전시 집무실 지하에 있다는 것을 아는 자들은 거의 다 죽었다. 호위사령관도 죽었고 설계와 공사 관련자들도 죽었다. 핵 통제실 위치를 아는 군 고위 장성들도 여러 가지 이유를 대서 다 죽였다. 아직 남아 있는 극소수 몇 명을 빼고는. 정은이 소리 나는 쪽을 향해 간신히 얼굴을 돌렸다. 정은은 그의 얼굴을 확인하는 순간 몸서리를 쳤다.

"아니, 동무는?"

정은의 눈앞에 나타난 자는 내전 와중에 전사한 줄 알았던 평양방어 부사령관이었다. 그는 전시에 핵 통제실 방어 임무를 맡고 있는 자였다.

"동무가 아직 살아 있었소?"

정은이 구타로 얼얼해진 입을 간신히 열어 말했다.

"정은 동무, 간밤에 세상이 바뀌었소. 무슨 얘기인지 알겠소?"

"무… 무슨 소리를 하는 거야!"

"공화국의 지도자가 바뀌었단 말이요. 이제 당신의 공화국 최고지도자 자격은 박탈되었소."

"동무, 도대체 왜 이러는 거요? 이제 정권도 자리 잡아가고 있는데. 장성들과 내가 손잡고 외국 자본 유치도 늘리고 인민들 삶도 점차 나아지고 있는데."

극도로 당황했던 정은은 낯이 익은 얼굴이 보이자 회유로 설득해 보고자 하는 과거의 습관이 발동했다.

"그 덕분에 인민군대가 썩어가고 있지. 당신의 아마추어적인 국가운영 때문에 공화국의 중심인 군이 흔들리고 있어."

"그게 무슨 소리야, 그럴 리가 없어."

"현실 파악을 못하니까 내가 하는 말이 무슨 의미인지 이해를 못 하고 있군. 당신의 시대는 끝났어."

그가 만면에 비웃음을 띠며 말했다.

"내가 설명을 해주지."

그때 그들 뒤편 반군 무리 가운데서 새로운 음성이 들렸다.

"군도 인민도 마음이 당신을 떠난 지 오래야. 군과 인민들은 당신을 더 이상 신뢰하지 않아."

정은은 반군 속에서 나와 자신에게 다가오는 자를 주목했다. 그는 인민군 장성 모자를 깊게 눌러쓰고 어깨에는 별 다섯 개가 달린 견장을 착용하고 있었다.

'별 다섯 개?'

그러나 정은의 기억에 그는 정은이 별을 달아준 자가 아니었다. 별 다섯 개를 달고 있던 장성은 몇 년 전에 지병으로 사망한 상태였다.

"당신 누구요?"

정은이 떨리는 음성으로 물었다. 그가 정은에게 가까이 다가왔지만 그림자 때문에 그의 얼굴을 알아보기가 어려웠다.

"공화국의 새로운 지도자시다. 예의를 갖추지 않고 뭐해!"

옆에 서 있던 반군 한 명이 정은의 얼굴을 군화발로 짓이겼다.

"놔둬!"

정은 앞에 나타난 자가 반군을 제지했다. 그가 자세를 숙이더니 자신의 얼굴을 정은 얼굴 가까이로 가져갔다.

"이제 내가 누군지 알겠어?"

자신의 눈 가까이 얼굴을 들이민 그를 뚫어져라 쳐다보던 정은의 얼굴이 잠시 후 일그러졌다

"아니, 너는……."

언젠가 본 기억이 있는 낯이 익은 얼굴이었다. 그러나 정확히 그가 누구인지까지 기억해내긴 어려웠다.

"기억이 가물가물하는 모양이군."

그가 비웃음 가득한 얼굴로 자신에 대해 설명하기 시작했다.

"내가 대학 1학년 때 김정일 지도자 동지 집무실에서 너를 본 적이 있지."

"대학 1학년 때? 도대체 무슨 얘기를 하는 거야?"

불안감과 당혹감에 찌든 정은의 목소리가 간신히 입 밖으로 기어나왔다.

정은이 대학 1학년 때 아버지 집무실로 불려갔을 때 소파에는 한 남자 아이가 앉아 있다가 정은이 들어오는 것을 보고 일어서 맞았다.

"이름이 학수다. 친동생처럼 잘 대해줘라."

"동생이요?"

"이번에 대학에 입학한다. 오다가다 만나면 아는 체라도 해줘라."

"아버지, 난 이런 동생 필요 없습니다."

정은이 아버지 집무실을 뛰쳐나갔다. 그것뿐이었다. 정은은 그에 대해 더 이상 묻지 않았다. 대학시절에도 그를 만난 적은 없다. 훗날 그가 일본으로 유학을 갔다는 얘기를 언뜻 들은 기억이 있을 뿐이다.

"훗훗. 내 어머니도 재일교포 예술단 소속이었지. 당신 어미가 퍼스트레이디에 오르지 않았다면 내가 일치감치 너의 자리에 올랐을 거야."

그런 얘기는 정은으로선 처음 듣는 것이었다.

"나와 내 어미는 그 잘난 김정일의 특별 지시에 의해 평생을 은둔하며 지냈어. 여기 부사령관은 이 사실을 아는 사람 가운데 현재까지 살아있는 유일한 사람이지. 내가 일본 유학 당시 비밀리에 나에게 경호요원을 붙이기도 했고."

"거짓말하지 마! 너는 지금 거짓 백두혈통 흉내를 내고 있는 거야. 너의 사기 행각은 오래가지 못 해!"

"훗훗. 내가 곁가지인 줄 알았다면 나의 모든 수족을 벌써 다 제거했겠지. 다행히 나의 정체에 대한 비밀은 지금까지 잘 지켜져 왔어."

정은은 혼란스러웠다. 자신에게 이복동생이 있다는 얘기는 죽은 아버지로부터 들은 적이 한 번도 없었다. 놈은 딱 한 번 만난 것이 전부였을 뿐이다. 그런데 놈이 갑자기 나타나자 당황스러웠다. 정은은 자신이 좀더 치밀하게 아버지의 곁가지들을 정리하지 못 했나 하는 후회마저 들었다. 정은이 부사령관을 쳐다보며 말했다.

"이봐 정신 차려! 놈은 가짜야. 나에겐 이복동생이 없어!"

부사령관이 비웃음 띤 얼굴로 정은을 내려다보며 말했다.

"너는 그간 군내에 너무 많은 적을 만들어왔어. 공화국의 경제가 수렁으로 떨어진 후에는 군의 비위를 맞추다 보니까 공화국 군이 너무 나약해졌고. 그것이 너의 실수이고 나에겐 기회가 됐지. 백두혈통의 상징인 핵무기 통제권은 이제 새 지도자가 접수한다. 너는 갖고 있을 자격이 없어!"

"핵무기는 김일성 수령과 김정일 최고 사령관 동지가 평생의 노력을 기울여 만든 공화국 최고의 자부심이야. 나는 할아버지, 아버지가 시작한 핵무기를 완성시켰어. 너희들은 그걸 받을 자격이 없어."

"훗훗, 아직도 상황 파악을 못했군."

그의 말이 끝나기 무섭게 부사령관이 정은의 책상을 향해 저벅저벅 다가가더니 책상 아래 숨겨져 있던 스위치를 눌렀다. 잠시 후 책상이 옆으로 움직이더니 지하로 내려가는 계단이 나타났다. 정은은 놀란 표정으로 그를 무력하게 쳐다보기만 했다.

"이 벙커에 우리가 어떻게 들어왔는지 아나? 그 이유를 네가 알았다면 오늘과 같은 날도 없었겠지. 네 주위엔 이제 아부하는 자들만 남아 있어. 너만 그걸 몰랐던 거야."

정은이 경악을 금치 못하고 있는 가운데 그가 곁에 있던 자들에게 눈짓을 보내자 반군 두 명이 정은을 앞세워 지하로 내려갔고 김학수와 부사령관도 그 뒤를 이었다. 지하로 내려가자 핵 통제실로 향하는 티타늄으로 된 또 다른 입구가 기다리고 있었다.

"비밀번호!"

정은이 움직이지 않았다.

"이 새끼가!"

반군 중 한 명이 정은의 관자놀이에 갖다 댄 권총에서 잠금장치가 풀리는 소리가 났다.

"비밀번호!"

정은의 손과 발이 후들거렸고 얼굴에선 진땀이 흘렀다. 정은이 떨리는 손으로 비밀번호를 누르자 철문 잠금쇠가 풀리고 문이 옆으로 열렸다. 그곳은 지하 벙커보다 핵 공격에 더 안전한 시설로 사방의 벽은 모두 고강도 티타늄으로 둘러싸여 있었다. 핵 통제실 내부로 들어서자 전방에 세 개의 스크린이 나타났다. 상단 스크린에는 주요 전략적 목표지점이 나타나 있었고 하단 스크린에는 핵무기 위치가 표시되어 있었다. 왼쪽 스크린엔 미사일 궤적을 따라갈 수 있는 모니터가 달려 있었다. 그의 신호에 반군 몇이 달려들어 핵무기 작동 시스템 작동을 시도했지만 이번에도 반응하지 않았다.

"작동 시스템 비밀번호!"

다시 정은의 관자놀이에 총구가 겨눠졌다. 이번에도 정은이 움직이지 않았다.

'피슝!'

권총 한 발이 정은의 왼쪽 허벅지를 관통했다.

"으~윽!"

허벅지에서 흘러나온 피가 정은의 허벅지를 타고 통제실 바닥을 적셨다.

"비밀번호."

"알려줄 수 없어."

고통으로 일그러진 정은의 살찐 얼굴이 비 오듯 쏟아지는 진땀과 헝클어진 머리로 뒤범벅되었다.

"이 새끼가."

반군 한 명이 이번엔 정은의 오른쪽 허벅지에 권총을 갖다댔다.

"이봐, 셋을 셀 동안 말을 해. 하나! 둘!"

"악, 안 돼! 기다려. 말한다."

정은이 호흡을 한번 가다듬더니 천천히 비밀번호를 뱉었다.

"k614756j"

정은이 불러준 대로 반군이 비밀번호를 입력하자 전방 스크린 상하단에 불이 들어왔다.

"핵미사일을 비상 대기 모드로!"

정은이 깜짝 놀란 표정으로 그들을 쳐보다며 말했다.

"이봐, 핵무기를 왜 비상대기시키는 거야?"

정은이 떨리는 음성으로 그들에게 물었다.

"세상 사람들은 잠수함 공격을 받은 데 대한 보복 차원쯤으로 생각할 거야."

"공격에 대한 보복 대응? 이봐 정말로 미국과 핵전쟁을 하겠다는 거야?"

"공화국 내에서 일어난 일은 공화국 지도자가 다 책임져야 하는 거야!"

"뭐야? 그게 무슨 의미지? 그렇다면 혹시 당신들이?"

"남조선 한백함 폭침, 북 조선 잠수정의 피습, 모두 너의 책임이지."

정은은 그간 훈장을 노린 일부 장성들의 군사적 도박에 호응한 자신의 어리석음에 대해 비참함마저 느꼈다.

"정말로 미국과 핵무기 전쟁을 하겠다는 건가?"

정은이 그들에게 물었다.

"훗훗, 물론 핵무기 사용은 안 할 것이다."

"핵무기 사용은 안 한다고?"

정은은 그들의 꿍꿍이가 뭔지 도무지 알기 어려웠다.

"그럼 왜 핵무기를 비상대기 시키는 거지?"

"핵무기는 비상대기와 사일로행을 반복하게 될 거야. 물론 대기 위치도 수시로 바뀔 것이고. 너는 우릴 대신해서 선전포고문만 발표하면 돼. 핵무기 사용에 앞선 경고 사격이라고 말이야. 이봐, 너무 무릎 공격명령 장면 녹화 준비해!"

백두-1을 지나 좀더 앞쪽으로 나아가자 두 갈래 통로가 나왔다. 이인광이 말한 그대로였다. 들어온 쪽의 반대편 방향 통로로 접근해 갔다. 긴 쇠창살로 이뤄진 철문이 보이고 AK-46 소총을 어깨에 멘 북한군 보초병이 눈에 들어왔다. 지하벙커 감옥을 지키는 인민군의 올빼미 같은 눈이 주위를 노려보고 있었다. 한국에서 날아 온 특공팀이 움직임을 멈추고 전방을 주시했다. 어둠 속에 몸을 숨긴 침투부대 저격병의 소음총에 적 보초가 쓰러지자 또 다른 초병이 어디선가 나타나 당황한 몸짓으로 반격 자세를 취했다. 그러나 뒤이어 나타난 초병도 특공팀의 저격에 저항 한 번 못하고 곧 고꾸라졌다. 보초병이 쓰러진 것을 확인한 침투부대 선발대가 쓰러진 보초병에 다가가 그들의 허리춤에서 열쇠 꾸러미를 풀었다. 지하벙커 감옥 안은 상상했던 것과 크게 다르지 않았다. 각 감옥마다 죄수들이 7~8명가량 수감되어 있었고 한쪽 벽에는 그들의 덮고 자는 이불이 나무로 된 단 위에 개켜져 있었고 사면이 시멘트로 둘러싸인 한쪽 구석에는 높이가 채 1미터도 안 되는 허술한 가리개 안에 변기통이 놓여 있었다. 감옥에 갇힌 수감자들은 특공팀이 지나갈 때마다 불안한 눈빛으로 힐끗 쳐다보았다.

"여자 감옥은 어디에 있소?"

특공대원의 질문에 수감자들은 반응을 보이지 않았다. 특공대원들은 난감했다. 그러나 나중에 수감자 한 명이 토끼눈을 하고 특공대원에게 다가와 위아래를 잠시 훑어보더니 손으로 아래쪽 방향을 가리켰다. 어둠에 익숙해질 무렵 감옥 안은 남자 감옥과 여자 감옥으로 분리되어 있는 것이 드러났다.

특공팀은 즉시 여자 감옥이 있는 아래 방향으로 움직였다. 여자 감옥은 남자 감옥과 달리 고작 두 개의 방으로 이뤄져 있었는데 감옥마다 십여 명의 여자 수감자들이 갇혀 있었고 4~50대 중년 여 수감자들 사이에 20~30대 젊은 여 수감자도 이따금씩 섞여 있었다. 장소희에 대해서는 사진 한 장도 없고 이인광으로부터 들은 설명이 전부였다.

그들이 한국을 떠나올 때 들은 내용은 장소희는 탈북한 이인광과 전에 함께 있던 것을 본 주민의 신고로 체포돼 중국 국적자란 이유로 처형은 면하고 지하 벙커에 수감되어 있다는 것이었다.

"장소희 씨가 이 안에 있습니까?"

여 수감자들은 들은 척 만 척 아무 반응도 보이지 않았다.

"여기 장소희 씨 있습니까?"

여 수감자들은 역시 아무 반응도 없다. 그들이 돌아서려 할 때 한 여성의 목소리가 들렸다.

"나는 왜 찾습니까?"

한 여성의 목소리가 무리 가운데서 들렸다. 30대 초반쯤 되어 보이는 한 여성이 천천히 걸어나와 그들 앞에 섰다. 그녀는 힘이 빠져 보였고 몹시 지쳐있는 모습이었다.

"제가 장소희입니다. 제 아버님 함자는 장자 현자 식자입니다."

"이인광 씨를 압니까?"

"그에 대해선 이미 다 밝혔습니다. 더 이상 말할 게 없습니다."

그녀는 인민군 복장을 한 그들을 북한군으로 보고 있는 것 같았다.

"우린 남한에서 왔습니다."

그녀가 잠시 놀라는 표정을 짓더니 이내 그들을 의심하는 눈빛으로 돌아왔다.

"이인광 씨는 여동생을 만나 잘 있습니다. 당신의 안위를 걱정하고 있습니다."

그제야 상황을 인지한 그녀의 눈빛에서 경계감이 사라지더니 안도감에 긴장이 풀린 그녀의 몸이 쇠창살에 쓰러질 듯 몸을 기대었다. 놀란 특공대원이 즉시 문을 열고 그녀를 밖으로 데리고 나왔다. 잠시 후 그들이 그녀를 데리고 본대가 기다리는 곳으로 돌아왔다.

"장소희 씨가 안전한 것을 보면 이인광 씨가 누구보다 반가워할 것입니다."

그녀가 한국에서 온 특공대원들에게 공손하게 인사하며 감사의 표시를 했다.

"이인광 씨가 장소희 씨에 대해 걱정을 많이 하고 있습니다. 여기 이 요원을 따라 가십시오. 헬기가 기다리고 있습니다."

"그보다 먼저 확인하셔야 할 것이 있습니다."

"확인할 것이오?"

"지하벙커를 반군이 접수했다는 소문이 돌고 있습니다."

"반군이 지하벙커를 접수?"

그것은 예상은 했었지만 너무 빨리 다가온 새로운 상황이었다.

"최근 보초병으로부터 직접 들은 얘깁니다. 새로 들어선 지도자가 김정은보다 훨씬 더 과격한 것 같습니다. 거기에다가 곧 한국의 주한미군을 향해 미사일을 날릴 것이란 얘기를 했습니다."

바로 그때 반군으로 보이는 북한군 두 명이 그들 쪽으로 다가오고 있었다. 그들 중 한 명이 담배를 꺼내 피워 물었을 때 어깨에 붙어 있는 상좌 계급장과 소좌 계급장이 라이터 불빛에 드러났다.

"난 여기서 한 대 태우고 들어갈 테니 소좌 동무는 먼저 가보시오."

"알겠습니다."

소좌가 경례를 붙이고 혼자 남은 상좌가 담배를 몇 모금 피웠을 무렵 그의 목에 칼이 겨눠졌다.

"누, 누구야!"

그가 너무 놀라 말을 더듬으며 물었다.

북한군 상좌는 특공팀에 끌려 터널 안으로 들어왔다.

"당신들 누구야? 김정은 잔당들이군. 이제 다 끝났어. 이 칼은 치우라고."

"김정은은 어디에 있나?"

"정은인 찾아서 뭐하게? 이제 곧 죽을 목숨인데. 공화국의 지도자가 바뀌었어. 당신들도 투항해. 투항하는 병사들은 죽이지 않고 있어."

"개소리하지 말고 묻는 말에나 대답해!"

특공요원의 칼이 북한군 상좌의 옆 목을 좀더 깊숙이 위협했다. 그제야 상황이 심상치 않음을 눈치 챈 상좌가 더듬거리며 대답했다.

"우리 혁명군에 끌려 핵무기 통제실로 간 것으로 알고 있소."

"핵무기 통제실?"

"지금쯤 핵 통제권이 우리한테 넘어왔을 거요. 새 지도자가 등장한 것을 대외에 알리는 미사일 축포가 곧 있을 것이고."

그가 특공팀들을 비웃는 듯한 표정으로 대답했다.

"새 지도자? 미사일 축포?"

"혁명군이 공화국 전체를 접수할 시간이 얼마 남지 않았소."

특공팀장의 표정에 긴장감이 서렸다.

"누구를 겨냥한단 말인가?"

"확실하진 않지만 서쪽을 겨냥한다고 들었소."

"주한 미군 쪽이야? 서쪽이야?"

"서쪽이라고 들었소."

그의 말이 끝나기가 무섭게 또 다른 특공 요원이 그의 뒤통수를 권총으로 가격해 쓰러뜨렸다.

"이 자의 손발을 묶고 입을 봉해서 한쪽에 묶어놔! 이 자의 도움이 필요할 때가 또 생길 거야."

이어 팀장이 장소희를 향해 말했다.

"장소희 씨는 여기 요원을 따라 아군 접촉지점으로 가십시오. 내일 밤 자정에 헬기가 들어올 것입니다."

"저도 남아 함께 싸우겠습니다."

"네에?"

특전사 팀장과 요원들이 그녀의 말에 당황한 표정을 지어 보였다.

"장소희 씨 우린 시간이 없습니다. 내일 자정까지는 모든 작전을 마무리해야 합니다."

그러나 장소희의 입에서 또다시 뜻밖의 발언이 나왔다.

"여러분들이 위험을 무릅쓰고 이곳까지 온 것에 대해서는 고맙게 생각하지만 여러분의 작전이 북한 민주화를 위한 것은 아니지 않습니까?"

팀장은 그녀의 말에 선뜻 대답하기 어려웠다. 그것은 그들의 임무에 포함되어 있지 않았다.

"저희들에겐 민주화를 위해 싸우는 동지들이 있습니다."

'민주화 동지?'

"북한의 많은 주민들이 마음속으로 김씨 독재정권의 멸망을 원하고 있습니다. 이제 때가 됐습니다. 북한 주민들의 그러한 열망에 불만 붙여주면 틀림없이 우리와 함께 할 것입니다."

전혀 예상치 못한 장소희의 발언에 특공팀장은 적잖이 당황했다. 팀장 생각에 장소희의 발언은 믿기도 어렵고 현실성도 없어 보이는 주장이었다.

"제 말을 선뜻 믿기 어렵겠지만 북한 주민 사이에도 또 북한군 사이에도 언젠가 이런 날이 오리라는 것을 예상한 사람들이 많습니다. 김정은 군과 반군 간 내전이 지속되면 인민들은 김씨 왕조가 수명이 다 됐다는 것을 깨닫게 될 거예요. 반군도 또 하나의 군부독재 세력이란 것을 주민들에게 알리면 침묵하는 인민들이 들고 일어날 것이고, 인민군 내에서도 우리와 함께 하는 동조세력이 틀림없이 나타날 겁니다."

음모 세력의 숨겨둔 발톱

「방산 비리 수사 속보입니다. 국방부 합동수사단은 오늘 군내 방산 비리 연루혐의가 있는 육해공 장성 4명과 정보부대 소속 영관급 장교 3명에 대해 구속영장을 전격 청구했습니다. 이들은 민간 방산 중개업체 대표인 최 모 씨로부터 차세대 코브라 전투헬기와 F-22 랩터 전투기, 신형 패트리어트 4 미사일 구매 등과 관련해 뇌물을 받고 성적을 부풀려준 것으로 알려졌습니다. 합동수사단은 최 모 씨가 국내 일부 정치인들에게도 불법로비를 벌인 단서를 잡고 여죄를 캐는 데 수사력을 집중하고 있습니다. 합동수사단 관계자에 의하면 전,현직 국회국방위 소속 의원 20여 명도 수사선상에 오른 것으로 전해져 방산 비리 수사가 정부와 군은 물론 정치권으로까지 확대될 전망입니다.」

방산 비리 수사 관련 속보가 전해지던 그 시각, 서울시내 소공로 국제빌딩 7층의 VIP 룸에서는 주위의 눈을 피해 은밀히 모여든 일군의 사람들이 양주 잔을 앞에 놓고 침통한 표정으로 뉴스 속보에 귀를 기울이고 있었다.

"수사 속도가 점점 빨라지고 있습니다. 더 이상 방관해선 안 됩니다."

"의원들 분위기는 어떻습니까?"

"여당 내부에서도 이번 범 사냥에 동조하는 의원들이 늘어나고 있습니다."

"그래요? 의결 정족수 채우기가 가능할까요?"

"연판장 서명 의원 가운데서 이탈자가 10명 이내로만 나오면 충분히 가능합니다."

"좋소. 서둘러 시행합시다."

청와대 대통령 집무실

"각하, 새한국당 의원 50여 명이 방금 전 각하에 대한 탄핵소추안을 국회에 제출했습니다."

급히 뛰어들어온 정무수석이 숨넘어가는 목소리로 보고했다. 서류를 보고 있던 박인식 대통령의 시선이 정무수석을 향했다. 대통령의 눈빛은 평상시와 큰 차이가 없었고 정무수석의 다음 보고가 이어졌다.

"탄핵소추안에 동조하는 의원들이 3분의 2가 넘을 거라는 소문이 돌고 있습니다."

보고 때문에 대통령 집무실에 먼저 들어와 있던 육동회 비서실장이 놀란 눈으로 물었다.

"탄핵소추안이라니 그게 무슨 소리요?"

"각하에게 내란죄 혐의가 있다는 내용입니다."

"내란죄라니?"

"각하가 김정은을 돕기 위해 모종의 군사 조치를 취한 정황 증거가 나왔다는 것이 탄핵소추안의 요지입니다."

"각하가 김정은을 돕다니? 그게 무슨 황당한 소리요?"

비서실장이 대통령을 향해 고개를 돌린 채 다시 물었다.

"각하, 이게 무슨 소립니까?"

대통령은 아무 말도 하지 않았다.

"혹시 저희한테도 말씀 안 하신 것이 있습니까?"

비서실장과 정무수석이 대통령의 입만 쳐다봤다.

"때가 되면 얘기하겠지만 지금 상황에선 아무것도 얘기도 할 수 없어요. 분명히 말할 수 있는 것은 내란죄와는 아무 관련이 없는 일이란 것이요."

비서실장과 정무수석이 답답하다는 표정을 지었다. 대통령은 정부 내 중요한 결정사항들이 수시로 외부로 흘러나가는 상황에서 특공대의 평양 침투 작전에 대해 측근들에게조차 비밀을 유지하고 있었다.

"각하, 지금 대응을 안 하시면 탄핵안이 실제로 통과될 수도 있습니다. 국회의원들에 대한 대대적인 방산 비리 수사 착수로 정치권 분위기가 아주 좋지 않습니다."

정무수석이 사안의 심각성을 강조했다. 방산 비리 수사는 정치적 고려 없이 일반적인 수사 절차에 따른 것이지만 정치적 파장을 몰고 오리라는 것은 대통령도 예상하고 있던 일이다. 대통령은 측근들에게도 특공작전을 비밀로 한 것이 미안했지만 어쩔 수 없다고 생각했다.

"법안 처리를 위한 본회의 일정이 어떻게 됩니까?"

대통령이 정무수석을 향해 물었다.

"내일 오후 2시로 잡혔습니다."

방산 비리에 대한 수사가 속도를 내는 만큼 대통령에 대한 탄핵 움직임도 초스피드로 전개되고 있었다.

"각하, 저도 정무실장의 의견과 같습니다. 이것은 정치적 음모가 틀림없습니다. 탄핵안을 주도하는 의원들은 하나같이 총리계 의원들입니다. 대응이 늦어지면 큰 문제로 비화될 수 있습니다."

비서실장이 근심어린 표정을 감추지 못했지만 대통령은 끝까지 비밀침투작전에 대해 침묵한 채 딱 한 마디만 던졌다.

"국민을 믿고 한반도에 신의 축복을 다 같이 빌어봅시다."

소공동 안가 특별조사팀 사무실

"대통령에 대한 탄핵안이 방금 국회 본회의를 통과했어요."

한세윤 요원이 침통한 표정으로 한민우에게 말했다.

"이제 총리가 대통령 권한을 대행하게 되는 겁니까?"

"그렇습니다. 북한 급변 사태에 대한 정부의 대응 기조가 크게 바뀔 겁니다."

민우와 한세윤은 서로의 얼굴에서 불안의 그림자를 읽었다.

"역시 총리는 정치 구단이었습니다."

"북으로 들어간 특공팀이 걱정됩니다."

"지금으로선 그들에게 아무 일도 일어나지 않길 바랄 뿐입니다."

민우와 한세윤의 표정이 침통함으로 덮였다.

"드릴 말씀이 있습니다."

그때 김효진이 그들에게 다가와 말했다. 두 사람은 효진의 묘하게 미소 띤 얼굴에서 이유 모를 기대감을 느꼈다.

"무슨 일입니까?"

"스위스 은행에 예치되어 있는 450만 달러의 실제 주인과 관련해서 드릴 말씀이 있습니다."

"실제 주인이요?"

민우와 한세윤의 눈동자가 확대됐다.

"총리에 관한 자료입니다."

그 말에 그들은 침통한 상황에서 벗어나가 무섭게 즉시 효진의 컴퓨터가 있는 곳으로 자리를 옮겼다.

"여기 이 자료를 보세요."

효진의 컴퓨터 모니터에 자료가 하나 떴다.

"이건 최근 스위스로 옮긴 미 재무성 지인이 저한테 보내온 자료예요. 스위스 크레딧은행의 미국인 비밀고객들 리스트인데 이 자료엔 국적이 한국으로 추정되는 자가 모두 10명이 포함되어 있어요. 이들은 모두 미국에 페이퍼컴퍼니를 갖고 있기 때문에 이 명단에 함께 포함된 거예요."

"미국에 페이퍼컴퍼니를 갖고 있는 한국인의 스위스 비밀 예금자료라……."

"강 회장도 여기 명단에 포함되어 있어요. KKC2 상사! 강 회장의 미국 페이퍼컴퍼니예요."

'KKC2?'

틀림없이 한국인 강 회장이 450만 달러를 비밀예금한 것과 관련된 자료였다. 그러나 그것은 이미 알고 있는 내용이었다.

"여기 강 회장에 관한 항목의 맨 마지막 부분을 보세요. 'Withdrawal by Ryu' s agreement.' 돈을 인출할 때는 강 회장 마음대로가 아닌 Ryu라는 자의 사전 동의를 받아야 한다는 의미예요."

"돈을 인출할 때는 류의 사전 동의를 받아야 한다고?"

"그렇게 특약을 맺은 거지요."

"그것은 이 돈의 실제 주인이 강 회장이 아닌 류일 수도 있다는 얘긴가?"

"류는 강 회장이 아니라 그렇다면."

한세윤 요원과 민우는 서로의 얼굴을 쳐다보았다.

"그 지인을 통해서 류의 신원을 확인할 수 있는 방법이 없을까요?"

"그렇지 않아도 문의했는데 자기도 그 부분은 알아낼 수 없다고 했어요."

"안타깝군요. 구속 상태인 강 회장은 총리가 대통령 권한대행이 된 후부터 일체의 협력을 거부하고 있어요. 뿐만 아니라 자신이 지금까지 했던 진술도 뒤집고 있어요."

예상했던 염려스러운 일들이 일어나고 있었다.

"한 가지 방법이 있어요. 정일용 씨가 이 문제를 풀 수도 있습니다."

민우가 정일용을 떠올리며 말했다.

"그는 해킹과 컴퓨터 암호해독에 전문가입니다."

"하지만 상대는 세계 최고의 보안을 자랑하는 곳입니다."

"정일용 씨는 세계 해커대회에 나가 수상한 경력도 있습니다."

한세윤은 대통령까지 탄핵을 당한 지금 자신이 어떤 판단을 내려야 할지 잠시 망설였다.

그날 저녁 특별조사팀 사무실에 들어온 정일용이 한세윤 요원을 쳐다보며 물었다.

"나중에 혹시 문제가 생기면 그때 변호나 잘 해주십시오."

정일용의 말 속에서 자신감이 묻어 나왔지만 한세윤은 은행을 해킹한 것이 알려졌을 경우 그것이 몰고 올 법적 정치적 논란은 차치하고라도, 과연 세계 최고의 보안으로 유명한 스위스 은행 해킹이 가능한 것인지 궁금했다.

"그러면 슬슬 일을 시작해볼까요?"

정일용이 한세윤 요원을 한번 쳐다보더니 말을 이었다.

"사실 저도 이 일에 개인적으로 크게 흥미를 느끼고 있습니다. 위키리크스에 스위스 은행 비밀고객 명단을 넘긴 팔치아니에 의하면 고객용 전산과 분리된 VIP HOUSE라고 하는 별도의 전산시스템이 가동되고 있습니다. 이 VIP HOUSE에는 고객용 전산시스템에는 입력되어 있지 않은 기밀 정보가 저장되어 있죠."

모니터에 두 명의 사진이 화면 분할로 등장했다.

"왼편에 있는 자가 호세마리 은행장이고 오른편에 있는 자가 스위스 델타제인 은행의 전산 총책임자인 얀네베르란 자입니다. 호세마리 은행장은 스위스 태생 독일계로 은행업무만 35년째 하고 있는 전형적인 은행맨입니다. 얀네베르는 스위스 은행의 전산업무를 책임지고 있는 자로서 10여 전에 미국 최대 보안업체에서 픽업되어 온 자입니다. 따라서 비밀고객들 정보는 이 두 사람이 쥐고 있을 가능성이 매우 높습니다."

"그렇다면 류의 비밀도 이 두 사람을 통해야 알 수 있겠군요."

정일용이 고개를 끄덕였다.

"위키리크스의 폭로 이후 보안 검색이 강화돼 스위스 은행의 모든 임직원들은 출퇴근 시에 엄격한 검색 절차를 거쳐야 합니다. 내부 자료를 저장할 수 있는 그 어떤 기기도 몸에 지니지 못합니다."

정일용이 모니터에 기사 하나를 띄웠다.

"스위스 은행 전산책임자인 얀네베르가 위키리크스 폭로 사태 이후 언론과 인터뷰에서 밝힌 내용이 있습니다. 이것이 당시 그가 언론에 나와서 밝힌 내용입니다."

정일용이 모니터에 뜬 한국 신문의 보도 기사를 크게 확대했다.

「"이번에 저희 은행에서 유출된 정보는 잘 아시다시피 전산시스템이 해킹돼 발생한 문제가 아닙니다. 저희 은행 내부 직원이 고객 정보 서류를 개인적으로 복사 보관할 수 없게 되어 있는 회사의 근무 규정을 어기고 3년여에 걸쳐 비밀리에 보관해온 것을 이번에 돈을 받고 외부에 팔아넘긴 것입니다. 때문에 고객 여러분께서는 혹시 은행 내부 전산망이 뚫린 것이 아닌가 하는 걱정은 하지 않으셔도 됩니다. 우리 은행의 전산시스템은 지금까지 한 번도 뚫린 적이 없습니다."

"얀네베르 씨께선 그렇게 까지 해킹 방어에 자신감을 갖는 근거는 무엇입니까?"

"저희 은행의 방화벽은 세계 최고의 해킹 대회에서 세 차례 연속 우승을 한 사람의 도움을 받아서 설계된 것입니다. 또 내노라하는 수많은 세계적 해커들의 도전 테스트도 이미 거쳤습니다. 특이한 것은 저희 은행의 방어 프로그램은 외부의 공격에 맞서 자체 진화를 하는 특성을 갖고 있습니다. 영화 같은 얘기로 들리시겠지만. 안타깝게도 프로그램 아이디어를 제공한 분은 몇 년 전에 불의의 사고로 사망했습니다. 이제 저희 프로그램을 뚫을 사람은 이 세상에 없다고 봐도 과언이 아닙니다."」

"제가 민우 씨 제안을 곧바로 수락한 이유가 바로 이것 때문입니다."

그때 민우가 정일용을 쳐다보며 말했다.

"그렇다면 혹시 그때 대회가?"

민우는 언젠가 정일용으로부터 세계 해커 대회에서 준우승을 한 바 있다는 얘기를 들은 기억이 났다.

"나는 그 대회 이후 그의 기술을 깨려고 엄청난 노력을 했어요. 자존심이 상해서 그때의 패배를 그냥 잊어버릴 수가 없었지요. 그리고 수십 차례 시도 끝에 그의 프로그램의 취약점을 알아내는 데 성공했습니다. 그와 국제대회에서 다시 대결할 날만 손꼽아 기다려왔죠."

지인의 얼굴에서 회환이 묻어나왔다.

"그런데 안타깝게도 그가 불의의 자동차 사고로 사망했다는 보도를 접했습니다. 나는 화이트 해커의 한 사람으로서 당시 그의 죽음을 애도했습니다. 그런데 후에 들리는 바에 의하면 그가 러시아 KGB의 후신인 해외정보국(SVR)에 의해 피살당했다는 얘기가 들려왔어요. 그가 스위스 은행에 숨겨진 러시아 비밀고객의 정보를 미 CIA에 넘기는데 협조했기 때문에 러시아 해외정보국이 사고를 위장해 그를 암살했다는 얘기였습니다."

그들이 몰랐던 해커들의 세계에 충격을 받은 민우와 한세윤, 그리고 효진은 그가 하는 이야기에 점점 더 빨려들어갔다.

"그의 해킹 방어 프로그램을 연구하면서 한 가지 특징을 발견했어요. 입구가 미로처럼 되풀이되는 거예요. 그 자신도 '뫼비우스의 락' 이라고 공개적으로 자랑했던 적이 있어요. 그것이 아직 남아 있길 희망하는 수밖에 없어요. 제가 그것의 해킹 방법을 알아냈으니까."

스위스 은행 내부망 접속을 수차례 시도하던 정일용이 잠시 후 환희 가득한 신음 같은 소리를 내뱉었다.

"음, 드디어 꼬리가 잡혔어. 고객 비밀정보가 담겨 있는 내부전산망 접속에 성공했습니다."

한세윤 요원이 놀라는 표정을 짓고 있었다.

"놀랍군요."

"내부전산망이라도 외부와 100퍼센트 완전 분리된 것은 없습니다."

정일용이 한 마디 툭 내뱉었다. 내부전산망에 침투하는 데 성공했지만 아직 한 가지 작업이 남아 있었다.

"은행장의 아이디와 비밀번호를 알아내야 합니다. 그래야 류의 정체를 알 수 있는 VIP HOUSE의 문을 열 수 있습니다. 하지만 이 작업은 외부에서 내부전산망을 뚫고 들어오는 일보다 좀더 어려운 작업이지요. 하지만 이미 내부전산망이 뚫렸기 때문에 희망을 가져볼 수는 있어요."

일의 성공 가능성을 불어 넣으며 사람들을 안심시킨 후 내부전산망의 설계도를 찾고 있던 정일용이 잠시 뒤 회심의 미소를 지어 보였다.

"아! 여기 있군요. 은행장의 컴퓨터가 다행히 켜져 있어요."

정일용이 내부전산망에 올라와 있는 프로그램들 중에서 무엇인가를 방문하고는 그것을 은행장 컴퓨터로 전송시켰다. 잠시 후 은행장 컴퓨터 모니터 하단에 업그레이드된 백신 프로그램 설치 안내창이 떴다. 그것은 은행장이 평소 이따금씩 보았던 백신 프로그램 종류와 아주 흡사했다. 은행장은 전산서류를 살펴보면서 이따금씩 하단에 떠오른 백신프로그램 창을 쳐다보았다. 백신 프로그램 설치를 위해 남은 시간이 줄어들고 있었다.

"은행장이 눈치 챈 것은 아닐까요?"

효진이 걱정스런 표정으로 물었다. 은행장이 백신프로그램을 이상히 여기고 전산책임자에게 전화라도 걸어 물어본다면 작업은 물 건너가게 된다.

"'나는 은행장이 이 백신프로그램 덫에 걸려든다' 에 겁니다."

정일용은 자신감을 보였다. 그들은 정일용이 왜 이렇게 자신감을 갖는지 궁금했다.

"이 프로그램은 전에도 다운받아 치료용으로 썼던 것과 매우 흡사하기 때문에 전문가가 아니면 구분이 어렵습니다. 보안을 중시하는 은행장의 성격상 오히려 이 위장백신 프로그램에 더 잘 걸려들 수 있습니다."

그러나 모니터 화면 한가운데 떠 있는 작업 공정률 바는 요지부동이었다. 은행장은 하단에 떠 있는 백신 프로그램에 이따금씩 눈길을 줄 뿐 하던 작업을 계속했다. 초 단위의 흐름이 시간 단위의 흐름처럼 길게 느껴지던 때에 작업 공정률 바의 숫자 0이 갑자기 높은 숫자로 빠르게 변하기 시작했다.

"됐습니다. 은행장이 미끼를 물었습니다."

정일용이 주먹을 불끈 쥐고 흥분한 음성으로 외쳤다. 지켜보던 이들도 순간 짜릿한 쾌감에 휩싸였다. 작업 공정률 바가 파란색으로 완전히 채워지자 모니터 화면의 전원이 갑자기 나가더니 수초 후 다시 밝아지기 시작했다. 지인을 포함해 지켜보던 이들 모두는 그것이 은행장의 컴퓨터와 연동돼 재부팅되는 과정이란 것을 알 수 있었다. 잠시 후 화면에 은행장이 입력하고 있는 아이디와 비밀번호가 숫자로 나타나기 시작했다. 숫자와 영문 조합의 아이디와 비밀번호가 숫자로 단순화돼 나타난 것이다. 정일용이 메모지에 옮겨 놓았던, 은행장의 컴퓨터에서 방금 해킹한 아이디와 비밀번호를 쳐 넣자 은행장의 비밀고객 사이트가 화면 가득 펼쳐졌다. 모두들 그것을 보는 순간 숨이 멎는 듯한 느낌을 받았다. 화면 상단 바 중에서 고객명부를 클릭하자 거액 비밀고객 명단과 예금

일자, 예금 액등이 선명하게 나타났다. 정일용이 시계를 봤다.

"15분 내에 자료를 찾고 빠져 나와야 합니다. 시간이 길어지면 해킹 사실이 자동으로 드러날 가능성이 있습니다."

고객 명부는 나라별로 구분되어 있었고 나라 순서는 알파벳 순서였다.

"미국 명단을 먼저 찾아보지요."

옆에 있던 효진이 말했다. 정일용은 미국의 비밀 고객 명부를 찾아 들어갔다. 구속된 강 회장의 미국 페이퍼컴퍼니 영문표기의 첫 글자 k로 시작되는 회사들을 훑기 시작했다.

"여기 있군요."

민우가 모니터 화면에 뜬 KKC2라고 표기된 강 회장의 페이퍼컴퍼니 상호를 발견했다. 정일용이 화살표를 상호 위에 올려놓으니 글자에서 밝기의 변화가 나타났다. 정일용이 천천히 한 번 클릭했다. 화면 가득 올라 온 비밀정보에는 450만 달러의 실제 주인이 한국의 Prime Minister(총리)라는 사실이 명확히 표기되어 있었다.

"류는 총리였군!"

민우가 흥분된 목소리로 말했다. 이제 류조국 소장의 명단 속 인물들의 잇따른 죽음을 둘러싼 의문들은 빠르게 풀려갈 것이라고 생각했다.

그때 TV에서 총리의 긴급 담화를 알리는 속보자막이 떴다.

"총리의 긴급 담화가 시작됩니다."

그들의 시선이 모두 TV를 향했다.

「존경하는 국민 여러분, 대통령 권한대행 안도식 총리입니다. 지금 북한 내부 급변 상황으로 인한 한반도 전쟁 위기가 고조되고 있습니다. 국내 · 외 대북 군사 동향 전문기관들의 분석에 의하면 북한 정권이 함경북도 화대군 무수단리와 강원도 안변군 깃대령, 강원도 문천군 옥평기지 등에서 스커드와 노동,

무수단 미사일 등을 둘러싸고 정부군과 반군 간에 대치가 심화되고 있으며 이들 미사일들은 모두 소형 핵탄두 장착이 가능한 무기체계로 알려져 있습니다. 특히 북한의 일부 미사일 지역에서 미사일을 실전 배치하는 조짐을 보이고 있어서 한반도의 긴장이 실전 상황으로 높아지고 있습니다. 이러한 안보 위기에 맞서 저는 오늘 대한민국 국민의 생명과 안보를 책임진 국군 통수권자로서 북한 내에서 발생할 수 있는 어떠한 군사적 비상상황에도 즉각 대응할 수 있도록 전군에 비상명령을 하달했습니다. 아울러 저는 오늘 미국과 일본의 정상들과 긴급 전화 통화를 갖고 만에 하나 있을지 모를 북한의 도발에 긴밀히 대응하기로 함은 물론 차제에 위험한 대량살상무기를 제거해 북한의 김정은 정권을 붕괴시키고 북한 주민이 원하는 민주 정권이 탄생할 수 있도록 모든 수단을 동원하는 데 긴밀히 협력하기로 결론을 내렸습니다. 국민 여러분들께선 정부를 믿으시고 뜻을 한데 모아주실 것을 간곡히 부탁드립니다.」

"김정은 정권을 붕괴시키고 주민이 원하는 새로운 민주 정권을 세운다고?"

"위험한 대량살상무기를 제거한다는 것이 무슨 의미일까요?"

그것은 전쟁을 막기 위해 전쟁도 불사한다는 의미였다. 그때 직통전화기 벨이 울렸고, 통화를 끝낸 한세윤의 얼굴이 무겁게 내려앉았다.

"총리가 북한의 대량살상무기 시설에 대한 정밀폭격을 미국에 강력 요청했다는 정보입니다. 총리는 북한이 내부 혼란에 빠진 지금이 북핵 시설 폭격의 적기이며 지체할 경우 북한 정권이 반군에 넘어가 상황이 더 어렵게 전개될 것이라고 판단했다고 합니다."

"지금 우리 특공팀이 가 있지 않습니까?"

"귀대하기로 되어 있는 내일 자정까지 기다려본 후 소식이 없으면 스텔스 전폭기를 동원해 북핵 시설에 대한 외과적 정밀폭격을 강력 요청한 상황이라고 합니다. 그 다음에 한국 지상군을 독자적으로 북한 사태에 개입하는 방안을 미국과 협의중이라고 합니다."

그가 짧은 한숨을 내쉬더니 다시 말을 이었다.

"북한 사태에 외국군의 군사개입을 막기 위한 비밀 작전이 차질을 빚을 수 있습니다. 총리의 그 같은 조치는 중국이 동의할 리가 없기 때문입니다."

"우리 특공팀이 위험에 처할 수 있지 않을까요? 12시간밖에 남지 않았는데요."

효진이 걱정스런 얼굴로 말했다.

"총리의 행동을 멈추게 할 긴급 처방도 안 보이고."

한세윤도 절망적인 표정으로 말했다.

"검찰 수사에서 기소까지 가는 데에도 많은 시간이 걸립니다. 12시간 내에 도저히 불가능합니다."

그때, 듣고 있던 민우가 한 마디 툭 던졌다.

"방법이 있습니다."

그날 밤 11시

광화문 청계광장 오피스 타운 뒷길에 위치한 식당가.

세종로 일대에 직장을 둔 샐러리맨들이 밤늦은 시각까지 술잔을 기울이고 있다. A 식당 한편에서 한라방송국의 탐사취재팀 제작진들이 회식을 하고 있다. 소주와 맥주를 섞은 소폭 글라스가 다섯 차례 순회한 후라 회식 분위기가 한결 무르익어 있었다.

"이봐, 조선일보가 새누리당 기관지가 아니고 한겨레가 민주당 기관지가 아니라면 보수 정권에서 진보 정권으로 바뀌었다고 신문사 논조가 갑자기 바뀔 이유가 어디에 있어?"

술이 유난히 약한 최영도 팀장이 약간 혀 꼬부라진 목소리를 내고 있었다.

"우리나라 신문이 언제 정파와 이념을 내세운 적이 있냐 이 말이야. 김대중 정권이나 이명박-박근혜 정권이나 지금의 정권이나 다 보수 정권 아니야? 그런데 정권이 바뀌었다고 해서 정부에 대한 논조가 180도 달라지는 것은 무슨 이유야, 그게 제대로 된 신문이냐 이 말이야!"

술이 들어가면 몇몇 대형 신문사들의 논조를 도마 위에 올려놓고 안주거리 삼아 비판하는 팀장의 모습이 재현됐다. 유력 일간지에서 근무하던 채성식 팀장은 사내 파벌 갈등에 치여 이리저리 한 직을 전전하다가 사표를 쓰고 나와 지금의 뉴스전문 방송사로 옮겼다. 뒤늦게 업종을 바꾸는 바람에 같은 나이 또래 방송사 직원들에 비해 직급에서 3년 정도 뒤처져 있는 신세다.

"하지만 독재 정권이 언론에 재갈을 물리던 시대보다는 지금이 낫지 않습니까?"

방송사에 입사한 지 채 5년이 안 된 막내급 PD가 나름의 자신의 소신을 피력했다.

"독재 권력의 언론 탄압보다 더 무서운 게 언론의 방종이라고. 언론의 독선이야! 그게 심해지면 다시 외부 개입을 부를 수 있어."

팀장이 마치 가슴에 맺힌 게 있는 것처럼 언론 비판을 쏟아냈다.

"방송사도 신문사 못지않게 정권 눈치 보고 있는 건 마찬가지 아닙니까?"

후배 PD가 선배 PD말에 이의를 제기했다. 그런 후배를 선배가 잠시 쏘아보더니 앞에 있는 술잔을 들어 입 속에 털어넣었다.

"선배는 더 좋은 직장으로도 갈 수 있었을 텐데 왜 이곳 뉴스 전문채널까지 오셨습니까?"

후배 PD가 이번엔 선배 PD에게 은근히 꼬는 마음을 담아 질문을 던졌다.

"그런 소리 하지 마라. 송충이는 솔잎을 먹고 살고 PD는 프로그램을 먹고 사는 거야. 대기업 들어가서 홍보맨 나부랭이 하는 것보다 좀 바쁘긴 해도 여기가 좋아! 우린 그래도 편파 논란에 휩싸인 일부 종편들보다는 낫잖아."

“채 선배, 전화벨 울립니다.”

“뭐? 어, 그래.”

그가 옆에 벗어놓은 옷에서 주섬주섬 휴대폰을 찾아 번호를 확인했다. 그가 휴대폰에 찍힌 전화번호를 확인하고는 눈이 동그랗게 커졌다.

“어? 민우 씨군요. 오랜만입니다.”

“너무 늦은 시간에 전화드린 것은 아닌지 모르겠습니다.”

“아닙니다. 후배들하고 술 한 잔 하고 있습니다. 제가 능력이 부족해 후속 보도를 못 해드리고 있습니다.”

“별 말씀을…… 오히려 제가 고마웠습니다. 채 PD님, 좋은 방송 아이디어 하나 갖고 내일 아침 일찍 찾아뵐까 합니다.”

“그래요? 어떤 겁니까?”

“내일 아침에 만나서 직접 말씀드리겠습니다.”

「속보를 전해드립니다. 조금 전 대검찰청 중앙수사부는 안도식 총리를 뇌물수수혐의로 조사에 착수했다고 밝혔습니다. 대검찰청 중앙수사부는 오늘 오전 한라방송국으로부터 총리 뇌물혐의 관련한 모든 자료를 넘겨받아 정밀 감정을 실시한 결과 방송 내용이 상당 부분 사실로 판단된다면서 이같이 밝혔습니다. 야당에선 안도식 총리의 범죄 혐의가 거의 사실로 드러난 만큼 검찰 수사에 영향을 미칠 수 있는 총리직에서 즉각 물러나라고 촉구했습니다. 총리실은 아무 답변도 내놓지 않고 있습니다.

한편 총리에 대한 검찰의 수사가 현 대통령에 대한 헌법재판소의 탄핵심판에도 적지 않은 영향을 미칠 것으로 전문가들은 내다보고 있습니다. 총리 혐의가 구체적으로 확인될 경우 대통령 탄핵의 배경으로 작용한 총리의 주장도 그 도덕적 명분을 잃어버려 탄핵심판에서 대통령 측의 주장에 힘이 실리게 될 것이라고 전문가들은 내다보고 있습니다. 참여행동 등 대통령 탄핵에 반대하는 시민단체연합도 조금 전 청계광장에서 긴급 기자회견을 갖고 총리의 즉각 사퇴와 대통령의 복귀를 강력히 촉구했습니다.」

북한 제1비밀의 실체

특공팀장은 혼란스러웠다. 전혀 예상치 못한 상황이 평양 지하벙커에서 벌어지고 있었다. 벙커 내 주도권이 정규군에서 반군으로 서서히 넘어가고 있었고 따라서 특공팀의 주적이 김정은 호위군대에서 반군으로 바뀌고 있었다.

'복잡하게 생각할 필요 없어. 우린 핵 통제센터 폭파가 주 임무니까. 이 일 성공에만 집중하면 돼.'

그것을 통해 북 정권의 만에 하나 있을지 모를 위험한 도발을 막고 아울러 주변국의 군사적 개입의 빌미를 사전에 차단하자는 것이 특공팀 작전의 주목적이었다.

팀장의 손에는 체포한 북한군 대좌를 통해 접한 벙커 내부 전시사령부 구조가 놓여 있었다. 벙커 내부는 생각보다 복잡하지 않았다. 전시사령부, 호위부, 탄약창고, 식량부, 전시내무반, 보위부 등 6개 주요 구역으로 이뤄진 전시 대비 구조였고 핵 통제센터는 전시사령부 부근에 있을 것으로 추정됐다. 특공팀은 전위조와 특공팀장이 있는 본대 형태로 나뉘어 전시사령부로 향하기 시작했고 본대의 후위 병력 일부가 후방 경계를 맡는 역할도 했다.

벙커는 폭 3.5미터, 높이 3미터 정도의 통로가 좌우상하로 뻗어 있는 형태로 천정엔 남쪽에서 보던 것과 비슷한 형태의 형광등이 덮개 없이 두 가닥의 철끈으로 군데군데 달려 있었고 벽 상단엔 군청색 덮개 속 CCTV가 일정한 간격으로 보였고 벙커 좌우 벽은 도료가 칠해지지 않은 시멘트 상태로 이뤄져 있었다.

전시사령부로 가는 길목에는 북한군 경계 병력이 일정한 간격으로 배치되어 있다는 것이 북한군 대좌의 진술이었다. 특공팀은 김정은 군과 반군 간에 충돌이 벌어지고 있는 북-동-남 지구를 피해 서쪽 통로를 이용, 가급적 북한군과 충돌을 최대한 줄이면서 목적지까지 도착하는 방법을 택했다. 아군 피해를 최소화하자면 북한군 내부가 어수선한 틈을 이용해 기습작전으로 소기의 목적을 거둔 후 신속히 빠져 나와야 했다. 전위조로부터 무선신호가 왔다.

"전방 30미터에 적 발견."

핵 통제센터로 접근하는 특공팀 내부에 긴장이 고조됐다.

"동무들 여긴 무슨 일이요?"

"지휘사령부 경계지원 명령을 받고 왔소."

"경계지원? 그런 얘기 못 들었는데."

"동무들한테 아직 연락이 못 갔을 수도 있소. 지금은 전시상태니까."

"동무들, 어디 소속이요?"

"3군단 수색대대 소속이요."

"3군단? 이번에 영웅적 역할을 한 부대 소속이군. 동무들 이번에 정말 장한 일 했소. 그런데 3군단에서 이곳까지 어떻게 왔소?"

특공팀이 잠시 머뭇거렸다.

"이곳까지 올 때 어떤 길을 택해왔느냐 이 말이오. 어차피 동무들이 밟은 길이 나중에 다 혁명의 길로 불려지지 않겠소?"

특공대원 중 한 명이 준비해 온 답변을 했다.

"아, 우린 대동교와 옥류교를 건넜소."

"어? 그 쪽은 아직 방어사령부 소속 잔당들이 만만치 않다고 들었는데?"

"다리 초입에서 만났지만 별 문제 없었소. 그들은 별 저항을 못하고 도망가기 바빴소."

"역시 대단한 3군단 병력이요. 동무들은 영웅이오."

특공팀은 그렇게 첫 관문을 무사히 통과했다. 그들이 100미터 쯤 더 앞으로 전진했을 무렵 전방에 또 다른 북한군 경계병력이 나타났다. 그들은 조금 전에 부딪혔던 경계병력보다는 무장이 좀더 잘 돼 보였다.

"전방에 기관단총으로 중무장한 경계병력이 보입니다."

"병력 규모는?"

"6~7명가량 됩니다."

"침착하게 계속 전진한다."

전위조가 그들에게 접근하는 동안 그들을 주시하고 있는 전방의 북한군 경계병력이 그들을 예의 주시하고 있었고 그들도 북한군의 미세한 움직임 하나하나도 놓치지 않고 있었다. 특공팀 전위조가 북한 경계병의 30미터 쯤 전방에 도착했을 때 그들이 특공팀을 향해 손을 들어 천천히 다가올 것을 지시했다.

"여긴 출입 제한 구역이요, 동무들."

전위부대는 북한군 경계병력의 움직임을 예의주시하며 각자 가진 화기의 방아쇠 위치에 신경 쓰면서 그들 가까이로 천천히 다가갔다.

"전선 사령부 경계를 강화하라는 긴급 호출 명령을 받고 가는 길이요."

"어디 소속이요, 못 보던 동무들 같은데?"

그때 전위조장의 눈에 북한군 지휘자의 가슴에 달린 3군단 상징마크가 들어왔다."

"10군단에서 3군단으로 전출되어온 지 얼마 되지 않았소."

그들이 한동안 특공팀을 예리하게 노려보더니 말했다.

"저 뒤에 병력들은 또 뭐요?"

"저들도 우리와 같이 온 병력이오. 경계를 지원하라는 긴급 호출 명령을 받고 우리처럼 합류하려 온 병력이오."

그들이 전위조 뒤를 이어서 가까이 다가오는 특공팀 본대 병력을 노려보고 있었다.

"일단 놈들이 안심하도록 접근하다가 돌발 상황시 적을 기습한다."

특공팀장이 대원들에게 지시했다.

"모두 몇 명이요?"

"총 20명이요."

"잠깐 기다리시오. 내가 위에 확인해 볼 테니."

무선신호기를 꺼내든 북한군 장교가 얼굴을 돌려 누군가에게 무전을 보내기 시작했다. 바로 그때 북한군 경계병력 중 한 명이 기관단총 방아쇠에 손가락을 거는 것이 특공팀에 감지됐다.

"적이 눈치 챘다."

그 순간 특공팀의 총구에서 불이 뿜었다.

"탕! 탕! 탕!"

전위조장의 선공을 신호로 특공팀과 반군 사이에 총격전이 벌어졌다. 북한군은 기습을 당한데다가 그들이 갖고 있는 기관단총은 특공팀의 신형 다연발 자동소총과 개량형 화랑 84 기관단총의 맞수가 되지 못했다. 적 추적 기능을 가진 특공팀의 레이더형 자동 사격에 적들이 하나둘 정확하게 쓰러졌고 일부는 도망쳤다. 총성이 벙커 내부를 울렸다.

"놈들이 곧 몰려올 테니 진입 속도를 더 낸다."

중도에 작전 포기는 처음부터 염두에 두지 않은 특공팀의 팀장은 좀더 빨리 임무를 끝내기로 마음먹었다. 그들이 오른쪽으로 방향을 틀자 전방에 지휘사령부가 보였고 전선지휘 사령부 앞에 늘어선 중무장한 북한 반군 경계병력들이 눈에 들어왔다.

"전위는 좌측, 후위는 우측, 본대는 적의 중심부를 공격한다. 집중 포화를 통해 속전속결로 적을 제압한다."

팀장의 신호가 떨어지기 무섭게 공격이 시작됐고 적의 반격이 이어졌다. 아군 한 명이 전투 도중 방탄 헬멧이 벗겨지면서 적의 공격에 즉사했다. 그러나 예상대로 반군은 신형 방탄특수복을 갖춰 입은 특공팀의 자동 다연발소총, 반자동 기관단총, 저격용 레이저소총 등의 공격에 제대로 저항을 못 하고 하나둘씩 쓰러졌다. 김씨 왕조를 천년 옹위할 것 같았던 평양 지하벙커 사령부는 내부의 적과 남쪽 특수군의 기습 공격에 이리저리 유린당하고 있었다. 건설한 지 30년도 더 지난 지하벙커는 여기저기 총탄에 유린되고 금이 간 벽에선 시멘트 조각들이 떨어져 나오기 시작했다. 군데군데 벽에 쓰인 낡은 구호들은 페인트칠이 떨어져 나가면서 그 형체를 잃어가고 있었다.

"특공 1호, M3으로 정문에 진입로를 뚫어라!"

지휘사령부 내부로의 진입 명령이 떨어지자 특공대원이 발사한 M3 무반동총이 북한군 지휘사령부 정문에 큰 구멍을 냈고 뚫린 구멍 사이로 최루성 연막탄과 신경가스탄 집중 공격에 이어 자동소총의 집중 공격이 시작됐다. 잠시 후 방탄과 연막 보호 장구를 착용한 특공팀이 사령부 내부로 진입했을 때 여기 저기 바닥에 북한군 시체들이 쓰러져 있었고 김일성, 김정일과 김정은의 사진이 담긴 깨진 액자가 바닥 위를 나뒹굴고 있었다. 그러나 반군 지휘부나 김정은은 보이지 않았고 특공팀의 주 타깃인 핵무기 통제 시스템도 보이지 않았다.

"핵무기 통제 시스템이 어디에 있지?"

"안 보입니다. 반군 지휘부도 보이지 않습니다."

급하게 탈출한 흔적만 있을 뿐 북한군 지휘부의 자취도 김정은도 핵무기 통제센터의 장비도 보이지 않았다. 특공팀은 당황스러웠다. 목숨을 건 특공 작전이 헛수고로 돌아갈 수 있다는 불안감이 들었다. 그때 무엇인가를 발견한 특공대원 중 한 명이 소리쳤다.

"책상이 바닥을 긁은 흔적이 있는데 어딘가 수상합니다."

팀장의 시선이 바닥에 드러난, 비정상적으로 무엇인가가 끌린 흔적을 주시했다. 팀장이 다른 특공대원과 함께 책상을 이리저리 밀자 책상이 한쪽으로 밀려나면서 지하로 내려가는 계단 입구가 드러났다.

짧고 굵고 빠르게

허벅지에서 흐르던 피는 멈추었지만 정은은 극심한 통증을 느꼈다. 그러나 한동안 다리가 끊어지는 듯한 고통을 주던 통증은 시간이 흐르면서 무감각해지는 일종의 최면 효과에 정은은 간신히 버티고 있었다.

정은은 불안했다. 핵무기 통제센터까지 장악한 그들이 이제 자신을 쓸모없다고 판단할지도 몰랐다. 김학수가 자기 입으로 같은 아버지의 피가 흐르고 있다고 했으니 설마 자신을 죽이기까지 할까 하는 일말의 기대감을 갖고 있었다. 그러고 보니 놈의 얼굴이 죽은 아버지와 많이 닮았다는 느낌마저 들었다.

'아니야, 저 놈은 가짜야. 진작 저놈마저 죽였어야 하는데.'

정은은 불쑥 나타나 아버지의 곁가지라고 주장하는 놈 때문에 자신이 꿈꿨던 모든 게 수포로 돌아가게 됐다는 생각에 분했다. 그런데 통증을 참으며 한쪽 구석에 방치되어 있던 정은의 눈에 한 가지 이상한 점이 눈에 띄었다. 자신을 체포하고 핵무기 통제권까지 손에 넣었음에도 그들은 어딘가 허둥대며 불안해 보였다.

'불안해 보이는 저 모습의 이유가 뭐지?'

정은은 반군이 눈치 채지 못하게 힐끗힐끗 그들의 행동을 훔쳐보았다. 대좌 계급을 단 장교 하나가 군사용 수통을 들고 정은에게 다가오더니 물을 건넸다. 물을 받아 마신 정은이 그에게 물었다.

"내 가족들은 지금 어디에 있소?"

그가 입가에 비웃음을 띤 채 대답했다.

"기대하지 말기요. 당신 가족 행방을 내가 어떻게 알아."

그는 그 말을 하고 획 돌아서 가버렸다.

'내 가족의 소식을 모른다? 그렇다면 밖의 전세가 아직 유동적? 그래, 그럴 거야. 공화국의 자랑스런 부대가 한 줌도 안 되는 반군 따위에 힘없이 물러설 리 없어.'

정은은 장교의 말 속에서 스스로를 위안할 거리를 찾았다.

'공화국 부대의 반격이 시작된 거야. 어떻게든지 버텨야 돼. 여기서 빠져 나가면 모든 것이 다시 제자리로 돌아가는 거야.'

그때 정은의 눈에 원형 탁자 위에 놓여 있는 체코제 CZ형 권총이 들어왔다.

'저 권총을 내 손에 넣어야 해!'

그러나 그것은 정은의 헛된 망상에 불과했다. 정은은 허벅지 총상에다 거대한 체중 때문에 움직이기도 어려웠고 조금의 움직임에도 참기 어려운 통증을 느꼈다. 그래도 정은은 탁자 위에 놓인 권총을 포기하지 않고 힐끗힐끗 반군의 시선을 피해 쳐다보기를 계속했다. 그러나 얼마 지나지 않아 반군 둘이 정은에게 다가오더니 정은의 양팔을 잡아 들어올렸다.

"일어서라우!"

"으으윽~."

정은은 그들에 의해 강제로 일으켜 세워지면서 뼈가 끊어지는 고통을 느꼈다. 마치 허벅지가 끊어지는 듯 했다.

"나를 어디로 끌고 가는 거요?"

"비상탈출구가 있는 곳을 말해!"

반군 지휘부와 그들은 거칠게 정은을 잡아끌어 급히 비상탈출구를 이용해 핵무기 통제센터를 빠져 나갔다.

길이 약 3미터, 폭이 약 2미터 가량 되어 보이는 지하로 향한 계단 쪽으로 특공팀은 최루탄과 신경가스탄을 퍼부었다. 뒤이어 총구를 전후좌우로 겨냥한 특공팀이 1미터 간격으로 지하 계단으로 뛰어들었다. 그들이 절반쯤 내려왔을 즈음 신경가스탄 공격에도 제압당하지 않은 일부 북한군의 반격이 시작됐고 그 북한군의 반격에 특공부대원 한 명이 어깨를 스치는 가벼운 부상을 입었지만 기선을 제압당한 북한군의 산발적인 반격은 특수방탄복과 특수장비를 갖춘 특공팀의 조준사격에 오래가지 못하고 무너졌다. 어깨를 스치는 부상을 입은 특공대원은 간단한 응급조치만으로도 전투력을 대부분 회복했다. 지하 계단을 내려온 특공팀 중 한명이 그들 뒤편에 있는 티타늄으로 된 특수문을 발견했다.

"특수문입니다."

"전자병!"

팀장의 지시에 전자병이 뛰쳐나와 특수문 앞에 달린 암호입력 덮개를 조심스럽게 뜯어냈다. 전자병은 준비해온 전자장비 상단과 연결된 선을, 덮개가 뜯겨 나간 보드 위의 복잡하게 얽힌 선들 중 두 가닥에 연결했다. 이어 전자장비 하단에서 뽑아져 나온 선을 바닥에 놓인 소형 노트북 모니터에 연결됐다. 위에서 아래로 어지럽게 흘러 내려가던 모니터 화면이 어느 숫자에서 자동으로 멈췄다. 전자병이 커서를 클릭하자 화면에, 숫자에서 시작된 디지털 공식이 이어지다가 맨 마지막에 암호 8글자가 깜빡이면서 멈췄다.

'k614756j'

암호를 입력하자 북한 최고 지도부의 전시 핵 통제센터의 문이 열렸고 밝은 조명에 내부에 빼곡히 들어찬 첨단 핵무기 통제장비와 모니터들이 드러났다. 전방에는 2대의 대형 모니터 화면이 설치되어 있었고 그 옆에 작은 모니터들이 격자무늬처럼 연결되어 있었으며 모니터 앞에는 장비들을 조정하는 전자 커서와 각종 스위치들이 가지런히 놓여 있었다. 화면을 응시하던 팀장의 눈이 불안하게 빛났다.

"모니터 상단에 나타난 저 미사일의 궤적을 추적해봐!"

팀장의 다급한 목소리로 소리를 질렀다.

"위도 3-7-5-0, 경도 1-2-0-6."

"그곳이 어디야!"

"NLL 서쪽 중국 영해로 날아가고 있습니다."

"중국 영해?"

미사일이 서쪽을 향해 발사 대기중이라는 체포된 북한군 대좌의 말이 떠올랐다. 전자병이 레이저 유도장치를 작동해 발사된 미사일 GPS의 궤도 변경을 시도했다. 시간이 흘러가고 있지만 미사일의 비행궤도에는 어떤 변화도 없고 미사일을 표시하는 점은 위험한 비행을 계속하고 있었다.

"최고점 도달까지 남은 시간은?"

"약 15초 남았습니다."

"미사일 궤도 수정해!"

미사일이 고점을 통과하기 전에 궤도를 수정해야 했다. 시간이 초조하게 흘렀다.

"미사일 궤도가 수정됐습니다."

전자병이 컴퓨터 조작을 통해 미사일 궤도에 영향을 미치는 GPS와 레이더 빔 조정에 극적으로 성공했다.

"미사일 위치는?"

"미사일 궤도가 중국 영해에서 서해상 공해로 수정됐습니다."

이제 남은 것은 조정된 유도장비의 정확성에 맡기는 수밖에 없었다. 그들은 날아가는 미사일의 궤적을 뚫어져라 주시했다. 미사일이 중국 영해에 떨어지면 중국군이 개입하고 중국군이 개입하면 미군도 개입할 공산이 크다. 결국 북한은 주변국의 군사개입에 직면하고 북한의 도발 여부에 따라 한반도 전체가 화염에 휩싸일 공산이 커지게 된다. 잠시 후 탄도 미사일이 서서히 하강하는 모습이 화면에 나타났다.

"미사일의 고점이 바뀌었습니다. 현재 궤도로 보아 서해상 공해로 떨어질게 분명합니다."

모니터 계기판상에는 북한 반군이 쏘아올린 미사일이 고점을 지나 서해상으로 빠른 속도로 하강하는 점을 그려내고 있었다. 그로부터 잠시 후 화면상에서 미사일이 사라졌다. 전자병이 컴퓨터로 미사일이 떨어진 지점에 대한 위치분석에 들어갔다. 잠시 후,

"미사일이 서해 공해상으로 떨어질 확률이 98퍼센트로 나옵니다."

GPS 위치 변경으로 탄도미사일의 고점을 낮춰 미사일이 중국 영해까지 가지 않고 서해 공해상에 떨어지게 하는 데 성공한 것이다.

"적이 입구 쪽으로 몰려오고 있습니다."

지하 1층 전시통제센터에 남아있는 요원으로부터 황급한 보고가 들어왔다. 팀장은 침착했다.

"북한의 스커드 미사일로 북한의 주요 군사시설을 공격하는 게 가능한가?"

팀장이 물었다.

"서버에 원격 명령 코드가 담겨 있다면 가능합니다."

북한의 지하 전시 통제센터는 북한의 동창리, 무수단리 기지등 주요 미사일 발사기지, 평안북도 신오리 이동식 발사기지, 태탄 비행자등 주요 군 비행장, 사곶 해군 기지등 주요 잠수함 기지와 직통으로 연결돼 즉각적으로 공격 명령을 내릴 수 있는 시스템을 갖추고 있었다.

"이곳 지하벙커에서 제일 가까운 주요 시설이 어디지?"

"금수산 주석궁이 있습니다. 반군 기지가 주석궁 인근에 있는 것으로 알려져

있습니다."

"음… 적의 시선을 돌리기엔 아주 적당한 장소군. 동창리, 무수단리 미사일 좌표 기지도 함께 찾아!"

잠시 후 모니터 화면에 목표대상 좌표가 떴다.

평양 금수산 주석궁 N 39-03-51 E 125-47-18

무수단 장거리 미사일 기지 N 40-51-20 E129-39-56

동창리 미사일 기지 N 39-39-35 E 124-42-21

"목표지점까지 소요 시간은?"

"각각 1분, 2분, 2분 30초 예상됩니다."

"미사일 발사 준비!"

"미사일 발사 준비 완료!"

"미사일 발사!"

"미사일 발사!"

1분 후!

"미사일이 주석궁에 명중했습니다."

폭발 굉음과 함께 주석궁 인근에 흙먼지가 뽀얗게 일어나자 입구로 들어오던 반군의 상당한 병력이 주석궁 인근으로 다시 몰려갔다.

"통제센터 폭약 타이머 설치."

"통제센터 폭약 타이머 설치."

초강력 폭약 장치를 핵무기 통제센터 곳곳에 설치를 완료했다.

"여기서 신속히 철수한다."

빠져 나갈 땐 후위조가 앞장섰다. 특공팀은 진입할 때와 마찬가지로 전위, 본

대, 후위조로 나뉘어 지하벙커를 빠져 나갔고 그들 손에는 통제센터 폭파를 언제든 명령할 신호기가 들려있었다

"추적조가 따라 붙었습니다."

그들이 핵 통제센터를 빠져나온 지 얼마 지나지 않아 팀장의 리시버에 후미조의 보고가 들어왔다.

"통제센터 폭파!"

"통제센터 폭파!"

폭파 전담병이 원격조종 버튼을 누르자 잠시 후 벙커 내부가 크게 흔들렸고 진동이 그들이 딛고 있는 시멘트 바닥까지 흔들었다. 이 폭발로 입구가 크게 막혀 버린 반군의 추적이 주춤거렸다. 잠시 후 특공팀이 지나간 또 다른 지점에서 터진 세 번째 폭약공격으로 적지 않은 수의 반군 병력이 죽거나 부상을 당했다.

"전방이 차단됐습니다."

끊어질듯 이어지던 북한군의 반격이 이번엔 전방에서 나타났다.

"송골매 MQk1 준비!"

송골매 MQk1은 미국과 이스라엘 무인기 기술을 업그레이드 한 차세대 한국형 무인공격기고 대통령의 야심찬 차세대 병기였다. 특공대장의 명령이 떨어지기 무섭게 후미 대원들이 각자 배낭에 보관하고 있던 부품들을 꺼내 무엇인가를 조립하기 시작했다. 이윽고 비행기 양 날개가 만들어지고 원통형의 비행기 동체가 만들어지더니 동체 하단에 엔진 두 쌍이 연이어 장착됐다. 이어 동체 앞쪽 하단에 두 개의 특수금속으로 만든 총열과 300발들이 탄창이 각각 후미에 부착되었다. 완성된 무인기 날개엔 어느새 태극마크가 선명하게 빛났다.

특공대는 출발 직전에 만난 대통령의 당부를 떠올렸다.

"이번 작전이 성공한다면 한국형 무인기사업을 둘러싼 국내 모든 논란이 소멸

될 것이오. 한 명의 사상자도 없이 전원 무사히 돌아오시오. 이건 명령이오!"

무인기동체 스위치에 이어 조정기 스위치를 켜자 바닥에 있던 무인공격기가 흰 연기를 내뿜으며 서서히 공중으로 부상했다.

'타타타.'

무인공격기 앞부분 총구에서 뿜어져 나오는 총탄이 북한군을 향해 쏟아지기 시작했다. 조종병이 손에 쥔 화면으로 적을 보며 공격하자 북한군이 속절없이 쓰러졌다.

조종병은 무인공격기를 전후좌우로 빠르게 움직이며 북한군을 유린했다. 무인공격기의 공격에 북한군이 허둥지둥대자 때를 노린 특공팀의 공격이 더해졌다. 북한군은 특공대원의 공격과 빠른 무인기 공격에 결국 버티지 못하고 달아나기 시작했고 특공팀은 무인공격기가 뚫어주는 탈출로를 따라 앞으로 전진했다. 무인공격기의 활약상은 동체 내부에 장착된 카메라에 고스란히 녹화되고 있었다.

최후의 순간에 떠오르는 것들

정은은 총상에 거의 무감각해진 다리를 혼자 질질 끌며 비상탈출 터널을 걷고 있었다. 비상탈출로는 지휘사령부에서 1호 열차까지 이어주는 예비탈출로로 아버지 김정일 통치 시절에 비상훈련 때 한번 와 본 이후로 이번이 두 번째였다. 비상탈출 터널에는 반군지도자 학수와 김정은, 1호 열차 기관사, 그리고 정은을 끌고 나왔던 반군지도자 경호원 2명 등 모두 5명이 특공팀의 기습을 피해 부랴부랴 피해 걷고 있었다. 비상 터널 안은 습기로 눅눅했으며 군데군데 천정에 달린 원형 커버 속 형광등에선 노르스름한 빛이 발산되고 있었다. 터널좌우측 면은 군데군데 바윗돌이 드러나 있고 깔끔하지 않은 페인트칠 상태는 비상 터널이 처음엔 없던 구조물로 나중에 긴급히 조성된 것임을 보여주고 있었다. 터널 폭은 사람 넷이 걸어가면 꽉 찰 정도였고 차량의 이동은 불가능한 구조였다. 결국 비상탈출 터널은 오로지 김정은의 탈출을 위한 것으로 무엇이든지 이중으로 만들어놓고 은밀한 이동을 즐기는 김씨 독재왕조의 특성을 드러내고 있었다.

"저 뚱땡이 왜 이리 늦어?"

앞서 나가던 반군지도자 학수가 걸음 속도가 느려터진 정은을 못 마땅한 표정으로 힐난했다. 정은은 혼자 힘으로 누런빛이 감도는 터널 속을 두 명의 반군의 감시 속에서 부축도 없이 진땀을 흘리며 걷고 있었다. 놈이 자신을 살려두는 건 아직 자신의 효용가치가 남아 있기 때문이라고 정은은 속으로 생각했다.

'내가 살아서 이곳을 빠져나가면 저 놈과 측근들을 반드시 요절을 내겠어.'

정은은 이렇게 속으로 다짐하면서 자신이 다시 재집권하는 상상을 몇 번이고 했다가 허물곤 했다. 정은은 조금 전에 귀에 들렸던 터널의 진동과 굉음의 정체가 궁금했다. 정은에게 그것은 희망과 절망의 두 가지로 다가왔지만 그 소음의 정체를 알 길은 없었다.

그들이 터널 속을 걸은 지 10여 분쯤 지났을 무렵. 눈앞에 '100미터' 라고 붉은 글씨로 쓰인 팻말이 나타났다. 몇 년 전 비상 터널을 찾았을 때 그 팻말을 보고 1호 열차까지의 거리를 나타내고 있음을 금방 알아차리던 것이 기억났다. 그때는 집권 후였고 세상에 무서운 것이 없었다.

터널의 한쪽 벽면에도 똑같이 100미터라는 검정색 글씨가 화살표와 함께 그려져 있었는데 그 숫자를 보는 순간 '이 지긋지긋한 지하벙커를 빠져 나가면 무슨 일이 기다리고 있을까?' 하는 생각이 정은의 머릿속에 온갖 상념을 불어 넣었다.

'그래, 내 통치 권력이 길을 조금 돌았다고 해서 크게 문제될 게 없어. 이제 곧 모든 것이 제자리로 돌아갈 거니까. 집권 이후 직선으로 달려온 내 주변을 잠깐 돌아볼 좋은 기회가 된 거야. 할아버지와 아버지가 남긴 이 공화국이 저런 근본도 없는 놈한테 휘둘릴 리 만무해. 저 밖에선 인민들이 나를 애타게 기다리고 있을 거야. 내가 없는 공화국이 얼마나 혼란스러운지 깨닫고 있을 거야. 자신이 살기 위해서 나를 함부로 못 죽이고 쫓겨가는 놈의 저 뒷모습을 봐. 지금의 이 시련은 훗날 나의 영광을 돋보이게 할 중요한 기록이 될 뿐이야.'

정은은 현재의 고통받는 상황을 합리화하니 마음이 한결 편해지는 것을 느꼈다. 하루 전, 반군들을 속이고 승전한 기념으로 열렸던 회식 시간이 떠올랐다. 언제 봐도 간장을 오그라들게 하는 무희들의 춤, 식탁 위에 올려져 있던 고급 요리들, 그가 평소 좋아했던 구운 양고기와 30년 된 보르도산 와인, 철갑상어 요리, 복어죽, 어릴 적부터 좋아했던 손만두 전골……. 자신도 그 이름을 다 모르는 공화국의 희귀한 음식들을 떠올리자 정은은 자기도 모르게 침을 삼켰고 그것이 마른 식도를 힘겹게 타고 흘러 내려갔다. 저녁때가 지난 지 꽤 오래된 느낌이 들었다. 바로 그때 앞서가던 반군지도자 학수가 돌아섰다.

"정은이 그간 고생 많았다. 네 역할은 여기서 끝이 난 것 같다."

'고생이 많았다고?'

그의 손에 들린 시커먼 권총이 정은의 눈에 공포스럽게 다가왔다.

"이봐, 왜 이래 학수……."

정은이 떨리는 음성으로 손을 들어 학수를 만류했다.

"너도 더 이상 버티는 것이 고통스러울 거야. 이쯤에서 너의 고통을 멈추게 해주지."

학수의 손에 쥔 권총이 서서히 정은을 겨냥해 앞으로 뻗어나왔다.

"너는 지금 죽어도 억울할 것은 없어. 너는 그간 북한 인민들이 100년을 누려도 다 못 누릴 호강을 누렸어. 하지만 나는 오늘 이 날이 있기까지 사람들 눈을 피해 컴컴한 삶을 살아왔어. 이제 네가 나의 지난 삶을 보상해줘야겠어."

"안 돼, 네가 살기 위해서도 나를 죽여선 안 돼! 네가 백두혈통을 죽인 것을 알게 되면 너도 언젠가 나 같은 신세가 될 거야."

"후훗, 내가 반군의 지도자라는 사실을 아는 인민은 거의 없어."

그러고 보니 놈은 방송국을 접수하고도 인민들에게 자신의 이름을 밝히지 않았다.

"인민들은 네가 죽은 이유에 대해 적당히 설명하면 나를 따를 거야. 이제 백두혈통의 유일한 생존자는 나니까."

"……."

"인민들은 이제 나를 김일성, 김정일 장군님이 국가 위기를 대비해 점지해 놓은 새로운 지도자로 떠받들게 될 거야."

"교활한 놈, 하지만 네 반란은 결코 성공할 수 없어. 너의 추악한 반역행위는 언젠가 드러날 거야."

피를 많이 흘린 정은은 자신의 목소리가 점점 더 땅속으로 기어들어가고 눈앞이 노래지는 것을 느끼면서도 학수를 향한 비난을 쏟아냈다.

"장성택 고모부를 죽이고도 중국과 4년을 단절된 채 지내야 했어. 네가 백두혈통인 나를 죽인 것이 드러나게 되면 중국뿐만 아니라 세상 어디에도 너를 받아줄 데는 없어."

"흐훗훗, 그렇게 생각하는 그것이 바로 너와 나의 차이를 보여 주는 거야. 난 너 같이 앞뒤 재보지도 않고 일을 저지르는 무모한 스타일이 아냐. 내 뒤에 배후도 없이 이런 일을 벌였을 것 같아?"

"뭐야? 그렇다면?"

"중국의 군벌들이 나를 지지하고 있어."

예전에 자신이 알던 학수가 아니라는 사실에 당황한 정은이 떨리는 음성으로 호소했다.

"이봐, 왜 그래 학수, 너와 내가 손을 잡으면 이 혼란을 수습할 수 있어!"

"손을 잡아? 이보라우, 정은이, 너는 껍데기야. 주위에서는 네가 쓰러지지 않게 받쳐주고 있었을 뿐이라고. 하지만 이제 그 받침돌들도 다 빠져 나갔어. 도망가고 배신하고 총 맞아죽고. 그리고 난 너만 보면 불쾌해. 네가 김일성 원수님 흉내를 내는 것이. 공화국에 태양이 두 개 떠 있을 수는 없잖아?"

학수가 잔뜩 비웃음을 머금은 표정으로 말했다.

"안 돼, 학수!"

"이제 작별할 시간이군. 더 이상 너와 얘기할 시간이 없어서 아쉽군. 잘 가라 정은이."

정은이 학수를 쳐다보려 했지만 앞이 뿌옇게 가려 보이지 않았다. 대신 일주일째 못 본 설주와 아들의 얼굴이 떠올랐다. 지나온 통치 기간이 한 줌 모래처럼 손가락 사이를 빠져나가는 느낌이 들었다.

"탕!"

한 발의 총성이 비상터널 안을 울렸다. 정은이 비대한 몸집을 사시나무 떨 듯 떨며 눈을 질끈 감았다.

"윽!"

어디서 짧은 비명이 들렸다. 정은은 자신이 총을 맞은 것인지 아닌지 구분이 서지 않았다. 눈을 떠보니 그의 앞에서 반군지도자 학수가 피가 흥건한 가슴을 움켜쥔 채 비틀거리며 쓰러지고 있었다. 그의 옆에는 1호 열차 기관사가 서 있었고 그의 손에는 방금 총알이 발사됐음을 보여주는 흰 연기가 새어 나오는 권총이 쥐어져 있었다.

"아니, 네 놈이……."

학수가 그 말을 끝으로 바닥으로 풀썩 쓰러졌다. 이번엔 기관사의 총이 호위병들을 겨누자 놀란 호위병들이 기관사를 향해 총을 난사했고 기관사도 그들을 향해 응사했다. 정은은 공포에 눈을 질끈 감고 얼굴을 두 손으로 가린 채 얼어붙은 자세로 그 자리에 서 있었다. 잠시 후 눈을 뜬 정은은 자신의 눈앞에서 벌어진 공포스런 장면을 보는 순간 공화국의 정의가 살아 있음을 확인하고 환희에 몸을 떨었다.

호위병들도 기관사도 모두 움직임이 없다. 학수도 급소를 정통으로 맞았는지 전혀 미동도 없고 얼굴을 터널 바닥에 묻고 있었다. 아버지의 충성스런 기관사가 대를 이어 충성한 것이다.

그러나 잠시 후 쓰러져 있던 반군 호위병들 중 한 명이 꿈틀거리며 일어서기 시작했고 놀란 정은의 눈이 호위병의 손에 들린 권총에 집중됐다. 비틀거리며 일어선 그의 권총이 정은을 향해 서서히 들어올려졌다.

"이봐, 다 끝났어. 반란은 실패했어."

"탕!"

당황한 정은의 말이 채 끝나기도 전에 반군의 총에서 총알이 발사됐고 총소리에 정은의 몸이 다시 한 번 떨었다.

"윽!"

반군이 쏜 총알이 정은의 왼 어깨를 관통하자 정은이 비명을 토해냈다. 정은의 시선이 두 번째 발사를 하려는 놈의 일그러진 모습과 쓰러져 있는 또 다른 반군의 옆에 놓인 권총을 오갔다. 놈이 비틀거리더니 다시 팔을 뻗어 정은의 가슴 부위를 겨누려는 순간 정은이 바닥에 놓인 권총을 짚기 위해 비대한 몸을 숙였다.

'탕! 탕!'

두 발의 총성이 울렸다. 정은의 눈에 복부에 피를 흘리며 쓰러져 있는 반군이 들어왔다.

'평소에 사격 연습을 많이 한 보람이 있군. 반군 수괴도 죽었어. 반란은 끝났어.'

정은이 거친 숨을 몰아쉬었다.

'여기서 나가야 해.'

"윽!"

정은이 갑자기 하복부의 힘이 급격히 빠지는 걸 느꼈다. 피로 물들어 있는 자신의 오른쪽 하복부를 보는 순간 그제야 반군이 쏜 총에 자신도 맞았다는 것을 알았다. 통나무 쓰러지듯이 바닥에 쓰러져 얼굴을 바닥에 묻은 정은이 거칠게 숨을 몰아쉬면서 몸이 끊어지는 듯한 고통 속에 신음했다.

"여기서 빨리 나가야 돼!"

그러나 정은은 한 발자국도 움직일 수가 없었다. 잠시 잊고 있었던 왼쪽 다리 통증마저 다시 시작되자 정은은 출혈과 지독한 통증 속에서 빠르게 정신을 잃어가기 시작했다.

"안 돼, 이대로 죽을 수는 없어!"

아버지에 대한 원망과 죽음에 대한 공포, 그리고 갑자기 찾아온 지독한 추위가 정은을 덮쳤다.

「뉴스 속보입니다. 대통령 권한대행의 뇌물 수수혐의를 조사하고 있는 대검찰청 특수수사부는 조금 전, 스위스 크레딧 은행으로부터 대통령 권한대행의 거액의 비밀 예금 사실을 확인하는 공문을 받았다고 밝혔습니다. 대검찰청 특수수사팀은 스위스 크레딧 은행이 보내 온 공문에는 한국인 '류' 명의로 되어 있는 450만 달러 거액 예금의 실제 주인이 대통령 권한대행임이 자세히 드러나 있었다고 밝혔습니다. 한편 조금 전 총리 공보실 대변인은 보도문을 통해, 대통령 권한대행이 뇌물 스캔들에 대해 책임을 지고 사의를 표명했다고 밝혔습니다. 공보실 대변인은 안도식 전 총리는 향후 대검찰청의 수사에도 성실히 협조할 것이라고 밝혔다고 전했습니다. 이로써 헌법재판소의 대통령 탄핵심판 최종 결정이 내려질 때까지 경제부총리가 대통령 권한을 대행하게 됐습니다. 헌법재판소 주변 소식통에 따르면 안도식 전 총리가 사임하고 그의 뇌물 수수가 사실로 밝혀진 만큼 대통령 탄핵심판 결정 시기도 빨라질 것이라 전망했습니다.」

"사필귀정이란 말이 딱 들어맞는 경우군요."

민우가 옆에서 함께 TV 속보를 지켜보고 있던 한세윤에게 말을 건넸다.

"민우 씨 일행의 도움이 컸습니다."

"저야 뭐 한 게 있나요? 여기 정일용 씨와 효진의 역할이 컸지요."

"세 분의 역할이 국가를 위기에서 구했습니다."

요원이 세 사람을 번갈아 쳐다보며 고마움을 표시했다.

"북한 내분 사태가 앞으로 어떻게 전개될까요?"

"우리 특공팀이 북한의 핵무기 통제센터 폭파작전을 기적적으로 성공시켰기 때문에 적어도 외부 개입의 여지는 차단됐다고 보입니다. 물론 북한을 탈출해 피난 오는 난민들에 대한 인도적 지원은 더욱 넓혀야 할 것입니다."

"북한 사회에도 과연 민주화가 가능할까요?"

"이제 남은 것은 북한 주민들 손에 달린 것 아니겠습니까?"

"70년 이상 김씨 독재체제에 길들여진 북한에 민주화를 추진할 세력이 있을까요?"

"이번 평양 특공 작전을 마치고 돌아온 특공팀장의 말에 의하면 북한에도 민주화가 가능하다고 믿는 세력이 있다고 합니다."

"그래요?"

바로 그때였다.

「방금 들어온 속보를 전해 드리겠습니다. 조금 전부터 평양 제3방송국이 김정은을 비난하는 방송을 내보내기 시작했습니다.」

"김정은을 비난하는 방송?"

「이 방송은 김정은과 반군 모두를 비난하는 내용을 담고 있어서 북한 급변 사태가 새로운 국면에 접어든 것으로 추정되고 있습니다. 평양 제3방송국에선 김정은과 반군을 모두 비난하는 방송을 생방송으로 진행하고 있는데 지금부터 북한 제3방송국의 방송 내용을 직접 시청자 여러분께 생생히 보여드리도록 하겠습니다.」

과연 아나운서의 말대로 북한 TV화면 오른쪽 상단에 생방송임을 알리는 LIVE라는 붉은색 영어 글자가 선명하게 걸려 있었고 화면에는 북한 TV 아나운서로 보이는 남자가 긴장된 표정으로 카메라 앞에서 원고를 읽고 있었다.

「평양 시민 여러분, 우리는 오늘, 반세기 이상 북녘땅 주민들을 탄압하고 착취해왔던 3대에 걸친 김씨 독재의 종말을 지켜보고 있습니다. 그들은 반세기 이상 북한 주민들의 천부인권을 박탈하고 극소수 특권층들과 결탁해 공화국의 부를 독식하며 수천 년 내려온 우리 민족 고유의 풍습을 훼손하고 김씨 왕조 개인숭배를 강요해 왔습니다. 지금부터 저희가 입수한 북한 수뇌부들의 이중적이고 퇴폐적인 비밀 파티 장면을 주민 여러분께 공개하겠습니다.」

'북한군 수뇌부 비밀파티?'

북한 아나운서의 말이 끝남과 동시에 TV 화면에, 어두침침한 실내에서 김정은을 중심으로 양 옆으로 어깨에 별을 단 북한군 장성들이 길게 앉아 있는 모습과 술과 음식이 가득히 차려진 식탁에서 김정은과 군 장성들이 파티를 즐기고 있는 장면이 나타났다. 술잔을 서로 기울이고 있는 김정은과 북한군 장성들의 모습은 다소 흐트러져 보였고 화면 하단에 나타난 녹화 날짜는 북한 내분 발발 이틀 후를 가리키고 있었다.

"하단의 녹화 날짜를 보니 급변 사태 이후군요. 북한군 고위층이 반란으로 혼란스런 상황에서 비밀 술 파티를 벌였다는 얘깁니까?"

더 충격적인 장면은 그 다음에 이어졌다. 화면이 갑자기 붉은 빛으로 변하더니 춤을 추고 있는 반라의 여성들의 모습이 나타났다. 반라의 여성들은 잠시 후 전라의 모습이 돼 일부 장성들과 춤을 추고 있었고 김정은과 자리에 앉은 장성들이 박수를 치며 즐거워하는 모습이 이어졌다.

「평양 시민 여러분, 이것이 바로 김정은과 군부 측근들이 인민들에게서 착취한 부로 그들만의 타락한 여흥을 즐기고 있는 모습입니다.」

아나운서가 다시 격앙된 목소리로 말을 이었다.

「시민 여러분과 군이 내전으로 목숨의 위협을 받고 동안 저들은 지하벙커에서 젊은 처녀들을 끼고 타락한 술판을 벌이고 있었습니다. 이 화면은 바로 저 술판에 동석했던 고위간부 한 명이 우리와 합류하면서 제공한 것입니다. 이 화면을 제보한 장성의 증언에 의하면 전시 지하벙커 내에는 100명 가까운 기쁨조들이 대기하고 있었다고 합니다. 다른 화면 하나 더 보시겠습니다.」

북한 아나운서의 말이 끝나자 이번엔 군복을 입은 한 사내가 나타나 증언을 하기 시작했다.

「인민 여러분, 저는 10군단 반군 보위부에 속했던 박수혁 대좌라고 합니다. 제가 직접 목격하고 비밀리에 촬영한 반군 지휘부의 반인민적 실상을 인민 여러분께 폭로하고자 이 자리에 섰습니다. 반군들이 선량한 주민들을 어떻게 살육했는가 직접 보시기 바랍니다.」

그의 말이 끝나기가 무섭게 북한 TV 화면에 반군의 회의 장면이 나타났다. 화면은 다소 어두웠지만 회의 음성은 또렷하게 들렸다.

"바다를 이용해 탈출하는 인민들이 늘어나고 있습니다."

"모조리 죽여 버려!"

"죽이라고요? 그 사실이 인민들에게 알려지면 혁명에 대한 여론이 나빠지지 않겠습니까?"

"난민들이 죽는 것은 우리와 상관이 없는 일이야. 주민들은 김정은의 소행으로 알게 될 거야. 난민들의 죽음을 적극적으로 알려서 김정은 군에 대한 주민들의 반감을 더욱 높이라구."

방송은 김정은과 반군의 이중적인 모습을 보여주려는 의도가 분명했다. 그 유례를 찾아보기 힘든 1인 독재체제 하에서 그 독재정권과 그 독재정권에 아부하던 반군을 정면 비판하는 방송의 존재 자체는 큰 충격이었다. 중동과 아프리카 등지의 독재체제가 붕괴되면서 나타나던 혁명적 상황이 북한에서도 나타나자 보는 이들에게 '설마' 하는 의구심과 '북한도?' 라는 충격을 동시에 안겨주고 있었다. 화면에 아나운서가 다시 등장했다.

「북한 주민 여러분, 김정은은 일주일 째 모습을 드러내지 않고 있고 허국도 등 반군의 수뇌부들은 내전에서 대부분 사망했으며 남은 자들은 자취를 감추었습니다. 인민을 감시하던 보위부와 독재세력을 지켜주던 방어사령부는 내분에 의해 붕괴됐습니다.」

아나운서는 적나라하게 드러난 김정은 군과 반군의 위선과 비겁함을 맹성토했다.

「이제 우리 인민들이 일어서야 할 때입니다. 오랜 세월 동안 우리 마음 속에서 커져 온 복종과 숭배와 공포의 타성을 벗어 던집시다. 우리에게 남은 적은 더 이상, 패퇴해서 자취를 감춘 김정은 군대가 아니라 우리 마음 속에 남아 있는 복종과 공포심과 위선입니다. 이제 인민의 손으로 각계의 전문가로 구성된 임시정부를 만들어 새로운 국가를 만들어 나갑시다.」

북한 TV 방송이 끝나자 비상 각료회의 참석자들 모두의 얼굴에서 홍분과 기대감의 표정이 가득했다. 대통령 권한대행인 경제부총리가 진행하는 제15차 비상각의에서도 참석자들 모두가 방송을 지켜보고 있었다. 언젠가 도래할 줄은 기대했지만 예측하기 어려운 미래의 어느 날 쯤으로 간주했던 북한 독재 정권의 붕괴가 눈앞에서 전개되자 모두들 충격을 감추지 못했다. 국방장관의 보고가 뒤를 이었다.

"부총리님, 방금 전 미국 고고도 정찰기가 촬영한 김일성 광장 모습이 입수됐습니다."

국방장관의 보고 후 지하벙커 각료 회의장 스크린에 생생한 북한 영상이 떠올랐다. 화면에 김일성 광장이 나타나더니 거대한 김일성, 김정일 동상으로 클로즈업되었고 이후 폭격에 파손된 금수산 태양궁전의 모습이 보였다. 화면이 동상 주변에 모인 사람들을 비추자 비상각의 참석자들 모두 긴장된 표정으로 화면에서 눈을 떼지 못했다.

화면이 다시 동상을 클로즈업했다. 김일성, 김정일 동상의 목에 밧줄이 걸려 있고 그 밧줄이 길게 계단 아래까지 이어져 늘어선 사람들이 그 줄을 잡고 있는 것이 비쳐졌다. 계단 아래에 길게 늘어선 수많은 사람들이 줄을 잡아당기고 있었다. 주변에 그들을 위협하는 자들은 아무도 없었다. 잠시 후 두 거대한 동상이 조금씩 흔들거리는 모습이 비쳐지자 참석한 일부 각료 입에서 작은 탄성이 흘러나왔다. 동상이 크게 흔들렸고 이윽고 두 동강이 난 채 계단 아래로 쓰러져 한동안 굴러 내려갔다. 사람들은 쓰러진 동상 조각들 주위에서 환호했다. 비상각의 참석자들은 침묵으로 지켜보고 있었다.

화면이 계단을 클로즈업하자 김일성, 김정일 동상 앞에 바쳐졌던 꽃들이 주민들 발에서 짓밟히고 있는 것이 보였다. 일부 인민들은 김일성, 김정일 동상 위에다 세 부자의 모형을 올려놓고 불태우고 있었다.

촬영화면이 종료되자 대통령 권한대행이 입을 열었다.

"지금 즉시 미 백악관을 연결시켜주세요!"

"백악관 연결됐습니다."

"이전 대통령 권한대행이었던 총리가 제안한 북한 핵시설 폭격 요청을 취소합니다. 이것은 귀국의 고고도 정찰기가 촬영한 김일성 광장 화면을 보고 내린 판단입니다. 북한에서 민주화를 향한 인민들의 봉기 조짐이 일어나고 있습니다. 외부에서 개입하기보다는 그들의 자율적 판단과 행동을 지켜봐야 한다고 생각합니다. 북한의 핵과 미사일 통제센터는 파괴되었고 북한 인민들의 자율적인 봉기가 시작되고 있습니다."

"좋습니다. 귀국이 보내온 북한 지하벙커 전시사령부 폭파작전 영상을 잘 봤습니다. 저희가 확인한 바에 의하면 북한 지하벙커가 크게 파손돼 상당기간 복구가 불가능한 것으로 판단됐습니다. 북한 핵무기가 완전히 해소된 것은 아니지만 급박한 북한 핵무기 위협이 사라졌고 또 북한 주민의 봉기 움직임이 일고 있는 만큼 저희도 좀더 지켜보는 데 동의하기로 했습니다. 중국 당국에도 미국의 이 같은 뜻을 전달할 것입니다."

미국과 통화를 마친 대통령 권한대행이 국내 경제 동향에 대해 각의 참석자들에게 입을 열었다.

"북한 급변 사태가 한 고비를 넘김으로 해서 국내를 빠져나가고 있던 달러의 유출흐름이 급격히 안정세를 되찾아가고 있습니다. 해외에서 발행되는 국채금리와 기업들의 발행금리도 빠른 속도로 안정을 되찾고 있습니다. 다만 증권시장의 경우 일부 종목이 급등세를 보이는 등 여전히 불안한 모습을 보이고 있습니다. 관련 기관장께선 증권시장도 조속히 안정을 되찾을 수 있도록 최선의 노력을 다해 주시기 바랍니다."

비상각의를 마친 대통령 권한대행이 어디론가 전화를 걸었다.

"각하, 모든 것이 사필귀정이 됐습니다."

전화를 받고 있는 이는 대통령직 직무정지로 헌재 결정이 내려지기까지 관저에서 칩거생활을 하고 있는 대통령이었다.

"부총리, 수고했소."

"무엇보다 대통령 각하의 특공대 파견 작전이 이번 사태를 마무리하는 데 주효했습니다. 5015 특공작전은 한국군 독자적으로도 얼마든지 가능하다는 것이 이번에 입증이 됐습니다."

남은 의문점들

10층 호텔 창밖으로 보이는 거리 모습은 을씨년스러웠다. 잎사귀를 다 떨궈낸 가로수들이 도심 도로를 따라 거리의 지친 병정처럼 늘어서 있었고 거리 곳곳에는 '대통령 탄핵을 취소하라' 고 쓴 현수막들이 어지럽게 걸려 있었다. 민우는 한 가지 의문점에 사로잡혀 있었다. 물러난 총리의 경우 뇌물을 받기는 했지만 북한 급변 사태 관련해 개입한 흔적이 어디에도 나타나지 않았다.

'명단에 나오는 류가 물러난 총리라면 총리가 과연 국내 배후의 핵심인물인가?'

그렇게 판단하기엔 총리가 비록 정치자금을 수수하고 과격한 주장을 펼치긴 했지만 그의 혐의는 복잡한 것이 아니었다. 그의 주장은 극우적 무력통일론에 가까운 것일 뿐이었다. 총리의 혐의는 류조국 소장이 넘긴 자료가 민우의 손에 들어온 이후 벌어진 여러 가지 일들을 설명하기엔 턱없이 역부족이었다.

총리의 사임 이후에도 풀리지 않는 의문점들에 깊이 빠져있을 무렵 민우의 윗주머니에서 휴대폰이 진동했다. 이메일 도착을 알리는 아이콘이 휴대폰에서 반짝거렸다. 효진이 앱을 알려줘 얼마 전 받아 놓은 것으로 이메일 도착을 알리는 앱이다. 받은편지함을 열어보니 몇 장의 사진이 도착해 있었다.

사진 이메일을 열어 보던 민우의 눈이 휘둥그레졌다. 그것은 국정원장과 강 회장이 함께 찍힌 사진들이었다.

'국정원장과 강 회장이 함께 사진을 찍어?'

도착한 사진들은 주변에 사람이 없었고 장소를 알기도 어려웠다. 다만 보낸 이의 아이디는 '딥 블루' 로 되어 있었다.

'딥 블루?'

민우는 누군지 전혀 감을 잡을 수 없었다.

'국정원장과 강 회장이 내밀한 관계?'

어딘가 어색한 그림이란 생각이 들었다. 민우는 보낸 이는 누구이고 자료를 왜 보냈을까 곰곰이 생각하다가 갑자기 머릿속을 스치는 생각에 정신이 번쩍 들었다.

'대통령의 정적인 국무총리 후원자인 강 회장을 국정원장이 만났다면…….'

국정원장과 강 회장의 관계를 시사하는 사진 메일을 보내온 이의 숨겨진 이유가 궁금했다.

'그것이 혹시?'

그때 그의 머리를 스치고 지나가는 것이 또 있었다. 총리계 의원들의 주도로 진행된 탄핵소추! 그 이유에는 대통령이 김정은을 돕는 모종의 조치를 취한 의혹이 있다는 것이 포함되어 있었다.

'총리가 정보를 어떻게 입수한 것일까?'

의문이 꼬리를 물고 일어났다. 그리고 그 뒤를 이어 민우의 마음 한구석에서 불길한 의혹이 스멀스멀 기어올라왔다. 민우는 문득 자신이 받은 사진 자료가 한세윤 요원에게도 갔는지 궁금해져 밖에 나가 있는 한세윤 요원에게 전화를 걸었다.

"민우 씨, 웬일로 전화했습니까?"

수화기에서 한세윤의 굵직한 목소리가 들렸다. 그의 목소리는 큰일을 슬기

롭게 넘기고 있는 사람답게 평온했다.

"한 가지 궁금한 것이 있어서 전화했습니다. 국정원장과 강 회장이 가까운 사이인가요?"

"국정원장과 강 회장이요? 그럴 가능성은 희박하다고 생각되는데요. 국무총리는 대통령의 정적이고 강 회장은 그러한 총리의 후원자였는데요. 그건 정치적으로 상상하기 어렵죠. 그런데 갑자기 그것은 왜 물어보십니까?"

"탄핵소추 이유를 보니까 총리가 5015 특공작전을 알고 있었지 않나 생각이 들어서요. 혹시 특공팀의 정보가 새지 않았을까요?"

"그럴 리는 없을 겁니다. 이 계획은 대통령이 직접 핸들링하셨습니다."

한세윤의 얘기는 국정원장은 특공팀 B플랜을 몰랐다는 것이다. 그렇다면 국정원장을 통해 강 회장이나 총리에게 기밀이 넘어갔을 리도 없다는 얘기가 된다. 민우는 그의 답변 내용으로 볼 때 자신이 받은 사진 메일이 한세윤에게 가지 않은 것 같다는 생각이 들었다.

"민우 씨, 괜찮습니까?"

"사실은 제가 조금 전 사진 메일을 하나 받았는데 국정원장과 강 회장이 비밀리에 만나는 장면이었습니다."

한세윤의 반응은 즉각적이었다.

"국정원장과 강 회장이 비밀리에 만나요? 어딘가 이상한 느낌이 드는데요. 저한테 그 사진 메일을 지금 바로 보내주십시오."

통화를 끊기 전에 요원이 한 마디 추가했다.

"민우 씨, 사태가 아직 완전히 종결된 것이 아니니 신변 안전에 신경 쓰세요."

민우는 특별팀의 조사가 그간 번지수를 잘못 찾은 것이 아닌가 하는 생각이 불현 듯 들었다.

요원과 통화를 끝낸 민우가 TV를 켰다. TV에선 급변하고 있는 북한 사태와 관련한 특집 프로그램이 방송되고 있었다.

"벌써 일주일째 김정은의 모습이 보이지 않고 있습니다. 때문에 김정은이 내전 과정에서 사망했을 가능성이 제기되고 있습니다."

한강대학교 장태호 교수의 답변에 사회자의 질문이 이어졌다.

"이렇게 되면 북한인민 민주연합이 향후 북한의 정국을 이끌어나갈 핵심세력으로 부상하게 되는 건가요?"

북한 인민 민주연합은 얼마 전 북한의 제3TV에 등장해 김정은과 반군을 비난하던 단체였다.

"현재로선 그 가능성이 높다고 생각합니다. 북한 김씨 왕조 독재 하에서 사실상 최초로 인민들의 자발적인 민주화 봉기가 발생했다는 점은 충격적입니다. 만일 이 세력이 없었다면 어쩌면 미국이나 중국 등의 외국 군대가 벌써 북한에 진출했을 수 있고 그 과정에서 한반도에서 국지전이 발발했을 가능성도 배제할 수 없습니다. 왜냐하면 북한에 군과 군 사이에 새로운 내전이 벌어졌을 수 있으니까요."

"김정은이 혹시 측근들과 함께 중국이나 아프리카로 망명했을 가능성은 없겠습니까?"

"그럴 수도 있겠지요. 하지만 현재 북한 내에서 진행되고 있는 혁명화 과정에 아무런 영향도 주지 못합니다. 김정은과 같은 독재자는 해외로 도망가는 순간 모든 것이 끝입니다. 해외에서 망명정부를 세울 수도 없고 다시 돌아오는 것도불가능합니다."

그때 사회자가 출연자의 말을 끊고 속보를 전했다.

「방송 진행 중 방금 속보가 전해졌습니다. 사임한 안도식 전 총리의 최측근인 홍인우 정책보좌관이 한강변에 세워진 자신의 차 안에서 숨진 채로 발견됐습니다. 경찰은 차 안에서 타다 남은 번개탄이 발견된 것으로 보아 자살한 것으로 일단 추정하고 있습니다. 하지만 유서가 따로 발견되지 않아 타살 가능성도 배제하지 않는다고 밝혔습니다. 경찰은 유족의 동의를 얻어 홍 씨의 사체를 국과수에 부검을 의뢰했습니다.」

민우는 뉴스 속보를 접하자마자 컴퓨터 앞에 앉아 숨진 홍인우에 대해 검색하기 시작했다. 안도식 전 총리의 국회 홈페이지 내 사이트에 접속해 홍 씨의 이메일 주소를 찾았다.

'딥 블루'

민우에게 사진 이메일을 보낸 이는 다름 아닌 안도식 전 총리의 홍인우 정책보좌관이었다. 총리가 조사받으러 왔을 때 대기실에서 명함을 건네던 홍 보좌관의 앳된 얼굴이 떠올랐다. 민우는 그 즉시 한세윤 요원에게 전화를 걸었다. 민우의 설명을 들은 요원이 다급한 목소리로 말했다.

"강 회장이 위험합니다!"

"지금 구속 상태 아닙니까?"

"얼마 전에 보석으로 풀려났어요."

그날 저녁

분홍색과 노란색 그리고 짙은 남색 조명이 환상적인 야경을 펼치고 있는 성산대교 인근의 최고급 H 빌라 단지. 3,000CC 검정색 세단 한 대가 H 빌라단지 지하 주차장으로 미끄러지듯이 들어가는 모습이 CCTV에 잡혔다.

"강 회장 차량 들어갑니다."

빌라단지 보안요원이 차량 진입을 확인했다. 강 회장은 지하 2층에 설치된 엘리베이터를 타고 3층 자신의 집으로 향했는데 강 회장의 빌라는 3층과 4층 복층으로 이뤄진 구조였다.

"밖에서 저녁을 먹고 들어 왔어요. 따로 차리지 않아도 돼요."

강 회장이 현관으로 마중 나온 아내에게 말을 건네고 이층으로 향했다.
"김 비서가 집으로 전화를 했었어요. 회장님이 휴대폰을 받지 않는다면서."
"그래요?"
강 회장이 윗도리 아래 주머니에서 휴대폰을 꺼내 부재중 전화를 확인했다.
"어? 김 비서한테서 전화가 왔었군. 구치소에서 나온 이후 내가 요즘 정신이 없어요. 확인할 것도 좀 있고 해서 서재에 올라가 있겠소."
복층 구조인 강 회장 집의 서재는 4층에 있었다. 강 회장이 4층 서재 문을 열자 찬바람이 느껴졌다.
"어? 창문이 열려 있군. 청소 아줌마가 그대로 놔둔 모양이군."
4층 창밖으로 한강의 야경과 꼬리를 물고 이어지고 있는 차량들 불빛이 한눈에 들어왔다.
'역시 감옥은 있을 데가 못 돼. 내 집이 제일 좋군.'
그때 강 회장의 전화가 울렸다.
"회장님, 저 김 비서입니다."
"전화가 늦었네. 무슨 일인가?"
"회장님, 뉴스 접하셨습니까?"
"……."
"총리 정책보좌관이 강변도로에 세워진 차량 안에서 사체로 발견됐습니다. 아직까지 유서가 따로 발견되지 않았습니다. 아무래도 타살된 것 같습니다."
"총리 정책보좌관이?
강 회장이 순간 강한 어지러움을 느껴 몸이 휘청거렸다.
"회장님, 괜찮으십니까?"
"음, 괜찮네, 갑자기 찬바람을 쐬어서 그런 것 같군."
"총리 보좌관이 평소 강 회장님을 잘 따르던 사람이라서 걱정돼서 전화를 드렸습니다.”

“음, 알았네. 쉬게.”

창문을 닫고 돌아서서 자신의 책상 의자에 앉은 강 회장은 얼마 지나지 않아 한 가지 이상한 점을 느꼈다. 자신의 책상 위 물건들에 누군가가 손을 댄 흔적이 느껴졌다. 강 회장이 급하게 책상서랍을 뒤져 무엇인가를 찾기 시작했다. 분명히 두 번째 서랍 속 작은 USB 박스 안에 넣어둔 기억이 나는데 보이지 않았다.

“이걸 찾나?”

강 회장이 고개를 돌리자 한 사내가 권총을 겨눈 채 서 있었다.

“아니, 당… 당신은?”

“흐흣, 살기 위해 많은 것을 담아 놓았더군.”

“당신이 어떻게 여기에…….”

강 회장이 제대로 말을 잇지 못했다.

“오해하지 마시오. 내 재판을 준비하면서 따로 정리해 놓은 것이오.”

“흐흣, 총리 보좌관도 같은 얘기를 하더군.”

그 말에 강 회장의 낯빛이 사색이 되었다.

“원하는 게 뭐요?”

“재판에 대비용이라고 했던가. 더 간편한 방법을 알려주지.”

그의 권총이 서서히 강 회장을 겨누기 시작했다.

“안 돼, 이러지 마시오. 이것은 일만 더 커지게 만들 뿐이요. 상황이 많이 달라졌어요.”

바로 그때 창밖에서 요란하게 울리는 경찰차 사이렌이 들렸다. 회색눈이 강 회장의 멱살을 잡고 창가로 다가가 밖을 내다봤다. 경찰차량이 강 회장이 거주하는 단지 쪽을 향해 줄지어 들어오는 것이 보였다.

“아니, 이 새끼들이 어떻게 알고?”

그가 당황한 표정을 지었다.

"포기하시오. 다 끝났어."

강 회장이 몰려오는 경찰차량들을 보며 말했다.

'피슝!'

회색눈이 강 회장을 뒤로 밀치면서 그를 향해 저격용 소음권총을 한 발 발사했다. 강 회장이 배를 움켜쥔 채 몇 걸음 뒷걸음질 치더니 책상에 한 번 부닥친 후 서재 바닥에 그대로 누웠다. 창밖을 내려다보던 놈은 경찰병력이 현관문 쪽으로 사라지자 창가 오른쪽으로 내려와 있던 줄을 잡고 5층 지붕으로 올랐다. 5층 지붕으로 오른 회색눈은 옆동 빌라 지붕 위로 건너가 아직 분양 중인 빌라의 난간들을 잡고 빌라단지 서편 지상으로 내려왔다. 강 회장의 빌라를 빠져나온 회색눈은 사철나무들이 심어져 있는 서쪽 빌라 정원을 가로질러 올림픽대로 방향으로 달렸다.

"놈이 9시 방향으로 도주합니다."

달아나는 '회색눈' 을 발견한 요원이 무전기로 한세윤에 보고했다

"쫓아!"

"강 회장은 어떻게 됐나?"

한세윤이 강 회장 집으로 들어간 다른 요원에게 무전기로 물었다.

"일단 병원으로 긴급 후송했습니다."

"반드시 살려야 해! 중요한 증인이야."

"피를 너무 많이 흘렸습니다. 응급의들도 비관적이랍니다."

"무조건 살려야 해!"

언덕배기에 세워진 빌라의 경사면을 뛰어내려온 회색눈 킬러는 정체로 인해 속도가 떨어진 차들을 피해 올림픽대로를 건넜다.

"놈이 올림픽대로를 건넜습니다. 고수부지로 향하는 것 같습니다."

놈의 움직임이 요원들의 적외선 망원경에 간헐적으로 포착됐다.

"올림픽대로를 건너?"

"고수부지 쪽으로 우리 요원들이 차량으로 이동중입니다."

"전 대원은 이 시각 부로 주파수 보안을 최고 등급으로 올린다."

찬바람 부는 고수부지로 내려간 회색눈은 자신이 타고 온 차를 찾아 주차장을 빠져 나온 뒤 올림픽도로 진입로 쪽으로 향했다.

"놈이 주차장을 빠져나가고 있습니다."

"교통관제센터, 방금 성수대교 고수부지에서 빠져나간 차량 확인바란다!"

고수부지 주차장 일대를 비추던 중앙교통관제센터 모니터가 주차장을 막 빠져나간 차량 한 대를 포착해 클로즈업하기 시작했다.

"차종은 흰색 아반떼, 차량번호는 32수xxxx, 김포공항 방면으로 이동 중이다."

관제센터의 연락을 받은 한세윤이 수사요원들에 지시했다.

"흰색 아반떼, 차량번호 32수xxxx에 탄 범인이 김포공항 방면으로 이동 중이다. 인근의 경찰 차량들은 범인 체포에 협조바란다."

잠시 후 주변을 지나던 경찰차량에서 반응이 왔다.

"범인이 탄 차량, 동호대교로 방향 틀었다."

"범인이 동호대교로 들어섰다. 동호대교 북단 통제하라."

"동호대교 북단 3호차, 범인 차량 기다리고 있다."

"동호대교 남단 2호차, 4호차 범인 차량 뒤쫓고 있다."

동호대교 북단 한쪽에 대한 통제가 시작되자 동호대교 차량 흐름이 갑자기 느려지기 시작했다. 동호대교 아래를 흐르는 강물이 교각의 조명을 받아 어둠 속에서 황홀하게 일렁이고 있었고 그 아래 올림픽대로엔 평소보다 극심한 교통체증이 빚어져 있었다.

"놈이 탄 차량이 다리 중반에서 느린 속도로 진행하고 있다."

다리 위 상황을 지켜보고 있는 중앙관제센터로부터 범인 차량에 관한 정보가 시시시각 수사팀에 전해졌다.

"2호차, 4호차, 놈과의 거리 10여 미터. 지금 즉시 놈을 체포하겠다."

"놈이 총기를 소지하고 있다. 신중히 접근하라."

10미터쯤을 앞두고 2호차와 4호차가 경광음을 울리며 놈의 차량으로 접근하기 시작했다. 영문을 모르는 차들이 양 옆으로 비켜났고 놈이 탄 차량과의 거리가 수 미터로 좁혀졌을 때 2호차,4호차에서 뛰쳐나온 요원들이 권총을 겨눈 채 놈의 차를 앞뒤에서 포위했다.

"차 밖으로 나와!"

요원들이 소리쳤다. 그러나 차량 문은 열리지 않았다.

"다시 한 번 경고한다. 차 밖으로 나와!"

갑자기 벌어진 상황에 놀란 주변의 운전자들이 거북이걸음으로 그들 주변을 지나가고 있었다. 잠시 후 잔뜩 겁에 질린 표정의 한 사내가 차 문을 조심스럽게 열고 두 손을 머리 위로 올린 채 밖으로 나왔다.

"난 그저 돈을 받고 시키는 대로 했을 뿐이요."

잔뜩 겁을 먹은 표정의 운전자가 떨리는 목소리로 말했다. 요원들은 차 밖으로 나온 운전자의 행태를 보고 어딘가 이상하다는 느낌이 들었다.

"놈을 체포했나?"

"놈을 체포했는데 좀 이상합니다."

"이상하다고? 그게 무슨 소리야?"

"범인 같지가 않습니다."

수사팀 중 아무도 회색눈을 본 이는 없었다.

"그 자의 정체를 확인해 봐!"

운전자가 내민 신분증으로 신원을 조회해 본 결과 그는 퀵 서비스업무와 이

삿짐센터 일 등을 하는 일반인이었다.

"고수부지에서 한 남자를 만났는데 그가 돈을 줄테니 시키는 대로 하겠느냐고 해서 얘기를 들어보니까 별로 힘든 일도 아니고 해서 그냥 이 차를 운전한 것뿐이에요."

수사팀의 표정이 일그러졌다. 한세윤이 중앙교통관제센터로 다시 전화를 걸어 새로운 협조 요청을 했다.

"관제센터, 지금 이 시각 고수부지와 성수대교 인근에 거동이 수상한 자가 있는지 확인바란다."

한세윤은 놈이 아직 멀리 이동하진 못했을 거라고 판단했다. 잠시 후,

"성수대교 인근 쉼터 쪽으로 거동이 수상한 자 발견! 키 173~175센티미터 추정, 챙이 달린 모자를 쓰고 있고 운동화를 신었다."

동호대교 위에서 체포한 운전자로부터 들은 놈의 복장과 같았다. 틀림없는 놈이었다.

"지금부터 무전기 사용을 중단하고 모든 내용은 휴대폰을 이용한다."

한세윤은 무전기 내용이 새어 나가고 있다는 판단을 했다. 내부의 적을 잡기 위한 은밀한 수사에는 애초부터 무전기가 맞지 않았다. 그가 5호, 6호 요원을 호출했고 그로부터 얼마 지나지 않아 그의 휴대폰이 울렸다.

"국정원장 차량이 성수대교 방향으로 이동하고 있습니다."

원장 주위에 붙여놓은 감시 요원으로부터 연락이 왔다.

"원장 차량이 성수대교로?"

한세윤은 왠지 불길한 예감이 들었다. 회색눈이 도주한 방향과 원장의 이동 방향이 일치했다. 한세윤은 5호, 6요원과 함께 성수대교 인근 쉼터로 급하게 이동했다.

성수대교 인근 쉼터 C구역

사내 한 명이 주위를 살피더니 CCTV가 없는 강변 쪽 나무 벤치로 다가가 앉았다. 그는 조금 전 강 회장 집을 빠져나온 사내였다. 킬러는 강물을 마주하고 있는 벤치에 앉아 마지막 작업까지 순조롭게 끝낸 것에 대해 스스로 만족해했다.

'이제 모든 것이 마무리됐군.'

성수대교의 조명을 받아 한강은 영롱한 빛을 띠고 있었고 쌀쌀한 날씨 탓에 쉼터엔 사람의 이동이 끊겨 있었다. 킬러는 어둠 속에서 영롱히 빛나는 한강을 바라보며 비밀요원으로 살아온 자신의 빛나는 삶에 대비했다. 도시의 밤이 아름다운 것은 자신과 같이 질서를 잡아주는 사람들이 있기에 가능한 것이라고 믿었다. 자신은 밤을 밝혀주는 불빛과 같은 존재라고 스스로 평가했다.

인기척에 뒤를 돌아보니 가죽점퍼 차림의 원장이 뒤에서 다가오고 있었다.

"주온! 수고했어!"

회색눈의 이름은 주온이었다. 원장이 벤치를 돌아 주온 옆에 가까이 앉았다.

"이것이 강 회장이 숨겨 놓은 USB입니다."

회색눈이 강 회장 집에서 갖고 나온 USB를 원장에게 건넸다.

"음, 강 회장이 어리석은 짓을 했군."

회색눈의 얼굴에선 아무런 표정 변화도 없었다.

"네가 나의 비밀 블랙요원으로 호흡을 함께 한 지도 20년이 다 되가는군. 이번 작전은 특히 위험하고 거칠었지만 잘 마무리해 주었어."

회색눈은 평소에 볼 수 없었던 원장의 칭찬의 말에 대꾸 없이 듣고만 있었다. 잠시 후 원장이 품속에서 두툼한 봉투를 꺼내 그에게 건넸다.

"자 받아, 해외로 나가서 국내가 조용해지면 들어오게. 당분간 자네의 위치를 숨기고 있어."

회색눈이 원장으로부터 현금 봉투를 받아들고 자리에서 일어나 몇 걸음을 옮겼을 때였다.

"참, 한 가지 빼먹은 게 있군."

원장의 말에 그가 가던 걸음을 멈추고 천천히 뒤로 돌아 섰다. 원장의 손에 들린 권총이 눈에 들어왔다. 회색눈의 눈빛에 날카로움과 당황함이 교차됐다.

"아니, 왜 저한테……."

"비밀의 완벽한 보장을 위해 어쩔 수 없어. 비밀보호의 마지막 절차가 자네가 없어져야 한다는 것을 생각해 보지 않았나?"

회색눈의 손이 안주머니 쪽으로 향하려는 순간 원장의 손에 들린 권총이 불을 뿜었다. 회색눈이 오른손으로 자신의 가슴을 움켜쥔 채 왼손으로 잠시 허공을 휘젓더니 오른 무릎부터 차례로 무너졌다. 회색눈은 정신이 아득해지면서 어린 시절 기억 속으로 급격히 빨려 들어갔다.

"요한."

친구들과 놀던 아이는 원장 수녀가 부르는 소리에 자리에서 일어나 원장 수녀를 바라봤다.

"네가 만나봐야 할 분이 있다. 나를 따라오렴."

아이가 원장 수녀를 따라 들어선 사무실에는 전에도 고아원을 몇 번 방문한 적이 있는 남자가 기다리고 있었다.

"요한, 인사드려라. 이 분께서 너를 양아들로 삼기로 했단다."

"요한, 앞으로 아저씨가 너를 공부도 시키고 네가 입고 싶은 것 먹고 싶은 것 다 사줄 거야."

요한이 원장 수녀와 고아원 친구들과 작별 인사를 하고 고아원 정문 앞에 멈춰 서 있는 차에 올라탔을 때 양아버지가 말했다.

"요한, 오늘부터 너의 새 이름은 주온이다. 이주온이다."

원장이 죽은 킬러에게 다가와 장갑 낀 손으로 그의 몸을 뒤져 자신이 건넨 봉투를 회수하고 안주머니에 있던 권총을 그의 손에 쥐어줬다. 그리고 상의 주머니에서 휴대폰을 꺼내 유심칩을 제거한 후 몸체는 강물에 던져버렸다. 킬러의 죽음을 확인한 원장이 어디론가 전화를 걸었다.

"한 팀장, 나 원장이다. 내가 놈을 잡았어. 놈이 권총을 사용하려는 기미가 있어서 정당방위 차원에서 놈을 쐈어. 지금 성수대교 아래에 있으니까 즉시 이리로 와서 놈을 싣고 가게."

한세윤은 원장의 전화를 받고 당황했다. 킬러와의 연관성에 의심을 두고 있던 원장이 먼저 전화를 걸어 킬러의 죽음을 알려온 것이다. 원장이 선수 쳤다는 느낌이 들었다. 한세윤이 요원들과 함께 현장에 가보니 과연 놈은 쓰러져 있었고 원장이 놈의 주변에서 불안하게 서성이고 있었다.

"한 팀장, 좀 늦었군."

원장이 한 팀장 일행을 발견하고 먼저 손짓을 했다. 원장의 손에 여전히 들려 있는 권총을 보자 한세윤은 긴장됐다.

"이제 모든 문제가 다 해결됐어. 청부 킬러도 죽었어. 각하도 곧 복귀하실 것이고 나라가 다시 안정을 되찾았어. 자네들도 그간 고생이 많았어. 각하께서 이 사실을 아시면 아주 만족하실 거야."

원장이 일방적으로 자신의 생각을 쏟아냈다. 한세윤은 평소 모습과 다르게 원장이 서두르고 있다는 느낌이 들었다.

"원장님, 한 가지 물어봐도 되겠습니까?"

원장이 다소 놀라는 표정으로 대답했다

"어? 물어본다고? 뭐든지 물어봐."

"범인이 이곳으로 올 것이란 것은 어떻게 아셨습니까?"

"범인이 갈 곳은 이곳밖에 없었어. 동호대교를 비롯해 다리란 다리는 경찰이 다 막고 있고 주차장 고수부지 역시 경찰의 수색대상이기 됐기 때문에 범인은 이곳으로 숨어들 가능성이 높았어."

"혹시, 죽은 킬러와 아는 사이였습니까?"

"그게 무슨 소리인가? 킬러와 아는 사이라니."

그렇게 말하는 원장의 말소리는 긴장되어 있었다.

"권총을 손에 쥔 킬러가 정면에서 총을 맞았습니다. 전문 킬러답지 않은 죽음이란 생각이 듭니다."

한세윤은 킬러가 무슨 이유로든지 크게 방심한 정황이 있다는 느낌을 지울 수가 없었고 그것은 원장과 킬러와의 관계일 수 있다는 생각이 들었다.

"한 팀장, 범인을 쫓다보니 많이 예민해졌군. 이제 다 끝났어. 국가를 위태롭게 하려던 세력들이 일망타진된 거야."

"한 가지 의혹이 또 남아 있습니다. 원장께선 구속된 강 회장과 가까운 사이였더군요."

"강 회장? 내가 그런 사업가들과 가까운 사이일 리 있나. 강 회장은 총리의 정치적 후원자 아닌가? 그런 얘기를 왜 갑자기 나한테 하지?"

한세윤은 원장의 숨소리가 거칠어진 것을 놓치지 않았다.

"원장님과 강 회장이 함께 찍힌 사진을 입수했습니다."

"사진?"

순간 원장의 표정에서 당황해하는 빛이 나타났다.

"허헛, 물론 나하고도 몇 번 만난 적은 있을 수 있지. 강 회장이 워낙 마당발 아닌가?"

원장이 교묘하게 답변을 얼버무린다는 느낌이 들었다.

"국정원도 이젠 과거처럼 특정 정파하고만 가깝게 관계를 맺는 그런 시대는 지났어. 필요하면 적하고도 만나야 하지 않겠나?"

"강 회장이 총리의 뇌물수수 건으로 조사 대상에 올라 있습니다. 그런 강 회장과 원장께서 은밀히 만난 사실이 있다면 조사 대상이 될 수밖에 없습니다."

"물론 수사에 협조해야지. 하지만 사진 때문에 혐의를 두는 것은 너무 무리라는 생각이 드는데."

그때 한세윤의 리시버로 긴급한 보고가 들어왔다.

"팀장님, 방금 전 정신이 잠깐 돌아온 강 회장이 이번 사건의 핵심 배후는 국정원장이라고 실토했습니다. 원장을 즉시 체포해야 합니다."

그 즉시 한세윤이 총으로 원장을 겨누며 말했다.

"당신을 살인교사 및 국가 변란 모의 혐의로 긴급 체포하겠습니다. 총 내려놓으시지요."

"살인교사? 국가 변란 모의 혐의? 도대체 무슨 소리를 하는 거야!"

"강 회장이 조금 전 모든 것을 실토했습니다."

"강 회장이?"

갑작스레 벌어진 상황에 놀란 요원들이 판단을 못한 채 원장과 한세윤 요원을 번갈아 쳐다보며 머뭇거렸다. 이들을 본 국정원장이 소리쳤다.

"이봐, 뭐하는 거야, 당장 한세윤을 체포해! 우리 조직에서 하극상은 이적행위야."

원장의 총은 어느새 한세윤을 겨누고 있었다. 한세윤이 곧바로 반박했다.

"이봐, 정신들 차려, 강 회장이 방금 모든 것을 실토했어. 원장이 배후라고! 원장은 국가안보를 위협한 중대범죄의 배후조종자야."

"좋아, 진정해. 내가 모든 것을 얘기해주지. 나는 국정원장으로서 북한 주민을 김정은 독재 정권에서 해방시키고 나아가서 통일의 기반을 조성하기 위한 방안 마련에 고민했고 결국 그에 관한 비밀계획을 수립했어. 그 비밀작전에 강 회장을 트로이 목마로 세운 것은 사실이야. 그것은 강 회장이 총리의 정치적 후원자였기 때문에 택한 방법이었어. 그러니까 강 회장은 총리를 움직이기 위한 일종의 지렛대 역할이었어."

한세윤은 원장이 교묘한 언변을 늘어놓아 요원들을 혼란케 하고 있다는 생각에 뻔뻔함마저 느껴졌다.

"비밀작전에 왜 총리가 필요했는지 그것이 궁금하겠지. 이번 비밀작전이 성공하려면 북한 내 반군세력을 내부의 적으로부터 보호해줄 수 있는 적당한 외부의 위협이 필요했어. 공격적인 대북 군사작전을 주장하고 있는 총리는 그런 점에서 적격이었어. 하지만 대통령은 이 절호의 기회에서조차도 북한 내분사태에 대해 중립적인 태도로 일관해 귀중한 시간을 낭비했을 뿐만 아니라 김정은 정권을 붕괴시키기 위해 나선 반군의 힘을 빼는 어리석은 군사행동까지 했어. 북한 주민들에 의한 민주화 봉기? 북한은 곧 혼돈 속으로 빠져들 거야. 북한 인민은 70년 동안 군부독재에 길들여져 왔단 말이야. 북한은 세계에서 가장 군사화된 국가고 북한 인민들은 세계에서 가장 길들여진 사람들이야. 북한에 군부세력의 등장은 시간문제야. 결국 이번에도 어리석은 온건파들 때문에 시간 낭비를 했어. 북한을 컨트롤할 수 있는 좋은 기회를 놓쳤단 말이야. 두고보라구, 이제 한반도는 더욱 불안한 상황 속으로 빠져들 거야."

"헛된 말로 요원들을 현혹하지 마시오. 당신 말은 궤변이오."

"궤변이 아니야. 이건 현실이야!"

원장이 소리 질렀다. 그의 소리가 날카로운 파편이 되어 한강 위의 찬 공기를 타고 멀리 퍼져나가는 듯했다.

"우리 안에서도 비밀공작은 필요하다고 생각합니다."

한세윤 옆에 서 있던 요원 한 명이 말했다. 요원들이 흔들리기 시작했다.

"좋아, 이제야 내 말에 귀를 기울이기 시작하는 요원이 나타났군."

한세윤은 요원 하나가 원장의 말에 현혹되자 불안한 마음이 들었다.

"나를 비롯한 몇몇 대북전문가들은 김정일이 죽었을 때 세상 사람들이 놓친 중요한 사실 하나를 발견했어. 김정일이 사망했을 때 주석궁에 조문 온 재일교포들 중에 일반 조문객들과 달리 김정일 가족 바로 뒤 그룹에 섞여 참배한 자를 발견했지. 그는 그간 외부에 한 번도 알려진 적이 없는 자였어. 심지어 그는 주석궁에서 조문을 맞는 김정일 유족 열의 맨 마지막에 서 있기도 했어. 우리는 몇 년에 걸쳐 그에 대해 집중적인 조사를 한 끝에 그가 김정은의 이복동생일 가능성이 있다는 사실을 알아냈어. 그도 김정은처럼 재일교포 출신 어머니를 두고 있었고 김정일은 고영희가 속해 있던 예술단 외에 다른 재일교포 예술단도 초청했었다는 사실을 알아냈어."

원장은 자신이 공작부서의 최고 수장임을 과시하려는 듯 베일에 가려져 있던 자신의 비밀공작에 대해 거침없이 설명을 이어갔다. 정보 계통에서 산전수전 다 겪은 사람임을 보여주려는 듯 목소리에선 거만함이 묻어 나왔다.

"무엇이라고 설명하든 당신의 추악한 의도까지 감출 수는 없어요. 당신의 잘못은 이미 여러 혐의로 드러나 있어요. 잘못을 합리화하려 들지 마시오."

한세윤이 이의를 제기했다.

"내 얘기를 마저 들어! 우리 비밀작전팀에선 그때부터 그에게 접근했고 그에 대해 아낌없는 투자를 해 왔어. 즉 그는 우리 공작팀이 양성한, 김정은을 대체할 병아리였단 말이야. 그의 모든 것은 다 우리 손 안에 있었어. 그런데 대통령이 그것을 망쳐놓았어."

그때 요원 하나가 한세윤에게 총을 겨누며 원장 편으로 돌아섰다.

"요원, 원장의 말에 현혹돼선 안 돼. 강 회장이 방금 실토했어, 원장이 배후라고. 원장의 순수하지 못한 의도는 조사하면 다 밝혀지게 돼 있어."

"이봐, 자네도 내 편으로 와서 서."

원장이 권총으로 자신의 옆자리를 가리키며, 남아 있는 또 다른 요원에게 자기편에 설 것을 재촉했다. 차가운 강바람이 그들 모두를 거세게 할퀴고 있었다. 그러나 잠시 망설이던 또 다른 요원이 한세윤을 겨누고 있는 요원에게 권총을 겨눴다. 한세윤과 요원 그리고 원장과 또 다른 요원 사이에 팽팽한 긴장감이 감돌았다.

"안 돼, 정신들 차려!"

한세윤이 자칫 사고가 발생할 수도 있다는 불길한 느낌에 요원들에게 소리를 질렀다. 바로 그때, 어디선가 집단 인기척이 그들이 서있는 바닥을 통해 전해졌다. 그것은 한 무리가 그들이 있는 쪽으로 급하게 다가오는 소리였다. 그들이 소리 나는 방향으로 고개를 돌려보니 십여 명가량 되어 보이는 무리가 어슴푸레한 어둠 속에서 그들을 향해 빠른 속도로 다가오고 있었다. 짧은 순간이지만 한세윤은, 달려오는 무리들의 정체와 목적에 대해 확신을 갖지 못하고 불안감을 느꼈다. 너무나도 뻔뻔한 원장과 그에 흔들리는 요원을 보자 법과 정의가 한 순간에 바뀔 수도 있겠다는 막연한 불안감이 들었다. 그러나 그러한 생각들은 얼마 지나지 않아 모두 기우로 드러났다. 잠시 후 어둠 속에서 모습을 드러낸 경찰청 산하의 특공대들이 대치중인 원장과 요원들을 신속하게 둘러싸더니 저격 자세를 취했다.

"모두 총을 바닥에 내려놓고 손을 머리 위로 올려!"

소리 나는 쪽으로 고개를 돌려보니 특공팀을 지휘하는 대검 공안부장검사가 전면에 모습을 드러냈고 이를 본 한세윤과 요원들이 총을 천천히 바닥에 내려놓았다.

"어? 장 부장검사, 마침 잘 왔소. 킬러를 내가 잡았소."

"원장, 당신도 총을 내려놓고 손을 머리 위로 올리시오."

"장 검사, 왜 이래? 뭔가 오해가 있는 것 같은데 체포해야 할 자는 여기 있는 한세윤 요원이요."

원장이 총을 내려놓길 거부하고 버티자 회색눈을 둘러싸고 있던 국정원 요원들과 경찰특공대 사이에 긴장감이 조성됐다.

"빨리 총을 버리시오, 원장. 거부하면 발사할 수도 있소. 당신에 대한 여러 혐의들이 드러났소."

잠시 후 쭈뼛거리던 원장이 결국 마지못해 권총을 바닥에 내려놓았다.

"대통령 권한대행의 명령에 따라 당신을 국정원법 위반과 국가공무원법 위반, 국가안보를 위태롭게 한 이적행위 혐의 등으로 긴급 체포하겠소."

그의 말이 끝나자 특공대원들이 달려들어 원장의 손에 수갑을 채웠다.

"장 검사, 뭔가 오해가 있는 것 같은데."

"당신은 변호인의 도움을 받을 수 있는 권리가 있고 당신에게 불리한 진술을 거부할 수 있는 권리가 있음을 알려줍니다. 참고로 당신의 혐의를 입증할 증거를 이미 우리가 확보했어요."

다음 날 오전

「속보를 전해드립니다. 조금 전 대검찰청 공안부는 이도상 국정원장을 반국가 이적행위혐의로 긴급 체포했다고 밝혔습니다. 대검찰청 장동식 공안부장검사는 기자들과의 일문일답에서 국정원장은 록히드마틴 등 국제 무기판매업체들 비밀 모임인 WOUP와 중국 동북3성에서 암약하는 군벌조직인 '홍무'로 구성된 비밀조직의 후원으로 유로퍼시픽아이즈라는 비밀회사를 차려 그간 막대한 사익을 챙겨왔으며 이들 국제 무기업체조직들이 추진하는 북한판 '카피' 공작에도 개입했던 것이 드러났다고 밝혔습니다. 장 부장검사에 의하면 WOUP와 '홍무' 조직은 김정은의 배다른 동생으로 알려진 재일교포 김학수를 김정은 대타로 내세우는 데 합의하고 비밀공작을 추진해 왔으며 이도상 국정원장은 이들의 공작을 지원하는 일에 사임한 총리를 앞세워 적극 가담해왔다고 밝혔습니다. 이 같은 사실은 어젯밤 괴한으로부터 기습을 당한 강 회장이 극적으로 회복하여 모든 것을 실토함으로써 밝혀졌습니다. 강 회장에 의하면 국정원장은 개인적으로 킬러를 고용해 여러 암살 사건을 배후 조종한 정황이 있으며 북벌론을 주장하는 총리를 배후에서 조종했다고 밝혔습니다. 그러나 국정원장이 고용한 킬러가 사망함으로써 의문의 피살사건과 관련한 원장의 배후조종을 입증하는 데에는 어려움이 있을 것으로 예상됩니다.

한편 미 · 일 · 중 · 러 주변 4개국 정상들은 조금 전 긴급 전화 접촉 후에 발표한 공동성명에서 한반도에서 주변국 군사모험주의자들이 꾸민 공작은 4개국 정부와 공식적인 관련이 없으며 앞으로도 북한 내에서 벌어지는 문제는 한반도에 거주하는 남북한인들의 독자적인 판단에 맡기기로 했다고 밝혔습니다.

4개국 정상들은 또 북한의 핵 통제센터의 성공적 폭파로 북한 핵무기 기능이 심각한 손상을 입은 것이 확인됐으며 이는 한반도 평화를 위해 고무적인 일로 생각한다고 밝히면서 한국의 이번 특수작전이 북한과 같은 불량 핵보유국의 문제를 해결하는 중요한 포인트를 제공했다고 밝혔습니다. 한편 이들 4개국은 물러난 한국의 총리와 맺은 합의는 총리의 불법성이 드러났으므로 자동 무효가 됐다고 덧붙였습니다.」

"홍무라는 건 어떤 조직입니까?"

뉴스가 끝나자 민우가 물었다.

"중국 동북 3성 군벌들과 연루된 비밀 사조직인데 비합법적인 사업을 하면서 군벌들에게 수익을 챙겨주고 또 불법적인 일들을 자행하는 조직으로 알려져 있습니다. 그러나 그렇다고 해서 이들이 중국 베이징의 지도부와 전혀 무관하다고 보긴 어렵습니다."

한세윤의 얘기는 민우가 지금까지 접해왔던 내용과는 다른 것이었다.

"중국 동북 3성 군벌들의 행위에 중국 베이징 지도부도 연루되어 있다는 의미입니까?"

"당연하지요. 중국은 공산주의 일당 독재체제 국가입니다. 베이징 지도부는 북한의 골치 아픈 문제를 다룸에 있어서 동북 3성 군벌들에게 어느 정도 우선권을 주었을 뿐입니다. 큰 그림은 다 중앙 지도부가 하는 것이고 문제가 생기면 자신들은 무관함을 내세우는 거지요."

한세윤의 설명은 민우가 명단 속 인물들에게 지금까지 접해왔던 내용과는 큰 차이가 있었다. 그렇게 생각하는 근거가 무엇인지 궁금했다

"우린 최근에 아주 중요한 사진 자료를 입수했습니다. 이것은 베이징 대사관 거리에서 류조국 소장이 강제로 끌려가는 장면을 인근 건물에 숨어서 비밀리에 촬영한 사진입니다. 베이징 대사관 거리에서 류조국을 강제로 끌고 갔던 자들은 중국 동북 3성 소속의 보안요원들이었던 것으로 확인됐습니다. 이것은 베이징 중앙 국가안전부의 허락 없이는 불가능한 일입니다."

"아니, 이 사진을 어떻게?"

"이 사진을 촬영한 사람은 인근 비즈니스 숙소에 머물던 관광객인데 우연히 이 장면을 촬영했다가 최근에 우리 쪽에 넘겼습니다."

민우는 한세윤의 설명에 몸에 소름이 돋았다. 중국 지도부에 대한 자신의 판단이 순진했다는 것을 깨달았다.

"이들은 류조국을 베이징 외곽 목재공장단지 인근에서 납치하려 했던 자들과 동일인물들인 것으로 밝혀졌습니다."

한강대교 위 CCTV

"형은 투신 그 자체 때문에 사망한 것이 절대 아니에요."

이인광이 형의 투신 사망 소식을 듣고 강한 어조로 반박했다.

"형은 북한 침투조에서 다양한 특수 훈련을 받은 사람이에요. 투신으로 사망할 사람이 아니란 말이에요."

동생으로서 형의 투신을 쉽게 믿지 못하는 인광의 심경을 민우는 충분히 이해했다. 무엇보다도 민우 자신도 장진동의 투신자살을 믿지 않고 있었다.

"형의 투신 현장을 내가 살펴볼 수 있을까요?"

민우가 인광을 진동의 투신 현장으로 데려갔다. 한강대교 위 강바람은 차가왔고 그들이 현장을 둘러보는 동안 수많은 차량들이 굉음을 내며 오갔다. 현장을 예리하게 살피던 인광의 눈이 무엇인가를 발견하곤 빛났다.

"한강대교 CCTV를 볼 수 있을까요?"

민우가 인광이 가리키는 방향을 보니 대교 가로등 위에 CCTV가 매달려 있었다. 민우도 의식을 못한 채 그간 무심코 스쳐 지났던 CCTV였다. 인광은 북한 사회안전부 조사요원 출신답게 날카롭게 현장을 훑으며 형의 사인을 밝히는데 조금이라도 단서가 될 만한 것들을 찾아냈다. 민우의 전화를 받은 한세윤이 즉시 합류해 민우와 인광과 함께 한강대교 CCTV 녹화필름을 볼 수 있는 현장으로 향했다.

"이곳에선 여러 대의 모니터를 통해 당시 상황을 파노라마처럼 볼 수 있습니다."

관제센터 요원이 모니터실 장비설명을 했다. 대교 위 CCTV를 살펴보던 중 장진동이 뛰어오는 모습, 그리고 그 다음 화면에 장진동이 강으로 뛰어내리는 모습이 잡혔다. 그리고 세 번째 카메라엔 자전거를 타고 건너던 민우가 자전거를 내팽개치고 허겁지겁 진동에게 뛰어가는 모습이 잡혔다. 화면을 보자 민우는 당시 급박했던 상황이 떠올라 심장이 방망이질쳤다. 센터요원의 도움을 얻어 민우와 인광 일행은 필름을 몇 번을 돌려봤지만 진동의 투신을 달리 설명해줄 증거를 찾을 수 없었다.

“한강대교 이전 구역에 설치된 CCTV를 볼 수 있겠습니까?”
“볼 수 있지요.”
잠시 후 모니터의 화면이 일제히 꺼졌다가 바뀐 화면으로 다시 등장했다.
“6번, 7번 화면을 보시면 됩니다.”
관제센터 요원의 안내에 따라 그들이 6번, 7번 화면을 살펴보던 중 대교 50미터 전방 모니터에서 진동이 쓰러졌다가 다시 일어나 뛰는 모습이 포착됐다.
“바로 이 지점입니다.”
인광이 CCTV를 멈추게 했다.
“이 시각, 근방을 지나는 차량들을 전부 조사해봐야 합니다.”
“차량이요?”
“형은 지나가던 차량에서 저격된 것이 틀림없습니다.”
“그게 가능합니까?”
센터요원이 의아한 표정으로 물었다.
“암살자가 자신을 드러내놓고 암살을 시도하는 것은 CCTV가 발달된 지금은 더 이상 찾아보기 어렵습니다.”
장진동의 인근을 지나던 차량 중에 저격 의심을 살 만한 차량 5대에 대한 조사가 시작됐다. 저격의 정확성을 감안해 장진동으로부터 반경 10미터 이내에 있던 모든 차량들이 조사 대상이 됐다. 그러나 정밀 조사에도 불구하고 5대의 차량에선 어떤 혐의점도 발견되지 않았다. 두 대는 손님을 태우고 가던 택시였고 한 대는 대교 위를 정기적으로 운행하는 버스 그리고 나머지 두 대는 승용차였는데 탑승객들의 신원에 의심스러운 점은 발견되지 않았다.
“잠깐만요.”
모니터 요원이 갑자기 그들 사이에 끼어들었다.
“4번 모니터를 보시죠. 버스에서 내리는 저 남자가 여러분이 찾고 있는 장진동 씨 아닌가요?"

민우와 인광의 시선이 4번 모니터를 향했다. 모니터 화면이 한 남자를 클로즈업하자 얼굴의 윤곽이 드러났다.

"맞아요. 진동 씨가 틀림없어요."

세 사람은 화면에 나타난 버스에서 내린 진동의 움직임을 예의주시했다.

"버스에서 내렸을 때만 해도 장진동 씨의 걸음걸이는 정상이었군요."

"결국 4번 CCTV에서 3번 CCTV로 이어지는 도로 어딘가에서 저격당했을 가능성이 큽니다."

이인광은 북한 사회안전부 요원 출신답게 CCTV에 담긴 내용을 날카롭게 분석했다.

"4번 카메라 컷, 4-B 카메라 인."

4번 CCTV가 촬영한 영상이 끝나갈 무렵 통제센터 요원이 인근의 4-B CCTV 영상으로 대체했다. 바로 그때, 지프차 한 대가 승용차들 뒤편에서 나타나 한강다리로 향하는 것이 보였다.

"저 지프차를 느린 화면으로 클로즈업해보시지요."

"저것은 신형 H2 허머입니다. 미 군용 지프차를 민간용으로 개조한 거지요."

센터 요원이 설명했다.

"미 군용 지프차?"

"뒷좌석 창문 부위를 확대해보시지요."

"여기서 더 이상 확대하면 그림이 흩어집니다."

"최대한 해보시지요."

지프차 뒷좌석 창문 부위가 화면 가득히 뿌옇게 나타났고 아래 부분에 원형으로 보이는 것이 희미하게 나타났다. 단정은 할 수 없지만 그것이 총구멍일 것이라고 세 사람은 짐작했다. 그러나 총구만 희미하게 보일 뿐 그 뒤의 있는 사람의 모습은 전혀 잡히지 않았다.

"화면 상태가 너무 안 좋습니다."

"차량 번호를 볼 수 있을까요?"

인광이 다시 의견을 냈다.

"가능합니다. 4-B CCTV 컷, 4-C CCTV 인."

약 15도 각도를 회전한 화면이 지프차의 뒷 번호를 잡았다.

'423 SK 5609'

"저 차 번호를 빨리 조사해보시죠."

30분쯤 경과 후 차량조회 결과가 도착했다.

"저 차량은 한국에 들어온 기록이 없습니다."

"뭐야? 한국에 들어온 기록이 없다고요?"

"다만 저 용의차량의 사건당일 이동 경로를 CCTV를 통해 추적해보니 효자동 쪽에서 장진동의 사망시각 1시간 반 쯤 전에 출발한 것이 확인됐습니다."

"효자동이요?"

민우의 머릿속에 진동이 남겼던 사진 속의 여러 장면들이 떠올랐다. 손가락에 끼고 있던 독특한 모양의 '칼과 긴 창' 의 반지 디자인이 떠올랐다. 건물 외벽에 붙어 있던 똑같은 반지 디자인 벽화도 떠올랐다. 그때 민우가 받은 느낌은 건물과 외벽 디자인이 어딘가 부조화스럽고 기형적이라는 것이었다. 수도 서울 중심지 위치를 감안하면 그 건물은 마치 바다 한가운데 떠 있는 무인도처럼 복잡한 도심 한복판에 기형적으로 존재하고 있었다.

"아무래도 그곳을 직접 찾아가봐야 할 것 같습니다."

한민우와 한세윤 그리고 이인광은 효자동 의문의 장소 정문 앞에 멈춰섰다. 건물은 높은 회색 담에 둘러싸여 있고 담 안에는 창문이라곤 거의 보이지 않는 시멘트 구조물 같은 두 개의 닮은 꼴 건물이 들어서 있고 옥상에는 대형 위성 안테나가 두 개 설치되어 있었다. 두 개의 동 중 하나의 건물 지붕 바로 아래에 교회 십자가를 닮은 상징물이 작게 걸려 있었는데 십자가라고 하기엔 가로 세로 양끝이 조금씩 휘어 있어 기이한 느낌을 주었다. 마당은 넓게 느껴졌지만 정문 밖에선 안이 보이지 않았다. 대형 철문으로 된 정문은 닫혀 있었고 오른쪽 상단에 별도의 작은 문이 달려 있었는데 거기에 '현대 평화와 성서연구소'라는 작은 팻말이 걸려 있었다. 한세윤이 작은 쪽문에 붙어 있는 초인종을 눌렀다.

"헬로우?"

잠시 후 인터폰에서 미국인의 음성이 들렸다. 한세윤이 자신의 신분을 밝히며 '423 SK 5609' 번호를 가진 차가 혹시 이곳 소유인지 물었다. 잠시 후 인터폰에서 자신들은 모르는 차라는 답변이 나왔다.

"건물 내부를 좀 볼 수 있나요?"

사전에 방문 예약되어 있지 않으면 출입이 곤란하다는 답변이 곧바로 돌아왔다. 그들은 압수수색 영장도 없는 상황이라 더 이상 요구할 수 없어 발길을 돌려야 했다. 그러나 수상한 점이 느껴지는 곳이란 생각이 그들의 머릿속을 떠나지 않았다. 민우, 인광과 함께 사무실로 돌아온 한세윤은 조사를 포기할 수 없어 긴급 압수수색 영장 청구 필요성을 제기했다. 그러나 그로부터 불과 수십 분이 지나지 않아 관련 부서로부터 전화가 걸려왔다.

"한 팀장이 원하는 곳은 압수수색 영장청구가 힘들겠습니다."

"그게 무슨 소리야!"

"그곳의 주인이 미국인으로 되어 있어요."

"뭐, 미국인 소유?"

영장 청구 뒤 불과 수십 분 만에 조사 불가 설명이 들어오자 세 사람은 시설에 대해 더 더욱 의문점과 분노감을 느꼈다.

"아무리 미국인이라도 치외법권까지 요구할 순 없지 않습니까? 그곳은 장진동 피살 사건과의 연루성이 포착된 곳이라고!"

"구체적인 증거가 드러난 것은 아니지 않습니까? 그리고 그곳은 일종에 준종교시설로 등록이 되어 있어요. 한 팀장이 워낙 강력히 요청해서 상부하고도 상의해 봤는데 난색을 표하더군요."

한세윤은 미 정부가 공식적으로 요구한 보호시설에 포함되어 있지도 않은 시설이 수사 대상에서 예외 대상이 된다는 사실이 이해되지 않았지만 당장은 어쩔 수 없었다.

"여기서 중단해선 안 됩니다. 형은 결코 자살한 것이 아닙니다."

조사 내내 열의가 가득했던 인광이 예상 외의 난관에 막혀 조사가 중단될 위기에 놓이자 소리쳤다. 민우와 한세윤이 인광을 안타까운 표정으로 바라봤다. 민우와 한세윤은 그의 표정을 보아 금방이라도 무슨 일을 저지를 것 같다는 불안감을 느꼈다. 그런데 인광의 강한 문제제기에도 좀처럼 진척이 없던 장진동 죽음의 원인을 풀 열쇠는 예상치 못한 데서 꿈틀대고 있었다.

그날 오후

"자료 검색 중 눈에 띄는 게 발견됐습니다."

인터넷 검색을 하던 한세윤에게 민우와 인광이 다가갔다.

"여기 이 자료를 보세요. '일본 자위대의 첩보요원들이 여러 형태로 신분을 감추고 한국에서 활동중이며 그들은 해외주재 상사원 신분에서 일본어 강사로까지 다양한 신분으로 위장해 활동 중이다' 라는 내용입니다."

'자위대? 그것이 미국인 소유 의문의 시설의 실체를 파악하는 것과 무슨 관계가 있다는 거지?'

민우는 한세윤의 설명이 다소 의아하게 느껴졌다. 그러나 인광은 예리한 눈으로 한세윤을 바라보며 무엇인가를 생각하고 있는 표정이었다. 인광의 눈빛은 한세윤의 설명에서 무엇인가 감을 잡은 듯한 느낌을 주었다.

"신분을 위장한 일본 자위대 요원의 한국 내 첩보활동 진위 여부에 대해 묻는 질문에 일본 방위상은 자신은 모르는 일이라고 답한 적이 있는데 이것은 실제로 신분을 위장한 자위대원들이 총리와 방위상도 모르게 독자적으로 은밀하게 활동해 왔기 때문이란 분석이 나오고 있습니다."

한세윤 설명의 핵심은 그 다음에 이어졌다.

"자위대 비밀요원으로 의심되는 자들의 한국 내 비밀회동 첩보가 몇 건 있는데 그 지역들을 자세히 살펴보면 상당수가 효자동 2x-4xx번지 일대와 겹칩니다."

'효자동 2x-4xx번지?'

"현대 평화와 성서연구소 인근 지역입니다."

두 사람은 물론 한세윤 요원까지도 첩보가 담고 있는 내용에 정신이 번쩍 들었다. 그것은 장진동 죽음을 포함한 일련의 사태에 일본 자위대가 연관됐을 수 있다는 것을 의미했다. 김정은의 이복동생을 내세우려 시도했다는 보도는 있었지만 일본의 직접적인 개입을 유추해 볼 수 있는 첩보의 등장은 그들에게는 큰 충격이었다. 민우와 인광의 시선이 한세윤이 읽어 내려가는 첩보 내용에 집중되고 있을 때 그들을 더욱 놀라게 하는 내용이 이어졌다.

"여기 보면 이것을 뒷받침하는 사례도 보고된 게 있어요. 지금으로부터 2년 전, 효자동에서 한 택시기사가 승객을 태우고 시내 투어를 한 적이 있는데 그의 손에는 일본어로 표기된 서울 지도가 들려 있었고 서툰 한국말을 쓰는 일본인 같았다고 합니다. 승객이 이것저것 물어보는 내용이 하도 수상해서 택시 기사가 신고를 했는데 그 후 조사가 진척된 것은 없다는 것이 첩보기록에 남아 있습니다."

“그렇다면 우리가 찾았던 그 의문의 시설 인근에 일본 자위대의 비밀시설도 위치해 있다는 얘긴가? 우연의 일치 아닐까요?”

“그럴 수도 있겠지만 최근 들어 미국과 일본이 부쩍 가까워진 움직임을 보이고 있는 것이 마음에 걸립니다. 미국의 후원 하에 일본 안보법이 개정된 후 자위대 비밀요원들의 한국에서의 비밀활동이 늘고 있다는 것이 이 보고서의 결론이니까요. 여기에 이를 뒷받침하는 국내 기사도 있습니다.”

「일본 자위대가 한국에서 신분을 위장한 채 불법적으로 스파이활동을 해온 사실이 드러나 파문이 일고 있다.

일본 〈교도통신〉은 일본 자위대의 비밀정보부대인 ‘육상막료감부운용지원 · 정보부별반’ 이 냉전시대부터 총리와 방위상에게 알리지 않고 독자적으로 한국, 중국, 러시아, 동유럽 등에 거점을 설치해 정보를 수집해 왔다고 보도했다.

전직 육상막료장, 전직 방위성정보본부장 등의 증언을 토대로 한 보도에 따르면 방위정보팀(DTI)이라고도 불리는 이 별반은 육상자위대의 정보 · 어학 · 인사 등을 담당하는 교육기관인 고다이라(小平) 학교의 ‘심리방호과정’ 수료자 수십 명으로 구성돼 있다. 이 과정은 첩보, 방첩 활동을 교육하고 훈련한다.

이들이 해외에 파견될 때는 자위대 이력을 없애고 다른 부처 소속으로 신분을 바꾼다. 또 일본 종합상사의 해외지사 직원으로 신분을 위장해 군사, 정치, 치안 정보를 수집하는 경우도 있다. 이들은 이렇게 수집된 정보를 출처를 명시하지 않고 육상막료장이나 정보본부장에게 정보를 보고해왔다고 〈교도통신〉은 전했다.」”

기사를 접한 이인광이 침통한 표정으로 입을 열었다.

“사망한 형이 자위대 개입 사실을 알았을까요?”

"내 생각엔 장진동 씨는 그것을 인지하기 직전에 피살당한 것 같습니다. 장진동 씨가 남긴 유품에는 일본 개입을 암시하는 그 어떤 단서도 없습니다."

"그렇다면 형이 마지막으로 만난 사람 있잖습니까? 그 사람은 이 비밀을 풀 열쇠를 갖고 있지 않을까요?"

한세윤과 민우가 인광의 의문 제기에 서로의 얼굴을 쳐다보았다. 두 사람의 등에 순간 전율이 스쳐 지나갔다. 한세윤이 전화통을 들고 부하 요원에게 즉각 지시했다.

"미국에서 들어온 박사의 국내 입국 과정을 전부 조사해 봐!"

잠시 후 한세윤 컴퓨터로 자료가 하나가 입력됐다. 자료를 날카로운 눈빛으로 주시하던 한세윤이 입을 열었다.

"박사가 무엇인가를 숨기고 있는 것 같습니다."

"박사가 숨겨요?"

"자, 이 자료를 보십시오. 연구원이 미국에서 한국으로 들어올 때 경로입니다."

경로에는 필리핀을 거쳐 일본에서 하루를 체류한 후 한국에 들어온 것이 드러나 있었다. 박사는 그들에게 일본 체류사실에 대해서는 얘기하지 않았다. 한세윤 일행이 즉시 연구원이 은신하고 있는 안가로 향했다.

새롭게 드러난 사실들

"박사는 지금 어디 있어?"

현장에 도착한 한세윤이 요원에게 물었다

"조금 전에 집 근처 슈퍼로 들어갔습니다. 곧 들어올 겁니다."

"슈퍼? 지금 즉시 가서 확인해 봐."

잠시 후 현장 보호요원이 다급한 목소리로 한세윤에 보고했다.

“슈퍼에 박사가 없습니다. 뒷골목과 연결된 슈퍼 뒷문이 있었습니다.”

“모두 흩어져서 연구원을 찾아. 그리고 전국 공항과 항만 그리고 주요 검문소에 연락해 연구원이 빠져나가지 못하게 조치해!”

잠시 후 요원들 눈에 언덕 아래쪽에서 낯익은 모습의 사내 하나가 걸어 올라오는 게 보였다.

“저기 올라오는 이는 박사 아냐?”

간편한 외출복 차림의 박사는 한 손에 슈퍼에서 구입한 검정색 비닐봉지를 들고 있었다.

“박사가 나타났습니다.”

부하요원이 한세윤에 무전으로 보고했다.

“계란과 식빵을 사러 나왔다가 집에만 있으니 답답해서 동네 초입까지 걸어 갔다오는 길이오.”

박사가 어리둥절해 하는 요원들 표정을 쳐다보며 말했다.

“날씨가 쌀쌀하니 집으로 들어갑시다.”

“박사, 이것에 대해 설명을 해주어야겠습니다.”

한세윤이 연구원이 집안으로 들어서자마자 그가 미국을 떠나 한국에 들어오기까지의 모든 이동경로를 기록한 표를 보여주며 물었다.

“한국에 들어오기 전에 일본을 들렀던데 이유가 무엇이었습니까?”

한세윤이 박사의 표정을 살폈지만 박사의 얼굴에선 별다른 변화가 없었다.

“나는 지금은 비록 미국 국적을 하고 있지만 내 피엔 한국 사람의 피가 흐르고 있어요. 내가 만일 미국에서 한국으로 곧바로 왔다면 그들은 나를 더 의심했을 것입니다.”

“박사, 끝까지 잡아떼는군요. 그렇다면 이것은 어떻게 설명하겠습니까?”

한세윤이 건네준 것을 본 박사의 표정에 당황함이 나타났다.

"아니, 당신들이 이것을 어떻게?"

한세윤이 박사에게 보여준 것은 국정원장과 박사가 함께 찍힌 사진이었다.

"두 사람이 만났던 이 카페는 CCTV가 설치되어 있었고 다행히도 아직 한 달이 지나지 않았기 때문에 지우지 않았다는 것이 주인의 설명이었어요. 자, 어떻게 된 일인지 설명해줘야겠습니다."

"난 그들이 시키는 대로 약간의 심부름을 했을 뿐입니다."

"어떤 심부름이었습니까?"

"일본에서 사람을 만나 USB를 받아 한국의 국정원장에게 건네주라는 거였어요."

"당신이 일본에서 만난 자의 정체가 일본 자위대 비밀요원이라는 것을 알고 있었습니까?"

"자위대 비밀요원이요?"

그가 한세윤을 잠시 쳐다보더니 입을 열었다.

"나는 그가 국제 무기 생산업체들의 비밀모임인 WOUP의 일본 측 파트너란 느낌은 받았지만 그가 일본 자위대요원이란 것은 정말 몰랐어요."

"WOUP의 일본 측 파트너요?"

"미국 무기의 세계 최대 수입국 중 하나인 일본은 미국의 글로벌 무기 생산업체들의 노하우를 전수받기 위해 그간 꾸준히 WOUP에 대한 투자 의사를 밝혀왔어요. 그동안은 받아들여지지 않았는데 미국 정부가 일본의 안보법 개정을 허용하면서 WOUP에 대한 일본 정부의 투자가 가능해졌고 그 투자 규모는 조금씩 늘고 있는 추세에요. 이로 인해서 WOUP 내에서 일본 정부의 목소리도 조금씩 커져가는 상황입니다. 하지만 WOUP와 일본 자위대와의 직접적 연관성에 대해선 나도 처음 듣는 얘기입니다."

설마 했던 일들이 하나둘 현실로 확인되는 순간이었다.

"장진동은 어떻게 만난 겁니까?"

"내가 국정원장을 만난 다음 날 그가 내 앞에 나타났어요. 내가 북한 정부와 내통하기 때문에 살해하라는 명령을 받았다고 했어요. 그들은 중간에서 심부름한 나를 제거함으로써 그 흔적을 없애려 했던 거지요. 하지만 장진동은 순수한 사람이었어요. 영혼이 맑고 애국심도 투철한 사람이었어요. 그는 내 말을 다 믿었어요. 본의 아니게 그를 속인 게 마음이 아픕니다."

"이 장소를 압니까?"

한세윤이 현대 평화와 성서연구소 건물을 박사에게 보여주었다.

"처음 보는 건물입니다."

"확실합니까?"

연구원이 그들을 쳐다보며 다시 말했다.

"이렇게까지 모든 것이 드러났는데 내가 왜 당신들에게 거짓말을 하겠습니까?"

서울 구치소 특별 접견실

"여긴 왜 왔지? 나는 곧 풀려날 텐데."

국정원장이 자신을 면회 온 한세윤을 노려보며 말했다.

"그거 알아? 국정원에서 나에 대해 제기한 혐의들은 모두 증거 능력이 크게 부족해. 증거 능력을 인정받을 수 없단 얘기야!"

"원장께서 국정원 산하에 대통령에게도 보고하지 않은 비밀 대북 공작조직과 불법적인 사후 처리조직을 운영해 왔던 정황이 포착됐습니다."

"이봐, 나를 어떤 식으로 협박하든 내가 한 비밀공작들은 모두 국가를 위한 것이었어. 김정은이 대화상대라고 생각하는 자들은 내 행동이 수상해 보일 테지. 그러나 그들은 정신이 썩어 빠졌거나 사상이 의심스런 자들이야."

"불법 비자금 조성은 어떻게 된 겁니까?"

원장의 얼굴에서 잠깐 흠칫거리는 표정이 나타났다.

"그게 무슨 소리야?"

"원장께선 유로퍼시픽아이즈라는 유령 회사를 만들어놓고 직무상 얻은 정보를 이용해 사적 이득을 취해서 그것을 스위스 은행에 비밀리에 보관해 왔더군요. 불법으로 사적 이득을 취한 것도 국가를 위한 것입니까?"

원장의 눈 밑 근육이 가볍게 흔들렸다.

"나는 모르는 얘기야."

그러자 한세윤이 서류 하나를 원장 앞에 던졌다.

"스위스 크레딧 은행에 비밀보관됐던 총리의 불법 비자금이 외부로 노출된 후 한국 정부의 강력한 자료 공개 요청을 해 스위스 정부가 스위스 내 타 은행들에 비밀리에 보관되어 있던 수상한 자금 내역에 대해서도 최근 한국 정부에 알려온 것입니다."

원장은 한세윤의 예상을 조금도 벗어나지 않고 말을 180도 바꾸어 뻔뻔스러운 변명을 늘어놓기 시작했다.

"불법 비자금 조성이 아니야. 그것은 비밀공작을 위해 사용될 것들이었고 많은 나라의 정보기관들이 다 그렇게 하고 있어. 국회의 불필요한 감시를 피하기 위해서 어쩔 수 없는 것이란 말이야. 자금을 조성하고 보관하는 방법의 차이였을 뿐이라고. 도대체 내가 무슨 죄를 지었다는 거지?"

"1급 정보를 관장하는 원장은 유로퍼시픽아이즈라는 유령 회사를 만들어 놓고 군산복합체들과 결탁해서 막대한 사적 이득을 취해 왔어요. 원장이 우리 요원들에게 자주 강조하던 내용이 있지요. 한국은 법치주의 국가입니다. 아무리 비밀공작이라 하더라도 공작금은 법 테두리 내에 있어야 하고 사람을 함부로 다치게 해선 안 됩니다."

"강 회장이 다시 의식불명 중태에 빠졌더군. 이제 그의 증언 능력은 법적효력이 크게 떨어질 가능성이 커졌어. 내가 암살의 배후라는 아무런 증거도 없어."

"원장이 놓친 사람이 있습니다."

"내가 놓친 사람?"

되묻는 원장의 목소리는 여전히 사실 부인에 대한 자신감에 차 있었다.

"박사가 살아 있습니다."

순간 민우의 눈에 원장의 동공이 흔들리는 것이 보였다.

"무슨 박사? 알아들을 수가 없군!"

"원장이 본인의 야심작이라고 생각한 김정은 교체공작이 사실은 미, 중은 물론 일본 비공식 조직까지 합작한 공작이란 것을 알고 자괴감에 빠진 겁니다. 사실 그 공작은 일본 자위대까지 개입한 비밀공작이었습니다. 일명 '더 카피' 공작이었지요. 원장은 그 사실도 모르고 거기에 힘을 보탠 겁니다. 그러한 사실이 외부로 알려진다면 당신의 공작은 불법과 무능만 남고 모든 명분은 설 자리가 없게 됩니다. 그러자 당신은 그러한 사실을 알고 있는 자들을 모두 제거하기로 마음먹은 겁니다. 장진동이 헨리슨 박 박사 암살에 성공했다고 믿고 장진동마저 죽이려 한 겁니다."

"무슨 소리하는 거야? 자위대라니. 그리고 난 박사가 누군지 몰라. 그리고 내가 암살을 지시했다는 증거가 어디에 있어?"

그러자 한세윤은 원장에게 박사와 함께 찍힌 사진을 건넸다. 기세등등하던 원장의 표정이 급격하게 무너졌다. 사진을 집어든 원장의 손이 가늘게 떨렸다.

"박사가 모든 것을 다 털어놨습니다."

"이봐, 북한 정권 교체 공작은 내가 하기 이전에도 이미 주변국들에 의해 진행되고 있었어. 북한 정권은 망하기 일보직전이었단 말이야. 그런 움직임들을 그대로 방치할 경우 한반도의 혼란이 불가피했어. 북한의 모든 자원들이 주변국들에 의해 유린당하게 되어 있었단 말이야. 그런데도 정부에선 사태의 심각성을 전혀 못 느끼고 내가 올리는 보고들을 묵살했어. 그래서 내가 나선 거야."

원장이 갑자기 목소리를 높여 자기주장을 펴기 시작했다. 한세윤은 끝까지 잘못을 시인하지 않고 변명을 늘어놓는 원장이 측은했다.

"원장이 주장하는 그 자는 김정일의 이복동생인지 여부가 불확실했습니다. 원장은 그 사실을 알고도 위험한 공작을 계속 밀어붙였어요."

"그건 중요하지 않아. 그 자는 반군의 지지를 얻는데 성공했고 우린 그의 모든 것을 손에 쥐고 있었어. 그런데 그것을 대통령이 망친 거야."

원장은 여전히 변명거리를 찾기 위해 애를 쓰는 것처럼 보였다.

"처음 의도는 순수했다는 얘기를 하려는 겁니까? 그걸 인정받고 싶다면 USB에 담긴 내용을 고백하세요."

"난 모르는 얘기야. 내가 할 수 있는 얘기가 없어."

"박사가 일본에서 받은 자료를 원장에게 건넸다고 밝혔습니다. 원장께서 받은 USB에 담긴 내용을 밝히세요. 그걸로 원장이 주장하는 일본과의 무관함을 밝히세요. USB 내용을 공개하지 않는다면 일본과의 연관 의심은 지울 수 없을 겁니다. 어떤 내용이었습니까, USB에 담긴 내용이?"

"거듭 말하지만 USB 같은 것은 없었어. 그런 것은 기억에 없어!"

한세윤은 원장의 속내를 알기 위해 회유해 보기로 했다.

"민감한 국가안보 사안이 법정에서 공개되는 일이 없도록 협조하시지요. 이런 식으로 불성실하게 답변하면 원장에 대한 최소한의 예우를 해드리기가 어렵습니다. 무슨 의미인지 아시지요? 연금 혜택을 받기 어렵다는 얘기입니다."

그러나 원장은 답변을 안 하기로 작심한 듯 입을 꽉 다문 채 한세윤의 시선을 피해 벽을 쳐다보고 있었다. 그의 표정은 처음보다 더 무겁고 완강해져 있었다. 자신의 비리가 드러난 데 대한 당황함과 함께 질문을 던지는 한세윤을 비웃는 듯한 미소까지 겹친 묘한 이중성이 느껴졌다.

"일본 자위대가 이번 공작에 개입됐다는 것은 나는 나중에야 알았어. 하지만 그것이 무슨 대수야. 어차피 한국, 미국, 일본은 한 묶음으로 가게 되어 있어."

한참 만에 무겁게 입을 연 원장은 자신에게 유리한 주장만 되풀이했다.

"외국 군대를, 그것도 일본군대를 다시 한반도에 끌어들여 통일을 이루는 것을 찬성할 국민은 아무도 없습니다."

"이봐, 그 카피 공작은 철학이 담긴 공작이었어. 이복동생 공작은 김정은 정권의 대타일 뿐만 아니라 그 허상을 보여주는 상징적인 전복 수단이었어. 거짓의 약점인 '정통성' 을 정면으로 공격하는 수단이었단 말이야."

"우린 원장이 공작을 핑계로 저지른 불법 행위에 대해 처벌을 하려는 겁니다. 상황 파악을 현명하게 하기 바랍니다."

한세윤이 원장에게 최후 통첩성 발언을 던지고 자리에서 막 일어서려고 할 때 그의 휴대폰이 울렸다. 낯이 익은 번호다.

"네, 한세윤입니다."

"한 팀장, 지금 어딥니까?"

"지금 원장을 잠깐 만나고 있습니다."

"원장 설득하는 일은 포기하세요."

"그게 무슨 말씀이십니까?"

"원장에 대한 기소 내용과 관련해서는 정부 차원에서 별도의 대응책 마련이 있을 겁니다. 그러니 한 팀장은 이제 이 일에서 손을 떼세요."

한세윤은 순간 당황했다. 지금까지 조사를 이끌어왔고 이제 마무리를 해야 하는 상황인데 갑자기 도중에 손을 떼라니 이해하기 어려웠다.

"아시겠지만 이 일은 제가 마무리를 하는 게 합리적일 것 같습니다."

그러나 수화기 너머 상대의 반응은 차가웠다.

"한 팀장도 알겠지만 이번 사안은 국정원 차원을 넘어 주변국과와의 외교적 문제도 걸려 있어요. 그래서 혐의 조사 기조를 정부와 검찰이 보조를 맞추기로 했어요. 그렇게 알고 손을 떼세요."

그때 쓴웃음을 짓고 있는 원장의 표정이 눈에 들어왔다. 마치 통화 내용을 다 안다는 듯한 표정이었다.

"내가 뭐라고 했나? 나는 억울하다고 하지 않았나?"

뜻을 알 수 없는 웃음을 흘리며 같은 주장을 펴는 원장을 보자 한세윤의 머릿속에 떠오르는 것이 한 가지 있었다. 한세윤은 수화기 너머 상대가 하는 말을 들으며 통화중인 휴대폰을 든 채 접견실 밖으로 나왔다. 한세윤이 접견실 밖 복도에서 전화를 걸어온 사람에게 물었다.

"한 가지만 여쭙겠습니다. 효자동 의문의 시설에 대한 압수수색 영장 청구를 윗선에서도 난색을 표했다고 했는데 그것이 VIP의 뜻이었습니까?"

잠시 침묵 끝에 수화기 너머에서 답변이 흘러나왔다.

"VIP가 아니라 비서실장이었어."

'비서실장?'

"어디서 정보를 입수했는지 워낙 강경하게 반대를 해서 어쩔 수 없었어."

한세윤은 왜 청와대에서 나서서 압수수색 영장 청구를 반대했는지 의문이 들었다. 통화를 끝낸 한세윤이 접견실의 원장에게 '국가와 국정원을 위해 다시 한 번 생각해달라' 는 말을 하고 구치소를 나왔다.

사무실로 돌아왔지만 일이 손에 잡히지 않았다. 원장은 USB에 대해 입을 다 물고 있고 조직 상부에선 사실상 조사 중단 지시가 내려왔다. 그것도 대통령의 복심이라고 할 수 있는 비서실장으로부터.

'그럴 리가 없어! 대통령은 주변국의 군사개입을 그 누구보다 강력하게 반대했는데.'

한세윤은 이런저런 생각에 머리가 아팠다. 자신이 이용당하고 있었을지도 모른다는 생각이 들자 불쾌감마저 느껴졌다. 또 접견실을 나올 때 자신을 비웃듯이 쳐다보던 원장의 복잡한 표정이 떠올랐다.

'원장은 무엇을 알고 있는 거지? 무엇을 감추고 있는 거야?'

한세윤이 사건 수습 막바지에 부닥친 예상치 못한 상황에 혼란을 느끼고 있을 때 휴대폰이 울렸다. 발신자 확인이 안 되는 번호가 창에 떠 있었다. 한세윤의 공무용 휴대폰 번호를 아는 사람은 정부 내에 극히 제한되어 있었다.

"한 팀장, 나 육동회 비서실장이요."

전화를 걸어온 사람은 대통령 비서실장이었다.

"여러 가지로 혼란스러울 줄은 알겠지만 원장에 대한 국정원 조사는 이쯤에서 멈추는 것이 좋겠소."

"아시다시피 아직도 풀어야 할 숙제가 많이 남아 있습니다."

"북한 사태가 평화적으로 수습됐고 또 원장의 비행을 적발했으니까 여기서 더 이상 나가지 않는 것이 좋겠소."

"일본 자위대의 개입이 새롭게 드러났습니다. 이것을 우리 국민이 알면……."

비서실장이 말을 끊었다.

"미국 정부가 일본 자위대의 개입이 표면화되는 것을 원치 않고 있어요. 일본과의 외교마찰도 우려되고……. 알겠지만 한미일 동맹 구축이 중요하고, 정부로서도 우리 국민이 받을 충격을 고려하지 않을 수 없어요."

"일본 자위대의 북한 개입 문제는 한·미·일 3국의 협의를 거치기로 이미 다 합의된 내용 아닙니까?"

"자세한 얘긴 할 수 없지만 비밀 합의가 맺어져 있어요. 한·미·일 3국 정부 간에……. 이전 정부 때 맺어진 것이긴 하지만 우리가 깰 순 없어요. 미국도 개입된 것이고 또……. 그 내용은 전체 협정 내용 중 공개된 일부분에 불과해요. 한·미·일 3국은 그 외에도 공개되지 않은 여러 비밀 논의를 했어요. 국민들의 반발과 불안을 고려해서 공개하고 있지 않을 뿐이요. 당시 한일 협정에 대해 대통령이 아닌 총리가 대신 국무회의를 주재한 것도 훗날 역사의 논란에 서고 싶어하지 않는 심정이 작용했을 것이오. 위안부 합의도 그 일환이었소."

한세윤은 비서실장의 말을 도무지 수용하기 어려웠다. 한미일 동맹 구축이란 이유로 모든 것을 다 덮어야 하다니…….

"그렇다면 원장이 감추려는 내용이?"

"짐작컨대 공개되지 않은 한미일 비밀협정 관련 내용이 USB에 담겨 있을 것이오."

"그렇다면 더욱 더 그것이 법정에서 공개되지 않도록 사전에 손을 써야 하지 않겠습니까?"

"한 팀장, 잘 생각해보시오. 칼집에서 뺐지만 사용할 수 없는 칼보다는, 칼집에 그대로 있는 칼이 더 무서운 법이오."

"……."

"3국 비밀논의 내용은 그것이 공개됐을 때 한국 국민의 저항에 부닥쳐 얼마 못 가 파기될 수 있어요. 협정은 협정일 뿐 조약이 아니니까. 한미일 3국동맹 조약으로 가기엔 아직 한국 국민의 반일 감정이 식지 않았기 때문이요. 그러나 비밀협정 내용을 공개하지 않고 흔들고만 있으면 그 자체가 정치적 카드가 충분히 될 수 있어요. 왜냐하면 거기에는 많은 정치인들과 관료들의 민낯이 포함되어 있으니까. 그리고 그들 중 상당수가 아직 현역에 있어요. 비밀협정 내용은 불리한 측면과 유리한 측면을 다 갖고 있기 때문에 어느 한쪽의 선택을 쉽사리 하기가 어려울 것이오. 카드를 쥔 쪽이 방어하는 쪽이라면 비공개하는 편이 정치적으로 더 큰 효과를 거둘 수 있을 것이오. 지금 원장은 바로 그것을 노리고 있는 거요."

"그 말씀은?"

"즉 카드 공개를 꺼리는 쪽에서 자신의 편에 서 주길 기대하는 것이오."

"국가에 큰 비리를 저지른 원장 편에 서 줄 사람들이 있다는 얘기입니까?"

"……."

"도대체 공개되지 않은 구체적인 내용이 무엇이길래 이렇게까지?"

잠시 침묵 후 비서실장의 답변이 이어졌다.

"한 팀장, 북한은 우리 헌법에 의하면 한국의 영토이지만 한반도 밖을 벗어나면 유엔에 가입한 별도의 독립 회원국가라는 것이 미국과 일본의 입장이요. 주변국가 군대가 북한 개입을 하려 할 경우 이를 막을 수 있는 국제법적인 권한이 우리에게 없어요. 또 그런 조항도 국제법에 없어요. 이것이 우리의 위험한 현실이오. 그러나 여기서 그치는 것이 아니요. 안보적인 위험성은 그 속에 경제적 가치를 내포하고 있어요."

"……."

"동북아시아에서 마지막 남은 블루오션은 북한뿐이오. 그뿐만 아니라 북한 남포 앞 바다 서한만에 원유 1,470억 배럴 매장설에 대해서도 점차 국제사회의 관심이 커지고 있어요."

"남포 앞바다 원유 매장이 사실일 가능성이 있다는 얘깁니까?"

"이 지대가 바닷속으로 중국 유전지대와 연결되어 있기 때문에 원유 매장이 사실일 가능성이 높다는 분석이 관련 전문가들 사이에서 힘을 얻고 있어요. 그 징후가 중국 쪽 유전지대에서 최근 다시 나타났어요. 바로 이런 이유들 때문에 북한의 혼란이 가중되면 될수록 군사모험주의자들을 부추겨서 혼란에 빠진 북한에서 자신들의 이익을 취하려는 위험한 시도가 계속될 것이오."

"한 가지만 여쭙겠습니다. 우리 정부가 대미 외교 관계에 이토록 신경 쓰는 것은 이번 북한 사태에 미국 정부의 공식적인 개입이 있었다는 의미입니까?"

"우리로선 그것을 확인할 길이 없어요. 한 팀장도 잘 알지 않소. 비밀공작이란 것이 정부 개입을 확인할 길이 없다는 것을. 다행스러운 것은 우리 주변국들이 이번 북한 사태와 관련해 외부세력의 개입이 없는 평화적 수습을 지지하고 있다는 것이오. 주변국들이 그런 뜻을 우리 정부에 보내왔어요. 이번 일은 여기서 마무리 하는 것이 좋겠소. 다시 한 번 강조하지만 민감한 내용이 잘못 외부로 공개되면 국내에서 거센 반미감정이 일어날 우려가 있어요. 반일 감정뿐만 아니라."

통화를 끝낸 한세윤은 비서실장이 던진 말들의 의미에 대해 곰곰이 생각해보았다. 그러다가 불현듯 한세윤의 머리를 강하게 스치고 지나가는 것이 있었다.

"원장은 카드 공개를 꺼리는 쪽에서 자신의 편에 서 주길 기대하는 것이오."

'바로 이 대목이었어. 비서실장은 이 말을 하려고 내게 전화를 건 거야.'

다음 날

「뉴스 속보입니다. 시민단체인 민족정기연구회는 오늘, 불법 비자금 조성 혐의 등으로 구속중인 이도상 국정원장에 대한 탄원서에 친일 의혹이 있는 인사들 상당수가 서명했다고 폭로했습니다. 민족정기연구회는 이날 배포한 보도자료에서 이도상 국정원장에 대한 선처를 호소하는 비공개 탄원서를 입수해 서명자들을 분석한 결과 친일 의혹 연루가 있는 인사가 상당수 드러났다고 밝혔습니다.

정치인 ㄱ씨의 경우는 부친이 일제 강점기에 작위를 얻었던 인사이며 정치인 ㅎ씨의 부친은 일본 헌병부대장을 지냈습니다. 새한국대학교 교수 ㅂ씨는 몇 년 전 일본군 위안부 여성을 자발적 매춘여성으로 비하하는 책을 써서 물의를 일으킨 바 있고 인기 연예인 ㄴ씨는 '한국인은 미개민족이며 일제 강점기를 통해 많은 정신개조가 이뤄졌다' 는 발언을 해 몇 년 동안 연예계를 떠나 있던 인물입니다. 탄원서에 서명한 또 다른 정치인 ㄱ의원은 한국에서 열린 자위대

행사에 단골로 참석한 사실이 알려져 논란이 일었던 바 있습니다. 이들은 탄원서에서 국정원장의 행동은 남북통일을 위한 순수한 열정에서 비롯된 공작 차원의 일이었다고 옹호했습니다.

한편 이 같은 사실이 알려지자 인터넷에서는 탄원서에 서명한 인사들을 강력히 성토하는 네티즌들의 글이 잇달아 올라오고 있고 탄원 배경에 대해서도 조사해야 한다는 주장도 제기되고 있습니다. 한편 친일연구회는 신원을 감춘 정부 관계자로부터 이 같은 제보를 받았다며 한국의 정계, 관계, 학계 그리고 군에는 일본 정부로부터 각종 지원을 받는 사실상의 일본 우호적인 인사들이 무려 2천 명 안팎이 되는 것으로 추정된다고 밝혔습니다.

탄원서를 놓고 논란이 가열되자 법원은 오늘 이례적으로 대변인을 통해 이도상 국정원장 소송은 철저히 법과 원칙에 입각해 진행될 것이며 그 밖에 어떤 외부 변수도 개입되지 않을 것이라고 강조했습니다. 한편 논란이 확산되자 탄원서에 서명한 인사들은 자신도 모르게 이름이 올라간 것이라며 탄원서에서 이름을 빼달라고 변호인 측에 요구했다고 밝혔습니다.」

뉴스를 접한 한세윤의 표정에 미소가 번졌다.

'원장, 당신이 숨겨놓은 카드도 이젠 쓸모없게 됐소.'

한세윤이 회심의 미소를 짓고 있을 때 그의 휴대폰이 부르르 떨었다.

"한 팀장님, 큰일 났습니다."

부하 요원의 다급한 목소리가 수화기에서 터져 나왔다.

"무슨 일인데 그래?"

"이인광 씨가 김문석 의원을 만나러 갔습니다."

"이인광 씨가 김문석 의원을 왜 만나러 간 거지?"

"뉴스를 듣고 원장 탄원서에 등장하는 김문석 의원에 대해 꼬치꼬치 묻길래 대답을 해줬더니 어떻게 현직 국회의원이 그런 무책임한 행동을 할 수 있느냐며 본보기로 응징하겠다고 하고 전화를 끊었습니다. 아무래도 불길합니다."

"뭐야! 우리 요원들을 보냈어?"

한세윤이 다급한 목소리로 되물었다.

"이미 보냈고 경찰한테도 협조 요청을 해 놨습니다."

한세윤은 예상치 못한 일이 터지자 난감했다.

논현동 광일제약 사옥

검정색 고급 승용차 한 대가 회사 건물 정문 앞에 멈춰서자 제복을 입은 경비원들이 다가와 멈춰선 자동차 뒷문 앞에서 90도로 허리 숙여 인사했다. 그러는 사이 운전자가 빠른 걸음으로 돌아 다가와 뒷문을 열었고 얼굴이 붉고 흰 머리가 희끗희끗한 반백의 노신사가 거만한 몸짓으로 차에서 내려 도열한 사람들에게 눈도 주지 않은 채 건물 안으로 들어섰다. 김문석! 여당 4선의 국회의원이자 국내 제약업계 서열 3위에 해당하는 광일제약회사의 실제 주인이다.

그가 건물 안으로 들어서자 로비에서 기다리고 있던 경비원들도 도열한 자세로 허리숙여 인사하는 모습이 마치 군의 위계질서를 느끼게 했다. 김문석 의원, 아니 광일제약의 명예회장이 건물 안으로 들어가 사라지자 도로 건너편 건물 1층 커피숍에서 김문석 의원의 동정을 유심히 지켜보고 있던 한 사내가 자리에서 일어나 커피숍을 나왔다.

김문석 의원이 집무실에 들어간 지 15분쯤 지났을 무렵 그의 집무실 직통 전화기의 벨이 울렸다.

"회장님, 이인광이라는 분이 전화를 걸어왔습니다."

"누구?"

"일본인 후다이 씨를 잘 아는 사람이라고 하면서 회장님과 통화를 원하고 있는데요?"

순간 김문석의 행동이 정지화면처럼 멈췄다. 후다이는 그의 부친의 일본명이었다.

"방금 누구라고 했지? 다시 얘기해 봐!"

"일본인 후다이 씨를 잘 아는 이인광이란 분입니다."

김문석이 동공이 확대된 채로 수화기를 들고 잠시 안절부절못하는 모습을 보였다.

"어떻게 할까요, 회장님?"

"전화 연결해!"

잠시 후 여비서의 목소리가 다시 들렸다.

"회장님, 전화 연결됐습니다."

"전화 바꿨습니다."

이윽고 수화기 너머에서 한 남자의 목소리가 들려왔다.

"김문석 의원 되십니까?"

그의 목소리는 어딘가 거칠게 느껴졌다. 회장은 그의 비밀을 알고 있는 자가 맞다면 그럴 수도 있을 것이라고 속으로 생각했다.

"그렇소만 당신은 누굽니까?"

"김 의원 부친에 대해 잘 알고 있는 사람이오. 조사한 내용이 있어서 직접 만나서 전해주고 싶습니다만."

상대는 김문석의 질문에 답변하는 대신에 자신의 용건을 설명했다.

"당신이 무슨 권한으로 내 아버지에 대해 조사를 했다는 것이오?"

"언론에 보도가 돼서 좋을 것이 없을 텐데요."

다시 수화기에서 짧은 침묵이 흘렀다.

"당신이 원하는 게 뭐요?"

"만나서 말씀드리지요. 내가 지금 회사 근처에 와 있습니다."

"회사 근처? 좋소, 회사에서 봅시다."

수화기를 내려놓은 김문석은 사내가 한 말이 머릿속에 떠오르자 가슴이 답답해지기 시작했다.

'그 자가 정말 비밀을 알고 있는 것인가? 그럴 리가 없어! 그것은 지금까지도 일급 기밀이고 그것에 대해 알고 있는 조선인은 분명히 다 죽었어.'

그렇게 생각하는 사이 김문석 의원의 심장박동이 점점 빨라지기 시작했다.

"회장님, 이인광이라는 분이 오셨습니다."

"들어오시라고 해!"

잠시 후 김문석 의원 집무실로 짙은 머리색에 까무잡잡한 피부, 눈빛이 날카로운 한 사내가 들어섰다. 김문석은 범상치 않아 보이는 그 사내가 들어서는 모습을 주시하다가 업무 보고 차 들어와 있던 비서들을 물리쳤다.

"자네들은 나가 있어."

비서들이 모두 물러나고 집무실에는 회장과 사내 두 사람만이 남았다. 잔뜩 찌푸린 10층 창밖 날씨보다 두 사람 사이에 침묵하고 있는 집무실 내부가 더욱 무겁고 찌푸려 있었다. 긴장과 침묵이 길어질 무렵 여 비서가 커피를 갖다 놓고 나갔다.

"자세한 용건을 말해보시오, 어떤 말을 내게 전하려고 하는 거요?"

여비서가 나가자 김문석이 먼저 입을 열어 용건을 묻자 사내가 품 안에서 사진 한 장을 꺼내 김 회장 앞으로 내밀었다.

"이 사진 속 인물을 아십니까? 두 사람 중 한 사람에 대해선 모른다고 하진 않겠지요. 김 의원의 부친이니까."

"당신이 이 사진을 어떻게?"

안경을 고쳐 쓴 김문석 의원이 당황한 목소리로 사진과 사내를 번갈아 쳐다보며 물었다.

"김 의원의 부친과 함께 찍은 이 사진 속 남자를 아시지요?"

사내는 같은 질문을 던지며 김문석의 표정을 예리하게 살폈다.

"나는 이 사람이 누군지 몰라요. 돌아가신 부친과 아는 사이인 것 같소."

"그래요?"

인광이 코웃음을 치는 듯한 목소리로 말하더니 또 다른 사진 한 장을 상대 앞으로 내밀었다. 그 사진 속에는 방금 전 김 의원 부친과 함께 사진에 찍힌 남자와 김문석 본인이 함께 카메라 앞에서 포즈를 취하고 있는 모습이 담겨 있었다.

"자, 이래도 모른다고 시치미를 뗄 겁니까?"

그러나 사업을 오래한 사람답게 회장은 노련했다.

"아? 이제야 생각났어요. 이 사람은 사업 관계로 예전에 만났던 일본인 파트너일 뿐이요. 일본에서 우리 사업을 도와주는 자금주란 말이요. 사업을 하려면 이런 사람이 여럿 필요해요. 그런데 이 사진을 어디서 입수한 거요?"

김 의원이 쏘아보는 눈초리로 인광에게 물었으나 사진을 쥔 손 그의 손은 약하게 떨고 있었다.

"흐흐흐, 그럼 내가 설명을 할까요? 사진 속 이 남자는 당신 말대로 일본인 사업가입니다. 일본에서 열손가락 안에 드는 부일제약의 2세 오너이지요. 그리고 이 사진은 일본 부일제약 회장의 홈페이지에서 구한 것이요."

사내의 말을 듣는 회장은 온몸에 바늘로 고문을 받는 듯한 느낌이 들었다.

"그가 지금처럼 일본에서 부를 쌓게 된 데에는 그의 아버지의 731부대 활동 때문이었소."

사내가 회장의 얼굴을 한 번 힐끗 쳐다보더니 말을 이었다.

"그의 아버지는 과거 세균전 부대에서의 인체 실험 경험을 바탕으로 제약회사를 세워 돈을 번 것이오."

사내의 말이 이어지면서 회장의 표정은 점점 더 일그러져 갔다.

"난 당신이 무슨 얘기를 하려는 것인지 모르겠소. 내게 특별한 용건이 없으면 집무실에서 나가주시오."

"국정원장 탄원서에 오른 당신의 이름을 발견하고 조사하던 중 이 자와 당신의 부친의 관련성에 대해 알게 됐소. 이것이 당신 부친에 관한 일본 신문기사요."

회장의 눈앞에 빛바랜 일본 신문 기사가 놓였다. 보도일자는 1953년 2월 5일.

"일제 강점기 때 당신의 부친도 731부대에서 활동했던 것을 알고 있소. 그리고 당신 부친의 상사였던 부일제약 창업주 노부스케가 한국 전쟁 때 미군이 비밀리에 운영한 KI 세균전 부대에서 일을 하게 되자 합류한 것으로 기록되어 있어요. 그리고 두 사람의 2세들이 지금까지도 제약회사를 차려 교류를 이어오고 있는 것이오."

그러자 듣고 있던 김문석 의원이 입을 열어 항변했다.

"전쟁은 인간이 저지른 가장 더러운 게임이야. 전쟁에 승리하기 위해 모든 나라들은 수단과 방법을 가리지 않고 있어. 내 부친은 명령에 따라 전쟁의 승리를 위해 노력했을 뿐이야. 이 제약회사는 부친의 일과 아무 관계도 없어."

"무슨 소리! 북한이 지금 세계에서 가장 잔인한 세균부대를 운영할 수 있었던 것은 당신 부친과 같은 사람들이 남겨 놓은 씨앗 때문이야."

회장의 손이 더욱 떨리기 시작했다. 팔걸이 위에 얹힌 회장의 두 손이 오므렸다 펼쳤다를 반복하며 불안한 심리를 드러냈다.

"이제는 다 지나간 일이야. 나는 지금 합법적인 회사를 운영하고 있어. 나는 아무 문제가 없다고! 왜 나한테 이런 얘기를 하는 거야."

김문석 의원이 갑자기 목소리를 높여 강변했다.

"근거 없는 얘기야! 다 과장된 얘기라고. 오래 전에도 그와 비슷한 주장을 하는 일부 언론 보도가 있었지만 다 근거가 없는 것으로 드러났어. 왜 지금 또 다시 근거없는 얘기로 나와 회사를 위협하는 거야!"

"그렇다면 국정원장 탄원서에 왜 서명을 한 거지?"

인광이 단도직입적으로 물었다.

"그것은 원장과의 개인적 관계도 있지만 한일 관계의 미래를 위해 서명에 동참한 이유도 있어. 이번 사태로 한일 관계가 다시 멀어져선 안 된다고 판단해 탄원서에 서명만 했다고. 언론들이 일본의 개입에 대해 잘못 보도하고 있어! 한국과 일본은 북한의 도발에 함께 대응해야 해!"

"거짓말! 당신에겐 부친이 저지른 친일의 피가 흐르고 있어. 당신의 부친은 일본 군국주의자들과 적극적으로 협력해온 자들이야. 강제 동원된 것이 아니었어. 북한의 도발 운운은 당신들의 더러운 과거를 위장하기 위한 도구일 뿐이야. 그리고 당신은 부친의 행위에 대해 반성하지 않고 대를 이어 의심스러운 행동을 계속하고 있어."

"이봐, 그 당시 조선의 지도자급 위치에 있으면서 친일 안 한 사람 있으면 나오라고 해. 꼭 피를 흘리고 독립운동을 해야만 되는 건가? 일본인들의 우수한 기술을 배워 지금 그것을 우리 경제에 도움을 주는 방향으로 이용하고 있잖아. 지금은 새로운 시대라구."

"터진 입이라고 말을 함부로 내뱉는군. 당신 같은 사람은 국제 무기 생산업자나 일본 군국주의자들보다 더 위험한 자야. 당신 같은 자들의 궤변은 순진한 사람의 머릿속을 파고드는 기생충과도 같지. 당신 같은 사람들이 있는 한 한반도의 운명은 언제든지 위험에 처할 수가 있어."

인광이 품에서 권총을 꺼내 그에게 겨눴다. 그것은 인광이 북한을 탈출하면서 갖고 나온 벨기에제 브라우닝 소형권총이었다.

"아니, 왜 이러시오?"

놀란 김 의원의 눈이 인광과 권총 사이를 오갔다.

"당신 같은 사람들이 있어서 한반도가 늘 외세에 이용당하고 안보 불안감이 지속되는 거야. 당신 같은 사람들이 바로 불안감의 토양이란 말이야."

"어어, 진정하시오."

그가 놀란 나머지 몸을 뒤로 젖히며 소리쳤다.

"당신이 그 더러운 돈으로 해마다 한국의 정치인들, 문화예술인들, 교수들에게 일본 여행을 시켜주는 등 다양한 방법으로 매수해서 일본에 우호적인 사람들로 만들고 있더군."

"아냐, 그건 오해야. 나는 기업인으로서 사회에 할 일을 하고 있는 거야."

"불우이웃 돕기에 성금 내고 당신의 이름 올리는 것 말인가? 하지만 그것은 당신이 친일 행각에 쓰는 돈의 규모에 비하면 극히 일부분에 불과하지."

"도대체 당신 원하는 게 뭐야? 내가 다 들어줄게!"

"원하는 것은 다 들어준다고?"

그의 말에 인광이 비릿한 미소를 지어보였다.

"좋아, 그렇다면 내 형을 살려놔!"

"당신 형?"

"내 형이 자위대 음모에 휘말려서 죽었어. 일본에 협조하는 당신도 도의적 책임이 있다고. 내 형을 살려놔. 그러면 당신을 살려주지."

"이봐, 진정하라고. 난 당신 누군지 모르겠지만 당신 형의 죽음은 나와 상관이 없는 일이야. 나는 기업인일 뿐이야. 당신 의심을 두고 있는 부일제약은 일본의 굴지의 다국적 회사야. 기업들이 외부 투자자를 유치하는 것은 새로울 것도 의심스러울 것도 없어. 다 합법적으로 법의 테두리 내에서 하는 것이고, 우리 광일제약과 부일제약도 정부의 허가를 맺고 상호 협력하는 거라고."

"입 닥쳐! 당신의 가족이 그렇게 억울하게 죽었다면 그렇게 말할 수 있겠어? 당신이라도 죽여서 형의 원혼을 달래야겠어."

인광의 권총이 김문석의 머리를 좀더 정확히 겨누기 시작했다.

"제발 어리석은 짓 말아. 나를 죽인다고 당신 형이 살아 돌아오지 않아!"

"살아 돌아오지 않더라도 적어도 혼만은 위로 받겠지. 당신이라도 죽여서 형의 제단 앞에 바쳐야겠어."

바로 그때였다.

"멈춰!"

인광과 김 회장이 소리 나는 쪽을 향해 시선을 돌렸다. 경찰 병력이 집무실 문을 박차고 들이닥쳤다. 경찰 병력 뒤에는 광일제약 비서실 직원들이 서 있었다.

"이인광, 즉시 총을 버려라!"

"참견하지 마시오! 난 이 자와 함께 죽을 거야."

"당신은 지금 대한민국 법을 어기고 있다. 개인적 응징은 대한민국 법이 허용하지 않아."

"형의 원혼을 푸는 일을 이대로 멈출 순 없어!"

"당신은 현역 의원을 위협하는 중대 범죄를 저지르고 있어. 뚜렷한 증거도 없이 현역 국회의원을 단죄하게 되면 중형을 면할 수 없어. 당신은 살인자 외에 아무것도 아닌 것이 돼. 어서 그 총을 내려! 당신이 총을 내리지 않으면 우리가 발포할 수밖에 없어. 내 말 알아듣겠어요?"

경찰 특공팀의 설득에 완강했던 인광이 총이 서서히 아래로 내려가기 시작하자 특공 병력들이 그 순간을 놓치지 않고 달려들어 인광의 총을 빼앗고 팔을 뒤로 묶었다.

"일단 경찰서로 가서 조사를 받아야 합니다."

"잠깐, 그 사람을 풀어주시오."

소리나는 쪽으로 고래를 돌려보니 나중에 나타난 목소리의 주인공은 한세윤이었다.

"나는 국정원 대공수사팀장 한세윤이요."

그 말에 경찰 특공 병력들이 뒤로 물러섰다.

"여기 이 사람은 내가 잘 아는 사람입니다. 그리고 긴급 체포해야 할 사람은 여기 김문석 의원입니다."

한세윤의 말에 회장 집무실에 들어와 있던 사람들 모두 어리둥절한 표정을 지었다. 다만 한 사람 김문석 의원만이 당황한 표정을 지어보였다.

"김문석 의원, 당신이 중국 동북 3성 홍무 조직의 대북 불법사업에 가명으로 거액을 투자한 사실을 밝혀냈어요. 안보 위해죄와 외환관리법 위반으로 당신을 긴급 체포합니다."

"무슨 소리야? 나는 현역 국회의원이란 말이야!"

"지금 국회가 열리지 않고 있는 시기이기에 당신을 긴급 체포할 수 있습니다. 어서 김 회장을 체포하시오."

"모함이야, 이건. 난 당신이 하는 얘기를 알아들을 수가 없어!"

"당신의 홍무에 대한 투자가 순수하게 수익만 노린 투자 목적이었는지, 아니면 일본 세력과 함께 한반도의 안보를 위해할 의도도 있었는지 법정에서 가리길 바랍니다."

청계천 공원 인근 카페

민우와 효진이 청계천 공원이 멀리 보이는 카페 창가에 마주 앉았다.

"선배, 축하해. 새 증권사 직장을 잡았다고?"

"그렇게 됐어. 거기 회장이 내게 직접 전화를 걸어왔어."

"어머, 그래?"

효진이 깜짝 놀란 표정으로 되물었다.

"자기네 회사는 나 같은 인재를 필요로 한다나? 뭐 그러면서 함께 일했으면 좋겠다고 스카웃을 제의해 왔어."

"그 증권사 회장이면 업계에서도 자금력도 좋고 사업 수완이 좋은 사람으로 정평이 나 있어. 정말 잘됐다. 그런데 그 회장이 선배를 어떻게 알고 직접 전화를 걸어온 거야?"

"글쎄, 나도 그게 궁금해서 물어봤는데 비밀이라고 하던데."

"아무려면 어때, 거긴 믿을 만한 곳이니까. 조건은 좋아?"

"조건이 아주 좋았어. 본부 기획실 차장 직을 제의하길래 사무실 행정작업은 적성에 안 맞는다고 했더니 여의도 지점 차장 대리로 발령 냈어."

"야, 선배 오늘 한 턱 단단히 쏴야겠는데."

"좋지, 내가 오늘 크게 한 턱 쏠게. 사실 내 취직 건 아니라도 그간 효진이가 수고한 것 생각해서라도 내가 제대로 대접해야지."

"선배가 이제야 정신 차렸군."

그때 카페 종업원이 그들에게 다가와 꽃다발을 건넸다.

"어떤 분이 이것을 두 분께 갖다드리랍니다."

"어떤 분이요? 누군데요?"

"저도 그것은 모릅니다. 그 안에 편지가 들어있는 것 같습니다."

"아, 그렇군요. 아무튼 고맙습니다."

꽃다발을 건네고 종업원은 돌아갔다. 민우가 꽃다발 속에서 분홍색 작은 봉투를 꺼내 그 안에 있던 편지를 꺼내 펼쳤다.

「한민우, 김효진 그리고 정일용 씨. 세 분의 용감함과 애국심이 나라의 위기를 극복하는 데 큰 힘이 됐습니다. 부디 건강하고 행복하길 바랍니다. 대통령 박인식.」

"박인식 대통령?"

"아참, 그러고 보니까 오늘이 헌재에서 대통령 탄핵심판 결정이 있는 날인데."

"오늘 오후에 헌재에서 탄핵소추가 압도적 반대로 각하됐어."

그때 민우의 눈에 창밖 도로 대각선 쪽에서 한 남자가 그들을 향해 손을 흔들고 있는 것이 보였다. 한세윤이었다. 민우와 효진은 그가 탄 차가 사라질 때까지 한참동안 쳐다보았다.

"이인광 씨가 다시 북한으로 들어가기 위해서 중국으로 건너갔다며? 왜 그런 결정을 했을까? 이해가 안 되는데."

한세윤의 차가 사라진 후 효진이 민우에게 먼저 말을 꺼냈다. 인광은 경찰서에서 간단한 조서를 받고 나온 후 북한에 남겨진 장소희를 데리고 나오겠다는 말을 여동생에게 남기고 떠났다.

"이인광 씨 말에 의하면 장소희라는 여자가 없었으면 자신은 아직도 북한에 남아 있었을 것이고 여동생을 만나지 못 했을 것이라면서 그녀를 꼭 데리고 나와야 한다고 말했데. 북한 사람들 특성상 조선족인 장소희 씨를 이용해먹고 나중에 나 몰라라 할 가능성이 높다는 거야."

"그런데 장소희라는 여자는 도대체 어떤 여자야?"

"최근 북한 인민혁명군 방송국에 대변인으로 자주 등장하고 있는 여자야!"

"그래? 장소희씨가 시민혁명군에 속해있다고?"

"이인광씨 말에 의하면 장소희씨 부친이 중국내에서도 유명한 조선족 화폐경제학자였대."

"화폐경제학자?"

"그런데 어느 날 김정은이 자신의 측근을 장소희씨 부친에게 은밀히 보내와 북한의 화폐개혁에 대해 자문을 구했다는거야. 효진도 알고 있겠지만 지금 북한에선 중국 돈 위완화에 비교한 북한 돈의 가치가 나날이 떨어지고 있어. 그래서 북한 내에선 북한 돈 보다 중국 돈이나 미 달러의 인기가 훨씬 높은 상황이야. 한 마디로 북한의 금융경제가 나날이 중국의 금융에 종속되어 가고 있는 중이지."

"그렇다면 몇 해 전에 있었던 북한의 실패한 화폐개혁이 바로 장소희씨 부친이 개입됐던 거였어?"

"그렇지. 그런데 화폐개혁으로 북한에 채권을 갖고 있는 중국 동북 3성의 전주들이 중국 베이징 지도부에 이 문제에 대해 강력히 항의를 했고 그 후 얼마 지나지 않아 장소희씨 부친이 자신의 아파트에서 의문의 투신사한 사건이 벌어졌어."

효진이 놀란 토끼눈을 하고 민우의 이어지는 설명에 귀를 기울였다.

"그 때 중국에 나아 있던 류조국 소장이 이 사건을 은밀히 조사를 해보니까 장소희씨 부친 죽음에 북한과 중국 양측이 개입된 사실을 밝혀낸 거야. 즉 김정은이, 화폐개혁에 화가 난 중국 전주들을 달래기 위해 장소희씨 부친을 희생양으로 삼았던 거지."

"이인광씨나 장소희씨에게 아무 일도 없어야 할 텐데. 아직도 혁명군과 남아 있는 북한 군 사이에 교전이 벌어지고 있다고 하던데."

"중국 조선족 내 무술 고단자들이 국정원의 협조요원으로 이인광 씨와 동행한대. 한국 정부도 장소희 씨의 국내 무사 입국을 위해 무척 신경 쓰는 눈치야." "과연 이번 기회에 우리가 그토록 기다리던 남북통일이 되는 걸까?"

"내 생각엔 그 전에 북한에 민주정권이 먼저 들어서야 해."

"민주정권?"

"중국 정부에 구속되지 않는 민주정권 말이야. 우리는 북한에 민주정권이 들어서도록 도와야 하고 남북통일은 그 다음 단계라고. 그렇지 않으면 남북통일이 아니라 남북에 재앙이 올 수도 있어."

"그런 점에서 미국과 중국의 북한 개입을 끝까지 반대했던 박인식 대통령의 판단이 옳았던 거네."

효진의 말에 민우가 동의한다는 표시로 고개를 끄덕인 후 입을 열었다.

"6 · 25 전쟁 이후 처음으로 우리 민족에게 자주 · 평화 통일의 서광이 비치기 시작한 거야. 그 빛이 반대세력에 의해 소멸되지 않도록 지금부터 남북이 잘 협조해야 해."

민우가 눈빛을 반짝이며 자신의 견해를 계속 이어 나갔다.

"나는 이번 기회를 한국이 지난 70년 가까이 강대국의 무기 시장 역할 했던 데서 벗어날 수 있는 계기로 승화시켜야 한다고 생각해. 이번 사건은 글로벌 군산복합체들의 음모를 남북이 스스로의 힘으로 보기 좋게 무너뜨린 중대한 사건이기도 하니까!"

삶을 업그레이드 하는 더 나은 삶 **모아북스의 에세이**

밥이 고맙다
일상에 대한 맛있는 인생 레시피
이종완 지음 I 292쪽 I 15,000원

애틀랜타에서 산다는 것
이승남 지음
228쪽 I 15,000원

아버지 사랑은 택배로 옵니다
감성충전 행복테라피
김윤숙 지음 I 240쪽 I 12,000원

다섯친구
세상에서 가장 먼저 만나야 할 내
인생의 동반자
다이애나 홍 지음 I 264쪽 I 13,000원

남편만 믿고 살기엔 여자의 인생은 짧다
허순이 지음
256쪽 | 13,000원

돌싱으로 살아가는 즐거움
이경숙 지음 | 292쪽 | 13,800원

따져봅시다
여자의 마음을 냉정하게 까발리는
돌직구 아줌마의 공감수다
김선아 지음 | 224쪽 | 12,000원

감사, 감사의 습관이 기적을 만든다
정상교 지음
246쪽 | 13,000원

동맹의 그늘

초판 1쇄 인쇄 2016년 04월 11일
1쇄 발행 2016년 04월 15일

지은이 오동선
발행인 이용길
발행처 MOABOOKS 모아북스

관리 정윤
디자인 이룸

출판등록번호 제 10-1857호
등록일자 1999. 11. 15
등록된 곳 경기도 고양시 일산동구 호수로(백석동) 358-25 동문타워 2차 519호
대표 전화 0505-627-9784
팩스 031-902-5236
홈페이지 www.moabooks.com
이메일 moabooks@hanmail.net
ISBN 979-11-5849-023-2 03810